シェイクスピア大図鑑

シェイクスピア大図鑑

スタンリー・ウェルズ ほか著
河合祥一郎 監訳

THE
SHAKESPEARE
BOOK

三省堂

A DORLING KINDERSLEY BOOK

www.dk.com

Original Title: The Shakespeare Book

Copyright © Dorling Kindersley Limited, 2015

Japanese translation rights arranged with

Dorling Kindersley Limited,London

through FORTUNA Co., LTD

For sale in Japanese territory only.

Printed and bound in China

執筆者

スタンリー・ウェルズ（編集顧問 consultant editor）

シェイクスピア生誕地記念財団名誉総裁、バーミンガム大学名誉教授、ロイヤル・シェイクスピア劇団名誉理事、オックスフォード大学ベリオール・コレッジ名誉フェロー。オックスフォード版およびペンギン版シェイクスピア全集編集主幹、The Oxford Companion to Shakespeare 共同編集者を務めた。著書に Shakespeare for All Time、Shakespeare, Sex, and Love、Great Shakespeare Actors がある。英国王立文学協会研究員、大英帝国勲章（CBE）受章。

アーニャ・チョーハン

シェイクスピア生誕地記念財団のシェイクスピア研究講師。ヴィクトリア朝演劇、笑劇、宗教的な小道具に関する論文を執筆、ヴィクトリア朝の俳優／劇場支配人ヘンリー・アーヴィングの史料集を編纂した。BBCの番組「グレート・ブリティッシュ・レイル・ジャーニー」で19世紀におけるシェイクスピアについて解説。「ケンブリッジ・スクール・シェイクスピア」シリーズの電子版に寄稿している。

ジリアン・デイ

博士。シェイクスピア生誕地財団およびヨーク大学で教鞭を執る。英国、北米、スカンディナヴィアで英語と演劇を教え、ヘルシンキおよびデュッセルドルフ大学で客員研究員を務めた。著作に、アーデン版『リチャード三世』編纂、ペンギン版『ヘンリー六世・第三部』序文およびペンギン版『リチャード三世』上演史がある。

ジョン・ファーンドン

作家・劇作家・作曲家・詩人。アングリア・ラスキン大学特別研究員。『あなたは自分を利口だと思いますか？』など各国でベストセラーとなった著書は数多い。ロペ・デ・ベガの戯曲およびアレクサンドル・プーシキンの詩を英語の韻文に翻訳。アクターズ・スタジオで演劇史を教え、セントラル・スクール・オヴ・スピーチ・アンド・ドラマで劇作を研究。現在、ロンドンのオフウェストエンド・シアター・アワードの新作部門選定委員。

ジェーン・キングズリー＝スミス

ローハンプトン大学准教授。単著に Shakespeare's Drama of Exile および Cupid in Early Modern Literature and Culture がある。最近では、ペンギン版のジョン・ウェブスター『モルフィ公爵夫人』、『白い悪魔』、ジョン・フォード『心破れて』、『あわれ彼女は娼婦』を校訂した。シェイクスピア・グローブ座で定期的に講演をしている。

ニック・ウォルトン

シェイクスピア生誕地記念財団のシェイクスピア教育コース開発マネジャー。国際シェイクスピア協会事務局長。ペンギン版『アテネのタイモン』、『恋の骨折り損』の序文を執筆、The Shakespeare Wallbook を共同執筆した。英国内外のプロの劇団と密接に関わり、大英博物館およびナショナル・シアターに招かれて講演している。

監訳者

河合祥一郎（かわい・しょういちろう）

東京大学教授。東京大学とケンブリッジ大学卒業。両大学より博士号（Ph.D.）取得。共著に The Cambridge Guide to the Worlds of Shakespeare、The Routledge Companion to Director's Shakespeare ほか。単著に『ハムレットは太っていた！』（サントリー学芸賞受賞）、『謎解き「ハムレット」』、『あらすじで読むシェイクスピア全作品』ほか。角川文庫よりシェイクスピア新訳刊行中。

翻訳

鈴木彩子
中村ひろ子
安田章子

目次

10 はじめに

フリーの作家時代
1589年〜1594年

24 愛において
友を大切にする奴がいるか？
『ヴェローナの二紳士』

30 じゃじゃ馬の馴らし方は
わかっている
『じゃじゃ馬馴らし』

36 指導者を失った民衆は、
怒ったミツバチのように、
上を下への
大騒ぎだ
『ヘンリー六世・第二部』

40 俺は微笑んで、
微笑みながら人を殺すことができる
『ヘンリー六世・第三部』

44 今日のこの論争は……
やがて紅薔薇と白薔薇の
戦となろう
そして、一千もの魂が
死の闇へ
送り込まれるだろう
『ヘンリー六世・第一部』

48 なに、ふたりともいますよ、このパイ
のなかに焼かれて入っている
『タイタス・アンドロニカス』

54 このヨークの太陽輝く
栄光の夏となった
『リチャード三世』

62 死ぬことは生きるのと
おなじように当たり前のこと
『エドワード三世』

68 どんなまちがいのせいで
目や耳が
おかしくなるのか？
『まちがいの喜劇』

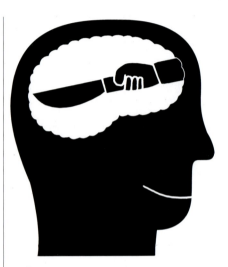

74 狩りを彼は愛すれど、
愛を彼は蔑めり
『ヴィーナスとアドーニス』

78 誰が一週間嘆くことになる
束の間の喜びを買い求めようか
『ルークリースの凌辱』

宮内大臣一座時代
1594年〜1603年

- 86 誰が愛と慈悲を切り分けられよう
  『恋の骨折り損』
- 92 降りよう、落ちよう、太陽神の子パエトーンのごとく
  『リチャード二世』
- 100 不幸な星の恋人たち
  『ロミオとジュリエット』
- 110 真の愛の道は決して平坦ではない
  『夏の夜の夢』
- 118 血の上に築いたものに確かなものはない
  『ジョン王』
- 124 針でつついたら血が出よう？
  『ヴェニスの商人』
- 132 名誉など紋章にすぎない
  『ヘンリー四世・第一部』
- 140 女房は陽気になっても、貞淑でもいられるんですからね
  『ウィンザーの陽気な女房たち』
- 146 真夜中の鐘を聞いたもんだ
  『ヘンリー四世・第二部』
- 154 そう見せかけてたのが許せないのだ！騙されないぞ
  『から騒ぎ』
- 162 もう一度あの突破口へ諸君、もう一度だ
  『ヘンリー五世』
- 170 人のすることには何事にも潮時というものがある 上げ潮に乗れば幸運へたどりつく
  『ジュリアス・シーザー』

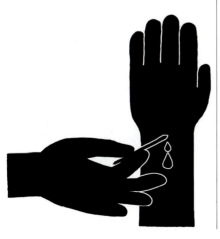

国王一座時代
1603年〜1613年

232 人間は、傲慢な人間は、
束の間の権威を身にまとう
『尺には尺を』

240 嫉妬にお気をつけください
閣下、嫉妬というのは
緑の眼をした怪物です
『オセロー』

250 罪を犯すより
犯された男
『リア王』

260 おまえは
人間の中庸を知らぬ
両極端しか
知らないのだ
『アテネのタイモン』

178 この世はすべて舞台
男も女もみな
役者にすぎぬ
『お気に召すまま』

188 非道な運命の
矢弾
『ハムレット』

198 若さ、
儚し
『十二夜』

206 戦争と好色で
なにもかもだめになっちまえ
『トロイラスとクレシダ』

214 この立場
たとえ王でも譲れない
『ソネット集』

224 彼の頬に燃え立つ
嘘の炎
『恋人の嘆き』

225 真実と美は
埋められたのだ
『不死鳥と雉鳩』

226 同じように手を上げ、
同じ理屈、同じ権利を掲げて、
君たちに襲いかかる
『サー・トマス・モア』

266 血は血を呼ぶ
『マクベス』

276 歳月で彼女はやつれることなく、
その際限ない多様性は
飽きることがない
『アントニーとクレオパトラ』

286 人生は糾える糸のごとし
善と悪とが
綯い交ぜになっている
『終わりよければすべてよし』

294 この世は私には終わりのない
嵐のよう、私の味方をしてくれる
人を吹き飛ばしてしまう
『ペリクリーズ』

300 民衆あっての
ローマではないか?
『コリオレイナス』

308 おまえは死んでいくものに
出会ったが、俺が出会ったのは
生まれたてのものだ
『冬物語』

316 そこに果実のように
くっついていてくれ
わが魂よ、木が倒れるまで
『シンベリン』

324 私たちは夢を織り成す
糸のようなものだ
『テンペスト』

332 さらば、
わが偉大さのすべてよ
永遠にさらば!
『ヘンリー八世』

338 俺たちほど愛し合った二人の
人間の記録があるだろうか、
アーサイト?
『二人の貴公子』

344 索引

351 監訳者あとがき

352 出典一覧

はじめに

4世紀半以上前に生まれたウィリアム・シェイクスピア（1564～1616）は、英語圏で最大の想像力をもつ作家と広く認められている。物語詩2編、ソネット154編ほかの韻文を書いた偉大な詩人でもあったが、なによりも約40の戯曲を執筆ないし共同執筆した詩的劇作家であり、その範囲は『夏の夜の夢』、『お気に召すまま』、『十二夜』といった非常に繊細な恋愛喜劇から、イギリス史やローマ史についての一連の史劇、そして『ハムレット』、『マクベス』、『リア王』を含むきわめて深遠な悲劇にまで及ぶ。

シェイクスピアの名声と影響は、時とともに衰えるどころか年々増すばかりだ。その作品は、オリジナル・テクストの形でのみならず、世界各国の言葉に翻訳されたりあらゆる形に翻案されたりして、地球上の至るところで読まれ、教えられ、上演されている。シェイクスピア作品が他の芸術作品に与えた影響は限りなく、教養教育を受けた者なら知らないではすまされない。この大図鑑は、シェイクスピアの戯曲と詩の総括的なガイドブックであり、作品の内容や形式を中心に説明しているが、その受容や影響も視野に収めている。

シェイクスピアとストラットフォード・アポン・エイヴォン

ウィリアム・シェイクスピアは、1564年4月26日水曜日に、イングランドのストラットフォード・アポン・エイヴォンという町の聖トリニティー教会で洗礼を受けた。誕生日は正確にはわかっていないが、18世紀以降、4月23日が誕生日として祝われることになっている。

シェイクスピアの父ジョンは農家の出で、ストラットフォード・アポン・エイヴォンでは白なめし革職人および手袋職人として働いていた。ジョンの妻メアリ（旧姓アーデン）は、もっと裕福な家の出だった。二人が住んでいたヘンリー通りの家は、現在ではシェイクスピアの生家として、世界各地から毎年訪れる何百万もの人の巡礼地となっている。

夫婦にはウィリアムが生まれる前に、幼くして死んだ2人の娘がおり、ウィリアムの後さらに2人の娘と3人の息子が生まれた。一番幼いエドマンドは、ウィリアムの16歳年下だ。兄と同様にエドマンドはロンドンで役者になったが、庶子

> この世はすべて舞台。
> 男も女もみな役者に過ぎぬ。
> 退場があって、登場があって、
> 一人が自分の出番に
> いろいろな役を演じる。
> **ジェイクィズ**
> 『お気に召すまま』

> 君を夏の日にたとえようか。
> 君はもっと素敵で、
> もっと穏やかだ。
> 5月の可憐（かれん）な蕾（つぼみ）は強風に揺れ、
> 夏の命はあまりに短い。
> **ソネット18番**

の息子を幼くして亡くした数か月後、27歳の若さで死んだということ以外何もわかっていない。

　父親ジョン・シェイクスピアは町の行政に大きな働きをしたビジネスマンであり、町の参事会員となって、1568年には町長の地位にまでのぼった。この時代、教会に参列することは法により義務化されており、教会でも家でもシェイクスピアが聖書、祈禱書、説教集になじんでいたことは、作品からも明らかである。

　市場の町であるストラットフォード・アポン・エイヴォンには堂々たる教会があり、伝統あるグラマースクールでは男子（のみ）の教育が無償で行われ、立派な家並みには教育のある裕福な町民が住んでいた。学校の記録は残っていないが、シェイクスピアが当時の典型的なグラマースクール教育を受けたことは作品を読めばわかる。すなわち、雄弁術、修辞学、そして今日の古典専攻の大学生が学ぶような古典文学について厳しい教えを受けたというわけである。当時の少年は、幼い頃からラテン語の読み書きを習ったのだ。『ウィンザーの陽気な女房たち』第4幕第1場で、ウィリアムという名の少年がラテン語文法の腕前を試され、当時の学校で使われていたような教科書を暗唱しているが、これはまさに、シェイクスピアの全戯曲のなかで最も自伝的な場面だと言えよう。

結婚と子どもたち

　子どもの頃、シェイクスピアはストラットフォード・アポン・エイヴォンで芝居を観たり演じたりしたことだろう。シェイクスピアの若い頃には、プロの劇団が定期的に町へ巡業にやってきて、公会堂で上演していたし、特に聖霊降臨節には地域のアマチュア劇団が余興で芝居を上演することもあった。

　シェイクスピアはおそらく15歳頃に学校を卒業したと思われる。最初にどんな職業についたのかは知られていないが、

**指示語は代名詞から借りてきて、こう変化します。
単数主格、hic, haec, hoc**
ウィリアム
『ウィンザーの陽気な女房たち』

父親の仕事場で見習いをしたかもしれない。1582年末、まだ18歳だったシェイクスピアはアン・ハサウェイと結婚した。相手は26歳。6か月後、娘スザンナが生まれて洗礼を受けた。1585年1月末か2月上旬に、ハムネットとジューディスという双子が生まれた。ハムネットは亡くなり、1596年8月11日にストラットフォード・アポン・エイヴォンに埋葬された。その墓の場所は不明だ。

　ウィリアムとアンには、そのほかに子どもはいない。1583年のある裁判記録にちらりとシェイクスピアの名前が出てくるのを除いて、双子誕生から1593年（シェイクスピアの名が作家として初めて記載された年）までシェイクスピアが何をしていたのか記録はない。そのどこかの時点で劇団――ひょっとするとストラットフォード・アポン・エイヴォンにやってきた劇団――にでも参加して、役者か劇作家かあるいは両方として活躍したというのが、最もありえそうなことだ。妻と子どもたちは故郷にとどまったようだ。

　1596年に、紋章院がシェイクスピアに家紋を認め、シェイクスピア自身とその末裔に対して紳士の身分を与えて、「マスター」という称号を許可した。父親は1601年に、70歳過ぎ（推定）で亡くなり、ストラットフォード・アポン・エイヴォン

に埋葬された。シェイクスピアはオールド・ストラットフォードにある107エーカーの土地を320ポンドという巨額の金で購入した。1605年には、ストラットフォード・アポン・エイヴォンの10分の1税徴収の権利を得るために440ポンドを投資できるほど裕福になり、これによってこの地域の農業収入の一部として40ポンドほどの年収を得るようになった。ロンドンでの下宿は、つつましいものだった。娘スザンナは1607年に医師ジョン・ホールと結婚し、その9か月後に二人の唯一の子どもエリザベスが生まれた。ジューディスはトマス・クイニーというワイン商人と結婚し、3人の子どもを得たが、いずれも幼くして死亡した。1670年まで生きたエリザベス・ホールは、シェイクスピアの最後の末裔だった。

シェイクスピアの最初のテクスト

作家シェイクスピアへ最初の言及がなされた1593年には、シェイクスピアはすでにロンドンの演劇界で活躍していた。1593年、シェイクスピアの名前が初めて活字になったが、それは劇作家としてではなく、物語詩『ヴィーナスとアドーニス』の作者としてであった。2番目の物語詩『ルークリースの凌辱』は翌年に出版され、どちらも大評判となり、シェイクスピアの戯曲のどれよりも再版が重ねられた。これは、ひとつには、戯曲のほうは市販するためではなく上演するために書かれており、印刷されなかった戯曲も少なくないためだ。シェイクスピアの戯曲のなかで最初に印刷されたのは1594年の『タイタス・アンドロニカス』だったが、シェイクスピアがそれ以前にもたくさんの戯曲を書いていたことは確かである。

1595年、シェイクスピアの名前が、リチャード・バーベッジとウィル・ケンプという2人の役者の名とともに、政府の書類に記載された。1594年末に宮内大臣ハンズドン卿の庇護のもとに結成された宮内大臣一座がその年のクリスマスシーズンに女王エリザベス一世の宮廷で上演した際、その報酬を受領した劇団代表者として記録されたのである。シェイクスピアは、この時点からこの国一番の劇団である宮内大臣一座の座付き作家となっていたのだ。当時、ひとつの劇団とこれほど長く安定した関係をもった劇作家はほかにいなかった。シェイクスピアは役者であるのみならず、「株主」として劇団の経済的運営にも携わった。戯曲は劇作家のものではなく、劇団の所有物となるのが普通だったが、戯曲の読者層もおり、シェイクスピア戯曲のほぼ半分はシェイクスピアの存命中に活字になった。シェイクスピアの死後、それらの戯曲が、紛失していた戯曲とともに集められ、1623年にファースト・フォリオ（第一・二つ折本）として出版されたのである。

演劇的状況

シェイクスピアが生まれ育ったのは、イングランドの繁栄期・安定期だった。女王エリザベス一世が国を統一し、愛国精神が育まれ、音楽、絵画、建築、文学が栄えていた。大陸の偉大な古典作品、特にイタリア文学が翻訳されて、広く読まれていた。そうした文化の多くがシェイクスピアにインスピレーションを与え、戯曲の筋の材料となったのである。

私が求めているものを得たとして
何が勝ち得られる？
夢、息、泡沫（ほうまつ）の喜び
『ルークリースの凌辱（りょうじょく）』

はじめに

　イギリスの劇文学と演劇界は、ともにシェイクスピアの活動初期に大きな発展を遂げた。1576年にはロンドンに最初の本格的劇場シアター座が建てられた。ジョン・リリー、ジョージ・ピールといった新しい世代の劇作家が現れ、シェイクスピアはそうした連中と共同で『タイタス・アンドロニカス』を執筆した。トマス・キッドやロバート・グリーンら、1580年代後半に出てきた劇作家たちは、いずれもシェイクスピアに影響を与えた。とりわけ、『タンバレイン大王』二部作、『ファウスト博士』、『マルタ島のユダヤ人』、『エドワード二世』を書いたクリストファー・マーロウの与えた影響は大きかった。劇団が発展して興行がますますうまくいくようになると、シェイクスピアはより長い野心的な劇を書くようになり、主筋と副筋を混ぜ合わせ、喜劇と悲劇を混交し、歌・踊り・仮面劇などもとりこみ、ますます手の込んだ劇的な仕掛けによる視覚効果も取り入れた。

上演

　当時の劇場は3階建ての建物だが、中央の吹き抜け部分には屋根がなく、客は3階まであるバルコニー席にすわるか、中央1階の平土間に立って観劇した。平土間に突き出した張り出し舞台には幕がなかった。上演は日中に行われた。

　舞台の奥には役者が入るドアがあり、舞台の裏が楽屋になっていた。二階舞台もあって、そこは劇中のバルコニーになったり、町の城壁になったりした。

　舞台には天蓋と呼ばれる屋根がついていて、そこから機械仕掛けで神々が下りてくることもできた。舞台背景はなかった。楽師たちの場所は決まっていた。

　シェイクスピアが自らの多くの戯曲を上演したグローブ座（1599年設立）は、現在はロンドンのバンクサイドにある劇場〈シェイクスピアのグローブ座〉として再建されている。1609年には、劇団はお客を限定して室内劇場ブラックフライヤーズを使い始めたが、そこにはもっと手の込んだ舞台機構があった。新たに可能になったことは、たとえば『シンベリン』や『テンペスト』が必要としている舞台効果に反映されている。室内劇場の照明はシャンデリアだが、火が消えないように時々蠟燭の芯を切る必要があったため、劇作家は芝居をはっきりと5幕に分けるようになってきた。現在の〈シェイ

> 地獄に際限はない。一か所だけに
> 限定されるわけではない。
> 我々がいるところが即ち地獄。
> 地獄のあるところが即ち我々が
> 永劫に留まるところだ。
> **メフィストフェレス**
> クリストファー・マーロウ作『ファウスト博士』

> この闘鶏場のごとき小屋に広大な
> フランスの戦場が入りましょうか？
> あるいはまた、
> このO型の木造小屋のなかに、
> アジンコートの空を震撼せしめた
> あの冑の群れを押し込むことなど
> できましょうか？
> **口上役**
> 『ヘンリー五世』

クスピアのグローブ座〉に付属して造られたサム・ワナメイカー・プレイハウスは、そんな雰囲気のある室内劇場である。

シェイクスピアの劇を初演した役者たちは技術のあるプロであり、劇団を結成するには、法律上、高位の人物——貴族、場合によっては女王自身——の保護を受けなければならなかった。典型的な劇団は12〜14名から成り、雇い人と呼ばれたエキストラで補われた。シェイクスピアの劇には、それくらいの人数で上演できるものもあるが、登場人物が多い場合は同じ役者が一度の上演で2、3役を兼ねなければならないこともあった。女役は少年が演じており、女性のプロの役者がイギリスの舞台に登場するのは1660年のことである。どの劇にも女役が比較的少ないのはそのためであり、たとえば『ジュリアス・シーザー』には、ポーシャとカルパーニアの2役しかないし、『ハムレット』もオフィーリアとガートルードのやはり2役となっている。

音楽と特殊効果

劇に歌や踊りが多数あることからわかるように、音楽は上演で重要な役割を果たした。歌にはリュートの伴奏が入ることもあり、劇団の楽隊が上演をもりたてることもあった。王族や偉大な戦士たちの儀式的な入場に際しては、ファンファーレやドラム連打があった。雷の音は木製の雨どいに大砲の弾をゴロゴロと転がして作り、特殊効果によって稲妻を光らせることさえ可能だった。

四旬節（灰の水曜日から復活祭前夜まで）の40日間は劇場が閉鎖され、劇団はイギリスの田舎へ巡業に出ることが多かった。ロンドンの外には常打ちの芝居小屋はなかったため、宿屋の中庭、大邸宅の広間、公会堂、時には教会といった間に合わせの場所で上演しなければならなかった。舞台設備が限られたので、戯曲は新しい上演場所の制限に応じて書きかえられた。

戯曲という宝物

シェイクスピアはきわめて多才な劇作家であり、生涯にわたって常に新しい劇の様式を実験し、主題の範囲を広げ、人物への理解を深めていった。初期に書いた戯曲には、『ヴェローナの二紳士』、『じゃじゃ馬馴らし』といった軽快な喜劇や、『タイタス・アンドロニカス』という血なまぐさい悲劇と、やはり悲劇的なイギリス史劇——ヘンリー六世の治世に関するもの3本とリチャード三世についての続編1本——がある。いずれも1594年の宮内

俺は全女性から愛されているんだ、
君だけは例外としてね。
この心が固くなければと思うよ、
女なんて誰一人として
愛せないからね。
ベネディック
『から騒ぎ』

人生は歩く影法師、哀れな役者だ。
出番のあいだは大見得切って
騒ぎ立てるが、
そのあとは、ぱったり沙汰止み、
音もない。
マクベス
『マクベス』

はじめに

大臣一座結成以前に書かれたものだ。その年の終わりには見事な筋立ての『まちがいの喜劇』の上演があったが、これはローマ喜劇に取材した取り違えの話や一家の離散と再会のロマンティックな話などを織り込んだものだった。

劇作家としての成功

1594年以降宮内大臣一座の株主となり、他の劇作家と共同で働く必要のなくなったシェイクスピアは、好きなように書けるようになったものの、さまざまな形式の戯曲を年に約2本のペースで仲間に提供しなければならないと感じていたようだ。

それから5年ほどのあいだにシェイクスピアが書きあげたのは、『恋の骨折り損』、『夏の夜の夢』、『ヴェニスの商人』、『から騒ぎ』、『お気に召すまま』といった目のくらむばかりの恋愛喜劇、そしてさらなるイギリス史劇としては、悲劇的な『リチャード二世』と『ジョン王』、シェイクスピアの最大の喜劇的人物サー・ジョン・フォールスタッフが活躍する『ヘンリー四世』二部作、その続編で威勢のよい『ヘンリー五世』があり、そのほかに恋愛悲劇『ロミオとジュリエット』、やはりフォールスタッフを中心に据えた、色恋が失敗する喜劇『ウィンザーの陽気な女房たち』、ローマ悲劇『ジュリアス・シーザー』が書かれた。

シェイクスピアの劇団は1599年に新しい劇場グローブ座を手に入れた。この劇場のために、シェイクスピアは最後の恋愛喜劇2本、『お気に召すまま』と『十二夜』を書いた。今日に至るまでシェイクスピアの最大傑作とされている悲劇『ハムレット』が書かれたのもこの頃であった。このあと、シェイクスピアの戯曲は暗い調子になる。すなわち、かなり独特な苦い悲喜劇『トロイラスとクレシダ』のほか、形式としては喜劇なのだが深刻な道徳的問題を突きつける2本——『尺には尺を』、『終わりよければすべてよし』

>
> この唇、顔赤らめた巡礼二人が、
> 控えています、
> 乱暴に触れられた手を
> やさしい口づけで慰めるため。
> **ロミオ**
> 『ロミオとジュリエット』

——が書かれたのだ。この時期、シェイクスピアは『オセロー』、『マクベス』、『リア王』という深遠な悲劇も書いた。1603年に女王が亡くなると、劇団は国王一座となった。

共同執筆者とライバルたち

1606年頃、理由はわからないが、シェイクスピアはかつてのように他の劇作家との共同執筆を始めた。トマス・ミドルトンは、ベン・ジョンソンとともにシェイクスピアの最大のライバルとして活躍していたが、シェイクスピアと『アテネのタイモン』で共同執筆をした。ただ、今日まで残っているこの劇のテクストは不完全なものである。新しい演劇スタイルを取り入れた『ペリクリーズ』では、あまり有名でない劇作家ジョージ・ウィルキンズの手を借り、これはのちの単独作『シンベリン』、『冬物語』、『テンペスト』といった悲喜劇的な物語劇（ロマンス劇）の先がけとなった。

この頃、厳格な『コリオレイナス』と、けばけばしい『アントニーとクレオパトラ』というきわめて対照的な古代ローマの悲劇を2本書いている。さらに、15歳ほど年下のジョン・フレッチャーと、今では失われた劇『カーディーニオ』や、『二人の貴公子』、そして当時は『すべて真実』

という題で知られていたがファースト・フォリオには『ヘンリー八世』として印刷された劇も書いた。1613年の『すべて真実』初演か初演に近い上演の最中、舞台効果のための空砲から出た火の粉がグローブ座の藁ぶき屋根に着火し、劇場は全焼した。シェイクスピアの大ヒット作を上演してきた劇場の消失とともに、シェイクスピアの劇作家としてのキャリアは終わった。

死の直前の3年間、シェイクスピアはほとんど何も書かなかった。1616年4月に亡くなり、財産のほとんどを長女スザンナに遺し、150ポンドを次女ジューディスに遺した。遺言のなかには、シェイクスピアの劇団国王一座の三人の仲間——リチャード・バーベッジ、ヘンリー・コンデル、ジョン・ヘミングズ——に、故人の記念にはめる指輪を購入してほしいとそれぞれに26シリング8ペンスを遺すとあったが、これは当時の一般的な慣習だった。

なぜシェイクスピアは偉大なのか？

現代とはかなり違う劇場のために戯曲を書いたずっと昔のシェイクスピアが、どうして今もって重要な作家として、英語圏のみならず世界中でもちあげられているのだろうか。しかも、今からすればますます古めかしく思える言葉を用いて、非リアリスティックな劇的約束事を用いながら、当時の一般観客の日常的な経験からも程遠い出来事を描いているというのに？

ひとつの答えは、シェイクスピアは散文と韻文をどちらも自由自在に使いこなしたところにあるだろう。『ジュリアス・シーザー』の広場でローマ市民に語るマーク・アントニーの演説や、『ヘンリー五世』のアジンコートの戦い直前に国王が全軍に告げた演説のように強力な修辞法を駆使したのだ。『ロミオとジュリエット』の恋の場面や、『夏の夜の夢』のオーベロンとティターニアの絶妙な掛け合いのような抒情的な韻文を用いた美しいせりふも書けた。『ヴェローナの二紳士』で道化ラーンスが自分の犬クラブに語りかけるせりふや、『夏の夜の夢』のボトムとその仲間たちのやりとりのような、知的で滑稽なせりふも書けた。

『冬物語』のレオンティーズの「ああ、暖かい！」や、『テンペスト』のミランダの「ああ、すばらしき新世界、こんな人たちがいるなんて」に対してプロスペローが返す「おまえには新しいな」というせりふや、リア王とコーディーリアの短い言葉で綴られる再会のせりふなど、短い言葉で心を貫くような強力でシンプルなせりふも書くことができた。

記憶に残る登場人物たち

シェイクスピアは、手に汗握る話を書くこともできた。戯曲の全般的な構造は筋を前面に押し出すものであるが、『ハムレット』や『リア王』のように1つ以上の筋に複雑な話が絡み合うこともあった。『ヴェニスの商人』の裁判の場面や『マクベス』の宴会の場面などのように、きわめて劇的な効果をもって緊張ある場面を描いた。

こいつはまさに
世間の愚行ってやつだ。
てめえの運がついてないと、
たいていは自業自得だってのに、
太陽、月、星のせいにしやがる。

エドマンド

『リア王』

劇のなかの人たちが実在するかのように思えるよう、個々の人物もしっかり書かれており、『ロミオとジュリエット』の乳母や『ヴェニスの商人』のシャイロックのように個性的に話をさせ、意外ではありながらも、ありうる振る舞いをさせることもある。

重要なことだが、シェイクスピアはなんらかの判断を下したり、道徳的になったりしなかった。『終わりよければすべてよし』のパローレスや(とりわけ)『ヘンリー四世』二部作のフォールスタッフのように悪いことをする人物であったり、マクベスのようにひどい殺人犯であったりしても、その悪行に対する判断を下すのではなく、その当人たちが感じていることを私たちにも感じさせてくれるのである。

シェイクスピアの戯曲には演劇的におもしろい複雑な役柄がたくさんあり、俳優にとって豊かでやりがいのある役の宝庫となっている。ハムレット、リア王、マクベス夫人、クレオパトラのような悲劇的な役、ヘンリー五世やコリオレイナスのような英雄的な役、『から騒ぎ』のベネディックとビアトリスのような知的で喜劇的な役、『夏の夜の夢』のボトムのような滑稽な役など、いずれも俳優が自分の技量を披露するのにまさにふさわしい機会を与えてくれる。

万世のための物語

『リア王』や『テンペスト』のようにシェイクスピアの物語の多くには神話や伝説の要素があるため、後世の人にはとっつきやすいところがある。歴史劇や『ジュリアス・シーザー』のように政治的な面がある劇は、現代の問題と直結しやすい。シェイクスピアを世界一の劇作家と言うだけでは不十分であり、劇形式で知見を表現する芸術的手法をもち、ユニークな繊細さと伝達能力をもってそれを表現した哲学者、心理学者、詩人と言ったほうがふさわしいだろう。

本書の構成

本書は、シェイクスピアの劇それぞれについて、その主題、主要人物の簡潔な説明、幕場ごとの説明、そして粗筋を説明する構成になっている。そのあとに、それぞれの劇の評判や長年にわたる影響についての情報がある。

また、シェイクスピアの物語詩『ヴィーナスとアドーニス』、『ルークリースの凌辱』、シェイクスピアの『ソネット集』、そしてシェイクスピアが書いたとされる2編の詩「恋人の嘆き」と「不死鳥と雉鳩」についての解説もある。

シェイクスピア作品の正確な執筆順はわかっていない。本書では、1986年初版のオックスフォード版シェイクスピア全戯曲集(スタンリー・ウェルズ、ゲイリー・テイラー編)に掲げられたテクストと年代に従う。この本は2005年に、少なくとも一部をシェイクスピアが書いたとして広く認められるようになった『エドワード三世』と、『サー・トマス・モア』の全文を加えて再版された。

『サー・トマス・モア』は、草稿の形でのみ残っており、少なくともあるすばらしい一場面をシェイクスピアが書いたと考えられる作品である。■

さあ、殺意につきそう悪霊たち、
私のなかに入ってきて！
私を女でなくしておくれ！
頭から爪先まで、おぞましい残忍さで満たしておくれ！

マクベス夫人

『マクベス』

フリーの
1589年～1594年

作家時代

22　はじめに

シェイクスピアが**ロンドンに出て**、最初の戯曲『ヴェローナの二紳士』を執筆する。

↑
1589

クリストファー・マーロウが『マルタ島のユダヤ人』を執筆。この作品がシェイクスピアの『ヴェニスの商人』に影響を与える。

↑
1589

15歳の**アン・オヴ・デンマーク**がスコットランド王妃として戴冠する。1603年にはスコットランドとイングランドの統合により、**イングランド王妃となる**。

↑
1590

シェイクスピアが**歴史劇**『ヘンリー六世・第三部』『ヘンリー六世・第一部』、および**悲劇**『タイタス・アンドロニカス』を執筆する。

↑
1591

1589
↓

フランス国王アンリ三世が**暗殺され**、改革派教会の信者であるナヴァラ国王アンリが**アンリ四世となる**が、カトリック教会はこれを認めず。

1590
↓

シェイクスピア作の**喜劇**と**歴史劇**が1本ずつ登場する。喜劇は『じゃじゃ馬馴らし』、歴史劇は『ヘンリー六世・第二部』。

1590
↓

ウルバヌス七世が**ローマ教皇**となるも、**在位わずか12日で没する**。クリストファー・マーロウが執筆した『タンバレイン大王』が刊行される。

1591
↓

海軍大臣一座の本拠地が興行師フィリップ・ヘンズロウの**ローズ座へ移る**。

若きウィリアム・シェイクスピアはおそらく1580年代の終わりにロンドンに出てきた。だが、正確にいつかは不明である。1585年前半に双子が誕生したあと、7年間にわたってその消息はいっさい断たれている。

この間をシェイクスピアが学校教師として過ごしたと信じる者もいれば、イタリアを旅行したとする者もいるが、確たる証拠はない。一説には、彼がランカシャーのカトリック教徒一家と暮らしていて、そこでカトリックへの共感を深めていったが、イングランドのプロテスタント政権との衝突を避けるためにその後ずっとカトリックへの思いを隠しておかなければならなかったとも言われている。

地方出身の成り上がり

確実なのは、1590年頃までにシェイクスピアはロンドンに暮らして戯曲を数本書いていたということだけだ。それがわかるのは、それまで首都を牛耳っていた大卒の劇作家たちのあいだに波風が立ったことが明らかだからである。こういった劇作家のひとりがロバート・グリーン（1558〜92年）で、彼は1592年に貧困のうちに死んでいくのだが、小冊子のなかで辛辣に記している。「というのも、ここに我らの羽根で美しく身を飾った1羽の成り上がり者のカラスがいる。こいつは、その虎の心を役者の皮で包んで、諸君の誰にも負けず見事に無韻詩を大げさな調子で述べたてることができると思っている。また……この国で舞台を揺り動かせるのは自分ひとりなのだ、とうぬぼれている」。この「虎の心を役者の皮で包んで」という言い回しは、『ヘンリー六世・第三部』の一節のパロディーである。つまり、この時点でシェイクスピアはすでによく知られた存在だったようだが、依然としてグリーンが「成り上がり者」と呼ぶのに十分な新参者だった。

心躍る時代

1580年代後半は、ロンドンで劇作家になるには心躍る時代だった。ヨーロッパで最も速いスピードで発展しており、活気溢れる大都市として大きさで競っているのはパリとナポリぐらいだった。ロンドンはまだ若い都市で──人口の大半が30歳以下だった──演劇界も成長著しかった。市の城壁を超えて、活気があってうす汚い都市周辺部で新しい劇場が多くの観客を魅了し始めていた。1576年にはジェイムズ・バーベッジがショアディッチ地区にシアター座を設立し、ライバルのフィリップ・ヘンズロウは1577年その近くにカーテン座を建設した。

シェイクスピアはこれらの劇団のひとつで役者としてキャリアをスタートさせ、まもなく戯曲を書き始めたのではないかと考えられている。残っている彼の作品で最も初期のものである『ヴェローナの二紳士』と『じゃじゃ馬馴らし』の

フリーの作家時代

エセックス伯が**イングランド軍を率いて、ナヴァラ国王アンリを援護する**ためにルーアンに向かう。ヴェニスのリアルト橋が完成する。

↑

1591

ハントリー侯爵が**スコットランドのドニブリストル城に放火し、**確執のあった**マリ伯爵を殺害する。**

↑

1592

劇作家**クリストファー・マーロウ**に対し、異端信仰の罪で**逮捕令状**が出る。

↑

1593

カトリックに改宗した**アンリ四世がフランス国王として戴冠する。**

↑

1594

1592

↓

『リチャード三世』および『エドワード三世』が上演される。6月、**腺ペストの大流行**により劇場閉鎖となる。

1593

↓

詩集『ヴィーナスとアドーニス』が出版される。プロテスタントによるカトリック教徒への弾圧が、**カトリック教徒弾圧法**によって厳しくなる。

1594

↓

アイルランドでヒュー・オニールとヒュー・オドンネルの**両伯爵**が**イングランド支配に対抗するために同盟を結ぶ。**

1594

↓

シェイクスピアが詩集『ルークリースの凌辱』を完成させ、新たに**経済的な成功を**収める。

執筆は、1590年頃にさかのぼる。それと同時期に、彼が複数の劇団のために戯曲を書いた可能性もある。

無敵艦隊効果

この時代は危険な時代でもあった。ローマ・カトリック教会からヘンリー八世が破門されて受けた傷はまだ生々しく、至るところにいるカトリック支持者は政府のスパイに常に監視されていた。1587年、長きにわたって収監されていたカトリックのスコットランド女王メアリが、親戚筋のエリザベス女王殺害計画に関与したとして処刑された。それに対し、スペインのフェリペ二世が130隻の無敵艦隊、すなわち史上最高の艦隊を送り込んだ。フェリペはエリザベスの姉でカトリック教徒のメアリ一世と結婚した人物であり、イングランドを侵略して〈異教徒の〉エリザベスを退位させ、カトリック信仰を復興させようと狙っていた。驚

いたことに、数では劣るものの機動力に勝るイギリス艦隊は潮流と嵐の助けもあって、巨大な無敵艦隊を完全に打ち負かした。これはカトリック教徒の希望を大きく打ち砕く一撃ではあったが、イングランド国内ではプロテスタントであろうとカトリック教徒であろうと、この予想外の大勝利に誇りを感じない者などおそらくひとりもいなかった。この勝利はエリザベスの治世を確固たるものとし、愛国心の波が国の津々浦々に広がった。その波にシェイクスピアは乗り、その後何年にもわたって大量の歴史劇でイングランドの歴史を描いて大成功を収めたというわけである。

シェイクスピアはあっという間に名を上げ、1592年までにはすでに薔薇戦争に関する最初の連作『ヘンリー六世・第一部〜第三部』『リチャード三世』、そして『タイタス・アンドロニカス』など、6作品が大当たりしていた。

ペストと詩

その後、悲劇が襲った。ペストの大流行がロンドンを荒廃させたのだ。疫病の拡散を防ぐために、劇場は1592年6月から1594年5月まで閉鎖され、劇団は市街から追放された。なかには巡業に出た劇団もあったが、シェイクスピアの動きはわからない。おそらくこの期間を利用して、詩作をしていたものと思われる。1593年4月、立派な詩集『ヴィーナスとアドーニス』が出版された。これは彼の生涯で最も大きな文学的成功を収めるものとなり、彼のどの戯曲よりもはるかに多く売れて、多数の版を重ねた。2番目の詩集『ルークリースの凌辱』は翌年出版された。その頃シェイクスピアは戯曲も書いていたようである。おそらく劇場の再開とともに観客が楽しい劇を渇望してくることを予測していたためと思われるが、シェイクスピアが次に書いた2作品は喜劇だった。■

愛において友を大切にする奴がいるか？

『ヴェローナの二紳士』
(1589-1591)

ヴェローナの二紳士

登場人物

プローテュース ヴェローナの若い紳士。

ヴァレンタイン ヴェローナの紳士。プローテュースの友人。

ジューリア プローテュースの最初の恋人。のちに小姓セバスチャンに変装する。

ルーセッタ ジューリアの侍女。ジューリアの男装のために衣装（ズボンとコッドピース）を作った。

シルヴィア ミラノ公爵の娘。ヴァレンタインの恋人。

スピード ヴァレンタインの召し使い。間抜けな主人よりはるかに賢い。

ラーンス プローテュースの召し使い。道化。

クラブ ラーンスの犬。ラーンスが熱を込めて語りかける相手。

ミラノ公爵 シルヴィアの父親。

シューリオ シルヴィアの求婚者。ミラノ公爵に見込まれるが、ライバルたちからは相手にされない。

アントーニオ プローテュースの父親。息子に、ヴァレンタインにつづいてミラノへ行くべきだと説く。

パンシーノー アントーニオの召し使い。

エグラモー 恋人の死後、純潔の誓いを立てている騎士。

無法者たち ミラノ郊外の森に住む。

宿屋の亭主 ジューリアが宿泊する宿屋の主人。

 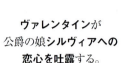 

| ヴァレンタインはプローテュースに別れを告げ、ミラノに出発する。 | ヴァレンタインが公爵の娘シルヴィアへの恋心を吐露する。 | プローテュースはミラノ公爵邸に到着したとたん、シルヴィアに恋をする。 |

第1幕第1場　第2幕第1場　第2幕第4場

第1幕　　　　　　　　　　　**第2幕**

第1幕第3場　第2幕第2場

アントーニオがプローテュースに、ミラノで学問の仕上げをするよう勧める。　プローテュースはジューリアに別れを告げ、指輪を交換して忠誠を誓う。

ヴァレンタインは紳士としての教育を完成させるため、ミラノ公爵邸へ出発する準備をしている。プローテュースはジューリアに恋しているため、同行を断る。ヴァレンタインは、友人が恋の虜となっていることを嘆く。

ジューリアは侍女のルーセッタと求婚者たちの品定めをしている。ルーセッタはただひとりプローテュースを称賛するが、ジューリアは彼から求婚されていないと言う。スピードがプローテュースからの手紙を届けると、ジューリアは読みたくないそぶりを見せて手紙を破るが、あとでこっそりと繋ぎ合わせ、彼に恋していることを認める。

プローテュースは、ジューリアから恋の告白の手紙を受け取って舞いあがっていると、父からヴァレンタインのいるミラノへ行くよう命じられてしまい、ジューリアと会って別れを告げ、指輪を交換して忠誠を誓う。ラーンスが家族との別れに際して、犬のクラブだけが涙ひとつ見せないと滑稽な口調で語る。

ミラノ公爵邸では、公爵の娘シルヴィアに夢中になったヴァレンタインが恋愛に批判的だったそれまでの考えを改める。シルヴィアは裕福なシューリオと結婚するように父から言われていたが、公爵邸に到着したプローテュースも、たちまちシルヴィアの虜になる。

フリーの作家時代　27

プローテュースが、**ヴァレンタインとシルヴィアの駆け落ちの計画を**公爵に話す。公爵がヴァレンタインを追放する。

山賊の一味がヴァレンタインを捕らえたのち、頭（かしら）に据える。

プローテュースがセバスチャンに変装したジューリアを小姓にし、ジューリアから贈られた指輪をシルヴィアのもとへ届けさせる。

ジューリアが正体を明かしてプローテュースと仲直りする。プローテュースとジューリア、ヴァレンタインとシルヴィアの結婚が決まる。

第3幕第1場　　第4幕第1場　　第4幕第4場　　第5幕第4場

第3幕　　**第4幕**　　**第5幕**

第2幕第7場　　第3幕第2場　　第4幕第3場　　第5幕第2場

ジューリアは、小姓に変装して**プローテュースのあとを追う決意をする。**

プローテュースは**シルヴィアにセレナードを捧げる**ため、音楽と詩を準備する。

エグラモーは、シルヴィアがヴァレンタインとの再会を果たせるよう、**手を貸すことにする。**

公爵、シューリオ、プローテュース、ジューリアがシルヴィアを追う。

　ヴァレンタインは自分がシルヴィアと言い交わして駆け落ちしようとしていることをプローテュースに打ち明ける。すると、プローテュースはシルヴィアの父親に密告する。公爵はヴァレンタインに鎌をかけて、マントに隠した縄梯子（なわばしご）と手紙を暴き、彼をミラノから追放する。

　プローテュースはシューリオのため、シルヴィアの前でシューリオを称賛し、ヴァレンタインを中傷しようと申し出る。プローテュースがシルヴィアの窓の下で歌ったとき、それを聞いていたのは、小姓セバスチャンに変装して恋人を捜しあてたジューリアだった。プローテュースはセバスチャンを雇い、手紙とジューリアから贈られた指輪を持たせてシルヴィアへの求婚の使いに出す。シルヴィアは自分の肖像画をプローテュースに贈るが、手紙は読むつもりはないと破り捨てる。そしてプローテュースが最初の恋人を裏切った話をジューリアから聞かされ、涙する。

　シルヴィアは、愛する女性を亡くしてからずっと純潔の誓いを立てている騎士エグラモーの協力を得る。2人は懺悔（ざんげ）のあとパトリック修道士の庵（いおり）で落ち合い、ヴァレンタインがいると思われる町マントヴァに向かう。

　プローテュースは森のなかで、山賊に囚（とら）われたシルヴィアを救い出す。それでもなおシルヴィアに熱い想いを拒まれたプローテュースが彼女に暴行しかけたとき、ヴァレンタインが止めに入る。プローテュースはすぐに後悔する。気の毒に思ったヴァレンタインはシルヴィアに対する愛を断念する。ジューリアが、シルヴィアに届け忘れていた指輪をプローテュースに返す。プローテュースは、それがかつてジューリアに与えた指輪だと気づいて訝（いぶか）しむが、ジューリアが正体を明かすと、彼女への愛を思い出す。シューリオがシルヴィアへの求婚を取り下げたため、公爵もヴァレンタインと娘の結婚を認める。山賊たちは追放を取り消され、2組の恋人たちの結婚が決まる。»

ヴェローナの二紳士

背景

テーマ
友情、恋愛、欲望、野心、心変わり、背信、犠牲的行為

舞台
ヴェローナ、ミラノ公爵邸、マントヴァ近郊の森

材源
1531年 プローテュースとヴァレンタインの筋は、ボッカチオの『デカメロン』にある「タイタスとギシパス」に類似している。シェイクスピアはサー・トマス・エリオットの『為政者論』（1531）を通してその物語を知ったと思われる。

1542年 ホルヘ・デ・モンテマヨールの散文小説『魅せられたディアナ』（1542年、英訳版は1598年）をもとに、男装のジューリアが恋人から新しい恋の使いに出されるという構想を練ったと思われる（失われた戯曲『フェリックスとフィリオミーナの物語』も材源である可能性がある）。

上演史
1931年 白黒のサイレント映画『梅の一枝』（卜萬蒼監督）では、舞台が20世紀の中国に設定されている。

1971年 ジョン・グエア とメル・シャピロの台本による斬新なミュージカル『ヴェローナの二紳士』が、オフ・ブロードウェイのジョー・パップス・パブリック・シアターで上演された。その後ブロードウェイでも上演され、トニー賞のミュージカル作品賞を受賞。

2014年 ロイヤル・シェイクスピア劇団が本拠劇場で初めて本作を完全上演。上演は収録され、イギリス全国の映画館で生中継された。

『ヴェローナの二紳士』はロマンティック・コメディとしては、意外にも恋愛に対して否定的だ。情熱的な感情が、戦地で戦ったり、大学で学んだり、外国を旅したりすべき若者の成長を妨げるとみなされている。知的成長を止めるだけでなく、肉体的にも有害だというのだ。「早熟な蕾は花咲く前に虫に食われる。それと同じく、若くてしなやかな知恵が、恋で馬鹿になり、蕾のまま枯れてしまう」（第1幕第1場）。

恋愛未経験なヴァレンタインがこんなことを言うのは、おそらく「物書き」の受け売りだろう。ところが彼がシルヴィアに恋すると、その振る舞いはまさにここで指摘されたとおりになってしまう。知性が著しく鈍った彼は、シルヴィアから「私のために恋の詩を書いてほしい」と頼まれても、彼女が「あなたが好き」と明かしていることが理解できないのだ。

劇を通して、登場人物たちは自らが恋によって〈変わった〉と言う。ジューリアは男装して危険な旅をしながら、愛するプローテュースのあとを追う。ヴァレンタインは身だしなみも振る舞いも、いかにも恋する者といった姿に変わる。この変化についてスピードはもっぱら滑稽なコメン

> ジューリアを捨てたら
> 俺は裏切り者だ。
> 美しいシルヴィアを愛しても
> 裏切り者だ。
> 友をだましたら、とんでもない
> 裏切り者だ。
> **プローテュース**
> 第2幕第6場

> 彼がすてきと思う
> この人の美点のうち
> 私に及ばないところが
> いったいどこにあるというの？
> 愚かな恋の神は
> 盲目だからしかたないけど。
> **ジューリア**
> 第4幕第4場

トをするが、「旦那を見ても旦那と思えなくなった」（第2幕第1場）という正直な言葉からは、恋することは男らしくないとされた当時のほうが、男性の恋愛願望をめぐる不安の根が深かったことが読み取れる。それにしてもプローテュースの変わりようは何より深刻だ。プローテュースというのは、ギリシャ・ローマ神話では意のままに姿を変えられる海神だ。しかし、シェイクスピアのプローテュースは自分の変化をほとんど制御できないので、ジューリアに対する誓いを破ったり、ヴァレンタインとの友情を裏切ったりすることになる。

友情対恋愛

　この時代には、男同士の友情は非常に重んじられ、性的欲望に乱されることのない、純粋で高貴な愛情だと思われていた。互いに模範を示すことにより、完璧な人間に高め合えると考えられたのだ。「真の友はふたつの体、ひとつの心を持つべきだ。まるでひとりがもうひとりとなったかのように」とリチャード・エドワーズは1564年作の戯曲『デイモンとピシアス』で言っている。友人なら同じ意見、同じ好み、同じ欲求をもち、すべてを共有するはずだと考えれば、プローテュースがヴァレンタイ

ンの恋人に欲望を抱いても驚くにはあたらない。本作が描いているのは、私たちが他者の目を通して判断し、何がすばらしいと思うべきかも人から教えてもらっているということだとする説もある。シルヴィアに欲望を抱くのはよいのであり、プローテュースが友としてやってはいけなかったことは、恋人を横取りするために「友よりも自分が大事だ」（第2幕第6場）と言ってヴァレンタインを裏切ったことなのだ。

そのうえ、プローテュースはシルヴィアをレイプしようとするのだが、ここはシェイクスピアが描いたなかでも最悪の場面だと言われている。ヴァレンタインに止められると、プローテュースはすぐさま懺悔し、後悔するが、そんなことで彼が犯そうとしていた罪や、ここまで至った背信行為が償えるはずがない。それでもヴァレンタインはすぐに友を赦し、シルヴィアとのすべての絆をあきらめて、彼女をプローテュースに差し出すのだ。性的欲望に駆り立てられたプローテュースは友を裏切った時点で友情物語の枠組を外れてしまうと言えよう。ヴァレンタインはその枠組のなかに居つづけるのだが。

女性の立場

このシェイクスピア作品におけるレイプ未遂事件は、劇中の女性たちを蔑ろにする行為として物議をかもすこととなった。男性登場人物たちは、女性が「イエス」のときに「ノー」と言うと主張する。女性

> 女が姿を変えるのは
> 男が心を変えるより、
> ごく慎ましやかな小さな咎です。
> ジューリア
> 第5幕第4場

は蠟のように思いどおりに型どられそうなほど温和というわけだ。しかし、ジューリアとシルヴィアが最初の恋人を想いつづけるのに対し、移り気なのは男性たちだ。プローテュースは「ああ天よ、心変わりさえしなければ、男は完璧なのだが」（第5幕第4場）」と言い放つ。シルヴィアの運命は、当人がひと言も言わないまま、最後にヴァレンタインとシューリオとシルヴィアの父によって決められる。浮気性で強姦未遂犯のプローテュースと一緒になってジューリアが幸せになれるのかと観客は気をもんでしまうが、それは作者の意図ではない。ここでは友情のほうが重要なテーマとなっているのである。「祝宴もいっしょ、家もいっしょ、幸せもいっしょだ」（第5幕第4場）と言うヴァレンタインが念頭に置いているのは、結婚式の誓約（夫は妻と結ばれ、夫婦は〈一心同体〉となる）よりも、男同士の〈心はひとつ〉という友情だからだ。

シェイクスピアはこのあとも、本作で扱ったたくさんのテーマやモチーフを再び用いているが、ロマンチックな愛をこのように友情の下に位置づけることは二度としなくなる。■

追放と欺瞞の人生というテーマを現代のジンバブエに移し替えて演じた、2012年のショナ語での公演。15人にのぼる登場人物を2人の俳優だけで演じた。

じゃじゃ馬の
馴らし方は
わかっている

『じゃじゃ馬馴らし』(1590-1594)

登場人物

クリストファー・スライ 酔っぱらいの鋳掛け屋。

バプティスタ キャタリーナとビアンカの父親。娘の求婚者たちと交渉する。

キャタリーナ 気の強さと頑固さで知られる女性。

ビアンカ キャタリーナの妹。何人もの求婚者からちやほやされている。

ペトルーキオ ヴェローナの紳士。資産家と姻戚関係を結ぶためにパデュアに旅をする。

グルーミオ ペトルーキオの召し使い。主人から食事を禁じられたキャタリーナを食べ物でからかう。

グレミオ ビアンカに恋する裕福な老人。

ホーテンシオ ビアンカへの求婚者。ビアンカに近づくため、教師リショーに変装する。

ルーセンシオ ピサ出身の若者。ビアンカに求婚するため、教師キャンビオに変装する。

ヴィンセンシオ ルーセンシオの父親。パデュアに旅をし、他人が自分になりすましているのを見て憤慨する。

トラーニオ ルーセンシオの召し使い。主人がキャンビオを演じるあいだ、主人のふりをする。

ビオンデロ ルーセンシオの召し使い。

クリストファー・スライは、自分が殿様だと思い込まされて**芝居を観る**。

ホーテンシオはペトルーキオに、キャタリーナのことを**話す**。

ルーセンシオとホーテンシオはビアンカの**家庭教師**になり、恋を告白する機会を得る。

序幕　　　　第1幕第2場　　　第3幕第1場

第1幕　　**第2幕**

第1幕第1場　　第2幕第1場

ルーセンシオはビアンカに目を留め、**求愛するための策を練る**。

キャタリーナはリュートでホーテンシオの頭を殴りつけたのち、ペトルーキオから日曜日に結婚すると告げられる。

　クリストファー・スライという酔っぱらいの鋳掛け屋が、居酒屋の女将と口論をしたあげく叩き出される。そこへ通りかかった殿様と家来が悪戯をしかけ、この男に自分は殿様だと信じ込ませて劇を観させる。劇の舞台はイタリアで、ルーセンシオと召し使いのトラーニオがパデュアに到着するところから始まる。ふたりは、バプティスタ・ミノーラが、娘ビアンカへの求婚者であるホーテンシオとグレミオに話しているのを立ち聞きする。すなわち、バプティスタは長女キャタリーナに夫が見つかるまでは次女ビアンカを嫁がせないという。

ルーセンシオもビアンカに恋をして、求婚者たちを出し抜いて結婚の申し込みをしようと計画する。そして、変装してビアンカの教師になって近づくことにし、召し使いトラーニオには自分の代わりにルーセンシオになりすますよう命じる。

　ホーテンシオの友人ペトルーキオがパデュアに着き、高額の持参金付きの娘と結婚するつもりだと明言する。ホーテンシオがキャタリーナ・ミノーラがよいと言うと、ペトルーキオは彼女がじゃじゃ馬であるという噂にもかかわらず、彼女に求婚して、うんと言わせ、結婚しようと決意をする。キャタリーナに求婚しに来たペトルー

フリーの作家時代

キャタリーナはペトルーキオに祝宴に**出てほしい**と頼むが、聞き入れられない。

ルーセンシオとホーテンシオは、ビアンカに**正体を明かす**。

ペトルーキオが太陽を月と呼んで、キャタリーナの忍耐を試す。

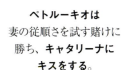

ペトルーキオは妻の従順さを試す賭けに勝ち、**キャタリーナにキスをする**。

↑ 第3幕第3場　　↑ 第4幕第2場　　↑ 第4幕第6場　　↑ 第5幕第2場

| 第3幕 | 第4幕 | 第5幕 |

第3幕第2場　　第4幕第1場　　第4幕第3場　　第5幕第1場

↓　　　　↓　　　　↓　　　　↓

ペトルーキオがキャタリーナとの結婚式に〈おかしな恰好（かっこう）をして〉現れる。

ペトルーキオは召し使いたちに**皿などを投げつけ**、用意された食事を床に投げ捨てる。

ペトルーキオはキャタリーナのために仕立てられた**帽子とガウンをこき下ろす**。

ルーセンシオの父ヴィンセンシオが、当人になりすました**男と対面する**。

　キオが、リショー（変装したホーテンシオ）を姉妹に音楽を教える教師として紹介する。ホーテンシオがビアンカを口説きにかかる一方、ペトルーキオは父親から姉娘との結婚許可を得る。グレミオは詩の教師キャンビオ（実は変装したルーセンシオ）に、自分の代わりにビアンカを口説くよう頼む。トラーニオもすでにルーセンシオになりすましていて、主人のためにビアンカを口説きつづける。
　ペトルーキオは、キャタリーナと丁々発止と渡り合ったあと結婚の意思をますます強め、婚礼の日取りも決める。結婚式の客はペトルーキオの遅刻のために待ちぼ

うけを食らわされるが、ようやく現れたペトルーキオはまるで場違いな服装をしている。そして自分も花嫁も祝宴には臨まず、ただちにヴェローナへ戻ると宣言する。さらに新妻のじゃじゃ馬ぶりを抑えようと、妻に食べることも眠ることも許さない。
　ルーセンシオは正体を明かしてビアンカの心をつかみ、ふられたホーテンシオは、とある後家と結婚する。資金のないルーセンシオとトラーニオは、通りがかりの学校教師を言いくるめて、ルーセンシオの父親ヴィンセンシオの代役を務めさせる。うまくいったのもつかの間、ルーセンシオの本物の父親がやってきてしま

い、偽者に会って困惑する。混乱した事態の説明をルーセンシオがする。キャタリーナとペトルーキオは祝宴のためにパデュアに戻るが、キャタリーナは夫の言うことを素直にきくようになっている。
　ペトルーキオは、ルーセンシオやホーテンシオの妻たちよりも、自分の妻のほうが従順だとして賭けをする。男たちが妻たちを呼びつけると、キャタリーナしかやってこないため、ペトルーキオの勝ちとなる。キャタリーナは他の妻たちに、良き妻のなすべきこと、夫婦のあり方について力強く説く。客たちはみなキャタリーナの変わりように驚かされる。»

じゃじゃ馬馴らし

背景

テーマ
愛、結婚、権力、父、娘、金、地位、男、女

舞台
イングランドのウォーリックシャー、イタリアのパデュア

材源
10世紀 クリストファー・スライの挿話は『アラビアン・ナイト』のひとつと類似点があり、じゃじゃ馬の物語はこの時代のバラッドや民話に着想を得ている。

1566年 ビアンカ、ルーセンシオ、ホーテンシオ、グレミオらの筋立てはジョージ・ギャスコインの喜劇『取り違え』がもとになっている。

上演史
1611年 ジョン・フレッチャーがシェイクスピアの作品に応えて『じゃじゃ馬馴らしが馴らされて』を執筆。

1874年 ヘルマン・ゲッツが本作品をもとに作曲したオペラ『じゃじゃ馬馴らし』初演。

1929年 シェイクスピア劇として初のトーキー作品が誕生。監督はサム・テイラー、出演はハリウッドスターのメアリー・ピックフォード、ダグラス・フェアバンクス。

1948年 コール・ポーターによりミュージカル化され、『キス・ミー・ケイト』として初演される。

1967年 フランコ・ゼフィレッリ監督の映画が公開される。出演はリチャード・バートン、エリザベス・テイラー。

1999年 アメリカの青春映画『恋のからさわぎ』では、舞台をシアトルのハイスクールに設定。

部の評論家が、この作品が書かれなければよかったと考えるのももっともだろう。今日、キャタリーナ役に選ばれることを望まない女優もいれば、本作が演劇界から消えるのを見届けたいという劇評家もいる。しかし、シェイクスピア喜劇のなかでも特に好きな作品として挙げる人もいれば、シェイクスピア初期の作品中で印象的な登場人物はキャタリーナだという人もいる。

この「じゃじゃ馬」を「馴らす」芝居において、作者は女性や結婚制度に対する、当時としては一般的だったさまざまな姿勢を表現している。おそらく現代の観客は、そうした姿勢におもしろさよりも不快感を覚えることだろうが、そこには作者と作者の生きた時代との結びつきが反映されている。女性が男性に率直に異議を唱えれば「じゃじゃ馬」とレッテルを貼られたり、気立てが悪いと言われたりした時代だ。『じゃじゃ馬馴らし』という題は、なかなか激しいドラマを予想させるものであり、男女の戦いをも期待させるものだった。

男性の所有物

この劇では、女性は男性の所有する品物のように語られる。キャタリーナの最初のせりふには、父がグレミオとホーテンシオに向かって、彼女の縁談に関して金銭的な関心ばかり示すのを耳にしたときの嫌悪感が表れている。ペトルーキオがキャタリーナへ求婚してはどうかという提案を受け入れるときも、頭にまず浮かぶのが金銭的な利益であり、「俺は金持ちの娘と結婚しに来たんだ、パデュアへ。金持ちなら幸せになれるってもんだ、パデュアで」(第1幕第2場)と言う。彼の頭には恋愛のことなどなく、「その女が秋空を劈く雷みたいに大声でがなりたてようと、口説いてみせる」(第1幕第2場)と

男女間の緊張関係か、ひどいいじめか？ 映画は時代ごとに男女の駆け引きを反映してきた。1967年のフランコ・ゼフィレッリ監督の映画では、夫婦だったエリザベス・テイラーとリチャード・バートンが主演した。

>
> かつてライオンが吼(ほ)えるのを
> 聞いたことだってあります。
> ペトルーキオ
> 第1幕第2場
>

いうせりふのとおり、ものにしようとしか考えていない。こうした男たちから「地獄の悪魔」（第1幕第1場）と思われていたキャタリーナが「やさしく、しとやか」（第1幕第1場）となるわけだが、その変身ぶりが共感できるものかどうかという問題が残る。

飼い馴らす戦略

作者はキャタリーナと会う前のペトルーキオに、「飼い馴らす」戦略を独白で予行練習させている。「相手がぎゃあぎゃあ言ってきたら、ナイチンゲールみたいな甘い歌声だって言ってやる。にらみつけてきたら、朝露に濡(ぬ)れた薔薇(ばら)のようにすがすがしいと言ってやる。黙って一言も口をきかなければ、口が達者だと褒めてやり、立て板に水を流すようだと言ってやる」（第2幕第1場）。この独白がなかったら、ペトルーキオの振る舞いは突飛で無神経に見えたことだろう。この独白があるからといって、彼のやり方（食べさせず眠らせないことも含めて）が正当化されるわけではないものの、彼が望む結果を出すためにあえてこんなことをしているのだということはわかる。

劇の終盤で夫婦で晩餐(ばんさん)に向かうとき、キャタリーナに対するペトルーキオの「支配」（第4幕第1場）が確立される。基本的には言葉巧みに服従させるのだが、なぐって服従させる公演もある。ペトルーキオに言わせれば、妻を「野生の鷹(たか)」（第4幕第1場）のように扱い、こちらの思うように相手に欲求を抱かせようというわけだ。ペトルーキオの妻の扱い方は残酷だ。ビアンカが目を星にした求婚者に囲まれる副筋のロマンティックな茶番劇とはまったく対照的だ。ペトルーキオには妻の恭順ばかりか、妻からの愛にも興味がないように見える。キャタリーナは夫の行動に戸惑い、「こんなことをするのも私を愛してやまないから」（第4幕第3場）と言って腹を立てる。

最後にキャタリーナは「申し分のない妻」の役を演じる。祝宴の席で、ペトルーキオに命じられると姿を現し、女性たちに向かい、夫の言葉をまねてスピーチをするのだ。「あなたの夫はご主人様であり、あなたの命であり、守ってくれる人であり、頭であり、君主であり、あなたのことを気にかけてくれる人です。あなたを養うために海や陸のつらい労働に汗を流してくれる。……その見返りとして、夫が求めるのは愛と、美しい顔と、そして真の従順さだけ。これほどの恩恵に対してささいなものじゃありませんか」（第5幕第2場）。

これがハッピーエンドなのかどうかは解釈次第だ。舞台に残ったキャタリーナとペトルーキオが、腕を組み、幸せな未来が開けている演出もあれば、2人が石のように押し黙ってにらみ合う演出もある。■

>
> よし、いい子だ！
> おいで、キスしておくれ、ケイト。
> ペトルーキオ
> 第5幕第2場
>

じゃじゃ馬

16世紀、女性は男性の意見に少しでも異議を唱えただけで「じゃじゃ馬」と言われた。口数が多い、性格が悪い、あるいは不倫をしたといったことがわかると「じゃじゃ馬」というレッテルを貼られかねなかった。

シェイクスピアがキャタリーナを造形するのに素材となり得るような、手に負えない妻たちにまつわるバラッドや説話が数多く存在した。ここに「残酷なじゃじゃ馬」というバラッドの一節がある。「彼女は絶対喧嘩(けんか)をやめない。その声のやかましいこと。いつもぎゃあぎゃあわめいている。抑えがきかない。いつもズボンをはいている。それでおいらはいい迷惑。もしも独身だったなら、女房なんぞもたなかったのに」

当時「じゃじゃ馬」とみなされた者に対する処罰は残酷だった。がみがみ女の轡(くつわ)と呼ばれる、恐るべき金属の装具をつけさせることもあった。装具を頭にかぶせ、金属の板を口に押し込んで舌を押さえつける。夫は、妻を黙らせておいて首に縄をつけ、近隣の人々に見せてまわることもできた。

指導者を失った民衆は、怒ったミツバチのように、上を下への大騒ぎだ

『ヘンリー六世・第二部』(1590-1591)

登場人物

国王支持派
ヘンリー六世
王妃マーガレット
サフォーク伯、のちのサフォーク公ウィリアム・ド・ラ・ポール
グロスター公
公爵夫人エレノア・コバム
枢機卿（すうききょう）ボーフォート
バッキンガム公
サマセット公
クリフォード卿

ヨーク公支持派
ヨーク公リチャード
エドワード
ソールズベリー伯
ウォリック伯

その他
ジャック・ケイド
サー・ハンフリー・スタフォード

年若い王ヘンリー六世は、サフォーク伯の仲立ちで美貌のマーガレット・オヴ・アンジューを王妃に迎え、幸せの絶頂にいる。だがその代わりにアンジューとメーヌの領地をフランスに返還するという政治的損害を受けることになり、摂政グロスター公とウォリック伯は愕然（がくぜん）とする。ヨーク公は自ら王冠を奪うつもりだと明かす。グロスター公の妻エレノアも夫を王にと夢見ている。王妃マーガレットと愛人サフォーク伯は、エレノアを罠（わな）にかけてグロスター公を失脚させようと決意する。エレノアは、王の廃位を予言する魔女に相談するのを見られ、逮捕されてしまう。

ヘンリー王は王妃と聖オールバンズで鷹（たか）狩り中にその知らせを受ける。グロスター公は摂政を辞任する。ヨーク公が王

フリーの作家時代

ヘンリー六世がマーガレットと結婚。ヨーク公リチャードは機が熟すのを待っている。**グロスター公夫人エレノアは夫を王にする夢を抱く**。

ヨーク公が王位継承権を主張し、ソールズベリー伯とウォリック伯の支持を得る。

ヨーク公がアイルランド出兵を決める。**サフォーク公**がグロスター公暗殺の咎（とが）を受けて**追放される**。

ケイドの乱が鎮圧され、ケイドは殺される。**ヨーク公はサマセット公を捕らえるよう要求しながら、アイルランドから進軍**。

第1幕第1〜2場	第2幕第2場	第3幕第1〜2場	第4幕第7〜9場	
第1幕	**第2幕**	**第3幕**	**第4幕**	**第5幕**
第1幕第3場	第3幕第1場	第4幕第1〜3場	第5幕第1〜4場	

王妃マーガレットと愛人サフォーク公はグロスター公の失脚を謀り、**グロスター公夫人を罠（わな）にかける**。

フランス内のイングランド領がすべて失われたとの知らせが入るが、内輪もめの最中でほとんど気づかれない。

サフォーク公が斬首される。ジャック・ケイドの乱が勢いを得てロンドンに進撃。

ヨーク公はサマセット公が自由の身と知り、**ヘンリー六世の王冠を奪うことを決意**。ヨーク公がクリフォード卿を、リチャードがサマセット公を殺す。**ヘンリー六世夫妻は逃亡**。

位継承権の正統性をソールズベリー伯とその息子ウォリック伯に示すと、2人は忠誠を誓う。エレノアが追放されてグロスター公は悲嘆にくれる。

王妃マーガレットとサフォーク公は議会でグロスター公を糾弾するが、ヘンリー王が弱々しく擁護する。フランス内のイングランド領が失われる一方、ヨーク公とサフォーク公はグロスター公の逮捕を指示する。ヘンリー王は動転するが、王妃マーガレット、ヨーク公、枢機卿ボーフォートが、グロスター公を殺すべきだというサフォーク公に同意する。ヨーク公は反乱鎮圧のため、軍を与えられてアイルランドに派遣されることになり、チャンスが来たと考える。ヘンリー王はグロスター公の死を知ると取り乱し、サフォーク公と敵対するようになる。ウォリック伯がグロスター公の遺体を見せて他殺の証拠を示し、サフォーク公を告発する。ヘンリー王は王妃マーガレットの嘆願にもかかわらずサフォーク公を追放する。王妃とサフォーク公は嘆きつつ別れる。

海戦ののちサフォーク公が斬首され、首が王妃に届けられる。ヨーク公にそそのかされたジャック・ケイドが農民の反乱を起こし、スタフォードらを殺す。暴徒が目指すロンドンでは、王妃がサフォーク公の首をかき抱く。暴徒は説得されて解散する。ケイドは身を隠すが殺される。

ヨーク公はサマセット公の逮捕を要求し、軍を率いてイングランドに戻る。

ヨーク公は王位を主張する決意でロンドンに入る。バッキンガム公とヘンリー王はサマセット公をロンドン塔に幽閉したと請け合うが、王妃マーガレットがサマセット公とともに現れる。ヨーク公は激昂して、ヘンリー王の治世は終わりだと言う。ソールズベリー伯とウォリック伯がヨーク公に寝返って戦争が始まる。聖オールバンズで、ヨーク公がクリフォード卿を、ヨーク公の息子リチャードがサマセット公を殺す。王妃がヘンリー王を連れてロンドンへ脱出。ヨーク軍は勝利宣言をすべく、ロンドンへ追撃する。»

ヘンリー六世・第二部

背景

テーマ
野心、無力、社会秩序、王位

舞台
ロンドン、ケント、ブラックヒース、聖オールバンズ

材源
1548年 主な材源はエドワード・ホール著の歴史年代記『ランカスター、ヨーク両名家の和合』。

1587年 シェイクスピアは、他の歴史劇の材源にもしたラファエル・ホリンシェッド著『イングランド、スコットランド、アイルランドの年代記』を用いている。

上演史
1591年 初演は1591年または1592年と考えられる。

1864年 シェイクスピアの生誕300年記念公演としてロンドンのサリー劇場で上演。

1963年 ロイヤル・シェイクスピア劇団のジョン・バートンとピーター・ホールが、『ヘンリー六世』三部作と『リチャード三世』を『薔薇戦争』三部作に再構成して上演。

1987年 マイケル・ボグダノフ演出によるイングリッシュ・シェイクスピア劇団の公演では、本作品の政治的側面を強調。日本、イタリア、オーストラリアを巡演した。

2001年 コロラド・シェイクスピア・フェスティバルで『ヘンリー六世』と『リチャード三世』を四部作として上演。

2012年 ロンドンのグローブ座で催された「グローブ・トゥー・グローブ・フェスティバル」の一環として、アルバニア国立劇場が上演。

ヘンリー六世（15世紀のこの絵では、妃マーガレット・オヴ・アンジューとともに描かれている）はマーガレットの父に領土を差し出した。シェイクスピアはヘンリー王を、妃に影響されやすい人物として描いている。

ヘンリー六世をめぐる三部作のなかで、最も力のこもった作品として評価されることが多い。史実ではヘンリー六世がイングランドの王位にあったのは、まだ生後9か月だった1422年から1461年までと、1470年から1471年までだ。この劇が描くのは、王権を担うランカスター家に対してヨーク家が王権奪回を目指し、薔薇戦争と呼ばれる内乱に突入していくイングランド史の暗黒時代である。

イングランド史を取り上げた大作のうち──ヘンリー六世第一部より先に書かれた──最初の作品で、1591年に初めて上演されたようだ。早くも1594年に四つ折本で印刷された。そのときつけられていた途方もなく長い題名は、おそらく作者のつけたものではなく出版業者の宣伝広告だったと思われる。たいていは1623年のファースト・フォリオの題のとおりに『ヘンリー六世・第二部』と呼ばれている。

歴史を作る

未熟な韻文から、若かりし日の作者の技巧がまだ発展途上にあるのがわかるが、謎に満ちた歴史上の人物やできごとの数々がいきいきと描かれ、心を惹きつける物語に仕上がっているのが魅力だ。野心満々のヨーク公リチャードから意志の強いマーガレット・オヴ・アンジューまで、歴史上の人々が上演のたびに強烈な個性で現れるため、歴史家たちがシェイクスピアの再現した人物像から逃れることは困難だ。

シェイクスピアは当時の詩的文体と舞台技術とを用いて、高揚感と緊迫感に満ちたドラマを創り出し、また、王位と野心に関わるテーマを引き出す型を作るために、史実を変えることもある。

ケイド像を練り直す

作品中特に躍動感に溢れる人物は、元気いっぱいの民衆扇動家ジャック・ケイドだ。彼はヨーク公にそそのかされ、ケント州の民衆を率いて反乱を起こし、ロンドンへの恐るべき攻撃に導く。だがこの劇ではホリンシェッドの『年代記』で描かれるような教養のある若者ではなく、

>
> 罪を犯すと誓うのは
> 大きな罪だが、
> 罪深い誓いを守るのは
> さらに大きな罪だ。
> **ソールズベリー伯**
> 第5幕第1場

1450年に反乱を起こした実在のジャック・ケイドと、1381年の農民一揆を率いたワット・タイラーとを合成している。

　劇中でケイドが、字が書けるという理由で書記を絞首刑にするよう指示すると、肉屋ディックが「法律家どもを皆殺しにしよう」（第4幕第2場）と呼びかける。だがホリンシェッドによると、社会的軋轢（あつれき）を生じるものとして識字能力や法律家を非難したのはケイドではなくタイラーの反乱。作者はこの2つの反乱を合わせて、適切な社会的政治的関係が失われたときに生じる混沌（こんとん）を強調している。民衆は「指導者を失った、怒ったミツバチのように」なってしまう（第3幕第2場）。しかしケイドは平等主義者ではない――ケイド自身が王になると事態は一変する。「俺が王様になる」（第4幕第2場）。これは王位継承権を主張するヨーク公のせりふそのままだ。だが、シェイクスピアが貧者の苦境に同情していないと考えるのは誤りだ。こうした混乱の時代における貧者の苦境は明確に描かれているのだから。

うつろな中枢

　このように諸侯や民衆の関係が崩壊する中枢にいるのはヘンリー王自身である。本人は平和の調停役となりたいのだ。だが、ヨーク公と王妃マーガレットから、王の「教会がお似合いの気質」（第1幕第1場）は王たる者にはふさわしくないと罵倒され、祈ってばかりいて男らしくないと言われる。ついには敬虔（けいけん）さが単なる優柔不断さとなり、決断力がないために相手にされなくなっていく。終幕では聖オールバンズの戦いの渦中、王妃は必死の思いで「なんなの、あなたは？　戦いもしなければ、逃げもしないなんて」（第5幕第2場）と叫ぶ。

　国の中枢がうつろだと権力の空白が生まれ、最も強い者以外は巻き込まれ、破滅する。グロスター公の〈善き〉妻で、魔女との謀議を目撃されたエレノアから、王妃の報われることのない愛人で、海辺で斬首されるサフォーク公にいたるまでみな例外ではない。サフォーク公の出発はとりわけ胸打たれる場面だ。彼は残忍な謀略家で、エレノアを陥れ、グロスター公殺害を謀った責任を負う人物だ。それでも王妃との別れは痛ましい。「フランスへ、やさしいサフォーク。お手紙を書いてね。あなたがこの地球のどこにいようとも、私にはあなたを見つけ出す目があるのよ」（第3幕第2場）。まして王妃がはねられたサフォークの首を膝に抱くところは、まさに愁嘆場だ。

　ヘンリー王の無力が悪魔たちを解き放ち、劇が終わるとき、ヨーク公と息子たちの無慈悲な野望がぞっとするまでの力をもつのだ。■

>
> 天を出し抜くことができようか？
> **ヘンリー六世**
> 第5幕第2場
>

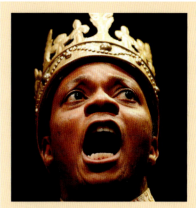

歴史に刻まれる公演

　逡巡（しゅんじゅん）して躊躇（ちゅうちょ）するヘンリー王の気弱な性格とは対照的に、強烈な個性で舞台を支配して牽引（けんいん）するヨーク公リチャードや王妃マーガレットは、やりがいのある役になっている。

　多くの演出家が『ヘンリー六世』三部作と『リチャード三世』を薔薇戦争の四部作として上演してきた。2008年にロイヤル・シェイクスピア劇団でヘンリー六世を演じたチュク・イウジ（写真）のように、たいていの場合、ひとりの役者が同じ役を通して演じる。

　高い評価を受けた舞台のひとつに、ジョン・バートンとピーター・ホールが共同演出した1963年のロイヤル・シェイクスピア劇団公演『薔薇戦争』がある。マーガレット役をペギー・アシュクロフト、ヨーク公役をドナルド・シンデンが演じた。この芝居に漂う政治的、社会的不安に光が当てられ、1960年代――ベルリンの壁建設やジョン・F・ケネディ暗殺といった重大事件の起きた時代――の、社会の激動が反映されている。

　テレビ放映で好評だったのは、ジェーン・ハウエル監督による1981年制作の4作品をまとめたBBC版で、こちらは原作に忠実に作られている。

俺は微笑んで、微笑みながら人を殺すことができる

『ヘンリー六世・第三部』(1591)

登場人物

国王支持派
 ヘンリー六世
 王妃マーガレット
 皇太子エドワード
 クリフォード卿

ネヴィル家
 ウォリック伯

ヨーク公支持派
 ヨーク公リチャード
 エドワード　のちのエドワード四世。
 グレイ夫人
 ジョージ・プランタジネット のちのクラレンス公。
 リチャード・プランタジネット のちのグロスター公。ヨーク公の息子。
 ラットランド伯　ヨーク公の息子。

フランス人
 ルイ王
 ボーナ姫

聖オールバンズでヨーク派が勝利を収めたのち、ヘンリー六世が誓約させられたのは、自分が王権を維持する代わりに、死後はヨーク公リチャードに王位を譲るという内容だった。ヨーク公はこれに同意していたが、息子のリチャード・プランタジネットが誓いを破るようけしかける。やがて戦争が勃発し、クリフォード卿はヨーク公の息子ラットランド伯を殺す。ウェイクフィールドの戦いのあと、王妃マーガレットとクリフォード卿は、追いつめたヨーク公をラットランド伯の血で愚弄したうえ殺す。

ヨーク公の息子のエドワード、リチャード、ジョージは敵討ちを企て、そこにウォリック伯が心強い味方として加わる。マーガレット王妃とクリフォード卿は猛り立つヨーク兄弟と対面し、ヘンリー王を奮起

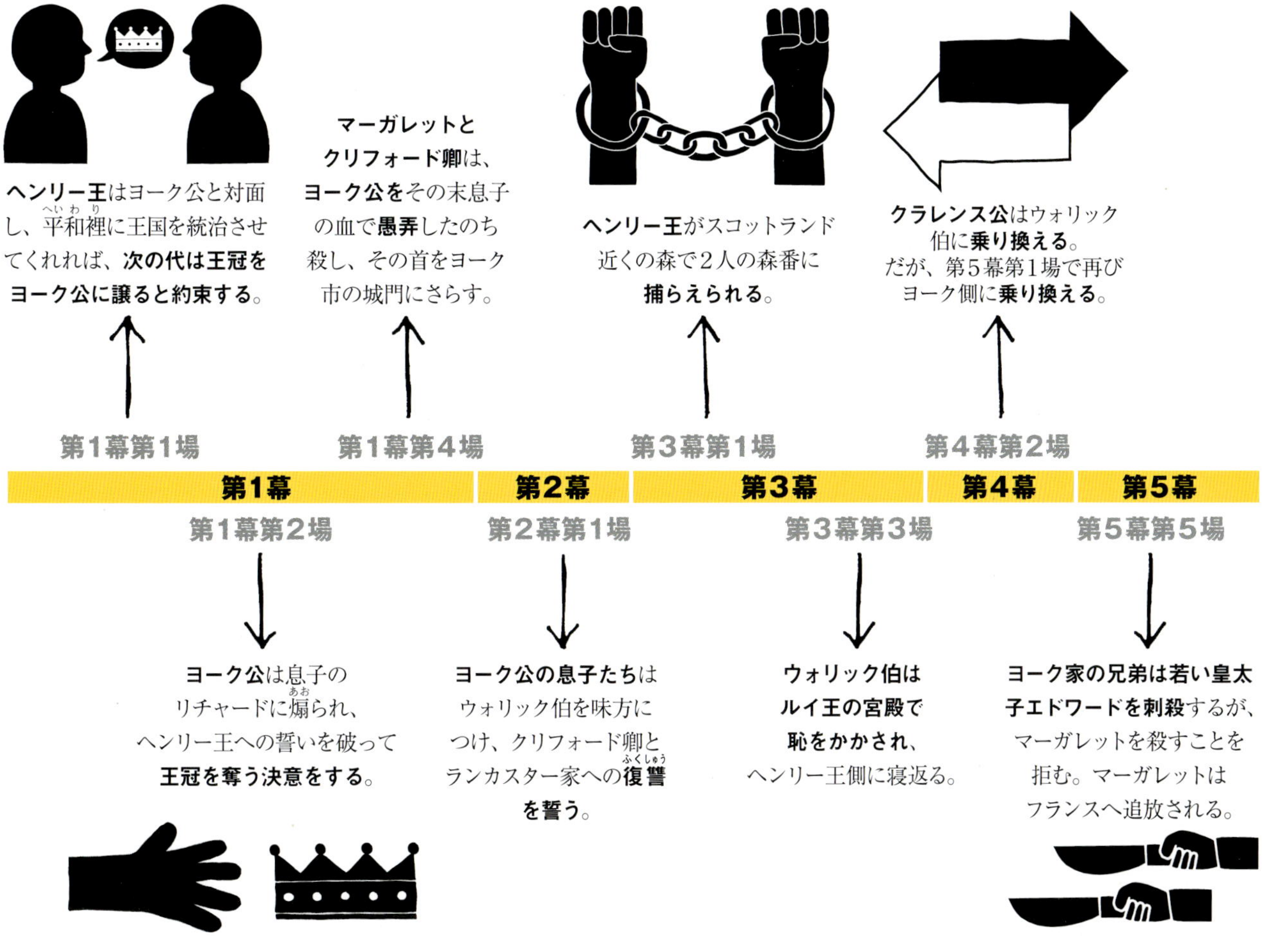
ヘンリー王はヨーク公と対面し、平和裡に王国を統治させてくれれば、次の代は王冠をヨーク公に譲ると約束する。
マーガレットとクリフォード卿は、ヨーク公をその末息子の血で愚弄したのち殺し、その首をヨーク市の城門にさらす。
ヘンリー王がスコットランド近くの森で2人の森番に捕らえられる。
クラレンス公はウォリック伯に乗り換える。だが、第5幕第1場で再びヨーク側に乗り換える。
第1幕第1場
第1幕第4場
第3幕第1場
第4幕第2場
第1幕
第2幕
第3幕
第4幕
第5幕
第1幕第2場
第2幕第1場
第3幕第3場
第5幕第5場
ヨーク公は息子のリチャードに煽られ、ヘンリー王への誓いを破って王冠を奪う決意をする。
ヨーク公の息子たちはウォリック伯を味方につけ、クリフォード卿とランカスター家への復讐を誓う。
ウォリック伯はルイ王の宮殿で恥をかかされ、ヘンリー王側に寝返る。
ヨーク家の兄弟は若い皇太子エドワードを刺殺するが、マーガレットを殺すことを拒む。マーガレットはフランスへ追放される。

させて戦わせようとする。タウトンの戦いで、ウォリック伯はクリフォード卿の攻撃からリチャードを救う。ヘンリー王は内乱の悲劇を嘆く。クリフォード卿が殺され、ヨーク派が勝利して、エドワード四世が王座につく。

ヘンリーが捕らえられる。ロンドンではエドワード四世が、グレイ夫人を脅して妃にする。グロスター公リチャードは我が身の醜怪さを罵り、王位への野心を漏らす。そのあいだにヘンリーがロンドン塔へ送られる。マーガレットがフランス王ルイに助力を求めているところへウォリック伯が、エドワード四世とルイの妹ボーナ姫との縁談を持ち込む。ルイ王が受諾しようとしたとき、エドワード四世がグレイ夫人と結婚したという知らせが届く。怒ったウォリック伯はエドワード四世と縁を切り、マーガレットに与する。

イングランドではエドワード四世が、クラレンス公となった弟ジョージがウォリック伯とランカスター軍の側についたのを知る。ウォリック伯がエドワード四世の陣営を急襲し、エドワードから王冠を奪って捕虜とする。王権を取り戻したヘンリー六世は、ウォリック伯とクラレンス公を摂政とする。

だが、エドワードはグロスター公の手を借りて逃亡する。外国軍を率いるエドワードは戦いに勝って王座を取り戻し、ヘンリーをロンドン塔に監禁する。

ヨーク軍はコヴェントリーを攻め落とし、クラレンス公も兄たちの軍に戻る。ウォリック伯は逃げ出したが殺される。王妃マーガレットは軍を率いてヨーク軍に立ち向かうが破れて捕虜となる。エドワード四世、グロスター公、クラレンス公がマーガレットの若い息子エドワードを殺すが、マーガレットを殺すことは拒絶する。ロンドン塔では、ヘンリーから醜悪さをなじられたグロスター公がヘンリーを殺し、さらに自分の兄弟を殺すことを宣言する。エドワード四世と王妃に子どもが生まれるが、早くもグロスター公が陰謀を企てている。»

ヘンリー六世・第三部

背景

テーマ
王位、復讐、背信、内乱、闘争

舞台
ロンドン、ヨークシャー、ウォーリックシャー、イングランドの多くの町

材源
1513年 トマス・モア著『リチャード三世の生涯』。

1548年 エドワード・ホール著『ランカスター、ヨーク両名家の和合』。劇中扱われている事件についてテューダー王家に都合よく、偏った記述がなされている。

1587年 ラファエル・ホリンシェッド著『イングランド、スコットランド、アイルランドの年代記』。

上演史
1592年 劇作家ロバート・グリーンが、「シェイク・シーン」への侮蔑を表すために本作品に言及。記録は現存しないが、本作品が上演されていたことを示す。

1595年 本作は『ヨーク公リチャードの実話悲劇、そしてヘンリー六世王の死、ランカスター、ヨーク両家の全抗争つき』という名で初めて刊行。

1680年 ジョン・クラウンによる改作『内乱の悲惨』上演。

1977年 ストラットフォード・アポン・エイヴォンのロイヤル・シェイクスピア劇場で、珍しくほぼノーカットで上演され、マーガレット役のヘレン・ミレンが喝采を浴びた。

ンリー六世の治世（1422～61年および1470～71年）を描いた三部作の最後。扱われるのは薔薇戦争中とりわけ血なまぐさい時期で、王座をめぐる戦いにおいてヨーク派がヘンリー王を支持するランカスター派より優勢になり、ヨーク公の長男がヘンリーから王冠を奪ってエドワード四世となる。最後は1471年のロンドン塔において、ヨーク公の息子グロスター公リチャード（のちのリチャード三世）により、ヘンリーが殺害されて終わる。

初演は1591年頃。ヘンリー八世がローマ・カトリック教会と決別した直後の激動の時代で、イングランドは混乱の極みにあり、エリザベス一世の王座も依然として脅かされていた。諸侯の屈折した権力争いの描写が観客の胸に響いたことだろう。ヨーク家のエドワードとリチャードは器の小さい人物として描かれる一方、のちのヘンリー七世で、エリザベス一世の祖父となるリッチモンド伯には称賛が贈られている。

王国の象徴、モグラ塚

無力だが邪心のないヘンリー王のような人間は、悪意に満ちたこの世の中で途方に暮れるしかない。タウトンの戦いで敗走したとき、「私がいないほうが、勝利でき

> わが王冠は、わが頭上ではなくこの心にある。ダイヤやインドの宝石で飾られてはいない。
>
> **ヘンリー六世**
> 第3幕第1場

> ああ、栄耀栄華も王国支配も塵芥にすぎぬ。どう生きようが、やがては死ぬのだ。
>
> **ウォリック伯**
> 第5幕第2場

るのだ」（第2幕第5場）とはからずも皮肉をつぶやきながら、意気地なくうなずく。だがヘンリー王は責任を放棄したため、悲劇が繰り広げられるさまを、観客と同じ目でただ茫然と見つめる傍観者となってしまう。戦場から離れて、まるで凋落した自分の王国ほど小さなモグラ塚にすわっているとき、兵士が息子を殺したと嘆き、父を殺したと嘆くのを見て、戦争の真の恐怖を経験する。そしてこう言って嘆く。「そして心も目も、内乱同様、涙で見えなくなれ。悲しみで張り裂けよ」（第2幕第5場）。しかし、ため息をつきながら、自分の非を棚に上げたりもする。「ここにおまえたちより悲しみに沈む王がいる」（第2幕第5場）。

ヘンリーがいなくなることで、グロスター公リチャードとマーガレット王妃という2人の人物が物語を支配するようになる。両者ともに、正常な道徳的価値観が欠如したまま育った異分子の「怪物」とみなされる──リチャードには生来「湾曲した背中」と萎えた腕の身体的障害があり、マーガレットは異様なまでに男勝りだ。

虎の心

マーガレットがヨーク公リチャードを勝ち誇って見下ろし、公の息子の血に染まったハンカチを突きつけると、ヨー

フリーの作家時代　43

息子が父を、父が息子を殺すのを目撃したヘンリー六世が、内乱の残酷さに思い悩む。複数のシェイクスピア作品を組み合わせた、カタルーニャの演出家カリスト・ビエイトによる舞台『森』の一場面。

ク公から「フランスの雌狼」、「女の皮をかぶった虎の心」（第1幕第4場）と有名なせりふを返される。女らしく「やわらかく、しとやかで、やさしく、柔軟」（第1幕第4場）に振る舞わない「女傑」だというのだ。シェイクスピア劇ではマーガレットが、大混乱の乱世を体現しているらしい。敵から蔑みの言葉を投げつけられる一方で、力強いマーガレットは味方から大いなる忠誠心を勝ち得る。

ところが息子が殺されるとき、マーガレットは愛情深く母親らしい怒りを爆発させる。「ああ、ネッド、かわいいネッド――おかあさんに話しかけておくれ、おまえ……だめだめ、口をきいたらこの胸が張り裂けそう。でもこの胸が張り裂けても口をきこう……おまえたちには子どもがいないんだ、この人殺しめ。いたら、かわいそうに思うはずだ」（第5幕第5場）。無力な夫に対していら立つマーガレットは夫を戦場から遠ざけるが、子どものような男性を守っている強い女性と見ることもできる。

変貌する者

　グロスター公リチャードには、彼が主役の『リチャード三世』もあるが、その個性が現れているのは本作品だ。第3幕第2場の独白で、自分の性格は体の歪みによって方向づけられたと語る。ぶかっこうな体のせいで、生まれたときから与えられるべき愛を与えられず、その結果マキアヴェリ主義者になった、つまり自身をありふれた人間性から切り離して政治的手腕をふるうことにしたというのだ。また、関心は最も高い目標、すなわち王冠を手に入れるための戦術以外になく、「俺は微笑んで、微笑みながら人を殺すことができる」（第3幕第2場）と言って完璧な演技をみせるのだ。

　作者はこうした独白や傍白を用いて、観客にも登場人物の心理的な旅を一緒にさせてくれる。当時としては新しい形態の舞台劇だった。■

劇中の復讐

　活気に満ちた本作品の促進力となっているのは復讐だ。4つもの戦い（ウェイクフィールド、タウトン、バーネット、テュークスベリーの戦い）が取り上げられているが、ほかのシェイクスピア作品でこれほど多くの戦闘が描かれることはない。ランカスター派もヨーク派も、相手からたび重なるひどい仕打ちを受けて復讐心に燃えている。とりわけクリフォード卿は、父の仇を討ちたいという願いにとらわれている。クリフォード卿によってリチャードの息子ラットランド伯が殺され、マーガレットは大喜びするが、その報復として目の前で息子を殺されてしまう。

　父リチャードが殺害されるとエドワード、グロスター公、クラレンス公は、かねてより忠実なウォリック伯を伴って仇討ちを志すが、ウォリック伯はフランスの王宮で恥をかかされたのち、敵方にまわって戦う。

　グロスター公の王位に対する野望でさえ、若い頃受けた不人情な扱いへの仕返しのように見える。幕切れ近く、グロスター公はエドワード王の赤ん坊にキスをして「こんなふうにユダは主人にキスをしたのだ」（第5幕第7場）と不吉な言葉をささやき、さらなる背信と復讐を約束する。

今日のこの論争は……
やがて紅薔薇と白薔薇の戦となろう
そして、一千もの魂が死の闇へ送り込まれるだろう

『ヘンリー六世・第一部』(1591)

登場人物

ヘンリー六世　イングランド王。

グロスター公　ヘンリー王の叔父。イングランドの摂政。

ベッドフォード公　ヘンリー王の叔父。フランスの摂政。

ウィンチェスター司教　のちの枢機卿。ヘンリー王の大叔父。

サマセット公　エクセター公の甥。

リチャード・プランタジネット　のちの第三代ヨーク公。

ウォリック伯

ソールズベリー伯

サフォーク伯

トールボット卿　イングランドのフランス遠征軍の司令官。

シャルル　フランス皇太子。

マーガレット　フランス貴族の娘。ヘンリー王の婚約者。

バーガンディ公　ヘンリー王の叔父

乙女ジャンヌ　(ジャンヌ・ダルク)

ヘンリー五世の葬儀の席で、幼い王ヘンリー六世の叔父グロスター公とウィンチェスター司教が口論を始める。フランスから使者が到着し、多くの町がフランス軍の手に落ち、イングランドの英雄トールボット卿が捕らえられたという。包囲されたオルレアンの町の外ではシャルル皇太子が、フランスの勝利を約束する幻を見た乙女ジャンヌ・ダルクに謁見を許す。トールボット卿が捕虜の交換により解放される。フランス軍がイングランド軍に勝利する。ジャンヌは一騎打ちでトールボット卿を倒すが命は助ける。トールボット卿はオルレアンを奪還する。

リチャード・プランタジネットとサマセット公の争いは、ロンドンの法律家たちが集うテンプル法学院の庭におい

フリーの作家時代　45

ヘンリー五世の葬儀で諸侯の対立が起きるところに、**イングランド軍がフランスで敗北との知らせが届く。**

トールボット卿は敵の隙をついて**オルレアンを攻め落とす。**シャルル皇太子は、予言が外れたとジャンヌを咎める。

ウィンチェスター司教とグロスター公の従者たちが対立し、ロンドンで騒ぎを起こしているため、**ヘンリー王はいがみ合う叔父たちに和解を懇願する。**

捕らえられた**ジャンヌ・ダルク**は、純潔さゆえに斟酌されるべきだと**命乞いをするが、火刑に処される。**フランスがイングランド軍に講和の申し入れをする。

↑ 第1幕第1場 ／ ↑ 第2幕第1場 ／ ↑ 第3幕第1場 ／ ↑ 第5幕第6場

| 第1幕 | 第2幕 | 第3幕 | 第4幕 | 第5幕 |

↓ 第1幕第7場 ／ ↓ 第2幕第4場 ／ ↓ 第4幕第1場 ／ ↓ 第5幕第7場

トールボット卿はフランスで軍を率いるが、**女のジャンヌ・ダルクが指揮をとる軍に破れて**驚愕する。

ロンドンのテンプル法学院で、リチャード・プランタジネットとサフォーク伯が異なる色の薔薇を手折ると、それが敵対関係の印となり、**ランカスター家とヨーク家の確執が始まる。**

パリでの戴冠式で、ヘンリー王は叔父バーガンディ公の離反を知る。またランカスター派とヨーク派との激しい諍いが始まる。

サフォークは、マーガレットと愛のある結婚をすべきだとヘンリー王に勧め、彼女と共謀して**王を操ろうとする。**

て、貴族たちが紅と白どちらかの薔薇を摘んで対立する2人のどちらにつくか明確にするというところまで発展する。リチャードの叔父モーティマーが、王の祖父ヘンリー四世が正統な継承者のリチャード二世を退位させた経緯を明かし、リチャードに王位継承権があると告げる。

議会ではグロスター公とウィンチェスター司教の従者たちが諍いを起こし、ヘンリー王はなだめるために、リチャードをヨーク公に叙する。フランスではジャンヌ・ダルクがイングランドからルーアンを奪取するが、トールボット卿が奪い返す。ジャンヌ・ダルクはヘンリー王の叔父バーガンディ公を説得して、フランス側に乗り換えさせる。トールボット卿はヘンリー王が戴冠式を予定しているパリに行く。式のあと王はバーガンディ公の裏切りを知る。王はヨーク公とサマセット公に争いをやめるよう諫めるが、つい赤い薔薇を身につけてヨーク公を侮辱してしまう。その埋め合わせに、王はヨーク公をフランスの摂政に任命し、サマセット公に補佐を命ずる。同じ頃、ボルドー郊外で戦闘中トールボット卿親子が致命傷を負い、トールボット卿は息子の遺骸を抱いて死ぬ。

グロスター公が王に、フランスのアルマニャック伯が和平協定を結びたがっていると伝える。王が承諾すると、協定を強固にするためにアルマニャック伯の娘と結婚するよう勧められる。パリの民衆が蜂起し、シャルル皇太子とジャンヌ・ダルクがパリへ進撃する。ジャンヌ・ダルクが大義のために手を貸すよう悪霊たちを呼び出すが、イングランドが勝利してジャンヌ・ダルクは捕らえられる。サフォーク伯はマーガレット・オヴ・アンジューの美貌に魅せられて王の妃にする約束をする。ヨーク公はジャンヌ・ダルクを魔女として火刑を宣告し、王がフランスとのあいだに築こうとしている〈弱腰な〉平和を罵る。サフォーク伯がマーガレットの美貌について語ると、ヘンリー王は胸を躍らせて結婚に同意する。》

ヘンリー六世・第一部

背景

テーマ
闘争、王位、一族の絆（きずな）、内乱

舞台
ロンドン、パリ、オルレアン、オーヴェルニュ、アンジェ

材源
1516年 いくつかの場面がロバート・フェイビアン『イングランドとフランスの新年代記』に触発されて書かれた。

1548年 エドワード・ホール著の歴史年代記『ランカスター、ヨーク両名家の和合』

1587年 ラファエル・ホリンシェッド著『イングランド、スコットランド、アイルランドの年代記』

上演史
1592年 ローズ座で初演され、大成功を収める。

1738年 作者の死後、記録のあるものとして初めての上演がロンドンのコヴェント・ガーデン劇場で行われた。踊りの場面がいくつか加えられた。

1873年 ウィーンで上演。

1906年 イギリスの演出家フランク・ベンソンが、1590年代以降初めて、原作に手を加えずに『ヘンリー六世』三部作すべてを上演。

1990年 スウォンジー・グランド・シアターで連夜録画されたマイケル・ボグダノフ演出『ヘンリー六世』三部作の映画が公開された。

記録によると、本作品は『ヘンリー六世』三部作の『第二部』と『第三部』のあとで書かれ、1592年に初めて上演されて絶賛を博したらしい。つまりあとの2作品のそれまでのいきさつを描いた前篇（ぜんぺん）なのである。2作品では焦点がもっと絞られているのに対し、本作はイングランドとフランス両国内の迫力のある戦闘やスリル満点の一騎打ちも取り上げた壮大な作品となっている。

偉大なるヘンリー五世の亡きあと、新王ヘンリー六世はまだ幼い子どもでしかないため、国内の争いを鎮めることができず、フランスにおけるイングランド統治は混乱に陥る。はじめは幼い王の叔父グロスター公とウィンチェスター司教のあいだに、誰が摂政になるかで対立が起きた。だがまもなくサマセット公率いるランカスター派と、リチャード・プランタジネット（内心では正当な王位継承者と自覚している）が率いるヨーク派の支持者間にも衝突が起きた。それぞれの支持者は薔薇を選ぶ。ヨーク支持派の印は白薔薇、ランカスター支持派は紅薔薇だ。劇中ではロンドンのテンプル法学院の場面でこの選択が行われ、リチャード・プランタジネットが集まった貴族たちにどちらかの薔薇を手折るよう求める。弁護士はリチャードの主張の

> 粉々に砕けて、灰と消えるがよい。
> この呪われた悪魔の手先め。
> **ヨーク公リチャード**
> 第5幕第4場

ジャンヌ・ダルク（ケイティ・スティーヴンス）は、トールボット卿（キース・バートレット）を一騎打ちで負かしたあと見逃す。2006年ロンドンのコートヤード・シアターでの公演。

ほうが法にかなっているという考えを示して白薔薇を取る。サマセット公はその正しさを証明せよと言われて、武力で決着をつけようと答える。この場面が薔薇戦争の前提となる。

国内のこうした紛争に対して、今ではジャンヌ・ダルクの名で知られるオルレアンの乙女ジャンヌが、天の啓示を受けてフランスを導くために現れる。彼女はイングランドの立派な英雄トールボット卿と戦うはめとなり、そのトールボット卿も最後には、反目し合う同胞から見捨てられてしまう。

疑わしい原作者の正体

作品の韻文の質にむらがあるため、作者が誰か、批評家は昔から問題にしてきた。詩人サミュエル・テイラー・コールリッジは、作家がシェイクスピアのはずがない、少なくともすべてを書いたはずはないと断言した。今日では多くの批評家が、トマス・ナッシュなどの作家との合作だと考えている。ナッシュはおそらく第1

幕を書いたのだろう。コンピュータで言語パターンを分析すると、『ヘンリー六世・第二部』と『第三部』の大部分はシェイクスピアが書いたものだが、『第一部』に関しては一部分——テンプル法学院庭園の場面と第4幕のトールボット卿親子の場面のみ——を書いたと見られる。

イギリスの劇作家ベン・ジョンソンのような初期の批評家たちは、大衆受けする戦闘シーンがある『ヘンリー六世・第一部』を酷評した。ジョンソンに言わせれば、ちゃんとした文学的な戯曲ではこうした戦闘は、巧みな言葉がかき立てる想像力によって生まれるべきで、雑な舞台技術によって生まれるものではない。しかし、この半世紀間に批評家たちは、1592年当時の観客を魅了したにちがいない高揚感と政治的な切れ味を再発見している。

一族の危機

この劇の核にあるのは、社会をまとめる接着剤のような家族の重要性だ。なんといっても正統な王であるという主張——ヨーク家とランカスター家のあいだに激しい争いを誘発する主張——は立派な家族関係が根拠となる。だが、それだけではない。家族の絆、たとえばトールボット卿とその息子のような深い絆は礎であり、これが失われると社会はばらばらになってしまう。嫡出であることは決定的に重要だ。グロスター公はウィンチェスター司教が「わが祖父の私生児」であると強調し、トールボット卿も嫡出の息子を殺した「オルレアンの私生児」を罵る。作品では省略されているが、トールボット卿には非嫡出子ヘンリーが実在し、やはり劇中と同じ戦いで戦死している。政治的危機は家族の危機から生まれる。だから『ヘンリー六世』に登場する女たちが非常に否定的に描かれているのだと論じる批評家もいる。乙女ジャンヌ・ダルク、王妃マーガレット、オーヴェルニュ伯爵夫人はみな、男たちを動かし、

> どうですか、マダム？
> トールボットは己の影にすぎぬ
> ことがおわかりになりましたか。
> **トールボット卿**
> 第2幕第3場

人間関係を搔き乱して混乱状態を引き起こす危険な女として登場する。ジャンヌ・ダルクは始めの4幕ではだいたい神聖な予言者として描かれているが、第5幕になると呪文で悪霊を呼び出す魔女に変身する。ヨーク公を相手に命乞いをしながら、極度の凶暴性を見せたり半狂乱で悪態をついたりする（生きながら火あぶりにされようというときだから無理もあるまいが）。

魔性の女ジャンヌ・ダルクが舞台中央から退場したとたんに、マーガレット・オヴ・アンジューが登場することに気づいた演出家もいる。『ヘンリー六世』の三部作が合わせて上演されるとき、ジャンヌ・ダルクとマーガレットをひとりの女優が演じて、2人が同じ危険の持ち主だという点を強調することがあるが、ヘンリー王の妃となるマーガレットはかなり異なる人物だ。ジャンヌ・ダルクは戦いに勝つために男装しているが、マーガレットは姿が女らしく、その強さは女性としての魅力によるものだ。マーガレットの色香でヘンリー王を誘惑に乗せたサフォーク伯は、「マーガレットは妃となって王を支配するがいい。だが、俺は彼女と一緒に、王と王国を支配してやる」（第5幕第7場）という誓いの言葉でこの劇を締めくくる。

だが、サフォーク伯は自分を買いかぶっている。自分を美しいヘレネとともにトロイへ駆け落ちしたパリスになぞらえるのだが、この選択があとの物語の伏線になる。ヘレネ同様マーガレットもやがて不和をもたらすことにしかならず、サフォークは追放され、残酷にも斬首されるのだ。■

15世紀フランスの写本にある挿し絵 ジャンヌ・ダルクが1429年のパリ攻撃を指揮している。この劇でジャンヌ・ダルクが悪霊を呼び出す魔女として描かれているのは、劇の反フランスの立場に合っている。

なに、ふたりともいますよ、このパイのなかに焼かれて入っている

『タイタス・アンドロニカス』(1591–1592)

タイタス・アンドロニカス

登場人物

タイタス・アンドロニカス　ゴート族を征服した、勇猛の誉れ高いローマの将軍。息子25人と娘1人の父親。

タモーラ　ゴート族の女王で、のちにサターナイナスと結婚。アラーバス、カイロン、ディミートリアスの母親。

サターナイナス　ローマ皇帝で、タモーラの夫。

アーロン　タモーラに仕えるムーア人。タモーラの愛人でもあり、自らを悪党と公言。

ディミートリアスとカイロン　タモーラの性悪な息子たち。

ラヴィニア　タイタスの一人娘で、バシエーナスの婚約者。

バシエーナス　サターナイナスの弟。ラヴィニアの夫となる。

マーカス・アンドロニカス　タイタスの弟。

ルーシャス　タイタスの息子。のちにローマから追放される。

マーシャスとクィンタス　タイタスの息子たち。のちにバシエーナス殺害の罪を着せられる。

ミューシャス　タイタスの息子。ふとしたことからタイタスに殺される。

小ルーシャス　ルーシャスの息子。

パブリアス　マーカス・アンドロニカスの息子。

センプローニアス、ケーアス、ヴァレンタイン　アンドロニカス家の親族。

イーミリアス　ローマの貴族。伝令官、軍使の役を担う。

タイタスはサターナイナスをローマ皇帝に指名するが、2人は対立する。サターナイナスはタモーラと結婚し、タモーラは息子を殺したタイタスへの復讐を誓う。

婚礼を祝う一行が狩りをしに森へ出かける。

マーシャスが、舌と両手首を切断されたラヴィニアを発見する。

↑第1幕第1場　　↑第2幕第2場　　↑第2幕第4場

第1幕　｜　**第2幕**

第2幕第1場　　第2幕第3場

↓　　　　　　↓

アーロンはカイロンとディミートリアスに、森のなかでラヴィニアへの欲望を満たすよう勧める。

カイロンとディミートリアスはバシエーナスを刺殺し、ラヴィニアを強姦する。アーロンがタイタスの2人の息子に罪を着せる。

　サターナイナスとバシエーナスは誰がローマ皇帝の座につくかで争う。マーカスが英雄タイタス・アンドロニカスも候補に推すが、タイタスは民衆への影響力を発揮して、サターナイナスを皇帝とする。サターナイナスは見返りにタイタスの娘ラヴィニアを妻にしようと申し出るが、バシエーナスがラヴィニアは自分の婚約者だと言う。怒ったサターナイナスは代わりにタモーラとの結婚を決める。タモーラは新皇帝とタイタスを和解させるが、密かにタイタス一族への復讐を誓う。

　サターナイナスとタモーラ、ラヴィニアとバシエーナスの婚礼を祝して狩りが行われる。カイロンとディミートリアスがラヴィニアへの恋心を競って口論していると、アーロンが2人に、狩りの機会を利用してラヴィニアを強姦し、バシエーナスを殺すように入れ知恵する。タイタスの息子マーシャスとクィンタスに罪を着せようと企んでいるのだ。カイロンとディミートリアスは、バシエーナスを殺害して遺体を穴に投げ入れ、ラヴィニアを強姦する。アーロンがマーシャスとクィンタスを穴まで案内し、2人はその穴に落ちる。サターナイナスは、弟の遺体を発見し、マーシャスとクィンタスを逮捕させる。

　タイタスの息子ルーシャスは国外追放

フリーの作家時代

ラヴィニアは
オウィディウスの詩集
『変身物語』を利用し、強姦
されたことを家族に伝える。

正気を失ったらしい
タイタスが、
神の裁きを求める。

ルーシャスがアーロンと
赤ん坊を殺すと脅すが、
アーロンは自分の秘密を
明かす約束をする。

宴の席で**タイタスは、
タモーラに彼女の息子
たちの肉で作ったパイを
食べさせる。**
タモーラ、タイタス、
サターナイナスはみな殺され、
ルーシャスが
ローマの皇帝となる。

↑ 第4幕第1場　　↑ 第4幕第3場　　↑ 第5幕第1場　　↑ 第5幕第3場

| 第3幕 | 第4幕 | 第5幕 |

第3幕第1場　　第4幕第2場　　第4幕第4場　　第5幕第2場

↓　　　　　　↓　　　　　　↓　　　　　　↓

タイタスは息子たちを
救おうとして**自分の手首を
切断する**が、彼を騙していた
アーロンが息子たちの
生首を送り返す。

タモーラは、
アーロンとのあいだに
生まれた赤ん坊の肌が
黒いので殺すよう命じる。
アーロンは赤ん坊を
連れてきた乳母を殺し、
赤ん坊を助ける。

ルーシャスがゴート軍を率いて
ローマに向かう。タモーラは、
**攻撃をやめるよう
タイタスを説得する**と請け合う。

〈復讐〉に扮したタモーラ
はタイタスの家で宴を
催すよう促す。
タイタスはカイロンと
ディミートリアスの喉を
切り裂く。

を宣告されたと話したあと、両手首を切られたラヴィニアを目にする。アーロンがタイタスに、タイタス、マーカス、ルーシャスのいずれかが手首を切って皇帝に差し出せば、息子たちの命が助かると言う。タイタスは自分の手首を送るが、その手首は、マーシャスとクィンタスの生首とともに返される。

ラヴィニアが砂の上に強姦犯の名前を書く。マーカス、タイタス、小ルーシャス、ラヴィニアは、遺恨を晴らすことを誓う。

乳母がアーロンのもとに赤ん坊――タモーラとのあいだの子ども――を連れてきて、肌の黒い子どもなのでタモーラが殺したがっていると告げる。アーロンは

赤ん坊を白い肌の赤ん坊と取り替え、その親に自分の子どもを育てさせようと考える。

ルーシャスがゴート軍を率いて戻ってくるという知らせが届き、タモーラは攻撃をやめさせるようにタイタスを説得すると請け合う。〈復讐〉に変装したタモーラは、〈殺人〉と〈強姦〉に変装したディミートリアスとカイロンを連れてタイタスを訪ねる。正体を見破られるとは考えていない。そして、タイタスがルーシャスを宴に招待すれば、そこにサターナイナスと皇后を連れて行こうともちかける。タモーラが息子たちを残して去ると、タイタスは2人を殺害する。

料理人姿のタイタスが邸で宴会を催す。そして客たちの前でラヴィニアを殺害し、娘がカイロンとディミートリアスによって強姦されたこと、客たちが食べているのは犯人2人を入れて焼いたパイだったことを明かす。タイタスがタモーラを刺すと、サターナイナスがタイタスを殺す。すると今度はルーシャスがサターナイナスを殺す。マーカスとルーシャスはこれまでの経緯をローマの民衆に説明し、ルーシャスが皇帝に指名される。アーロンは死刑を宣告される。サターナイナスとタイタスとラヴィニアはそれぞれの家の墓に埋葬されることになるが、タモーラはいかなる葬儀も拒否される。»

タイタス・アンドロニカス

背景

テーマ
復讐、父権、母性、情欲、狂気

舞台
帝政ローマ末期

材源
直接材源としたものは知られていないが、次のものを活用した可能性がある。

紀元8年 オウィディウスの詩集『変身物語』。劇中で1冊使用される。

1世紀 ローマの劇作家セネカの血なまぐさい復讐劇『テュエステス』。

13世紀 作者不詳の物語集『ゲスタ・ロマノールム』。ローマの伝説や神話が小説風に書かれている。

上演史
1594年 一番古い記録は1月、ロンドンのローズ座での公演。2月には版本が出ている。

1850年代 アメリカの俳優アイラ・オールドリッジが大幅に翻案された公演でアーロンを演じる。これが19世紀唯一の再演となる。

1923年 250年ぶりにロンドンのオールド・ヴィック劇場で、無削除版が上演される。

1987年 ロイヤル・シェイクスピア劇団によるデボラ・ウォーナー演出、無削除版の舞台。タイタス役にブライアン・コックスを配し、この劇の凄惨さが表現される。

1999年 アメリカの演出家ジュリー・テイモアが映画化。タイタス役はアンソニー・ホプキンス。

本作品は、何よりも過激な暴力で有名になったようだ。主なものだけで刺すこと5回、喉を切り裂くこと2回、手首の切断が1回——しかもこれは舞台上で起こる暴力に限っての話だ。ラヴィニアに対する強姦や身体の切断は含まれていない。

執筆はジョージ・ピールと共同で行われたらしく、第1幕はおおかたピールが請け負ったと考えられている。当時流行していた舞台に影響を受けたのは確かで、ピール著『アルカザーの戦い』(1589年頃)の宴会に切断された生首が出てくるところや、ロバート・グリーンおよびトマス・ロッジ著『セリマス』(1592年頃)の手首を切断する場面が連想される。本作の暴力は必然性のないものと言われ、そのためにシェイクスピアが書いた可能性が否定されてきたほどだった。しかしこの暴力には政治的かつ文化的に、より深い意味が込められている。

2006年、ロンドンのグローブ座の公演 ディミートリアスとカイロンがパイにして焼かれようとしている。主演はダグラス・ホッジ。

エスカレートする暴力

なかでも特に身の毛のよだつ場面といえば、タモーラが自分の息子たちの肉を平らげてしまったと悟る瞬間だろう。だがカニバリズムはこの劇を通して繰り返される概念だ。復讐劇には、いかにして最初の犯罪を上回るかという問題がある。タモーラに家族をめちゃくちゃにされたタイタスの主たる復讐方法は殺人だ。それがなぜ、タモーラに息子を食らうことまでさせたのだろうか。

ひとつには、タモーラの性的欲求を何もかも貪る恐ろしい姿に変えて罰したかったという説明が成り立つ。「あの淫売、おまえらの穢らわしいおふくろに、大地が自ら生んだものを呑みこむように、食らわせてやる」(第5幕第2場)。だがこの劇ではいわば母親への恐怖のようなものが浸透し、すべてを呑み込む存在の母に対して、息子は自分を主張しようと必死になる。こうした恐怖は思いもよらない場所で現れる。たとえばマーシャスとクィンタスが落ちた穴(底に死んだバシエーナスがいた)は次のように言われる。「こんなところに穴が。その口は、茂った茨で覆われており、その葉には流れたば

アーロン

アーロンはシェイクスピア作品中、初期の悪党で、『から騒ぎ』(本書154～161ページ)のドン・ジョンや『オセロー』(本書240～249ページ)のイアーゴーのいわば先祖にあたる。

悪事を働いたときのふてぶてしい喜びようは、中世の道徳劇のヴァイス(悪徳)にも重なるが、アーロン自身が黒人であることと悪とを結びつけるために、現代では当時よりも厄介な人物になってしまった。特に「顔と同じく魂も真っ黒」(第3幕第1場)というせりふは、肌の黒さを悪魔崇拝や裏切りや性欲に昔から結びつけてきたことを正当化しているように見えるかもしれない。アーロンは、カイロンやディミートリアスよりもラテン語のテキストを上手に読めるし、タイタスよりも父親らしさを備えていて、ローマ人らしくふるまえるところに注目すれば、ローマの価値観に順応しているわけでもある。

現代の演出でも難しい役柄であることに変わりはない。1999年のジュリー・テイモア監督の映画『タイタス』は、アーロンを現代風の〈カッコいい若者〉〈精力絶倫男〉〈ニヒルな無頼漢〉として描き、人種の典型的イメージを表面的に新しくしただけだと批評家から非難を浴びた。

> 彼よりも気高い男、
> 勇敢な戦士は、
> この町に生きたことはなかった。
> **マーカス・アンドロニカス**
> 第1幕第1場

かりの血がしたたっている。…とても危険な場所のようだ」(第2幕第3場)。このように、最後の場面で女の口が文字どおり貪り食うことが予言されている。

ローマ的価値観

アンドロニカス一族には母親像というものが欠けている。タイタスの26人の子どもたちの母親はすでに他界しており、ルーシャスの妻に関しても触れられていない。しかしながら、父と母、ローマ人とゴート族の違いを超えて、タイタスとタモーラには気になる類似点が出てくるため、2人の役は複雑になる。物語の始まる前にタイタスは20人もの息子を葬った。全員が戦死であり、劇冒頭の最初の行動は一族の墓に柩(ひつぎ)を納めることだ。当初の演出では床のはね上げ戸が墓標を、また第2幕の穴をも表していたらしい。そのため不吉なことに墓と穴がよく似たものとなる。冒頭でタイタスは「忠国の士」(第1幕第1場)と呼ばれている。これは古代ローマ建国の祖アイネイアスを連想させる呼称だ。名誉、愛国心、一族に対する忠誠というローマ人の最も重んじる価値観を示す。

それに反してタモーラは、不身持ちで二心のある野蛮な人物として、どこまでも反ローマ的に描かれている。それでも彼女の長男アラーバスを生贄(いけにえ)にして彼女をこのような人間にしたのはタイタスその人だ。「ああ、残酷な、不敬な信心よ!」(第1幕第1場)というタモーラの告発には、到底反論できるものではない。タイタスとタモーラは2人とも恥辱の感覚ゆえに、暴力をふるわざるを得ないのだ。タイタスは皇帝の面前で反抗された怒りで、息子ミューシャスを殺す。タモーラは女王である自分をひざまずかせたことに対してアンドロニカス一族への復讐を誓う。2人とも、タイタスが体現しているはずのローマ的価値観の本質に刃向かっている。2人のあいだには危険な緊張状態があり、とりわけ個人の名誉と一族への忠誠心とがぶつかり合うことを暗示している。

ローマがタイタスの息子の1人を追放し、タイタスの命乞いをも無視してほかの2人の息子に死刑を宣告したとき、ローマは「忘恩のローマ」となる。タイタスはタモーラに息子たちを食べさせて、忘恩のローマそっくりに振る舞わせているようだ。だが、最後にタモーラの遺体が壁の向こうに投げられても、タモーラに象徴される不安や緊張はローマのまさに真髄に残るのである。■

> 聞け、悪党ども、
> おまえたちの骨を砕いて、
> 血と混ぜて練り粉を作り、
> その練り粉でパイ生地を作り、
> おまえらの恥知らずな首からパイ
> をふたつ作ってやる。
> **タイタス・アンドロニカス**
> 第5幕第2場

このヨークの
太陽輝く栄光の
夏
となった

『リチャード三世』（1592）

リチャード三世

登場人物

グロスター公リチャード のちのリチャード三世。

エドワード四世、クラレンス公ジョージ リチャードの兄たち。

ヨーク公爵夫人 リチャードたち兄弟の母親。

王妃エリザベス エドワード四世の妃。エドワード皇太子、ヨーク公リチャード、エリザベス王女の母。

エドワード皇太子、ヨーク公リチャード エドワード四世と王妃エリザベスの幼い息子たち。

バッキンガム公 リチャードの信頼する腹心の友。リチャードが王位につく手助けをする。

ヘイスティングズ卿 エドワード四世の侍従長。

スタンリー卿 ダービー伯。リッチモンド伯の義理の父。

リヴァーズ、グレイとドーセット 王妃エリザベスの弟と、最初の夫とのあいだの息子2人。

元王妃マーガレット ヘンリー六世の寡婦。ランカスター家の最後の1人で、ヨーク家に不利な予言をする。

アン ヘンリー六世の息子エドワードの寡婦。

リッチモンド伯ヘンリー スタンリー卿の義理の息子。のちのヘンリー七世。

ティレル リチャードに雇われた刺客。

第1幕第1場	第1幕第3場	第1幕第4場
リチャードは戦争で疲弊した過去からエドワード四世が治める明るい現在への変化を語り、**破壊的な計画を観客に打ち明ける**。	リチャードは宮殿で、**王妃エリザベス**と一族が野心による企てをしたと非難し、王妃らを**怒らせる**。	クラレンス公は弟リチャードの愛を信じていたが、リチャードに刺客を送られて**獄死する**。

第1幕

第1幕第2場	第1幕第3場
リチャードはアンの舅ヘンリー六世の柩をあいだにはさんで、**アンに求婚する**。	元王妃マーガレットは、リチャードが皆を破滅させるだろうと予言し、**宮廷にいる全員を呪う**。

ヨーク家とランカスター家のあいだの長く血塗られた内乱は、幽閉中だったランカスター家のヘンリー六世が暗殺されることにより終結した。ヨーク家のエドワード四世の治世となり、イングランドは平和の喜びに浸っている。これは、劇が始まってすぐ、エドワード四世の弟リチャードが語る内容だ。それからリチャードは、リチャードが自ら狡猾な手を用いて王冠を手にするさまを見ているがいいと、観客に言うのである。

最初は、観客はリチャードの大胆さに興味をそそられる。リチャードは、舅ヘンリー六世の葬列に付き添うアンに求婚し、承諾させてしまうのだ。それからリチャードは、一族や友人に対して陰謀を企てる。兄クラレンス公ジョージの投獄と暗殺を謀り、その死を知らせて長兄エドワード四世を早死にさせる。

バッキンガム公の協力を得たリチャードは、エドワード四世の息子たち——幼いエドワード五世とヨーク公リチャード——をロンドン塔へ送り込む。息子たちの母方の一族から抗議されると、その男たちを殺す。こうしたことをすべて予言していたヘンリー六世の寡婦である元王妃マーガレットは、悲嘆にくれながら宮殿に姿を現してリチャードへの警戒を呼

フリーの作家時代　57

ロンドンに到着した幼い王子たちは、**リチャードが叔父たちを投獄した**と知り、ロンドン塔に泊まることになる。

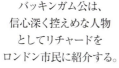

バッキンガム公は、信心深く控えめな人物としてリチャードをロンドン市民に紹介する。リチャードは**気が進まないふりをしながら王冠を受ける。**

リチャードは**娘と結婚させてほしい**と王妃エリザベスを説得し、エリザベスは了解のふりをする。

ボズワースの戦いで**リチャードはリッチモンド伯に殺される。**リッチモンド伯は王冠を手にし、平和な世を約束する。

↑第3幕第1場　　↑第3幕第7場　　↑第4幕第4場　　↑第5幕第6場

第2幕　｜　**第3幕**　｜　**第4幕**　｜　**第5幕**

第2幕第1場　　第3幕第4場　　第4幕第1場　　第5幕第5場

↓　　　↓　　　↓　　　↓

エドワード四世は王妃エリザベスの一族と自分の一族とを**和解させよう**と試みるが、リチャードがクラレンス公処刑の情報をもたらしてぶち壊す。エドワード四世はほどなく死亡。

リチャードは**ヘイスティングズ卿の反逆罪を告発**し、裁判にかけずに処刑する。

アンはリチャードが**自らを王と宣言**したのを知る。アン、エリザベス、公爵夫人がロンドン塔にいる王子たちを訪ねようとするが阻まれる。

リチャードとリッチモンド伯が眠りにつくと、**リチャードの犠牲者たちの亡霊が訪れる。**リチャードは自分が悪党ではないと信じ込もうとする。

びかけるが、その甲斐はない。
　次にリチャードは王になるためにロンドン市民の支持を得ようとする。市民の沈黙はリチャードの野望に対する不安を表明するものだが、バッキンガム公はリチャードが称賛されているかのように演出し、リチャードは王位を手に入れる。王妃エリザベスは、息子たちとの面会を阻まれて、最悪の事態を恐れる。王座についたリチャードは、甥たちの死を望んでいることをバッキンガム公に告げる。バッキンガム公が躊躇すると、リチャードはティレルに甥たちを殺すよう命じる。
　生き残った敵や味方が結集したことから、リチャードに暗雲が立ち込めてくる。バッキンガム公は彼を見放して、リッチモンド伯率いるフランスからの侵攻軍を援護する。リッチモンド伯と戦うためリチャードがロンドンから出陣しようとすると、その進軍は母、ヨーク公、王妃エリザベスに妨害され、リチャードは糾弾される。リチャードはこれを逆手に取って、今や妃アンも死亡していることから、エリザベス王女と結婚させてほしいと王妃を説得する。2人の対決は激しく、リチャードは自分が勝ったと思い込むが、王妃にはリチャードの側につくつもりはない。
　ボズワースの戦い前夜、リチャードとリッチモンド伯の夢に、リチャードの犠牲になった人々の亡霊が現れ、リッチモンドには未来を約束し、リチャードには裏切り者、殺人者、悪党として呪いの言葉を浴びせる。リチャードは寝汗をかいて目覚め、彼らの言葉を気にすまいとする。だが、自らの良心の声が、自分は有罪だと断言する。
　リッチモンド伯とリチャードは戦場で対決し、馬を失ったリチャードをリッチモンド伯が殺す。最後にリッチモンド伯が、エリザベス王女と一緒にイングランドに平和と繁栄をもたらすと約束する。その平和と繁栄とは、劇のはじめにリチャードが述べていたことだった。》

リチャード三世

背景

主題
極悪非道、野望、喪失、因果応報

舞台
15世紀のロンドンとレスターシャー州

材源
1世紀 ローマの悲劇作家セネカによる複数の作品。
14〜15世紀 道徳劇に登場する道化役のヴァイス（悪徳）。また聖史劇のひな型となった聖書の題材や、改訳された聖書。
1513年頃 トマス・モアの『リチャード三世の生涯』。

上演史
1590年代 初演の日は不明だが、戯曲は1623年に第6版が出て、人気作だったことがわかる。
1700年 コリー・シバーの改作が1800年代末までの舞台を独占する。
1955年 ローレンス・オリヴィエがオールド・ヴィック劇場で演出して一部で極め付きと評された舞台が映画化された。
1963〜64年 ロイヤル・シェイクスピア劇団の、ピーター・ホールとジョン・バートン脚色の公演で、少年のようなイアン・ホルム演じるリチャードは、血なまぐさい争いの産物として描かれた。
1985年 アントニー・シャーの蜘蛛のようなリチャードが松葉杖を用いてロイヤル・シェイクスピア劇団の舞台を引き立てた。
1991年 リチャード・エア演出ナショナル・シアター公演では、1930年代のイングランドを舞台に、イアン・マッケラン扮するファシストのリチャードが復讐心に燃えた傷痍軍人という設定。

「今や、我らが不満の冬も、このヨークの太陽輝く栄光の夏となった」（第1幕第1場）という冒頭のリチャードの語りは、戦場の寒々とした恐怖から平和がもたらす夏の休暇へ、舞台を切り換える。ただ、リチャードの不満だけが依然として残る。皮肉な言葉を重ねながら無意味な田舎生活を嘲笑し、己の不満でエドワード四世の陽光溢れる治世に暗雲を招こうと決心するのである。

政治と過去

『ヘンリー六世』四部作の第四部とも捉えられるこの作品のリチャードは、『ヘンリー六世・第三部』よりもいっそう狡猾な仕掛け人になっている。かつて暴力をふるっていた彼が、ここでは宮殿内の内輪もめや、野望を抱く男たちの利己心を操るようになる。シェイクスピアはリチャードに策士としての巧妙さを与え、それを効果的に表すために殺人のほとんどを舞台裏で行わせた――もっとも現代の演出家は必ずしも舞台裏にとどめておくことはない。

寡婦となった王妃エリザベスは、エドワード四世の愛人になることを拒絶して妃の座におさまった経緯があり、四世王の一族から反感をもたれていた。リチャードは階級意識を利用して、エリザベスの

> もはや悪党になるしかない。世の中のくだらぬ喜び一切を憎悪してやる。
> **リチャード**
> 第1幕第1場

> 君たちは多くの人間のなかから選ばれて無実の者を殺しに来たのか。
> **クラレンス公**
> 第1幕第4場

弟と連れ子である幼い息子2人を「へらへらと狡猾なゴマすり野郎」（第1幕第3場）に仕立て上げる。それから計画どおりに遂行した兄クラレンスやヘイスティングズ卿の投獄を彼らのせいにし、若い王につけこもうと野心を抱いたと告発する。こうしてリチャードは親切な叔父を演じ、2人の少年をロンドン塔に滞在させる。それからすぐにリヴァーズ伯、ドーセット侯爵とグレイ卿を処刑するのだった。

このように権力の階段を一気に駆け上がれたのも、共謀者がいたおかげだった。バッキンガム公、騎士ケイツビー、ヘイスティングズ卿、イーリー司教、そしてリッチモンド伯の義父スタンリー卿さえ、リチャードに騙されることはないにしても、知っていることを他言せず、沈黙を守ったのだ。

歴史を記録する

リチャードの企みは、内乱のあいだ、ヨーク家に対して不義を働いた人々をどんどん破滅させていく。その多くは、ヘンリー六世の元王妃マーガレットによって予言されていた。史実とは合わないのだが、マーガレットは宮殿に現れ、長年にわたり兄弟同士で対立してきた者たちに呪いの言葉を浴びせる。リチャードが述べるとおり、マーガレットは内乱中の自分の役割をちゃっかりと忘れるが、歴

フリーの作家時代

史の記録に繰り返されてきた復讐の因果応報を語る。それは、観客の目の前でリチャードが実行していくことでもある。

マーガレットを別にすると、宮殿にはリチャードの行動に対して堂々と意見する者はいない。だがロンドンの町では市民は意見を言う。前半の舞台は、リチャードがはっきりと自分の領域とみなしているロンドンに限定されるが、登場する一般市民たちはより広い観客の代表であり、リチャードが賢く立ち回っても、その判断を思い通りにすることはできない。また別の観客は、アン、元王妃マーガレット、ヨーク公爵夫人、王妃エリザベスといった女たちだ。彼女らは見守り、記憶する。リチャードの母が指摘するように、往々にして女は記録の唯一の生き証人となる。

風景が広がる

夢、悪夢、呪い、予言、悪い予感といった超自然的なエネルギーもまた、リチャードの思い通りにならないものだ。ロンドン塔に幽閉した無垢な王子たちを殺したとたん、彼は運に見放されていく。疑念と恐怖から逃れられなくなり、リチャードがずっと「うなされる悪夢」（第4幕第1場）に悩まされていることを王妃アンは漏らす。

王となったときの第一声は、「この高み

煩わしい世界に私を押し込むのか。
呼び戻せ。
私は石でできているわけではない。
リチャード
第3幕第7場

イギリスの俳優ローレンス・オリヴィエが、魅力溢れる悪魔的な道化役としてのリチャードを演じて、1955年映画化された。クローズアップを多用し、カメラに向かって悪意に満ちた胸中を明かした。

に王リチャードがのぼるのも、おまえの忠告と協力のおかげだ」（第4幕第2場）という、成功をバッキンガム公と分かち合おうとして慎重に発した言葉だった。しかし、バッキンガム公は警戒心を強めて、2人のコンビは緊張にさらされる。利己主義の友人たちの援助がまさに必要になるとき、リチャードは自ら実行の核心で孤立を深めてしまい、計画を実現するためにティレルのようなよく知らない者に依存してしまう。

バッキンガム公に離反されたことでリチャードの独占的な指揮系統が崩れていく。おかげで、リッチモンド伯の進軍も促される。伯は、スタンリー卿と王妃エリザベスの密かな援助を受けて、フランスから侵攻してくるのだ。今や、芝居の舞台は、ロンドンシティから地方のレスタシャー（イングランド中心部）

へ、ボズワースの平原へと広がっていく。

季節が巡り、リチャードのせわしない陽光が翳って秋風の吹く転落期が訪れると、マーガレットが戻ってくる。冒頭のリチャードのせりふと対をなして、マーガレットが必然的な結論を導き出す。「今や栄華の果実も熟れ切って、死神の腐った口へ滴り始めた」（第4幕第4場）。

悪事のかたち

リチャードの体型はどんな劇作家にとってもすばらしい題材であり、シェイクスピアもそれを十分に生かした。観客の多くは大成功を収めた『ヘンリー六世』の舞台を楽しんでいたはずだし、テューダー朝の歴史で描かれるリチャードの背中の歪んだ姿も知られていたことだろう。リチャードは、血なまぐさい内乱の化け物のような申し子であり、やがて悪魔のような王になると歴史のなかで描かれているのだ。

シェイクスピアは、リチャードの肉体的逸脱を大いに利用し、悪意の原動力とした。『ヘンリー六世・第三部』でリチャードは、家族や派閥などすべての絆を断ち、ヨーク家とランカスター家が争った原因である血族主義をも否定した。体の歪みがあるために、家族の絆や順当な相続権には見捨てられた思いがあったのだ。そこで自立した存在になる決意をし──「俺は誰とつながることもなく俺なんだ」──役者のごとく、王冠を目指す自分を演じることで、歪みを強みに変える。これが冒頭で彼が観客に伝える筋書きだ。観客を計画に引き入れ、歴史を、英雄、愛人、悪党が活躍する物語にしてしまうのだ。

リチャードの悪党らしい規格外の破壊力は、冒頭から5回の登場のうちに明らかになる。エドワード四世の順調な滑り出しをひっくり返し、宮殿の一連の儀式や会議の邪魔をし、他へ目を向けさせる。公演によっては道徳劇に出てくる〈悪徳〉のように、他の人物たちが使う出入り口とは別の所からリチャードを登場させ、まるで混沌を生むために異なる空間から現れたかのように見せる演出もある。

ウィットと言葉遊び

リチャードは表と裏の顔を、特に言葉の面で当意即妙に使い分けて見せる。ロンドン市内での演説でも軽妙な会話でもそれは変わらない。自由自在に怒った演技もすれば猫をかぶることもできる。敵を油断させる洒落や澱みない弁舌に、多くの場合、観客も気を許してしまう。

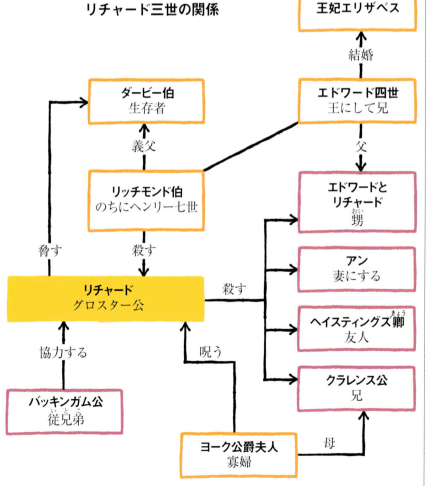

リチャード三世の関係

― 幽霊となって戻ってくる

もし誓いを立てて
信じてもらいたいなら、
おまえがまだ穢していないものに
かけて誓え。
王妃エリザベス
第4幕第4場

アメリカの俳優ケヴィン・スペイシーの演じたリチャードは、自己を受容できず、権力に執着する独裁者で、劇中の女たちを憎悪している。2011年ロンドンのオールド・ヴィック劇場で喝采を浴びたサム・メンデス演出の舞台。

リチャードが言葉を操る術は、アンを妻にと口説く場面（第1幕第2場）と、娘と結婚させてほしいと王妃エリザベスを説得する場面（第4幕第4場）で際だっている。似かよったこの2つの場面は、効果を狙って劇のはじめと終わりに配置され、リチャードの未来の浮き沈みを表す。彼はアンを口説き落としたのと同じように虚勢を張って王妃エリザベスに近づくが、はね返される。今度は、議論をリードするのは女性のほうなのだ。王妃のつっけんどんな返事には激しい感情がこもり、リチャードが自分の邪悪な行為を弁護しようとする努力も虚しくなる。

終盤、リチャードは演技をやめてしまい、観客を味方につけることはなくなる。ボズワースの戦いの前夜、絶望するまいとしてリチャードはその独白を新たな観客——自らの良心——に向けて行う。この議論は一種の裁きであり、リチャード自身が検察側と弁護側を務めるため、うまいことを言って自分をごまかすことはない。最後に彼の良心は、自分は自ら誓ったとおり悪党になったのだと語る。「俺の良心には千もの舌があって、……そのどの話も俺を悪党だと非難する」（第5幕第3場）。

日なたから日陰へ

あれよあれよという間にリチャードは予言や呪いに悩まされていく。最後の戦いの前は眠れず、彼が死ぬ日に太陽は輝かない。結局彼は、リッチモンドという形をとった歴史に負け、自分自身にも負ける。「我とわが身を破滅させ」（第4幕第4場）たのである。彼には自分を憐れむ気持ちさえない。舞台を観ていて、最後にリチャードの印象が定まるのは、戦場で勇敢に戦う力強さを観るときだろう。おそらく「馬だ！ 馬だ！ 王国をくれてやるから馬をよこせ！」（第5幕第4場）という叫びを聞いて、リチャードは戦場にいるときが一番幸福だったと思い起こすことになる。劇を締めくくるのはリッチモンドだが、最後までリチャードにも焦点が当てられている。「にこやかな平和、微笑む豊穣」（第5幕第5場）というリッチモンドが描く完璧な絵の裏には劇冒頭のリチャードの太陽輝く言葉の影がちらついている。■

テューダー王朝のプロパガンダか？

リチャード三世の時代の歴史家ジョン・ラウスは、リチャード王を〈気高い心〉をもつ〈名君〉で、正しい法を整備した王だと述べた。だがテューダー王朝の初代ヘンリー七世の時代になると、ラウスは意見を翻した。リチャードは体の発育が悪く虚弱なために歪んだ体形をもち、ヘンリー六世暗殺と、王妃アンの毒殺は彼の仕業だというのだ。他の歴史家もこうした中傷に同調しており、なかでもサー・トマス・モアはリチャードの精神が堕落していた証拠として〈せむし〉と呼ばれる背の湾曲を引き合いに出した。モアたちは反ヨーク派のプロパガンダを用いて、テューダー王朝統治の正当性を示そうとしたのかもしれない。しかし、シェイクスピアは題材を彼らの記述から取っている。モアは構想を練る際、リチャードが狡猾で饒舌、それでいて頭がよくて勇敢だと書いた。シェイクスピアはその特徴をそっくり用いただけでなく、並外れたconscience（思考能力）をもつ複雑な者に描き、リチャード王の人格に深みを与えた。それが不朽のものとなったため、歴史上のリチャードは跡形もなく消えてしまった。リチャードを直接知る人物の書いたものは、実は残っていないのだ。

死ぬことは
生きるのと
おなじように当たり前のこと
『エドワード三世』(1592–1593)

エドワード三世

登場人物

エドワード三世 イングランド王。

王妃フィリッパ エドワード三世の妃。

黒太子エドワード エドワード三世と王妃フィリッパの息子。

ソールズベリー伯

ソールズベリー伯爵夫人 ソールズベリー伯の妻。

ウォリック伯 ソールズベリー伯爵夫人の父。

サー・ウィリアム・モンタギュー ソールズベリー伯の甥。

ダービー伯

サー・ジェイムズ・オードリー

パーシー卿ヘンリー

ジョン・コプランド 郷士。のちにサー・ジョン・コプランド。

ロドウィック エドワード王の秘書。

アルトワ伯ロベール

モンフォール伯ジャン

ゴバン・ド・グラース フランス人捕虜。

ヴァロワのジャン二世 フランス王（歴史上のフィリップ六世とジャン二世を兼ねている）。

シャルル王子 ジャン王の長男。王太子。

ロレーヌ公爵

フィリップ王子 ジャン王の末息子。

ヴィリエ ノルマンディーの騎士。ソールズベリー伯から王太子へ使者として遣わされる。

エドワード三世はフランスから忠誠の誓いを求められるが拒絶し、**王権を主張する意志を告げる**。

第1場

イングランドの艦隊に攻め寄られるが、**ジャン王はフランス軍の強さを自慢する**。

第4場

クレシーの戦いの前に、**エドワード王とジャン王がにらみ合う**。

第6場

第1〜4場 | **第5〜6場**

第2場

スコットランドによるロックスバラ城の包囲を解いたあと、エドワード王は**ソールズベリー伯爵夫人を口説こうとするが叶わない**。伯爵夫人はスコットランド王からも求愛されている。

第5場

スロイスの激しい海戦で**フランス艦隊は大敗する**。

　イングランドの王宮で、エドワード三世は自分にはフランス王位継承権があるのかどうかということについて、イングランドに味方するアルトワ伯爵と話している。フランスからロレーヌ公爵が到着し、フランスのジャン王に忠誠を誓うように要求すると、エドワード王はフランスに宣戦する。

　一方、スコットランド王は、ソールズベリー伯爵夫人のいるロックスバラ城を包囲する。エドワード王は息子のエドワード王子をフランスに派遣し、自らはロックスバラ城を奪還する。王は伯爵夫人の美貌に心を奪われ、城に滞在することを決める。

エドワード王はますます伯爵夫人にのぼせ上がり、秘書のロドウィックに恋文の代筆を頼む。既婚者同士にもかかわらず、王は欲望に応えるよう伯爵夫人に迫る。伯爵夫人に拒否されると、今度は夫人の父ウォリック伯にまで仲介を無理強いする。王に逆らえないウォリック伯は娘に王に服従しろと言う。王は、若いエドワード王子からフランスに攻め入る準備ができたと知らされたときに一瞬気持ちがそれるが、またすぐに欲望を満たしたくなる。伯爵夫人が互いに配偶者がいることを思い出させるため、王は配偶者を殺す約束をする。伯爵夫人は強い反感を示し、や

フリーの作家時代

ソールズベリー伯は、自分が捕虜としたヴィリエと名誉ある交渉をして、カレーまでの安全を保障させる。

フランスで、ジャン王がイングランドの地へ前進するだろうと予言される。

捕らえられたかに見えたエドワード王子が勝利し、フランス軍に打ち勝つ。

エドワード王子死亡の知らせが届くが、まもなくジャン王を捕虜とした王子が凱旋（がいせん）する。

↑第9場 ↑第11場 ↑第17場 ↑第18場

| 第7〜9場 | 第10〜14場 | 第15〜18場 |

第8場 ↓
エドワード王は、敵に包囲されたエドワード王子に救援を送ることを拒むが、王子は勝利を収める。

第10場 ↓
エドワード王の妃フィリッパが軍を率い、スコットランド王を捕らえる。

第14場 ↓
ジャン王が、カレーを包囲しているエドワード王子に警告するよう、ソールズベリー伯を急行させる。

第18場 ↓
エドワード王は、カレーの最も裕福な市民6名を下着姿で差し出せと要求する。王妃フィリッパが慈悲をかけるよう説得する。

がて王は分別を取り戻して謝罪する。

　ベルギーのスロイス海沖でイングランドがフランス海軍に快勝し、内陸ではエドワード王子が勝利を収め、クレシーに陣を張るフランス王は賠償金を払って助かろうと交渉を試みる。王子が命とひきかえに王冠を求め、戦闘が起こる。

　エドワード王のもとに王子の危機の知らせが届く。王は息子が力を証明する機会だと言って援軍を送ることを拒否するが、王子が勝利して戻ったため、ナイト爵に叙する。

　エドワード王はカレーを包囲し、そのあいだに王子にジャン王を追跡させる。ブ

ルターニュではソールズベリー伯爵夫人の夫が、カレーへ安全に行くための通行許可を得られれば、引き換えにフランスの捕虜ヴィリエを解放しようと提案する。カレーの指揮官は町をエドワード王に引き渡すと申し出るが、王は裕福な市民6名を差し出さなければ降伏は受け入れないと言う。

　ジャン王がイングランドに現れるだろうというお告げが、フランス軍には幸先のよいものに受け止められる。フランスの大軍を前に、エドワード王子はフランスの慈悲にすがれという申し出を却下する。やがて空に不吉な予兆が現れてフランス軍は慌てふためく。

ソールズベリー伯が捕らえられるが、ヴィリエの仲裁により見逃される。

　一方、エドワード王子は勝利してジャン王を捕虜にする。

　6名の裕福なカレー市民がエドワード王の前に連れてこられる。王妃から情けをかけるよう説得されて、王は処刑を思いとどまる。そこへソールズベリー伯が、エドワード王子がクレシーで戦死したとの知らせを持って戻る。王は取り乱す王妃を慰めるが、突然エドワード王子が捕虜にしたジャン王を連れて現れる。王子は意気揚々と、外国でさらなる冒険をしようと誓う。》

エドワード三世

背景

主題
名誉、王権、勇気、愛国心、戦争の残忍性

舞台
ロンドンの王宮、スコットランド国境のロックスバラ城、フランドル、フランスのクレシーとポワチエとカレー

材源
1377年 ジャン・フロワサールの『年代記』。百年戦争初期の様子がフランス語で記録されている。

1575年 ウィリアム・ペインター『快楽の宮殿』にある『ソールズベリー伯爵夫人』の物語が、求婚の場面のもとになっている。

1587年 ラファエル・ホリンシェッドの『年代記』が戦争に関しての材源となっている（ただし脚本上の理由により歳月を短縮）。

上演史
1590年代初め 初演の日にち、場所は不明。

1596年 ロンドンで出版されたが作者不詳。

1623年 ファースト・フォリオには収録されていない。スコットランド人の描き方が政治的に問題になったためかもしれない。

1911年 ロンドンのリトル・シアターでエリザベス朝舞台協会により一場面のみ上演。

2001年 カリフォルニア州で催されたカーメル・シェイクスピア・フェスティバルで、パシフィック・レパートリー・シアターが上演。

2002年 ロイヤル・シェイクスピア劇団により全幕が上演され、賛否両論。

イングランドの武勇に優れた偉大な王のひとり、エドワード三世の物語だ。エドワード王は1377年に逝去するまで半世紀にわたり国を治めた。

作品が書かれたのは*1590年代初め*、『ヘンリー六世』の執筆と同じ頃だが、シェイクスピアのものとして認められたのはここ数十年のことだ。今ではほとんどの校訂者の意見は、少なくとも一部にシェイクスピアの手が入っている点で一致するが、一般にはそれがエドワード三世とソールズベリー伯爵夫人の第2場、第3場、また黒太子エドワードが死について思い巡らせる第12場だと考えられている。上演回数は非常に少なく、2002年にロイヤル・シェイクスピア劇団が演じた際、シェイクスピアの〈新作〉と称したほどだ（新作ではないのに）。

物語はスコットランド王デヴィッド二世に対するエドワード三世の国防と、フランスにおける戦いの数々に及ぶ。スロイスの海戦でのフランス軍の歴史的大敗(1340年)、クレシーの戦いでのフランスの大軍に対する勝利（1346年）、それから最後に、黒太子エドワードが英雄であることを証明して見せたポワチエの戦い（1356年）だ。

劇中の黒太子は熱意と冒険心の持ち主であり、おそらく史実に近い人物像が描かれている。カンタベリー大聖堂の墓にあるのは、黒太子の光輝く甲冑姿だ。

> やつが簒奪した王冠はわたしのものだと伝えるがいい。そして、やつこそその場で今すぐ跪かねばならないのだと。
>
> **エドワード三世**
> 第1場

しかし劇中で描かれるエドワード三世の姿は、ほかの作品に登場するヘンリー五世のような、軍を率いる偉大な王の姿とはかなり異なっている。ヘンリー五世が扇動的な演説で軍を奮い立たせて勝利に導く、精力的な若い指導者であるのに対し、エドワード王には奮い立たせるようなところはまるでない。ヘンリー王同様、フランスの特使を宣戦布告のために送り出すと、次に現れるのはスコットランドであり、勇姿を見せる場面はないのだ。

乱暴な求愛

エドワード王はスコットランドに包囲されたロックスバラ城を解放しにやってきたあと、夫がフランスに出征中の、美貌のソールズベリー伯爵夫人に魅せられる。そこで夫人を征服しようと口説き始めるが、その戦法は高貴な立場にふさわしいとは言えない。秘書のロドウィックに書かせた恋文がはねつけられると、権力に訴えて、王の欲望に従うように父親から命じさせる。意志の強い夫人が拒否し、2人のあいだには配偶者が立ちはだかっていると必死に訴える。するとあろうことか、エドワード王は彼らを殺そうと請け合い、あたかも配偶者たちの命を預かる裁判官のように「おまえの美しさ

が、二人を死罪に」（第3場）すると言う。夫人は口惜しそうに「ああ、偽りの美貌、腐った裁判官！」（第3場）と叫ぶ。そして王よりも高貴な裁きの場──「天上の偉大なる神の法廷」（第3場）があり、こうした悪事が裁かれるだろうと言う。

これほど不愉快だが印象的な場面のあと、伯爵夫人はほとんど忘れ去られ、芝居はもっと月並みな、動きの多い戦闘場面になる。とはいえ夫人の不在だった夫ソールズベリー伯は、名誉を重んじるフランス人捕虜ヴィリエとともに、この劇を貫く正義感を象徴する人物となる。2人はどんな出来事があっても、名誉を重んじて行動することにこだわるのだ。

情に流されない指導者

イングランドでも特に精力的な君主のひとりで、イングランドを大国にする軍事的勝利を収めた王が、これほど否定的に描かれているのは実に意外なことだ。もしかすると当時のテューダー朝の政治のためかもしれない。エドワード王はプランタジネット朝の王であり、その家系は最終的にテューダー朝の最初の王が即位して終わるが、テューダー朝が正統性を維持するのはまだ大変な時代だった。伯爵夫人との浅ましい出来事を別にして

> こちらでは、体から切り離された首が飛び、あちらでは、手足がばらばらに放りあげられる。
> **フランスの海兵**
> 第4場

も、エドワード王は強情で思いやりのない父親のように見える。歴史上黒太子として知られるエドワード王子が戦場で包囲されたとき、王は援助を拒み、こう言い放つ。「では、すばらしい名誉を勝ち取ることになるな、もし、武勇によって、そこから脱出できたら。できなければ、どうしようもあるまい？　わが老後を慰めてくれる息子は一人ではない。ほかにもおる」（第8場）。

劇の終わりが近づいたとき、どうやら王子が若くして戦死したらしいとの知らせが入り、母が悲嘆にくれて涙を流すが、王の慰め方は冷酷な復讐を約束するというものだ。また、カレー市民が恭順の印に6名の指導者を差し出したとき、王妃が止めなければ、6名を惨殺するところだった。ここには、シェイクスピアのもうひとりの武勇の誉れ高い王ヘンリー五世の厳しさを思わせるものがある。ヘンリー五世はカレーをさらに粗暴な残虐行為で脅かす。

『エドワード三世』にもソールズベリー、ヴィリエ、エドワード王子など、英雄は

スロイスの海戦は1400年のフランスの写本に描かれている。『エドワード三世』ではスロイスで破れたフランスのフィリップ六世が削られ、代わりに息子のジャン王が敗れたことになっている。

登場するが、戦争が非常に残虐なものだということはためらいもなく示されているのだ。フランス海軍はスロイスの海戦の模様を身の毛もよだつ言葉で報じている。「海は真っ赤に染まり、負傷者から迸り出る、流れるような血潮で海峡は瞬く間に朱に染まります」（第4場）。

主人公のエドワード王は魅力的な人物からほど遠いのだが、劇は王にとって幸せな終わり方をする。若い王子は新たな挑戦をしようと意気盛んであり、王は華々しい軍事的勝利のあと穏やかに全権を握るのだ。そして、捕虜にしたフランスとスコットランドの王、それに王太子との奇妙で新たな団結に思いを巡らして満足そうに言う、「神がお許しになれば、イングランドへ向けて出航だ。そして凱旋を飾るのだ。三人の王、二人の王子、そして一人の妃で」（第18場）。■

どんなまちがいのせいでや耳がおかしくなるのか?

『まちがいの喜劇』(1594)

まちがいの喜劇

登場人物

イジーオン　シラクーザの商人で、双子のアンティフォラスの父。劇のはじめに死刑を宣告されている。

ソライナス　エフェソス公爵。

エフェソスのアンティフォラス　イジーオンの双子の息子。商人として成功し、エイドリアーナと結婚している。

シラクーザのアンティフォラス　双子のうち、イジーオンが育てた息子。兄を捜しにエフェソスに来ている。

エフェソスのドローミオ　エフェソスのアンティフォラスの従者で、シラクーザのドローミオの双子の兄。弟よりもひどい扱いを受けたり叩かれたりし、不運な人物。

シラクーザのドローミオ　シラクーザのアンティフォラスの従者で、エフェソスのドローミオの双子の弟。いきいきとしてウィットに溢れ、自分の判断で行動する。

エイドリアーナ　エフェソスのアンティフォラスの妻。自由を制限される結婚生活や、夫婦間の不平等に腹立たしさを感じている。

ネル　エイドリアーナの台所の下働き。

ルシアーナ　エイドリアーナの妹。厄介な結婚生活を身近に見て、結婚に慎重になっている。

エミリア　エフェソスの尼僧院長。のちにイジーオンの行方不明の妻と判明。

エフェソスへの不法入国で逮捕されたシラクーザの**イジーオンは、罰金を払わなければ死刑**となる。公爵は刑の執行を5時まで猶予する。

↑ 第1幕第1場

家では**エイドリアーナが、夫が家のことを蔑ろにしていると**不平を言う。ルシアーナが男は女よりも自由なものだと主張する。

↑ 第2幕第1場

アンティフォラス兄は家から閉め出される。妻に贈るつもりだった金の首飾りを情婦に与えることにする。

↑ 第3幕第1場

| 第1幕 | 第2幕 |

第1幕第2場 ↓

イジーオンの息子**アンティフォラスとドローミオは、シラクーザ国籍を隠すよう警告**される。ドローミオ兄がアンティフォラス弟を迎えに来て、家で食事をとるよう懇願する。

第2幕第2場 ↓

エイドリアーナはアンティフォラス弟を、時間に遅れた夫と思ってなじる。アンティフォラス弟はルシアーナを見て恋に落ちる。

エフェソス市はシラクーザ市と交戦状態にある。違法にエフェソスを訪れたシラクーザ市民は罰金刑または死刑となる。そうした刑に処せられようとしているのが、エフェソスに来たばかりの商人イジーオンだ。彼はソライナス公爵に、自分と妻エミリア、幼い双子の息子たち、そしてその息子たちに仕える双子の従者がその昔、海で嵐に遭い、離散したと話す。イジーオンは自分のもとに残った息子の弟と従者の弟とともにシラクーザに戻り、弟たちにそれぞれの兄の名前をつけた。2人はアンティフォラス、ドローミオと呼ばれて成長し、双子の兄たちを捜しに出かけたが、それきり戻らなかった。そこでイジーオンは、息子と従者を見つけようとエフェソスに来て、命を危険にさらすことになったのである。この話に心を動かされたソライナス公爵は、身代金を調達できるよう、午後5時まで死刑を猶予する。

イジーオンの知らないうちに、捜していた息子と従者の弟もまたエフェソスに着いたところだった。シラクーザのアンティフォラス弟は宿に保管すべき金をドローミオ弟に持たせ、町の様子を調べる。捜し求める兄がすぐそばにいることをまだ知らないのだ。

フリーの作家時代

アンティフォラス弟に金の首飾りを渡した**金細工師アンジェロ**は、**アンティフォラス兄を**代金不払いで**逮捕させる**。

第4幕第1場

情婦は、アンティフォラス兄からもらう約束の首飾りを身につけたアンティフォラス弟に会う。**アンティフォラス弟は**情婦が魔女だと思って逃げる。

第4幕第3場

アンティフォラス弟とドローミオ弟は追っ手に向けて**剣を抜き**、尼僧院に逃げ込む。

第5幕第1場

エイドリアーナとアンティフォラス兄が公爵に訴える。**ついに2組の双子が顔を合わせる**。尼僧院長はイジーオンの失踪した妻だと明かす。尼僧院長は全員を祝宴に招待する。

第5幕第1場

第3幕	第4幕		第5幕
第3幕第2場	第4幕第2場	第4幕第4場	第5幕第1場

↓ ↓ ↓ ↓

アンティフォラス弟はルシアーナに恋心を伝える。ルシアーナは悪い気はしないものの、気がふれたのかと問う。

ドローミオ弟はエイドリアーナに、逮捕された夫のために**保釈金を払うよう頼む**。

恐れと困惑で**アンティフォラス兄は**乱暴な振る舞いをする。エイドリアーナは夫の明らかな錯乱を癒やすために悪魔祓い師を雇う。

尼僧院長は**エイドリアーナを**思いやりのない妻だと**叱責する**。

エフェソスのアンティフォラス兄は商売繁盛の商人であり、妻のエイドリアーナとその妹ルシアーナとともに暮らしている。姉妹は彼が家に居つかず、居酒屋や情婦のもとを訪れる様子に憤っている。

いつものように夫が昼食に遅れて腹を立てたエイドリアーナは、通りでアンティフォラスを見つけて怒る。驚いたことに彼は丁寧な返事をし、食事をともにできるのがいつになく楽しそうだ。実は、彼は夫の双子の弟、シラクーザのアンティフォラスであり、妻の妹ルシアーナにたちまち恋をする。夫が友人たちを連れて帰宅すると、ドローミオを名乗る者に門をか ぬきけられてしまい、夫は仕返しを誓って去る。

思い違いの出会いはまだつづく。エフェソスのアンティフォラスはエイドリアーナを罰するため、エフェソスのドローミオに縄を買いに行かせる。ところが従者が使いから戻る前に、金細工師への首飾りの代金が不払いだと言われ、エフェソスのアンティフォラスは逮捕される。首飾りは手違いで弟に届けられていたのだ。シラクーザのドローミオがエイドリアーナのところに遣わされて保釈金を求める。すると、エフェソスのドローミオが縄を手にして戻ってくる。エフェソスのアンティフォラスは、困惑と恐怖心から粗暴な態度になる。気がふれたと思われて縄をかけられるが、逃亡する。

一方、シラクーザの双子たちは町から逃げ出そうとする。だが、エフェソスじゅうの人々から追いかけられ、尼僧院に避難する。運命の時刻の5時になったとき、エイドリアーナとエフェソスのアンティフォラスは公爵に調停を求める。公爵が揉め事の説明を聞いているところへ、尼僧院長がシラクーザの双子とともに入ってきて、すべてが明らかになる。双子がイジーオンが誰かを理解したとき、どんでん返しがあり、尼僧院長が自分がイジーオンの行方知れずの妻エミリアだと明かす。こうして家族が再会を果たして大団円となる。»

まちがいの喜劇

背景

主題
双子の絆、アイデンティティ、夫婦・親子の関係、喪失

舞台
港市エフェソス

材源
1390年 ジョン・ガワーにより英訳された古代ギリシャのロマンス『ティルスのアポロニウス』をもとに、イジーオンとエミリアの物語の枠がつくられた。

1595年 ローマの劇作家プラウトゥスの『メナエクムス兄弟』が英訳出版された。第2作目の『アンフィトルオ』の影響も第3幕第1場に見てとれる。

上演史
1594年 ロンドンのグレイズ・イン法学院にて上演。

1786年 オペラ『Gli Equivoci（誤解）』がウィーンで上演される。

1938年 リチャード・ロジャースとロレンツ・ハートが、ニューヨークのブロードウェイでミュージカル『ボーイズ・フロム・シラキュース』を上演。

1938年 ストラットフォード・アポン・エイヴォンでのシオドア・コミッサルジェフスキーの演出が舞台空間を流動的に使い、シェイクスピア劇の演出に重要な影響を与えた。

1963〜97年 インドの映画会社が本作品をもとに5本の映画を制作。そのうちの最新作はラメーシュ・アラウィンド主演の『ウルタ・パルタ』。

1976年 ロイヤル・シェイクスピア劇団のトレヴァー・ナン演出の公演で、笑劇、サーカス、ミュージックホールの要素を一体化させた。

2001年 本作の日本版『まちがいの狂言』がイギリス、アメリカを巡演。

『まちがいの喜劇』の核となる混乱は、双子という自然現象が原因で引き起こされる。シェイクスピアが双子に関心を抱くのは、彼が双子の父親だからだ。人は自分が唯一無二の存在だと考えたがるものだが、一卵性双生児はアイデンティティが同じらしく、興味深い。双子ならひとりの人間が同時に2か所に存在しうる。それは滑稽でもあるが恐ろしくもある。

シェイクスピアは喜劇と恐怖の両方を描く。プラウトゥスの『メナエクムス兄弟』の双子に従者のドローミオ兄弟を加え、一卵性双生児を2組にしている。こうして、すれちがいのテンポも増して、笑劇になっていく。双子の従者は生まれたときから主人たちと人生をともにしているわけで、数々のまちがいが起き始めたとき、単に主従関係が喜劇的に破綻するだけではなく、長きに亘る友情と信頼の絆もまたはっきり危機にさらされる。

アイデンティティの探究

シェイクスピアは材源を書き換えて、アイデンティティがどれほど他者の影響を受けるかを探求していく。双子のそれぞれが自分の経験を自分の従者にさえ否定されるときに感じる恐怖や孤立感が示される。それぞれ、少しずつ異なる世界を見聞きしているらしい。人違いをされて、シラクーザのアンティフォラスは町を離れたくなる。それというのも、彼が経験するちぐはぐな出来事が、この町に魔法がかけられているという評判を裏付けているように見えるからだ。また、この混乱のせいで兄のほうはいら立ちを募らせ、とりわけ正気を疑われると粗暴に振る舞うようになる。するとますます、頭がおかしくなったと思われる。このようにアイデンティティや人と人との信頼の絆が脅かされると、家族だとか社会の人間関係といったものはあっという間に崩壊することが明らかになる。

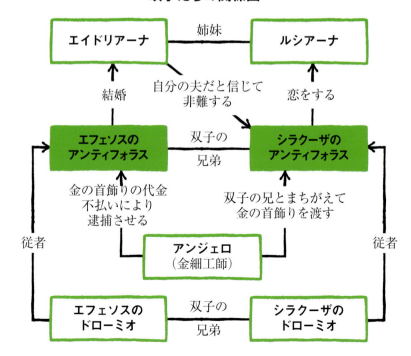

双子たちの関係図

> 私は広い世界のなかで、
> 大海の一滴だ。
> 海のなかでもう一滴を
> 見つけようとするが、
> 仲間を探そうとして
> 海に落ちると見えなくなり、
> 知りたいともがくうちに
> 自分が消えてしまう。
> シラクーザのアンティフォラス
> 第1幕第2場

2001年グローブ座公演

劇の構造

イジーオンの悲劇の物語がこの喜劇の枠組みを作り上げており、この老人が身代金を得るために与えられた執行猶予の1日がこの劇の長さだ。尼僧院長が行方不明の妻エミリアとわかるエンディングは、驚きだ。何のヒントもなかったからだ。エミリアが妻とわかると、突きつけられていた死の恐怖から陽気な復活へ、雰囲気ががらりと変化する。家族が再び全員そろう。そして、家族それぞれの物語もみなひとつとなるのだ。

この枠組みとなる物語のなかでは、時間はさまようように流れている。出来事の順序がめちゃくちゃになり、観客だけが物語の流れを追うことができる。ほとんどそっくりな場面が繰り返されて滑稽さが増幅する。そういう場面のなかで、主人と従者は丁々発止の漫才風な掛け合いで勢いをつける。口論するときでさえ主従のあいだにはしっかりとした絆がある。会話のテンポは相当速くておかしなもので、止まって考えている余裕はない。そんな人がいたらまちがいの起こる理由が明らかになってしまう。

ルシアーナとシラクーザのアンティフォラスの恋物語は混沌としたなかでのちょっとした息抜きになり、アイデンティティのテーマの変形にもなっている。周囲の怒りと対照的に優しいアンティフォラスは、聞いたこともない抒情詩的な言葉で、驚くルシアーナに求婚するのだ。

結婚の絆

結婚も、双子の一種と考えることができる。シェイクスピアはエフェソスのアンティフォラスの妻エイドリアーナという人物を作ることで、結婚の責任と苦労とに注意をひきつける。エフェソスは新約聖書ではエペソと呼ばれ、当時の観客はパウロが書いた「エペソ人への手紙」を知っているはずであり、そこでは夫と妻、主と僕の義務が語られていた。エイドリアーナの妹ルシアーナが熟知していたのは、まさにこれである。

エイドリアーナは公平な関係を強く望み、そう訴えたが、訴えた相手は双子の弟のほうだった。おそらく実の夫ならそう辛抱強く聞いてはいなかっただろう。尼僧院長が述べるように、もし夫への批判が過ぎたなら愛する夫に伴うすべてを失いかねない。

この劇で鍵となる小道具であり、絆を暗示する金の首飾りと縄が、愛と信頼、罰と支配の象徴として巧みに使われている。金の首飾りは夫の愛を表現していたが、夫は腹いせにこれを情婦に与える約束をする。この首飾りは双子のまちがったほうに渡り、代金不払いで兄が逮捕されてしまう。首飾りはやがて本来のアンティフォラスの手に戻り、エイドリアーナの胸元を飾ることだろう。

最後につながる絆は兄弟として再会したドローミオたちであり、この双子も手に手を取って相等しい者として、客席からの拍手のなかを去っていく。■

まちがいの狂言

2001年日本の「万作の会」が日本語公演『まちがいの狂言』を英語圏の観客に向けて上演した（野村萬斎演出・出演）。「狂った言葉」という文字で表される「狂言」は、世俗的な喜劇スタイルで知られる日本の伝統芸能だ。そこにシェイクスピアの笑劇がぴたりとはまり、言葉の壁は障害にならないことを示した。

大事な場面では観客も「ややこしや！」の掛け声を口ずさんで喜劇に参加したくなる公演だ。狂言と縁の深い能の伝統を守り、アンティフォラスとドローミオの双子たちはそっくりの*面*をつける。この劇の視覚的な複雑さを生かす小道具だ。

この公演の成功は、夫婦関係、喪失、アイデンティティといった本劇のテーマが強力で世界共通のものであるため、最も難しい言葉や文化の違いさえ超越することを表している。

（訳注：最後に双子が出会う場面でそっくりの面をつけるが、それまでは面をつけない直面と面とを使い分けた。エフェソスの人たちのところへシラクーザの者が登場するなど、二つの世界がぶつかるときに、新たに登場する者は面をつけるという規則性を設けた。）

狩りを彼は愛すれど、愛を彼は蔑めり

『ヴィーナスとアドーニス』（1592-1593）

背景

テーマ
性愛の欲望、若さ、切望、誘惑

舞台
古代ギリシャ

材源
西暦8年 ローマの詩人オウィディウスによるラテン語の『変身物語』第10巻が材源にされたとみられる。

1565～67年 アーサー・ゴールディングによって英訳されたオウィディウスの『変身物語』も材源になっている。

来歴
1636年 シェイクスピアの生存中に少なくとも10回、1636年までにさらに6回増刷された。生存中の増刷の頻度が最も高い作品。

1817年 サミュエル・テイラー・コールリッジが『文学的自伝』のなかで、この作品を称賛している。

『ヴィーナスとアドーニス』という詩は、愛の女神ヴィーナスの神話物語の改作で、ヴィーナスは美しい人間の若者アドーニスに求愛し、誘惑しようとする。作者は冒頭でテーマを提示する。「紫の顔（かんばせ）の陽（ひ）が／涙の朝（あした）と最後の別れを告げるとき／薔薇（ばら）の頬したアドーニスは狩りに出（い）づ。／狩りを彼は愛すれど、愛を彼は蔑めり」。

ヴィーナスはアドーニスに近づいてキスを求め、馬から引きずり降ろして馬を木につなぎ、若者を押し倒し、息ができないほどキスを浴びせる。彼が恥じらうと女神の欲望に火がつき、彼を地面に押

ティツィアーノの描いた「ヴィーナスとアドーニス」(1554年)の複製画をシェイクスピアは見た可能性があると言われている。この絵では、若き英雄が夢中ですがるヴィーナスをはねつけているように見える。

さえつけて、偉大な軍神マルスに愛された私に望まれて幸運ではないかと語り聞かせる。だがアドーニスは真昼の太陽のもとでは日に焼けてしまうと不平を言い、一向に受け入れようとしない。「立ち去る彼は馬へと急ぐ」(258行)。しかし、馬は通りすがりの牝馬に誘われて、牝馬とともに森の奥へ走り去る。ヴィーナスは再び彼を口説きはじめ、「雪の獄に囚われし百合」(362行)と言いながらアドーニスの手を取り、アドーニスに馬から学ぶべきだと言う。「ああ、愛を知りたまえ！／そは易しき教え。／ひとたび全うすれば失うことなし」(407〜408行)。

狩られる狩人

ヴィーナスはアドーニスの前で倒れたふりをする。うしろめたさからアドーニスが抱き起こそうとし、別れのキスをすると、それがまたしてもヴィーナスを刺激する。しかし若者は、自分は恋には未熟だと答える。「まだ己も知らぬ我なれば、我を知ろうとなさるるな」(525行)。そして浅はかにもキスをしてヴィーナスの欲望をさらに燃え上がらせる。若者が猪狩りに行くつもりだと聞いて、ヴィーナスは苦悶する。「女神はその首にしがみつき倒れ、／仰向けの女神の腹に彼は倒れこむ」(593〜594行)。

ヴィーナスは若者が死ぬのではないかと恐れ、兎のような無難な獲物を狩るよう勧める。アドーニスがヴィーナスが欲望に負けていることを非難する。「愛は慰め。雨後の日差しの如く。／だが愛慾は、天空曇らす嵐の如し」(799〜800行)。

若者は、ヴィーナスが我が身の運命を憐れむのを尻目に、ようやく逃げ出す。

ヴィーナスとアドーニス

翌朝、狩りの物音を耳にしたヴィーナスは、様子を見に飛び出して行く。「狩られた猪」(900行)を見つけ、疲労し負傷した猟犬を目にし、案じたとおりに若者に訪れた運命を嘆く。

まだ息があるのではないかと思い直した女神は、おびえすぎた自分を責めるが、若者の遺体を見ると哀歌を唱え、これより以後、愛には常に悲しみがついてまわることになると予言する。アドーニスの体は溶けてしまい、ヴィーナスはその場に咲き出した深紅の花を慈しむことを誓う。最後は、人目を避けて永遠の喪に服そうと、鳩の導く車でキプロスに戻っていく。

出版と刊行年

初版が出たのは1593年のことだ。その年から翌年のほとんどの期間、疫病の発生によりロンドンの劇場はどこも閉鎖され、すでに劇作家としての地位を確立していたシェイクスピアは時間を持て余したらしい。この詩集はロンドンの有名な印刷業者リチャード・フィールドにより出版された。フィールドもストラトフォード・アポン・エイヴォンの出で、続けて『ルークリースの凌辱』も出版した。『ヴィーナスとアドーニス』はシェイクスピアの名前が詩人として世に出る最初の本となった。

初版にはローマの詩人オウィディウスの詩集『恋の歌』のなかのラテン語の一節が題辞として引用された。「心いやしき者には下劣なものをあがめさせ。我がためには、アポロンよ、詩神の水を盃に溢れさせしめ」。

献呈の辞

この詩は、早熟で才能豊かな貴族で当時まだ19歳の、第三代サウサンプトン伯爵ヘンリー・リズリーに捧げられている。正式な献辞は次のとおりだ。「私の拙い詩を閣下に捧げることでどのようなご不快を招くかわかりません。また、これほど弱い荷を支えるのにこれほど強い支援者を選んだことで世間からどんな非難を受けるかわかりません。ただ、閣下が喜ぶそぶりを見せてくださされば非常な光栄に存じ、さらに重厚な作品をお捧げ申すべく寸暇を惜しんで相努めます。しかし、わが創作の最初の子が醜いなら、これほど立派な方に名付け親になっていただいた

オウィディウスは西暦10年頃までに物語詩『変身物語』を書いた。15巻および250の神話を網羅したこの詩集は、学校時代のシェイクスピアにギリシャ・ローマ神話の完璧な基礎知識を与えたと思われる。

のは残念至極、二度と悪しき収穫のないよう不毛な土地を耕すのはやめに致します。どうかご高覧戴きまして、心ゆくまでお楽しみください。この詩が常に閣下のご要望に応えるものでありますよう。そして世間の期待に沿うものでありますよう。閣下の忠実なるしもべ。ウィリアム・シェイクスピア」

シェイクスピアは、翌年に出版された別の物語詩『ルークリースの凌辱』もサウサンプトン伯爵に献呈している。

材源

シェイクスピアが本作品の参考にしたのは、愛読書だったオウィディウスの長詩『変身物語』にある一篇だ。学校でこれを学んでいたと思われ、戯曲のなかで何度となく言及したり引用したりしている。初期の悲劇『タイタス・アンドロニカ

> かくて女神は
> 若者の汗ばむ掌を摑めり。
> そは命の真髄の徴。
> 逸る心に身を震わせ、
> ヴィーナスはこれぞ
> 女神を癒す大地の薬なりと言う。
>
> **ヴィーナスとアドーニス**
> 25〜28行

> ああ、なんというありさまか。
> 気まぐれな若者に忍び寄る女神の、
> その相争う顔色をごろうじろ。
> 青ざめ、赤くなり、
> 互いに打ち消し合う。
>
> **ヴィーナスとアドーニス**
> 343〜346行

ス』や後期のロマンス劇『シンベリン』では、舞台に1冊持ち込ませることまでしている。シェイクスピアは原典とアーサー・ゴールディングによる英訳の両方を参考にしたらしい。だが、オウィディウスがこの物語を75行で書いたのに対し、シェイクスピアは1,194行に拡大した。人物の性格描写にも出来事にも手を加えているのだ。オウィディウスの詩では若いアドーニスがヴィーナスの愛に応えるのだが、シェイクスピアのほうは、アドーニスを、もの欲しげに言い寄る女神に尻込みするような、恥じらう若者に変えている。さらに筋も膨らませてある。一番重要な追加部分（259〜324行）は、アドーニスの馬が牝馬を追って森の奥へ疾走していき、ヴィーナスの手中から逃れようとするアドーニスをくじけさせる場面だ。

文体と評判

この詩は6行連で書かれている。各行は弱強五歩格、つまり1行に10の音節があり、ひとつおきの音節に強勢が置かれる形だ。たとえば She **looks** up**on** his **lips**, and **they** are **pale**（女神がその唇を見れば、蒼褪めており）（1,123行）という具合だ。各連はａｂａｂｃｃの順で脚韻が踏まれ、シェイクスピアのソネットの最後の6行に似ている。文体はウィットに富んでおり、距離を置いて冷静に成り行きを語る一方、描写の部分に抒情的な美しさを備えている。

シェイクスピアの生存中、この詩は他のどの作品よりも頻繁に増刷され、1610年には9刷目を数えた。特に若い世代に人気があった。1600年頃、ケンブリッジ大学の学者ゲイブリエル・ハーヴィはこう書いた。「若い者ほどシェイクスピアの『ヴィーナスとアドーニス』に大きな喜びを感じるが、『ルークリース』や『ハムレット』には、賢い者ほど喜びを感じるものがある」。

『ヴィーナスとアドーニス』はヴィーナスがその肉体の魅力でアドーニスを誘惑しようとするくだりのせいで、ソフトポルノのような世評を受けた。「私は庭園となるわ。あなたは鹿よ。／好きなところで草を食んで、山でも谷でも。／私の唇をむさぼって。二つの山が乾いていたら、／もっと低いところへ彷徨って。そこには心地よい泉があるわ」（231〜234行）。

17世紀の初め、ケンブリッジ大学の学生が劇を演じる際、ある登場人物は『ロミオとジュリエット』や『ヴィーナスとアドーニス』などからの引用を盛り込んだせりふで恋人に求愛するのを自慢し、自分が〈すばらしい大作家シェイクスピアを崇拝している〉ことを示した。

この詩の技巧的文体ととりとめのない話の流れのせいで一時人気を失ったものの、ロマン派の詩人で批評家サミュエル・テイラー・コールリッジの『文学的自伝』（1817年）のおかげで、再評価されることとなった。■

2007年、ロイヤル・シェイクスピア劇団とロンドンのイズリントンにあるリトル・エンジェルシアターの共同公演が催され、詩の朗読に合わせて人形が物語を演じた。

誰が一週間
嘆くことになる
束の間の喜びを
買い求めようか
『ルークリースの凌辱』(1593–1594)

背景

主題
欲望、背信、名誉

舞台
ローマ、紀元前509年

材源
紀元前27～25年 古代ローマの歴史家リウィウスの『ローマ史』。

西暦8年 ローマの詩人オウィディウスの『祭暦』。

来歴
1616年 シェイクスピアの死亡時までに6版を重ね、この詩の人気の高さが証明される。

1818年 イギリスの詩人サミュエル・テイラー・コールリッジがこの作品のドラマ性の高さを称賛。

1931年 フランスの劇作家アンドレ・オベイが舞台用に『ルクリーシアの凌辱』として脚色。

1946年 イギリスの作曲家ベンジャミン・ブリテンがこの詩をもとにオペラを作曲。

『ルークリースの凌辱』はローマの将軍タークィンをめぐる古典的な物語の詩で、タークィンは友人コラティヌス（作品中ではコラタイン）の妻ルークリースに欲望を抱いて凌辱する。シェイクスピアは最初の行からいきなり本筋に切り込む。「情欲の息荒きタークィンは、ローマの陣営を抜け出し、／光なき炎をコラティウムの町へ運ぶ。／そは青白き灰に隠れながら熱く燃え上がり、／コラタインの美しき愛妻、貞淑なルークリースの／腰を抱きしめんと求めたり。」

語り手は、タークィンがローマの陣営からコラティウムの町に向かったのは、勇士たちがそれぞれの妻の美しさや貞節を自慢していたことが理由だと説明する。その自慢話を聞いたタークィンは、ルークリースへの欲望に駆られてしまったのだ。

タークィンが訪れると、ルークリースは歓迎する。タークィンは夫人が予想以上に美しいと知ると、彼女の夫の勇敢さを褒めたたえ、苦しいほどの欲望を抱えて床につく。長い独白のなかで、タークィンはルークリースの貞操を奪いたいという思いを反芻する。その企みがいかに恐ろしく危険であるかを意識するものの、邪悪な衝動を抑えられないのだ。「その時恐怖に蒼褪めて／このおぞましき企みの危害を思い、／内なる心で、その結果／いかなる悲しみが生まれるか論じるのだった」(183〜186行)。

いきいきとした語りにより、タークィンがルークリースの眠る部屋に恐れおののきつつ向かう様子が描写される。「二つの乳房は汚れなき貞淑の世界、／青い静脈に囲まれた象牙の球二つ、／契結びし夫にのみ捧げられ、／夫以外の頸木にかかりしこと絶えてなし」(407〜410行)。

気がついたルークリースに、タークィンは従わなければ彼女と下僕を殺すと言う。そしてルークリースの懇願に耳を貸さず強姦する。「女のまといし夜着をもて／哀れな叫びを口の奥へ塞ぎ／己のほてる顔

女は男が残せし情欲の重荷を身に受け、
男は罪の心の重きを身にまとう。
ルークリースの凌辱
734〜735行

2001年カミーユ・オサリヴァンにより、演奏と芝居の独り舞台が上演された。ロイヤル・シェイクスピア劇団の後援でイギリスとアイルランドを巡演した。

を、女の慎ましき目が／流す貞淑極まる悲しみの涙にて冷やせり」(680〜683行)。

ことを終えると、タークィンは恥じて這うように出ていく。ここから先、詩はルークリースを中心に描く。彼女は悲嘆の言葉を連ねて、夜に、時に、機会に呼びかけ、タークィンを呪ってから、恥をすすぐために自決する覚悟を決め、何が起きたのか夫に話そうと決意する。彼女は侍女を呼ぶが、打ち明けることはない。夫コラタインを家に呼び戻す手紙を書き、トロイの籠城と陥落を描く絵を見て思いにふける。詳細に語られる場面だ。コラタインがルークリースの父親やほかの貴族たちとともに到着すると、ルークリースは、全員が敵討ちを誓うまではまずタークィンの名前を伏せて事情を説明する。皆が誓うとルークリースは突然、胸に刃物を突き刺

80　ルークリースの凌辱

す。「このとき柔（やわ）な胸に収めしは、／傷生む短剣、その一撃は、／魂が息つく汚れし獄より／魂をば抜き出して解き放つ」（1,723〜1,726行）。

父とコラタインはルークリースの亡骸（なきがら）に伏して嘆き、タークィンとその一族はローマから追放される。

出版

作者の考えではこの詩は、『ヴィーナスとアドーニス』という皮肉っぽい喜劇性のある作品に対して、悲劇的な姉妹作とするつもりだったらしい。前の作品をサウサンプトン伯に献呈したとき、もしお気に召したなら「さらに重厚な作品をお捧げ申すべく寸暇を惜しんで相努めます」と約束したのだ。本作品は翌年の1594年に、やはりサウサンプトン伯に献呈された。前作同様、作者と同郷のリチャード・フィールドによって出版されている。（表題は『ルークリース』のみだが、冒頭のページには『ルークリースの凌辱（りょうじょく）』と書かれている。）

献呈の辞

本作品の献辞には『ヴィーナスとアドーニス』のものよりもずっと熱烈な言葉が使われている。「私が閣下に捧げる愛には際限がありません。始まりもないこの小冊子はつまらぬもの。これをご受納くださるのは閣下の立派なご気性ゆえにて、わが未熟な詩行の価値ゆえではございません。私が成し遂げたものは閣下のもの。私がこれから成し遂げるものも閣下のもの。私が成し遂げるものの一部であるこの作品を閣下へ捧げます。私の詩が優れていれば、わが務めも大いなるものでありましたでしょうが、このようなものでしかありませんゆえ、閣下におすがりするよりしかありません。閣下のご幸福とご長命を願って。閣下にお仕え申し上げるウィリアム・シェイクスピア」。

献辞には、著者に地位の高いパトロンがいるということを潜在的な購入者に知ら

イタリアの画家パルマ・イル・ジョーヴァネがルークリースの凌辱事件を描いた1570年頃の作品。この有名な物語は多くの画家によって描かれ、シェイクスピアも数々の絵を目にしていたと思われる。

せる意図や、また献呈を受ける人からの報酬——2ギニーが標準的な金額だった——に対する期待があり、ただの儀礼的なものであってもおかしくなかった。だが、ここで表現されている「愛には際限がありません」というような熱い気持ちから、当然シェイクスピアが、若く、早熟な才能に恵まれた、眉目秀麗な貴族に心からの友情を感じていたことがうかがわれる。

献辞につづいて、大筋を要約した散文の「梗概(こうがい)」が置かれている。そこに書かれた物語が詩の内容と少し異なるため、「梗概」はシェイクスピアが書いたものではない可能性もある。

文体と評判

この詩はライム・ロイヤルと呼ばれる7行連で、シェイクスピアが『恋人の嘆き』でも用いている形式だ。各行は弱強五歩格——1行に10音節あり、変形もあるが、基本的にはひとつおきの音節に強勢が置かれる。6行目を例にとると、And **gir**dle with embracing **flames** the **waist**. となっている。a b a b b c c と脚韻を踏む。『ヴィーナスとアドーニス』と異なり、非常に深刻な調子を貫いて、本筋から外れた脱線も多い。

冒頭から激しい言葉を連ねて描かれるのが、ターク ィンがルークリースの寝室に向かうときの懊悩(おうのう)であり、真に迫って強烈だ。シェイクスピアはのちの作品で、この詩の出来事と様式をよみがえらせる。特に忘れがたいのがダンカン王を殺しに行くときのマクベスの「やつれた殺意」についてのせりふだ。「女を犯しに行くタークィンの足取りで、／獲物目指して亡霊のように忍び寄る」(『マクベス』第2幕第1場)。

『ヴィーナスとアドーニス』同様、この作品も出版されるとすぐに人気が出た。シェイクスピアの存命中に6版、1655年までにさらに3版を重ねた。当時から称賛の声がいくつも上がっていた。1818年にはイギリスの詩人サミュエル・テイラー・コールリッジが『ルークリースの凌辱』について、「この詩を読めば、作者にきわめて深遠で精力的で哲学的な精神が備わっていることがよくわかる。そうした精神がなくても作者は満足したかもしれないが、その精神がなければ劇詩の偉大な詩人にはなれなかっただろう」と記している。

この詩の修辞的文体は、のちに時代遅れになるものの、深いドラマ性があり、後期の作品、とりわけローマ史に基づく作品や『マクベス』を先取りする文体であるとして最近では高く評価されるようになっている。

ブリテンのオペラ

1946年イギリスの作曲家ベンジャミン・ブリテンがシェイクスピアの物語を土台にオペラを書いた。フランスの劇作家アンドレ・オベイによってこの詩が舞台化され、それを見たブリテンが刺激を受けたのだ。ブリテンの作品は、13名の器楽奏者と8名の歌手による小規模な「室内オペラ」だ。■

> このとき柔な胸に収めしは、
> 傷生む短剣、その一撃は、
> 魂が息つく汚れし獄より
> 魂をば抜き出して解き放つ
> **ルークリースの凌辱**
> 1,723〜1,726行

古典的物語

『ヴィーナスとアドーニス』と同じように『ルークリースの凌辱』も1590年代に盛んだった文学ジャンルの一例だ。それは古典を題材にしたロマンティックな恋の長編物語詩であり、文の調子にも主題にもローマの詩人オウィディウスからインスピレーションを受けているところが多い。オウィディウスは、当時ストラットフォード・アポン・エイヴォンにあるようなグラマー・スクールで教材として取り上げられることが多かった。

『ヴィーナスとアドーニス』と異なるのは、この作品の主題が神話でなく歴史に基づいている点だ。事件は紀元前509年に起こり、ローマの歴史家リウィウスが紀元前27〜25年発表の歴史書に著したのが現存している最初の記述であり、そのときすでに伝説となっていた。シェイクスピアは主に、オウィディウスが西暦8年に発表した『祭暦』にある詩を利用したようだが、リウィウスやほかの資料も材源にしたと思われる。政治的側面よりも個人の問題にしぼり、また語りの要素を取り入れて効果を上げている。

宮内大臣
1594年〜1603年

一座時代

はじめに

ペストの流行後、5月にロンドンの劇場が再開される。『恋の骨折り損』と『まちがいの喜劇』が執筆される。

私掠船船長のサー・フランシス・ドレイクが、カリブ海でのスペイン帝国に対する軍事行動作戦のために最後の船旅に出る。

スペイン軍がカレーを奪取する。エリザベス女王はすべてのアフリカ人をイングランド領内から追放する。

『ウィンザーの陽気な女房たち』『ヘンリー四世・第二部』が執筆される。シェイクスピアはストラットフォードの家族用に、屋敷〈ニュー・プレイス〉を購入する。

↑ 1594   ↑ 1595   ↑ 1596   ↑ 1597

↓ 1595   ↓ 1596   ↓ 1596   ↓ 1597

『リチャード二世』『ロミオとジュリエット』『夏の夜の夢』が執筆される。

『ジョン王』『ヴェニスの商人』『ヘンリー四世・第一部』が執筆される。

ロンドン市長が役者たちをロンドンから追放し、宿屋劇場を取り壊す。この追放は翌年撤回された。

ベン・ジョンソンとトマス・ナッシュが共同執筆した『犬の島』が扇動的だとして、ロンドンの劇場が数ヶ月閉鎖される。

1592〜94年のペスト大流行後に劇場が再開したときには、シェイクスピアは1593年の『ヴィーナスとアドーニス』の出版で文学的な成功を遂げており、そのおかげで演劇界では他に類を見ない安定した地位につけることとなった。

劇場が再始動したのに合わせて、宮内大臣ハンズドン卿が自らの劇団を宮内大臣一座として復活させた。それとともに当時の主要俳優たちも引っ張ってきた。たとえばシェイクスピアの劇で幾度も主役を演じてきた悲劇役者のリチャード・バーベッジ。フォールスタッフをコミカルに演じて大人気を博した道化役者のウィリアム・ケンプ。そしてシェイクスピア自身。重要なことだが、主要俳優たち全員が一座の株を保有し、シェイクスピアは10%を保有した。その株式は、年間で200〜700ポンドの収入をシェイクスピアにもたらすことを保証しており、それは決して巨額ではなかったものの、他のどの劇作家の収入をも上回る金額だった。シェイクスピアは質素に暮らす道を選び、ロンドンでの生活では場所をいくつか借りて、1597年までにはストラットフォード・アポン・エイヴォンに家族用の大きな屋敷〈ニュー・プレイス〉を購入できるほどの資金を貯めていた。そして屋敷の近くに土地を買いつづけ、紋章まで購入するに至った。

創作意欲

劇団内でのシェイクスピアの地位は、彼の作品の基盤となり、シェイクスピアもそれを最大限活用した。ペストによってもたらされた2年もの休養のあいだに彼自身は詩作や劇作の技術に磨きをかけており、その後の9年間では『夏の夜の夢』や『十二夜』といったロマンティック・コメディから感動的な歴史劇『ヘンリー五世』、そして悲劇『ハムレット』に至るまで、幅広い17作の戯曲を執筆した。何万という人々がこれらの作品を観るために劇場につめかけた。

初期作品の創作年代の決定には限界があるが、いくつかのシェイクスピアの戯曲については、ほぼ無名の作家フランシス・ミアズの1598年に出版された本『知恵の宝庫』のなかで言及されている。ミアズは「シェイクスピアはイングランド随一の劇作家である。見るべきは、喜劇では彼の『ヴェローナの二紳士』、『まちがいの喜劇』、『恋の骨折り損』、『恋の骨折り甲斐』、『夏の夜の夢』、それに『ヴェニスの商人』。悲劇では『リチャード二世』、『リチャード三世』、『ヘンリー四世』、『ジョン王』、『タイタス・アンドロニカス』、そして『ロミオとジュリエット』である」と主張している。ミアズのおかげで、これ

宮内大臣一座時代　85

『から騒ぎ』が執筆される。**シェイクスピアの名はセールスポイントとなり、**数編の戯曲の四つ折本の表紙に彼の名前が登場する。

サザック地区に**グローブ座が建設される。**シェイクスピアも含め、役者たちが株主となる。

『サー・トマス・モア』が執筆されるが、大量の出演者が必要だったのと検閲のせいで、**おそらく上演されなかったものと思われる。**

エリザベス女王の元寵臣エセックスによる**女王への反乱が失敗し、**エセックスは斬首される。

1598　1599　1600　1601

1598　1599　1601　1602

シェイクスピアがカーテン座でベン・ジョンソン作『気質くらべ』**に出演。**

詩人**エドマンド・スペンサー死去。諷刺詩禁止令によって、**幅広い文学作品のなかから諷刺文学の出版が禁じられる。

『十二夜』が執筆される。『リチャード二世』の特別上演がグローブ座で行われるが、おそらく女王廃位の機運をもりたてるためだった。

『トロイラスとクレシダ』が執筆される。

らの作品はすでに書かれていたものとして、年代を特定できる。

追いつめられる劇場

　宮内大臣一座は女王の御前で演じることもしばしばあったが、演劇界は不安定だった。猥褻な娯楽と判断して規制したがる当局と追いつ追われつの状態で上演するのが常で、劇場は市の城壁の外側に隣接する位置に建てられていた。1598年、ショアディッチ地区のシアター座として知られた芝居小屋の地主が地代の大幅値上げを要求し、その後建物も取り壊すことを決定した。シェイクスピアの劇団は密かに建物をすっかり解体し、その材木を川向こうのサザック地区に運んで、新劇場グローブ座を建設して劇団の所有物とした。グローブ座はすぐに大成功を収めた。開場した1599年に上演したのは、『ジュリアス・シーザー』、『お気に召すま

ま』、『ヘンリー五世』、そして『ハムレット』だ。だが、劇団には、気まぐれな地主たちよりも気がかりなことがあった。当時の演劇は政治的な爆弾となり得ることがあったので、あらゆる舞台を吟味する宮廷祝宴局長の検閲を脚本が通るかどうかの戦いに、役者たちは常に直面していた。

危機の時代

　この検閲がどれほどのものであったかは、『サー・トマス・モア』の脚本でカットされた場面だけでも明らかだ。この戯曲はシェイクスピアを含む複数の作家が書いた作品であり、ヘンリー八世時代の大法官でありながら国王の離婚承認を拒絶したトマス・モアを好意的に描いたものである。なかには、シェイクスピアは国教会に反旗を翻すカトリックであって、彼の作品には検閲を逃れるために暗号が詰め込まれていて、それを理解できる

人々に対して力強いメッセージを届けていると主張する向きもある。もしそれが真実なら、シェイクスピアは危険なゲームに興じていたことになる。宮内大臣一座が政治論争を恐れなかったのはまちがいない。1601年2月7日、エセックス伯の代理人サー・ゲリー・メイリックがグローブ座での『リチャード二世』の上演を依頼したが、そこには当時は扇動的すぎるとして出版できなかった、君主が退位し殺害される場面が含まれていた。上演は行われ、そのまさに翌日エセックス伯は、女王の失脚とスコットランド王ジェイムズ六世への王位交代をもくろんで少数の軍勢を率いてホワイトホール宮殿に向かった。エセックス伯の革命は茶番に終わり、伯爵は処刑された。すべてがシェイクスピアと宮内大臣一座に悪い方向に転がる可能性もあったが、どういうわけか彼らは処罰を逃れることができた。■

誰が愛と慈悲を切り分けられよう

『恋の骨折り損』(1594–1595)

恋の骨折り損

登場人物

ファーディナンド　ナヴァラ国王。

ビローン　王に仕える貴族。自分がロザラインに恋をしたことに驚く。

ロンガヴィル　王に仕える貴族。マライアに求愛する。

デュメイン　王に仕える貴族。キャサリンに求愛する。

フランス王女　フランス使節、狩りの名人、美女。のちのフランス女王。

ロザライン　王女に仕える貴婦人。ビローンの恋の相手。

マライア　王女に仕える貴婦人。ロンガヴィルに恋をする。

キャサリン　王女に仕える貴婦人。デュメインに恋をする。

貴族ボイエット　王女に仕える貴族で、男性陣と女性陣のあいだに立つ。

マーケード　使者。

ドン・エードリアーノ・デ・アーマードー　うぬぼれ屋のスペイン人。ジャケネッタに恋をする。

モス　アーマードーの賢い小姓。

コスタード　愚鈍な田舎者。

ジャケネッタ　乳搾りの娘。

サー・ナサニエル　牧師。

ホロファニーズ　学校教師。ラテン語（またはラテン語もどき）混じりで話す。

ダル　警吏。

ナヴァラ国では、**ファーディナンド王が貴族たちに**、今後3年間学び、断食し、睡眠を控え、女を避けるよう求める。

アーマードーはコスタードを投獄し、自分がジャケネッタに恋していることを告白する。

ナヴァラ王とフランス王女がアキテーヌ領について話し合う一方、**ビローンはロザラインと口論する**。

↑ 第1幕第1場　　↑ 第1幕第2場　　↑ 第2幕第1場

第1幕　　　　　　　　　　　　**第2幕**

↓ 第1幕第1場　　↓ 第2幕第1場

スペイン人のアーマードーは、**コスタードがジャケネッタと一緒にいるのを見たという**手紙を送る。

フランス王女が貴婦人たちを伴って到着し、**野営することになる**。

　ナヴァラ国の宮廷では、ファーディナンド王が、成功者となるために、3年間は学問に励み、女性を遠ざけることを誓うように貴族たちに求める。デュメインとロンガヴィルは承諾するが、ビローンは気が進まない。王は、まもなく来訪するフランス王女だけは例外とすることに同意する。ビローンもルールを曲げることが可能と見て、誓うことにする。

　大げさなアーマードーは、ジャケネッタと一緒にいたのを見たと言ってコスタードを投獄し、その後自分がジャケネッタに恋していることを明かす。

　フランス王女が到着する。貴婦人たちがそれぞれ貴族の1人を熱心に褒めるので、みな恋をしたにちがいないと王女は断言する。王女は王からの冷遇に対して気分を害したふりをする。ビローンとロザラインが言い争い、デュメインとロンガヴィルはキャサリンとマライアの名前を尋ねる。ボイエットが、王は王女に恋をしたと主張するので、貴婦人たちはボイエットを〈恋愛屋〉とからかう。

　アーマードーは小姓のモスに、ジャケネッタへの愛を歌うよう頼むが、モスとコスタードに冷やかされる。アーマードーは手紙をジャケネッタに届ける条件で、コスタードを釈放する。ビローンもロザライン宛ての手紙をコスタードに託す。

宮内大臣一座時代 89

アーマードーは、ジャケネッタに手紙を届けるという条件でコスタードを釈放する。ビローンはコスタードにロザラインへの手紙を託す。

ジャケネッタはコスタードがまちがった手紙を持ってきたことに気づき、その手紙を王に届ける。

ロザラインへの恋を認めさせられたビローンは、貴族たちと王に、恋は最上の学問だと説く。

フランス王崩御の知らせが入り、王女と貴婦人たちは求婚者たちに1年待つように頼む。

 第3幕第1場　 第4幕第2場　 第4幕第3場　 第5幕第2場

第3幕　**第4幕**　**第5幕**

第2幕第1場　第4幕第1場　第4幕第3場　第5幕第2場

貴族たちはボイエットにそれぞれ意中の貴婦人が独身かどうか尋ねる。ビローンはロザラインに、デュメインはキャサリンに、ロンガヴィルはマライアに想いを寄せている。

コスタードは誤ってジャケネッタ宛てのアーマードーの手紙をロザラインに渡す。それをボイエットが貴婦人たちに読み聞かせる。

貴族たちは、こっそりと貴婦人にソネットで恋を告げる様子を、互いに盗み聞きする。

貴婦人たちは、貴族たちが変装して求婚しようとするのを見抜く。ホロファニーズと仲間たちは〈九偉人〉の芝居を上演する。

　ビローンは、欠陥の多い女性に惚れてしまった自分の愚かさに悪態をつく。
　王女と貴婦人たちが狩りをしていると、コスタードが、ロザラインへ宛てたビローンの手紙を持ってくる。王女に見せるよう求められ、混乱したコスタードは、アーマードーの手紙をボイエットに渡してしまう。ボイエットはそれがジャケネッタに宛てたものと悟るが、王女に大きな声で読むように言われる。ボイエットはビローンについて卑猥な言葉でロザラインをからかい、ロザラインも応酬する。ボイエットはマライアとの当てこすりの言い合いを楽しみ、そこに理解していないコスタードが加わる。

　ホロファニーズはダルとナサニエルを相手に狩りについて話す。ジャケネッタとコスタードが来て、アーマードーからの手紙を読んでほしいと言う。その手紙はもちろんロザライン宛てのビローンの手紙であり、ホロファニーズがその詩の長所を分析したのち、王に届けることにする。
　ビローンは、王が恋のソネットを作るのを盗み聞きする。ビローンと王は、ロンガヴィルも同じようにソネットを作るのを聞く。ロンガヴィルは、デュメインがソネットを作るのを聞く。ロンガヴィルはデュメインが取り決めを破ったのを非難する。王はロンガヴィルを非難する。ビローンは3人を批判する。コスタードがロザライン宛てのビローンの手紙を持って到着する。4人は、誓いを破棄して貴婦人たちに真剣に求愛しようと話す。
　アーマードー、ホロファニーズ、ナサニエル、ダルとモスは、みなを楽しませる出し物を用意することになる。
　貴族たちが変装してやってくるが、警告されていた貴婦人たちは調子を合わせる。男たちがもとの服装に戻っても、貴婦人たちは気づかないふりをする。
　貴族たちがこれからは正直に求愛することに決めたとき、王女の父の死の知らせが届く。結婚は延期され、貴婦人たちは帰国の準備をする。》

恋の骨折り損

背景

主題
恋物語、戯れ、貞節、言語遊戯、人生のサイクル

舞台
フランスとスペインのあいだにある王国ナヴァラ

材源

16世紀 イタリア伝統の即興仮面喜劇〈コメディア・デラルテ〉のうち、特に衒学者、ほら吹き、道化などの役が材源になっているようだ。

1586年 ピエール・ド・ラ・プリモデ著『アカデミー・フランセーズ』がこの頃英訳された。16世紀末のフランスの宮廷における哲学的思潮の概略が記されたもので、シェイクスピアに影響を与えた可能性がある。

上演史

1597年 初版（1598年）のタイトルページに、〈先のクリスマス〉に催されたエリザベス一世御前公演についての記述がある。

1817年 文芸評論家ウィリアム・ハズリットが「この作家の喜劇のどれかを手放すならこの作品になるだろう」と述べている。

1837年 シェイクスピア没後、初めての上演。

1946年 ピーター・ブルックによるロイヤル・シェイクスピア劇団の公演。フランスの画家ヴァトーの絵に代表される雅宴画（田園風景画）を背景にして大胆に演出された。

2012年 デフィニットリー・シアターのグローブ座公演。ノーカットのシェイクスピア劇がすべて手話で上演されたのは初めてのことだ。

『恋の骨折り損』はシェイクスピアの全作品中でもきわめて詩的魅力に溢れ、全体のおよそ3分の2が韻を踏んでいる。気の利いたこの言語遊戯は、エリザベス朝の宮廷で知的エリートたちに喜ばれたにちがいない。エリートたちはシェイクスピア劇のなかで本作をお気に入りとしていた。

しかし、書かれた当時の洒落は、その後の観客に通じなくなり、18〜19世紀には最も上演されない作品になってしまった。観ている者がみな警吏のダルのような気分になりかねない。学校教師のホロファニーズに「君はさっきから何も言わないね」と言われたときのダルの答えはこうだ。「何もわからないもんで」（第5幕第1場）。

詩的な装飾庭園

近年、演出家は、この劇のしゃれた喜劇性や甘いロマンスを浮き彫りにし、手の込んだエリザベス朝の装飾庭園にたとえられる劇の入り組んだ構造を生かすようになってきた。装飾庭園のことは、気取ったスペイン人のアーマードーが王宛ての手紙にも記している。この劇は言葉

イギリスの映画監督ケネス・ブラナーが1930年代に設定したロマンティックなハリウッド・ミュージカル映画『恋の骨折り損』（2000年）。ここでは若い貴族たちが貴婦人たちの到着を心待ちにしている。

> 女性に会うな、勉強しろ、断食しろ、眠るなというのは、守ることのできない虚しい約束です。
>
> ビローン
> 第1幕第1場

のやりとりが気がきいているのは確かだが、単なる言葉の仕掛けを越えてジーンとくるところもあり、それは驚くほど意味深長で効果的なエンディングを見ればわかるだろう。

構成はいたってシンプルだ。平和なナヴァラの国で王が貴族たちに、3年間学問に専念するように、そして食事と睡眠を制限し、女との関わりを断つようにと求める。滑稽なのは、もちろん彼らにはそんなことをつづけられる望みがなく、とりわけ王自身がつづけられないということだ。仲間たちに実行できるわけがないとわかっているビローンがこう指摘する。「ひとつ。三年の年限内に女性と話すところを見られた者は、他の宮廷人らが考案しうる限りの公的恥辱を受けなければならない。この条項は、閣下ご自身が破ることになりますよ。フランス王のご令嬢が閣下と御面会にいらっしゃいますからね」（第1幕第1場）。そこで王は早くもフランス王の娘と貴婦人たちのために例外を作らなければならなくなる。この最初の例外を作ったとたん、すべての計画が一気に破綻する。

この物語のおもしろさは、貴族や王が貴婦人との恋に夢中ではないふりをし、その一方で貴婦人たちが貴族の身もだえ

する様子を見て笑っている、という点にかかっている。筋はこのうえなく単純だ。だが作者は、何の変哲もない話から、華麗に入り組んだ言葉のゲームを作り上げる。器用に情け容赦なくからかうような、当時の仰々しい言語遊戯が広範囲にわたって繰り広げられるが、それは多くの場面で露骨な猥褻(わいせつ)表現にもなっている。

愛と自己を見出(みいだ)す

この劇の趣旨は明らかだ。世間を知るために、女からも恋愛からも断絶するなどということは男にはばかげたことであり、女や恋愛だけが真の教養なのだ。ビローンが最後に認めるように──「女性の目から得られる教えはこうだ。女性の目はプロメテウスの火のように常に輝く。それこそが、この世のすべてを養い、包み込み、見せてくれる本であり、芸術であり、学園なのだ」(第4幕第3場)。

シェイクスピアは、恋愛詩が、実生活での恋愛の代わりにはならないことをよくわかっている。のちの劇で『ロミオとジュリエット』や『お気に召すまま』に示されるように、恋愛の詩的表現にのめり込む若者たちは、観念的な愛を本物と

東サセックス州にあるナイウッド・ハウスの、整然としたエリザベス朝様式の装飾庭園。『恋の骨折り損』の役者たちの微妙な配置や様式にのっとった話し方を反映している。

誤解してしまう。それはナヴァラ王やビローン、デュメイン、ロンガヴィルたちの通る道だ。男たちはそんな浮ついた調子だから、貴婦人たちがアクセサリーを交換すると、すぐに騙(だま)されて相手をまちがえて口説いてしまう。

男たちは変装して求愛してもいいと考えるほど大きな誤解をする。女たちは騙されたりせず、男たちが本来の姿で戻ってきても誰だかわからないふりをする。結局ビローンが、形式的な愛を演じるよりも自分自身であることを学ばなければならないと悟り、この劇を簡潔にまとめてみせる。「誓いを捨てて自分たちを取り戻そう。さもなければ誓いのために自分を失うことになる」(第4幕第3場)。

最後の教訓

意外なことに、作者はハッピーエンドですっきりと収めてくれない。ビローンと貴族たちはこのような自己発見に至ったあと、騎士道を体現する9人の英雄〈九偉人〉の芝居を見物する。演じるのはホロファニーズ、ナサニエル、モス、コスタード、アーマードーの面々だ。女たちは静かに観るが、芝居が始まると男たちが容赦なく冷やかすので、衒学者(げんがくしゃ)ホロファニーズでさえ本気で抗議するようになる。「失礼な、寛大でもなければ紳士的でもない」(第5幕第2場)。

芝居の最中に、王女の父フランス王急逝の知らせが届く。通常なら結婚でまとまって喜劇を完成させるかもしれないところだが、そうはならない。代わりに貴婦人たちはそれぞれの求婚者に、1年待ってほしい、そしてそのあいだに人間や世間を知ってほしいと頼む。ロザラインはビローンに病人の世話をするよう指示し、彼が死に満ちた病院には冗談が通じないと不服を言うと、ロザラインはこう言って気づかせる。「冗談は聞く者が耳をふさげば笑われません」(第5幕第2場)。最後は春の郭公(かっこう)から冬の梟(ふくろう)へ、巡る季節の忘れがたい歌とともに、しみじみと余韻を残して幕が下りる。■

> この男は書物が育んだ珍味を食べたことがないのです。いわば紙を食べたことがない、インクを飲んだことがない。その知性は不完全だ。
> ナサニエル
> 第4幕第2場

降りよう、落ちよう、
太陽神の子
パエトーン
のごとく

『リチャード二世』(1595)

リチャード二世

登場人物

リチャード二世 イングランドの正統な王。

ジョン・オヴ・ゴーント ランカスター公。ボリングブルックの父でリチャード二世の叔父。

ヘンリー・ボリングブルック ヘリフォード公。リチャード二世の従兄弟で、のちに王位を簒奪してヘンリー四世となる。

トマス・モウブレー ノーフォーク公でリチャード二世の盟友・味方。ボリングブルックと対立して追放される。

オーマール公 ヨーク公の息子で、リチャード二世の味方。

ヨーク公 リチャード二世の叔父で、国王不在時の摂政。

王妃イザベラ リチャード二世の妃。

ヨーク公爵夫人 ヨーク公の妻。

ノーサンバランド伯 ボリングブルックの味方。

ブッシー、グリーン、バゴット リチャード二世の家臣。王の愚策のために責任を取らされる。

ロス、フィッツウォーター、ウィロビー ボリングブルックの味方につく貴族。

ソールズベリー伯、カーライル司教 リチャード二世の支持者。

ヘンリー・パーシー ノーサンバランド伯の息子。熱血漢を表す「ホットスパー」のあだ名でも知られる。

ウェストミンスター修道院長 ヘンリー四世を倒す計画に加わるが、逮捕される前に死亡。

サー・ピアース・エクストン リチャード二世を暗殺する。

王の前でボリングブルックは、モウブレーを反逆罪で告発し、2人は決闘に挑む。

↑ 第1幕第1場

ジョン・オヴ・ゴーントが死亡し、リチャード王はボリングブルックの遺産を没収してからアイルランドへ発つ。反感をもつ貴族たちが、イングランドに戻ろうとするボリングブルックに会う準備をする。

↑ 第2幕第1場

ヨーク公の軍はかなり数が劣り、ボリングブルックとその軍にバークレー城に入れられてしまう。

↑ 第2幕第3場

第1幕 | **第2幕**

第1幕第3場 ↓

リチャード王はモウブレーとボリングブルックの決闘裁判を中断させ、2人を国外へ追放する。

第2幕第2場 ↓

ヨーク公は王の不在中に兵を集めようとする。ブッシー、バゴット、グリーンは自らの身を守ろうとする。

劇はボリングブルックがモウブレーを反逆罪で告発する場面から始まる。モウブレーはグロスター公の殺害に関して告発されているのだが、ジョン・オヴ・ゴーントはリチャード王自身がその件に関わっているのではないかと怪しんでいる。リチャード王はボリングブルックを10年の国外追放にし、のちに6年に減刑するが、モウブレーは永久追放にする。

ボリングブルックは追放されて去るときに大衆の同情を得たのに対し、リチャード王は国民に高い税を課していて人心が離れている。ゴーントが死ぬと、本来なら息子のボリングブルックに譲るべき土地や財産をリチャード王が奪ってしまう。ボリングブルックは軍を率いてイングランドの海岸に上陸しようとし、ロス、ウィロビー、ノーサンバランドら貴族はボリングブルックを迎えに行く。

リチャード王がアイルランドで反乱を鎮圧しているあいだ、王妃はブッシー、バゴット、グリーンに慰められている。そこへボリングブルックの帰国が報じられ、しかも貴族たちがボリングブルック側へついたという知らせが入る。リチャード王から指揮を任されたヨーク公は、ボリングブルックらの攻撃を迎え撃つ準備をする。

バークレー城で、ヨーク公はボリング

宮内大臣一座時代　95

リチャード王はウェールズの沿岸部に到着する。
王はウェールズ軍が解散し、ブッシーとグリーンとウィルトシア伯が殺され、ヨーク公がボリングブルックに加わったことを知る。

リチャード王は公式に外した王冠と笏を、新王ヘンリー四世としてのボリングブルックに譲る。

ヨーク公は息子の反逆をヘンリー王に明かすが、妻がオーマールのために赦しを乞う。

リチャード王の棺が運ばれていく。ボリングブルックはエクストンを追放し、罪が赦されるよう聖地への旅支度をする。

↑　↑　↑　↑

第3幕第2場　　第4幕第1場　　第5幕第3場　　第5幕第6場

第3幕　　　　**第4幕**　　　　**第5幕**

第3幕第1場　　第3幕第3場　　第5幕第2場　　第5幕第5場

↓　↓　↓　↓

ボリングブルックはブリストル城で、ブッシーとグリーンを殺す。

ボリングブルックの軍備の脅威に直面したリチャード王は財産を返すことに同意し、ボリングブルックの力に屈する。

ヨーク公は息子のオーマールがヘンリー四世に対する陰謀に関わっていることを知る。

エクストンと4人の従者がポンフレット城でリチャード二世を殺す。ヘンリー四世の意向に従っての行為と思われる。

ブルックに面と向かい、反逆罪だと咎める。ボリングブルックは、ランカスター公としてではなくヘリフォード公として追放されたこと、財産相続の権利があることを主張する。ヨーク公はボリングブルックらを城に入れることを許可する。

リチャード王はウェールズに上陸し、嬉々として大地に挨拶をするが、使者の伝える知らせに絶望する。フリント城ではボリングブルックがリチャード王に、国外追放の撤回と財産の回復を求める。リチャード王は胸壁に姿を見せて要求に応ずる。ボリングブルックはリチャード王にひざまずくが、力関係は変化してしまっている。リチャード王はボリングブルックに従ってロンドンに戻ることにする。

ヨーク公の息子オーマールが、グロスター公暗殺の計画とボリングブルックへの裏切りに関して、バゴットから告発される。大勢の口から決闘の申し込みが飛び交う。ヨーク公は、リチャード王が継承者としてボリングブルックを任命し、王位を譲る用意があると告げる。

リチャードは正式に王位を放棄させられる。王冠と笏を手放すが、告訴状を読むのは拒否し、鏡に映る自分の顔を見てこう言う。「この顔には脆い栄光が輝いている。この顔はその栄光のように脆いのだ」（第4幕第1場）。ボリングブルックはリチャードをロンドン塔へ送る。その途中リチャードは王妃に会い、2人は別れを告げる。

ヨーク公は息子のオーマールが、ヘンリー四世となったボリングブルックに対する陰謀に関わっていることを発見する。ヨーク公は息子のことを王に告げるが、ヨーク公夫人がなんとか赦しを乞おうと弁舌をふるう。カーライル司教とほかの共謀者は罰せられることになる。

サー・ピアース・エクストンがポンフレット城でリチャードを殺害し、報酬を期待して遺骸をボリングブルックのもとへ運ぶが、新王はその行為を深く恥じる。王はエクストンを追放し、聖地巡礼の旅に出かける。》

リチャード二世

背景

主題
王位、背信、性格の欠点

舞台
リチャード二世の統治期（1367〜1400年）のイングランドとウェールズ

材源
1587年 ラファエル・ホリンシェッド著『イングランド、スコットランド、アイルランドの年代記』
1592年頃 クリストファー・マーロウの歴史劇『エドワード二世』
1595年 サミュエル・ダニエルの叙事詩『内乱の最初の四巻』

上演史
1601年 エセックス公がエリザベス一世に対する反乱を企てたとき（不運な結果に終わるが）、支持を集めるために本作を上演。
1815年 2世紀ぶりにエドマンド・キーンがロンドンで復活させ、リチャード二世を勇敢な人物として演じる。
1937年 イギリス俳優ジョン・ギールグッドがロンドンのクイーンズ劇場で上演。詩的側面を強調した。
1971年 イギリスの演出家リチャード・コットレルがテレビ用に脚色。主演のイアン・マッケランが女性的で不運なリチャード二世を演じる。
1995年 アイルランドの女優フィオナ・ショウが、デボラ・ウォーナー演出によるロンドンのナショナル・シアターでの公演で、中性的なリチャード二世を演じる。
2009年 オーストラリアの女優ケイト・ブランシェットが、シドニー・シアターでリチャード二世を演じる。

リチャード二世は「降りよう、落ちよう、太陽神の子パエトーンのごとく」（第3幕第3場）というせりふで、自らの悲劇的運命の複雑なイメージを表現する。パエトーンは、ギリシャ神話の太陽神ヘーリオス（アポロン）の息子だ。言い伝えによると、若者パエトーンは父の燃える二頭馬車を盗んで空を駆けめぐるが、馬を御することができず大地に甚大な被害を及ぼしてしまう。天の主神ユーピテルが雷で馬車を打ち落とし、パエトーンは墜落死した。

野心の危うさを示すと解釈されることの多いこの神話は、神に選ばれ、太陽の風格があるイングランド王リチャードよりも、その王位を奪うボリングブルックにふさわしいように一見思われる。だが神話は統治の失敗を糾弾するのにももち出され、リチャードは自分をパエトーンになぞらえて「暴れ馬を抑えられずに〔落ちた〕」（第3幕第3場）と語る。のちに庭師は、王の失脚は貴族たちを御しきれなかった王の無力のせいだと確信してこう語る。「ある季節になると俺たちは果樹の樹皮を傷つける。樹液という血を抜いてやらないと、育ち過ぎてだめになっちまうからだ。王様も、のし上がってきた連中にそうしておけば、連中も実をつけることができ、王様もその忠義の実を召し上がれたのに」（第3幕第4場）。

権力闘争

リチャードの窮境は、貴族や王国が争っていた14世紀のイングランドの現実を反映している。劇の最初でリチャード王がボリングブルックとモウブレーの口論を抑えられないのは、2人とも王に対する恭順よりも、個人的名誉のほうが重要だからだ。実際、この劇で神聖な王権について驚くべき言葉遣いがなされるのは、王は競い合う大勢の貴族のなかの1人にすぎず、誰もが王位を主張する権利をもつ、という意識が多少あるからだ。

> ああ、リチャードよ！
> 重き心の目で私には見える。
> 流れ星の如くあなたの栄光が
> 天から卑しき大地へ落ちるのが。
> **ソールズベリー伯**
> 第2幕第4場

同時代との類似性

この作品が書かれた時代には、リチャード二世の物語は論争の的になった。というのもリチャード二世の統治はエリザベス一世の統治に類似するとされたからである。1601年にエリザベス一世がウィリアム・ランバードに「私がリチャード二世です。わかっているでしょう？」と言ったのは有名な話だ。

リチャード王のようにエリザベス一世も、寵臣に甚だしく影響を受けたとされている。最も有名なのがレスター伯とエセックス伯だ。エリザベス一世はリチャード王と同じように、アイルランドの反乱にも取り組まなければならなかった。もっとも反乱鎮圧にはエセックス伯を派遣し、自ら国を離れるような過ちは犯さなかった。またエリザベス一世も跡継ぎがいないという難しい立場にあった。シェイクスピアの劇中でブッシー、バゴット、グリーンの罪とされるのは、彼らがリチャードに後継者を確保させなかったことだ。それは単にリチャード王と王妃のあいだの不和のせいだけでなく、王がホモセクシャルな意味での〈背徳〉を犯していたためでもある。これは、王の性的嗜好がさらにはっきりと軋轢の原因となるマー

ロウ作『エドワード二世』の模倣かもしれない。

エリザベス一世が窮地に立たされることはなかったものの、結婚を拒否して後継者をもうけなかったため、勢力を誇る貴族たちの野心を煽ることとなった。もし後継者が明白に決められていたら、そんな野心は消えていただろう。

シェイクスピアの劇は、時の女王の抱える問題との関わりが深かった。アイルランドでの失敗つづきでエリザベス女王の寵愛を失ったエセックス公は反乱をもくろみ、その決行の前夜にこの劇が上演

リチャード王は我が身をギリシャ神話の若者で空から墜落したパエトーンになぞらえる。ミケランジェロの描いたこの墜落シーンの銅版画をシェイクスピアも見たかもしれない。

ゴーントの語り

この歴代の王の王座、この島の王国、
この威厳に満ちた国、この軍神マルス
　の座する場所、
この第二のエデン、地上の楽園、
自然の女神が戦争や侵略の手から
自らを守ろうとして築き上げたこの砦。
この幸せな種族、この小世界、
さほど幸せでない国の悪意に対して
防壁となり、あるいは館の
濠となる銀の海にはまった
この貴重な宝石、この幸いなる地、
この領地、このイングランド
（第2幕第1場）

ジョン・オヴ・ゴーントの語りはシェイクスピアの作品中最も引用されるもののひとつで、早くも1600年には詩の選集に入れられていたほどだ。海に隔てられ、自然に守られているイングランドのイメージは、戦士や王を生むというイングランドのイメージと同様、イングランドという国家を作り上げるのには重要だった。

このせりふから生まれた第二次世界大戦中の映画が少なくとも2本ある。デヴィッド・リーン監督の『幸福なる種族』（1944年）とデヴィッド・マクドナルドの『このイングランド』（1941年）だ。とは言え、「このイングランド」という呼称には何となくウェールズとスコットランドも含まれているため、ゴーントの語りの愛国主義は今では評価が大きく変わってきている。また、ゴーントのせりふは死の床にある者が発するものであり、〈このイングランド〉の没落する様子を証言しているということも忘れてはならない。それは、もはや実在しない国の理想の姿なのである。

リチャード二世

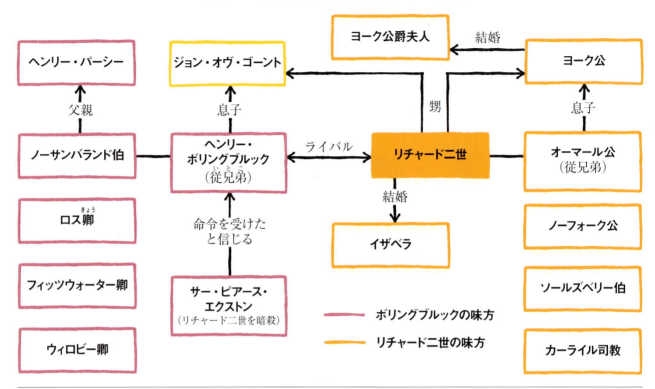

されたとき、シェイクスピアの劇は時の女王の抱える問題と深い関わりを持ったのだった。1601年2月7日の夜、エセックス公の支持者たちは、グローブ座で本作を上演するよう、宮内大臣一座に働きかけた。おそらく第4幕第1場の、王が廃位させられる場面も含まれていたことだろう。印刷するには扇動的にすぎると考えられて、1608年の版が出るまで省かれていた場面だ。芝居を観た者たちは翌日、反乱を起こそうとした。しかしエセックス公は反逆者として糾弾され、支持を失った。シェイクスピアの一座も取り調べを受けたが、罰せられることはなかった。

的中する予感

本作品は歴史劇だが、題名は『リチャード二世の悲劇』だ。自分が〈太陽神の子パエトーン〉のようだというリチャード王のイメージは、神話の若い神の墜落を連想させ、流星のごとく地上に墜落するパエトーンに似た悲劇的な美しさがある。物語は、パエトーンと同じく自分を強く大きく見せたいというリチャード王の意識を反映している。その

> 私は君たち同様、パンを食べて生き、欠乏を感じ、悲しみを味わい、友を欲する。こうして必要に支配される私がどうして王と言えるのだ。
> **リチャード二世**
> 第3幕第2場

失墜は見る者を仰天させ、王の自己認識と同様、他の人物も王を炎上して落ちる流星と捉える。ゴーントは「王の向こう見ずな騒乱の炎はつづかない」（第2幕第1場）と警告し、ソールズベリー伯は「ああ、リチャードよ！　重き心の目で私には見える。流れ星の如くあなたの栄光が天から卑しき大地へ落ちるのが」（第2幕第4場）と嘆く。リチャードは自分の悲劇的失墜のイメージが気に入っているらしく、見せつけるようにしている。確かにこれはシェイクスピアの歴史劇のなかでも、戦闘場面がまったくない数少ない作品であるが、それと言うのもボリングブルックはやすやすと王冠を勝ち取るからだ。リチャード王が「歴代の王の死の悲しい話を語る」と言い出したとき、その表現は中世の時代に一般に理解されていた悲劇の定義を暗に指している。いわゆる〈没落の〉悲劇と言われる概念で、ボッカチオの『名士列伝』（原題は「有

名な人たちの没落について』)（1355～74年）に由来するものだ。取り上げられた人々はみな、幸運から不運への突然の転落と死をたどる。リチャード王が自らの没落を読み取るべく鏡を要求するときは、よく似た英語の物語集『為政者の鑑（鏡）』が念頭にあったのかもしれない。この物語集には『リチャード二世』も含まれていた。

自ら犠牲者に？

王は、明らかに自分が犠牲者だと思い込んでいる——王はボリングブルックの犠牲となり、王権というものに備わる性質の犠牲となり、運命の犠牲となり、そしておそらく自分自身の弱点の犠牲となっていると思い込んでいるのだ。だが、悲劇的失墜の原因よりも重要なことは、わざわざ悲運を切望していると非難されるほど、失墜した自分を悲劇の主人公にしていることだ。まだ政治的に必要に迫られていないうちからリチャードは悲劇的に落ちぶれることを思い描いてしまう。たとえば、ボリングブルックは表向きは国外追放の取り消しと財産の返還を求めるだけなのに、リチャードは第3幕第3場で早くも廃位を口にする。「今、王は何をせねばならぬのか。服従せねばならぬのか。王はそうしよう。退位せねばならぬのか。王は従おう。王の名を失わねばならぬのか。神の名において、それを捨てよう」（第3幕第3場）。ボリングブルックは武力を誇示した軍を従えて、ただそこにいるだけでいい。

王を演じる

言語遊戯を楽しみ、気ままに饒舌を弄するところから、リチャード王はハムレットの前身のように思われる。ハムレットと同じく、シェイクスピアの悲劇で女優によって演じられる役のひとつだ（ごく最近フィオナ・ショウやケイト・ブランシェットが演じている）。そうした配役によって、時に涙を流すほどの極度に激しいリチャードの感情表現と、ボリングブルックの実利主義と自制心の対比を、鮮やかに示すことができる。そのほかにも、リチャードとボリングブルックによく似た役者を配したり、その2役を交替で演じさせたりすると、王とは何かという探求を舞台で効果的に見せることもできる。

2人の俳優が日替わりでリチャードとボリングブルックを演じる公演はこれまでにもあったが、これによってどちらが王になってもかまわないことが示唆され、権力がランカスター家とヨーク家のあいだで行き来りつする薔薇戦争を予期させることになる。シェイクスピアは薔薇戦争をテーマに一連の戯曲を書いている。『ヘンリー六世・第一部』、『第二部』、『第三部』、それに『リチャード三世』だ。『リチャード二世』でシェイクスピアは、王権の概念を変えてしまうことになる行為——正統な王の殺害——へと回帰している。同時に、リチャードがどんなに大言壮語をしているように見えようと、王である以上は歴史悲劇の主人公にならざるを得ないというリチャードの考えをこの劇は支持しているのである。■

リチャード二世がピアース・エクストンの手にかかって英雄的に死ぬようすを描いた版画。暗殺の様子は想像によるもので、殺害方法の確かなことはわかっていないが、餓死だった可能性がある。

不幸な星の恋人たち

『ロミオとジュリエット』（1595）

ロミオとジュリエット

登場人物

モンタギュー家

モンタギュー モンタギュー家の長。

ロミオ モンタギュー夫妻の息子。空想にふけりがち。

ベンヴォーリオ ロミオの従兄弟。若者同士の喧嘩を防ごうとするが、聞き入れられない。

バルサザー ロミオの従者。

キャピュレット家

キャピュレット キャピュレット家の長。ジュリエットの父で少なくとも60歳にはなっている。

キャピュレット夫人 ジュリエットの母。26歳前後。

ジュリエット キャピュレット夫妻の13歳の娘。

ティボルト ジュリエットの従兄。剣術自慢の短気な若者。

乳母 ジュリエットの年老いた乳母。愛情深く現実的な女性。

その他の人々

マキューシオ カリスマ性をもち、ウィットに富む猥談好きなロミオの友人。

エスカラス ヴェローナの大公。

パリス エスカラスの親戚。ジュリエットとの結婚を望む、尊大でまっすぐな若者。

ロレンス修道士 フランシスコ派の修道僧で薬剤師。ロミオとジュリエットを秘密裡に結婚させる。

ペトルーキオ ティボルトの追随者。

モンタギュー家とキャピュレット家の若者が喧嘩をする。その後キャピュレットは娘のジュリエットをパリスに嫁がせようという気になり、恒例の舞踏会の準備をする。

ジュリエットのバルコニーの下で、ロミオは自分に対するジュリエットの恋の告白を盗み聞きする。

マキューシオがティボルトに殺され、ロミオはティボルトを殺して大公から追放を言い渡される。

第1幕第2場　第2幕第2場　第3幕第1場

第1幕　**第2幕**

第1幕第5場　第2幕第6場

舞踏会で仮面をつけたロミオ・モンタギューはジュリエットの美しさに圧倒される。

ロミオとジュリエットはロレンス修道士のもとでこっそりと結婚する。

序 詞役（語り手）が出てきて、場面はヴェローナ、2つの名家が争う町だと言う。序詞役はまた、劇は2時間つづくこと、両家の2人の子どもたちの物語であること、2人の悲恋は死を迎え、最後に両家が和解に至ることを伝える。

そこで舞台は突然ヴェローナの通りに変わる。敵対するモンタギューとキャピュレット両家のあいだで喧嘩が起こり、ヴェローナの大公に仲裁されてようやく終わる。大公をなだめるために高齢のキャピュレットは、大公の若い親族パリスに13歳の娘ジュリエットを嫁がせることを考え、恒例の仮面舞踏会にパリス伯爵を招待する。若いロミオ・モンタギューと友人たちは（茶化し屋マキューシオを含め）ロミオの片思いの相手ロザラインをひと目でも見ようと舞踏会に潜り込む。が、ロミオはロザラインの代わりに、その従姉妹のジュリエットに夢中になってしまう。

その夜遅く、ジュリエットのバルコニー下の果樹園に残っていたロミオは、ジュリエットが、ロミオがモンタギューという名前であろうとロミオを愛すると明言するのを盗み聞き、姿を表す。互いに夢中になった2人は、翌日の夜結婚する決意をする。ロレンス修道士とジュリエットの乳母は、

宮内大臣一座時代 **103**

ロミオはマントヴァへ去り、ジュリエットとパリスの結婚が決まる。

ジュリエットは薬を飲み、ベッドで死んだようにしか見えない状態で発見される。

ロミオはジュリエットと並んで横たわり、毒を飲んで死ぬ。

恋人たちの亡骸（なきがら）を見つけて衝撃を受けたモンタギュー家とキャピュレット家の人々は、両家の争いを終わらせる。

↑ 第3幕第3場　　↑ 第4幕第3～5場　　↑ 第5幕第3場　　↑ 第5幕第3場

第3幕　　　　　　**第4幕**　　　　　　**第5幕**

第3幕第5場　　　第4幕第1場　　　第5幕第3場　　　第5幕第3場

↓　　　　　　　　↓　　　　　　　　↓　　　　　　　　↓

ロミオとジュリエットは結婚初夜をともに過ごす。

ジュリエットはロレンス修道士から、パリスとの結婚を免れるために薬を飲むよう説得される。

ヴェローナに戻ったロミオはジュリエットの霊廟（れいびょう）に忍び込むが、パリスと出会い、戦いの末に殺す。

目を覚ましたジュリエットはロミオが死んでいるのに気がつき、絶望して自刃（じじん）する。

この結婚が両家の諍（いさか）いを終わらせてくれればと願って、手助けすることに同意する。

翌日、通りでマキューシオがティボルト・キャピュレットを嘲り、2人は剣を抜き戦う。ロミオ以外は知らないことだが、ティボルトは今やロミオと義理の従兄弟となったので、ロミオは喧嘩をやめさせようとする。ティボルトがマキューシオに致命傷を負わせてしまう。仕返しにロミオはティボルトを殺す。そして、大公はロミオをヴェローナからマントヴァへ追放する。

老キャピュレットは、動揺する娘を見て、その理由がつかめないままパリスとの結婚話を進めなければと決意する。追いつめられたジュリエットは、ロレンス修道士に助けを求める。修道士は結婚を免れるために眠り薬を飲むよう助言する。飲めば42時間死んだように見える薬だ。修道士はマントヴァにいるロミオに使いを出し、ジュリエットが目覚めたとき霊廟（びょう）から救い出すように指示しようとする。ジュリエットはこの計画を進め、結婚式の朝、死んだようになって発見される。

修道士からの使いはロミオに届かず、ロミオはジュリエットの死だけを知らされる。悲しみに打ちひしがれたロミオは急いでヴェローナに戻り、キャピュレット家の霊廟に忍び込むと、パリスに出くわす。2人は闘い、パリスが殺される。

ロミオは生きているとは見えないジュリエットの傍らに横たわり、毒を飲んで死ぬ。ほどなくしてジュリエットが意識を取り戻し、ロミオが死んでいるのに気づく。ジュリエットはロミオにキスをして、その唇から毒をもらおうとするが、死ぬことができず、ロミオの短剣を身に突き立てて絶命する。

3人の遺体が発見されたとき、ロレンス修道士が大公にこの痛ましい状況の説明をし、大公は両家の不和が招いた悲劇だとして非難する。老いた父親たちは手を取り合って、敵対関係を終わらせることに同意する。》

ロミオとジュリエット

背景

主題
嫉妬、忠義、背信、情熱的な恋、男の友情

舞台
イタリアのヴェローナ

材源
1562年 アーサー・ブルックの詩『ロミウスとジュリエットの悲劇の物語』

上演史
1679年 イギリスの劇作家トマス・オトウェイが舞台を古代ローマに移して翻案。政治的側面に配慮してハッピーエンドになっている。

1748年 デイヴィッド・ギャリックとスプランガー・バリーが、ロンドンのドルーリー・レイン劇場とコヴェント・ガーデン劇場で競演。

1845年 アメリカの女優シャーロット・クッシュマンがロンドンのヘイマーケット劇場でロミオを演じる。ジュリエット役は妹のスーザン・クッシュマン。

1935年 ロンドンのニュー・シアターで、ジョン・ギールグッドとローレンス・オリヴィエがロミオとマキューシオを交替で演じ、好評を博した。

1938年 ロシアの作曲家セルゲイ・プロコフィエフのバレエ版が、チェコスロヴァキアのブルノ劇場で初演される。

1957年 レナード・バーンスタインとスティーヴン・ソンドハイムのミュージカル『ウエスト・サイド物語』では、舞台が現代のニューヨークに移されている。

1994年 流浪のマケドニア人ロマの劇団「プラリペ」がボスニアを舞台として、ムスリムのジュリエットとキリスト教徒ロミオの設定で上演。

『ロミオとジュリエット』はシェイクスピア作品中おそらく最も親しまれているものだろう。引き裂かれる運命の若い恋人たちの物語だ。恋人たちが別れる話はほかにも数多くあるが、ロミオとジュリエットの恋物語が強烈なために熱い感動を呼ぶものになり、時代を超えて共感を呼んできた。

ロミオとジュリエットはひと目で恋に落ち、翌日結婚し、短くかけがえのない愛の一夜を過ごすが、両方の家族の不和ゆえに離れなければならず、不運が積み重なった結果、2人とも自殺に追い込まれる。大人が賢明に導くことができない壊れた世界で、恋愛だけでなく、激しい怒り、生命力、爆発寸前の危うさといった、無謀で高揚した若者らしい感情をこれほど巧みに捉えた作品は少ない。この作品が往々にして、現代の驚くほど性急な若者に語りかけているように見えるのも不思議なことではない。作者は初めから恋人たちを待ち受ける運命を定めている。冒頭の14行で序詞役があらすじを明かし、〈不幸な星の恋人たち〉——悲しく呪文をかけられた運命が運星に書かれている恋人たち——の劇であり、親たちが分別をもつ前に死ぬだろうと語る。「こ

> バラと呼ばれるあの花は、
> ほかの名前で呼ぼうとも、
> 甘い香りは変わらない。
> **ジュリエット**
> 第2幕第2場

れよりご覧に入れますは、死相の浮かんだ恋の道行き、そしてまた、子供らの死をもってようやく収まる両家の恨み」(プロローグ)。

最後まで筋がねじれていてこれからどうなるのだろうと考えさせるように構成されている映画に慣れた現代の観客にとっては、これは驚くべきことだろう。おそらく今日の評論家なら「ネタバレあり」と言いたくなることだろう。ところが、芝居が台無しになるどころか、これがあってこそ思わずつりこまれるドラマになっている。若い恋人たちが出会ったとき、これからどうなるのか本人たちが知らないことを観客はちゃんと知っている。恋人たちが魅力、無邪気、楽観に惑わされて恋に走っても、観客はその恋の運命を知っているのだ。だから恋人たちが破滅の結末に盲目的に突き進むとき、観客は目をそむけることができないのだ。

実のところ1590年代の初演以来、この劇が観る者の心をつかんで離さないのは、恋人たちの恋があまりにも強く避けがたいために結末は死しかあり得ない、という感覚のせいだ。ロマンティストにとって、ことに若いロマンティストにとって、無慈悲な世間に直面したときの恋の飛翔という発想には胸がときめくものだ。

> 今までに恋をしたのか、この心?
> この目よ、誓え、しなかったと。
> 真の美女を、今宵まで、
> 目にしたことはなかったと。
> **ロミオ**
> 第1幕第5場

この2人は観る者の目に、いかにも純真無垢な存在に映らなければならない。おそらくそういう理由で彼らはこんなにも若いのだ。そこに留意したフランコ・ゼフィレッリは1968年制作の映画で、たった16歳のオリヴィア・ハッセーを起用した。

物語の由来

若い恋人たちが離れて生きるよりもともに死ぬ道を選ぶという話は、古い物語がもとになっている。たとえばローマの詩人オウィディウスの『変身物語』にはピュラモスとティスベの引き裂かれた物語が収められているが、これはシェイクスピアが次の作品『夏の夜の夢』でパロディー化している。3世紀の、ギリシャの作家エフェサスのクセノフォンによる『エペソス物語』は16歳のハブロコメスと14歳のアンテイアが自殺の約束をする。

ロミオとジュリエットの原話は、特に16世紀のイタリアで人気があり、ルイジ・ダ・ポルトの書いた『ロミオとジュリエッタ』（1530年）などいろいろな形で伝えられていた。反目する2つの家族、ヴェローナのモンテッキ家（モンタギュー家）とクレモナのカペレッティ家（キャピュレット家）は実在し、詩人ダンテが13世紀のイタリアの内紛の中心にいた者たちとして『神

曲』の煉獄篇に書いている。だがシェイクスピアの直接の材源は1562年アーサー・ブルックにより英語で書かれた長詩『ロミウスとジュリエットの悲劇の物語』だ。

シェイクスピアによる改変

『ロミオとジュリエット』の主要な登場人物の多くはブルックの詩の人物と同じだが、表現方法はかなり異なっている。シェイクスピアのほうは恋人たちは結婚後たった一夜をともにするだけだが、ブルックのほうはロミオが1、2か月のあいだ毎晩ジュリエットのもとを訪れる。シェイクスピアのほうが話の運びが速く、恋愛物語の悲劇のはかなさを強調するのに役立っている。恋人たちに対する姿勢も

エリザベス朝の争い

『ロミオとジュリエット』は、イングランドが相変わらず分裂状態にあった時代に書かれた。ヘンリー八世が1553年にローマカトリック教会から破門され、そのために受けた傷はまだ癒えていなかった。ヘンリー八世の娘で女王として君臨するエリザベス一世（左の図）のプロテスタント寄りの政治体制は、国内外のカトリックから攻撃を受けた。女王の国務長官ロバート・セシルの主導により、政権は状態をもち直した。反国教会のカトリック教徒はセシルの命により厳しく狩りたてられ、また反宗教改革の支持者は、プロテスタントのイングランドをカトリックの手に取り戻そうと企んだ。

シェイクスピアを含む比較的若い世代は、対立する派閥に挟まれていた。そこで激しい対立は子孫に悲劇的な結果をもたらすことを示すために『ロミオとジュリエット』が意図されたのではないだろうか。プロテスタントとカトリックが、反目する隣人であるモンタギューとキャピュレットになぞらえられて、ロミオとジュリエットのような犠牲者がイングランドで生まれてしまうかもしれないというわけである。

ロミオとジュリエット

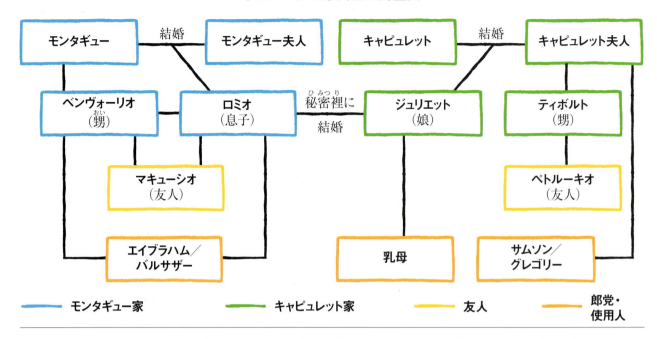

ヴェローナの家同士の対立図

だいぶ違っている。ブルックは恋人たちに完全に批判的である。「不実な欲望に胸をときめかせ、親や友人の威信も助言も意に介さない不幸な恋人たち」だと言う。しかしシェイクスピアは彼らに寄り添う。ロミオとジュリエットは2人とも無垢（むく）な犠牲者——ジュリエットはまだ13歳

私の気前のよさは、
海のように果てしなく、
愛する気持ちも海のように深い。
あげればあげるほど、
恋しさが募る。どちらもきりがないわ。
ジュリエット
第2幕第2場

——だ。親たちの口論や辛辣さをはるかに超えて、恋の美しさと情熱のなかを高く舞い上がる。そうした寛大な思いやりが、シェイクスピア作品をとても魅力的なものとし、そのメッセージは当時度肝（どぎも）を抜くものとなったのだ。

ブルックの詩の人物がほとんど定型的なのに対して、シェイクスピアの方はずっと肉付けされていて現実味がある。シェイクスピアはまた、善意のロレンス修道士やおしゃべりな乳母など非常にいきいきとした脇役もつくり出している。ロミオの友人で頭の回転が速く、俗気たっぷりのマキューシオは丸ごと作者の創作であり、シェイクスピア作品のなかでも魅力ある人物に挙げられる。第3幕の初め、剣で戦ったマキューシオが死ぬと、喜劇から悲劇へ、舞台の空気が劇的に変化する。

舞台革命

シェイクスピアがこの物語をイングランドの舞台にかけたことがどれほど革命的だったか、今日では的確に評価するのは難しい。当時は若い世代に、イタリア語の小説の人気がだんだん高まっていた。シェイクスピアがこの作品を書いたときはまだ30歳前だったが、それまでこの手の物語を芝居にした者はいなかった。悲劇といえば、大がかりな背景で高貴な権力者や偉大な戦士にまつわるものがほとんどだった。この作品では主人公の2人はその時代の普通の10代の若者、特徴はただ2人の恋と話し方だけ、場所はあるありふれた町で、ヴェローナと呼ばれているがほかのどこでも変わりなかった。若いシェイクスピアの劇は、初期の悲劇によく見られるようなゆっくりとした展開の壮大なものではなく、ハイテンポで、徹底的で、猥雑（わいざつ）だ。

序詞役が韻律の調った簡潔な言葉で大筋を語るところは、ブルックの物語と同様に、卑しむべき愛の教訓的な物語を用意しているように見える。だが韻を踏んだこの戒めが終わったとたん、観客は反目の状態にある無秩序な現実に追い込まれる。まるできちんとした形の詩が、

ヴェローナの通りのほんとうの口論にすり替わったような具合だ。ひどくがさつな散文と無作法な身ぶりで、2組の郎党サムソンとグレゴリー、エイブラハムとバルサザーが猥褻(わいせつ)な脅しをかわす。サムソンはモンタギューの女たちの処女を奪ってやるという意味で「乙女の首(メイデン・ヘッド)を切ってやる」と言う。

　剣が抜かれ、戦いが始まり、両家の若い者が駆けつける。すぐに追いついた老キャピュレットが弱々しく剣を、同じように弱々しい老モンタギューにふるおうとする。うんと若い妻が、杖(つえ)をふるうかのようにひ弱だとほのめかす。ここは男らしさを誇示する無法な世界であり、分別のあるはずの年老いた者でさえ調子を合わせて剣をふるおうとする。賢明さや模範的行動は、ロレンス修道士やジュリエットの乳母の頼りない手に託される。

名前がなんだというの？

　こうした機能不全に陥った町では〈名誉＝名前〉がすべてであり、本当の実質や感覚が失われている。しかしのちにロミオとジュリエットのロマンスが始まると、ジュリエットは場合によっては名前が恐ろしい罠(わな)にもなることに気づいて、有名な嘆きのせりふを口にする。「ああ、ロミオ、ロミオ、どうしてあなたはロミオなの。……バラと呼ばれるあの花は、ほかの名前で呼ぼうとも、甘い香りは変わらない」（第2幕第2場）。ジュリエットは恋のために、名前という罠を超越する手段を得たいと切に願う。「ロミオ、その名を捨てて。そんな名前は、あなたじゃない。名前を捨てて私をとって」（第2幕第2場）。だが結局、2人の真の愛さえも名前を超越

同時代の観客ならマキューシオのなかに劇作家クリストファー・マーロウの面影を見い出すことだろう。マーロウはマキューシオと同じように剣で刺されて、1593年に世を去った。この挿し絵は1903年のもの。

できない。「この忌まわしい体のどこに、その名前がついているのでしょう」（第3幕第3場）。ロミオは追放処分が決まったあとでロレンス修道士にこう尋ね、さらに自分の名前に含まれる毒を理解し、名前から自分を引き離したくてたまらなくなる。名前が死の宣告となるのだ。

形から実体へ

　そもそも偽りの名誉が重んじられるヴェローナの世界では、恋さえもひとつのポーズだ。ロミオが初めて登場するのは、喧嘩(けんか)がおさまったあと、上の空でさまよっているときだ。彼は恋に落ちているが、ジュリエットにではない——まだ出会っていないからだ。相手はキャピュレット家のひとり、ロザラインという娘だ。彼女ははっきりと姿を見せることがなく、ロミオの恋に似て非現実的な存在だ。

　いかにもイタリアのロマンスにふさわしく、ロミオはロザラインへの恋をソネットに歌う。ソネットは短い14行詩の形式

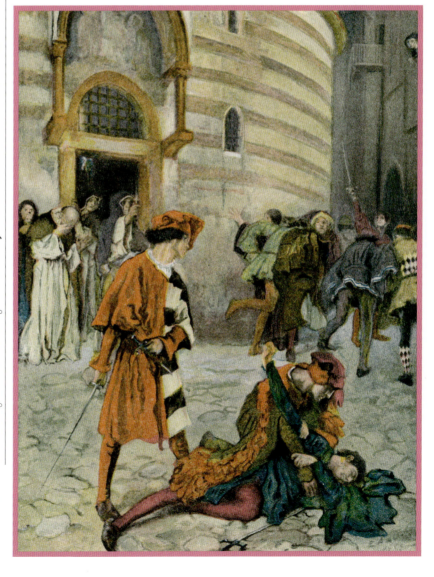

ヴェローナにある14世紀の建物のバルコニーで、ジュリエットのバルコニーと呼ばれている。キャピュレット家のモデルになったカプレーティ家の建物だったかもしれない。

で、14世紀のイタリアの詩人ペトラルカが編み出した。シェイクスピアの頃までには恋を表現するために、特に片思いを伝えるのに標準的な文学形態となっていた。だが、シェイクスピアはまもなく独自の形式で活力を与えた。ソネットには修辞的技巧が用いられ、そこには「冷たい炎」「恋ゆえの恨み」といった相反する言葉を並べるオクシモロン（撞着語法）も含まれる。ロザラインに捧げるロミオのソネットには型どおりの撞着語法が詰め込まれている。「だから、ああ、憎んで恋をし、恋ゆえに恨みが募る。そもそも無から生まれた有だ！ くだらぬことで憂いに沈み、戯れ事に真剣になる。恋と呼べば聞こえはいいが、その内実はどろどろだ！ まるで鉛の羽根、輝く煙、冷たい炎、病んだ健康」（第1幕第1場）。

ロミオはやがて、もっと真実なものを見い出すために、恋もそうした因習を打ち破らなければならないと学ぶことになる。ジュリエットに初めて会ったときでも形式ばった二行連句で話している。「今までに恋をしたのか、この心？ この目よ、誓え、しなかったと。真の美女を、今宵まで、目にしたことはなかったと」（第1幕第5場）。

因習を破る

ロミオとジュリエットが初めて言葉を交わすとき、2人が息つけないほど熱中し、ソネットの形式で会話するのは特筆に値する。伝統的に詩のなかでも最も私的で、密やかなソネットは、ここで優しい会話となっている。最後の二行連句は2人で言葉を重ねて、あたかも奇跡的な結びつきと出会った運命を強調していているかのようだ。

「ジュリエット：聖者は心を動かしません。祈りは許しても（for prayers' sake）。
ロミオ：では動かないで。祈りの験をぼくが受け取るあいだ（effect I take）。[キスする]」（第1幕第5場）

ここからロミオはジュリエットに話しかけるときにめったに押韻をしなくなり、2人ともほとんど無韻詩（ブランク・ヴァース）の形で話し、新しく、より心のこもった会話ができるようになる。先に、新しい表現で愛を語り成長するのは年下のジュリエットであり、ロミオはあとから引かれていく。

バルコニーの場

片思い（離れた愛）を示すときに舞台でよく用いられるバルコニーの場面で、ロミオはジュリエットのバルコニーの下の果樹園から話しかける。バルコニーの高さがあるため舞台上で2人を引き離すことができ、情熱的に語り合う場となる。もし離れていなかったら肉体的段階に進むしかなく、そんな語り合いは不可能だっ

> 別れがこんなに甘く
> せつないものなら、
> 朝になるまで言い続けていたいわ、
> おやすみなさいと。
> **ジュリエット**
> 第2幕第2場

> どっちの家もくたばっちまえ。
> この俺さまを蛆虫の餌食に
> しやがった。
> **マキューシオ**
> 第3幕第1場

恋の言葉遣い

シェイクスピアは恋を表現する新たな言葉を見つけた。斬新で勢いがあり、英語の詩としては新しい。豊かなイメージに富みながらも心からの思いに溢(あふ)れ、格式ばった隠喩をやめて、ジュリエットが鷹匠(たかじょう)になってロミオを訓練された鷹のように呼び戻したいというような、豊かで詩的な隠喩が、熱烈な若いカップルによって新しく作られているのだ。物語におけるのと同様に言葉の面でも、シェイクスピアは過去のぎこちない伝統的な手法から、もっと正直で深遠な表現方法へ移行する。だからロミオとジュリエットの言葉にはほんとうの心情が響く。若い恋がこんなに優しく美しい言葉で表現されていることは珍しい。

だが、この恋は始まったときから運命が定められている。ジュリエットはせがむように時間が速く進んで夜にならないかと願う。「愛を営む夜の闇よ」(第3幕第2場)、その闇のおかげで2人は一緒にいられるからだ。だが、夜は愛を営む時間であると同時に、死の象徴でもある。闇に向かって大急ぎで疾走すると、悲劇的結末に自ら飛び込むことになる。

この作品は対比で溢れている。光と闇、若年と老齢、駆け抜ける時とゆっくり進む時、月と星、愛と憎しみ。ジュリエットは乳母にロミオのことをこう表現する「たった一つの私の恋が、憎い人から生まれるなんて」(第1幕第5場)。まるでロザラインに捧(ささ)げるロミオのソネットの撞着語法がよみがえったようだ。

予告されたとおり、勝利するのは闇だ。ロミオとジュリエットの恋は勝利することができない。なぜなら2人のロマンティックな理想は大人たちの諍いの強さに張り合うことができないためだ。しかし、死をきっかけに、2人は争いを突然終わらせる原因となるのだ。キャピュレットはモンタギューに手を差し伸べて、「ああ、モンタギュー殿、わが兄弟、その手をどうか」(第5幕第3場)と言い、互いの子どもを称賛する。大公は亡骸(なきがら)を見て嘆く。「朝となっても、静かに暗い。太陽も悲嘆に沈んで面(おもて)を上げぬ」(第5幕第3場)。あとに残るのは深い悪愧(ざんき)の念だ。■

エイドリアン・キャンターナ主演・振付のバレエ『ロミオとジュリエット』。演出は夫のラスタ・トーマス。音楽は、プロコフィエフと現代音楽が合わせて使われた。

さまざまな演出

『ロミオとジュリエット』から少なくとも30のオペラやバレエが創られている。1935年のプロコフィエフのバレエや、1867年のグノーのオペラがその例だ。1957年のレナード・バーンスタイン作曲、スティーヴン・ソンドハイム作詞のミュージカル『ウエスト・サイド物語』は、ニューヨークのアッパー・ウエスト・サイドが舞台だ。そこでは敵対する少年グループ、シャーク団とジェット団が衝突する。他にもシェイクスピアを原作とする舞台が数多く脚色されている。フランスの作曲家ジェラール・プレスギュルヴィックのミュージカル『ロミオとジュリエット』(2001年)も上演されている。

映画はクレマン・モーリス監督の1900年制作のものをはじめ、60本以上が制作されている。よく知られているものは1968年のフランコ・ゼフィレッリ監督の映画だ。ジュリエット役の16歳のオリヴィア・ハッセーがヌードシーンで話題になっただけでなく、10代の主役2人の美しさで強い印象を残した。上の写真はバズ・ラーマン監督の『ロミオ+ジュリエット』(1996年)。主役はレオナルド・ディカプリオとクレア・デーンズで、カリフォルニアの「ヴェローナ・ビーチ」を舞台に、現代社会で神経をとがらせる若者を描いている。

真(まこと)の愛の道は決して平(へい)坦(たん)ではない

『夏の夜の夢』(1595)

夏の夜の夢

登場人物

テーセウス アテネ公爵で、アマゾン国の征服者。

ヒポリュテ 征服されたアマゾン国女王。テーセウスと婚約している。

イジーアス ハーミアの父。

ハーミア イジーアスの娘。小柄で情熱的な黒い髪をもつ。ライサンダーの恋人。

ライサンダー ロマンティックなハーミアの恋人。

ディミートリアス ライサンダーよりも頑固だが、やはりハーミアに求愛する。

ヘレナ 背が高く金髪。ディミートリアスに恋している。

オーベロン 妖精の王。

ティターニア 妖精の王妃。

ロビン・グッドフェロー いたずら好きの小さな妖精。パックの名でも知られる。

豆の花、蜘蛛の巣、芥子の種、蛾 ティターニアに仕える妖精たち。

ピーター・クインス 前口上役の大工。

ニック・ボトム 機屋。ピュラモスを演じる。頭を驢馬に変えられてしまう。

フランシス・フルート ふいご直し。ティスベを演じる。

トム・スナウト 鋳掛け屋。塀を演じる。ライオンが出てくるとお客が怖がらないかと不安がる。

スナッグ 指物師。ライオンを演じる。覚えが悪い。

ロビン・スターヴリング 仕立て屋。月光を演じる。

テーセウスはヒポリュテとの結婚を宣言する。イジーアスは娘のハーミアがディミートリアスと結婚すべきだと主張する。

妖精の王オーベロンは王妃ティターニアにいら立って、王妃の目に惚れ薬を垂らす。

ティターニアは驢馬(ろば)の頭のボトムに恋をする。

↑ 第1幕第1場　　↑ 第2幕第2場　　↑ 第3幕第1場

第1幕　　第2幕

第1幕第1場　　第2幕第2場

↓ 　　↓

ハーミアはライサンダーとの駆け落ちを決意する。ヘレナがディミートリアスにその計画を話す。

パックが誤ってライサンダーの目に惚れ薬を垂らす。目を覚ましたライサンダーは、ヘレナに惚れてしまう。

　アテネ公爵テーセウスは、征服したアマゾン国の女王ヒポリュテとの結婚の準備をしている。そこへ突然イジーアスが駆け込んできて、娘のハーミアがディミートリアスと結婚しようとしないと訴える。娘はライサンダーに誘惑されてしまったのだというのである。テーセウスはハーミアに、ディミートリアスとの結婚を命じる。

　ハーミアとライサンダーは駆け落ちを決意し、次の日の夜、森で落ち合うことにする。ハーミアはそれをヘレナに打ち明ける。ヘレナはディミートリアスに恋をしていて、彼の愛を勝ち取るために駆け落ちの話を伝える。職人の一団が、森に集まって結婚祝いの芝居の稽古をすることを決める。

　森のなかでは妖精の王オーベロンと王妃ティターニアが、さらってきた子どもをめぐって喧嘩(けんか)をしている。オーベロンはいたずら好きの妖精パックに、ある花の汁を探させる。眠っている人の目に塗ると、目覚めて最初に見た人を恋してしまうというものだ。オーベロンはその汁をティターニアの目に垂らす。

　ディミートリアスとヘレナが、ハーミアとライサンダーを追って森にやってくる。オーベロンはディミートリアスがヘレナを恋するように、花の汁を彼の目に垂らせとパックに

宮内大臣一座時代

恋人たちは森のなかを夢中で追いかけまわったあと、**眠りに落ちる。**

オーベロンがティターニアの目から惚れ薬を取り除き、**パックはボトムの頭をもとに戻す。**

恋人たちが目覚めて本来の組み合わせに戻ったとき、**テーセウスはアテネで合同の婚礼を行うことを決める。**

パックと妖精たちが宮殿を祝福する。

↑ 第3幕第2場　↑ 第4幕第1場　↑ 第4幕第1場　↑ 第5幕第2場

第3幕　　　　　　　　　　**第4幕**　　　　**第5幕**

第3幕第2場　　第3幕第2場　　第4幕第1場　　第5幕第1場
↓　　　　　↓　　　　　↓　　　　　↓

オーベロンがディミートリアスの瞼（まぶた）に惚れ薬を塗る。**ディミートリアスはヘレナに恋をする。**

パックは惚れ薬による混乱状態が解決するよう、**ライサンダーの目に解毒剤をかける。**

森へ狩りに来たテーセウスとヒポリュテが、**眠っている恋人たちを見つける。**

アテネの婚礼で、**職人たちが『ピュラモスとティスベ』の芝居を見せ、**大いにおもしろがらせる。

命じる。ところが、パックは思い違いをしてライサンダーに汁を垂らし、目覚めたライサンダーはヘレナを見て恋に落ちてしまう。

職人たちの稽古中、パックは機屋ボトムの頭を驢馬（ろば）の頭に変える。仲間は逃げるが、近くで眠っていたティターニアが目を覚まして、ボトムに惚れてしまう。

恋人たちがやってくるが、明らかに恋人関係がおかしくなっている。オーベロンはこれを直そうと試みて、ディミートリアスの目に惚れ薬を施す。だが、ディミートリアスもヘレナに恋するようになると、ヘレナは残酷な冗談だと考える。2組の若い男女は喧嘩をして森のなかを走りまわったあげく、眠りにつく。全員が眠ったところで、パックがライサンダーの目にかかった魔法を解く。

オーベロンがティターニアの目の魔法を解くと、目を覚ましたティターニアは腕にボトムを抱いていて仰天する。オーベロンはパックにボトムの頭をもとどおりにするよう命じ、オーベロンとティターニアは仲直りする。

テーセウスとヒポリュテがイジーアスを伴って狩りに出かけ、眠っている恋人たちを見つける。恋人たちは目覚めると、ハーミアはライサンダーと、ディミートリアスはヘレナとの組み合わせになっている。テーセウスが、自分とヒポリュテとの結婚に加えて3組合同の結婚式を挙げようと言う。職人たちは稽古を終え、アテネに戻る。

結婚式のあと、職人たちは引き離された恋人たちの芝居『ピュラモスとティスベ』を演じる。芝居のなかでティスベがライオンを見て、マントを落として逃げ出す。ピュラモスはマントを見つけて自刃する。ティスベがピュラモスの亡骸（なきがら）を見つけ、自らも命を絶つ。宮殿は抑えきれない大笑いに包まれ、芝居が終わるとテーセウスは余興の終わりを告げる。

パックが妖精たちを率いて宮殿じゅうを駆けめぐる。》

背景

主題
恋、アイデンティティ、正気と狂気

舞台
ギリシャ神話のアテネと、その近郊の森

材源
西暦8年 ローマの詩人オウィディウスによる『変身物語』および多数のギリシャ神話。

上演史
1604年 記録されているものでは、ジェイムズ一世の宮廷での上演が初めて。

1662年 大幅に改悪されて上演。イギリスの日記作家サミュエル・ピープスが「これまで観たなかで最も退屈でばかげた舞台」と表現している。

1692年 イギリスの俳優トマス・ベタートンが『妖精の女王』と題された翻案のため、ヘンリー・パーセルに作曲を依頼。

1905年 オーストリアの演出家マックス・ラインハルトが、ベルリンで回り舞台を用いた舞台を演出。

1914年 イギリスの俳優で演出家のハーレー・グランヴィル=バーカーが論議を呼ぶ奇抜な舞台を演出。

1960年 イギリスの作曲家ベンジャミン・ブリテンがオペラを作曲。

1970年 ピーター・ブルックの有名な舞台装置のほとんどない演出によるロイヤル・シェイクスピア劇団の公演。舞台を白い箱に仕立てた。

2006年 イギリスの演出家ティム・サプルはインドのタミール・ナドゥ州チェンナイ発の公演で、インドの民話として上演した。

『夏の夜の夢』はシェイクスピアのさまざまな作品のなかでも独特だ。ロマンスと詩情、ユーモアと美しさの溢れる、ファンタジーの広がる世界で、優しさや興奮や危険をともなって魔法の国へ愛を探しに行く旅でもある。物語は文化を越えて反響を呼び、世界中で演じられている。

舞台は特定の夜に設定されているわけではないが〈ミッドサマー・ナイト〉、つまり夏至祭の前夜だ。夏至には古代から神秘的な意味がある。シェイクスピアのイングランドにはキリスト教の伝統よりもずっと深く根ざした多神教のルーツがあり、辺りに魔力が感じられたり、妖精や精霊があちらこちらに出没したりするのがこの夜なのだ。当時すべての人が妖精を信じていたわけではない。その頃、長編詩『妖精の女王』を書いたエドマンド・スペンサーは「この詩のようなことは起こらないし、ほんの少しもあり得ないというのが事実だ」と断言する。シェイクスピアはただこの夜の魔法を用いて、空想と現実、熱狂と理性、恋と常識の相互作用を掘り下げ、うっとりとするような歓喜であると同時に心の闇への旅ともなっている物語を語る。スペンサーの『妖精の女王』は妖精の国に設定されているが、実在の女王エリザベス一世の話だ。『夏の夜の夢』でも、強い女王ティターニアとヒポリュテにエリザベス一世を想像しないのは無理というものだろう。

婚礼の儀式と結婚

この作品がいつ書かれたか正確にはわからないが、いくつかの点から結婚祝い

2006年ティム・サプル演出によるロイヤル・シェイクスピア劇団の公演ではインドが舞台となっている。せりふは英語とインドの6種類の言語により語られる。写真はボトムが自分の驢馬の頭を嘆いている場面。

> ああ、夜よ、長くて草臥(くたび)れる
> その時間を縮めて！
> **ヘレナ**
> 第3幕第2場

の芝居として、おそらく1595年、若いエリザベス・ドゥ・ヴィアとダービー伯の結婚に際して書かれたと考えられる。この説に異論を唱える者もいるが、この劇が手の込んだ仮面劇の様式にならっていることはまちがいない。まず結婚式の告知から始まり──たいていは結婚式で劇が終わることが多いわけだが──3組の結婚式の夜でフィナーレとなる。

結婚式は──現実世界のアテネで行われるわけだが──妖精の森に向かう、はちゃめちゃで劇的な旅を締めくくる短い場面を成す。恋人たち、妖精たち、〈職人たち〉のあいだに、すばらしいダンスのような対称性とリズムがあり、松明で照らされた妖精たちの魔法のような行列となって芝居は終わる。この芝居は美しい結婚祝いの贈り物ととることもできれば、また観に来た恋人たちが結婚生活に進む前に学ばなければならない愛の本質についての教訓ととることもできる。

都会と森

『夏の夜の夢』は三部構成でできている。まず町で始まり、森へ出かけ、また町に戻ってくる。町は秩序、理性、規律の世界だが、この町の秩序は崩壊している。登場人物たちは本来の仕事の教訓を得るために、町を離れて旅をしなければならない。いろいろな意味で内面的な旅──自己認識の旅だ。だが、個人的な旅と同じように社会を再発見する旅でもある。アテネでは結婚について学ぶべきことが大いにある。劇が始まると同時に、テーセウスがアマゾン国（女武人族）の女王ヒポリュテを勝ち得た経緯を説明する。力ずくだったのだ。「ヒポリュテ、俺はお前をこの剣で口説き、むりやりお前から愛をもぎ取った」（第1幕第1部）。

老イジーアスは、娘ハーミアがディミートリアスとの結婚を拒絶するなら死刑に処してほしいと言う。テーセウスの〈軽減措置〉といっても、死刑の代わりに尼僧院での一生を選んではどうかという程度だ。テーセウスもイジーアスも法を自分の味方につけておけることははっきりしているが、彼らの〈理性〉や〈分別〉の世界には、人間らしい愛情や感情に対する理解がほとんどない。テーセウスの視野には想像や詩情を伴う共感というものが欠如している。恋についても同じで、恋がまるで狂気に等しいようにこう言う。「狂人、恋人、そして詩人は、皆、想像力の塊だ」（第5幕第1場）。テーセウスにとって恋とは狂気の妄想なのだ。詩は詩人が狂ったようにあちこち目を走らせることから生まれる。

> 狂人、恋人、そして詩人は、
> 皆、想像力の塊だ。
> **テーセウス**
> 第5幕第1場

イングランドの田園詩

『夏の夜の夢』の森はアテネ近郊と言われるが、本当はシェイクスピアのよく知るアーデンの森に似たイングランドの森だ。この作品はイングランドへの賛歌だととらえることができる。ここは魔力に溢(あふ)れ、そのくせ落ち着いていて実体がある──遠くに住む支配者たちに、本当に大切なものは何か思い出させてくれる場所だ。

妖精の王オーベロンが語る野生の花が咲くイングランドの森は、子どもの頃からその森を歩きまわっていた作家ならではの優しさと知識とでいきいきと描写されている。シェイクスピアはオーベロンに次のようなせりふを言わせている。

「向こうの土手には、野生のタイムが咲き乱れ、オクスリップの花が咲き、菫(すみれ)は頭をうなだれ、その上を香り高い忍冬(すいかずら)が天蓋のように覆っている。麝香(じゃこう)薔薇(ばら)や野薔薇も甘く匂っている」（第2幕第1場）。

妖精の女王ティターニアが口にする、霧と水びたしの田畑と疲れた農夫の描写は、アテネの風景ではなくイングランドのものだ。そして芝居を演じる職人たちは、どこからどう見てもイングランドの職人たちだ。

>
> それは
> 嫉妬が生んだ妄想よ。
> **ティターニア**
> 第2幕第1場
>

ヴェローナとの類似

テーセウスのアテネは『ロミオとジュリエット』のような悲劇を生む不和状態のヴェローナに負けないほど、ある意味で不健全だ（2つの作品はほぼ同じ頃に書かれている）。ロミオとジュリエットに似て、ハーミアとライサンダーも星回りの悪い恋人たちであり、愚かで暴君のような親たちに引き裂かれる運命を背負っている。ライサンダーが「真の愛の道は、決して平坦（へいたん）ではない」（第1幕第1場）と嘆くとき、まるでロミオとジュリエットのことを話しているようだ。ロミオとジュリエットに幸せな結末があったとすれば、『夏の夜の夢』の森への旅こそ、モンタギュー家とキャピュレット家の人々がたどらなければならない道だった。

心の森

4人の恋人たちが職人たちと時を同じくして入る森は、想像の場所、空想や夢の場所で、物事の正しい秩序がひっくり返っている。今日では心理学者は無意識の領域を語り、批評家は作品の心理的象徴性や性的欲望の表現やジェンダーの問題を探る。だがシェイクスピアの時代には、この森は単に夢や妖精の森にすぎなかった。実のところ劇全体が迷い込んだ夢のなかの出来事として演じられている。パックの最後のせりふのとおりだ。「影にすぎない我らの舞台、お気に召さずば、こう思って頂きたい。皆様、ここで眠ってたのだと。おかしな夢を見たのだと。取るに足らない、つまらぬ話、夢のように、たわいもなし」（エピローグ）。

夢の森では正常性が転覆している。だが、それは夢というよりも悪夢というべき世界だ。登場人物たちは役を演じ、仮面や衣装をつけ、役を交替し、自分らしからぬ行動をし、思い違いに苦しみ、立場を替え、恋人を交換する。機屋のボトムの場合だと驢馬（うま）の頭を手に入れる。こ

>
> 小さいくせに
> 気が荒いのよ。
> **ヘレナ**
> 第3幕第2場
>

こでは理性や〈常識〉といった正常な感覚のものは消え、確実なものは何もない。アイデンティティは絶えず変化し、別のものに転換してしまう。

厄介なアイデンティティ

アイデンティティを失うと心穏やかではいられず、恐れを抱くことも多い。これほどたやすく心変わりするとは、愛とは何なのか？　愛は人のアイデンティティに結びついていないのだろうか？　恋人たちのなかで一番揺るがないハーミアが、一度は愛を告白されたのに、そのライサンダーからの憎しみを突然感じるようになったとき、自分は本当は誰なの

さまざまな演出

この劇は変わった構成のために、必ずしも原作どおりに上演されるとは限らない。特に17世紀には多くの公演で、たとえば喜劇の要素だけを上演するような、無謀な改変が行われた。野外劇のような特徴に刺激を受けた多くの舞台では、音楽が付けられた。ことに優れているのはイギリスの作曲家ヘンリー・パーセルによる『妖精の女王』（1692年）で、幕間に美しい音楽仮面劇が演じられた。1842年には上演に合わせて、フェリックス・メンデルスゾーンが有名な結婚行進曲の入った美しい劇付随音楽を作曲した。

20世紀には、演出家の目は心理学的、および性的象徴性に向けられていく。1970年のピーター・ブルック版の舞台は、何もない白い箱のなかで演じられ、視覚的おもしろさよりも大人のテーマに焦点を合わせるものだった。ベンジャミン・ブリテンの1960年のオペラでは好色な大人たちに比して純潔さを強調した妖精のコーラスにボーイソプラノが使われた。映画版では、1935年のマックス・ラインハルトによる壮大で視覚的に豪華な演出があり、また近年では1999年、マイケル・ホフマン演出で、イタリア、トスカーナを舞台にした親しみやすいソープオペラ調のものもある（写真）。

宮内大臣一座時代

『夏の夜の夢』の人物関係図

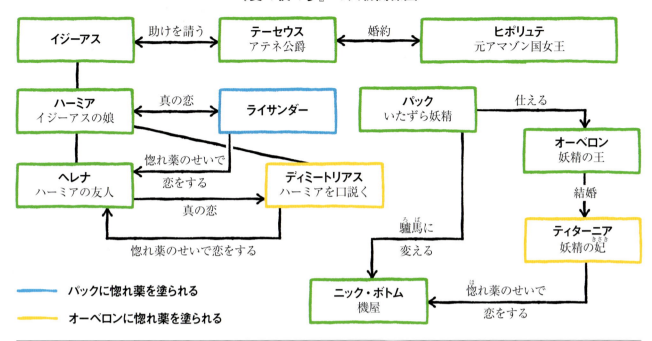

か、自分に問いかけ始める「私はハーミアじゃなくて？ あなた、ライサンダーでしょ？」（第3幕第2場）。だがヘレナは劇の初めに、自分がハーミアでディミートリアスに愛されたなら幸せだっただろうと嘆いている——どうしてもハーミアに〈変身〉したいというのだ。

森のなかではいたずら好きで変身可能なパックの影響で全員が〈変身〉してしまい、その効果はまったく悪夢のようだ。魔法の恋の薬のせいで、みんな愛から憎悪へ、憎悪から愛へ、極端にあちらと思えばこちらへと変わってしまう。なかでもボトムの変身は芝居がかっているが、本人は揺るがない人物のひとりだ。頭が驢馬に変わっても、ティターニアや世話をしてくれる妖精たちに対する礼儀正しさは変わらない。またティターニアとの関係は一種の幻想であるにしても、この劇のなかで特に穏やかで優しいものだ。愛について最も健全な見方をしているのはボトムで、ティターニアにこう語っている——「奥さん、そいつはちょっと理性的じゃないんじゃありませんかね。もっとも、正直言って、理性と恋愛ってのは最近じゃ反りが合わねえようですがね」（第3幕第1場）。

巧妙な解決

職人たちは愛について一番しっかりした理解を示し、アイデンティティを変えられることなく森の狂気を通り抜ける。劇を演じるときでさえ動じることなく自分のアイデンティティを失わない。スナウトは塀にならない。ただスナウトとして塀の役を「演じます」と言うのだ。

この単純な男たちが劇の最後でドラマを現実的なものとし、再び大いに笑わせ、夢の領域を妖精に任せて現実と夢をきちんと分割し直すのは実に適切である。最後に皆、このとんでもない夜をあとにできることに感謝しながら寝室に下がっていく。

妖精たちはこの宮殿を守る夢のように存在する。「でも、昨夜のお話を聞いていると、皆の心が一緒に変貌してしまったことは、単なる夢幻とは思われず、しっかり筋の通った現実で有るような気がしますが、それにしても不思議で信じがたいことです」（第5幕第1場）。■

> さあ、飢えたライオンがうなり、
> 狼の遠吠えが月をかすり、
> 働き疲れた農夫らは、
> くたくたになり、
> いびきをかいて、寝床でぐっすり。
> パック
> 第5幕第1場

の上に築いたものに確かなものはない

『ジョン王』(1596)

ジョン王

登場人物

ジョン王 イングランド王。虚栄心が強く、冷酷で優柔不断。

皇太后エリナー ジョン王の母。

私生児フィリップ ジョン王の長兄リチャード一世の非嫡出子。のちにサー・リチャード・プランタジネットと改名。

フランス王フィリップ二世 アーサーのイングランド王位継承を支援する。

フランス皇太子ルイ フィリップ王の息子。

スペイン王女ブランチ ジョン王の姪。

枢機卿パンダルフ ローマ法王の大使。

オーストリア公爵 過去にリチャード一世を殺害。今はアーサーを擁護する。

アーサー ジョン王の兄ジェフリーの息子。のちのブルターニュ公。

コンスタンス アーサーの母親。

ヘンリー王子 ジョン王の息子。のちのヘンリー三世。

ヒューバート ジョン王の忠臣。

ペンブルック伯、ソールズベリー伯 ジョン王に反逆する貴族。

フォークンブリッジ夫人 私生児フィリップの母親。

ロバート・フォークンブリッジ フォークンブリッジ夫人の嫡出子。

フランスの王フィリップがアーサーのために**イングランド王位を手放すよう**ジョン王に迫るが、ジョン王は拒む。

第1幕第1場

第3幕第1場

枢機卿パンダルフは、ジョン王が法王に反抗したとして**ジョン王を破門**する。フィリップ王はイングランドとの同盟を破棄する。

イングランド軍が勝利を収める。ジョン王は部下ヒューバートにアーサー殺害を命じる。

第3幕第3場

| 第1幕 | 第2幕 | | 第3幕 |

第2幕第1場

アンジェ城門前での**フランスとイングランドの戦いに決着がつかない**。ジョン王の姪ブランチとフィリップ王の息子ルイの結婚により**和平がもたらされる**。

第3幕第2場

フランスとの戦いの最中、**私生児フィリップがオーストリア公を斬首し**、フランスに捕らわれていた**皇太后エリナーを救い出す**。

　イングランドとフランスは戦いの準備をしている。
　ロバート・フォークンブリッジは兄のフィリップと争っている。2人とも父の遺産相続権を主張しているのだ。ロバートは、兄が〈獅子心王〉リチャード一世の非嫡出子だと断言する。皇太后エリナーはフィリップに息子リチャードの面影を認めてサー・リチャード・プランタジネットの名を与えるが、フィリップはその後も〈私生児〉と呼ばれつづける。
　フランス国内にあるイングランド支配下の都市アンジェの城壁の前で、フランス王フィリップ二世とイングランド王ジョンが都市の門をあけるよう市民たちに要求している。戦いとなったあげく、両軍とも勝利を主張する。和平が調停され、そのためにフランス皇太子とジョン王の姪ブランチが結婚することになる。ブランチの持参金として、フランス内のイングランド領がアンジェを除いてすべてフランスへ譲られる。ところがそこへ、ローマ法王の大使、枢機卿パンダルフが到着したために、また対立が起きる。ジョン王が法王の権威を無視すると、枢機卿パンダルフはジョン王を破門する。このためフィリップ王は、せっかく結んだイングランドとの同盟を放棄する。
　私生児フィリップはかつて父リチャード一世を殺したオーストリア公を斬首し、

宮内大臣一座時代

ヒューバートは焼いた鉄串で
アーサーの目を潰す用意をするが、
アーサーの懇願にほだされて
助ける。

アーサーは
逃亡を図るが失敗し、
城壁から落ちて死ぬ。

ジョン王から離反した
貴族たちがフランス皇太子
ルイに忠誠を誓い、
フランス側について戦う
用意をする。

ジョン王は明らかに修道僧
に毒を盛られて死ぬ。
貴族たちは新しい王
ヘンリー三世を受け入れる。

↑ 第4幕第1場 　　↑ 第4幕第3場 　　↑ 第5幕第2場 　　↑ 第5幕第7場

第4幕 　　　　　　　　　　　**第5幕**

第3幕第4場 ↓ 　　第4幕第2場 ↓ 　　第5幕第1場 ↓ 　　第5幕第4場 ↓

コンスタンスはアーサーを
奪われて嘆く。枢機卿パンダルフが
皇太子ルイに、アーサーの死後
イングランドの王権を主張する
よう助言する。

ジョン王はフランス軍が
攻め入る準備をしている
と知る。皇太后エリナー
とコンスタンスが死亡。
ヒューバートはアーサー
の生存を明かす。

ジョン王は
法王の権威に従う。

戦闘中ソールズベリー伯
とペンブルック伯は
フランス側があとで2人
を殺す計画だと知り、
ジョン王側へ寝返る。

　皇太后エリナーを救い出す。
　ジョン王の兄ジェフリーの息子アーサーはイングランド王位継承権を持つため、ジョン王の捕虜となり、監視役のヒューバートはアーサーを殺すようジョン王に命じられる。枢機卿は、ジョン王がアーサーを殺せば人心は失われるだろうと考えて喜ぶ。そして皇太子ルイをイングランドへ進軍させる。
　ヒューバートはどうしてもアーサーを殺せず、代わりにアーサーは死んだとジョン王に伝えようと約束する。
　ジョン王は2度目の戴冠をする。そしてアーサーは突然病死したと王が告げると、貴族たちは怒って王のもとを去る。

　フランス軍がイングランドに上陸しようとしていると、使者が王に知らせる。私生児フィリップがポンフレットのピーターという予言者を連れてくると、この予言者はジョン王が昇天祭の正午に王冠を手放すだろうと予言する。ジョン王は予言者を投獄する。
　ジョン王は、ヒューバートから、アーサーがまだ生きていると打ち明けられて安堵する。しかしアーサーは墜落死する。ペンブルック伯、ソールズベリー伯、ビゴット卿がその遺体を発見するが、事故死だとは信じない。
　ジョン王は、枢機卿パンダルフがフランス軍の武装を解かせるという条件で、

法王の権威に従う。まさに昇天祭の日、ジョン王は王冠をパンダルフの手に委ねるが、また返してもらう。
　私生児フィリップはこれを非難し、ジョン王は皇太子ルイと戦いつづけるべきだと主張する。皇太子ルイは戦いに乗り気で、枢機卿が調停に入るのを拒絶する。
　フランス軍は力が衰える。援軍が難破したうえ、イングランドの諸侯が離脱したのだ。運はイングランドに味方するものの、ジョン王の体調が悪化し、ヘンリー王子の目の前で死ぬ。
　王子がヘンリー三世となって、イングランド諸侯が新王に忠誠を誓い、枢機卿は休戦の調停を行う。》

ジョン王

背景

主題
相続権、アイデンティティ、王権、忠誠

舞台
イングランドの王宮、フランスのアンジェ

材源
1587年 ラファエル・ホリンシェッド著『イングランド、スコットランド、アイルランドの年代記』。

1589年頃 作者不詳の劇『ジョン王の乱世』がシェイクスピアに影響を与えたと思われる。

上演史
1737年 確認できる最初の上演は、ロンドンのドルーリー・レイン劇場公演。

1899年 ハーバード・ビアボーム・トゥリー制作の映画『ジョン王』。ジョン王の死の場面が映像化され、シェイクスピア作品初の映画となった。

1936年 ヒンディー語の映画『Saed-e-Havas（欲望の餌食）』（別名『ジョン王』）がインドで制作された。監督はソラブ・モディ。

1953年 オールド・ヴィック劇場で、リチャード・バートンが暴れん坊の私生児フィリップを演じる。

1980年 ドイツのワイマール国民劇場の公演が、激しく強硬な戦争の描写で喝采を浴びる。

2012年 ロンドンでガブリエル・サンダックヤン・ナショナル・アカデミック・シアターによるアルメニア語の公演。この作品の荒々しいユーモアを強調し、ジョン王を道化風の人物として描いた。

ジョン王は「他人を殺して得た命は不確かだ」（第4幕第2場）と語る。王権をめぐる若いライバル、アーサーを殺害することをほのめかしているのだ。この殺人のせいで、ジョン王の権威は強まるどころか揺らぐことになり、イングランド諸侯はもう「歩くたびに血のあとをつける足」（第4幕第3場）に従わなくなる。

血の悲劇は繰り返す

血の悲劇は繰り返すという教訓と、ほかの王権主張者を殺しても王位を確保できないという教訓は、イングランドを舞台とするシェイクスピアの歴史劇で繰り返されている。『リチャード二世』を例にとると、リチャード王殺害から連鎖が起こり、王位篡奪者ヘンリー四世の敵が新たに生まれる。『ジョン王』が他の作品と違うのは、王がこのせりふを言うとき

この劇にはジョン王と貴族たちの論議の場面があるが、その結果、1215年マグナカルタに王が署名を余儀なくされたことは省略されている。1年後、ジョン王はこの写真のノッティンガムシャーのニューアーク城にて死亡した。

ジョークがしかけられているということだ。なぜなら観客が知っているように、アーサーは本当は生きているのだ。観客は、ジョン王は難を逃れて運がよかったと思うだろう。だがヒューバートがアーサーは死んでいないと告げに、急いで伯爵たちを追いかけていったまさにそのとき、伯爵たちは城壁の下で遺体を発見する。このエピソードは『ジョン王』の特徴――この作品だけが構造のみならず色調も他の作品群と異なっている理由――をよく表している。

本作品は、権力者たちの野心や活動をぐらつかせ、やることなすこと挫かせてしまうのだ。たとえば、イングランドと平和を築こうとするときのフランス王の真意は、私生児フィリップが指摘したように道徳的には疑念を抱かざるを得ないものの少なくとも両国間の縁組みによってさらなる流血を防ぐことになった。しかしフィリップ王の忠誠の誓いは、パンダルフ枢機卿に再び宣戦布告を迫られてあっという間に破られる。主要な人物たちは何に関しても一貫した方針を維持することが不可能だ。その結果、この劇はどんな種

類の悲劇にも分類されることがない（〈悲劇〉という言葉がタイトルに含まれていないのは注目に値する）。悲劇かどうかは、大きく立ちはだかる障害や不運をものともしない、ある種の英雄的な首尾一貫した姿勢や自己主張によって決まる――そして、それはジョン王の物語とは違う。

論争となる継承権

ジョン王の「血の上に築いたものに確かなものはない」（第4幕第2場）というせりふもアイデンティティや継承権の概念について述べている。劇の冒頭の論争は、皇太后エリナーの息子たちであるリチャード一世とジェフリーが亡くなった今、次の継承者は誰かという問題だった。ジェフリーの息子アーサーと、ジェフリーの弟ジョンとどちらが継ぐべきか、皇太后エリナーがアーサーが優位だと匂わせたにもかかわらず意見は対立する。

事態はさらに、父親が誰かという、より難しい問題によって複雑になる。これは特に私生児フィリップに関する懸念で、身体的特徴が似ていることから、獅子心王リチャードの非嫡出子と判明する。フィリップは、サー・ロバートの財産を相続するか、リチャード王の息子と認められるために非嫡出子としての不名誉に甘んじるか、自分のアイデンティティを選べる立場に置かれている。彼は後者を選ぶ

> 世の中狂ってる、王は狂ってる。
> 和解なんて狂ってる！
> **私生児フィリップ**
> 第2幕第1場

> どうも俺はこの世の世知辛(せちがら)い
> 茨の道を歩むうち、道に迷って
> 途方に暮れちまっているようだ。
> **私生児フィリップ**
> 第4幕第3場

が、どちらを選んでもかまわないということは、「あらゆる男の子ども」（第1幕第1場）が父親は誰かを疑わなければならないという点を強く印象付けた。皇太后エリナーとコンスタンスの口論（第2幕第1場）では、アーサーも獅子心王リチャードも私生児だとして非難される。

冷酷な政治的施策も、血筋による文句のつけようがない権利も、王位を安定させるためには十分ではないらしい。この作品は忠誠心、特に貴族たちの忠誠心を維持することがいかに必要かを教えている。新しい王ヘンリー三世はソールズベリー伯、ペンブルック伯、ビゴット卿がひざまずくのを見て涙する。3人がジョン王を裏切り、そのあと皇太子ルイを裏切ったことを考えると、涙する新王に突っ込みを入れたくなるかもしれないが、そんな皮肉な反応が起こらないように、私生児フィリップはわざと団結の必要性を力説する最後の言葉を述べるのだ――「イングランドがおのれに忠実でさえあれば、もはや悲しむべきことは何もない」（第5幕第7場）。ここにはこの作品の最も深い皮肉が込められている。獅子心王リチャードの血を受け継ぐ男が、嫡出の正当な王よりも強い愛国心をもちながら、国を支配する可能性を否定されているのだから。■

私生児フィリップ

フィリップ・フォークンブリッジは『ジョン王』で誰よりもせりふが多く、この劇の主役と言われることが多い。シェイクスピア劇の場合、〈私生児〉たちはたいてい悪党（ドン・ジョン、イアーゴー、エドマンド）だ。〈私生児〉は社会的に、道徳的欠陥があるかのように扱われ、財産を相続できないために冷淡な傾向がある。しかし『ジョン王』のこの私生児フィリップは喜劇の人物だ。「いやあ、なんというとんでもない野郎を天は送りこんでくれたものか！」（第1幕第1場）。彼は主人公の真意を知らせる風刺的なコロスと、英雄的人物の両方を演じる。2012年に催されたマリア・アバーグ演出のロイヤル・シェイクスピア劇団公演では、フィリップの性別が変えられ、優しさと嘲笑的言動の混じった人物としてピッパ・ニクソンが演じた（写真左）。

フィリップは、私生児が道徳的秩序を守ることの皮肉を意識している。そして劇の最後にソールズベリーが新王ヘンリーに王の義務は「無秩序に形を与える」（第5幕第7場）ことだと忠告する。フィリップが劇の締めくくりのせりふを言うのは、彼にカリスマ性があって観客と親近感をもっているからかもしれないが、次の王たちがこのような理想的な「形」をとることが難しいことを示すためかもしれない。

針でつついたら血が出よう？

『ヴェニスの商人』(1596)

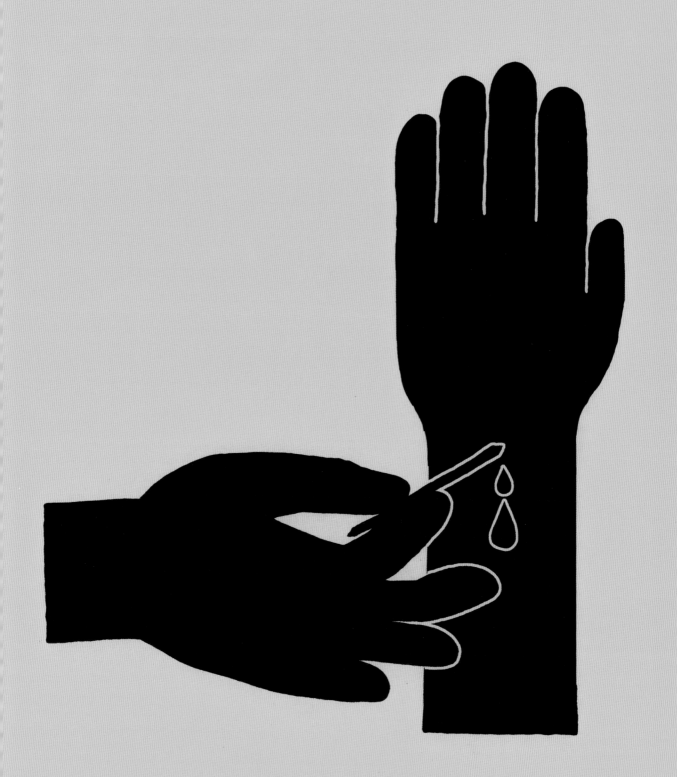

ヴェニスの商人

登場人物

アントーニオ ヴェニスの商人。自分の肉1ポンドを担保に、友人バサーニオの借金の保証人になる。

バサーニオ アントーニオの友人。ポーシャに求婚する。

リオナード バサーニオの召し使い。

グラシアーノ、サレーリオ、ソラーニオ アントーニオとバサーニオの友人。

ロレンゾー アントーニオとバサーニオの友人。ジェシカの恋人。

シャイロック 裕福なユダヤ人の高利貸し。ジェシカの父。

ジェシカ シャイロックの娘。ロレンゾーの恋人。

テューバル ユダヤ人。シャイロックの友人。

ランスロット シャイロックの道化で召し使い。

ゴボー ランスロットの父。

ポーシャ 資産家の女相続人。変装し、法学者バルサザーとしてアントーニオの命を救う。

ネリッサ ポーシャの侍女。グラシアーノの恋人。

バルサザー、ステファノー ポーシャの召し使い。この2人の名前を、のちに変装したポーシャとネリッサが用いる。

モロッコ大公 ポーシャの求婚者。

アラゴン大公 ポーシャの求婚者。

ヴェニスの公爵 ヴェニスの法律を守るべき人物。

ヴェニス。持ち船すべてを海に出して商売をする商人アントーニオは、友人バサーニオの力になろうと約束をする。

ポーシャに求婚する資金のないバサーニオに対し、ユダヤ人シャイロックは金を貸すが、担保としてアントーニオの肉1ポンドを要求する。

シャイロックの娘ジェシカが、父の財宝を持って、キリスト教徒のロレンゾーと駆け落ちする。

 第1幕第1場　 第1幕第3場　 第2幕第6場

第1幕 ／ **第2幕**

第1幕第2場　 第2幕第2場

ベルモント。資産家の女相続人**ポーシャ**にとって、**求婚者たちは憂鬱な存在だ**。父の遺志により、求婚者は3つの箱のうち1つを選ばなければならない。

道化の**ランスロット・ゴボー**が主人シャイロックのもとを去り、バサーニオに仕える決心をする。

　ヴェニス（ヴェネチア）の商人アントーニオはわけもなく気が塞いでいるが、美しい女相続人ポーシャに求婚するために金が必要だと言う友人バサーニオに、金を工面しようと請け合う。一方、ベルモントに住むポーシャも気が塞いでいる。父の遺言で、金、銀、鉛の3つの箱のうち正しい箱を選んだ男性と結婚しなければならないのだ。
　バサーニオは、シャイロックが金を貸すのを渋るので、アントーニオを保証人に立てる。以前から嘲笑されていたシャイロックは、アントーニオに復讐するよい機会だと思う。そしてアントーニオの体の肉1ポンドを担保として金を借りるという証文を書かせる。
　ベルモントでは、モロッコ大公が求婚の運試しにやってくる。ヴェニスでは、シャイロックの召し使いランスロットが、主人のもとを離れてバサーニオに仕える決意をする。それを聞いて寂しく思ったシャイロックの娘ジェシカは、恋人との駆け落ちを決め、バサーニオの友人ロレンゾーへの伝言をランスロットに託す。シャイロックがバサーニオから食事に招待されると、その留守中にジェシカは金を持ち出し、少年に変装してベルモントへ逃げる。ベルモントでは、モロッコ大公とアラゴン大公が箱選びに挑み、それぞれ金と銀の箱を選んで失敗する。

宮内大臣一座時代

シャイロックは娘の駆け落ちに激怒するが、**アントーニオの船が沈没して復讐の機会が生まれ**、慰めを見い出す。

バサーニオがアントーニオを救うために急いでヴェニスに向かう。**ポーシャとネリッサも、法学者に変装してあとを追う**ことにする。

バルサザーは、シャイロックがキリスト教徒の血を奪おうとしたために罰せられるべきだと述べ、**シャイロックは全財産を没収**される。

ベルモントに戻った**ポーシャはバルサザーに扮したことを明かし**、ポーシャとバサーニオ、ネリッサとグラシアーノ、ジェシカとロレンゾーにとって、めでたしとなる。

↑ 第3幕第1場 ↑ 第3幕第4場 ↑ 第4幕第1場 ↑ 第5幕第1場

第3幕 | **第4幕** | **第5幕**

第2幕第7場／第9場 ↓ 第3幕第2場 ↓ 第4幕第1場 ↓ 第4幕第1場 ↓

ベルモント。モロッコ大公とアラゴン大公が箱選びに失敗し、ポーシャとの結婚を断念する。

バサーニオが鉛の箱を選ぶと、ポーシャは結婚を承諾して指輪を与える。グラシアーノがポーシャの侍女ネリッサに求婚する。

男装してバルサザーとなったポーシャは、シャイロックはアントーニオの肉を取ってよいが、**血を流してはいけない**と主張する。

バサーニオは、**バルサザーに助けてもらった謝礼に、ポーシャから贈られた指輪**をねだられ、**与えてしまう**。

ポーシャはバサーニオに、ともに過ごせる時間を引き延ばすために箱選びを延期してほしいと頼む。しかし、バサーニオは、ポーシャの肖像画が入った鉛の箱を選び、2人は喜ぶ。バサーニオの友人グラシアーノと、ポーシャの侍女ネリッサも婚約する。この幸福を台無しにしたのは、シャイロックがアントーニオの肉を要求しているという知らせだった。ポーシャが20倍以上の金額にして返済しようと申し出て、バサーニオはヴェニスに向かう。ポーシャは男性の法学者に扮装し、同じく男性の書記に扮したネリッサを伴って、バサーニオのあとを追う。

ヴェニスの法廷では、シャイロックが担保の肉を要求する。裁判官バルサザー（変装したポーシャ）が判決を下すべく到着する。裁判官は、シャイロックが慈悲を垂れるべきだが、法律は彼の主張を認めると言う。シャイロックが嬉々として肉を切り取る準備をする。すると裁判官が、肉を切り取るにあたり、アントーニオの血を流してはならないと告げる。シャイロックは茫然として、バサーニオの金を受け取ることにするが、裁判官は容赦しない。ヴェニス市民を脅かす異邦人として、シャイロックには死刑が突きつけられており、免れるには全財産を手放すしかない、と言う。公爵が赦免し、財産の半分をアントーニオに与えるよう

言い渡す。アントーニオの望みは、シャイロックが死ぬときにジェシカとロレンゾーにその金を遺してほしいということだけだった。裁判官はただひとつの報酬として、ポーシャの贈った指輪をバサーニオから取り上げた。

ロレンゾーとジェシカが愛に酔いしれているところへ、ポーシャとネリッサが帰ってくる。2人の妻たちは、バサーニオとグラシアーノが指輪をよその女に与えたと責める。アントーニオが夫たちの弁護をすると、妻たちは事実を明かす。ポーシャがアントーニオの船の無事を知らせ、ネリッサはロレンゾーとジェシカにシャイロックの新たな遺言状を渡す。》

ヴェニスの商人

背景

テーマ
偏見、復讐、正義、金、愛

舞台
イタリアの都市ヴェニスおよび架空の町ベルモント

材源
プロットの中心となる肉の担保と箱の物語は民話から取られている。シャイロックの人物造形にヒントを与えたものは次のとおり。

14世紀 イタリア人ジョヴァンニ・フィオレンティーノの散文物語集『イル・ペコローネ』

1589年 クリストファー・マーロウ作『マルタ島のユダヤ人』

上演史
1605年 カトリックの祝日〈懺悔火曜日〉に、ジェイムズ一世のために本作品が演じられた。

1959年 イスラエルでタイロン・ガスリー演出の舞台を上演。シャイロック役はアーロン・メスキン。舞台設定は現代。シャイロックを大金持ちの金融業者として演じた。

1970年 ロンドンのナショナル・シアターでローレンス・オリヴィエが、なんとか社会に同化しようとするユダヤ人としてシャイロックを演じた。舞台が1880年代のヴェニスに設定された。

1992年 批評家ジョン・グロスが著書『シャイロック』で、この劇のユダヤ人の扱いに「永久的な冷え冷えした空気」を感じると述べる。

2004年 マイケル・ラドフォード監督が映画化。シャイロックをアル・パチーノ、アントーニオをジェレミー・アイアンズ、ポーシャをリン・コリンズが演じている。

シェイクスピアの作品のなかでも『ヴェニスの商人』ほど、観客を落ち着かなくさせるものは少ない。物語には2つの古い民話が組み込まれている。借り手に1ポンドの肉という法外な返済を求める残酷な高利貸しの話と、3つの箱を使った箱選びによって真実の愛を見い出す王女の話だ。『ヴェニスの商人』では若い恋人同士が結ばれて、ほとんどの登場人物にとってハッピーエンドとなる。ポーシャは、慎み深く愛情豊かだが、法廷の場面では才気縦横にして辛辣でさえある魅力的なヒロインだ。しかし、高利貸しのシャイロックは、演じるにあたってユダヤ人らしさが決め手になる人物で、不本意な結末を迎えるため、観客も役者も胸の奥に不安を抱えたまま終わる。

既成概念によるユダヤ人像

その不安は、この劇が反ユダヤ主義なのかどうかわからないところにある。強欲な守銭奴で高利貸しのシャイロックは、否定的な既成概念どおりのユダヤ人だ。

16世紀、ヴェニスのユダヤ人はゲットーに隔離されていた。シャイロックもここに居住させられたことだろう。これは17世紀初めのヴェニスの地図。ゲットーは星印で示されている。

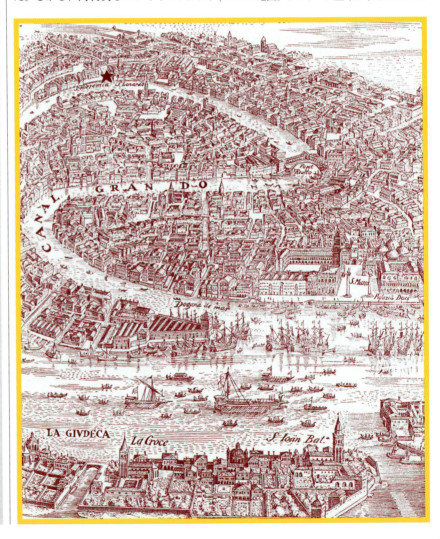

そうしたユダヤ人像は、作品が書かれた1597年頃までにできあがっていた。実際クリストファー・マーロウは1590年頃、同じように否定的にユダヤ人を描いた『マルタ島のユダヤ人』で大当たりを取った。シャイロックと、マーロウのユダヤ人バラバスには明らかな類似点がある。バラバスはシャイロック同様、美しい一人娘をもつ男やもめで、娘は父親の〈誤った〉ユダヤ主義を拒否してキリスト教に改宗する。だが、ユダヤ人はずっと昔にイングランドから追放されていたため、どちらの作品も作者の体験に基づいて書かれたものではないはずだ。その結果、バラバスもシャイロックも、型にはまった陳腐な悪党とみなされたと思われる。

何世紀ものあいだ、『ヴェニスの商人』が、既成概念にとらわれた否定的なユダヤ人像を強調して、繰り返し演じられてきたことは確かだ。もともとこの芝居は喜劇仕立てで、シャイロックは御伽噺に出てくるような〈やっつけるべき悪いやつ〉として演じられたようなのだ。しかし、1930年代末にはナチスドイツで、ユダヤ人迫害を正当化する手段として意図的に上演され、雲行きはさらに悪くなる。こんなことになった責任はシェイクスピアにあるのか、作品を悪用する者にあるの

かで批評家の意見は分かれる。作品に込められた微妙なニュアンスを読み取れば反ユダヤ主義の作品でないとわかるとしてシェイクスピアを擁護する批評家もあれば、シェイクスピアの時代背景を考慮すべきだと言う者もある。今日のように政治的な正しさを気にしたり、人種差別はいけないと考えたりする者は少なかったからだ。シェイクスピアは『オセロー』と同様に、異国の物語のなかの人物を描いているのだ。問題となるのは、今日の私たちにとってなのである――すなわち、こうした既成概念がもたらす危険を認識する私たちが、シャイロックのような登場人物をどう見るかということだ。

偏見の犠牲者

ホロコースト以後、本作品を上演する際、シャイロックを単なる悪役として描く危険性が敏感に意識されることが多くなり、代わりに民族的、宗教的な偏見の悲劇的犠牲者とみなされるようになった。異端者とされるシャイロックは、ヴェニスのキリスト教徒たちから侮辱され、娘からは財産を取られて見捨てられ、最後には富も名誉も失ったうえ、キリスト教に改宗を強いられるという屈辱を受ける。本作品にこうした悲劇が見い出せるのは、劇作家としてのシェイクスピアの力量ゆえだ。シャイロックは有名なせりふで、それまで受けてきた虐待について毒づいている。「私がユダヤ人だからだ。ユダヤ人には目がないのか？ 手がないのか。内臓が、手足が、感覚が、愛情が、喜怒哀楽がないとでもいうのか？ キリスト教徒とどこが違う？ 同じ食い物を食い、同じ武器で傷つき、同じ病気に罹り、同じ薬で治り、冬も夏も同じように暑がったり寒がったりするじゃないか？ 針でついたら血が出よう？」（第3幕第1場）。

このせりふは人種的偏見に対する心からの叫びとして、あるいはすべてのヘブ

ダスティン・ホフマンは、1989年のピーター・ホール演出の舞台でシャイロック役を務めた。かの高利貸しを、虐待にあっても限界まで耐え忍ぶ善良な男として演じた。

ライ人が抱く怒りの悲痛な叫びとして、背景に関係なく、よく引用される。だがおそらく、これはそう単純なせりふではない。シャイロックの「針でついたら血が出よう？」という言葉は、ただユダヤ人にも同じ血が流れていると言っているのではない。*親指を突き刺して血が流れるかを調べるという、当時よく行われた魔女の検査のことにも言及しているのだ。*»

どうしてこんなに憂鬱なんだろう。
嫌だなあ。
君たちも嫌だろうけれど。
アントーニオ
第1幕第1場

でも恋は盲目。恋する者には、
自分でやっている馬鹿げた
振る舞いが見えないんだわ。
ジェシカ
第2幕第6場

>
> 浮いた心はどこに住む？
> 心のなかか、頭のなかか、
> **歌手**
> 第3幕第2場
>

これは人権を主張するせりふだろうか、それとも復讐を正当化しようとするせりふ、つまり、ユダヤ人悪党ならいかにも言いそうなせりふなのだろうか。いずれにせよ当時の観客は驚いたことだろう。陳腐な悪党の吐露する言葉に胸を打たれるのだから。

憂鬱な商人

シャイロックが批評家の注目を集めがちなので、作品名の商人だと思い込まれることがある。だが、もちろんシャイロックは商人ではなく、高利貸しだ。商人とはアントーニオを指している。主に愛の本質を描いたこの喜劇において、アントーニオはどちらかというと脇役だ。

冒頭でアントーニオは「どうしてこんなに憂鬱なんだろう」と嘆く。友人たちが憂鬱の理由を探るがわからない。すぐ次の場面でポーシャが対のせりふを言う。「本当に、ネリッサ、この小さな体には、この大きな世界はうんざりだわ」

世界に暗い気分を投げかける何かがあり、喜劇の展開とは、愛という治癒力によってその気分を晴らしていくことだ。それは『十二夜』も同じで、オーシーノとオリヴィアが陥っていた暗い気分を取り除くのがヴァイオラの役割なのである。どちらの作品でも、ポーシャとヴァイオラというヒロインは、目的遂行のために男装しなければならないのだが、変装により自由に解き放たれると、本来の輝きを表す。両方の作品に登場する人間嫌いの人物──『十二夜』のマルヴォーリオ

>
> 今晩は、なんだか、
> 調子の悪い昼のようね。
> **ポーシャ**
> 第5幕第1場
>

と『ヴェニスの商人』のシャイロック──が他の登場人物の幸福から取り残されて劇が終わるという点も共通する。

では、この暗い気分の理由は何だろう。シェイクスピアが劇の舞台を当時のヨーロッパの商業の中心地ヴェニスに設定したのも、商人に焦点を当てたのも、偶然ではあるまい。世界から喜びを奪ったのは、絶え間ない金の探求と、金に左右される人間関係なのではないか。娘のジェシカに出ていかれたとき、シャイロックがまず考えたことは財政上の損害だった。また、この物語は、そもそもバサーニオがポーシャに求婚するため、借金が必要になったことから始まっている。

人生の価値

3つの箱選びで、ポーシャが真実の愛を見い出すのは、高価な金や銀の箱ではなく、粗末な鉛の箱のなかだ。バサーニオが正しい選択をしたとき、ポーシャは自分が持っているのは金銭的な価値ではないと説明する。「私のすべてをかき集めても大したものにはなりません。世間知らずで、教養もなく、経験もない。それでも幸せな

2007年のダルコ・トレズニヤック演出で、舞台は未来に設定された。終幕で、新婚夫婦たちの未来も危うく、苦しむのはシャイロック（F・マーリー・エイブラハム）だけでないことがほのめかされる。

ことに、年をとりすぎて学べないわけでは」ありません、と（第3幕第2場）。

そんなポーシャは、シャイロックにとってまったく価値のない存在となるのだろう。金がなければ人生も終わり、生きる意味もない。罰として全財産を没収すると公爵に脅されると、「いや、命でもなんでも取ればいい」とシャイロックは悲痛に叫ぶ。「生きるすべを取り上げられたら、命を取られたも同然だ」（第4幕第1場）。

しかし、ヴェニスのキリスト教徒たちだって、金の出入りに執着しないわけではない。ハッピー・エンドとなるためには、お金の世界であるヴェニスをすっかり離れて、ベルモントにある楽園のようなポーシャの家に逃げ込まなければならない。そこで初めてロレンゾーとジェシカは、本当の豊かさが美しい夜や美しい音楽にあることを知る。「空がまるで光輝く黄金の小皿でぎっしり覆われた床のようだ」（第5幕第1場）。なくしたはずの船が無事だったといううれしい知らせをアントーニオが受け取るのもベルモントである。どういうわけかポーシャが手に入れた手紙にそう書いてあり、まちがいないとポーシャは請け合うのだ。だが、この幸せには、犠牲が伴った。ヴェニスでは、

ヴェニスの友人たち

```
グラシアーノ ←友人→ アントーニオ ←友人→ ロレンゾー
   ↕恋人同士              ↕友人              ↕恋人同士
  ネリッサ              バサーニオ            ジェシカ
                    バサーニオの              ↓娘
                    借金の保証人
   ↓侍女で腹心           ↓
  ポーシャ   ←法廷で負かす→ シャイロック ←借金をする← バサーニオ
```

■ キリスト教徒　■ ユダヤ人

孤独な敗残者シャイロックが恥をかかされ中傷され、ほとんどの金を失っていた。そればかりか、キリスト教徒となった娘は家を出て、彼が死んで遺産を相続する日を待っている。エリザベス朝時代の観客はこの結末を、ユダヤ人シャイロックの当然の報いと受け止めたかもしれない。だが、シェイクスピアは、シャイロックの転落を人間なら誰にでも起こり得ることとして表現したのだ。■

悪魔として描かれたユダヤ人

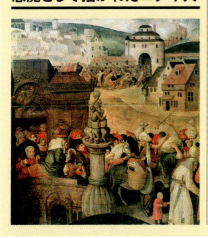

1290年以来ユダヤ人はイングランドから追放されていたが、1655年になると、ユダヤ教ラビのマナセ・ベン・イスラエルが、オリバー・クロムウェルの政府からユダヤ人復帰の承諾を得た。エリザベス朝時代のロンドンにはほんのわずかのユダヤ人はいたが、死刑を恐れて信仰を公にすることができなかった。

1590年代ロンドンにいたユダヤ人は主にマラーノ――ポルトガルとスペインで改宗を強いられたユダヤ教徒の子孫――であり、そのなかには女王の侍医ロドリゴ・ロペスもいた。彼は女王の毒殺を企てたと告発され、1594年に絞首ののち四つ裂きの刑に処された。ロペスから発想を得てシャイロックが生まれたとする学者もいるが、シェイクスピアは否定的な役のモデルには事欠かなかった。マーロウのバラバスはモデルのひとつだ。キリスト教が高利の金貸しを禁じ、ユダヤ人が長いあいだその役を担ってきた。偏見が広まったのは、キリストを裏切ったのはユダヤ人だと非難されているせいでもある。ユダヤ人はペストの流行や魔女との結託の罪などを負わされ、いろいろな方法で悪魔として描かれた。

名誉など紋章にすぎない

『ヘンリー四世・第一部』（1596-1597）

ヘンリー四世・第一部

登場人物

ヘンリー四世 　イングランド王。またの名をボリングブルック。

皇太子ハリー 　「ハリー」は「ヘンリー」の愛称。ヘンリー四世の長子。ハル王子とも。

ウスター伯 　反乱軍の武将たちのリーダー。

ノーサンバランド伯パーシー 　ウスター伯の兄。反乱軍のメンバー。

ヘンリー・パーシー 　ノーサンバランド伯の子。またの名をホットスパー。

ケイト 　ホットスパーの妻、パーシー夫人。

サー・ジョン・フォールスタッフ 　悪名高い騎士。ハル王子の酒飲み仲間。

クィックリー 　ロンドンはイーストチープの居酒屋ボアーズヘッドの女将。

オーウェン・グレンダワー 　ウェールズの貴族。モーティマー夫人の父。

モーティマー夫人 　グレンダワーの娘。エドマンド・モーティマーの妻。

エドマンド・モーティマー 　マーチ伯。ホットスパーの義弟。

サー・リチャード・ヴァーノン 　シュルーズベリーの戦いの後に処刑される反乱軍のひとり。

サー・ウォルター・ブラント 　王に忠誠を尽くす貴族。パーシー親子と戦って死亡。

ネッド・ポインズ 　フォールスタッフの仲間。

ヘンリーは北部および西部の反乱軍のせいで聖地への十字軍遠征を先送りしなければならないことを知る。

ハルが独白で、自分の悪評と、汚名返上を狙う長期的な計画について語る。

ギャッズヒルでハルとポインズが、フォールスタッフとその仲間から金を盗み返す。

第1幕第1場　　第1幕第2場　　第2幕第2場

第1幕

第1幕第2場　　第1幕第3場

ネッド・ポインズが、ケント州ギャッズヒルで旅人や巡礼者から金品を奪う話にフォールスタッフを誘い込む。

ウスター伯とノーサンバランド伯が、いきり立つホットスパーを自分たちの反乱軍勢力に誘い込む。

ンリー四世の治世を悩ませる数々の問題は、ヘンリーがリチャード二世の王位を簒奪して殺害したことから始まっており、先に『リチャード二世』で描かれているとおりだ。罪の意識に苦しみ、それを聖地への十字軍遠征で贖いたいと願うヘンリーだが、ウェールズおよび北部の反乱の脅威にさらされて、いら立ちを募らせながらもイングランドにとどまっている。

ウェールズでは武将オーウェン・グレンダワーが、自分こそ正式な王位継承者だと主張する婿エドマンド・モーティマーを支持して、軍隊を投入していた。北部では、ノーサンバランド伯に率いられてヘンリーの即位を手助けした領主たちが、所領をヘンリーに着服されることに懸念を抱く。ヘンリーはすでに、ホットスパーに身代金目的で捕らえられたスコットランド人捕虜の引き渡しを要求していた。ヘンリーに最後通牒を突きつけられ、激しやすいホットスパーはさらに怒りを爆発させる。領主たちはこの若者の怒りを利用し、反乱軍勢力にホットスパーを誘い込む。ヘンリーの忘恩に腹を立てた人々は、モーティマーならびにスコットランド軍と共謀してヘンリーに対抗する計画を練る。

ヘンリーの息子のハル王子は、父親の頭痛の種だ。皇太子としての責務を避け、

宮内大臣一座時代

ウェールズにおいて、**ホットスパーとモーティマーとグレンダワーが**、ヘンリー打倒後に領土を**3つに分ける計画を練る**。

ホットスパーは、**グレンダワーも父も必要な援軍を送ってきそうにないこと**を知る。

ヘンリーは反乱軍との**交渉の場につくも**、妥協案は一切提示しない。

反乱軍が再び脅かしてくるので、ヘンリーは息子のジョンを北部へ、ハルを西部に送り込む。

| 第3幕第1場 | 第4幕第1場 | 第5幕第1場 | 第5幕第5場 |

| 第2幕 | 第3幕 | 第4幕 | 第5幕 |

| 第2幕第4場 | 第3幕第2場 | 第4幕第2場 | 第5幕第4場 |

ボアーズヘッドでハルと**フォールスタッフ**が、父国王との**将来の対面の予行演習を行う**。

宮廷でハル王子は**父国王に対し**、ホットスパーと相まみえることで自分が王子にふさわしいことを証明すると**約束する**。

国王軍の味方をする**フォールスタッフは**、**賄賂を受け取って**優秀な兵士たちを軍隊から解雇してしまう。

シュルーズベリーでハルは**ホットスパーと戦ってこれを殺害するも**、フォールスタッフがその栄誉を横取りする。

イーストチープのうらぶれた暗い社会で無為に過ごしているからだ。そこでは王子の父親代わりとも言うべきサー・ジョン・フォールスタッフが、大酒飲みと盗っ人と娼婦らの渦巻く居酒屋宮廷で権勢をふるっている。ハルもどんちゃん騒ぎに加わるものの、観客に向かっての独白で、自分は放蕩息子らしく、欲望にふけるのをやめて王族の務めを果たすことで、よりいっそう明るく輝いてみせると語る。

ハルがいずれ父国王に対面することに備え、居酒屋で予行演習が行われるが、そこでハル役を演じるフォールスタッフは、己の放蕩を人生の祝賀だと弁護する。だが自分の父親役を演じるハルは、そのような堕落行為は命取りだと断じ、いずれフォールスタッフを追放すると告げる。ハルはこの場面で、国王と自分自身の双方の立場で語っているようである。

反乱軍が歩みを速める一方で、ハルは宮廷に戻り、予行演習した父との面会を実際に行う。王子がホットスパーを撃退して名誉を自分のものとすると約束するとヘンリーは安心し、ついには自ら抱いていたのと同じ野望を息子に見い出す。

父子はともに逆徒たちとの交渉の場に臨む。ハルはホットスパーとの一騎打ちを申し出るが、頑固なヘンリーはこれを拒絶し、約束を破ったという反逆者たちの主張を退けて、己の要求を繰り返す。

両軍はシュルーズベリーの戦いで相まみえ、そこでハルはホットスパーと1対1で戦う。ハルはホットスパーを殺害したのち、その高潔さを褒め称える。その後、フォールスタッフの亡骸を見た王子は、高潔さに欠ける友人の死を嘆く。だが、フォールスタッフは死んだふりをしているだけだった。いったんハルがその場を去ると、ずる賢い騎士は、褒美を得ようと、ホットスパーを自分が殺したものとしてその亡骸を運び去る。途中でハルに遭遇し、王子を説得してこの嘘を見逃してもらう。やがてさらなる反乱軍の知らせが届き、ヘンリー四世の政治的困難の解決は第二部へと引き継がれる。》

ヘンリー四世・第一部

背景

テーマ
欺瞞、強奪、名誉、動乱

舞台
ヘンリー四世の宮廷、およびボアーズヘッド、イングランドおよびウェールズの反乱軍陣営、シュルーズベリー

材源
1587年 ホリンシェッド著『イングランド、スコットランド、アイルランドの年代記』

1594年 作者不詳の戯曲『ヘンリー五世の有名な勝利』をシェイクスピアはおそらく知っていたと思われる。

1595年 サミュエル・ダニエルの叙事詩『ランカスター、ヨーク両家の内戦』

上演史
1597〜1613年 舞台は大成功――戯曲は四つ折本で5回版を重ねる。

1600年 第一部と第二部がそれぞれ「ザ・ホットスパー」「サー・ジョン・フォールスタッフ」と呼ばれた。この2人の人気を示している。

1642〜60年 ピューリタン革命時代も、フォールスタッフは『ザ・バウンシング・ナイト』と題された笑劇で舞台化されつづける。

1951年 リチャード・バートンがストラットフォード・アポン・エイヴォンで、英雄的なハル王子を演じた。

1966年 オーソン・ウェルズが芸術作品として映画化した『オーソン・ウェルズのフォルスタッフ（真夜中の鐘）』で監督・主演を果たす。

1982年 トレヴァー・ナン演出のロイヤル・シェイクスピア劇団公演では、ヘンリー四世時代のイングランドを不安定な木材の足場で表現。

王を廃位して名誉などあるわけがない。ヘンリー四世が戴いた王冠は、ノーサンバランド伯率いる無派閥の武将らの助力を得て、ひ弱な王リチャード二世から簒奪したものだ。今やヘンリーは、「ただひとつの道」（第1幕第1場）を突き進む国家として、イングランド統合をもくろんでいる。そうなると、残念ながら武将たちの封建的な勢力が中央集権支配に取って代わることになるため、武将たちはこれを歓迎しなかった。追いつめられた彼らは、北部と西部で反乱を起こす。

ヘンリーにはこれらの武将の支援が二重に必要だった――国境を守るためだけでなく、王権を維持するためにも。彼は王位を継承したとは主張できない。彼の権利は力に頼ったものであり、それゆえに武将たちの支援が必要だったのだ。ヘンリーの王としてのジレンマは、自らが反乱そのものによって王としての合法性を得たというのに、どうすれば合法的に反乱を鎮圧できるかということにある。

政治と騎士道

シェイクスピアは本作品でヘンリーを、中世の君主という実際の姿ではなく、ルネサンス時代の王に作り替えている。王冠のもとに国民国家を築こうとするヘンリーの企ては、実際にはもっとのちのテューダー朝の計画であり、政治家の戦

> 俺の悪事は策略だ。
> 人々が思いもしないときに
> あっと言わせて、
> 時をとりもどすのだ。
> **ハル王子**
> 第1幕第2場

> 我が国は揺れ、
> 心痛で弱っている。
> **ヘンリー王**
> 第1幕第1場

略である。このような抜け目ない策略は、前王リチャード二世の宮廷が基盤としていた騎士道的名誉の規範（紋章や礼儀に関わるもの）をすっかり無視するものだ。

反乱軍の人々は、リチャードを完璧な王として記憶している。彼らはリチャードが利己的でイングランドを顧みなかったことを都合よく忘れてしまい、理想を破壊したとして強奪者ヘンリー四世への不満を募らせる。この騎士道精神の幻想が若きホットスパーの想像力をかき立て、名誉あるところならどこへでも追い求めるという行動に出させる。「青白い顔の月から輝く名誉を奪い……溺れた名誉をその髪を摑んで引きあげてみせる」（第1幕第3場）。だが名誉に手が届かないという事実が、名誉の儚さを示している。

老人と若者

こうしたありもしない過去とヘンリー四世治世下の冷酷な現在との軋轢は、父子関係を通して表現される。過去を回復させたがっている有力な武将ノーサンバランド伯とウスター伯は、勇ましき親族ホットスパー青年を喜んで自分たちの味方につける。理想主義的なホットスパーの政治に対する純真さを利用できるとみたのだ。だが2人はホットスパーを政策決定から巧みに遠ざける。王の言葉を疑う2人は、王の出す和平条件をホットスパーには知らせないのだ。だが結局、信頼に値しないのはノーサンバランド伯のほうだった。彼とグレンダワーは、ホッ

トスパーがシューズベリーの戦いの前に絶対に必要だった援軍を送らなかった。ホットスパーは、そのおかげでさらに「われらが偉大な企みにいっそう大胆に取り組める」(第4幕第1場)といつもどおり何食わぬ顔をして論じる。だが、ひたむきな勇猛さは政治戦略の代わりにはならない。そして、その結果は死だ。

ヘンリーはホットスパーのようになれないと自分でわかっている。ホットスパーには騎士らしい美徳があるが、ヘンリーは王冠を手に入れたときに騎士的美徳を捨てたのだ。この点で、「名誉が語られるとき名前の挙がる息子」(第1幕第1場)であるホットスパーは、ヘンリーが失った理想であり、望んでやまない息子像なのだ。自分の息子であるハル王子は反抗的な若者であり、ヘンリーはこれを改心させなければならない。というのも、気高い継承者がいてくれたら、簒奪した王位の継承が正統なものとなり、イングランドの真の秩序を取り戻せるからだ。

ところが今、ハルは破天荒な生き方をしている。窮屈な宮廷から離れて、イーストチープの居酒屋でどんちゃん騒ぎをし、暴飲暴食、好色、浪費に耽る。そのすべてを体現しているのが、開けっぴろげで自由気ままな太っちょ、フォールスタッフだ。肉体的にも道徳的にも、そして精神的にも無秩序の典型にして、時折はめをはずす人物だ。ホットスパーが本物の名誉だとすれば、フォールスタッフはその名(偽の支え)が暗示するとおり、

ロイヤル・シェイクスピア劇団上演の1951年の舞台で、リチャード・バートン(中央)は超然として英雄的なハル王子を演じる。批評家は、バートンの目がハル自身の運命について先見の明を持ちつづけているように見えたと評した。

検閲

サー・ジョン・フォールスタッフ(上写真の右、2014年のロイヤル・シェイクスピア劇団公演のアントニー・シャー)は、シェイクスピアが創作したなかでも最も下品な人物のひとりである。その喜劇的毒舌は、長い伝統のある舞台での「啖呵切り」の一面を成す。だが16世紀末までに、これが次第にピューリタンの感情を害するものとなってきた。シェイクスピアは当初フォールスタッフをサー・ジョン・オールドカースルと名づけ、それがプロテスタントの殉教者の名前でもあったことからトラブルに巻き込まれたことがあった。憤った宮内大臣(オールドカースルの子孫)がシェイクスピアに対し名前の変更と謝罪を要求したのだった。

俳優たちはきれいな物言いをするよう圧力をかけられ、1606年の〈役者の罵詈雑言を禁じる条例〉で、舞台上での下品な言葉や罵りは公に全面禁止となった。それ以降、戯曲からはいかがわしいせりふや反宗教的な言葉がすべて取り除かれ、その効力は20世紀までつづいた。最も徹底的な浄化はおそらく1818年トマス・バウドラー編集の『ファミリー・シェイクスピア』であり、削除部分があまりにも多かったため、いくつかの戯曲、特に『オセロー』は無意味なものになってしまった。

対極となる存在だ。彼は、名誉など虚しい言葉であり、物質的な利益をいっさいもたらさないものの象徴とみなしている。この点において、フォールスタッフはヘンリーのパロディーである。機知と小ずるさが彼の武器で、政治的な狡猾さは王の武器。そして2人とも泥棒なのだ。

3つの世界

シェイクスピアは、ホリンシェッドが詳述したヘンリーの「乱世」の記述を利用して、独自の物語を構築したが、筋の大半は自身の創作によるものである。その結果、作品は密に構成され、悩める君主、野心を抱く武将たち、反抗的な跡継ぎの関係に焦点を当てた三部構成の物語となっている。本作品は観客に対して、宮廷、反乱軍の陣営、ボアーズヘッドという明確な3つの世界を示す。前2か所が歴史的な時間を示す一方で、3つ目の居酒屋は記録された歴史に代わって完全に創作された喜劇であり、引き立て役を果たす。そこは反逆の場であるとともに、あべこべの宮廷でもあり、前2か所に対して秩序を覆すような視点も提示する。フォールスタッフの信条はヘンリーと同じだが、私生活の領域に適用されるものであることは第1幕第2場でわかる。2人の対照を場面転換で明確に表す演出家もおり、宮廷から立ち去る人々が居酒屋に入っていく人々とすれちがい、フォールスタッフがヘンリーの玉座だったところに座るという演出もある。宮廷が派閥優先の深刻な場であるのに対し、居酒屋では法律は楽しげに破られ、名誉はからかわれる。そして、イーストチープの居酒屋がひどい状態にあるのはヘンリーの宮廷の病み具合のパロディーとなっている一方、フォールスタッフは権力よりも快楽に貪欲なことを示している。

ハルの運命

ハルはイーストチープで過ごすほうを好むかもしれないが、父王とまったく似ていないわけではない。親の言うことをきかぬ息子といううわべは、彼がこっそりと場面の終わりに独白する通り、長期計画の一部なのだ。庶民と一緒に無為な時を過ごしているのは、その時が来たら自分自身を立て直すためだ。そんな人物だと見られていなかったゆえに、さらに明るく輝くはずなのだ。観客がこれにどう反応するかに関しては批評家の意見は分かれていて、大半は俳優の演技に左右される。王子はよりよい治世を行うために臣民の生活を知っておくべきなのか？もしそうなら、ハルの計画は賢明だ。それによってハルは、ホットスパーの脇目もふらぬ名誉の追求と、利己的なフォールスタッフの名誉の放棄とのあいだの道を進むことになる。逆に、ハルは父親同様にずる賢く、ひけらかす方法を心得ているという見方もある。騎士道が死に絶えつつあり、「名誉など紋章にすぎない」（第5幕第1場）世界で、ハルは政治家のような策略を巡らせる。イーストチープの世界はハルの役割を広げる。居酒屋の給仕人をからかいながら、ハルは自分が「どんな鋳掛屋(いかけや)にも負けない飲みっぷ

騒々しいボアーズヘッドで、フォールスタッフ（ロジャー・アラム）はハル（ジェイミー・パーカー）が踊るのに合わせてリュートを演奏する。2010年グローブ座上演。

> だが、おい、おまえのこの胸には信仰だの真実だの正直だのが入る余地はないね。はらわたと横隔膜でいっぱいだからな。
>
>
> 第3幕第3場

> 教えてやろう。いいか、
> 悪魔を恥じ入らせるには、
> 真実を話すんだ。
> ホットスパー
> 第3幕第1場

りをみせてやれる」（第2幕4場）ことを示す。多層化された居酒屋の場面（第2幕第4場）では、ハルとフォールスタッフが父王との面会の予行演習をするとき、王であることと演技することが最も明確に対比されている。ハルはクッションを王冠に見立てて王を演じながら、フォールスタッフの追放しないでくれという弁明に、てらいのない正直さで答える──「追放する、必ず」（第2幕第4場）。この瞬間がさまざまな可能性に満ちているのは、ハルがこのとき演技をしておらず、追放の脅しが本物だからだ。つづいて聞こえるドアのノックは、ハルの言葉の冷たい現実を強調する。そこで時間がこの喜劇世界に入り込んできて、全員に審判が下ることになるのである。

この政治と演技の対比は、王が息子と実際に会った際に王自身が認めるところでもある。王はハルに、自分がボリングブルックの名で行動していたとき世間の目にさらされるのを控え、人前で礼儀正しく振る舞ったので、ほどなくしてリチャードの支持者を手中に収められたのだと語る。国王は王子があまりにも民衆になじみ過ぎているので、リチャードと同様に崩れてしまうのではと怖れている。だが、ハルにはすでに計画があった。ハルは父王に対し、ヘンリーがリチャードを利用したように、自分もホットスパーを利用して自分の名声を手に入れると約束する。「パーシーは私の代理なのです、陛下。私のために栄誉ある行為をかき集

めているのです」（第3幕第2場）。ハルの言葉の内容は、中世の騎士というよりルネサンス時代の商人のように聞こえる。策士の王子はやがて、ホットスパーの紋章を用いて自分の英雄像を作り出す。

王子とホットスパーは、シュルーズベリーの戦いで相まみえる。舞台では、剣さばきで観客を興奮させる場面だ。ふたりは互角に戦い、最後に互いの剣の技を称えあう。これがホットスパーの死をいっそう感動的にしており、ハルもこう認めている。「さらば、偉大な心の持ち主よ……この体に宿っていた魂は、ひとつの王国に収まりきらぬほどの大きさだった」（第5幕第4場）。

含みのある結末

立ち去ろうとしたハルは、フォールスタッフが近くに倒れていることに気づき、父親代わりだった男に短い別れの言葉を告げる。だが、いったんハルが去ると、太っちょの騎士はハルの別れの言葉にひどく腹を立てて地面から起き上がる。この大詰めの喜劇は結末の色調を様変わりさせる。観客は笑い、フォールスタッフが死んだふりをしていただけだったことに安心する。だが観客はフォールスタッフの死んだふりを、ヘンリーの戦略の成功に対する批評としても受け止めさせられる。王が戦闘で、王の身なりをして王の紋章の楯を持った男たちをおとりとして使ったからだ。その策略は、ヘンリーは偽物の王だとする反乱軍の見方を認めるようなものだった。

フォールスタッフがホットスパーの亡骸を背負い、自分がこの英雄を殺したという作り話を紡ごうと立ち去るとき、観客は物語から完全に騎士道が消えたのを目撃する。そして、フォールスタッフが亡骸を持ち去るのをハルが見たとき、彼はこの老いぼれの嘘に「上塗りをしてやる」（第5幕第4場）と同意するのだが、そのために結末はすっきりしない、いやな感じになる。それは、ハルがまだ過去の自分と決別できず、賞賛に値するとはいえない2人の父とも決別できない兆しとなっているのだ。■

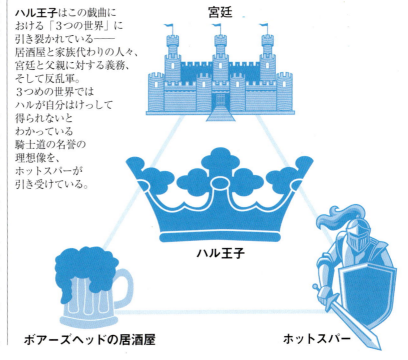

ハル王子はこの戯曲における「3つの世界」に引き裂かれている──居酒屋と家族代わりの人々、宮廷と父親に対する義務、そして反乱軍。3つめの世界ではハルが自分はけっして得られないとわかっている騎士道の名誉の理想像を、ホットスパーが引き受けている。

女房は
陽気になっても、
貞淑でも
いられるんですからね

『ウィンザーの陽気な女房たち』(1597–1598)

ウィンザーの陽気な女房たち

登場人物

マーガレット・ペイジ夫人 最初の「女房」。

ジョージ・ペイジ マーガレットの夫。

アン・ペイジ ペイジ夫妻の娘。

ウィリアム・ペイジ ペイジ夫妻の幼い息子。学童。

アリス・フォード夫人 2番目の「女房」。

フランク・フォード アリスの夫。時折ブルックとして変装する。

ジョンとロバート フォード家の召し使い。

ガーター亭の主人

サー・ヒュー・エヴァンズ ウェールズ人牧師。

ドクター・キーズ フランス人医師。

ジョン・ラグビー キーズの召し使い。

クィックリー夫人 キーズの家政婦。アン・ペイジの取り持ち役。

ロバート・シャロー 治安判事。

エイブラハム・スレンダー ロバート・シャローの甥。アンの求婚者だが、望みはなさそう。

フェントン 若い紳士。アン・ペイジの恋人。

ピーター・シンプル スレンダーの召し使い。

サー・ジョン・フォールスタッフ 戯曲『ヘンリー四世』に登場する太った騎士。ガーター亭に泊まっている。

バードルフ、ピストル、ニム フォールスタッフの従者たち。

シャロー判事が尊大な態度でフォールスタッフに対し**訴訟を起こすと脅し**をかけると、フォールスタッフは嬉々として鹿を密猟したことを認める。

金が入り用になった**フォールスタッフ**は、自分に気があると思っている**ペイジ夫人とフォード夫人**をたらし込むことにする。

 ペイジ夫人とフォード夫人は フォールスタッフから同じ文面の恋文を受け取っていたことを知る。2人は共謀して**フォールスタッフをやっつけ**ることにする。

第1幕第1場　　第1幕第3場　　第2幕第1場

第1幕

第1幕第1場　　　第1幕第4場

シャローが甥の**スレンダー**に、700ポンドの遺産を継ぐことになっている**若き女性アン・ペイジに求愛する**よう命じる。

キーズは、スレンダーがアンに求婚しているのをエヴァンズ牧師が後押ししていることをクィックリー夫人から知らされて、**エヴァンズ牧師に決闘を申し込む**。

ウィンザーでは、シャロー判事が、鹿を密猟したとフォールスタッフを咎める。フォールスタッフが嬉々として罪を認めるので、揉め事は回避される。シャローの甥スレンダーは、金目当てにアン・ペイジと結婚するよう助言される。酒場のガーター亭では、フォールスタッフが有り金の少なさを嘆き、ペイジ夫人とフォード夫人に手紙を送って夫たちの金を手に入れようともくろむ。

医師キーズは、アン・ペイジと結婚したがっているスレンダーの望みをエヴァンズ牧師が後押ししている内容の手紙を見て激怒する。キーズ自身が、アンと結婚する望みを抱いているからだ。

その後、やはりアンとの結婚を望む若者フェントンが到着する。ペイジ夫人とフォード夫人は、フォールスタッフからまったく同じ文面の恋文を受け取り、太っちょの騎士を懲らしめようと決心する。フォールスタッフに解雇されて憤慨したピストルは、フォードにフォールスタッフの夫人への恋文の話をし、一方でニムが同じ話をペイジに語る。ペイジは気に留めないが、激昂したフォードは自ら変装して「ブルック」と名乗り、ガーター亭でフォールスタッフに会うことにする。

フォード夫人が、夫の留守中にフォールスタッフを家に招待する。ブルックはフォード夫人への求婚者のふりをして、自

宮内大臣一座時代

フォールスタッフはフォード（ブルックに変装している）に、**どうすればフォード夫人をたらし込めるかを教えてやろうと**、得意げに話す。	フォード夫人に指示されるとおり、**フォールスタッフは**フォードから逃れようと臭い**洗濯籠のなかに隠れるが、河に投げ込まれる**。	**フォールスタッフは老女に扮してフォード夫人の家から逃げようとする**。フォードはどうしてまたフォールスタッフを捕まえそこなったのか、困惑する。	伝説の猟師ハーンに扮したフォールスタッフは、森のなかで**「妖精たち」に攻撃され、みんなにからかわれる**。
↑	↑	↑	↑
第2幕第2場	第3幕第3場	第4幕第2場	第5幕第5場
第2幕	**第3幕**	**第4幕**	**第5幕**
第2幕第2場	第3幕第1場　　第3幕第4場	第4幕第4場	
↓	↓　　　　　　↓	↓	

クィックリー夫人がフォールスタッフに、**フォード夫人が家を訪れてほしがっている**と伝える。

ガーター亭の主人がエヴァンズとキーズをそれぞれ決闘の場所とは違うところへ連れて行く。

クィックリー夫人はアンの求婚者3人全員を支援するふりをする一方で、アンが若いフェントンを自分で選んだのを励ます。

フォード夫人とペイジ夫人は2人の夫にフォールスタッフのことを打ち明け、**ウィンザーの森で最後のお仕置きをする計画を練る**。

分の代わりに夫人をかどわかしてくれたら金を払うと、フォールスタッフに申し出る。フォードは、女房たちがフォールスタッフにしかけた計画のことを知らぬまま、腹を立てて、夫人と逢い引きの約束をしたフォールスタッフのあとをつける。フォードが家に帰ると、夫人は（計画どおり）汚れた下着の入った洗濯籠に隠れるようにフォールスタッフに言い、籠はそのあと河に投げ込まれる。のちにガーター亭で息を吹き返したフォールスタッフはクィックリー夫人から、すべてがひどいまちがいで、フォード夫人がまた会いたがっていると告げられる。だが、フォードが（ブルックとして）そのことを知ってしまう。フォード

夫人の家で、フォールスタッフは夫フォードから逃れるために、説得されて老女の身なりをさせられる。フォードはそれが自分が忌み嫌う伯母だと思い込み、あざができるほどフォールスタッフを殴打する。

フォード夫人とペイジ夫人はこれまでのいきさつを夫たちに打ち明け、4人は一緒にフォールスタッフに最後に辱めを与える計画を企む。フォールスタッフに伝説上の森の番人ハーンに扮するよう勧め、森で夜に会う約束をする。ペイジはスレンダーがアンと駆け落ちできるようアンは白い服を着ていると話し、それを知らないペイジ夫人は、キーズがアンと駆け落ちできるようアンは緑の服を着て

いると話す。その隙に、アンはフェントンと駆け落ちする。

森でフォールスタッフは妖精たち——実はエヴァンズの指導で妖精に扮した子どもたち——につねられておびえる。ピストルとニムは蠟燭の蠟をたらしてからかう。

キーズは緑服の少年と駆け落ちし、スレンダーは白服の少年と逃げ出す。女房たちはしかけたいたずらを暴露し、フォールスタッフは自分がまったくの笑い者になったことを認める。戻ってきたキーズとスレンダーは自分たちも笑い者になったことを認める。フェントンが、アンとの結婚をすませて到着する。》

ウィンザーの陽気な女房たち

背景

テーマ
愛、貞節、寛容

舞台
ウィンザー、ロンドン近郊テムズ河沿いの町

材源
直接の材源はなく、主に戯曲『ヘンリー四世』からのスピンオフ。舞台がすべてイングランド国内という、シェイクスピアの戯曲のなかでは珍しいもののひとつで、喜劇的要素の多くは当時のイングランドの仲間内のジョークから得ている。

上演史

1597年 おそらく4月にウィンザーにおいて、エリザベス一世の御前で初演。

1623年 ファースト・フォリオで本作品の「みだらな言葉」が一掃される。

1786年 エカテリーナ二世自身によるロシア語の翻案は、非英語圏で本作品が成功した稀な例のひとつ。

1799年 ウィーンの宮廷作曲家アントニオ・サリエリが本作品をオペラに翻案、ジュゼッペ・ヴェルディも同様に1893年に翻案した。

1902年 エドワード七世の即位を祝して、ロンドンで壮大な上演が行われた。

1985年 イギリス人演出家のビル・アレキサンダーが、ロイヤル・シェイクスピア劇団で1950年代のロンドン郊外に設定した「新エリザベス朝様式」で上演。

2012年 ロンドンのグローブ・トゥ・グローブ・フェスティバルでスワヒリ語で上演。シェイクスピアの37作が37の異なる言語で上演された。

『ウィンザーの陽気な女房たち』はすごく楽しいのに、あまり有名でないシェイクスピア劇だ。憎めない悪漢がつけこもうとした女性たちの手によって当然の報いを受けるという物語は、王政復古期喜劇から笑劇やテレビのホームコメディに至るまで、何度も繰り返されてきた喜劇の常套手段である。悪漢はもちろん、シェイクスピアが作り出したユニークな「太っちょ騎士」サー・ジョン・フォールスタッフだ。

郊外居住者のコメディ

だが、特筆すべきは、本作がシェイクスピアのオリジナルであり、その後のあらゆる喜劇の青写真となった点である。本作が書かれた当時、演劇は大半が貴族か、神話か、英雄的人物についてのものだった。「郊外居住者」の中産階級の愚かさを描く喜劇という発想は前代未聞だった。ジョン・フレッチャーやベン・ジョンソンといった若い劇作家は、鋭い「都会風」風刺劇を書いて追随したが、郊外居住者のコメディというのはシェイクスピアの発想だった。

エリザベス一世が『ヘンリー四世』のサー・ジョン・フォールスタッフの人物像をいたく気に入ったので「恋をするフォールスタッフ」を見たがり、それに応えてシェイクスピアがこの型破りな作

> 英語をめちゃくちゃにして、神様を怒らせようっていうんだ。
> **クィックリー夫人**
> 第1幕第4場

> じゃあ、この世は牡蠣(かき)だ。
> 俺が剣でこじあけて、
> なかの真珠を頂戴(ちょうだい)するぜ。
> **ピストル**
> 第2幕第2場

品を書いたという噂(うわさ)がある。ただし、この話には信頼できる情報源がない。別の推察によると、本作品は1597年4月にウィンザー城でのガーター騎士団の年次祝賀会に先だって女王の御前で演じられたとか、『ヘンリー四世・第二部』の終幕で語られた「サー・ジョンが出てくるお話のつづき」という約束を果たすために書かれたという話もある。

太っちょ騎士の浮かれ騒ぎ

学者たちは、この物語はフォールスタッフの人生のどの時期に設定されているかという問題について議論してきた。『ヘンリー五世』で報告される彼の死より前であることは明らかだが、『ヘンリー四世』でハル王子とイーストチープで飲んだくれていた日々よりも前なのか、後なのか。おそらくそれはどうでもいい話だ。なぜならシェイクスピアはこの作品では15世紀の歴史的な出来事への言及を割愛しているからである——それはまるでフォールスタッフが彼自身の生きてきた時代から抜け出されて、シェイクスピアの時代の人々のなかに落とされたかのような感覚だ。

フォールスタッフは疑いもなく本作のスターであり、この手に負えない人物が退屈なウィンザーの人々の世界に落ちてきて、混乱を引き起こすところから喜劇が生まれている。彼はこの片田舎を騎士の身分を利用して言葉巧みに支配してや

ろうと思うのだが、そうは問屋が卸さない。簡単にカモになりそうに思えた柔順な女房たち、ペイジ夫人とフォード夫人が、すばやく形勢を逆転させて、フォールスタッフは何度も何度も恥をかかされるのだ。

フォールスタッフが人々を魅了するのは、底抜けの楽天主義で幾度も挫折から復活するからだ。最後に森のなかで完全な笑い者になったときでさえ、へらず口を叩く――「俺は、英語もろくに話せねえ野郎に馬鹿にされるようになっちまったのか」（第5幕第5場）。ほかの男性登場人物が現在の観客にはわかりにくい言葉遣いをするなかで、フォールスタッフのウィットはいつも輝いている。

支離滅裂なせりふ

言葉の滑稽なはき違えや発音の誤りが数多く出てくる――しばしば猥雑な表現だ。クィックリー夫人が「あの方も召し使いをしかってましたよ。erection（勃起）をまちがえたって」（erectionはおそらく〈direction 方角〉のまちがい）と残念がるのに対し、フォールスタッフも残念そうに「確かに俺も、馬鹿な女におだてられ、立っちまったのはまちがいだった」（第3幕第5場）と答える。一方でヒュー・エヴァンズがウィリアム少年にラテン語を教えるとき、呼格（vocative）ではなくfocative（卑猥な意味がある）の話をして、こう語る。「よいかな、ウィリアム、focativeがカレットだ（欠如している）」――それに対してクィックリー夫人は知ったかぶりでこう返答する。「キャロットってニンジンね」（第4幕第1場）。

劇の大半は、この町を支配する女房たちを描いている。容易に騙されたりせず夫たちから尊敬されてしかるべき夫人たちである。大いなる遊び心も持っているが、楽しんだからと言って評判を落としたりはしない。良き女房であるために、憂鬱な修道女になる必要もつまらない淑女になる必要もないのだ。ペイジ夫人が言うとおり、「女房は陽気になっても、貞淑でもいられるんです」（第4幕第2場）。

2008年のロンドン・グローブ座での公演では、クリストファー・ベンジャミン演じる自己欺瞞に満ちたフォールスタッフは、自分が「誘われている色目」を見たと信じている。

愛の勝利

だが、夫たちの謝罪とフォールスタッフの恥とで女房たちが頂点に立ったにもかかわらず、フェントンとアンが愛こそ真の勝利者であると示したことに女房たちは驚く。女房たちが男たちを懲らしめ、ペイジ夫妻が娘のアンに望まない結婚をさせようと手はずを整えているあいだに、アンはフェントンと駆け落ちしていたのだった。「あなたがたは、愛のないところにむりやりアンを結婚させようとしました」（第5幕第5場）、フェントンはそう語り、自分たちの恋愛結婚がアンを「強制された結婚がアンに与えたであろう、呪われた不敬な長い歳月」（第5幕第5場）から救うと強調する。このメッセージは、今日でも胸に響くものである。■

真夜中の鐘を聞いたもんだ

『ヘンリー四世・第二部』(1597-1598)

ヘンリー四世・第二部

登場人物

噂 劇の口上役。

ヘンリー四世 イングランド王。

皇太子ハリー ヘンリーの長子。ハルの名でも知られる。のちのヘンリー五世。

ウォリック伯、サリー伯、ウェストモーランド伯、ハーコート、ガワー、サー・ジョン・ブラント 王の支援者。

ランカスター公ジョン、グロスター公ハンフリー、クラレンス公トマス ハルの弟の王子たち。

イングランド高等法院長 フォールスタッフの強敵。

ノーサンバランド伯パーシー 反乱軍の武将。

ヨーク大司教スクループ、バードルフ卿、モウブレー卿、ヘイスティングズ卿、サー・ジョン・コルヴィル 反乱軍の貴族たち。

サー・ジョン・フォールスタッフ ハルの酒飲み仲間。

ネッド・ポインズ、バードルフ、旗手ピストル フォールスタッフの仲間。

クィックリー夫人 居酒屋ボアーズヘッドの女将。

ドル・テアシート 娼婦。

ケイト ヘンリー・パーシー（ホットスパー）の寡婦。

ロバート・シャロー グロスターシャーの治安判事。

サイレンス シャローの同僚。

「噂」が嘘と欺瞞という、この劇のテーマを紹介する。

高等法院長が、ハル王子を悪事に引きずり込んだとしてフォールスタッフを叱責する。

ホットスパーの寡婦が、反乱軍を強化するよりもスコットランドに逃げるようホットスパーの父を説得する。

↑ 序幕 | ↑ 第1幕第2場 | ↑ 第2幕第3場

第1幕 | **第2幕**

第1幕第1場 ↓ | 第2幕第1場 ↓

ノーサンバランド伯はホットスパーの死を知り、再び反乱を起こすことに合意する。

フォールスタッフはクィックリー夫人との約束を反故にしたことで告訴されるものの、彼女をうまくなだめすかしてさらに金を借りる。

上役の「噂」が、老ノーサンバランド伯の耳に入ろうとしている嘘をばらすところから、舞台が始まる。ホットスパーがシュルーズベリーの戦いでヘンリー四世の軍を打ち破ったという嘘だ。この吉報はノーサンバランド伯のもとに届くが、直後にそれを否定する真実の知らせが届く。すなわち、ホットスパーは殺され、反乱軍は敗走、そして国王軍が伯爵のいる北部に向かって行進しているのである。ノーサンバランド伯は嘆き悲しみつつも、ヨーク大司教の軍勢に合流して、新たな戦いを挑むことに同意する。

だが、軍勢が合流するまでにノーサンバランド伯はスコットランドへ逃げてしまい、仲間の反逆者たちは窮地に陥る。反乱軍は和平交渉に応じてジョン王子に不満を訴え、王子は父王の代理として関係の改善を約束する。モウブレーは確信をもてずにいたが、その他の領主たちはそれぞれの軍を解散して和平に備える。反乱軍がちりぢりになるや、ジョンは反逆者たちを大逆の罪で捕らえ、全員に死刑を宣告する。

欺瞞は至るところで起きる。フォールスタッフはジョン王子とともに北部に赴くべきところを、体力と経済力の衰えの

宮内大臣一座時代　149

眠れない王は
さらなる反乱を心配する。

ゴールトリーの森で、
ジョン王子は和解すると
相手に信じ込ませてから、
反逆者たちを
大逆のかどで逮捕する。

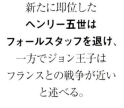
ハルは
心配する高等法院長に、
法律に従って
統治をすると約束する。

新たに即位した
**ヘンリー五世は
フォールスタッフを退け、**
一方でジョン王子は
フランスとの戦争が近い
と述べる。

↑　　　　　　↑　　　　　　↑　　　　　　↑
第3幕第1場　　第4幕第1場　　第5幕第2場　　第5幕第5場

第3幕　　**第4幕**　　**第5幕**

第2幕第4場　　第3幕第2場　　第4幕第5場　　第5幕第3場
↓　　　　　　↓　　　　　　↓　　　　　　↓

旗手ピストルの偉そうな態度が
居酒屋を混乱に陥れ、ハルは
**フォールスタッフが自分のことを
中傷するのを盗み聞きする。**

フォールスタッフは
グロスターシャーで
シャローとサイレンスを
相手に昔話をして、
最も弱い兵士たちを
徴兵する。

ハルは眠っている父王が
死んでいると思い込んで
王冠を持ち去るが、
叱責されると、いつの日か
高潔な王になってみせると
言って父王を安心させる。

ピストルがグロスターシャーに、
ヘンリー四世が他界し、
ハルがついに王となるという
知らせを持ってくる。

せいでロンドンにとどまる。ロンドンでフォールスタッフは、ハル王子を下劣にも悪事に引きずり込んだとして高等法院長に非難され、クィックリー夫人には借金のせいで告訴される。彼はクィックリー夫人にさらに空約束をしてなだめてもっと金を借り、それからハル王子を中傷するが、王子は裏切りとも言えるフォールスタッフの言葉を立ち聞きしていた。イーストチープの下層社会の喧騒（けんそう）と混乱の最中、親の言うことをきかぬハル王子は突然父である王の病床への呼び出しを受け、無責任な時間の浪費を叱責されることになる。一方、自分の死期を察した

フォールスタッフは、出陣の前にドル・テアシートに慰めを求める。彼はグロスターシャーでの徴兵の任を帯びていたが、賄賂を受け取って兵役逃れを認めたために、彼の戦闘部隊はどこからどう見ても最弱最貧だった。

宮廷では、眠れぬ王が、自分が王位につくのを手助けしてくれた武将たちの背信や、あてにならないハルが王になった場合の将来の心配事に悩まされている。王は眠っているときも王冠を枕元に置いておいてほしいと頼む。ハルが到着し、王が死んだと思い込んで王冠を持ち去るので、王はなおさら息子が自分の死を

願っていると思い込む。ハルは父親に対し、自分は父の死を恐れていると断言し、さらにその時が来た場合には正しい治世を受け継ぐと約束する。

ヘンリーは死に、フォールスタッフは宮廷に影響力を持つことを夢見る。だがハルは約束を守る男だった。法を遵守することを高等法院長に約束したハルは、戴冠式で声をかけてきたフォールスタッフに追放を宣告する。フォールスタッフが借金の件で逮捕されると、ジョン王子が噂されるフランスとの戦争について語り、観客はこれからアジンコートの戦いが待っていることを知る。»

ヘンリー四世・第二部

背景

テーマ
時間のうつろい、忠誠と背信、まちがった記憶

舞台
ヘンリー四世の宮廷、ロンドンの居酒屋ボアーズヘッド、グロスターシャー、ヨークシャー州のゴールトリーの森

材源
1587年 ホリンシェッド『イングランド、スコットランド、アイルランドの年代記』

1594年 作者不詳の戯曲『ヘンリー五世の有名な勝利』をシェイクスピアはおそらく知っていたと思われる。

1595年 サミュエル・ダニエルの叙事詩『ランカスター、ヨーク両家の内戦』

上演史
単独上演されることは稀(まれ)で、たいてい『ヘンリー四世・第一部』と共に上演される。

1700年代初期 俳優兼劇場支配人のトマス・ベタートンが脚色し、ロンドンの舞台では人気者のフォールスタッフの出番を増やした。

1821年 ジョージ四世即位の祝賀行事の一環として上演される。

1945年 ローレンス・オリヴィエがロンドンのニュー・シアターで印象的なシャロー判事を演じる。

1966年 オーソン・ウェルズの映画『オーソン・ウェルズのフォールスタッフ(真夜中の鐘)』で、ハルとフォールスタッフおよび父王との父子関係に焦点が当てられる。

2012年 BBCの歴史ドラマ『ザ・ホロウ・クラウン』シリーズが、哀愁漂うフォールスタッフ役にサイモン・ラッセル・ビールを起用する。

フォールスタッフは、ロンドンの教会が鳴らす真夜中の鐘を聞いたことを思い出す。彼が法学院の学生で朝から晩まで忙しくしていた時代の話だ。当時、深夜は若者の自由の時間だった。今、年老いてそのことを思い出すのは、さまざまな終焉(しゅうえん)を指し示す。フォールスタッフの言葉には温かさともの悲しさとが入り混じり、この劇におけるほろ苦さを完璧に捉える。この劇では真夜中の鐘は王や反逆者たち、さらに庶民に対してもみな平等に、人生の終わりと最後の審判を知らせる。

『ヘンリー四世・第二部』の題名は、第一部の続編であることを観客に期待させ、そしてその期待はある程度正しい。1600年刊行の四つ折本の表紙にあるとおり、観客は滑稽な騎士ジョン・フォールスタッフを再び目にして、さらには新しい仲間ピストルに出会い、そしてヘンリー四世の死と英雄的な王ヘンリー五世の即位という歴史をたどる。それは、第一部を大いに楽しんだエリザベス朝時代の観客にとってはすばらしい取り合わせだった。だが、第二部にも喜劇的要素はあるものの、雰囲気はより暗く、歴史的な出来事は勇ましさに欠け、政治的な策略を伴うにつれて汚れていく印象を与える。

> ああ、人の思いの呪わしさよ!
> 過去と将来は最高だが、
> 現在は最悪に思えるのだ。
> **ヨーク大司教**
> 第1幕第3場

戯曲は第一部を観た観客向けに書かれているように見え、そのため2つの作品は、語り口や構成にあえて類似性を持たせて違いを際だたせている。この作品はヘンリー五世の即位を期待させる一方で、主眼は回顧にある。第一部の争点や関係を再び取り上げ、よりゆっくりしたペースと、より含みを持たせた方法で振り返っているのだ。

時間の奴隷

第一部の3つの世界——宮廷、居酒屋、反逆者たち——は、時間の経過と死すべき運命から影響を受けて弱っていく。太っちょのジャック・フォールスタッフはハルの父親代わりにして居酒屋の王だが、肉体的に衰弱しており、第二部の最初のせりふは自分の小便の健康状態について尋ねるというものだ。王自身も、威厳ある礼装を寝室着に着替えて、反乱軍と王位継承の心配で眠れない夜を過ごし、健康を悪化させている。そして反逆者たちもまた、長きにわたる王との紛争が国の健康を害していることを認める——「わが国は病気だ。好き勝手に生きてきたせいで、燃えるような熱病に罹(かか)ってしまった。そのために血を流さなければならない」

魅力的で大胆に演出された、もうろくしたフォールスタッフをイギリス人俳優ティモシー・ウエストが演じ、冷笑的なハル王子をウエストの息子サミュエルが演じた。1997年ロンドン、オールド・ヴィック劇場にて上演。

宮内大臣一座時代

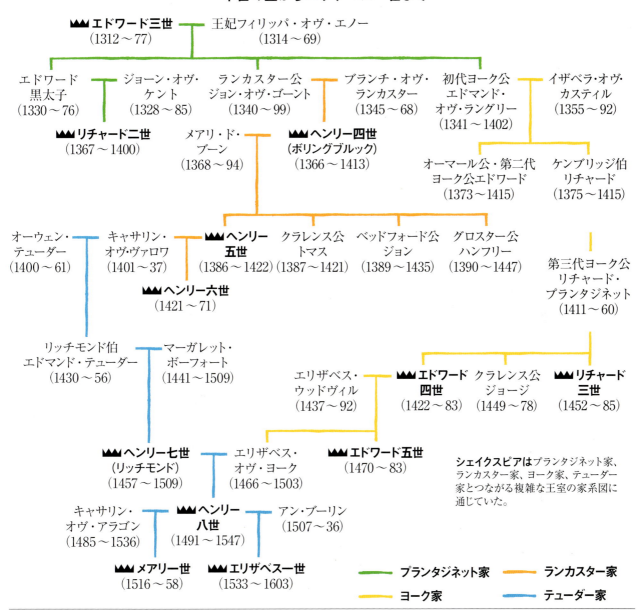

中世の王からエリザベス一世まで

シェイクスピアはプランタジネット家、ランカスター家、ヨーク家、テューダー家とつながる複雑な王室の家系図に通じていた。

（第4幕第1場）。いかに舞台の場面が観客をグロスターシャー州へといざない、青リンゴやいい肉がメニューに載っていようとも、老いた男たちが羊の値段に思いを馳せ、死んだ旧友たちが何人いるか数えたりするようなイングランドは晩年の社会のように見える。

ハルでさえ、蔓延するこの倦怠感と無縁ではない。最初に登場したとき、「ものすごくうんざり」（第2幕第2場）していると認め、ろくでもない生活に飽きている。わがままな厄介者のイメージを保ちつづけることも、父王の病のせいで難しくなってきて、王子は自分の心は父のことを思って「胸中で血を流している」（第2幕第2場）のだとポインズに打ち明ける。王子は、友人たちが自分をどれほど理解してくれているかをも気にしている。

フォールスタッフが将来宮廷で影響力をもつ望みを抱いているのは知っていたが、この場面で王子は近しい仲間のポインズが、その妹のネルをハルと結婚させ友情を悪用するかもしれなかったことを知る。ポインズは、それはフォールスタッフの嘘だとはねつけるが、イーストチープに新たな心配の種が生まれる。

時間は残り少なくなり、肉体は衰え、

> サー・ジョン、サー・ジョン、
> 真実をねじまげる
> あんたのやり方はお見通しだ。
> **高等法院長**
> 第2幕第1場

> わしがこの王冠と出会うのに
> どんなまわりくどい
> 曲がった方法をとったかは、
> 息子よ、神がご存じだ。
> **ヘンリー四世**
> 第4幕第5場

夢は朽ち果てる。時間のせいですべて消えさるのに人はそう気づかずに騙されているということは、戯曲の序幕で「噂」によって述べられている。「噂」はおそらくたくさんの舌で飾り立てられた衣装を着ていただろう。彼はホットスパーの死にまつわる嘘を暴露するだけでなく、我々が自分につく嘘がさらに大きな危険を招くと語る——「すっきり安心できる嘘は、真の被害よりも手に負えない」（序）。

過去を振り返る

登場人物たちは、過去に立ち返ったり見直したりすることにかなりの時間を割いており、現在に合わせるためにほぼ考えなしに歴史を改変している。たとえば、反乱軍の貴族たちは長々とつづく反乱を正当化すべく、リチャード二世の死を持ち出したり、ヘンリーが王になって以来請け合ったのに実行されなかった約束の数々をあげつらう。彼らは、ヘンリーが権力の座につくにあたって自分たちが共謀したことを看過し、王が「記録をすっかり消し去る」（第4幕第1場）ことの意味がまったくわかっていないのだ。心配で眠れなくなっているヘンリーもまた、昔を回想して、貴族たちが実にたやすく寝返ることに驚く。そんなことを考えながらも、ヘンリーもまた自分が王を裏切ったことを忘れている。

一方で、自分がホットスパーを殺害したという嘘をついて得をしたフォールスタッフは、自身を紳士たるべく作り直し、持ち合わせてもいない上品ぶった態度をとってきた。彼は街頭で高等法院長に出くわすが、高等法院長はこの太った騎士がいつもトラブルを脱するときに見せるウィットをおもしろいとは思っていない。そして高等法院長自身がフォールスタッフに、時は短く、最後の審判は避けられないことを警告する。作品の最後に、この高等法院長がフォールスタッフを借金の件で投獄することとなる。

反逆者たちもまた、時間が自分たちに味方してくれないことに気づく。ノーサンバランド伯は息子の死を知るより前に息子の大勝利という嘘を耳にしてしまうし、伯爵自身がスコットランドに向けて出発するという知らせは仲間の貴族たちに届くのが遅すぎて何の意味もなかった。ジョン王子はちょうどこの弱っている状況を利用して、罠をしかける。モウブレーは不安をおぼえるが、ほかの武将たちは王子の言葉を信じ、約束した関係改善の詳細がはっきりする前に早々に軍隊を解散してしまう。貴族たちの軍がいなくなると、ジョンは全員に死刑を宣告する。タイミングがすべてなのだ。いみじくもヘイスティングス卿が「われらは時にしたがうしかない。その時が行けと命じる

言葉と場所

イーストチープの居酒屋は、シェイクスピアがそれぞれ独特な語り口の登場人物たちが行き来する、いわば通過地点である。旗手ピストルの中身のない大言壮語、クィックリー夫人のお涙頂戴的な過去の描写、バードルフの短くそっけない話しぶり、そしてドルの悪態。

対照的に、グロスターシャーに登場する人々は土地に根ざした者として識別される。スタッフォードシャーのジョン・ドイト、コッツウォルド生まれのウィル・スクィール、ヒル在住のクレメント・パークス。イーストチープとは異なり、田舎には、ずっと昔から変わらないという継続性の感覚が強く、人間よりも季節によって物事が動いている感じがある。

フォールスタッフはこのイングランドの田園風景を汚してしまう。女物の仕立て屋のフィーブルが、フォールスタッフの賄賂をとる腐敗した徴兵に対して正々堂々と意見を述べ、自分は王と国のために死ぬことに誇りをもっていると宣言するのは痛快だ。「王様のために仕えなくてもいい人なんておりません……ほんと、ワタクシは卑しい心など持ちあわせません」（第3幕第2場）。フィーブルの素朴な誠実さは、フォールスタッフの企てを恥じ入らせる。それはまた、実はフィーブルが命を捧げようとしている王その人がもっている、計算高い心の卑しさをもはねつけるものでもある。

宮内大臣一座時代 **153**

2011年のサー・ピーター・ホール演出の舞台において、ハル（トム・マイソン）は眠っている父（デイヴィッド・イェランド）が死んだものと思い込み、王冠のサイズが合うかどうかを試してみる。

のだ」（第1幕第3場）と語るように。ジョン王子の奸計のおかげで、ヘンリーの敵は作品の中盤までで全員姿を消す。

継承

シェイクスピアは歴史を改竄し、王子に奸計を用いる役目を与えることで、王をこの策略に巻き込む。年代記では、この奸計はある貴族が用いたものだ。政治的に言えば、ジョンは流血の惨事を避けるために賢明に立ち回ったことになる。とはいえ、場面の終わりでの「我々ではなく神が、今日無血の勝利をおさめたのだ」（第4幕第2場）というジョンの主張は、とても名誉あるとは言えない彼の政略に名誉を与えて戦場での勝利にすり替えてしまっている。ジョンは明らかに父の計算高さを受け継いでいた。フォールスタッフの言葉によれば、ジョンは「さめた血をした小僧」（第4幕第3場）であり、ユーモアのセンスに欠け、酒の味を知らない男だ。太った騎士はサック酒やシェリー酒への長ったらしい賛辞のなかで、冷血漢ぶりが父王そっくりなハル王子は居酒屋のワインにその血を温めてもらったと語る。

ハルはついに父王と面会したとき、弟が好んでいたらしき揉め事を回避する能力を父に見せる。ヘンリーは王冠を枕元に置いており、眠っている父を死んだものと勘違いしたハルは束の間だが王冠を頭に戴いてみた。その後、父子が話をするとき王冠は2人のあいだに置かれる。王子は父ヘンリーが望むとおりの答えをするが、自分が王冠を持ち去ったときの出来事をやや改変して話をする。ハルは、かつて父王が自分のために王冠を甲冑のように利用していると述べていたが今、ハルは父王に対して、王冠を守り抜いてきてその任務に苦しんできたのは王その

父上は無法さを
墓へもっていってくれた。
ハル王子
第5幕第2場

人であると語る。ヘンリーはこのお世辞の虚偽を受け入れ、自分もこの王冠を奪取したというよりむしろ出会ったのだと、まるでリチャード二世の王位簒奪で自分が積極的な役割を果たさなかったかのように述べる。そしてハルは、王冠は正当に父に受け継がれたもので、そうなれば自分が真の後継者だという虚構を確認する。「あなたが勝ちとり、戴き、守り、私に与えてくださった。私の物となるのは当然であり、正しいことです」（第4幕第5場）。父による統治という主たる問題を父子がこのように改変してしまうことは、本作品におけるシェイクスピアの主要テーマ――過去の再読――を例示している。

この忠節の誓いで父親をなだめたことによって、王子は父王から助言をもらう。ヘンリーは、ハルが王になったあかつきには人々を諸外国との戦争に従事させるべきだと忠告する。

陰鬱なフィナーレ

シェイクスピアは本作品を暗い気分で終わらせる。ハルが法の支配のもとに権力を確立したとき、フォールスタッフはついに追放される。ハルによる旧友の拒絶は、第一部の居酒屋での喜劇的な芝居で約束された瞬間をついに実行に移したということだ。ハルの新たな堂々とした態度は、フォールスタッフの気さくな挨拶をも黙らせる。「おまえなど知らぬ、老人よ」（第5幕第5場）。そしてジョンが新たな戦いの噂を述べるとき、観客はヘンリーが死の床で息子に与えた助言を思い出す。この戦争がアジンコートでの勝利で終わること、そしてハルが王冠のもとでの国家統一という父親の悲願を短い年月であろうと達成することを観客は知っている。■

そう見せかけてたのが許せないのだ！騙されないぞ

『から騒ぎ』(1598–1599)

登場人物

レオナート メッシーナ知事にしてヒアローの父。

ヒアロー レオナートの娘で、唯一の跡継ぎ。

ドン・ペドロ アラゴン領主。おそらくドン・ジョンとの戦いから帰還したところ。

ドン・ジョン ドン・ペドロの腹違いの弟、兄とはしぶしぶ和睦を結んだ。

クローディオ 戦役においてめざましい功績をあげた若き伯爵。

ベネディック パデュアの貴族で、ドン・ペドロにも仕えている。独身主義者。

ビアトリス レオナートの姪で、ヒアローの従姉妹。

ボラキオ ドン・ジョンに仕える紳士。クローディオとヒアローの結婚を妨害する計画を考え出す。

マーガレット ヒアローに仕える侍女。ボラキオの計画で怪しげな役割を演じる。

アーシュラ ヒアローに仕える侍女。ビアトリスがベネディックの愛を認める企みを手助けする。

フランシス神父 ヒアローのために、彼女が死んだことにする嘘の手はずを整える。

アントーニオ レオナートの弟。

コンラッド ドン・ジョンに仕える紳士。ボラキオとともに逮捕され、白状させられる。

ドグベリー 夜警を率いる巡査。立派な人々をまねようとする。

レオナートは、戦に勝利を収めた**ドン・ペドロとその一行がまもなくメッシーナに到着すること**を知る。

悪党ドン・ジョンがこの祝祭的なムードを**ぶち壊してやろうと企む**。

ドン・ペドロが男たちと芝居を打ち、ビアトリスが密かに**ベネディックを愛している**という話をベネディックに信じさせる。

↑ 第1幕第1場 　　↑ 第1幕第3場 　　↑ 第2幕第3場

第1幕 　　　　　　　**第2幕**

第1幕第1場 ↓ 　　　　第2幕第1場 ↓

ベネディックとビアトリスが再び丁々発止の舌戦を始め、ドン・ペドロはクローディオのためにヒアローに言い寄ることを承諾する。

仮面舞踏会でドン・ジョンがクローディオに、ドン・ペドロは自分自身のためにヒアローを口説いていると告げる。**この嘘はばれて結婚の同意が得られ、**日取りも決まる。

　ッシーナ知事レオナートのもとに知らせが届く。アラゴン領主ドン・ペドロがまもなく凱旋し、同行した若者クローディオが戦で大活躍したというのだ。ビアトリスはからかいながら別の将校ベネディックのことを尋ね、この劇のテーマとなる2人の愛憎関係を示す。2人の軽妙なやりとりは歓迎の堅苦しさを破り、クローディオがレオナートの一人娘ヒアローに一目惚れをする様と好対照をなす。クローディオは、自分ののぼせ上がった気持ちをドン・ペドロとベネディックに告白する。独身主義を自認するベネディックがその夢のような愛をあざ笑う一方で、ドン・ペドロはクローディオのためにその夜の仮面舞踏会でヒアローから結婚の承諾を得てやろうと言う。仮面舞踏者たちは正体を隠したまま、あてこすりやきわどい冗談、仕返しや嘘を楽しむ。ドン・ジョンがこの機に乗じ、クローディオの不安を煽ってやろうと悪気を起こし、ドン・ペドロは実は自分のためにヒアローを口説いているのだとクローディオにささやく。

　この嘘は露呈し、縁談はまとまり、レオナートは喜んで祝福を与える。あとは初めて言葉を交わせばいいだけとなったクローディオとヒアローがささやきあう一方で、ビアトリスはドン・ペドロからのおざなりな求婚を受け流す。

宮内大臣一座時代　157

| ドン・ジョンは企みの第二弾で、クローディオとドン・ペドロに対し、**ヒアローがふしだらなところを見せよう**と言う。 | 結婚式の朝、**ドグベリーはレオナートに企てのことを伝えようとする**が、失敗する。 | ベネディックがクローディオに決闘を申し込み、**ボラキオが企てを自白する**。クローディオは償いをすると約束する。 | クローディオの新たな花嫁がヒアローだと判明し、ベネディックとビアトリスの愛が公になる。そして、**結婚式が執り行われる**。 |

第3幕第2場　　第3幕第5場　　第5幕第1場　　第5幕第4場

第3幕　　　　　　　　　　　　　**第4幕**　　**第5幕**

第3幕第1場　　第3幕第3場　　第4幕第1場　　第5幕第3場

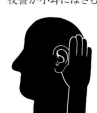 

| ヒアローと侍女たちは**ビアトリスに立ち聞きさせて**、ベネディックがビアトリスへの愛を秘めていると**噂話をする**。 | ボラキオが企てについて**得意げに話す**のを、夜警が小耳にはさむ。 | 婚礼の祭壇の前で**クローディオがヒアローを拒絶し**、父親はヒアローを自分の娘と思えないと言うが、神父が彼女の名誉を回復させる方法を提案する。**ベネディックとビアトリスは、互いに愛を告白する**。 | クローディオがヒアローの〈死〉を嘆き悲しむ。 |

　結婚式まで、ドン・ペドロはもう1つ縁談をまとめようとする。喧嘩ばかりしているビアトリスとベネディックの相性が実はいいことを見破った彼は、2人を引っかけて、互いに愛し合っていることを認めさせようと計画するのだ。場面が2つ用意される。まず、ドン・ペドロとクローディオとレオナートがビアトリスの気持ちの話をしているところを、ベネディックに盗み聞きさせる場面。もう1つは、ヒアローとアーシュラがベネディックの愛情を明かしているところをビアトリスに立ち聞きさせる場面である。
　ボラキオは結婚を妨害する企みをドン・ジョンに教えて、ドン・ジョンの悪意に油を注ぐ。ボラキオは、侍女マーガレットに結婚式前夜にヒアローの服を着せて窓辺に立たせておいて話しかけるから、クローディオとドン・ペドロにその逢い引きの場を目撃させるように、ドン・ジョンに言うのである。
　結婚式でクローディオは、ヒアローがもはや無垢ではないと糾弾して、厳しくはねつける。ヒアローは気絶し、クローディオとドン・ペドロはその場を立ち去る。神父は父親レオナートとは違ってヒアローの無実を信じて、救済プランを提案する。ベネディックはあとに残り、ヒアローとビアトリスのことを心配する。感情をこらえきれなくなったベネディックとビアトリスは互いの愛を告白する。そしてビアトリスは、クローディオを殺してくれとベネディックに懇願する。
　決闘は、ボラキオが企みを自慢しているところを間抜けな夜警が偶然聞きつけたおかげで回避される。夜警たちはヒアローの名誉を回復する真実を明らかにする。神父の計画どおりヒアローの死を信じたクローディオは、彼女の〈墓〉に哀悼の意を捧げて、顔を隠した彼女の〈従姉妹〉と結婚することに同意する。この婦人がヴェールを取ると、それはヒアローにほかならなかった。ドン・ジョン逮捕の知らせと、2組の結婚式前のダンスとで劇は締めくくられる。》

背景

テーマ
社会の掟（おきて）とステータス、愛、結婚、策略

舞台
スペイン王国支配下のシチリア島にある港町メッシーナ

材源
直接の材源はないが、ヒアローの筋は間接的に昔の物語から借りている。

1516年 ルドヴィーゴ・アリオスト『狂乱のオルランド』（イタリアの韻文の英訳、1591年）

1554年 マテオ・バンデッロ『短篇集』（イタリアの散文の仏訳、1569年）

上演史

1613年 本作品がジェイムズ一世の娘エリザベスの結婚を祝して上演される。

1662年 ウィリアム・ダヴナントの『恋人に厳しき掟』は『から騒ぎ』と『尺には尺を』を併せて改作したものである。この作品は王政復古時代の多くの喜劇に影響を与えた。

1861年 エクトル・ベルリオーズのオペラ『ベアトリスとベネディクト』が、名前の由来となった年長のカップルの機知に富んだやりとりを、ジャズを思わせるシンコペーションに乗せて華やかに描く。

1993年 ケネス・ブラナーの映画は舞台をトスカーナの丘に移し、のんびりした休日の雰囲気を帯びたものになっている。

1996年 マイケル・ボイド演出のロイヤル・シェイクスピア劇団の舞台は、鏡や枠、肖像画を多用して、見た目と現実というテーマを浮き彫りにした。

『から騒ぎ』は、さまざまな外見の虚実を示す作品だ。題名 *Much Ado about Nothing* における nothing（空）と noting（気づき）が同じ発音だったことからくる言葉遊びは、この劇を初めて見る観客に「観察」というテーマを与えたことだろう。最初の場での使者の報告は、メッシーナが外見を大事にする社会だということを明らかにする。しかし、外見や報告や噂（うわさ）に基づくものは脆（もろ）く、解釈の齟齬（そご）を生みやすく、簡単に壊れてしまう。

外見と観察

劇のなかの2つの恋愛はいずれも外見と観察に左右される。クローディオがヒアローとの恋に落ちたのは、ヒアローがかわいく、しとやかな女性に見えたからだ。だが、自分の判断に自信がない彼は、自分より年長のベネディックやドン・ペドロに確認を求める。ベネディックは、目にとめることと、見ることを区別する。つまり、知覚とは主観的なものであり、ただ見ただけでは若いヒアローのすばらしい特質などわからないということだ。でも、クローディオの観察によれば、ヒ

> 友情というもの、
> どんなときにも頼りになるが、
> 色恋がからむと話は別だ。
> だから恋する者は自分の舌を使う。
> 惚（ほ）れたら自分で話をつけろ、
> 代理人など信用するな。
> **クローディオ**
> 第2幕第1場

> そうすれば、ヒアローがまるでふしだらであるかのように見せかけることができ、疑惑は確信となって……
> **ボラキオ**
> 第2幕第2場

アローは金では買えぬ貴重なものだ。「この世のすべてを擲（なげう）っても、あれほどの宝石が買えるだろうか？」（第1幕第1場）。心に芽生えた愛についてベネディックから励ましを得られなかったクローディオは、仕方なくヒアローへの思いをドン・ペドロに打ち明ける。ここで領主が真面目に「申し分のない女性だ、あの人は」（第1幕第1場）と主張して、ようやくクローディオは自分の愛を認める。

クローディオのヒアローへの求婚は、非常に形式ばっている。まず、恋人たちは離れた距離から互いを称賛し合う。クローディオは自分でヒアローに言い寄ることはせず、それは領主に任せる。恋人たちは、年長者たちが結婚に同意して父親のレオナートが祝福を与えるまでは互いに会話を交わすこともない。その時点になってもなお、ヒアローにはせりふがない。テクストが大胆にも、人前でクローディオにキスをすることを示唆しているにもかかわらずである。

求婚が形式に縛られたため、クローディオとヒアローは互いを知ることがほとんどなかった。だから、ドン・ペドロは自分のためにヒアローを口説いているという、ペドロの弟ドン・ジョンの奸言（かんげん）を受けて、ヒアローへの信頼が簡単に揺らいでも少しも不思議ではない。クローディオは、ヒアローがドン・ペドロを受け入れたと信じ込む。だが、この話はす

ぐに嘘と見破られ、領主とレオナートによって笑い飛ばされる。ドン・ジョンはそれでも結婚を邪魔しようとして、ボラキオの立てた計画を用いて、ヒアローが結婚前夜に男を招き入れたところをクローディオとドン・ペドロに目撃したと思わせる。マーガレットをヒアローと見まちがえたクローディオは、彼女が不貞を働いたとあっけなく信じ込み、盲目的な崇拝は容易に嫌悪と反感に転じてしまう。

クローディオは形式的な型にはまった求婚をするような男だが、結婚式を中断してヒアローを公衆の面前で拒絶するのもこの男ならではである。ヒアローの部屋の窓辺で誤解したように、クローディオは自分の観察したものをまちがって解釈する。ヒアローを「腐ったオレンジ」（第4幕第1場）として拒絶し、「顔を赤らめるのは、身に覚えがあるからだ。恥じらいではない」（第4幕第1場）と確信する。本当のヒアローを見ることができないまま、クローディオの見方は、貞淑で、純粋で、無垢な人物像としてのヒアローという極端から、だらしなく好色なヒアローという極端へと転換する。クローディオに見えるヒアロー像は、他人が彼に信じさせようとする彼女の姿によって決定づけられていたのだ。だからこそ、その後ボラキオが悪巧みを告白すると、クローディオはまたもあっさりと最初に抱いていたイメージに戻っていけるのである。

企みと真実

「外見」は、クローディオとヒアローの恋愛話を悲劇的にする一方、ビアトリスとベネディックの恋愛話では喜劇的に用いられる。2人は互いに嫌悪しあっているように見えるが、その口論の裏側に、拒絶された愛による傷が隠されている。そのヒントが、2人のからかい合いのなかにある。「あなたはいつだって乗り手をほっぽり出すだめな馬の真似をして終わりにするのね。前からそうだったわ」（第1幕第1場）。

友人たちは、この2人はお似合いのカップルになると確信していて、2つの立ち聞きの場では2人が企みに引っかかって愛する気持ちを認めるよう、報告や噂話が利用される。クローディオ、ドン・ペドロ、それにレオナートは、ビアトリスが激しく恋に落ちている絵を描いてみせる。だが、ビアトリスが冷酷なベネディックにからかわれてはいけないから恋を認めないほうがいいと言うのである。ベネディックは3人が「まじめに話していた」（第2幕第3場）ので、真実を述べていると確信し、ビアトリスの愛に報いようと決心する。結婚に対する考えが変わることを友人たちにからかわれようとも、思いとどまったりはしないのだ。

次にヒアローとアーシュラがベネディックを「イタリア一の立派な紳士よね」（第3幕第1場）と褒めそやす。2人は独身主義者ビアトリスが高慢で侮蔑的で、どんなに完璧な男にもけなす部分を見つけると非難する。もしベネディックの愛を知ったら、ビアトリスは「馬鹿にする」（第3幕第1場）だろう、と。この

ケネス・ブラナーは1993年製作・監督の映画で、アクションを途切れさせないためにせりふをカットしている。スターが散りばめられたキャストには、ケイト・ベッキンセイルやエマ・トンプソン（前列）、そしてブラナー自身（右から2人目）が含まれている。

批判に目を覚まされたビアトリスは「この野性の心をその愛の手で馴らして頂戴」（第3幕第1場）と、心の準備を始める。ベネディックはビアトリスが公正で高潔で聡明な女性であると確信し、ビアトリスのほうはベネディックがふさわしい男と知るための報告など今さら必要としない。ヒアローとクローディオとは異なり、ビアトリスとベネディックが互いのことをよく理解していることは明らかである。

言葉と現実

この劇の言葉は、軽妙な掛けあいとからかい、当意即妙なやりとりが特徴的である。ビアトリスとベネディックは舞台で出会った瞬間（第1幕第1場）から言葉によるフェンシングの試合に参加する。

「ベネディック：これは、わがレイディ・ツンケン！　まだ生きておいででしたか！
ビアトリス：レイディ・ツンケンが死ねるはずないでしょう、シニョール・ベネディックという餌食がある以上？」

ドン・ペドロとその部下たちの会話はかなり気楽なもので、特にベネディックの女性不信と結婚否定に関しては平凡な男同士の冗談が飛び交う。

>
> でも男らしさなんて溶けて
> お辞儀になってしまい、
> 勇気はお世辞になり下がり、
> 男なんて舌先三寸、
> 調子のいいことを言うばかり。
> **ビアトリス**
> 第4幕第1場

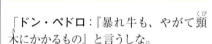

「ドン・ペドロ：『暴れ牛も、やがて頸木にかかるもの』と言うしな。
ベネディック：暴れ牛ならかかるかもしれませんが、このベネディックが気が確かなうちに頸木にかかるようなら、牛の角をひっこぬいて、この額に突き当ててください。そして看板よろしくでかい文字で……『結婚したベネディックあります』と書いてください」（第1幕第1場）」

これはメッシーナの社会に深く根付く、寝取られ男になることへの恐怖感を表している。レオナートすら、娘の父が誰かについて冗談を言う。結婚が寝取られることへの恐れをもたらすために、ドン・ジョンのヒアローに対する非難がたやすく信じられてしまう。結婚式の場で、言葉はウィットに富んだものから計算された侮辱へと転じる。クローディオはまさに結婚式を利用して、ヒアローを拒絶し恥をかかせるのだ。この、拒絶するときのわざとらしさは、ヒアローの墓前での正式な喪の儀式と釣り合っている。ドン・ペドロとクローディオが演奏家たちを帰して2度目の結婚式に向けて立ち去るときのそそくさとした様子は、クローディオの悲しみがどの程度単なる外見なのかを観客に考えさせる。

言葉は社会的平等を築く手段としても用いられる。ビアトリスは男性と会話する際、対等な立場に立つために当意即妙なやりとりをする。マーガレットとドグベリーは、言葉によって目上の者と対等に立てると考えている。マーガレットがベネディックと短い会話を交わす場面（第5幕第2場）で、階級と性差の葛藤という本作品の関心事の多くが凝縮されたよう

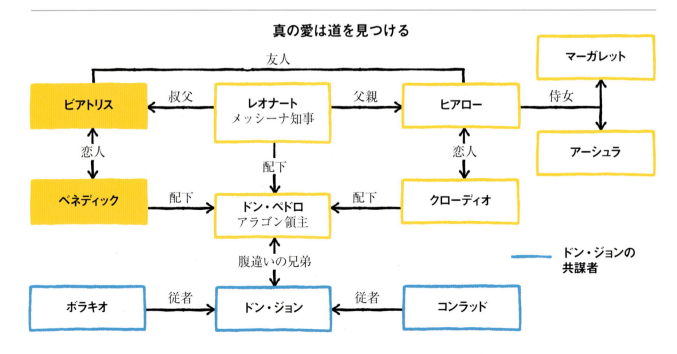

真の愛は道を見つける

ベネディックとビアトリスが交わす冗談の応酬は、本作品の魅力の中核をなす。2007年のロンドン・ナショナル・シアターでの上演では、サイモン・ラッセル・ビールとゾーイ・ワナメイカーがこのカップルを演じた。

な会話に、マーガレットの社会的地位を上げたいという願望が透けて見える。1996年のロイヤル・シェイクスピア劇団の公演では、この時点でマーガレットはヒアローのドレスを着てベネディックに捕まっている。こうした社会的地位を示す外見上の印を身につけうるため、マーガレットは脅威的な存在となれるのだ。だがドグベリー巡査の、上流の人々のように話そうとする努力はみじめなほど失敗する。彼は表面的なことに気を取られるあまり言葉が空虚になる社会の縮図なのだ。

ペアと枠組み

本作品は人物ペアを核として構成されている。レオナートとその弟アントーニオ、クローディオとドン・ペドロ、ボラキオとコンラッド、ドグベリーとヴァージス、といった具合だ。そしてメッシーナは結婚することが掟となっている社会である。ゆえにビアトリスとベネディックをくっつけようというドン・ペドロの計画は、単純に笑えない。あえて独身生活を謳歌してメッシーナの価値観に居心地悪く逆らっている2人の個人を、しっかりと同列に入れようというものなのだ。クローディオとヒアローは、いったんヒアローの無実が証明されると簡単に仲直りする。ところが、ビアトリスとベネディックは、自分たちの愛を認めまいと決心しているかのようだ。最後のせりふでも、ビアトリスはうまく結婚させられることをいまだに拒否しているかのようなことをほのめかす。多くの舞台ではテクスト編纂の伝統に従って、ビアトリスに対する返答「黙っとれ！ その口をふさいでやろう」（第5幕第4場）をベネディックのせりふとし、ビアトリスにキスをさせる。だが、四つ折本や二つ折本ではこのせりふはレオナートのものであり、ビアトリスを従わせるために家父長的な権威を利用したものと考えられる。『じゃじゃ馬馴らし』のように、最後に曖昧さが残る。

最後は、ドン・ペドロだけが独身のまま残る。跡継ぎのいない彼の財産は、非嫡出の弟ドン・ジョンのような者の策謀に対して無防備だ。一匹狼のジョンは、メッシーナのやり方には従わない。言葉遊びの世界で、彼は沈黙を守る。「私は口数の少ない男だ」（第1幕第1場）。演じないジョンは、外見どおりの男である。彼の再逮捕の知らせは祝祭ムードを暗くする。1990年代のロイヤル・シェイクスピア劇団の公演では、ジョンは舞台袖に立ったまま、まるでこの劇の最初に提示された諍いに再び火がついたかのように、ドン・ペドロを見つづけている。■

生きていたとき、
私はあなたの妻でした。
あなたは私を愛してくださったとき、
私の夫でした。
ヒアロー
第5幕第4場

一人のヒアローは恥辱を受けて
死にました。でも私は生きている、
そして、この命にかけて、
私は男を知らぬ純潔な乙女。
ヒアロー
第5幕第4場

もう一度あの突破口へ
諸君、もう一度だ

『ヘンリー五世』(1599)

ヘンリー五世

登場人物

口上役　各幕の冒頭で状況を説明する。

ヘンリー五世　かつてのハル王子。現在は軍人君主。

エクセター公　ヘンリーの叔父。

グロスター公、クラレンス公　王の弟たち。

ヨーク公、ソールズベリー伯、ウエストモランド伯、ウォリック伯　イングランドの貴族たち。

カンタベリー大司教、イーリー司教　教会の高位聖職者。

ケンブリッジ伯、スクループ卿、サー・トマス・グレイ　裏切り者たち。

フルーエリン、ガワー　ヘンリーの軍隊の士官。

ジョン・ベイツ、アレクサンダー・コート、マイケル・ウィリアムズ　イングランド軍の兵士。

ピストル、ニム、バードルフ　イーストチープの居酒屋の常連たち。かつてのハル王子の飲み友達。

ネル・クィックリー　居酒屋の女将、ピストルの妻。

シャルル六世　フランス国王。

皇太子ルイ　シャルル六世の息子。

モントジョイ　フランス軍の伝令官。アジンコートにおいては、ヘンリーへの特使。

使節　ヘンリーに贈り物としてテニスボールを届ける。

イザベラ　フランス王妃。

キャサリン　フランス国王の娘。

アリス　キャサリンの侍女。

大司教たちが、フランスの王位継承権に対する**ヘンリー五世の主張を支持**しようと決める。
↑
第1幕第1場

フォールスタッフが死の床についている一方、ヘンリーのかつての居酒屋の飲み友達が口論する。
↑
第2幕第1場

フランス軍がヘンリーとの戦いに**備える**。
↑
第2幕第4場

第1幕 | **第2幕**

第1幕第2場
↓
ヘンリー五世が、フランス側からの嘲るような**挨拶**を断固としてはねつける。

第2幕第2場
↓
ヘンリーが裏切り者たちの**企み**を暴く。

　口上役が、舞台の限界を大目に見て、これから繰り広げる壮大な出来事を想像してほしいと、観客に訴える。王ヘンリー五世は若い時の放埒を改め、フランスの王位継承権に対する主張が正当であるとカンタベリー大司教に保証される。
　フランスの使節がテニスボールという嘲りのような贈り物を持ってきたとき、ヘンリーはテニスではなく砲撃でフランス軍を打ち負かすと応酬する。
　サウサンプトンでは、口上役がイングランドの若者たちが血気盛んに戦いに臨もうとする様子を語るが、同時に3人の裏切り者がいると警告する。

　ヘンリーの昔の飲み友達が居酒屋で会い、バードルフは、ニムとピストルとの揉め事を煽ってしまう。ニムのかつての婚約者にして居酒屋の女将ネル・クィックリーと、ピストルとが結婚したためだった。ヘンリーは裏切り者たちの正体を暴き、彼らを死刑に処す。ヘンリーに拒絶されてがっくりきていた老フォールスタッフの死をネルが語り、3人の仲間たちはヘンリーに従ってフランスに向けて旅立つ。
　フランスでは、国王シャルル六世とその息子の皇太子が、ヘンリーの若い頃の放埒ぶりを嘲りながら戦いに備えている。ヘンリーの使節を務めるエクセターは、抵抗しないようフランス軍に警告する。

宮内大臣一座時代

バードルフが盗みの罪で捕らえられ、ヘンリーの命令によって処刑される。

戦闘が始まり、ヘンリーはフランス軍捕虜の殺害を命じる。

ピストルがフルーエリンに韮で殴られ、ネルの死を知らされて嘆く。

ヘンリーがキャサリン・オヴ・フランスに求愛する。

↑ 第3幕第6場　　↑ 第4幕第6場　　↑ 第5幕第1場　　↑ 第5幕第2場

| 第3幕 | 第4幕 | 第5幕 |

第3幕第1場　　第4幕第1場　　第4幕第8場　　第5幕第2場

ヘンリー五世がとてつもない脅威をもってハーフラーを包囲する。第3幕第5場で、フランス国王はヘンリーの生け捕りを命じる。

戦闘前夜、ヘンリーがイングランド軍の陣営をお忍びで歩く。

イングランド軍が戦いに勝利する。

フランス側がヘンリーに講和を求め、彼の主張に同意する。

　フランスでヘンリーがハーフラーに攻撃を開始し、住民が降伏しなかった場合の影響について述べて脅す。一方で、バードルフと仲間たちは、戦闘に加わるかどうか話し合う。
　フランスの王宮では、国王の娘キャサリンが英語を学ぼうとしている。国王がヘンリーを非難する一方で、皇太子はフランスの女たちがイングランド軍兵士たちと親しくしていることを責める。
　イングランド軍陣営では、バードルフが盗みの罪で捕らえられ、ヘンリーの命令により処刑される。ヘンリーは、退却するよう説得してきたフランス軍からの伝令を拒否する。ヘンリーはヘンリー・ルロワという人物に変装し、兵士のウィリアムズと戦闘の是非について議論する。翌朝ヘンリーは、敵の5分の1しかいない味方に演説し、自分とともに戦ってくれる者は永遠に聖クリスピアンの祭日に思い出されるだろうと約束する。
　フランス軍が再び攻撃してくると、ヘンリーはフランス人捕虜の処刑を命じ、捕虜を監視していた将兵たちを戦闘に加わらせる。フランス軍がイングランドの子どもたちを殺害したとガワーが報告し、ヘンリーはフランス軍に対し情けは無用と決心する。その日ヘンリーは勝利し、1万人のフランス軍兵士が戦死したのに対しイングランド軍の貴族の戦死者はわずか3名だった。ヘンリーはイングランドへ凱旋する準備をする。
　フランスの王宮では、シャルルがヘンリーを出迎える。ヘンリーは自分の要求が満たされたときのみ和平に同意すると返答するが、そこには王女キャサリンとの婚約も含まれていた。ヘンリーはフランス王女に求愛し始める。彼の拙いフランス語と王女の下手な英語では会話は難しかったが、ヘンリーが王女にキスをしたことで問題は解決する。
　口上役は、のちにヘンリーとキャサリンの息子がヘンリー六世となるものの、彼を取り巻くものが再びフランスを失わせるという運命について詳述する。»

ヘンリー五世

背景

テーマ
戦争、愛国心、王位

舞台
イングランド国内のロンドンおよびサウサンプトン、フランス国王の王宮、フランス国内のハーフラーおよびアジンコート

材源
1548年 エドワード・ホール『ランカスター、ヨーク両名家の和合』
1587年 主たる材源はラファエル・ホリンシェッド著『イングランド、スコットランド、アイルランドの年代記』である。

上演史
1738年 130年ぶりの全幕通しての上演は、イギリスが再びフランスとの戦争に向かうときにロンドンで行われた。
1897年 フランク・ベンソンがストラットフォード・アポン・エイヴォンにおいて英雄的なヘンリーを演じ、とりわけハーフラーの城壁に棒高跳びで飛び乗ったことで知られる。
1944年 ローレンス・オリヴィエ監督・主演で映画化される。英国政府から一部援助を受け、戯曲中の愛国心を強調したものとなっている。
1986年 マイケル・ボグダノフがイングリッシュ・シェイクスピア劇団で、ヘンリーを冷酷な皮肉屋として描く左傾化版での公演旅行を行う。
1989年 ケネス・ブラナーによる映画化で、戦闘場面に砂を噛むようなリアリティがもち込まれる。
2003年 ニコラス・ハイトナーが、『ヘンリー五世』の舞台を現代のイラクに置き換えた作品で、ナショナル・シアターの演出家としてデビューを果たす。

『ヘンリー五世』は、しばしばシェイクスピアの戦争劇だとされる。他の劇と違って、複雑な人物の成長の旅や人間関係を描くところがない。英雄的な若き軍人君主ヘンリー五世がいかに予想を覆して大勝利したかを感動的な戦争詩とともに綴る、単純でスリリングな物語に見える。

かつては、多くの人がこの作品をシェイクスピアのなかで最も愛国心を煽る劇だとみなしていた——イングランド人の小さな〈部隊〉がフランス騎士道の粋を集めたような巨大な軍隊を打ち破るという、イングランドの歴史においても見どころとなる史実を称賛するものであると。すべての中心となるのは、配下の兵士たちを思いもよらない勝利へと導く無比の英雄の華々しい描写だ。その演説は、危機的状況にある軍隊を鼓舞する際にしばしば引用されてきた。最も有名なものに、イギリス首相ウィンストン・チャーチルがヘンリーの演説「数少ない我ら、数少ない幸せな我ら…」（第4幕第3場）を引用して、1940年の〈バトル・オヴ・ブリテン〉において国家を救った「数少ない」戦闘機パイロットに国民は借りがあると述べたものがある。

視点の変化

本作品に対する受け止め方は、戦争や国粋主義熱に対する考え方と併せて、時とともに大幅に変化してきた。現在、批評家や演出家たちはこの劇を過去よりもはるかに慎重に取り扱う。彼らはしばしば軍国主義をパロディー化する体制打破的な政治的メッセージを求め——たとえば劇の舞台を過去のイングランドではな

ローレンス・オリヴィエの士気を高揚させる映画は第二次世界大戦のさなかに制作されたが、ヘンリーを英雄として描くために、バードルフの絞首刑のようなヘンリーの残忍な行動はカットされた。

> 天使のように
> 自省の念がやってきて、
> いけないアダムの本能を
> 叩き出したのだ。
> **カンタベリー大司教**
> 第1幕第1場

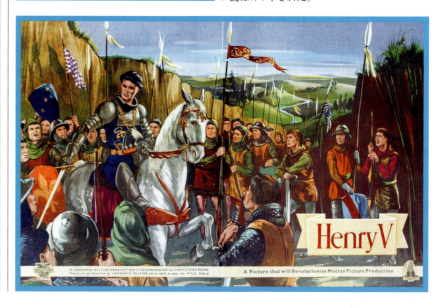

宮内大臣一座時代　**167**

> 君たちは
> 今にもとびかかろうとしながら
> つなぎとめられている猟犬のよう
> ではないか。獲物は目の前だ。
> 己の魂についていけ！
> 突撃してこう叫ぶのだ、
> 「ヘンリー万歳！
> イングランドの聖ジョージ万歳！」
> **ヘンリー五世**
> 第3幕第1場

く、イラク戦争のような緊迫した現代の状況に置き換えたりする。あるいは、作品に暗示されている戦争の犠牲に焦点を当てようとする。さらに踏み込んで、『ヘンリー五世』は読み違えられてきたと指摘する批評家も多い。彼らは、本作品は決して戦争を美化するものではなく、戦争の悲惨さやプロパガンダの力について複雑に探求したものだと述べている。

明らかなのは、この劇が単純なヘンリーの晴れ舞台の物語ではないことだ。物語は、少なくとも4つの異なる視点から語られる。ヘンリーが活躍する場面ばかりではない。観客に各幕への気持ちの準備をさせる口上役もいる。イーストチープの常連たちの試練と苦難もある。そして、ごく普通の兵士たちの苛烈な体験もある。フランス側の視点もある。この多重の視点は、単なるヘンリーの武勇伝よりもはるかに多くの出来事が起きていて、それらが芯にあるヘンリーの物語と絡み合うことを示唆する。

宣言するヘンリー

作品を始める係を務める口上役は、まず劇場体験の虚構を問題として、「この木造のO型」という示唆に富んだ表現を用いる——これは、シェイクスピア時代の円形の木造骨組みの劇場を示す言葉であり、今日正確に再建されているグローブ座もそのひとつだ。口上役はこのような壮大な物語の舞台化にあたって劇場の制限があるとわびるが、この謝罪が気分を高揚させる。「ああ、創造の輝かしい天までたちのぼるミューズの炎よ、舞台を王国となしたまえ。役者を王侯貴族とし、壮大な場面を見守るのは君主がたとせしめたまえ」（プロローグ）。

口上役は謝っているようだが、それと同時にのちにヘンリーが有名な「クリスピアンの演説」で自軍を奮起させるのに劣らぬ情熱で、人々を煽りたてる。「この劇場に、広大なフランスの戦場が入りきるでしょうか」（プロローグ）。口上役はこう問いかける。こういったせりふは、ヘンリーが同じように謙虚なふりをするところから始めて、未来の偉大な記憶となることを約束して自軍の兵士たちを奮い立たせるのと同じ幻想を引き起こす。

軍旗を超えて

序幕での口上役のせりふにつづくのは、英雄の場面ではなく、イングランドの教会指導者2人による怪しげな話し合いである。聖職者たちが論じ合っているのは高徳な話題ではなく、フランスの王位に対するヘンリーの主張を支持することで徴税を逃れようとする秘密の談合

> ここがロンドンの居酒屋だったら
> いいんだけどなあ。
> 名誉なんていらないから、
> エール酒一杯と安全がほしい。
> **小姓**
> 第3幕第2場

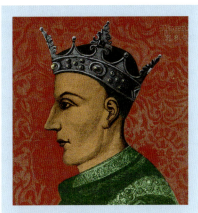

史実としてのアジンコート

『ヘンリー五世』の主眼は「アジンコートの戦い」に置かれている。百年戦争として知られる1337年から1453年まで続いた対立の連続のなかで、この戦いはイングランドの画期的な勝利に終わった。これはイングランドとフランスをそれぞれ支配する一族、プランタジネット家とヴァロア家とがフランスの王座を争う戦いだった。

戦いは1415年10月25日に現在のフランス北部アジンコート近辺で行われた。ヘンリー五世は実際に戦闘に参加した。数で劣勢のイングランド軍だったが、技術も運ももっていた。ヘンリーの軍の射手が長弓を使って1分間に6本の矢を放てたのに対し、フランス軍の射手はより重くスピードに劣る弓を使用しており、さらに鎧（よろい）で動きは鈍いのに、攻撃に際してぬかるんだ土地を選んでしまったのだった。

戦いはシェイクスピアが描いたほど一方的なものではなかったが、捕虜たちの殺害は実際に実行された。そしてこの戦いの影響は、作品が示唆するほど決定的なものでもなかった。ヘンリーがフランス軍との合意に達するまで、さらに5年の戦いを要している。ヘンリーはフランス国王となる前に35歳で没した。

ヘンリー五世

> ああ、戦の神よ、
> わが兵士らの心を鋼としたまえ。
> 恐怖を与えたまうな。
>
> **ヘンリー五世**
> 第4幕第1場

だ。教会指導者たちの動機がこれほどまでで腐敗したものだとすると、かつて不良だったハル王子が王になって改宗と言えそうなほど正道を歩んでいるという聖職者2人の評価には、疑問を抱いたほうがいいだろう。「天使のように自省の念がやってきて、いけないアダムの本能を叩き出したのだ」（第1幕第1場）。物語を通じてヘンリーは自分を、一キリスト教徒としての王であり、神によって守られているというイメージを打ち出している。アジンコートの戦場での一見奇跡のような大勝利のあと、彼は自分の手柄にするのを辞退して、神に勝利を捧げる——「神よ、これをとりたまえ。すべてあなたのものなのだから」（第4幕第8場）。しかし、このイメージ作りは、王位の誇示に必要な身ぶりではないか？　実際には我々観客がヘンリーが戦場にいる姿を観ることはなく、いかなる戦略的力量を耳にすることもない。その代わりにヘンリーは弁舌で人々を魅了する。

雄弁家ヘンリー

とりわけ2つのスピーチは、シェイクスピアの言葉のなかで最も迫力あるものだ。1つ目は、ヘンリーがハーフラーの城壁の外で味方を鼓舞するもの。「もう一度あの突破口へ、諸君、もう一度だ。さもなければイギリス人の死体で壁をふさぐのだ」（第3幕第1場）。2つ目は戦いの前の演説で、ヘンリーが約束するときのもの。「そして今日この日から、世界の終焉に至るまで、聖クリスピアンの祭日がやってくるたびに、その日の我らが思い出されるのだ。数少ない我ら、数少ない幸せな我らは、皆兄弟だ。今日私とともに血を流す者は、わが兄弟なのだ」（第4幕第3場）。

非情のリーダー

提示されるヘンリーのイメージは、単に英雄的なものとは程遠い。シェイクスピアはヘンリーをただ奮い立たせるだけのリーダー像ではなく、残酷さも併せもった毅然とした人物として描いた。正義に対する彼の姿勢は非情なものである。裏切り者たちは謀略に乗せられて死刑に処せられるよう追い込まれる。一方でヘンリーは、飲み友達であったバードルフが教会で盗みを働いたとして、慈悲を求められたにもかかわらず無愛想なまま死刑を承認する。実際のところ、ヘンリーのイーストチープ時代の仲間——バードルフ、ニム、ピストル——の戦士としてのイメージは、非英雄的なこときわまりない。みすぼらしく、怠惰で臆病、しかも理屈っぽく、さらにはヘンリーの美辞麗句をしばしば皮肉っているようで、バードルフはこう語っている。「行け、行け、行け、行け、行け！　あの突破口へ！あの突破口へ！」（第3幕第2場）。本作の前編ともいうべき『ヘンリー四世』では、彼らは手に負えない男サー・ジョン・フォールスタッフに率いられた愉快な登場人物であり、主筋の出来事に対して喜

ケネス・ブラナー版の映画では、アジンコートの戦いは土砂降りの、ぬかるんだ戦場で起きている。先に制作されたオリヴィエ版とは対照的に、ブラナーは戦争の恐ろしさを強調した。

劇的な要素で対比される存在だった。ところが『ヘンリー五世』では、そういったユーモアの多くは失われ、以前の舞台での愛すべき悪党どもは他の登場人物よりも戦争の重荷を背負った犠牲者となっている。

フォールスタッフに至っては登場することさえなく他界している——ヘンリーの無視による犠牲者、女主人のクィックリーはそう主張する。「王様があの人の心を殺したのよ」（第2幕第1場）。バードルフとニムは同じ悪事によって舞台裏で絞首刑に処せられるが、それも以前の作品なら親しみをもたせていたようないたずらだ。最後には女主人のクィックリーまでもが〈フランス病〉（性病）で舞台裏で死んでしまう。ピストルだけが生き残るが、彼もフルーエリンに韮を食べさせられて面目まるつぶれになる。ヘンリーの英雄的な新しい時代という不可抗力が押し寄せて、昔の時代の登場人物たちは後に取り残されてしまったのだ。

王ヘンリー

『ヘンリー五世』における王の描写は、感動的な演説が示唆するものよりもずっと曖昧である。確かなのは、ヘンリーは決して軽率な軍指導者ではないということだ。彼は王という立場について鋭い洞察力をもっていた。変装したときにベイツとウィリアムズに説明したように、「王だって人間の五感を持っている。儀礼的なことを別にすれば、はだかのところは人間でしかないんだ」（第4幕第1場）。

ヘンリーは、王冠の下の自分はただの人間だとわかっている。だが、王としては他の人間と同じように振る舞うことはできないと、はっきりと自覚している。「私は暴君ではない」と、ヘンリーは主張する。「キリスト教徒の王だ。その仁徳に、わが感情は臣下として従わねばならぬ。牢獄につながれた哀れな囚人のように」（第1幕第2場）。鎖につながれた哀れな囚人という、人間の感情に対する彼のイメージは不穏なものだが、自制心と自己犠牲が必要だという彼の考え方は明確である。その結果、ヘンリーの個性はほとんど表に出てこない。ただ一瞬、彼が自分をさらけ出すことがある——夜に陣営を回った際の最後の長い独白がそれだ——が、そこでも王位の重みについてのヘンリーの言い分は、感情よりも理論に基づいたものだ。ヘンリーは円熟した役者であり、臣民が必要とするどんな人物にでもなることができる——司教に対しては神学者、兵士に対しては一般市民、王女キャサリンに対しては魅力的で教育のない求愛者になれるのである。

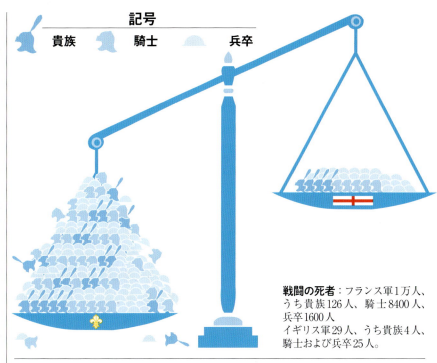

戦闘の死者：フランス軍1万人、うち貴族126人、騎士8400人、兵卒1600人
イギリス軍29人、うち貴族4人、騎士および兵卒25人。

神よ、これをとりたまえ。
すべてあなたのものなのだから
ヘンリー五世
第4幕第8場

歴史劇四部作

『ヘンリー五世』は、『リチャード二世』、『ヘンリー四世・第一部』、『ヘンリー四世・第二部』とつづく歴史劇四部作の4番目の作品にあたる。先に執筆した四部作（『ヘンリー六世・第一部』『第二部』『第三部』ならびに『リチャード三世』）と合わせると、リチャード二世時代（1377〜99年）からリチャード三世時代（1483〜85年）までのイギリス史を網羅した年代記となる。ヘンリー五世は四部作の最初の王リチャード二世とは対照的な人物像として描かれ、リチャード二世の弱さはヘンリー四世の強さに変貌を遂げる。

リチャードは自分が王位を失うときに鏡を叩き割った。だが本作ではイングランド軍が戦いの準備をしているとき、口上役はヘンリー四世のことを「あらゆるキリスト教徒の王の鑑」（第2幕プロローグ）ともちあげる。ヘンリー四世は我々観客自身の姿であり、我々が求める姿の王であって、そのことでこの英雄に対する見方を固定するのが難しい理由について、説明がつくかもしれない。■

人の**すること**には何事にも潮時というものがある
上げ潮に乗れば
幸運へたどりつく

『ジュリアス・シーザー』(1599)

ジュリアス・シーザー

登場人物

ジュリアス・シーザー ローマの将軍にして元老院議員。専制君主ポンペイウスを打ち破り、冠を授けられて皇帝になろうとする。

シーザーの支持者たち

マーク・アントニー 元老院議員にして軍人。シーザーの腹心。世論操作に長け、ブルータスに対して市民に反感を抱かせることに成功する。

カルパーニア シーザーの妻。3月15日に元老院に行かないよう、シーザーに懇願する。

オクテイヴィアス・シーザー ジュリアス・シーザーの姪の息子で、シーザーの養子。オクテイヴィアスの名は大叔父の後継者として名づけられている。

レピダス シーザー暗殺後の、ローマの執政官の1人。

占い師 シーザーに3月15日に気をつけるよう警告する予言者。

暗殺計画の陰謀者たち

マーカス・ブルータス 元老院議員で、忠実な共和制支持者。シーザーに対し謀反を起こすよう、キャシアスに説得される。

ケイアス・キャシアス 世論操作に巧みで強欲。シーザー打倒のために、ブルータスの共和制への忠誠心を利用する。

ポーシャ 誠実で思いやりがあり、信頼のおけるブルータスの妻。

ルーシリアス ブルータスの部下。

トレボーニアス、ディーシアス・ブルータス、メテラス・シンバー、シナ、カイアス・リゲイリアス シーザー暗殺の共謀者。

ローマ市民たちが、ポンペイウスとの戦争でのシーザーの勝利を**祝福する**。

キャスカとキャシアスが雷雨のなかで遭遇し、ブルータスの助けを借りてシーザーを打倒することを話し合う。

家にとどまるようにカルパーニアが懇願したにもかかわらず、**ディーシアスがシーザーを言いくるめて元老院へと登院させる**。

第1幕第1場 　　第1幕第3場 　　第2幕第2場

第1幕 　　　　　　 **第2幕**

第1幕第2場 　　第2幕第1場

占い師がシーザーに**3月15日に気をつけろ**と警告する。

キャシアス、ディーシアス、キャスカ、シナ、トレボーニアスといった**陰謀者たちがブルータスの館の庭園で会い**、シーザー暗殺を計画する。

ローマでは、人々がルペルカリア祭の祝日を祝うと同時に、ジュリアス・シーザーが前指導者ポンペイウスとの戦いに大勝利したことを喜んでいる。

シーザーは支持者たちに応対するうち、3月15日に気をつけろと占い師に告げられる。シーザーは警告を無視し、夢でも見ているのだろうと占い師を追い払う。

シーザーが立ち去ると、キャシアスがブルータスを脇へ引っ張り、シーザーがあまりにも尊大になりすぎていると言い、ブルータスのほうがいい指導者になって民衆と等しい立場に立ち、尊敬されるだろうにと言う。このあとキャシアスとブルータスは、シーザーが3度王冠を捧げられ、その度毎に説得力のない態度で断ったことを、キャスカから知らされる。

結局シーザーは王冠を授かって、ローマの王にして唯一の指導者となることを承諾する。1人残ったキャシアスは、シーザーを打倒するようブルータスを説得するのに必要とあらば、どのような嘘でもついてみせると語る。

シーザーが戴冠される前夜の激しい雷雨のなか、キャスカは数多くの凶兆が現れていることに気づく。暗殺の陰謀者たちはブルータスの家で会い、独裁政権か

宮内大臣一座時代

ブルータスは平民たちに対し、シーザーは死の報いを受けて当然だと納得させる。**アントニーはその後すぐに、**シーザーの暗殺に抗議してブルータスに対し**反乱を起こすことを市民に納得させる。**	**アントニー、オクテイヴィアス、レピダスの3人が三頭政治を開始し**、シーザーの暗殺者たちと戦うことにする。	ポーシャが死に、ブルータスのもとにシーザーの亡霊が訪れて、おまえはフィリパイで死ぬと告げる。	アントニーとオクテイヴィアスの軍勢に圧倒されて**ブルータスが自害し**、勝者たちは彼を手厚く葬ると約束する。
↑第3幕第2場	↑第4幕第1場	↑第4幕第3場	↑第5幕第5場

第3幕 | **第4幕** | **第5幕**

第3幕第1場	第3幕第3場	第4幕第3場	第5幕第3場
↓	↓	↓	↓
元老院で、**キャスカがシーザーを刺し、**それに続いてほかの**共謀者たちも襲いかかる。**アントニーはシーザーの亡骸を前に復讐を誓う。	詩人のシナが、シーザーの死への関与を理由に、怒れるローマ市民たちに襲われる。	ブルータスが、金を着服しているとしてキャシアスを非難するが、和解する。	**キャシアス**はティティニアスが敗れ去ったと信じ込み、シーザーを刺したときに使った剣で**自害する。**

ら国を解放するためにシーザーを暗殺することで意見の一致をみる。ブルータスは懸念を抱いたものの、シーザーの野心を止めるためには実行すべきことだと同意する。

翌日、運命の3月15日、シーザーはディーシアスに街に出るべきだと言い含められ、そこで暗殺者たちに次々と刺される。優れた軍人であるマーク・アントニーはこの知らせを聞いてシーザーの死を嘆き悲しむ。しかし、アントニーはシーザーを殺害した者たちへの敬意も示し、シーザーの葬儀の前に市民に向かって追悼の演説をさせてほしいと頼む。キャシアスはアントニーがシーザーの名前のもとに民衆を煽る危険性があると警告したが、ブルータスは演説を認める。

ブルータスが人々に向かって演説を行ったあと、アントニーは民衆に対し、シーザーは陰謀によって不当に殺されたものであり、このような悪事には報復すべきだと納得させる。そののち人々はシーザーの亡骸を埋葬するために運んでいき、市民たちの反乱が始まる。

シーザーの義理の息子オクテイヴィアスはローマに帰還すると、アントニーと手を結び、ブルータスと暗殺者たちに対し戦いを始める。

ブルータスはシーザーの亡霊を見て、自分が戦いに負けることを受け入れる。ブルータスは、キャシアスが死んだと知ると、召し使いのストレイトーに剣を持たせ、そこに身を投げて自害する。

ついに戦いが終わり、アントニーとオクテイヴィアスは勝者として到着すると、ブルータスの戦死を悼み、シーザーに対する罪はあったとしても、ブルータスの目的は共謀者のなかで最も高潔なものであったと語る。

劇は、オクテイヴィアスがブルータスには立派な葬儀を出すと約束して、終わりとなる。》

ジュリアス・シーザー

背景

テーマ
権力、野心、反乱、内乱

舞台
古代ローマ

材源
1579年 サー・トマス・ノースによるプルタルコス著『英雄伝（対比列伝）』の英訳。

上演史
1599年 スイス人旅行者トマス・プラッターの日記のなかで、バンクサイドの劇場での上演について言及されている。この劇場は、グローブ座と考えられる。

1898年 イギリス人俳優にして経営者のハーバード・ビアボーム・トゥリーが浪費家のジュリアス・シーザーを演じて、ロンドンのハー・マジェスティーズ劇場における一連のシェイクスピア劇上演において、最初の成功を収める。

1937年 22歳のオーソン・ウェルズがニューヨークのマーキュリー劇場において、ヨーロッパのファシズムを背景に、大幅に編集され現代風に脚色された舞台を演出する。

1977年 南アフリカのロベン島に収監されているあいだ、ネルソン・マンデラは本作品のシーザーの言葉「臆病者は命果てるまでに何度も死ぬ」を、自分を鼓舞する一行として本に印をつけていた。

2013年 ロンドンのドンマー・ウエアハウス劇場で女性だけで演じられたフィリダ・ロイド演出の公演では、現代の女子刑務所に舞台が設定された。

シェイクスピアが古代ローマを描いた戯曲としての第1作『ジュリアス・シーザー』は、野心と政治的な人心操作、そして義務感の物語である。作品のなかで真に悲劇的なのはブルータスであり、彼の行動はローマに奉仕するという崇高な願望から生じている。シーザーへの愛と彼の独裁制への恐怖のあいだに揺れるブルータスの葛藤は、彼を同情し得る高潔な悲劇的人物に仕立てている。

プルタルコスの歴史書に並べられた出来事に従って、作品はシーザー暗殺とそののち起こる内乱に至るまでの出来事を積み上げていく。シーザーの指導力に対する議員たちの懸念は、1599年の本作初演の際には、高齢で後継者のいないエリザベス女王に対する心配と共鳴していた。王位の継承や相続の問題について論じることはできず、まして風刺など不可能だったが、歴史という脇道を経由して問題に近づくことはできたのだ。

シェイクスピアはこの物語に鋭い人間性の感覚をもち込んだ。彼の描いた歴史上の人物は、単にローマ貴族たちの一生を記した伝記的文書ではない。むしろ、その登場人物たちは苦難や心配を経験

> なあに、やつは巨人のように
> この小さな世界を
> 股にかけているんだ。
> 俺たち小者は
> そのでかい脚の下で、
> 情けない自分の墓はどこかと
> きょろきょろ見回しているのさ。
> **キャシアス**
> 第1幕第2場

> ああ、陰謀よ。
> あらゆる悪がはびこる夜でさえ、
> その危険な顔を見せるのを
> 恥じるのか。
> **ブルータス**
> 第2幕第1場

し、それゆえにプルタルコスの歴史書で描かれているよりもずっと道徳的に曖昧になっている。たとえば、シーザーは暗殺される前にブルータスが恐れていたような独裁者に転じたかどうかははっきりせず、キャシアスも自己本位な男だと断定はできず、ましてやオクテイヴィアスが義父の後継者としてふさわしい人物になり得るかもわからない。

この曖昧さのせいで、アメリカの歴史家ゲリー・ウィルズはこの作品には悪人がおらず、それゆえにシェイクスピアの悲劇のなかでもユニークなものとなっていると論じている。

人を引きつけるレトリック

本作品内での権力は、強さや名誉や武勇から来るものではない。そうではなくて、権力は、人を巧みに操ろうとする計算高いレトリックと結びついている。人々から支援されなければ元老院議員たちは市民の暴動を防ぐことはできない。ローマにおいて、人々をどう納得させるか、どうなだめるか、そしてどうまとめるかは、指導者たちにとっては大問題なのだ。だからこそ、シーザーの死後にブルータスは市民に向けて声明を出さなければならなかったのであり、アントニーはシーザーの名声について演説を行う必要があったのである。

引用されることの多いアントニーの

ジョーゼフ・マンキーウィッツ監督による1953年製作の映画で、マーロン・ブランドはアントニー役で主演を務めた。ブランドはシェイクスピアの韻文を朗唱するため、共演したジョン・ギールグッドの指導を受けた。

「友よ、ローマ人よ、仲間たちよ」（第3幕第2場）で始まる演説は、人々にブルータスに対する疑念を起こさせ、晩年のシーザーへの敬意をかき立てるように計算されて念入りに作られたレトリックだ。アントニーは、つい最近ルペルカリアの祭日にシーザーの大勝利を祝ったばかりの民衆を「野蛮な（brutish）けだもの」になったと責め、ブルータスの名前に響かせる。アントニーは自分の敵は嘘つきだと示唆し、同時にシーザーを無類の英雄としてもてはやす。この演説とシーザーの遺言を読み上げることでアントニーは一般市民の支持を得て、その結果シーザーの暗殺者に対して市民たちの新たな憎悪をかき立て、内乱を正当化するに至るのだ。

この支持とともに、アントニーは大混乱を市中に解き放つ。反乱と暴動は詩人シナの殺害に向かってしまう。このような凶悪犯罪が起こっても誰も責めることができない。一般市民は怒りと恐怖ゆえに行動しているからだ。アントニーはこのことを理解しつつも、自身の目的をさらに進めるために、暗殺者に対する市民の不信感にわざと拍車をかける。元老院議員たちも説得力のある美辞麗句を繰り出して互いに思いどおりに事を進めようとする。

シーザーを官職から外すべきだとキャシアスがブルータスに確信させたのも、暗殺者たちは裏切り者の殺人者であるとアントニーが人々を説得したのと同じ方法だ。レトリックが最も効果的だったのは、シーザー死後の暗殺者たちによる叫びである。「自由だ！　解放だ！　暴君は死んだ！」（第3幕第1場）。手に触れることのできない理想は、シーザー暗殺という恐怖を正当化するのに巧みに利用された。

レトリックと説得力はローマの政治戦略家には欠かせないものであり、キャシアスは容赦なくこう言い放つのである。「言いくるめられないような人間などいるか」（第1幕第2場）。»

現代のねじれ

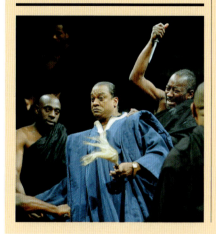

演出家のグレゴリー・ドーランは2012年に、政治的に挑発的な翻案を上演した。黒人俳優を起用し、舞台はアフリカのどこかに設定された。この『ジュリアス・シーザー』の公演は、現代の専制政治から発想を得て、独裁者や内戦、迷信、貧困、疫病といったものに慣れてしまっている国家を描写したものだ。イディ・アミンやジャン＝ベデル・ボカサ、もっと最近ではロバート・ムガベといった20世紀の専制者の行動が、2010年のアラブの春の勃発とともにひとまとめになって、この解釈を支えた。

レイ・フィアロン演じるアントニーはカリスマ性があって、人心掌握に長けた男であり、市民に向けた演説は、シーザー（ジェフリー・キッスーン）の血塗られた亡骸の上に設けられた演台から発せられた。ブルータスはとてつもなく高潔だが愚直な男として、パターソン・ジョーゼフによって演じられた。シーザー自身が専制者であることは、マイケル・ヴェイルが制作した巨大なシーザー像によって示されており、それは20世紀の専制権力の偶像に擬せられていた。この舞台は同年後半に、映画化された。

無視される女性たち

この男性社会の政治が支配するローマにおいて、女性たちはうしろで支える禁欲的な妻として提示されている。ブルータスの妻ポーシャもシーザーの妻カルパーニアも、夫の激情を和らげようとする存在だが、和らげることなどできはしない。ブルータスもシーザーも心配事を妻と分かち合ったりはしないし、どちらの政治家も妻の心配する警告など気にも留めない。

カルパーニアは3月15日に自宅にとどまってもらうよう懇願するために、シーザーが大事にする名声や名誉に訴える。それとは対照的に、ポーシャは自分の太股を傷つけて、気高い苦しみを耐える点で自分が夫と対等であることを証明してみせる。彼女は真っ赤に燃えた石炭を呑み込んで自らの命を絶ったため、ブルータスもよほど高い名誉のためでないと死ねなくなる。

この世界の男性と同様、女性たちも巧みな言葉遣いをする。ポーシャは夫に心配事を打ち明けるよう、質問を連発するが、3つずつまとめると効果的という規則を用いる。「ブルータスがご病気？　胸をはだけて歩き回るのが体によいとでも？　そして、湿った暁の空気を吸えば治るのですか？　え、ブルータスがご病気？　それなのに健やかな褥を抜け出し、邪な夜の空気に身をさらすのですか？　そして、どんよりとした穢れた空気を吸ってご病気をこじらせるのですか？　いいえ、ブルータス、病んでおられるのはそのお心。妻として、どうあってもそれを知らねばなりません」（第2幕第1場）。

ブルータスは妻に対してもっと心を開くことを約束するが、シーザー暗殺計画について妻は何も知ることはない。このことは、シーザーに対するカルパーニアの影響力のなさと呼応している。

運命の支配者たち？

本作品の序盤では、時間と機会は暗殺者たちにとって都合のいい状態で進む。シーザーはまだ皇帝ではなく、まだ専制君主に姿を変えてもいない。彼がそうなってしまう前に殺害することが人民や国家の利益にかなうことだと、ブルータスは信じる。「何事にも潮時というものがある。上げ潮に乗れば幸運へたどりつく。乗れなければ、人生という船旅は浅瀬に乗り上げ、悲惨なことになる。そうした大海原に我々は漂い、潮の流れを見極めなければならない。でなければ冒険は失敗だ」（第4幕第3場）。

ブルータスがチャンスの上げ潮に乗ることを口にするとき、運命にはある程度の融通性があって、チャンスを最大限に利用することは幸運へとつながることを示唆している。これは彼が、自主性こそが成功への道であると唱えるキャシアスから得た理論だ。「人はときには自分の運命を自分で切り拓くものだ。自分のうだつがあがらないのはな、ブルータス、星のめぐりあわせなんかじゃなく、自分がいけないからなんだ」（第1幕第2場）。

ブルータスが運命を信じていることは、彼がフィリパイでの敗戦をすんなり受け入れることからも説明がつく。ブルータスはシーザーを追い払う機会を捉えたが、シーザーの亡霊が報復して、ブルータスの失脚をもたらすのである。言い換えれば、運命が暗殺者たちを罰するのだ。もし運命からどうにも逃れられずに暗殺者たちが死なねばならぬのなら、自由意思などあるのか。自由意思が何になるのか。この疑問は、シーザーの命を奪った

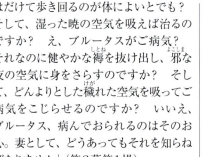

> 臆病者は命果てるまでに
> 何度も死ぬ。
> 勇者は一度しか死を味わわない。
> **ジュリアス・シーザー**
> 第2幕第2場

暗殺者たちが短剣をシーザーに向けている
この舞台は2014年のグローブ座の上演で、ジョージ・アーヴィングがシーザーを、アンソニー・ハウエルがキャシアスを演じた。

宮内大臣一座時代

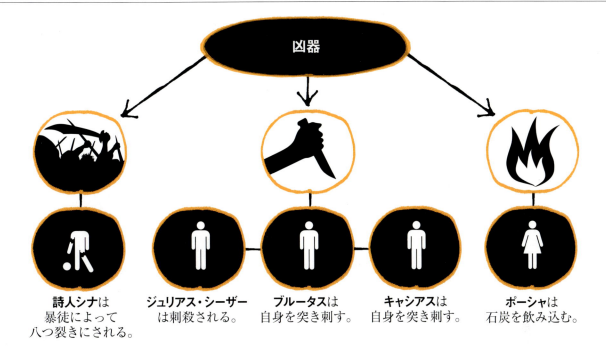

不吉な兆候

キャスカは3月15日に至るまでに不自然な出来事がつづいたことを、同じように不吉な雷雨のなかで詳しく説明している。火の雨が降り、炎に包まれた男たちが通りをさまよい歩き、ライオンがローマの道を堂々と歩き、ナイチンゲールが昼間に鳴く。キャスカは「こいつは悪い兆候にちがいない」（第1幕第3場）と語る。

キャシアスとブルータスはこれを凶運の印と解釈するが、占い師がシーザーに「3月15日に気をつけろ」（第1幕第2場）と警告するのも同様に凶運の印だ。シーザーは占い師を追い払って予言を無視するが、一方で暗殺者たちはこの前ぶれを、暗殺を決行したら起こるであろう大混乱の警告ではなく、シーザーを襲うべき合図と受け取る。シーザーもブルータスもこういった兆候をまちがって解釈しており、ブルータスとキャシアスを蝕む。シェイクスピアはこの運命と自由意思の対立について解決策を示してはいないが、本作品にはとりわけ多くの凶兆が現れ、運命の圧倒的な力が感じられる。

り、悲劇的な結果を伴う決断をしつづける。キャスカが前兆を説明した際に、元老院議員のシセロがこの悲劇のあらゆる登場人物たちにとってまさに真実とも思える返答をしたのは、偶然ではない。「まったく妙な時世だ。だが、人は自分勝手に解釈をし、実態とかけ離れたことを考えるもんだ」（第1幕第3場）。

言い換えれば、人々の運命を前もって警告するもっと大きな力が働いているのに、警告を解釈して行動するのは個人次第だということである。最終的にはブルー

私は死を恐れるよりも
名誉を愛する。
ブルータス
第1幕第2場

タスは自分の手元に転がり込んだチャンスを利用したにもかかわらず、敗北に終わる。オクティヴィアスとマーク・アントニーはブルータスを打ち負かすことになるが、それはちょうどブルータスが3月15日の忠告を無視したシーザーの判断ミスを利用したのと同じである。

運命の込み入った話はさておき、本作品はこうした男たちが互いに抱き合う敬意をはっきりとさせている。ブルータスはシーザーを愛していたがために、フィリパイで罪悪感を克服することができない。シーザーのブルータスへの信頼は、暗殺の場で「ブルータス、おまえもか？」（第3幕第1場）という叫びを引き起こす。キャシアスはブルータスの高潔さを利用しながらも、ブルータスに対して忠実である。そしてアントニーはブルータスを尊敬しており、「最も気高いローマ人」と評する。彼らは互いの崇高さを理解しあっていた。それゆえ、この悲劇は『リア王』や『ハムレット』、『マクベス』といった他の悲劇とは違うのだ。本作では、登場人物がみな罪を贖うことができ、その価値のある人物だからである。■

この世はすべて
舞台
男も女もみな
役者にすぎぬ

『お気に召すまま』(1599–1600)

お気に召すまま

登場人物

前公爵 フレデリック公爵の兄。アーデンの森を放浪して暮らしている。

ロザリンド 前公爵の娘。のちにギャニミードと名乗って変装する。

アミアンズ 前公爵に仕える貴族の1人。才能溢れる歌い手。

ジェイクィズ 前公爵に仕える貴族の1人。憂鬱なる哲人。

フレデリック公爵 シーリアの父親。兄の公爵領を強奪した。

シーリア フレデリック公爵の娘で、ロザリンドの従姉妹。のちにアリーナと名乗って変装する。

タッチストーン 宮廷の道化師。

ル・ボー 廷臣。

チャールズ レスリング選手。

オリヴァー サー・ローランド・ドゥ・ボイスの長子。

オーランドー オリヴァーの弟。教育を受けられないままでいる。

ジェイクィズ・デ・ボーイズ オリヴァーの弟。

アダム サー・ローランド・ドゥ・ボイスのかつての召し使い。

コリン 年老いた羊飼い。

シルヴィアス フィービーに恋する若い羊飼い。

フィービー 若い女羊飼い。シルヴィアスを無視している。

ウィリアム 田舎の若者。タッチストーンとはオードリーをめぐる恋敵。

オードリー ヤギ飼い。タッチストーンと婚約する。

レスリング選手のチャールズが、**前公爵が森へ追放された**という知らせを持って到着する。

フレデリック公爵に追放された**ロザリンド**は、シーリアとともに変装して**アーデンの森に逃げ込む。**

オーランドーは兄のオリヴァーが命を狙っていると知り、**アーデンの森に逃げ込む。**

第1幕第1場　　　第1幕第3場　　　第2幕第3場

第1幕 | **第2幕**

第1幕第2場　　　第2幕第1場

オーランドーがレスリングの試合で**チャールズを破り、ロザリンドがうっとりとなる。**

前公爵は森のなかでの**追放生活を楽しむ。**

父の死後、オーランドーは兄オリヴァーによって自宅に留め置かれ、教育の機会を奪われている。弟がレスリング選手チャールズと戦うつもりでいると聞きつけた兄は、チャールズに弟を殺せと言う。宮廷では、ロザリンドが父公爵の追放を嘆き悲しんでいる。彼女は従姉妹のシーリアとともにレスリングの試合を観戦して、2人とも、驚いたことに、チャールズを負かしたオーランドーの虜になる。オーランドーはロザリンドに一目惚れするが、兄に追われて老アダムとともに森に逃げ込まねばならなくなる。シーリアの父フレデリック公爵はロザリンドの人気に恐れをなして、彼女を追放する。ロザリンドは男装して少年ギャニミードとなり、シーリアと道化タッチストーンを伴って森へ逃げる。森では父である前公爵と、憂鬱なジェイクィズらお付きの貴族たちが、質素な生活を楽しんでいた。

フレデリック公爵はロザリンドとシーリアに追手をかける。森ではロザリンドとシーリアが、シルヴィアスがフィービーへの報われない愛について老羊飼いコリンに話すところを目撃する。オーランドーは空腹で気を失いそうになりながら、前公爵とその仲間に会い、剣を抜く。前公爵たちが食事を提供してくれ、オーランドーは仲間に加わる。オーランドーはロ

宮内大臣一座時代

オーランドーが
ロザリンドへの愛の詩を
木にぶら下げる。

オーランドーと〈ロザリンドの
ふりをした〉ギャニミードが、
結婚式のまねごとをする。

ギャニミードがオーランドーに、
必ずロザリンドと
結婚できるだろうと
約束する。

ロザリンドが観客に
いとま乞いをする。

↑ 第3幕第2場　↑ 第4幕第1場　↑ 第5幕第2場　↑ 第5幕第4場

第3幕　**第4幕**　**第5幕**

第2幕第4場 ↓　第3幕第2場 ↓　第4幕第3場 ↓　第5幕第4場 ↓

ギャニミードと名乗る
ロザリンドとアリーナと
名乗るシーリアは、
若き羊飼いシルヴィアスが
フィービーに夢中になって
いることに気づく。

ギャニミードがオーランドーに
恋の手ほどきをし始める。

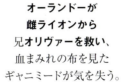
オーランドーが
雌ライオンから
兄オリヴァーを救い、
血まみれの布を見た
ギャニミードが気を失う。

4組の結婚が森で執り行われる。
婚姻の神ヒュメーンが
取りしきり、フレデリック公爵は
爵位を放棄する。

ザリンドが恋しくてたまらず、恋の詩を木々にぶら下げる。タッチストーンとコリンが自分たちの生活を比べ合う。ロザリンドはオーランドーの書いた詩を見つけるが、ついに彼が現れたときにはまだギャニミードとして変装したままだったので、「ロザリンドに扮して」彼に口説きかたを教える。ギャニミードに扮したロザリンドとアリーナに扮したシーリアは、フィービーに会う。ギャニミードはフィービーに、シルヴィアスの愛をありがたく思えと言うが、フィービーはギャニミードに恋してしまう。

ギャニミードはロザリンドの役を演じて、アリーナ扮する司祭のもと、オーランドーと模擬結婚式をする。オーランドーは午後に戻ると約束して立ち去る。留守のあいだロザリンドは、フィービーがギャニミード宛てに書いた熱烈な恋文に気を取られていた。そこへオリヴァーが血まみれの布を持って現れる。彼が木の下で野獣に襲われそうになっているところをオーランドーが発見して、命を救ってくれたのだが、オーランドーは雌ライオンに傷つけられたらしい。オリヴァーはもう弟オーランドーと仲直りをしていて、その布はオーランドーからロザリンドへのメッセージだった。ロザリンドはショックで気絶する。タッチストーンは、オードリーの愛情をめぐってライバル関係にあるウィリアムを追い払う。オリヴァーとアリーナは結婚する意志を固める。オーランドーが生身のロザリンドと一緒になりたくて焦れていると、ギャニミードが魔法でロザリンドを現れさせて結婚させてやると約束する。シルヴィアスにも、フィービーと結婚させると請け合う。

大切な日に、ギャニミードとアリーナはこっそり抜け出すと、ロザリンドとシーリアとなって婚姻の神ヒュメーンとともに戻ってくる。4組の結婚式がヒュメーンによって執り行われる。フレデリック公爵が領地を前公爵に遺して隠遁するという知らせが届く。ロザリンドを演じた役者が観客に対して、いとまを告げる。»

背景

テーマ
愛、ロマンス、死すべき運命

舞台
フランス宮廷、およびアルデンヌの森（ベルギー）もしくはアーデンの森（イングランド）

材源
1590年 トマス・ロッジの散文物語『ロザリンド』。

上演史
1603年 この年ジェイムズ一世のために上演されたかもしれない。

1723年 チャールズ・ジョンソンの翻案『森での恋』が、その他のシェイクスピア作品からの場面もつけ加えられて上演された。

1741～57年 アイルランドの女優ペグ・ウォフィントンがロンドンの舞台で16年間ロザリンドを演じる。

1879年 ウォーリックシャーの森で殺されたばかりの鹿を使って話題を呼んだストラットフォード・アポン・エイヴォンの公演があった。

1961年 イギリスの演出家マイケル・エリオットがロイヤル・シェイクスピア劇団で演出した公演に、ヴァネッサ・レッドグレイヴがボーイッシュなロザリンドを演じた。

1977年 ドイツの演出家ペーター・シュタインがベルリンで大規模なプロムナード公演を行う。

2007年 ケネス・ブラナー監督の映画版は、舞台を19世紀の日本国内のヨーロッパ人居留地に移している。

2013年 マリア・アバーグ演出ロイヤル・シェイクスピア劇団による現代の若者版が、音楽にフォーク・ミュージシャンのローラ・マーリングを起用する。

『お気に召すまま』はシェイクスピア戯曲のなかでも最も長く人気を誇る作品のひとつだ。美しいアーデンの森に迷い込んで繰り広げられる、軽いロマンスにウィット、哲学的瞑想に下卑たコメディが満載の喜劇だ。アーデンの森で少年ギャニミードとして過ごす、聡明かつ情熱的でちゃめっ気のあるロザリンドが、魅力ある中心人物となっている。

だが奇妙なことに、『お気に召すまま』では出来事はほとんど起こらない。2人の若者、ロザリンドとオーランドーがアーデンの森に逃げ込むのは、それぞれ面倒な親戚から逃れるためだ──ロザリンドは父の権力を奪った叔父のフレデリック公爵から逃げ（父はすでに森に逃げている）、オーランドーは自分を殺させようとした兄オリヴァーから逃げる──だが、これは筋としてはかなり貧弱だ。森でギャニミードに変装したロザリンドは、オーランドーに恋の手ほどきをし、さまざまな人に出会う。少々の誤解ののち、森のなかでカップルとなった他の3組と一緒にロザリンドとオーランドーが結婚すると、親族の不和はみな解決してしまう。起こることは全部でそれだけなのだ。

> この舌を重くするのは、何の感情だ？ 話しかけてくれたのに、口がきけなかった。
> **オーランドー**
> 第1幕第2場

ロマンティック・ナンセンス？

アイルランドの劇作家ジョージ・バーナード・ショーは本作品を実に薄っぺらいと感じて、ばかげた大衆受けの駄作と断じた。『お気に召すまま』という題は、こういったロマンティック・ナンセンスを好む観客にシェイクスピアが「好きにしろ」と言っているにすぎないと、ショーは言う。だが、『お気に召すまま』は歴史を通して賛否両論を受けたものの、現在ではショーの批判は的外れだという点で、大半の批評家の意見が一致している。本当は、気がきいた高級な作品なのである。おそらくシェイクスピアの他のどの作品よりも心から楽しめる一方で、人生と愛についての概念と洞察が詰め込まれている作品だ。表題はおざなりなものであるどころか、おそらく劇場の楽しさを言祝ぐものであると同時に、何でも受け入れてくださいと誘う意味もあるのだろう。ロイヤル・シェイクスピア劇団が指摘するとおり、「ジェンダーの役割、持って生まれた性質、そして政治がひとつの芝居のなかで混乱をきたし、人生が困惑させられるものであっても実に楽しいものであるという点を浮き彫りにするので

1950年 ハリウッドスターのキャサリン・ヘップバーンがロザリンド役を演じた。ヘップバーンはこの役について「自分がどれほどの女優かを試す、すばらしい機会のひとつ。そして私はそれを知りたかった」と語った。

> 留めてほしいと
> お願いした覚えはありません。
> お父様が自分で、申し訳ないと
> 思ってなさったこと。
> シーリア
> 第1幕第3場

ヒュー・トムソンが1915年に描いた第1幕第3場。シーリアとロザリンドは宮廷を去ろうと考えており、孔雀の羽の美しさによって牧歌的な森へ移ることがほのめかされている。

ある」。

筋はたいしたものではないかもしれないが、ここにはロマンスとコメディの祝祭がある——詩や歌、ウィットや冗談の応酬が、それらを次々と考え出す登場人物の唇から溢れ出す。これは観客が2時間ほど招待される知的で詩的なピクニックであり、精神的な刺激を楽しめるのだ。たいしたことが起こらないのは、何も起こらなくてよいからである。アーデンの森にいる登場人物たちにとって、時間が少しのあいだ止まっている——「森には時計がない」(第3幕第2場) とオーランドーが言う——ように、休日に劇場に出かけて舞台を観る観客にとっても時間は止まるのだ。日常生活の重圧から逃れるために——「心配を忘れて時を過ごし」(第1幕第1場) ——心を充電して、気持ちを改める機会となるのである。

田舎対都会

『お気に召すまま』は三部構成になっている。まずは宮廷もしくは都市部で始まり、そこでは解決できない問題がもち上がる。つづいて自然もしくは幻想の世界に旅をして、そこで問題のもつれが解かれる。そしてまた宮廷に戻り、最後に問題が解決された現実の世界となる。実際には『お気に召すまま』は最終的に宮廷に戻る前に終わるが、最後に舞台裏でフレデリック公爵の突然の心変わりがあるため、ジェイクィズ以外は森にとどまらないのは明らかだ。

アーデンの森という自然に溢れた場面が、作品の大半を支配している。このため、本作品はしばしば「牧歌喜劇」と評される。牧歌文学は当時大流行中だった。『お気に召すまま』は当時の知的興味と大いに関わっているため、イギリスの批評家フランク・カーモードはこの作品を「喜劇のなかで最も時代を反映したもの」と評した。牧歌という単語は、文学的には羊飼いの生活を指す。本当の羊飼いの世界ではなく、その理想化——調和のとれた「理想郷」を描く。牧歌文学では羊飼いたちは羊の世話をするわけではなく、代わりに詩人となり、哲学者となり、歌い手となる。牧歌の世界は想像上の黄金期であり、エデンの園であり、平和で堕落していない場所で、そこは毎日の現実

184　お気に召すまま

『お気に召すまま』の牧歌的な浮かれ騒ぎでは、このニューヨークのデラコルテ劇場での上演（2012年）のように、音楽が重要な役割を担う。本作品にはシェイクスピアの他のどの作品よりも数多くの歌が登場する。

の衝突や重圧から逃れて調和が再発見されるところなのだ。

シェイクスピアの時代の牧歌文学は、実に高尚ぶったものだった。散文と詩で描かれ、実際の田舎の人々ではなく、失恋した羊飼いやツンとした少女、それに明らかに休日を楽しむ廷臣とわかる古典的で凝った名前の登場人物たちに溢れていた。質素な生活に焦点を当てているにもかかわらず、本物の自然とはほとんど無関係だった。『お気に召すまま』では、シェイクスピアは牧歌を舞台での大衆娯楽に転じている。理想化された世界にリアリズムの血を流し込み、牧歌文学という枠組みの慣例を穏やかに皮肉りながら、常にその形式をひっくり返している。たとえばある場面でオーランドーがいかにも羊飼い詩人らしく木々に詩をぶら下げていると、まさに次の場面で、現実の老羊飼いのコリンが羊の脂で手が汚れている話をするのだ。

田舎では絶えず理想と現実とが混ざり合い、古典世界と本来のイギリスが混じり合っている。アーデンという森の名前にさえ、この両義性がある。この劇の材源であるトマス・ロッジの小説『ロザリンド』（1590年）の舞台はフランスとベルギーの国境にまたがる丘陵地帯アルデンヌだった。この劇にはいくつかの版があるが、フラマン語の綴り Ardenne がそのまま残っている版もある——そしてシェイクスピアは登場人物に Jaques（ジェイクィズ）や Amiens（アミアンズ）といったフランス名を遺している——が、他の版では森は Arden（アーデン）と呼ばれている。アーデンは、シェイクスピアが子ども時代を過ごしたウォーリックシャーの家の近くに実際にあった森林地帯であり、彼の母メアリ・アーデンの姓でもあった。偶然か故意か、うまいことにこの〈アーデン〉という名は Ar-cadia（アルカディア）と E-den（エデン）を反映している。

両義的なロザリンド

この作品の両義性のまさに肝となるのが、ロザリンド役である。森のなかでロザリンドは少年の恰好をして、かなり古典的なギャニミード——ギリシャ神話に登場するトロイの美少年の名前——を名

羊飼いの暮らし

牧歌文学の起源は、ヘーシオドス（紀元前750〜650年頃）やテオクリトス（紀元前270年頃）といったギリシャ人詩人、最も有名なところでは『牧歌』を書いたローマの詩人ウェルギリウス（紀元前70〜19年）にさかのぼる。いずれの詩人も黄金時代と田舎の田園風景を綴っている。このジャンルはルネサンス時代のヨーロッパで再発見され、エリザベス女王時代のイングランドにおいて牧歌の概念は知識人や詩人に人気があった。核となる作品に、エドマンド・スペンサーの詩『羊飼いの暦』（初版1579年）があり、数多くの模倣作が生まれた。他に、サー・フィリップ・シドニーの散文『アーケイディア』や、1599年出版のクリストファー・マーロウの恋愛詩『恋する羊飼いの歌』など。

牧歌文学は時折秩序を覆すようなメッセージを含み、当時の世界を映す鏡として機能した。『お気に召すまま』が執筆された当時、風刺は教会によって禁止されたばかりだった。シーリアのせりふが、この禁止に言及しているかもしれない。「愚か者の少しの知恵が口を封じられて、賢い人の少しばかりの愚かさが目立つようになった」（第1幕第2場）。

> ああ、びっくり、びっくり、もうびっくりのびっくりで、びっくりしすぎて、きゃあって叫んでも叫びきれないほどよ。
> **シーリア**
> 第3幕第2場

乗る。エリザベス朝の舞台では、ロザリンドは少年俳優によって演じられ、そのためにその性別がしょっちゅう入れ替わることのおもしろ味が増していた。ある時点で、ギャニミードに変装したロザリンドは、オーランドーに恋の手ほどきをするために〈ロザリンド〉のふりをする。つまり舞台上ではこの瞬間、〈少女を演じる少年〉を演じる少女役を少年俳優が演じていることになるのだ！ 一方、オーランドーはギャニミード演じるロザリンドに惚れているのではなく、「本物の」ロザリンドを愛しているのだが、その人はこのときロザリンドを演じているギャニミードに扮しているわけだ。そしてフィービーは――少女の役もまた少年俳優によって演じられた――はギャニミードに恋をしている。フィービーはギャニミードを少年と誤解しているが、そのときの〈彼〉は実際には少年によって演じられた少女なのだ！ 本作品の楽しさの多くは、どれほど巧みにこの混乱を扱うか、そして最後にどうやってこれらを解決するかを見守るところにある。

批評家は『お気に召すまま』内での性の取り違えと、底流にある同性愛について時間をかけて議論してきた。たとえばフィービーのギャニミード（実はロザリンド）への愛、シーリアのロザリンドへの愛、そしてオーランドーのギャニミードとのおふざけなどがそうだ。実際、ギリシャ神話においてギャニミードはゼウスの愛人となる美少年であり、男性と若い少年の性愛関係の代名詞だった。本作品のエピローグで〈ロザリンド〉は、自分の性の両義性を楽しんでいる。本来の役柄から少しはみ出して、少年俳優として観客をもてあそび、「自分の気に入った髭を生やしている男性全員に」キスをしたいと申し出る。シェイクスピアの戯曲は、表題が意味するとおり、愛と性のありとあらゆる可能性を言祝ぐものなのだ。

真実の愛

役割演技や性の入れ替えのもとで、愛の現実の描写が姿を現す。オーランドーが愛のために死にたいと言うとき、ギャニミードに変装したロザリンドはすぐにこのロマンティック・ナンセンスの欠点を指摘する。「そりゃあ男も死んで虫にくわれたりするけど、」彼女は地に足をつけた態度で、こうつづける。「恋のためなんかじゃないね」（第4幕第1場）。

だがロザリンドは、愛を信じないジェイクィズほど皮肉屋ではない。まさにこのとき、彼女は「深く深く」（第4幕第1場）オーランドーへの愛に落ち込んで、彼から「目を離してはいられない」（第4幕第1場）状態になっているのだ。実際のと

> いえいえ、オーランドー、男なんて口説くときは4月だけど、結婚したら12月。乙女は結婚前は5月だけど、妻となると雲行きが変わる。
> **ロザリンド**
> 第4幕第1場

ころ、この時点ではロザリンドの愛の深さのほうが、彼の気持ちよりも勝っている。オーランドーの断固とした主張や詩があったとしても、だ。この時点で、オーランドーはロザリンドに恋するよりも恋に恋しているので、ロザリンドとしてはギャニミードに変装したままで、本当に

シェイクスピアの材源となった小説『ロザリンド』の舞台となる牧歌的な田舎は、ベルギーのアルデンヌだった（下）。シェイクスピアの森も、イングランドのアーデンの森から部分的に発想を得たかもしれない。

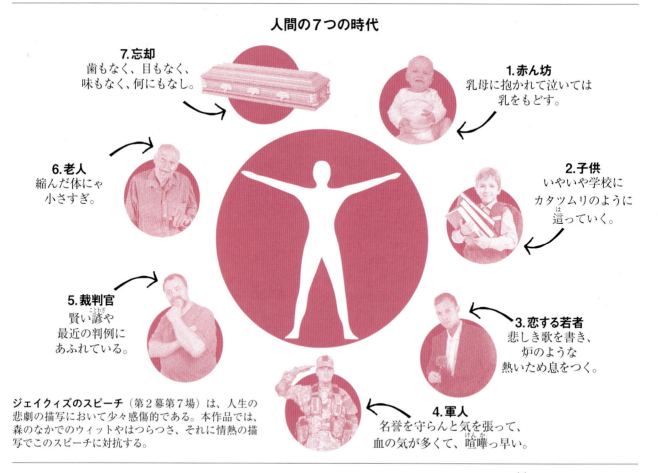

人間の7つの時代

1. 赤ん坊 乳母に抱かれて泣いては乳をもどす。

2. 子供 いやいや学校にカタツムリのように這っていく。

3. 恋する若者 悲しき歌を書き、炉のような熱いため息をつく。

4. 軍人 名誉を守らんと気を張って、血の気が多くて、喧嘩っ早い。

5. 裁判官 賢い諺や最近の判例にあふれている。

6. 老人 縮んだ体にゃ小さすぎ。

7. 忘却 歯もなく、目もなく、味もなく、何にもなし。

ジェイクィズのスピーチ（第2幕第7場）は、人生の悲劇の描写において少々感傷的である。本作品では、森のなかでのウィットやはつらつさ、それに情熱の描写でこのスピーチに対抗する。

彼女を愛する方法をオーランドーに教え込まなくてはならなくなる。ロザリンドは、はつらつとして、洞察力をもち、ウィットに富み、情熱的な女性だが、そんな彼女がギャニミードを演じるのをやめられるのは、オーランドーが愛をもてあそぶのをやめるときだけだ。

本作品では、愛は実に多彩な外見をまとっている。つむじまがりのタッチストーンは突然、オードリーに心を奪われる。かつては卑劣な兄だったオリヴァーは、シーリアをひと目見たとたんに恋に落ちる。シルヴィアスのばかげた詩と愛の告白は、フィービーとの愛の実を結ぶ。だがいずれの場合も、愛は本物であって大切なものなのだということが示される。

この世は舞台

『お気に召すまま』で最も有名なせりふは、ジェイクィズのスピーチで、このように始まる。「この世はすべて舞台。男も女もみな役者に過ぎぬ。退場があって、登場があって、一人が自分の出番にいろいろな役を演じる」（第2幕第7場）。

このスピーチは、人はただ役を演じているだけだと示唆し、赤ん坊から寝たきりの老人までの人生の7つの時代について述べる。この単純な人生の暗喩はしばしば文脈を離れて引用され、劇全体の、そしてその演劇性に関するシェイクスピアのテーマとして取り上げられる。だがこの人生の無意味なまでに人為的な区分けは、妙にわびしい。実際、このせりふはマクベスの孤独な視点と大きな違いはない。マクベスはこう語る。「人生は歩く影法師、哀れな役者だ。出番のあいだは大見得切って騒ぎ立てるが、そのあとは、ぱったり沙汰止み、音もない。白痴の語る物語。何やら喚きたててはいるが、何の意味もありはしない」（『マクベス』第5幕第5場）。

しかしもちろんこの言葉を語るのはジェイクィズであり、道化タッチストーンがいたずらっぽく彼を「ムッシュなんとか」と呼んで、「ジェイクス」と発音すれば、エリザベス女王時代のスラングでトイレを示すということを観客は思い出す。つまり、ジェイクィズは「世迷い言」を言ったのかもしれないというわけだ。事実、ジェイクィズという人物の性格づけにおいて、シェイクスピアはエリザベス朝時代のステレオタイプ──当世風に人生に疲れた顔をした憂鬱な若き哲学者──をからかっている。ねじ曲がった観察をしているうち、ジェイクィズはおそらく木に詩をぶら下げるオーランドーと同程度に的外れな状態になっている。ジェイクィ

>
> じゃあ、もう
> 意味のないおしゃべりで
> 君をうんざりさせるのはやめよう。
> ロザリンド
> 第5幕第2場

ズが老齢期を「第二の幼児期、ただの忘却」として希望のないまとめで語り終えた瞬間、やってくるのはまさに老いぼれの権化、オーランドーの背中におぶわれた老アダムである。それは滑稽な瞬間で、ジェイクィズの言うことをそんなに深刻に考える必要はないという明らかな印になっている。ある意味では、ジェイクィズ自身も真面目に捉えてはいない。自分の皮肉なウィットが強烈であるのがうれしくて、本当はそれほど暗いわけではないのだ。皮肉を言いながらも、自分のみじめさを積極的に楽しんでいるふしがある。彼はそういうふうに人生を送ることを決めており、それはおそらく、彼のほかの選択と同じくらい確かなものなのだ。カップルたちが結婚してすべてが許されたとき、ジェイクィズは幸せと〈踊りの音楽〉にうんざりする。彼は慰留を振り切って、フレデリック公爵に従って隠者の洞窟にこもり、再び隠遁生活に入ることを選ぶのである。

最後の言葉を述べるのはロザリンドであり、登場人物と役者との境や、舞台と観客との境を消すべく前に進み出て、お気に召すままにこの劇の楽しみを離れるように勧める。「立派なお髭をお生やしのお方、よいお顔のお方、かぐわしい息をお持ちのお方は皆様、私の心からのお願いをお汲みになって、私が膝を折ってお辞儀を致しましたら、どうぞ拍手をもってお別れのご挨拶を」(エピローグ)。■

ジェイムズ・トマス・ワッツはヴィクトリア女王時代の風景画家であり、シーリア、ロザリンド、タッチストーンを描いたこの絵では森の牧歌的な風景を捉えている。田舎の牧歌的風景はヴィクトリア時代の人気の主題だった。

ロザリンドを演じる

グローブ座での最初の成功のあと、『お気に召すまま』は17世紀にはすっかり時代遅れとなり、1740年にチャールズ・マクリンがロンドンのドルーリー・レイン劇場で本式に再演するまで上演されなかった。マクリンの舞台では、ハンナ・プリチャードが気取りなく生き生きとロザリンドを演じ、それ以降この役に人気が出た。

これまでにロザリンドを演じてきた役者には、エディス・エヴァンズやキャサリン・ヘップバーン、ヴァネッサ・レッドグレイヴ(写真)、マギー・スミス、そしてフィオナ・ショウも含まれる。劇団チーク・バイ・ジャウルの1991年の舞台では、出演者は全員男性で、ロザリンド役をエイドリアン・レスターが務めた。

本作品の映画化では有名なものが3本あり、それぞれ大きく個性が異なる。パウル・ツィンナーの1936年の奇抜な映画では、ドイツ人女優エリザベート・ベルクナーがロザリンドを演じ、シェイクスピア作品の映画では初めての有声映画(トーキー)となった。1992年のクリスティン・エザードの現代版では、ジーンズとパーカーのロザリンドがロンドンのホームレス街でどん底の生活を送る。2007年のケネス・ブラナーの凝った作品は、19世紀の日本を舞台としており、ロモーラ・ガライを起用した。

非道な運命の矢弾

『ハムレット』（1599–1601）

登場人物

ハムレット 死んだ前王の息子で、デンマークの王子。現国王クローディアスの甥にして、継息子。

クローディアス 新たに王座についたデンマーク国王。兄の妃であったガートルードと結婚する。

フォーティンブラス ノルウェー国王の甥で、デンマーク王国の王位後継者。父の殺害に関して、デンマークに対し復讐を企てる。

ポローニアス クローディアスの廷臣にして信頼のおける助言者。オフィーリアとレアーティーズの父親。

ガートルード ハムレットの母親。亡き前国王ハムレットの妻。現在はクローディアスの妻にして、デンマーク王国の王妃。

レアーティーズ ポローニアスの息子。オフィーリアの兄。レアーティーズはフランスで学んでいたが、父親ポローニアスの仇を討つためにデンマークに戻る。

ローゼンクランツとギルデンスターン ハムレットの大学時代の学友だが、ハムレットは信用していない。

オフィーリア ポローニアスの娘。レアーティーズの妹。

ホレイシオ ハムレットが信をおく友人。ハムレットが自分の計画を打ち明ける相手。

ハムレットの父の亡霊 ハムレットに、亡き父の敵討ちを命じる。

4人の役者たち ハムレットが仕組んだ芝居を演じる。

前王ハムレットの亡霊がエルシノア城の狭間胸壁に出没するのが目撃される。

亡霊がハムレットに、殺された父の仇を討つことを誓わせる。

ローゼンクランツとギルデンスターンが王と王妃に歓待され、ハムレット王子を探るよう、王子のもとへ送り込まれる。

↑ 第1幕第1場　　↑ 第1幕第5場　　↑ 第2幕第2場

第1幕　|　第2幕

↓ 第1幕第2場　　↓ 第2幕第1場

クローディアスが兄の寡婦ガートルードとの結婚を発表する。

オフィーリアが父に、ハムレットが悲しみに満ち、服もはだけた状態で会いに来たと報告する。

　デンマークのエルシノア城では、国王クローディアスが兄の前王の死を嘆き悲しむ。彼は亡き前王の妃ガートルードと急いで結婚し、さらに確執の絶えない隣国ノルウェーに使者を送って、ノルウェーの王子フォーティンブラスの侵略を防ごうとする。ガートルードの息子のハムレットも父国王の死を嘆いている。親友のホレイシオがハムレットに、亡くなった国王の亡霊が夜になると狭間胸壁のところに現れると知らせ、その場にハムレットを連れて行く。亡霊はハムレットに、父は弟、つまりハムレットの叔父に殺されたと語る。ハムレットは父の仇を討つと誓う。だが、亡霊を信じてよいのか確信がもてないまま、ハムレットは真実を見つけるまで周辺の者たちを欺くために錯乱を装う。

　廷臣のポローニアスはハムレットの奇妙な振る舞いを、オフィーリアへの恋煩いゆえだと解釈する。このことが国王に伝えられると、国王とポローニアスはハムレットの様子を探るためにオフィーリアを利用する。ハムレットはオフィーリアの行動の意図を推察し、残酷にも彼女を愛していなかったと言う。

　ハムレットの悲しみを和らげようと、国王と王妃はかつての学友ローゼンクランツとギルデンスターンを送り込むが、ハムレットは今では彼らを信用していな

宮内大臣一座時代

旅回りの一座が王が甥に殺されるという芝居を演じるのを見て、**クローディアスが罪悪感がある印を見せる。**

ハムレットがイングランドに送られる。 そこで殺される計画だった。

ハムレットがデンマークに帰国して、**父の道化だったヨリックのしゃれこうべを見つけ、** 人の死すべき運命を思い知らされる。

ハムレットはクローディアスを刺し、毒入りワインの残りを飲ませる。そしてハムレットも**息を引き取り、亡骸は**すべてフォーティンブラスによって運び去られる。

↑ 第3幕第2～3場　　↑ 第4幕第3場　　↑ 第5幕第1場　　↑ 第5幕第2場

| 第3幕 | 第4幕 | 第5幕 |

第3幕第1場　　　第3幕第4場　　　第4幕第7場　　　第5幕第2場

↓　　　　　　　　↓　　　　　　　　↓　　　　　　　　↓

ポローニアスとクローディアスが**オフィーリアを利用してハムレットを罠にかけ、**彼がオフィーリアを愛しているか否かを知ろうとする。ハムレットはオフィーリアを不誠実だとなじり、尼寺へ行けと告げる。

ポローニアスがハムレットの話を盗み聞きするために**ガートルードの部屋に隠れる。ハムレットが壁掛けを突き刺し、** ポローニアスを殺す。

レアーティーズがハムレットを殺すのに王が手を貸そうと同意したのち、**オフィーリアが溺れ死んだことをガートルードが知らせに来る。**

ハムレットとレアーティーズは2人とも**決闘で傷を負う。**クローディアスは毒入りワインの杯をハムレットに勧めるが、それをガートルードが飲み干し、死ぬ。

い。ハムレットは宮廷に到着した旅役者の一座に注目し、王が甥に殺される場面のある芝居を演じるよう一座に命じる。国王クローディアスが芝居に動揺しているのを見たハムレットは、それを罪の証拠と捉える。

ガートルードの部屋に向かう途中で、ハムレットは国王が祈りを捧げ、*殺害を告白する声*を耳にする。一方で、ポローニアスはガートルードの部屋にあるつづれ織り（タペストリー）のうしろに隠れ、ハムレットを密かに見張る。ハムレットは再婚のことで母親を非難する。ポローニアスが助けを求める声をあげたとき、ハムレットはその声が国王のものだと思

い込んで、タペストリーに剣を突き刺し、ポローニアスを殺してしまう。

国王はハムレットを罰するために彼をイングランドに送り、到着次第ハムレットを殺すためにローゼンクランツとギルデンスターンも同行させる。旅の途中で、彼らは海賊に襲われる。ハムレットはなんとか逃れ、ひとりデンマークに戻る。

レアーティーズがエルシノアに到着し、父ポローニアスの殺害に対する復讐を要求する。父が殺されたことに打ちひしがれたオフィーリアは精神のバランスを失って小川で溺れ死に、それがレアーティーズのハムレットへの憎悪をいや増す。

ホレイシオとハムレットは、オフィーリ

アの葬儀を目撃する。ハムレットは参列者の前に自ら姿をさらし、レアーティーズと取っ組み合いになる。

その後、剣の試合でレアーティーズは毒の塗られた剣でハムレットに傷を負わせるが、同じ剣で自分自身も致命傷を負ってしまう。ガートルードはハムレットに用意された毒入りワインを飲んで死に、そこでレアーティーズがクローディアスこそ人殺しの犯人と非難する。ハムレットは国王を刺し、残った毒入りワインを無理やり王の喉に流し込み、自分はホレイシオの腕のなかで息を引き取る。フォーティンブラスとその軍隊が到着し、すべての亡骸を運び去る。》

ハムレット

背景

テーマ
復讐(ふくしゅう)、裏切り、名誉、死の必然

舞台
デンマークのエルシノア

材源

1185年頃 デンマークの歴史家サクソ・グラマティクスによる『アムレス』は、伝説的なデンマークの王子の物語で、王子の叔父が王を殺害し王妃と結婚したというもの。

1580年 フランスの詩人フランソワ・ド・ベルフォレが著書『悲劇物語集』で先述の物語を改作し、1608年に英訳される。

上演史

1602年 7月26日出版登録の記録。

1742年 イギリスの俳優デイヴィッド・ギャリックが当時最も有名なハムレット役者となる。

1827年 アイルランドの女優ハリエット・スミッソンがパリのオデオン座でオフィーリアを演じ、本作品はフランスで大成功を収める。

1919年 詩人のT・S・エリオットがハムレットの人物像は芸術的失敗だと論じる。

1948年 イギリスの俳優ローレンス・オリヴィエの映画版にはフロイト学派の解釈を受けて暗い面がある。

1964年 グレゴリー・コージンツェフがソ連版映画を監督する。

1996年 イギリスの俳優ケネス・ブラナー監督の映画は上映時間4時間を超えるものとなった。

2001年 演出家ピーター・ブルックが多言語の『ハムレット』をパリで演出し、俳優たちは日本語やスワヒリ語を話した。

『ハムレット』はシェイクスピア戯曲のなかで最も長く、その主役はおそらく最も才能を試される役だ。また、永遠に人気を誇る悲劇でもある。これは王位、戦争、精神の錯乱、さらには復讐の物語だ。そして、生来の気質や本能とはまったく相容れない、父や王国への責任を負わされた悩める男を中心に据えた物語でもある。伝説的なデンマーク王アムレスについての原作がただの物語であるのとは異なり、『ハムレット』はまぎれもなく悲劇である——ファースト・フォリオには『デンマークの王子、ハムレットの悲劇』と記載されている。シェイクスピアは、アムレスの偽りの錯乱や復讐の必要性はそのままとどめておいたが、新しい情報としてたとえば亡霊に名をつけたり——これもまたハムレットと呼ばれた——ホレイシオというかたちで主人公に仲間を加えたりしている。シェイクスピアはまた、父の死に対して復讐を企てる息子を新たに2人つけ加えた——レアーティーズと

2000年の映画化作品ではニューヨークを舞台にして、ハムレットにイーサン・ホークを起用している。亡霊は監視カメラに映る幻影で、劇中劇はビデオゲームの形で表現された。

>
> しかし、この胸のうちには、見せかけを超えたものがある——こんな外面(そとづら)は、悲しみの飾り、お仕着せでしかありません。
>
> **ハムレット**
> 第1幕第2場

フォーティンブラスがそうである。

『ハムレット』は不運なヒーロー、運命の犠牲者、そして「非道な運命」の物語として、それと同時に精神的に不安定な、優柔不断な若者の物語として読み継がれてきた。この両面の読み方において、ハムレットという人物と彼の生きている世界とは、憂鬱と邪悪とに圧倒されている。

デンマークの王子

ハムレットは30歳になる男である。息子であり、甥(おい)であり、恋人であり、廷臣であり、そしてウィッテンバーグの大学の学生である。前国王の唯一の男性後継者として、ハムレットは即座に王位につくはずだった。そこで叔父であるクローディアスが王座を奪ったのは、ガートルード自身が語っているとおり、彼女の「早すぎた」(第2幕第2場)結婚によるものが大きい。その結果、観客が初めてハムレットを見るとき、彼は父親を奪われ、母に対する信頼のすべてを奪われ、自分に与えられるはずだった王位を奪われた状態でいる。それゆえに、彼が口を開かず、怒りに満ちていて、第一印象が不機嫌そうなのは驚くことではない。

クローディアスは臣民を呼び集めて、フォーティンブラス、レアーティーズ、そ

本作品の舞台となるエルシノアにある城は、実際にはクロンボー城と呼ばれ、デンマークのシェラン島に位置する古代の要塞である。1580年代に再建され、シェイクスピアの時代には現在と同じ姿でこの地にあった。

してハムレットのことをそれぞれ議題にのせる。重要性の優先順位は政治、社会、個人の順だ。これは筋が通っているように見えるが、レアーティーズを優先して、その海外渡航の希望をハムレットの明らかな塞ぎ込みより上位に置いたのは、ハムレットの目には無責任で薄情に映る。これで、この劇におけるハムレットの第一声の辛辣さの説明がつく。クローディアスが「わが倅(せがれ)」と呼びかけたときのハムレットの反応は「お世辞にも叔父(おやじ)は親父と同じとは言えぬ」(第1幕第2場)だった。

暗い雰囲気と憂いを帯びた表情にもかかわらず、ハムレットは仲間から愛情と尊敬とを当然のように集めていた。ホレイシオが亡霊について最初に話そうと考えた相手もハムレットであり、旅回りの役者たちが宮廷で最初に挨拶をしたのは、国王ではなくハムレットだった。最終場でホレイシオは、ハムレットが「気高いお心」(ノーブルハート)(第5幕第2場)の持ち主だと語っており、これはオフィーリアが以前言った「気高いお心」(ノーブルマインド)(第3幕第1場)と呼応する。実際に、オフィーリアはハムレットが希望の象徴であるかのように、こう呼んでいる。「わが国の期待の星とも華とも謳(うた)われ、流行の鑑(かがみ)、礼節の手本としてみなの注目を集めたお方」(第3幕第1場)。》

おお、復讐(ふくしゅう)だ！ええい、なんて馬鹿だ、俺は！我ながら見あげたものだ、この俺が、愛(いと)しい父を殺された息子が、——天も地も復讐しろと呼びかけているのに——売女(ばいた)よろしく、心の憂さを言葉で晴らし、罵りたてるとは、まさに淫売だ。下司(げす)野郎だ！

ハムレット
第2幕第2場

祈りの場面

19世紀のあいだ、学者と役者はハムレットが復讐を追い求める過程で邪悪になっていないと説明しようと、大変な労力を注いだ。祈りの場面でクローディアスは己の罪を告白し、ハムレットは復讐を引き延ばすが、その場面は1880年代まで演じられなかった。この時点でハムレットは荒々しく不穏な呪いの言葉を吐き始めていて、このことは16世紀および19世紀に大いに議論を呼んでいた。人が永遠に地獄の業火に焼かれるのを願うことはキリスト教の考えにはなく、この態度がハムレットの復讐を追求する姿を正当化できるか否かにかかわらず、ヴィクトリア朝時代の観客は舞台上でこのようなせりふが語られることを望まなかった。

この場面に関して注目すべき現代の舞台に、デイヴィッド・テナント演じるハムレット(2009年、上の写真)が挙げられる。大当たりしたこの舞台は、BBCの特別テレビ版として撮影された。テレビ版ではパトリック・スチュワート演じるクローディアスの頭上に短剣が浮かび、ハムレットは観客に向かって直接語りかけない。ハムレットの口が動かなくても、音声が聞こえて視聴者はその心の声を聴くのだ。

情緒不安定なハムレット

ハムレットは、前向きとは言いがたい言葉で描写される人物でもある。彼は「荒々しく危険な狂気」(第3幕第1場)にとらわれ、「憂鬱」で「男らしからぬ感傷」で「気弱な心、堪え性のないわがまま」(第1幕第2場)に満ちている。言い換えれば、情緒不安定で向こう見ずだというわけだ。

ハムレットはその高貴な身分で人々から尊敬を引き出し、またその態度で非難を浴びていたが、他人に対して独自に助言を行う必要があった。オフィーリアには、結婚よりも尼寺を選べと助言する。役者たちには演技の技術について助言する。そして、オフィーリアの葬儀で涙を流すレアーティーズを非難する。兄のレアーティーズよりも嘆く権利があるとハムレットに思わせているものはいったい何なのか。どんな経験があって、どんな専門性があって役者たちに演出の講釈ができるのか。そして、オフィーリアを修道院に送り込むのはどんな動機があってのことなのか。

それには芝居だ

亡霊はハムレットに、父は果樹園で眠っているあいだに耳に毒を注がれて殺されたのだと教えた。これとまったく同

フランス人作曲家アンブロワーズ・トマによる1868年のオペラ『ハムレット』を宣伝するポスター。物語は冒険作家アレクサンドル・デュマの仏訳以降、フランスでも人気を博した。

じシナリオが、王と王妃の前で上演しようとハムレットが選んだ『ねずみとり』で演じられる。王の甥を演じる役者が果樹園の陰から現れて、王を演じる役者の耳に毒を注ぐのだ。ハムレットは、亡霊の話の真偽を試す手段として、演劇を選んだのだ。まず彼は役者たちに、芝居と演技の目的を説明する。「(芝居の目的とは)いわば自然に向かって鏡を投げること、つまり美徳には美徳の様相を、愚には愚のイメージを、時代と風潮にはその形や姿を示すことだ」(第3幕第2場)。ハムレットの見方では、演劇とは現実の人生の真実をあぶり出す方法なのだ。だから、芝居で「王の本心をつかまえてみせる」(第2幕第2場)と断言する。人々に涙させ、罪の意識を感じさせ、幸せをもたらす演劇の力が大いに発揮されるのは、この場面と、座長がハムレットに向かってトロイの陥落の様子を語る場面だ。このモノローグは、夫プリアモスを敵のギリシャ軍に切り刻まれた妻ヘカベの嘆きの激しさに焦点を当てたものだ。ハムレットはヘカベの悲しみの大きさと、役者の語りと感情を合わせる力とに、明らかに心を動かされている。それと比べて、自分や母はだめだと思っている。ガートルードは夫の死を悲しむことはなく、ハムレット自身は復讐を企てる気持ちを奮い立たせようと苦労していたからだ。

マザー・コンプレックス

したがって、ハムレットの『ねずみとり』に、クローディアスの罪を明らかにしよう

哀れなヨリック

本作品とは切っても切れない主題が、存在の本質である。おそらくシェイクスピアの悲劇のなかで最も偶像的なイメージとなるのが、ハムレットがヨリックのしゃれこうべを感慨とともに眺める場面だ。これは、ハムレットが死の現実を理解する瞬間である。彼は、その唇や舌やウィットとともに道化の頭が生きていた時代と、グロテスクな肉体の名残との違いをためつすがめつする。

ヨリックのしゃれこうべは、悲劇のなかでもユーモアを見い出せる墓掘りによって、ハムレットに渡される。墓掘りは、オフィーリア(自殺と噂されている)がキリスト教の埋葬に値するかどうかについて実際的な話をし、場所を空けるためにいとも簡単に墓から骨を掘り出す。ハムレットがありとあらゆることを考察するこの劇において、墓掘りは、ともすれば重くなる死というテーマを軽くしてくれるありがたい声である。

1930年、G・ウィルソン・ナイトは、ハムレットの死への執着に周囲の人も毒されていて、すべての悲劇の引き金を引いているのはハムレットだと論じた。ハムレットは自分を運命の犠牲者だと主張するが、実は自分自身の運命に対して最終的には責任があるとも言える。

宮内大臣一座時代

だが、ああ、何と言って祈れば
いいのだ？「忌まわしき殺人を
赦（ゆる）したまえ」か？　それはできない。
なにしろ、殺人で得たものを俺は
まだ手にしているのだから――
わが王冠、わが野心、そして
わが王妃。それらを手放さずに
赦しが得られようか。
クローディアス
第3幕第3場

という動機以外のものがあったのは偶然ではない。彼はこの芝居で母の良心も試そうとしていたのだ。実際のところ、ハムレットの憂鬱は母に対する怒りから生じているところ大で、母とクローディアスとの結婚を、ハムレットは近親相姦（そうかん）だと考えている。劇中劇で王妃を演じる役者は貞節について語り、そこで劇中妃はたとえ夫が死んでも再婚はしないと誓う。「再婚せんとは、卑しき損得勘定。懸想（けそう）してではないわいな。別の夫の腕でくちづけ受くるは、吾（あ）が夫（ひと）を、も一度殺すことじゃわいなァ」（第3幕第2場）。
　この劇中劇という武器を持って立ち上がったハムレットは、事態を掌握するわけだが、これは優柔不断という致命的な欠点のせいで身動きが取れなくなってしまいがちな劇の流れのなかでは、珍しいことだ。

ハムレット（右：ラディ・エメルワ）がクローディアス（左：ジョン・ドゥーガル）と争うこのグローブ座公演は、2014〜16年に世界205か国で順次上演される予定である。

非道な運命の矢弾（やだま）？

　ハムレットは、決して良い立場にいる人物ではない。30歳にして大学を離れ、祖国で暮らすために戻ってきた。父は死に、再婚した母とは心が通わなくなった。そして秘密裏に父の殺人の復讐をするという責任を負わされる。ハムレットの有名な疑問は「生きるべきか、死ぬべきか」（第3幕第1場）だが、何にもまして彼を悩ませている疑問がその直後に登場する。「どちらが気高い心にふさわしいのか。非道な運命の矢弾をじっと耐え忍ぶか、それとも怒濤（どとう）の苦難に斬りかかり、戦って相果てるか」（第3幕第1場）。
　ハムレットは、非道な運命の矢弾をじっと耐え忍ぶ道を選択する。それは、内的な葛藤ではなく、外的な攻撃だとハムレットは考えた。自分は運命の犠牲者なのだと、まるでロミオのように思い込んだハムレットは、自分の行動に対する責任をいっさい取らないことにしてしまう。すなわち、なかなか復讐をせず、ポローニアスを殺害し、オフィーリアを拒絶し、そしてローゼンクランツとギルデンスターンは殺されるに任せるのも、自分のせいではないと言わんばかりだ。最後の第5幕でハムレットは、神の摂理と国王打倒の必然性とを結びつけて言及する。だが、もしその結びつきに「非道な運命の矢弾」など関係なかったのだとしたら、ハムレットはただまちがった決断ばかりして、ひどい結果を招きつづけたことになる。悲劇が悲劇を呼ぶ悪循環は、デンマークの世界にいる人物たちが、より悪い結果に向かっ

あなたは妃（きさき）、
あなたの夫の弟の妻、そして、
残念ながら、わが母上。
ハムレット
第3幕第4場

てしまう愚かな選択をするせいで生まれる。ハムレットはクローディアスに対する復讐を延期するばかりでなく、偶然ポローニアスを刺してしまい、そのことがレアーティーズを復讐への道へと導く。ハムレットがあれほどまで恥をかかせて辛辣な方法でオフィーリアを拒絶したせいで、オフィーリアは父親が元恋人によって殺害されたことを知ったときに正気を失ってしまい、もしかすると人間の尊厳も失ったかもしれない。ポローニアスもまた、非難とは無縁の人物ではない。自分の息子のあとを追うようフランスにスパイを送り出したとき、オフィーリアならハムレットを罠にかけられると確信したとき、とりわけガートルードと息子の会話を盗み聞きするために壁掛けの後ろに隠れると申し出たとき、ポローニアスは愚かな判断をしてしまっている。これらの悲劇的な出来事に加えて、オフィーリアの溺死事故があり、クローディアスの毒入りワインがあり、ガートルードが偶然それを飲んでしまう事件があり、レアーティーズが毒を塗られた自分の剣で傷を負う事件がある。この悲劇世界は運命的な事故で溢れ返っている。登場人物の選択と彼らの運命こそ、まさに非道に思える。

> ああ、なんという早まった、
> むごたらしいことを！
> ガートルード
> 第3幕第4場

復讐

何よりもまず、これは復讐の物語である。復讐のモチーフは作品全体を通して繰り返され、同じことを求めている3人の復讐者が登場するばかりでなく、敵に復讐したいという欲求から生じる破滅と悲しみが恐るべき悪循環を生んでいく。

復讐の物語として『ハムレット』は、イングランドの劇作家トマス・キッドが『スペインの悲劇』（1587年）（当時最も人気のあった復讐悲劇の1つ）で確立したしきたりに則っている。シェイクスピアは亡霊や劇中劇、それにヨリックのしゃれこうべという死の物体を登場させるが、これは復讐劇の伝統を反映したものである。主人公は、そもそもの犯人（ここではクローディアス）を攻撃するために、

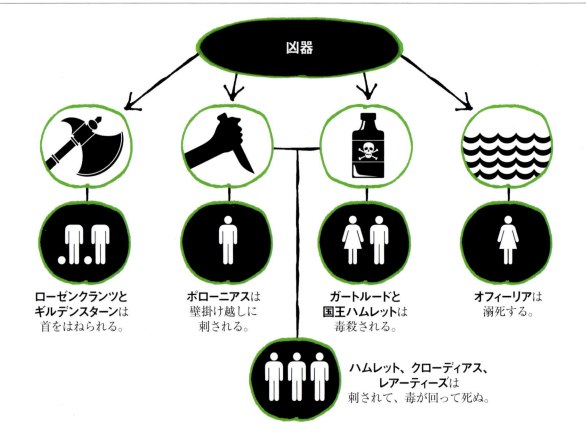

凶器

- ローゼンクランツとギルデンスターンは首をはねられる。
- ポローニアスは壁掛け越しに刺される。
- ガートルードと国王ハムレットは毒殺される。
- オフィーリアは溺死する。
- ハムレット、クローディアス、レアーティーズは刺されて、毒が回って死ぬ。

自分の良心と折り合いをつけざるを得なくなる。

復讐悲劇はその残虐性のみならず、演劇性を強調する冗談でも知られており、シェイクスピアは亡霊がホレイシオとマーセラスに呼びかける場に冗談を仕込んでいる。ハムレットは亡霊のことを〈モグラ殿〉や〈奈落の底にいるやっこさん〉（第1幕第5場）と呼び、肉体のないおばけの声というよりもむしろ、*舞台の床下から叫んでいる役者に訳知り顔の観客の注意を向けさせている*のである。

だが、ハムレットは単純な復讐のヒーローではない。彼は叔父に対する憎しみや父への愛、母への嫌悪感、それに亡霊への不信感に引き裂かれる。クローディアスへの攻撃を故意に遅らせて、代わりに自分の行動と存在を熟考する。ハムレットの敵に対するアプローチは、同じく父を殺され復讐を企てるレアーティーズやフォーティンブラスとは対極にある。ポローニアス殺害の知らせが届いたとき、レアーティーズはしきたりも慣習も無視して、反逆罪で名声を失う危険を冒してでも王に詰め寄った。ハムレットとは違ってレアーティーズは復讐を遅らせることもなければ、父の仇を討つためなら「地獄おちになっても構わん」（第4幕第5場）

オフィーリアの死を描いたこの忘れがたい絵は、イギリスの画家ジョン・エヴァレット・ミレイによって1852年に描かれたものである。水に浮かぶ花は、作品で語られる彼女の花冠に相当する。

とまで言い切る。彼の態度は向こう見ずで、同じくハムレットに死んでもらいたいと願っている国王に悪用されるが、レアーティーズの動機づけと意図は、ハムレットのそれと似ていないわけではない。3人目の復讐者はフォーティンブラスで、父親をハムレットの父である前国王に殺された。ハムレットが延期し、レアーティーズが急くのに対し、フォーティンブラスは巧みに自軍を整え、デンマークを侵略する計画を練っていて、個人的というよりは政治的な復讐を実行しようとする。レアーティーズとフォーティンブラスは、ハムレットの悲劇的な欠点——彼をいやおうなしに運命へと導いた疑念と優柔不断さ——はもち合わせていなかった。■

> 気高いお心が砕けてしまった。
> おやすみなさい、優しい王子様。
> 天使たちの歌声を聞きながら
> お眠りなさい。
> **ホレイシオ**
> 第5幕第2場

若さ、儚(はかな)し

『十二夜』(1601)

十二夜

登場人物

オーシーノー イリリアの公爵。オリヴィアに恋い焦がれる。

ヴァイオラ 船の難破でイリリアに漂着した若い女性。オーシーノーに気に入られようと男装して小姓のシザーリオとなる。

セバスチャン ヴァイオラの双子の兄。ヴァイオラは兄が海で溺れ死んだと思っている。

アントーニオ 船長にしてセバスチャンの盟友。逮捕されるが、のちに赦される。

船長 ヴァイオラの乗っていた難破船の船長。

オリヴィア 美しき女伯爵。父と兄の喪に服しており、シザーリオに求婚したのちにセバスチャンと結婚する。

マライア オリヴィアの血気盛んな侍女。マルヴォーリオいじめの計画の首謀者。

サー・トービー・ベルチ オリヴィアの放埒な親族。愚鈍なサー・アンドルーにいたずらをしかける。

サー・アンドルー・エイギュチーク 裕福だが役立たずの若い男性。オリヴィアへの求婚者。

マルヴォーリオ オリヴィアの執事。厳格にして杓子定規。

フェステ オリヴィアの道化。機知と才能に富んだ声色使い。家の者と言葉で大いにやりあう。劇中の出来事について解説者の役を務める。

ヴァレンタインおよびキューリオ オーシーノーの侍臣たち。

オーシーノーは、兄の喪に服しているという理由で**オリヴィアに愛を拒絶され、悲嘆にくれる。**

↑
第1幕第1場

シザーリオとなったヴァイオラはオーシーノーによってオリヴィアのところへ遣わされるが、**オリヴィアはシザーリオに一目惚れする。**

↑
第1幕第5場

マライアとその仲間たちは場を白けさせた執事に仕返しするため、**マルヴォーリオを騙して**オリヴィアに愛されていると思い込ませようとする。

↑
第2幕第2場

第1幕第2場　第2幕第1場
↓　　　　　↓

嵐によってイリリアの浜辺に打ち上げられた**ヴァイオラは、オーシーノーに仕えようと男装する。**

溺れ死んだと思われていたヴァイオラの双子の兄**セバスチャンが、イリリアに到着する。**

美女オリヴィア姫にふられたイリリアの領主オーシーノーは、自らの傷心を映すような悲しい音楽をせがんでいる。海難に遭ってイリリアの浜辺に流れ着いたヴァイオラは、双子の兄セバスチャンが溺れ死んで自分は天涯孤独となったと思い込み、男装してシザーリオと名乗ってオーシーノーに仕えることにする。一方、オリヴィア姫の放埒な叔父サー・トービーは、裕福だが愚鈍なサー・アンドルーを説得してオリヴィア姫への求婚者とする。ヴァイオラ（シザーリオ）は、オーシーノーから姫へ恋の使者として遣わされるが、すでにオーシーノーに恋心を抱いていた。道化フェステは姫がこれ以上嘆き悲しまないように言うが、堅物の執事マルヴォーリオに叱責される。そこにシザーリオが到着。だが、シザーリオが主人オーシーノーの凝った恋の訴えをいくら伝えたところで、シザーリオに心を奪われた姫の耳には入らない。シザーリオが立ち去ると、姫は執事マルヴォーリオに命じて、あとを追いかけさせ、シザーリオが残していったという指輪を返させようとする。

ヴァイオラの双子の兄セバスチャンは船長アントーニオに助けられ、イリリアに漂着していた。妹が死んだと思っているセバスチャンは、オーシーノーの宮廷で運を試そうとする。ヴァイオラは執事

宮内大臣一座時代

アントーニオが
セバスチャンに財布を預け、
2人は別行動をとる。

サー・アンドルーと
ヴァイオラが決闘に及ぼう
としたとき、アントーニオが
友人の〈セバスチャン〉を
助けようと割って入る。

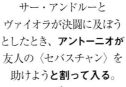

セバスチャンはシザーリオ
とまちがえられたまま、
オリヴィアと結婚。

セバスチャン到着、
ヴァイオラは変装を
明らかにして**大団円**、
ただし**マルヴォーリオ**
を除く。

↑ 第3幕第3場　　↑ 第3幕第4場　　↑ 第4幕第3場　　↑ 第5幕第1場

| 第3幕 | | 第4幕 | 第5幕 |

第3幕第2場　　　第3幕第4場　　　第4幕第2場　　　第5幕第1場
↓　　　　　　　↓　　　　　　　↓　　　　　　　↓

サー・アンドルー・
エイギュチークはシザーリオこそ
オリヴィアの愛情のライバルだと
思い込み、決闘の挑戦状を書く。

マライアに騙され、
ふだんは地味な
マルヴォーリオが
派手な服装で
オリヴィアを
驚かせる。

オリヴィアはセバスチャンを
シザーリオとまちがえて助け、
セバスチャンは
オリヴィアに惚れてしまう。
一方で哀れなマルヴォーリオは
オリヴィアに手紙を
書き始める。

新婚のシザーリオが
オーシーノについて行くと
言い出し、オリヴィアは
打ちのめされる。

から姫の指輪を渡されて、姫が自分に恋してしまったことを知る。どんちゃん騒ぎをしていたサー・トービーとその仲間たちは、執事にうるさいと文句を言われ、仕返ししてやろうと計画。侍女のマライアは、姫から執事へ宛てた恋文をでっちあげ、それを執事に本物だと思い込ませるという筋書きを思いつく。

オーシーノの求めに応じてヴァイオラ（シザーリオ）は、姫のもとを再び訪れるが、そこで姫からシザーリオへの愛の告白をされてしまう。サー・トービーはサー・アンドルーに、シザーリオに決闘を申し込めとけしかける。アントーニオがオーシーノの宮廷には敵がいるとセバスチャンに告げたため、2人は別行動を取る。一方、偽恋文に騙されて、姫が派手な服を望んでいると信じ込んだ執事は、いつもの地味な服を脱ぎ、黄色い靴下を履く。サー・アンドルーはシザーリオに挑戦状を送りつけ、2人が剣を抜いたそのとき、アントーニオがシザーリオをセバスチャンだと勘違いして助太刀に割って入る。シザーリオはアントーニオのことなど知らぬと言い張る。

サー・トービーは、シザーリオだと思ってセバスチャンに襲いかかり、姫に止められる。姫は相手がシザーリオだと思って結婚を申し込み、早くも姫に夢中になったセバスチャンに受け入れられる。海賊としてオーシーノの前に引き出されたアントーニオは、セバスチャン（実はシザーリオ）が友情を否定したことに傷つく。そこに姫が到着し、シザーリオが夫であると告げる。シザーリオがオーシーノについて行こうとすると姫は衝撃を受け、司祭を呼んで自分たちが結婚したことを証言させる。突然セバスチャンが現れ、アントーニオを見つけてほっとして声をかけるが、皆は彼がシザーリオと瓜二つなことに驚きを隠せない。

すべてが明らかになる。オーシーノはシザーリオを愛していることを認め、結婚を申し込む。マルヴォーリオは、騙されていたことを知り、復讐を誓う。》

十二夜

背景

テーマ
人の取り違え、性差の入れ替わり、恋愛

舞台
ローマ時代、アドリア海沿岸の国イリリア（現在のクロアチアとスロヴェニア）

材源
1531年 イタリアのきわどい喜劇『みな惑わされて』

1581年 イングランドの作家バーナビー・リッチ作『軍務よさらば』

上演史
1602年 2月2日、ロンドンのミドル・テンプル法学院にて初演。

1741年 ドルーリー・レイン劇場が全幕リバイバル上演、ハンナ・プリチャードがヴァイオラ役。

1897年 ウィリアム・ポウルがミドル・テンプル法学院にて、エリザベス朝時代の形式で上演。

1912年 ハーレー・グランヴィル・バーカーの黒色と銀色による現代風演出が、リラー・マッカーシー演じるヴァイオラを鮮やかに描写。

1955年 ストラットフォード・アポン・エイヴォンにおいてジョン・ギールグッド演出、ローレンス・オリヴィエならびにヴィヴィアン・リー主演。

1968年 ニューヨークにおいてロック・ミュージカル『ユア・オウン・シング』初演。『十二夜』を現代に置き換えた作品。

1996年 トレヴァー・ナン監督が舞台を19世紀に脚色して映画化、イモジェン・スタッブスがヴァイオラを演じる。

『十二夜、あるいは、お好きなように』は性が入れ替わり、人が取り違えられる喜劇である。魅力的なヒロインのヴァイオラが海難に遭って男装することで真実の愛を見つけるのだが、そこにはピューリタン的な執事のマルヴォーリオの苦悩という影の側面もある。

無礼講の夜

十二夜とはクリスマスから数えて12日目、つまり1月6日の前夜を指す。1月6日は公現祭（エピファニー）で、伝説によると東方の三博士が嬰児（みどりご）イエスに贈り物を持って現れた日だ。エリザベス朝時代のイングランドにおいて十二夜はクリスマス・シーズンの最終日であり、それにまつわる風習はキリスト教のみならず異教に由来するところも大きかった。仕事に戻る前に飲み、食い、ゲームに興じ、仮面劇を楽しむ、最後のどんちゃん騒ぎで、通常のルールが一時的にひっくり返る無秩序の時間となって、主人は召し使いに、召し使いは主人になった。そして古代ローマの冬の祝祭・農神祭の伝統に則（のっと）って、男性が女装し、女性が男装した。しばしば大きなケーキが焼かれ、切り分けられたケーキに豆やコインが入っていた人がその夜の〈無礼講の王〉となった。

この戯曲は、十二夜の娯楽として書かれたものと考えられている。記録によると、初演は1602年2月2日ミドル・テンプル法学院ホールでの私的上演である。だが、作品には1月5日の十二夜への言及が多い。このあべこべの世界では下僕はうぬぼれ、女たちは男装し、誰が誰だかわからなくなる。ヴァイオラはおそらくローマ時代の農神祭を考慮して、男装の際にシザーリオと名乗っている。そして道化のフェステはまさにその名が祝祭（フィースト）を暗示しているが、劇中しばしば賢者と愚者を引き合いに出す。ある意味では、彼は劇中で唯一正気の存在と言える。

悲しみの地

『十二夜』には御伽噺（おとぎばなし）的要素がある。物語は、嵐で船が難破して異国の地イリリアで独りぼっちになった少女とともに始まる。（少女の名前がヴァイオラだということは、かなりあとにならないと判明し

ラファエロ前派の画家ウォルター・ハウエル・デヴァレルが第2幕第4場を描いたもので、フェステが愛の残酷さを歌っている。歌は「来たれ、来たれ、死よ」で始まる。

宮内大臣一座時代

相関図

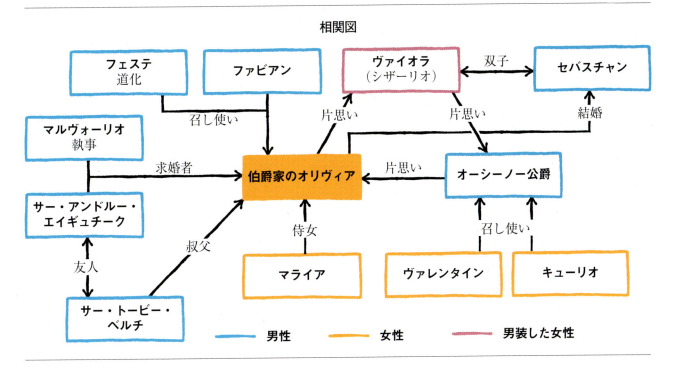

ない。）そこは不条理なほど憂鬱に沈んだ国だ。イリリアの公爵は美しきオリヴィアを愛して憂鬱にひたっており、これはエリザベス朝時代のイングランドでは流行の悩みである。公爵は音楽が嫌になるほど音楽を求める。「音楽が恋の糧なら、続けてくれ。嫌というほど味わえば、さすがの恋も飽きがきて、食欲も衰え、なくなるかもしれぬ。今のところをもう一度。消え入るような調べであった」（第1幕第1場）。

一方で、公爵の意中の人にして伯爵家の女主人オリヴィアは、さらにいっそう塞ぎ込んでいる。兄の死を深く悼み、7年間はヴェールを被ったままでいると誓ったのだ。家のことは陰気な執事のマルヴォーリオに任せており、執事はというと誰にも楽しみなど見い出せないようにするのが己の職務と心得ている。オーシーノーもオリヴィアも、憂鬱の暗い場所に引きこもっている ── それは皮肉にも、マルヴォーリオいじめがあまりにもうまくいきすぎたとき、マルヴォーリオが囚われる暗い独房と同じだ。

この憂鬱はある意味、イリリアをのみ

うまく首をくくられりゃ、馬鹿な結婚をせずにすむって言うね。
フェステ
第1幕第5場

込んだ狂気である。オリヴィアとオーシーノーはどちらも愚かしいほど過剰な悲しみにふけっており、道化のフェステが以下のようにそのことを示してみせる。
「道化：ご婦人よ、なぜ嘆くのか？
オリヴィア：阿呆(あほう)よ、兄上が亡くなったからです。
道化：兄上の魂は地獄にあるのじゃな、ご婦人。
オリヴィア：兄上の魂は天国においてよ、阿呆。
道化：なんたる阿呆じゃ。兄上の魂が天

国にあるのを嘆くとは。君たち、この阿呆を連れて行きなさい」（第1幕第5場）。

喜びをもたらす人

ヴァイオラの役割は、まさに十二夜のお祭り騒ぎの精神のように、この一連の憂鬱を吹き飛ばして、喜びと真の愛をこの世界に呼び戻すことにある。当時はクリスマスの祝賀に眉をひそめるピューリタンも多く（1647年に彼らはクリスマス祝賀禁止の法案を成立させた）、彼らは演劇界の奔放ぶりを激しく非難していたため、この役には政治的なメッセージも込められていたかもしれない。

もちろんヴァイオラ自身には、耐えなくてはならない身内の不幸がある。イリリアの岸辺に着いたとき、兄は溺れ死んで自分が天涯孤独になったと思い込んでいるのだ。それに対するヴァイオラの反応は、オリヴィアのように喪に服すのではなく、行動を起こすことだった。

兄に似せて男装するというヴァイオラの選択は妙ではあったが、それが喜劇やロマンスの扉を開く。男装することでヴァイオラは最愛のオーシーノーに近づくこ

喜劇俳優スティーヴン・フライ(左)は、2012年ロンドン・グローブ座においてマルヴォーリオ役を演じた。オリヴィア役はマーク・ライランスであり、全キャストが男性によって演じられた。

る。自分の指輪をシザーリオが落としたと見せかけてマルヴォーリオに持たせ、あとを追わせたのだ。

どうやら、一見したところ、オリヴィアは、シザーリオの女性的な外見は彼が紳士だからにちがいないと思っているらしい。だがオリヴィアもオーシーノーと同様、シザーリオの魅力にいささか過剰に引きずられる。「その言葉遣い、顔立ち、体つき、物腰、精神、文句なしの紳士よ」(第1幕第5場)。彼女の必死さは、服喪の寡黙さのあとでは喜劇の印象を与えるが、恋というよりむしろ欲望のようにも見える。

もつれを解きほぐす

一方でヴァイオラはオーシーノーに心奪われて、どうすることもできなくなってしまう。ヴァイオラは自身のことを男でも女でもない〈化け物〉と呼ぶ。「私は男だから、ご主人様から愛してもらえる見込みはない。私は女だから(ああ、なんてこと!)お気の毒なオリヴィア様、どんなに溜め息をついても無駄!」(第2幕第2場)。

ヴァイオラは「私には固すぎて、(このもつれを)解きほぐそうにも、ほぐせない」

とができたものの、自分の愛を打ち明けられない。それはまた、兄セバスチャンが姿を現したとき、どちらがどちらかわからなくなるという混乱を引き起こす。

シェイクスピアは喜劇的な副筋で最後にやや暗い面を見せるために、2人の愚かな求婚者を描いた。おつむの軽いサー・アンドルー・エイギュチークがその1人。もう1人はマルヴォーリオ。この堅物の執事は、いたずら好きのサー・トービー・ベルチと生意気な侍女マライアにまんまとはめられて、恥をかかされる。

女性の特性

オーシーノーは初めから奇妙なほど自分の若き小姓に心惹かれるが、それをシザーリオの若さのせいにする。「おまえが男だと言うようなやつは、おまえの若々しさがわかっていないのだ。女神ダイアナの唇も、これほどなめらかで、ルビーのように赤くはない。そのか細い声は、乙女の声のように高く透き通り、どこをとっても女のようだ」(第1幕第4場)。自己愛にとらわれたオーシーノーにとって、シザーリオは女性のように見え、女性のように聞こえるわけだが、相手の顔をしげしげと眺める公爵はどちらの性に魅せられているのかという微妙な問題もある。そしてもちろんこの性別の境界線は、ヴァイオラがそもそも少年俳優によって演じられたことで、さらにぼやけてくる。ヴァイオラの立場は、シザーリオとしてオリヴィアを訪ねたとき、さらに微妙になる。オリヴィアは若い〈少年〉に対しすぐにヴェールを上げ、ただ一度の面会のあと、シザーリオに戻ってきてほしいと熱望す

> 忍耐の像のように
> 悲しみに微笑みかけていました
> **ヴァイオラ**
> 第2幕第4場

> キスしてよ、乙女よ。
> 若さ、儚(はかな)し
> **フェステ**
> 第2幕第3場

> 1つの顔、1つの声、1つの服、
> だが2人いる！
> あるけれどもないものを
> 見せる自然の覗き眼鏡だ！
> オーシーノー
> 第5幕第1場

（第2幕第2場）と嘆き悲しむ。だが観客の我々はまさにそのもつれがゆるみそうなことを目撃したばかりであり、それというのも双子の兄セバスチャンが結局溺れ死なずに姿を現したからだ。ヴァイオラの心からの苦悩がさらにつらいものになっていく一方で、劇は観客にとって喜劇となっていく。すべてうまくいきそうだと我々にはわかっているからだ。我々はセバスチャンとシザーリオとが取り違えられるたびに、喜劇的な混沌を笑う。

まもなく、すべてが暗転しそうになる。セバスチャンのことをシザーリオだと信じ込んで結婚したオリヴィアが、オーシーノーと出会ったとき、シザーリオに結婚したことを否定され、オーシーノーに対して忠誠を誓われ、ひどい裏切りにあうのだ。オーシーノーも困惑する。だがすぐにセバスチャンがシザーリオのいるところへ登場し、舞台上の全員が酷似した2人の外見に狐につままれたところで、すべてが明らかになる。「1つの顔、1つの声、1つの服、だが2人いる！　あるけれどもないものを見せる自然の覗き眼鏡だ！」（第5幕第1場）。

解決方法は単純だ。オリヴィアはセバスチャンと結婚したままでいればよく、ヴァイオラは自分が女であると明らかにし、愛するオーシーノーと結婚する。巧みではあるが、性の曖昧さは完全に消えるわけではない。セバスチャンはオリヴィアに向かって「あなたは処女同然の童貞と婚約したのですから」（第5幕第1場）と言い、オーシーノーとヴァイオラが劇の終わりに結婚するべく一緒に退場する際にはヴァイオラはまだ少年の服をまとっていて、オーシーノーに自分の〈主人の女主人〉と表現されるのである。

性差を超えて

多くの批評家が『十二夜』を同性愛の面から探求してきたことは、驚きではないだろう。事実、セバスチャンとアントーニオは互いへの愛を誰はばかることなく表現しており、現代では彼らをホモセクシュアルとして演出することも多く、オリヴィアとシザーリオとの関係についても似た意味が読み込まれる。

だが、シェイクスピアの時代における性の概念は今とは違っていた。男性同士の近しい関係は、友情の理想型とされていた。シェイクスピアは人が誰しも備えている〈男〉と〈女〉の二重性を探っていたのかもしれない。オーシーノーはこう語る。「シザーリオ、おいで。君は男のあいだはシザーリオだからな。別の服の君を見るのはまだ先だ。そのときこそ君はわが妻。わが恋の妃だ」（第5幕第1場）。この劇の副題『お好きなように』は、どんな愛も受け入れよという、我々全員へのメッセージかもしれない。■

2006年の『アメリカン・ピーチパイ』は、舞台をイリリアという名のアメリカの高校に移した。ヴァイオラは男子サッカー部でプレーするために、男になりすまして兄の学校に潜り込む。

マルヴォーリオ

マルヴォーリオは『十二夜』における暗い影の部分だ。その名はオリヴィアとヴァイオラの名の一部アナグラムになっていて、イタリア語の〈悪〉（mal）と〈私は欲する〉（volio）の意味を持つ。その内的世界は、外的世界が喜びに目覚めるにつれて荒んでいき、他人はみな愚かだと信じるこのピューリタンはついに自分こそが本物の愚か者だと証明されてしまう。

サー・トービーやマライアたちは、オリヴィアがマルヴォーリオに恋焦がれているという嘘で、執事を騙そうと企む――尊大で自己欺瞞に満ちたこの男は、いともあっさりと悪企みの餌食となってしまう。騙された地味なピューリタンは道化のように派手な十字の靴下留めと黄色い靴下を着込み、その生真面目さゆえに主人オリヴィアに向かってうつろな笑いを浮かべる。愚かにも手紙に書かれた「生まれつき偉大な者もあれば、偉大さを勝ち得る者もあり、偉大さを与えられる者もあります。」（第2幕第5場）という言葉が自分に向けられたものと思ってしまうのだ。だがこのいたずらが徐々に残酷なものとなり、最後に企みが暴露されて彼が屈辱にまみれたとき、我々は彼の捨てせりふ「どいつもこいつも復讐してやる！」（第5幕第1場）に同情を禁じ得なくなる。

戦争と好色で
なにもかもだめになっちまえ
『トロイラスとクレシダ』(1602)

トロイラスとクレシダ

登場人物

トロイ側

プリアモス（プライアム） トロイ王。

ヘクトル（ヘクター） プリアモスの長子。トロイ軍の指揮官。

パリス ヘクトルの弟でトロイラスの兄。パリスはヘレネ（ヘレン）を愛人として連れ去り、トロイ戦争を引き起こす。

トロイラス トロイ人の戦士で、ヘクトルとパリスの一番下の弟。クレシダと恋に落ちる。

パンダロス（パンダラス） トロイの廷臣にしてクレシダの叔父。

アンドロマケ ヘクトルの妻。

カサンドラ ヘクトルの妹、パリスとトロイラスの姉。将来を見通す能力を備えており、トロイの敗北を予言する。

ギリシャ側

ヘレネ（ヘレン） ギリシャのメネラオス（メネレイアス）の妻にして、パリスの愛人。

アガメムノン ギリシャ軍で尊敬される総大将。

ウリッセス（ユリシーズ） ギリシャ軍の知将。

ネストル（ネスター） 長老の知将。

アキレウス（アキリーズ） 伝説の戦士にして、ギリシャ軍の誇り。

アイアス（エイジャックス）、およびディオメデス（ダイオミディーズ） ギリシャ軍の武将。

クレシダ トロイラスに愛を誓うも、のちに不貞が判明する。

カルカス クレシダの父親。ギリシャ軍に加わる。

パトロクラス アキレウスの仲間。

テルシテス（サーサイティーズ） 戦争の解説者。

トロイ戦争勃発から7年後、パンドロス（パンダラス）がトロイラスのためにクレシダを口説こうと試みる。

ヘクトル（ヘクター）がギリシャ軍に決闘を申し込む。ウリッセス（ユリシーズ）と武将たちは、アイアス（エイジャックス）をヘクトルの対戦相手に選んでアキレウス（アキリーズ）の面目を失わせようと計画する。

トロイラスとクレシダは、なんとかして2人に床入りさせようとするパンドロスによって、結ばれる。

↑ 第1幕第1場 　　↑ 第1幕第3場　　↑ 第3幕第2場

第1幕　　　**第2幕**

↓ 第1幕第2場　　↓ 第2幕第2場

クレシダはトロイラスに無関心なふりをして、彼のことを「こそこそしたやつ」と呼ぶ。だが、彼女もトロイラスを愛していることを密かに認める。

トロイ軍はヘレネ（ヘレン）をギリシャに帰さないことにする。

前 口上役が、この物語はトロイ戦争勃発から7年後のものだと述べる。トロイ王プリアモス（プライアム）の息子にして、ヘクトル（ヘクター）とパリスの弟であるトロイラスは、裏切り者の娘クレシダに心を奪われる。彼は娘の叔父パンダロス（パンダラス）に、娘を説得して自分になびいてもらおうとする。クレシダはトロイラスに対してそっけないそぶりをするものの、実は彼に惹かれていることを密かに認める。

トロイの城壁の外側では、ギリシャ軍陣営が混乱に陥っている。アキレウス（アキリーズ）が戦いを拒み、総大将の弟メネラウスは武人としての威信に欠けている。トロイでは、廷臣たちがギリシャ軍との長い戦争の目的と犠牲について議論している。ヘクトルは、ヘレネ（ヘレン）の拉致が戦争を始めるきっかけとなったとはいえ、彼女をギリシャに送り返すべきではないという意見を受け入れる。

ヘクトルはギリシャ軍に対し、誰か決闘の相手をするように挑戦状を送る。ウリッセス（ユリシーズ）はこの申し込みを利用して、頭の鈍いアイアス（エイジャックス）がヘクトルと戦うべきであると発表して、アキレウスの面目をつぶしてやろうと考える。アイアスは母親がプリアモスの妹で、トロイの王子たちと親戚関係にあった。

宮内大臣一座時代

トロイラスはクレシダに変わらぬ愛の証として袖を贈る。その返礼として、クレシダは手袋を贈る。**ディオメデスがクレシダをトロイから連れ去る**が、彼女にふさわしい扱いをするとトロイラスに約束する。	ディオメデスとクレシダが**逢い引き**をしているところを、トロイラスやウリッセス、テルシテス（サーサイティーズ）に盗み聞きされる。クレシダはディオメデスにトロイラスの袖を渡し、翌日の夜また逢うことを約束する。	トロイラスはアイアスおよびディオメデスと相まみえる。**ヘクトルはアキレウスと戦う**。		トロイラスがヘクトルの死を告げ、この埋め合わせにギリシャ軍に復讐してやると述べる。
↑第4幕第4場	↑第5幕第2場	↑第5幕第8場		↑第5幕第10場

第3幕　第4幕　第5幕

第3幕第3場 ↓　第4幕第5場 ↓　第5幕第6場 ↓　第5幕第8場 ↓

カルカスは**捕虜アンテーノール（アンティーナー）とクレシダの交換**をアガメムノンに頼む。交渉役ディオメデス（ダイオミディーズ）がトロイに派遣される。

ヘクトルとアイアスが**名誉の決闘**の場に立つが、引き分けとなる。アキレウスは腹を立てる。トロイラスはウリッセスに、クレシダのテントに連れて行ってくれるよう頼む。

トロイラスはパンダロスの話を聞こうとせず、彼が預かってきた**クレシダからの手紙を破る**。

ヘクトルがアキレウスとミュルミドーン（マーミドン）たちに襲われ、殺される。

　トロイでは、トロイラスがパンダロスの家でクレシダへの求愛に成功し、そこで2人は一夜をともにする。その夜のうちに、カルカスは、トロイ人の捕虜アンテーノール（アンティーナー）と自分の娘クレシダを交換し、娘をギリシャ軍陣営の自分のもとにこさせるように、ギリシャ軍の総大将アガメムノンと取り引きする。使者のディオメデス（ダイオミディーズ）はこの交換の知らせをもってトロイラスのもとへ出向き、トロイラスは泣く泣くクレシダを引き渡す。
　戻されたクレシダは、ギリシャ軍から喜びのキスで歓迎される。これを見たウリッセスは、クレシダは浮ついた危険な女性だと即断する。
　一騎打ちの日、アイアスとヘクトルは戦うものの、友好的な引き分けに終わる。アキレウスはヘクトルを憎み、彼を殺すことを誓う。その夜、戦いのあとトロイラスはウリッセスに連れられてクレシダのテントに向かうが、テルシテス（サーサイティーズ）も盗み聞きしていた。トロイラスは、クレシダとディオメデスが親密になっていることに気づき、自分が来たことを明かすこともできなくなってしまう。クレシダは愛情の証としてトロイラスから贈られた袖をディオメデスに渡す。失恋して幻滅したトロイラスは、ディオメデスに復讐することを誓い、クレシダを不実な裏切り者だと非難する。
　翌朝、妻と妹の警告を無視して、ヘクトルはアキレウスとの戦いに挑む。ヘクトルが戦闘に勝ち、この敗戦にプライドを傷つけられたアキレウスはいきり立って、自分が率いるミュルミドーン（マーミドン）人の兵士集団とともにヘクトルを殺す。アキレウスが戦場でヘクトルの亡骸を引きずり回すのを、トロイ軍は見ているしかなかった。そしてトロイラスは殺された兄の仇を討つしかないと観念する。本作品は、トロイラスに見捨てられ、皮肉屋の老人としてひとり取り残されたパンダロスが、未来の世代に遺せるのは病気だけだと語るところで終わる。»

トロイラスとクレシダ

背景

テーマ
愛欲、戦争、裏切り、名誉、武勇

舞台
紀元前12世紀のトロイ

材源
1598年 ホメロスのトロイ戦争についての叙事詩『イーリアス』、ジョージ・チャップマン英訳版。

1385〜86年 イングランドの詩人ジェフリー・チョーサー作『トロイラスとクリセイデ』。

1460〜1500年 スコットランドの詩人ロバート・ヘンリソンによる、チョーサーの物語の続編とでも言うべき『クレセイドの遺言』。

上演史
1609年 本作品は四つ折本に喜劇と記される。

1679年 イギリスの詩人ジョン・ドライデンが改訂した版では、恋人たちはディオメデスとともに死に、クレシダはトロイラスを愛しつづける。

1898年 シェイクスピア版がミュンヘンの舞台で上演されるが、これはシェイクスピアの時代以来初めての上演として知られる。

1938年 マイケル・マコーワンによって反戦プロパガンダ劇としてロンドンで上演され、テルシテスが皮肉屋の戦争記者として演じられる。

2012年 ストラットフォードで2つの劇団による上演。ロイヤル・シェイクスピア劇団がギリシャ側を、ニューヨークの劇団がトロイ側を演じた。対照的なスタイルが両国の文化的差異を際だたせるという手法だった。

『トロイラスとクレシダ』は戦争と愛欲の劇である。これを知的な色合いの問題劇として考えると、朗読や上演は難易度の高いものとなる。17世紀にはイギリスの詩人ジョン・ドライデンが本作品を「ごみの山」と断じ、その一方で現代では登場人物たちの苦痛に焦点を置く傾向にある。批評家のA・D・ナトールはこの作品を「病んでいる、才気走った戯曲」と呼んでいる。

本作品はアキレウス、ヘクトル、アイアス、ウリッセス、パリス、メネラオスといった、伝説的な人物たちの叙事詩的物語に基づいている。だがシェイクスピアは〈ヒーロー〉という概念を崩すことで、これらの人物の名声を問題視する。パリスはうぬぼれの強い自己中心的な若者だ。アキレウスは恋に悩む反抗者。アイアスは愚かで残虐な男で、メネラオスは寝取られ男でもの笑いの種。偉大な戦士トロイラスはもの憂げな恋人で、何をするにもクレシダへののぼせ上がった気持ちに支配されている。ヒロイズムの唯一のシンボルとなりうるのがヘクトルであり、立派な英雄と戦いたいと考えている。だが、そんなヘクトルも武装を解いた隙にアキレウスの部下たちに殺害される。

> 女は口説かれているときは天使。ものにされたらおしまい。喜びの本質は、している最中にある。愛されている女でそれがわかっていない女は、何もわかっていない。男は手に入らないものを崇(あが)めるもの。
>
> **クレシダ**
> 第1幕第2場

2009年のグローブ座の公演でローラ・パイパーは、自分自身を発見し男性社会と戦争を生き抜く方法を見つける途中の10代という設定で、クレシダを演じた。

これらの好色で、冷淡で、不名誉な兵士たちを描くことで、シェイクスピアは戦争におけるヒロイズムを風刺する。

この名誉の欠如に加え、そもそも危機の原因となったのは、こんな戦争などをしてまで取り合う値うちなどほとんどなさそうな女性である。登場人物たちは、兵士の命を犠牲にしてまでトロイにとどめておくほどの女なのか、とどめおいてどうするのかと、最初の3幕を費やして議論を重ねる。ヘレネはついに第3幕で登場するが、ほとんど口を開かず、恋煩いについてこう叫ぶ。「恋の歌がいいわ。『この恋ゆえに私たちはおしまい。』ああ、キューピッド、キューピッド、キューピッド」(第3幕第1場)。

これが、トロイ軍とギリシャ軍の何千という兵士が命を犠牲にした女性のせりふとは思えない。ヘレネとパリスは、この腐敗したトロイにおいて、好色で自己中心的な愛の本質を象徴している。ヘレネの夫に対する不貞と、パリスとの退廃的な振る舞いは、クレシダのトロイラスに対する背信とも酷似している。テルシ

>
> 弟パリスという松明は
> われらを焼き殺す。
> 泣け、トロイ人よ、泣け！
> ああヘレネ、なんということ！
> 叫べ、「トロイが燃える」と叫べ。
> さもなくばヘレネを手放せ。
> **カサンドラ**
> 第2幕第2場

テスが観客に思い出させたとおり、世界は「セックス、セックス、いつだって戦争とセックス」（第5幕第2場）だけで満ち溢れている。

価値の本質

ヘレネについての論争のなかで、トロイ陣営のパリス、ヘクトル、そしてトロイラスは値うちの観点から議論する。

「**ヘクトル**：弟よ、あの女はここにとどめておくのにかかる代償に値しない。
トロイラス：何だって価値がないと思われたらそれまでだ。
ヘクトル：だが価値とは、ある人の意思で決まるのではない。その評価と威厳は価値を認める側のみならずそれ自体が貴重であるところにあるのだ」（第2幕第2場）。

トロイラスは代価が高い場合には、価値あるものになると論じる。クレシダはトロイラスがこういう考えのもち主だとわかっていたため、彼の目にもっと価値があるように映るために、言い寄ってくるのを拒絶したのだ。しかしヘクトルは、物事が尊ばれるには本来備わっている値うちがなくてはならないと主張する。ヘレネその人に値うちはなく、パリスが夢中だからトロイは戦うのだ。この粛然たる事実は、この劇の戦争の外傷をまるで無意味にしてしまう。このことは、ギリシャ軍にとって二重に真実だ。ギリシャ軍は指揮官であるメネラウスに敬意を払っていないし、彼がトロイに復讐したいと思うその動機も尊重していないのだから。

ヘレネは不釣り合いなほど高額の値がついた商品であるというヘクトルの思いにもかかわらず、彼女の名誉を守ることはトロイの利益にかなっていて、そして彼女の名前のもとに命を失う男たちの利益にもかなう。この都市では経済は傾いているかもしれないが、ヘクトルの理想の世界では、〈相対的価値〉にしろ〈絶対的値うち〉にしろ、勝ち取らなければならないものなのだ。だからこそ、ヘクトルの死は、なおさら悲劇的となる。ヘクトルはアキレウスの手にかかって殺され、その英雄的な値うちはすっかり蔑ろにされるからだ。トロイラスとヘクトルは2人とも、愛と戦争についてそれぞれ理想主義的な視点をもっているが、結局は幻滅させられる。ヘレネもクレシダも、2人が他人に課した涙や痛みを超える〈値うち〉など何もないことが判明する。そして、ヘクトル自身の価値はアキレウスによって蹂躙される。

シェイクスピアが描いた政治的にも道徳的にも醜い世界のなかでは、現実主義者は低俗で、邪道で、異形の解説者テルシテスであり、戦争の本当の価値と損失を理解している。彼は、ギリシャの武将たちが用いる名誉や身分に関する高度なレトリックを、ある根本的な真実をもって突き破る。「結局は淫売女と寝とられ男のせいじゃないか。戦争して死ぬまで血を流すのにふさわしい喧嘩の種だぜ」（第2幕第3場）。ここで再び〈相対的価値〉

>
> 言葉、言葉、
> 心にもないただの言葉だ。
> **トロイラス**
> 第5幕第3場

2006年のドイツ人演出家ペーター・シュタインによる公演では、戦闘場面は斜めに傾斜したステージ上で演じられ、観客は同時に複数の戦いを追うことができた。

と〈絶対的値うち〉は戦争と勝利への欲望と渇望によって歪み、崩壊する。

恋人たちと仲人のパンダロスは、この戦争そのものがトロイのヘレネをめぐっての伝説的な争いになったのと同じように、のちの世での自分たちの名声を予測する。物語はよく知られているものであるため、恋人たちが永遠の貞節を誓う場面は、皮肉な前兆の瞬間になる。トロイラスは、自分の愛に誠実であると誓い、やがて「トロイラスと同じぐらい真実」という比喩的表現ができるだろうと言う。それとは逆にクレシダは、約束を破った際に未来の世代は「クレシダと同じぐらい嘘」と叫ぶだろうと誓うのである。パンダロスはこう叫ぶことで誓いを結ぶ。「哀れな取り持ち役は世界の果てまで、私の名を取ってパンダーと呼ばれるがいい。忠実な男はみなトロイラス。不実な女はみなクレシダ。取り持ち役はみなパンダーだ。『アーメン』と言っておくれ」(第3幕第2場)。

結局はそうなることは決まっているのだが、シェイクスピアは登場人物たちに運命を変えるチャンスを与えている。パンダロスは自分の姪とトロイラスとの恋愛に、邪悪者扱いされても積極的に関わっている。いやいや仕方なしに仲人役をしているわけではないのだ。トロイラスはクレシダをディオメデスに引き渡すことにするが、そうしない手もあった。戦士として王子として、トロイラスは恋人のことにかかずらうよりも王国のことを気遣うべきだったのだ。妻アンドロマ

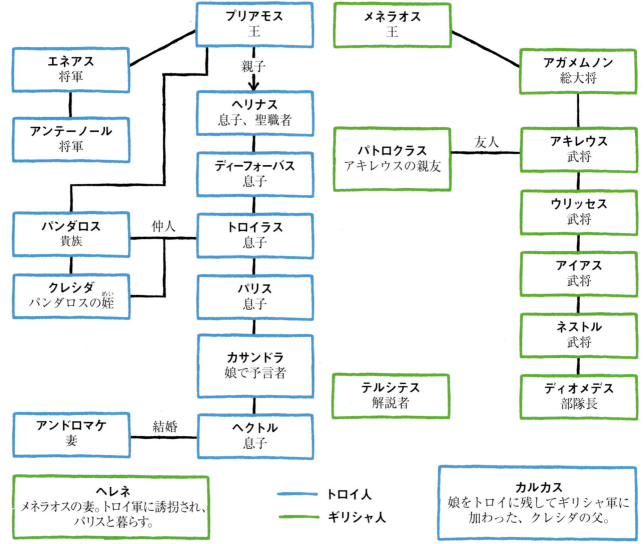

ケの懇願を退けて戦いを積極的に選んだヘクトルのように。

　クレシダは見たところ、ギリシャ軍の陣営に移ることを快諾しているようで、武将や兵士が自分にキスをするのを許し、それを見たウリッセスはすぐに彼女の貞節に疑念を抱く。クレシダはトロイラスを裏切ることに罪の意識を感じてはいるものの、ディオメデスを拒絶せず、むしろそそのかしている。これらの決断は自由に行われており、登場人物たちの悲劇は、運命や必然性というよりもむしろ、彼ら自身が責任を負っていることを意味する。

どのジャンル？

　本作品は1609年に初めて印刷された際、『トロイラスとクレシダの歴史』と発表された。版元による紹介では、この作品は喜劇だと述べられていた。さらに複雑なことに、ファースト・フォリオでは悲劇に分類されている。しかし、劇中で死ぬのは英雄的なヘクトルだけである。本作品は皮肉な調子で描かれているが、伝説的な戦士たちやヘレネという人物像を覆すような描写とともに、少し意地が悪く、暗い喜劇的な要素を備えているように見える。

　登場人物たちが置かれた状況にはユーモアがある一方で、作品は絶望と失望に満ちている。ウリッセスは軍隊における秩序の重要性を論じ、アキレウスに名誉と名声について教えようとするが、すべて徒労に終わる。アキレウスは戦場で戦うよりもむしろ、卑怯な方法でヘクトルを殺し、ずるをして栄光を手に入れようとする。シェイクスピアは観客に対して、トロイラスの苦痛を経験することを要求

2012年の公演で、ンガカオ・トア・シアター・カンパニーは、ヨーロッパ人移住前のニュージーランドにおけるマオリの部族間の戦いに舞台を移した。舞台は「ハカ」という戦いの舞で始まる。

する。トロイラスがクレシダの変わらぬ愛の誓いと引き換えに渡した愛の証（あかし）の品を、クレシダが新しい恋人に渡しているのを目撃する苦痛だ。その瞬間、トロイラスには愛も忠誠も信じられなくなる。この感情には喜劇的要素はまったくない。

　19世紀後半に、イギリスの学者フレデリック・ボアズは原文を〈問題劇〉として再分類した。それはつまり、構造上は喜劇だが、主題と色合いは悲劇であることを意味する。アイルランドの劇作家ジョージ・バーナード・ショーは1884年に突然本作品に興味を抱き、「シェイクスピアはできることなら20世紀の芝居にしたかっただろう」と評した。言い換えれば、若い世代の関心事を表現している現代劇だというのである。この劇には勧善懲悪にはならない出来事や登場人物が、あえて皮肉な描き方で描かれている。そういった点から、シェイクスピア作品のなかでも最も辛口で、幻想を打ち砕くような戯曲のひとつと見られている。■

> 俺も私生児だ。私生児は大好きだよ。
> 俺の生まれは
> 法律で認められていない。
> 教育も違法なら、心も、名誉も、
> どこもかしこも
> 法の目をくぐりぬけてきたんだ。
> **テルシテス**
> 第5幕第8場

この立場たとえ王でも譲れない

『ソネット集』(1593–1603)

背景

テーマ
ロマンティックな愛、プラトニックな愛、嫉妬、信仰、性愛

材源
14世紀 イタリアの詩人フランチェスコ・ペトラルカが最初のソネットの数篇を創作し、会うことのないミューズ（詩の女神）への報われない愛を表現する。

来歴
18世紀 1世紀以上ものあいだ顧みられることのなかった時代ののち、シェイクスピアのソネットが、ロマン派詩人のジョン・キーツとウィリアム・ワーズワースに支持される。

1889年 オスカー・ワイルドの短篇『W・H氏の肖像』が出版される。このなかで、ソネットはウィリー・ヒューズという少年役者に向けたものと示唆されている。ワイルドの死から21年後の1921年に『W・H氏の肖像』の長めの版が発見される。

1958年 イギリスの作曲家ベンジャミン・ブリテンが作曲した「ノクターン」は、ソネット43番の曲で締めくくられる。

1960〜80年代 66番の「権力によって口をきけずにされ」という言葉が、東ヨーロッパの共産主義国における検閲への抵抗運動のスローガンとなる。

1961年 イギリスの歌手クレオ・レーンが夫ジョニー・ダンクワースの作曲した曲にソネットをのせたジャズを録音する。

2012年 カナダのミュージシャン、ルーファス・ウェインライトがソネット29番を含む自作の曲を録音する。

ソネットという言葉はイタリア語の〈sonnetto〉から来ており、小さな歌という意味である。シェイクスピアの時代には、短い詩なら何でも「ソネット」と呼ぶこともあったが、今では特定の押韻配列をもつ14行詩を「ソネット」と呼ぶ。

ソネットの構造

シェイクスピア時代の典型的なソネットは14行で、それぞれの行は弱強五歩格（アイアンビック・ペンタミター）で書かれている——つまり、弱音節の次に強音節が続く組み合わせ（詩脚と呼ばれるもの）が5組で構成される計10音節、たとえば And **look** u**pon** my**self** and **curse** my **fate**（ソネット29番の4行目）のような形をとる。そして14行の行末は a b a b c d c d e f e f g g という押韻のパターンを踏む。

典型的な例としてソネット29番（下記囲み参照）を用いてつぶさに見てみると、詩は必ずしも型を正確には踏襲していない。たとえば、第1行は2番目の音節 in ではなく、最初の音節 When に強勢を置くのが自然であり、第3行でも deaf と heaven の最初の音節に強勢を置くのが自然だ。第2行と第4行は通常の型に当てはまる。このような変化のおかげで、詩人は単調なリズムを避けることができ、重要な言葉やフレーズに読者の注意を引きつけることができる。

ソネットは明確な構造をもち、押韻構成はそのひとつだ。最初の4行（4行連として知られる）は状況を説明する——詩人は不幸である。次の4行は、その不幸の理由を記して、内容を詳述する。ソネットでは9行目で方向が変わるのが普通だが、これは volta（イタリア語で〈ターン、曲がること〉の意）として知られている。ここで詩人は友人もしくは恋人 thee のことを思い、その思いは詩人を元

> 死や忘却の敵すべてに抗い、
> あなたは歩む。
> あなたへの称賛は、
> 世界の終末まで生き続ける
> あらゆる後代の人たちの目に
> いつまでも映っていることだろう。
> **ソネット55番**

ソネット29番

運命に見放され、冷たい目を向けられ、(When, in dis**grace** with for**tune** and **men**'s **eyes**,)
孤独にわが身の不運をかこち、(I **all** a**lone** be**weep** my **out**cast **state**,)
耳なき天に甲斐なき叫びをあげ、(And **trouble deaf hea**ven with my **boot**less **cries**,)
おのれを省みて、わが運を呪う。(And **look** u**pon** my**self** and **curse** my **fate**,)
もっと有望な者でありたかったと悔やみ、(**Wish**ing me **like** to **one** more **rich** in **hope**,)
かの人の容姿持ち、あの人の交友があれば、(**Fea**tured like **him**, like **him** with **friends** pos**sessed**,)
この人の技量やあの人の視野があればと願い、(De**sir**ing this **man**'s **art** and **that** man's **scope**,)
自分の最大の長所に最大の不満を抱く。(With **what** I **most** en**joy** con**tent**ed **least**;)
そんな思いに、みじめとなっているとき、(Yet **in** these **thoughts** my**self** al**most** des**pising**,)
ふと君を思う。すると忽ちこの心は、(**Hap**ly I **think** on **thee**, and **then** my **state**,)
曙に沈んだ大地から舞い上がる (**Like** to the **lark** at **break** of **day** a**rising**)
雲雀の如く、天の門にて歌い出す。(From **sul**len **earth**, sings **hymns** at **hea**ven's **gate**;)
君のすてきな愛は最高の富をもたらす。(For thy **sweet** love re**mem**bered such **wealth** brings)
この立場、たとえ王でも譲れない。(That **then** I **scorn** to **change** my **state** with **kings**'.)

気づけ、その幸福感は大地から天国へと舞い上がってそのまま歌い出すひばりのイメージで伝えられる。11行目にはarisingに余分な音節があり、そのせいで間を置かずに次の行へとつながる（句またがりという効果で、1つの行から次の行へ意味がつながる）。詩人の新たな幸福感sings hymns at heaven's gateの強調された韻律によって伝えられ、そこではsingsとhymnsの両方に強勢を置くのが自然だ。そして新たな状況は最後の2行連句で要約され、これはsweet loveとsuch wealthの両方の音節に強勢を置き、最後の行の強いリズムと、詩人の新しい幸せは王様だってかなわないという比較とを用いて、華々しく締めくくられるのである。

すべてのソネットがこの作品ほど構造がはっきりしているわけではない。

イタリア風ソネット

最初のソネットは中世イタリアから届いたが、なかでも有名なのがフランチェスコ・ペトラルカ（1304～74年）によって書かれたものだった。ペトラルカ風ソネットは概して、手が届かず理想化された恋人への望みのない恋を表現する。シェイクスピアはペトラルカについて、『ロミオとジュリエット』のなかで、ロミオがまだロザラインに恋していると思っているマキューシオの口を借りて、こう

イタリアの詩人フランチェスコ・ペトラルカ（英語ではペトラークとして広く知られる）は、ラウラという名の女性に向けた一連のソネットを書き、彼は遠く手の届かない場所からラウラを称賛した。

語らせている。「さあ、奴(やつ)はペトラルカばりの恋歌を歌いだすぜ」（第2幕第4場）。

最初のイギリス風ソネットはサー・トマス・ワイアットとサリー伯によって16世紀半ばに書かれた。彼らの詩は1557年に最初に出版された『トトル詩選集』またの名を『歌とソネット集』として知られる有名な書籍に収められた。シェイクスピアはこれらについて『ウィンザーの陽気な女房たち』のなかで言及しており、内気な若者エイブラハム・スレンダーがその本を手に入れてアン・ペイジを口説く手助けにできればと願っている場面がある。スレンダーはこう語る。「四十シリング払ってもいいから、ここに歌とソネット集の本があればよかったなあ」（第1幕第1場）。

ソネットとは

ソネットは一般的にロマンティックな愛の詩で、しばしば愛の対象に直接語りかけるように歌われるものだったが、詩人たちは何世紀にもわたってソネットの形式を違う目的に利用した。連結したソネットの集まりまたは連続作品をすべてまとめて、現実もしくは想像上の人物に向けて書くという方法も、一般的なものだった。たとえば、イングランドの詩人にして軍人のサー・フィリップ・シドニーは、彼自身のことを「アストロフェル」、恋人を「ステラ」と呼んで、恋人に宛てソネットを書いた。シドニーのソネット集は『アストロフェルとステラ』として彼の死後5年を経て1591年に出版された。そして、他の多くの詩人たちも1591年から1597年までこれをまねて、大量のソネットを創作した。

エリザベス女王時代後期に、ソネットの形式はしばしば信仰を表明する韻文に利用されるようになった——いわば、神

にあてた愛の詩というわけである。シェイクスピアの同時代人で詩人にして聖職者のジョン・ダン（1572～1631年）は数多くの宗教ソネットを書いたし、シェイクスピアのソネットのなかでも146番は宗教的な作品である。»

人が息をし、目がものを見る限り、
この詩は生き、
君に命を与え続ける。
ソネット18番

幸せなる空気よ、
その生き生きとした光線をここにとどめよ。そして清流よ、わが道を汝(なんじ)の流れと換えてくれぬか。
**ペトラルカ
ソネット227番**

戯曲におけるソネット形式

シェイクスピアのソネットは1609年までほとんど印刷物として登場することがなかったが、彼はそれまでにもしばしばソネット形式を利用していた。特に若い頃の彼の戯曲の一部はソネット形式で書かれている。典型的な例が『ロミオとジュリエット』のプロローグである。シェイクスピアはこの劇の対話にもソネット形式を用いていて、ロミオとジュリエットが初めて言葉を交わす場面は特筆される（下の囲み参照）。

シェイクスピアのソネットへの最初の言及は1598年、同時代の他の作家たちについてフランシス・ミアズが書いた『パラディス・タミア』または『知恵の宝庫』という本でなされている。「ごく親しい友人のあいだで（読まれている）シェイクスピアのソネット」と短く記されており、シェイクスピアが愛の詩もしくは友情の詩をすでに書いて、少なくとも仲間うちでは知られていたことがほのめかされている。その翌年、2つのソネット——138番と144番——が『情熱の巡礼者』

> こうして人を食らう死を
> そなたは食らう。
> 死神が死ねば、
> もはや死ぬ者はない。
> **ソネット146番**

と呼ばれる書物にシェイクスピアの許可なく掲載され、そこには『恋の骨折り損』から引用された3篇と、シェイクスピアの作品かどうか不明なその他の短い詩も掲載されていた。

1609年には『シェイクスピアのソネット』と呼ばれる154篇を収めたソネット集が出版された。この154篇につづいてやや長い詩「恋人の嘆き」（224ページ参照）が収められている。これらのソネットについてシェイクスピア自身が出版を意図していたかどうかは明らかでなく、奇妙な特徴がいくつか挙げられる。表題のページには予想された「ソネット集、ウイリアム・シェイクスピア作」ではなく、「シェイクスピアのソネット、未出版作品」と記されているのだ。どうやら、別人がシェイクスピアに代わって出版し、なおかつ人々がその存在を知っていて出版を長いあいだ心待ちにしていたということのようだ。

「W・H氏」

さらに奇妙なのは、この本の献辞が『ヴィーナスとアドーニス』や『ルークリースの凌辱』に見られたように著者の名前の上ではなく、出版者の「T・T」つまりトマス・ソープの上に記されていたことである。献辞は墓碑の方式に従っていて、それはまた別の意味で謎なのだが、ここで特に目をひくのが、献呈された人物もまたイニシャルだけで記されている点である。そこには「ここに収められたソネットの唯一の生みの親であるW・H氏に、すべての幸福と、われらが永遠の詩人が約したる永劫がありますよう、善意により印刷という冒険に乗り出すT・Tは願い奉ります」とある。

この「W・H氏」が誰を指すのかという疑問は、文学史の長きにわたるミステ

> 汝（なんじ）が責めらるるは
> 汝の咎（とが）にあらず。
> 美しきは常に非難の的。
> やっかみは美の飾り。
> **ソネット70番**

ロミオとジュリエットの初めての会話

ロミオ　卑しいわが手が、もしもこの
聖なる御堂（みどう）を汚（けが）すなら、どうかやさしいおとがめを。
この唇、顔赤らめた巡礼二人が、控えています、
乱暴に触れられた手をやさしい口づけで慰めるため。

ジュリエット　巡礼さん、それではお手がかわいそう。
こうしてきちんと信心深さを示しているのに。
聖者にも手があって、巡礼の手と触れ合います。
こうして掌（たなごころ）を合わせ、心を合わせるのが聖なる巡礼の口づけです。

ロミオ　聖者には唇がないのですか、そして巡礼には？

ジュリエット　あるわ、巡礼さん、でもお祈りに使う唇よ。

ロミオ　では、聖者よ、手がすることを唇にも。
唇は祈っています。どうかお許しを、信仰が絶望に変わらぬように。

ジュリエット　聖者は心を動かしません。祈りは許しても。

ロミオ　では動かないで、祈りの験（しるし）をぼくが受け取るあいだ。　　［キスする］

リーとなっている。ソネットのいくつかは明らかに男性あるいは少年（108番では〈すてきな少年〉、126番では〈わが愛しの少年〉となっている）に向けられたもので、出版者のソープがこの人物をソネットの「生みの親」として考えているとしばしば推測されてきた。候補者は2人いて、物語詩を献呈されたサウサンプトン伯ヘンリー・リズリー（Henry Wriothesley）か、1623年にシェイクスピアの最初の全集（ファースト・フォリオ）を献呈されたペンブルック伯ウィリアム・ハーバートかと言われている。だがどちらも「氏(ミスター)」として書かれるには適切な身分ではなく、しかもサウサンプトン伯のイニシャルは「H・W」であって「W・H」ではない。あるいは「生みの親」は、ただ原稿を提供してくれた人物を指すのかもしれない。ソープの意味するところは誰にもわからない。それを解決しようとすることは、今では詩人のW・H・オー

デンによれば、「馬鹿のやること」となっている。

シェイクスピアが長い時間をかけて時には歌うように、時には互いにつながる束にしてこれらのソネットを書いたと信

**わが愛を偶像崇拝と呼ぶなかれ。
わが恋人を偶像と呼ぶなかれ。
わが歌や称賛をいつも変わらず、
ひたすらにひとりの人に捧(ささ)ぐとも。
ソネット105番**

ソネット145番は若きシェイクスピアが将来の妻アン・ハサウェイを口説くにあたって書いたものかもしれない。アンは裕福な家庭の出身で、ストラットフォード・アポン・エイヴォン郊外のこの家に暮らしていた。

じるに足る理由はある。おそらく彼が書いた最初の——初めて韻文で書こうとさえしたかもしれない——ソネットは145番（220ページ参照）で、これは作品集のなかでは異色の8音節、つまり通常は1行10音節のところが8音節になっている作品である。これが早くに作られたと考えられる理由は、調子が軽く、技術的にもあまり洗練されていない点にもある。だが、主な理由は、最後の2行の言葉hateとawayはシェイクスピアが18歳のときに結婚した女性、アン・ハサウェイの名前の語呂合わせになっているところにある。これは求愛の詩なのだ。

　ソネットが出版される際、シェイクスピ

第三代サウサンプトン伯ヘンリー・リズリーの10代の姿が1590年頃にここに描かれているが、彼はソネット1～126番が捧げられた若き男性ではないかと目されてきた。

ア自身が詩の並び順を決めていたようにも見える。詩のいくつかは独立したものだが、他は主題が互いに関連し合っていて、自然に長さの異なるグループになっている。

最初の17篇は作者にとって大切な若い男性に宛てているようだが、作者は若者に結婚して子どもを持つように勧めている。126番までのほかの詩もまた、1人かそれ以上の若い男性に宛てており、詩人はその人物と近しく愛情関係にあるが、必ずしも性的なものは必要としていない。このグループのなかのその他多くの詩は等しく男性もしくは女性に関係する作品である。

ダーク・レイディ

ソネット集の最後の26篇はすべて、明らかに女性に書かれたもので、詩人がその女性に対し困難な性的関係にあることははっきりしている。数篇のソネットは女性を色黒（ダーク）として、それを人物像としてさえ表現しており、それは詩人が女性への愛において友人とライバル関係にあり、不本意ながら彼女を愛してしまっていることをほのめかしている。こうしたことから、作品はダーク・レイディ・ソネットとして知られるようになっており、この条件にぴったり合う当時の女性を特定する無駄な試みが、長いあいだ続けられてきた。

愛のさまざま

ソネット全篇は、わずかな変化があるだけですべて同じ形式で書かれているにもかかわらず、そのスタイルは実に多種多様で理解しやすい。詩は愛の全貌を網羅し、ロマンティックな理想主義から残酷で性的な現実まで多岐にわたる。こういった理由から、ソネット集を一度に読み切ってしまうのは難しい。

なかには英語で書かれた最も美しく有名な愛の歌も含まれている。愛を捧げる相手が男か女か、若者かどうか一切わからない。詩は幸せを運んでくれて、時間を超越し、愛する者へ不滅の力を捧げる愛の力や友情の力も語る。「君を夏の日にたとえようか。／君はもっと素敵で、もっと穏やかだ」。ソネット18番はこう語り、一方で116番は愛への壮大な賛歌となっている（右ページ参照）。

その他の詩は読者に与える雰囲気も感情もまったく異なる。なかには対抗意識を語るものもある。「僕には慰めと絶望という二人の愛人がいて、二人は精霊のように常に僕に働きかける。良き天使は美男、悪しき精霊は色黒女」（ソネット144番）。なかには愛に対する幻滅や、自己欺瞞を語るものもある。「恋人が、私は真心そのものと誓うとき、嘘と知りつつ、僕は信じてしまう」（ソネット138番）。147番は単刀直入に要点を突いてくる。「僕は君を美しいと誓い、輝かしいと思ったけれど、君は地獄のように真っ黒で、

恋人が、私は真心そのものと誓うとき、嘘と知りつつ、僕は信じてしまう。彼女が僕のことを未熟な若者で世の中の不実な手練手管に疎いと思ってくれるように。

ソネット138番

ソネット145番

愛の手が自ら造りしあの唇が、
「私は嫌い」という音を生み出した。
彼女を思って恋焦がれている私に向かって。
だが、私の哀れな状況を見た彼女は
すぐに心に憐れみ感じ、
いつもは優しい判断をする
あのすてきな舌を叱りつけ、
こう言い直すように教えた。
「私は嫌い」に彼女はつけ加えた。
まるでやさしい日が夜に続き、
夜は、悪魔のように、
天国から地獄へ逃げ去ったように。
　　「私は嫌い」を憎悪から遠く（hate away）に投げて、
　　「ではない」と言って私を助けてくれた。

宮内大臣一座時代

ソネット116番

真実の心と心の結婚に
障害なかれ。愛は、
状況が変わると心変わりしたり、
相手が心を移すとこちらも心を移すようでは
愛ではない。とんでもない。愛は、
嵐を見据えて揺るぎもせず、
すべてのさまよう小舟を導く星であり、
その高さはわかっても、その価値はわからない。
バラ色の唇と頬はやがて時の大鎌に
刈り取られようとも、愛は時の道化ならず。
愛は短き時間や週で変わったりせず、
運命の果てまで耐え抜くものだ。
　　これが誤りだと私に証明できるなら、
　　私の詩は意味なく、人は愛したことがない。

夜のように暗い」。

詩人の入り組んだ愛の関係は、ソネットのなかで探られる。149番では詩人は愛する者の前で自分を卑下する。「ああ残酷な人よ、僕が自分に背いてまで君とつきあっているのに、僕が君を愛していないなんて言えるのか？」147番では詩人は、自分にはふさわしくない相手に魅了されてしまったことで自己嫌悪に陥っている。「わが愛は熱病だ。病気を増長させるものを常に求める」。

129番は、みだらな欲望に負けたことへの恥辱を表現している。「恥辱の畑に無駄な精を使うこと、それが淫慾の行為だ」。

しかし、肉体的な欲望を祝福する詩も存在する。146番では、詩人は肉体の衰弱によって魂が豊かになったと記す。「では魂よ、汝のしもべの損失で生き、くだらない時間を売って永遠の命を買うがいい」。それが151番では、彼は勝ち誇ったような猥褻さで書く。「汝が我を裏切るがゆえに、我もまた／わが気高き魂を卑しい肉体の反逆に委ねる。／わが魂はわが肉体に、愛に勝利するがいいと告げ、／肉体はそれを聞くまでもなく、汝の名を聞いて突っ立ち、／俺のものだと君を指す」。151番の結びで、詩人は自分が「肉

2009年、アメリカの演出家ロバート・ウィルソンとカナダのシンガーソングライター、ルーファス・ウェインライトがポップオペラを製作し、シェイクスピアのソネット25篇を（ドイツ語で）多彩な音楽のスタイルで使用した。

体」と言った場合に肉体のどこを意味するかを明確にしている。「この獲物を得て得意になったやつは、おまえのためにあくせく働き、/おまえのために立ち、/おまえのそばに倒れる。/僕が突っ立ち、倒れるのはその人を愛するから。/彼女を恋人と呼んでも無分別ではあるまい」。

名声

物語詩の『ヴィーナスとアドーニス』や『ルークリースの凌辱』とは異なり、ソネット集は出版的には成功とは言えず、1609年の版は再版されなかった。ソネットは（その他の詩と同様に）、1623年の全集（ファースト・フォリオ）には収録されなかった。1640年にジョン・ベンソンが再び出版するまではソネット集は表に出ることはなく、ベンソンは8篇を削除して順番を並べ替え、3篇では少年や男性ではなく女性について述べているように代名詞を替え、他の作品を切り刻み、なかには「結婚への招待」や「真の愛の絵」といった題名をつけ、他の作家の詩もつけ加えた。こののち、ソネット集は150年近くも無視されつづけ、その結果批評家たち——たとえばジョン・ドライデンやアレキサンダー・ポープ、サミュエル・ジョンソンといった人たちはソネットについてなんら語ることがなかった。

18世紀後半になって、ようやくソネットは世間に出回るようになる。イギリスのロマン派詩人にして批評家のジョン・キーツとウィリアム・ワーズワースの2人がソネットに真剣に向き合い、自分たちの作品にその影響を受けた。キーツは、刺激をもらうためにシェイクスピアの胸像を机の横に置きつづけていたと言われている。1817年5月10日付で画家のベンジャミン・ロバート・ヘイドンに宛てた手紙で、キーツはこう記している。「あな

彼は生まれつき詩が書けたのだ。本というメガネをかけずとも自然を読めたのだ。心の内を覗き、そこに自然を見い出したのだ。
ジョン・ドライデン
（1631〜1700年）

1595年〜1610年に描かれ、コップ家に所蔵されていたこの肖像画が唯一生身のシェイクスピアをモデルにしたものと思われている。おそらくパトロンにしてミューズであったヘンリー・リズリーに依頼されたものだろう。

> 愛は、状況が変わると心変わりするようでは愛ではない。(ソネット116番)

> だが私の五感も、知能の五つの働きも、一つの愚かな心が君に仕えるのをやめさせられない。(ソネット141番)

シェイクスピアの愛の詩は、今もなお世界中の恋人たちの心の琴線に触れる。とりわけソネットの116番と141番は、しばしば結婚式や市民パートナーシップ(同性婚)のセレモニーで読み上げられる。

信仰と長所

シェイクスピアのソネットにおける宗教的な言及には、当時の中心的な論争の両面が反映されている。改革論者のマルティン・ルター(上の絵)は、救済に至る鍵は信心のみにあるとした。これはカトリックの教義とは対照的で、カトリックは善行、祈り、巡礼、あるいは免罪符の購入によって、個人の救済への機会が増すとしていた。シェイクスピアは個人の長所について語るとき、カトリックとプロテスタントの双方の伝統を取り入れている。

ソネット88番は「君が私を軽くみなす気になり、／わが長所を蔑むなら」で始まる。ここでシェイクスピアは自分の長所が価値のないことを認めて、改革論者の側についているように見える。だが、108番では長所は違ったかたちでもちあげられている。「何か話すべき新しいことがあるか。／わが愛や君の大切な長所について語るべきことがあるか」。ここで詩人は、長所は価値とは程遠いものと思っているかのようだ。さらに詩人は「何もありはせぬ。すてきな少年よ。ただ神聖な祈りと同様、毎日同じことを繰り返すよりほかない」と続けて、カトリックの毎日同じ祈りを繰り返す習慣に言及している。

たが良い守護霊が自分を守ってくれている気がすると言っていたのを覚えています。最近、私も同じ感覚を抱くようになりました——というのも、半ば行き当たりばったりでやっていることが、あとから見るとなかなかよいぞとわかってくるのです。私の守護霊がシェイクスピアなのではないかと想像するのは、大胆すぎるでしょうか?」

ワーズワースはシェイクスピアの戯曲で用いられている詩については辛口の批評を書いているが、ソネット形式については次のように褒めちぎっていることがよく知られている。すなわち、「この(ソネットという)鍵で／シェイクスピアは自分の心を打ち明けている」という一文だ。もしそうならば、と仲間のロバート・ブラウニングは応えて言った——「そんなことをするシェイクスピアはシェイクスピア以下だ」。このやりとりを解説する形でオーデンは、芸術家というものは常に心を打ち明け、かつドラマティックなものだとしている。

ヴィクトリア時代の不興

とりわけヴィクトリア朝時代には、シェイクスピアの詩の名声は、男性から男性への愛の詩があるという事実のせいで、同性愛嫌悪の空気に悩まされた。同時に、シェイクスピアは個人的な体験ではなく想像した状況を書いているという解釈を好む読者も生んだ。にもかかわらず、詩のなかでも最もロマンティックなものは人々に強く訴えかけつづけた。それらは詩のアンソロジーにしばしば収められた。

ソネットの脚色

オリジナルよりも意味がつながるように詩の順番を変えてみる試みは何度もなされたが、いずれも失敗に終わった。詩の多くのスタイルが濃密なため、ソネットを音楽にのせるのは難しいが、なかにはベンジャミン・ブリテンのようなクラシック音楽の作曲家や、ジャズの編曲者ジョニー・ダンクワース、それにシンガーソングライターのルーファス・ウェインライトなど、うまくいった例もいろいろな音楽スタイルに見られる。■

彼の頬に燃え立つ嘘の炎
「恋人の嘆き」(1609)

背景

テーマ
愛、裏切り

来歴
1790年 アイルランドのシェイクスピア学者エドマンド・マローンが、この詩の言葉の使い方は、シェイクスピアが『妖精の女王』の作家エドマンド・スペンサーをまねようとしていたかもしれないことを示していると論じる。

1991年 ジョン・ケリガンが著書『悲哀の動機』のなかで、若い女性、年配の男性、魅惑的な求婚者という物語の三角関係は、ソネットのストーリーにある類似した三角関係を反映していると記す。

2007年 ブライアン・ヴィッカーズが、「恋人の嘆き」はシェイクスピアではなく、ヘレフォードのジョン・デイヴィーズが書いたものであると主張する。彼の推論は、詩の語彙をコンピュータで分析したものに基づく。その結果、このソネットはロイヤル・シェイクスピア劇団の『全作品集』から削除された。しかし、ヴィッカーズの調査方法は発表以来疑問視されている。

1609年に出版されたシェイクスピアの『ソネット集』の本の最後に、これもまたシェイクスピア作であると書き加えられて別の題で印刷された作品がある。それは329行から成る「恋人の嘆き」という詩であり、『ルークリースの凌辱』と同様に帝王韻詩(ライム・ロイヤル)と呼ばれる7行連の形式をとる。嘆きや哀歌でソネット集を締めくくることは珍しく、しかもそれは恋人に捨てられた女性の嘆きである。

ここでは、名前のない若い女性が、抗いがたい魅力をもってはいるけれど不誠実な、これまた名前のない若い男に見捨てられて、現状を嘆いている。

この詩はソネットとはかなり異なっている。自意識過剰で古くさい、気取ったスタイルで書かれており、距離を置いた視点を利用している。語り手は場面設定をするのみである。愛に見捨てられた若い女性が「手紙を破り、指輪を割って、悲しみの風と雨にて荒れ狂う」のを見たと語ったあと、語り手は女性が「近くで牛に草を食べさせていた聖職者」に物語を語るのに任せたまま、その場を去る。だがこの男もまた、女が口説かれて捨てられた話をしているあいだに姿を消す。

> 小さな涙のつぶのなかに/なんという恐ろしい魔法があることでしょう!
> 恋人の嘆き

女性の嘆きは、別の長い嘆きのなかに含まれていて、それは恋人が誘惑に見事に成功する話で、彼女の破滅をもたらす欲望の涙で終わる。「ああ神父様、小さな涙のつぶのなかに/なんという恐ろしい魔法があることでしょう」。

女性は騙されたものの、あれほど弁の立つ説得にあったら、また騙されるだろうと言う。「ああ、彼の目の偽りの涙、/ああ、彼の頬に燃え立つ嘘の炎、/ああ、彼の心からむりに飛び出た雷鳴、/ああ、彼のうつろな肺が与えた悲しき溜息、/ああ、そうした見せかけのしぐさは、/すでに騙された者をもまた騙し、後悔する娘をまた唆してしまう」。■

真実と美は埋められたのだ
「不死鳥と雉鳩(きじばと)」(1601)

背景

テーマ
理想の愛の死

来歴
多くの批評家がこの詩には解けない曖昧(あいまい)さがあるとしており、寓話的な特質を解読しようとさまざまな試みがなされてきた。

1878年 A・B・グロサートはこの詩はエリザベス一世とエセックス伯の関係について言及していると示唆する。エセックス伯は王家に対する反乱を起こし、1601年に処刑された。不死鳥はエリザベス女王の私的な紋章だった。

1930年代 アメリカの学者クララ・ロングワースは、この詩はカトリックの憐(あわ)れみを漏らしていると述べる。他の学者たちは、鳥はカトリックの殉教者たちを指すとしてきた。

2006年 ピーター・アクロイドが、この詩はストレンジ卿の妹の結婚のために1586年に書かれたものかもしれないと示唆する。当時シェイクスピアはストレンジ卿の一座に所属していた。

1601年、ロバート・チェスター編著の『恋の殉教者――あるいはロザリンドの嘆き』と呼ばれる本に、シェイクスピアによる「不死鳥と雉鳩(きじばと)」と呼ばれる詩が収録された。

この詩は、話の展開の度合いで3つのパートに分類される。最初に情け深い鳥たちの招集があり、白鳥を聖職者にして、「ここからともに炎に包まれて」逃げた不死鳥と鳩(「タートル」と呼ばれているが、これは雉鳩の意味)の葬儀を取りしきらせる。鳥たちは聖歌を歌い、そのなかで愛する者たちの死は「愛と忠実さの」死の印として見られている。「ふたりは、愛の双子のように愛し合い、/ひとつとなっていた、/ふたりであるけど、わけることはできなかった。/愛において数の概念はなかった」。ふたりの互いの愛はあまりに大きく、「互いが互いのものだった」のである。第三部では、「不死鳥と雉鳩のため、/愛を極めた星々のため、/ふたりの悲劇のコロスとして」愛は葬礼の歌を歌う。

死者を嘆く「ソレノス」と呼ばれる葬礼の歌は、第二部の聖歌よりさらに呪文っぽく歌われる。3行連句が5連あり、音は沈んで平易である。「美と真実と稀有(う)と/飾らぬ美徳が今ここに/燃えて灰のなかにある。/死は不死鳥の巣と化して/誠実な雉の胸は/永遠の安らぎにつく。/ふたりに子どもはなかったが、/それは体が弱かったからではなく、/純潔な結婚のため。/真実はあるようで、存在しない。/美は誇るが、それは美ではない。/真実と美は埋められたのだ。/この骨壺(こつつぼ)に来たらしめ。/真心ある者、美なる者、/祈りの溜息(ためいき)つくように。」

この奇妙で謎めいた美しい詩にはおそらく、現代の我々に対しては失われている意味があって、当時の読者にはわかったのだろう。この詩を宗教的なたとえや、実際に結婚したカップルの愛の祝福として読み解こうとする試みが数多く行われたが、無駄に終わっている。■

真実はあるようで、存在しない。/美は誇るが、それは美ではない。/真実と美は埋められたのだ。
不死鳥と雉鳩

同じように手を上げ、同じ理屈、同じ権利を掲げて、君たちに襲いかかる
『サー・トマス・モア』（1603-1604）

背景

テーマ
正義、信仰、道徳、胆力

舞台
ロンドン

材源
1575年　ニコラス・ハープスフィールドの伝記『サー・トマス・モア伝』
1587年　ホリンシェッド『イングランド、スコットランド、アイルランドの年代記』

上演史
1590年代　16世紀および17世紀には、この戯曲のいかなる上演歴もない。
1922年　本作品の初演として知られるのは、ロンドン大学の学生による公演である。
1960年　オーストリアの公共ラジオ放送用に脚色される。
1983年　BBCがラジオドラマ版を制作し、イアン・マッケランが主役を演じる。
2005年　ナイジェル・クックがロイヤル・シェイクスピア劇団の公演で主役を演じる。

1753年、大英博物館は書籍商のジョン・マレーからすばらしい遺産を受け取った。それは『サー・トマス・ムーアの本』と呼ばれていた手書き原稿で、1600年頃の戯曲『サー・トマス・モア』の草稿原稿だった。その原稿には、シェイクスピアの直筆が含まれていたが、いくつかの署名を別にすれば、これがシェイクスピアの唯一の筆跡だ。

原稿は、アンソニー・マンデイが原本を書いた戯曲——ヘンリー・チェトルも加わっていたかもしれない——を宮廷祝典局長エドマンド・ティルニーに提出したあと、改訂を加えたものと考えられている。原稿にはティルニーの検閲と少なくとも4人の作家の手書きの跡があり、チェトルにトマス・ヘイウッド、トマス・デッカー、そしてシェイクスピア、それにハンドCとしてのみ知られる筆耕などの筆跡だとされている。

検閲官の力

作品の主題はカトリックの殉教者サー・トマス・モア（1478〜1535年）という、一筋縄ではいかない難物だった。モアはやや卑しい身分の出身からヘンリー八世の大法官にまで出世した。プロテスタント改革を敵視し、ヘンリーのカトリック教会からの離脱に強硬に反対した。1535年、ヘンリーとキャサリン・オヴ・アラゴンとの婚姻無効宣言に続くアン・ブーリンとの結婚への協力を無言で拒否し、反逆罪の罪で処刑された。

アン・ブーリンは当時君臨していたエリザベスの母であったため、モア寄りの戯曲はエリザベスの正当性を傷つけるものと見られかねなかった。このためモアを主題にするのは思い切った選択で、この作品が女王の在位期間に上演されなかった可能性が高いことは、驚くことではない。劇作家たちは注意深くアンの結婚の話題を避け、ヘンリー八世の名前は絶対に出てこない。ティルニーの矛先が向かったのは、戯曲のはじめにある外国

> 肉体という道化は
> 弱き命と共に死なねばならぬ
> モア
> 第17場

ドイツの画家ハンス・ホルバインは、モアがヘンリーの宮廷で出世頭であった1527年に描いたこのすばらしく真に迫った肖像画で、モアの知性と高潔さを見事に捉えている。

人に対するロンドン市民の蜂起の場面3分の1の削除だった。ティルニーはもっぱら、公共の秩序に懸念を抱いていたようである。

扱いにくい芝居

この作品が舞台にかけられなかったのは、政治的な理由と同様に実質的な問題のせいでもあっただろう。せりふのある役が59人、多くの役者が3役以上をこなすというのは、どの劇団にも大きな負担だった。おそらくサー・トマス・モアとシュールズベリー伯とサリー伯の役だけが、他の役との兼任なしに演じ得る役柄だった。

モアの人生は三部に分けられた——出世、大法官時代、そして転落。作品の前半ではモアはロンドンの執政官として登場し、彼の見識と温和な態度に重点が置かれている。作品の中盤でロンドン市民の集団が外国人に対して蜂起した際には、モアは穏やかに説得することでこの暴動を終わらせる。

まさにこの鍵となる場面が、シェイクスピアによって書かれたものと考えられている。シェイクスピアは編集者から概要を渡されただけで、作品の残りの部分は見ていなかったようだ。というのも、彼が登場人物の名前を「その他」とだけ表記しており、モアの登場に混乱が見られるからだ。だが、シェイクスピアの書いた部分は平凡とも言えるこの作品のなかで際だっている。

外国人への忍耐

シェイクスピアが書いた場面で、モアはセント・マーティンズ・ゲイトで暴徒の前に穏やかに立つ。そこで難民に対する寛容を熱心に訴える。暴徒に脅された外国人（新参者）の悲惨な絵を描きなが

ら、モアはこれでは排斥が広がることになるだけだと語る。「想像してみたまえ、悲惨な外国人たちが、赤子をおんぶして、哀れな荷物をさげ、移動のために港や海岸へととぼとぼ歩く様を。そして君たちはやりたい放題の王様として鎮座する……それでどうなる？ よいか、君たちが示したことは、傲慢にも乱暴な手を上げればまかり通ること、秩序が乱れてしまうということだ」（第6場）。

モアは外国人たちを苦しめている排斥を止められるのは何かと暴徒たちに問う。「人々は同じように手を上げ、同じ理屈、同じ権利を掲げて、君たちに襲いかかり、恐ろしい魚のように共食いをすることに

なる」（第6場）。さらにモアはつづけて、もし国王が君たち暴徒を国外に追い払ったら、君たちはきっと外国できちんとした扱いを受けたいと思うだろうと説く。「嬉しいことだろうか、その国民が殺気立っていたら」（第6場）。

モアは、死に至るまで自分の信念を変えない。アン・ブーリンとその子を正統と認める書類に、自分の決意を変えて署名することはできなかった。だが、彼は穏やかに自分の運命を受け入れる。「わが亡骸に悲しき涙を注ぐなかれ」とモアは最後に、首切り役人が首をはねる準備をしている時点で語る。「天に生まれるとき、恐怖は伴わぬ」。■

国王一時代
1603年〜1613年

座

はじめに

シェイクスピアが『尺には尺を』と『オセロー』を執筆する。

ロンドン条約により、イングランドとスペインとの戦争が終結。シェイクスピアはセント・ポール大聖堂近くに間借りする。

議事堂を爆破しようとした**火薬陰謀事件**（ガンパウダー・プロット）が**未遂に終わる**。ベン・ジョンソンの『ヴォルポーネ』がグローブ座で初演される。

『ペリクリーズ』が執筆され、グローブ座で上演される。

↑ 1603　↑ 1604　↑ 1605　↑ 1607

↓ 1603　↓ 1605　↓ 1606　↓ 1607

エリザベス一世逝去、王位は従姪孫のスコットランド国王ジェイムズ六世に継承され、イングランド国王ジェイムズ一世を名乗る。

『リア王』や『アテネのタイモン』が執筆される。『リア王』の主役は国王一座の看板俳優のリチャード・バーベッジを念頭に置いて創作されている。

『マクベス』、『アントニーとクレオパトラ』、そして『終わりよければすべてよし』が執筆される。

モンテヴェルディのオペラ『オルフェオ』がロンバルディア（現在のイタリア）のマントヴァで上演される。

1603年3月24日、エリザベス女王が45年の在位の末に没した。王位は従姪孫であるスコットランド国王ジェイムズ六世に継承されたが、彼は16年前にエリザベスに首をはねられたスコットランド女王メアリ一世の息子だった。ジェイムズが王位について最初にしたことのひとつが、シェイクスピアの劇団に勅許を与えて国王一座としたことだった。

勅命により

これは一座にとって財政的な後押しとなったが、重圧も加わった。これによって一座は一般庶民を楽しませるばかりでなく、国王と宮廷人たちも楽しませなくてはならなくなったからだ。ジェイムズが王位についてからシェイクスピアの死までの13年間で、国王一座は御前で187回公演を行った――これは1ヶ月に1度以上の頻度だった。

シェイクスピアの作風も変化した。エリザベス女王時代後期に書いていた、大衆が喜ぶ喜劇やロマンス劇や歴史劇を書かなくなった。執筆の本数は減ったが、壮大で暗い劇を書くようになった。ジェイムズの治世の最初の3年間で書いた劇はわずかに6本、そのうち5本が大がかりな悲劇――『オセロー』、『リア王』、『マクベス』、『アントニーとクレオパトラ』、それに未完の『アテネのタイモン』――だった。緊張感のある、道徳的問題を投げかける『尺には尺を』もこの頃書かれた。シェイクスピアがこれらの大作を執筆する一方で、劇団は過去のすばらしい作品を上演して客席を埋めつづけた。

ストラットフォード・アポン・エイヴォンに逃亡？

シェイクスピアがこの期間にどれほど自分の時間をもてたのか、誰も知る者はいない。わずかにうかがい知れることのひとつが、1604年にはシェイクスピアがクリストファー・マウントジョイというユグノーの家に間借りしていたということだ。これがわかったのは、マウントジョイと義理の息子とのこじれた訴訟に巻き込まれたシェイクスピアの名前が裁判の記録に登場するからだった。

借間暮らしはストレスとなるので、昔と違って余裕のできたシェイクスピアはもしかすると、ことあるごとにストラットフォード・アポン・エイヴォンの家に戻り、落ち着いた環境で執筆していたかもしれない。ペストが再流行したときは、ロンドンを離れざるをえなかったこともあっただろう。

1605年11月5日、シェイクスピアの遠縁にあたるロバート・ケイツビーが、イングランドのプロテスタント政権を転覆させようとした悪名高いカトリックの計

国王一座時代

1608 — 『コリオレイナス』が執筆される。新たに**ブラックフライヤーズ劇場が開場する**が、ペストの大流行によってまもなく劇場閉鎖となる。

1609 — トマス・ソープがシェイクスピア作の154篇を収めた**ソネット集を**出版する。

1611 — 聖書の新たな英語翻訳版『欽定訳聖書』がロンドンで出版される。

1613 — 『ヘンリー八世——すべて真実』ならびに『二人の貴公子』が執筆される。

1609 — 『冬物語』が執筆される。シェイクスピアより少し若い同時期の劇作家**ベン・ジョンソン**はこの作品について**批判的**である。

1610 — 『シンベリン』と『テンペスト』が執筆される。後者はおそらくシェイクスピアが全編単独で執筆した最後の作品である。

1612 — トマス・シェルトンがセルヴァンテスの『ドン・キホーテ』を英訳し、この作品がシェイクスピアの〈失われた〉戯曲『カルデニオ』に影響を与えたかもしれない。

1613 — ジェイムズ一世の娘エリザベスがプファルツ選帝侯フリードリヒ五世と**結婚する**。

画〈火薬陰謀事件〉に関与した。この事件はカトリックの伯爵が秘密の警告を受けて当局に密告したために、未遂に終わった。当局は議事堂の地下を調べるよう命じられ、そこで36個の火薬入り樽とともに潜んでいたグイド（ガイ）・フォークスを発見した。もしフォークスがこれらの樽を爆発させていたら、議事堂の建物を吹き飛ばすばかりでなく、隣接するホワイトホール宮殿と国王一家も木っ端みじんだったかもしれなかった。カトリックの信奉者はこの頃までにはすでに少数派になっていたが、事件後に効果的に実施された弾圧で、イングランド政府に対するカトリックの抵抗は終結した。

最後の戯曲

国王一座は繁盛しつづけ、1608年には2つ目の劇場ブラックフライヤーズを手に入れることができた。この新しい劇場はグローブ座とは大きく異なっていた——室内劇場であり、収容人数ははるかに少なく、上演はほぼすべて蝋燭の照明の下で行われた。劇団は夏にはグローブ座での上演を続け、冬を通してブラックフライヤーズ劇場で演じることができた。

シェイクスピアは、より密な空間と派手な劇的効果を出せるブラックフライヤーズ劇場の設備に見合った戯曲を書き始めた。たとえば『テンペスト』の嵐や空飛ぶ精霊や、『冬物語』で生命を宿す彫刻はこの劇場だからこそのものだ。また、ほかの劇作家たちとの共同執筆も再開した——1606年にはトマス・ミドルトン（1580～1627年）と『アテネのタイモン』を、1607年にはジョージ・ウィルキンズ（1576～1618年）と『ペリクリーズ』を、1613年にはジョン・フレッチャー（1579～1625年）と失われた戯曲『カルデニオ』、『すべて真実』（『ヘンリー八世』）、『二人の貴公子』を執筆した。

フレッチャーとの合作は、シェイクスピアの最後の戯曲となった。1613年6月29日、グローブ座で『ヘンリー八世』の上演中、劇的効果のために使っていた空砲の失敗で藁ぶき屋根に火がつき、火災が発生した。全員が逃げ出して怪我人こそ出なかったものの、劇場は燃えつきてしまった。グローブ座は翌年夏再開をめざに再建されたが、シェイクスピア抜きで再開されたようだ。

これ以降、我々が彼の人生について知り得るのは、彼がその後何も執筆することなく、3年後の1616年4月23日にストラットフォード・アポン・エイヴォンの自宅でこの世を去ったということだけであり、それはシェイクスピアが「完璧に健康」だと記された書類に署名してから1ヶ月もたたないうちのことだった。52年の生涯であった。■

人間は、傲慢な人間は、束の間の権威を身にまとう

『尺には尺を』(1603–1604)

尺には尺を

登場人物

ヴィンセンシオ公爵 ウィーンの統治者。修道士に身をやつして、不在中アンジェロがどのように統治するかを見守る。最後に、イザベラに結婚を申し込む。

アンジェロ ヴィンセンシオ公爵の部下で、ウィーンを統治する機会を与えられる。クローディオの妹イザベラに、自分に貞操を捧げれば兄の死刑判決を覆してもよいともちかける。

エスカラス 公爵の補佐役。アンジェロの厳格な統治を批判する。

クローディオ イザベラの兄。婚約者のジュリエットを妊娠させたために逮捕され、死刑を宣告される。

イザベラ 修道女見習い。兄クローディオの助命嘆願をする。兄を助けようと決意し、同時に貞操を捧げることもしないと心を決める。

ルーシオ 図々しい詮索屋。ウィーンに蔓延するスキャンダルに喜びを感じている。ひとを中傷する噂話で公爵の立腹を買い、「娼婦」との結婚を強いられる。

オーヴァーダン 売春宿の女将。アンジェロが自分の商売をつぶそうとしていると知る。

マリアーナ アンジェロの婚約者だったが、結婚を拒絶される。イザベラの代わりにアンジェロと同衾し、騙して結婚を迫る。

アンジェロが、公爵のポーランド旅行中ウィーンを統治する責を担う。

クローディオが、婚約者ジュリエットを妊娠させたことによって死刑を宣告される。

アンジェロは、見返りに自分と寝ろとイザベラに言う。

第1幕第1場 **第1幕第4場** **第2幕第4場**

第1幕 | **第2幕**

第1幕第3場 **第2幕第2場**

公爵が、修道士トマスに衣を貸してくれるよう頼み、修道士に変装する。

イザベラが、兄の命を救ってくれるようアンジェロに嘆願する。

　ヴィンセンシオ公爵は、部下アンジェロに権力を委譲し、仕事で国を留守にすると宣言する。14年に及ぶ公爵の統治のあいだに、ウィーンはポン引きと娼婦が跋扈する無法都市となり果てていた。清廉なアンジェロが留守中どのように国を治めるか密かに見守ろうと計画した公爵は、気づかれずに市中を動き回れるよう、修道士に身をやつす。

　いったん権力を握るや、アンジェロは忘れ去られていた法律を復活させた。クローディオは婚約者ジュリエットを妊娠させたために逮捕され、ポン引きや売春宿の女将たちは自分たちもじき同じ憂き目に遭うのではと恐れる。

　修道女見習いになったばかりのイザベラは、兄のクローディオが死刑を宣告されたことを聞いて、アンジェロに兄の助命嘆願をするために修道院を出る。

　イザベラは、兄の死刑に異議を唱えるよう励ますルーシオに付き添われる。アンジェロは、イザベラの懇願に心を動かされることはなかったが、翌日また来るようにと言う。

　翌日イザベラがひとりでやってくると、アンジェロは、兄の命を助けるのと引き換えに自分と性交渉をもつようにと、血も凍るような最後通牒を突きつける。イザベラは動揺するが、アンジェロは、ひ

国王一座時代

変装した**公爵**は、クローディオは死んだとイザベラに言う。

変装した**公爵**は、イザベラの身代わりにマリアーナがアンジェロと寝るよう計らう。

イザベラが、公爵にアンジェロの罪を直訴する。

イザベラがクローディオと再会し、公爵に求婚される。

↑ 第4幕第1場　　↑ 第4幕第3場　　↑ 第5幕第1場　　↑ 第5幕第1場

第3幕 | **第4幕** | **第5幕**

第3幕第1場　　第4幕第3場　　第4幕第4場　　第5幕第1場

↓ ↓ ↓ ↓

変装した公爵が、イザベラがアンジェロを責めるのを立ち聞きする。

クローディオの代わりに獄死した海賊の首がアンジェロに送られる。

公爵帰国の知らせがウィーンに届く。

公爵が、アンジェロの死刑宣告を取り下げてマリアーナと結婚させる。

とに訴えても誰も信じまいと指摘する。

イザベラは監獄に兄を訪ね、アンジェロに言われたことを伝える。クローディオはショックを受けるが、自分の命が危ないというのに貞操にこだわる妹に疑問を漏らす。変装した公爵が2人の話を立ち聞きしていて、それぞれに助けの手を差し伸べる。イザベラには、打つ手がないわけではないと言い、巧妙な解決方法を提案する。アンジェロのかつての婚約者マリアーナに、暗闇に紛れてアンジェロと寝るよう手配するから、それでアンジェロはイザベラと寝たと信じてクローディオを赦免するだろうというのだ。

公爵の計画どおりに事は進んだにもかかわらず、アンジェロはクローディオの処刑を取りやめようとしない。変装した公爵が介入して、獄死した囚人の首をクローディオの首の代わりにアンジェロに送る。公爵はこの計画をイザベラには明かさず、兄が斬首されたと信じるよう仕向ける。

ヴィンセンシオは公爵として華々しくウィーンに帰還する様子を演じてみせ、アンジェロの良き統治を称える。イザベラは、公爵が変装してすべてを見ていたとは夢にも思わず、アンジェロの不当な行為を公爵に訴える。

マリアーナが登場し、アンジェロと寝たのは自分だと断言すると、再び修道士に変装して戻ってきた公爵がそれを裏付ける。

公爵はルーシオに変装を引きはがされ、すべてを見ていた修道士が誰だったのかがわかると、アンジェロは自分の罪を認め、死刑にしてほしいと願う。マリアーナがアンジェロの助命を嘆願するので、アンジェロは驚き、イザベラもまたマリアーナと一緒になってアンジェロの命乞いをする。

公爵は、アンジェロがマリアーナと結婚することを条件に2人の願いを叶える。イザベラと兄を再会させたのち、公爵はイザベラに結婚を申し込む——二度も！》

236 尺には尺を

背景

テーマ
正義、道徳、権力、性

舞台
ウィーン

材源

1565年 シェイクスピアはイタリアのジラルディ・チンティオの小説『百物語』に親しんでいた可能性がある。しかし、マリアーナとその「ベッドトリック」はシェイクスピアの創作。材源では、イザベラにあたる人物はアンジェロにあたる人物と同衾し、結婚する。

1578年 シェイクスピアは、イギリスのジョージ・ウェットストーン作の悲喜劇『プロモスとカサンドラ』を利用した。

上演歴

1818年 サミュエル・テイラー・コールリッジが、本作をシェイクスピアの作品中「最も不快」と評する。

1836年 リヒャルト・ワーグナーが、本作をもとにした2幕のオペラ『恋愛禁制』を作曲する。

1950年 ピーター・ブルックが、アンジェロの助命を嘆願するマリアーナに同調するのはできるだけ引き延ばせとイザベラを演ずる女優に指示するという、ひとひねりした示唆に富む演出をする。

1970年 問題劇である本作に、また別のアプローチ。ストラットフォード・アポン・エイヴォンでのジョン・バートン演出で、イステル・コーラー演ずるイザベラが、公爵に求婚されて絶望的に観客の方を振り返る。

劇の最初にヴィンセンシオ公爵はウィーンを離れる計画をエスカラスに明かし、留守のあいだアンジェロにウィーンを統治させるため「全権」(第1幕第1場) を委ねる。公爵は、自分の計画に対するエスカラスの意見を聞きたがる。「どう思う?」(第1幕第1場)。そしてまた、補佐役であるエスカラスがアンジェロをどう評価するかも知りたがる。「あの男はどのように私の代理を務めるだろうか」(第1幕第1場)。こうしてたくさんの質問をすることで、劇作家は観衆にアンジェロの言動を観察し、評価し、判決を下す用意をさせているのだ。「束の間の権威を身にまとう」(第2幕第2場) ことに対するアンジェロの反応が、本作を通しての関心事となる。

シェイクスピアは、アンジェロ登場への期待感を盛り上げる。ヴィンセンシオが「その当人が来たぞ」(第1幕第1場) と告げるまでに、観衆の誰もが、公爵が少なからず執着しているらしい謎の人物に好奇心を抱くようになる。アンジェロは、最初は「ウィーンの道徳と慈悲」(第1幕第1場) を掌握することを慎み深く遠慮して、権力のある役割を引き受ける前に「私の資質をもっとお試しください」(第1幕第1場) と求める。アンジェロは、まさか公爵がその後もずっと自分を試すことになるとは思いもしない。

罪を重ねて上向く者もあれば、
美徳ゆえに滅びる者もある。
エスカラス
第2幕第1場

1933年にフローラ・ロブソンが演じた高潔な人物像のイザベラ。ウェットストーンの物語ではイザベラは城の小間使いだったが、シェイクスピアの戯曲では修道院に入ろうとしているところ。

試練の時

アンジェロの職務は容易なものではない。ウィーンでは法と秩序がほとんど消えてしまっているからである。アンジェロに責任を押しつけておいて、公爵は「厳しい条例や厳格な法律もあり、はびこる雑草を抜くために必要な歯止めとなるものだが、この十四年間眠らせておいた……そして放縦が正義の鼻をつかんでひきまわし、赤子が乳母を殴り、あらゆる秩序が乱れてしまう」(第1幕第3場) と修道士に告白する。

公爵の治世のあいだに、ウィーンは犯罪者と娼婦のはびこる都市と化した。そして公爵自身の振る舞いも「百人の私生児を生ませた罪で男を縛り首にするどころか、一千人の私生児の養育費を出してくれる」(第3幕第2場) と中傷されている。厳格で禁欲的なアンジェロこそ、病

んだ都市に道徳的秩序を取り戻す候補者の筆頭なのだ。公爵は、自分がかくも長きにわたって自らの権力を蔑ろにしていたこと、力ずくで新たに秩序を取り戻そうとすると圧政になるであろうことを自覚している。だから、アンジェロに「公爵の名に隠れて急所をつか」（第1幕第3場）せるほうが、はるかに良策だと公爵は考える。やがてアンジェロが偽善者であることが判明する一方で、公爵はマキアヴェリ的な策士であることがわかる。

権力の濫用

　全編を通じて、何人もの登場人物がアンジェロの性格についてコメントする。公爵はアンジェロは「厳格」で、「悪意をよせつけず、血が通っているとも思えず、石でなくパンを食べるとは思えないほどの堅さだ」（第1幕第3場）と評する。ゴシップ好きで好色なルーシオは、血も涙もないアンジェロ像を描く。ルーシオは「あの人は人魚から生まれたなんて言

> 法は死んではいない。
> 眠っていただけだ。
> **アンジェロ**
> 第2幕第2場

う人もいますよ。干物の夫婦の子だって言うやつもいる。だけど、あいつの小便は氷ですね。それだけは確かだ」と言明する（第3幕第2場）。
　アンジェロは、ルーシオが妄想するような怪物でこそないかもしれないが、婚約者と婚前に交わったことに対してクローディオに死刑を宣告して、慈悲心はわずかしかもち合わせていないことを証明する。「誘惑されることと道を踏み外すことはちがう」（第2幕第1場）。貞淑なイザベラが突然登場することがなければ、アンジェロの信念は揺らぐことがなかっただろう。アンジェロ同様、イザベラも「謹厳で品行方正」（第1幕第3場）という評判がある。最初の場面での修道女とのやりとりは、イザベラが堅固な道徳観をもっているだけでなく、厳格な規範のもとで生きるつもりでいることを表している。たとえば、イザベラは聖クレア修道院の信者が「もっと厳しい節制」に従って暮らしていないと知って驚いている。別の状況下であれば、アンジェロはイザベラとのあいだに多くの共通点を発見していたかもしれない。しかし、最初の出会いの事情は、2人の関係性の力学を明確にするうえで致命的だった。イ

この銅版画に描かれた17世紀初頭のウィーンは、厳しく取り締まる必要のある堕落した無法都市となっている。怠慢な公爵は、厳格なアンジェロをその任に当たらせる。

238　尺には尺を

19世紀初頭の銅版画　第5幕第1場でマリアーナがヴェールを取るところを描いている。「夫が命じますので、顔を見せます」。ヴェールをとったマリアーナは「残酷なアンジェロ」と非難する。

> 優しい妹よ、僕は生きたい。
> **クローディオ**
> 第3幕第1場

ザベラは自分が強大な権力をもつ人物に向き合い、兄に科された死刑を撤回するよう懇願するという難題に直面していることを悟る。厳格な主義をもつ2人は、自らに罪深い所業を赦さねばならない。シェイクスピアはイザベラに、強力な説得力のある声を与えている。その話しぶりは鋭い知性と情愛深い心を示唆している。イザベラはアンジェロの良心に訴え、疑いと不安を呼び覚ます道を見い出す。「もし兄が閣下で閣下が兄であれば、閣下は兄のようなまちがいを犯したかもしれませんが、兄は閣下ほど厳しくはなかったことでしょう」(第2幕第2場)。別の場面で言ったことは、アンジェロが共有する人間性を呼び覚ます。「自分の胸にお尋ねください。そこを叩いて、兄の罪のようなものがそこにまったくないと言えるのかどうか」(第2幕第2場)。最終的に、イザベラの言葉──「ああ、巨人の力を持つことはすばらしいことですが、それを巨人のようにふりまわすのは、暴虐です」(第2幕第2場)──は、アンジェロを恥じ入らせて考え直させ、望んだとおりの効果を発揮する。

説得力

　読者および観衆が抱く疑問は、アンジェロに効果を及ぼしたのはイザベラの言葉だけなのか、それともその容姿にもよるのかということだ。ルーシオと司祭の前では、アンジェロは厳格な権威主義者というイメージを保っているが、イザベラが指示されたとおり二度目に1人だけで訪れたとき、その言動は劇的に変わる。再訪したイザベラは、アンジェロに「わいろ」(第2幕第2場)を約束するが、それは「純金でできたおろかしいお金や、人の思い次第で貴重品となったりならなかったりする宝石ではなく、夜明け前に天にのぼり、神に届けるまことのお祈りです」(第2幕第2場)と説明する。果たしてイザベラの「わいろ」は完全に清らかなものなのか、それともルーシオがそうしろとそそのかしたように女を武器にしようとしているところがあるのか？
彼女の兄は、イザベラには死刑を撤回させるチャンスがあると確信している。それは「あの若さには、男心を動かす言葉にならない魅力がある」(第1幕第2場)と信じているからだ。

　イザベラがアンジェロを「動か」したのか、あるいはアンジェロがそこに未知の情熱を見い出したのかは、論議に値する。どちらにしてもアンジェロは法の執行者から権力の濫用者に変貌する。「いったん始めたからは私は官能に手綱を委ねる。わが激しい欲望に同意するがいい……兄を助けるのだ。その体をわが意に任せろ。さもなければ兄はただ死ぬのではなく、おまえのつれなさのせいで、いつまでも苦しむ死にかたをするぞ」(第2幕第4場)。アンジェロに淫らな誘いをかけられたイザベラは、こう切り返す。「あ

> あなたは私に悪魔に救済を求めよと命じていらっしゃるのです。
> **イザベラ**
> 第5幕第1場

なたのことを世間に訴えますよ、アンジェロ、いいですか。今すぐ兄の赦免状に署名しなさい。さもなければ声を限りに世間に言いたてます。あなたがどんな人か」（第2幕第2場）。しかし、イザベラの立場は弱い――アンジェロは権力のある男であり、イザベラには証言してくれる者もいない。

権力の失墜

アンジェロの反応は、冷たい。彼はこう答える。「誰がおまえを信じよう、イザベラ。汚れなきわが名声、峻厳なわが生き方、おまえに対するわが証言、そして私が持つ国家権力が、おまえの訴えなど吹き飛ばしてしまう」（第2幕第4場）。アンジェロは、自らの権力がイザベラを無力にすると計算している。イザベラは

イザベラ（ナオミ・フレデリック）のもとへ兄を返してやったのち、ヴィンセンシオ公爵（この2005年の公演の演出も手がけたサイモン・マクバーニー）は、イザベラに求婚する。「私のものになると言ってくれ」（第5幕第1場）。

自分に道理があるのを知っているが、しかし誰にそれを訴えればいいのか？　イザベラは罠（わな）にはまる。実際、シェイクスピアが本作の下敷きにした物語では、イザベラにあたる登場人物は代理の執政官と寝てしまう。しかし、シェイクスピアによって新たな命を与えられたイザベラは、こう言い放つ。「ではイザベラは貞淑に生き、兄は死にます」（第2幕第4場）。シェイクスピアは、喜劇的な「ベッドトリック」によって窮地を抜け出す道をイザベラに与え、アンジェロはイザベラと信じて元婚約者と寝ることになる。

アンジェロのベッドから逃れたイザベラは、今度は権力を取り戻した公爵の欲望の対象になったことを知る。公爵は、大詰めで二度にわたってイザベラに求婚する。「イザベラよ、おまえのためになる大事な話がある。もしおまえがその気になってくれるなら、私のものはおまえのものとなり、おまえのものは私のものとなる」（第5幕第1場）。イザベラの答えは、ない。■

問題劇

シェイクスピアはイザベラに、公爵の求婚に対する返事をさせなかった。イザベラはこの高位の行政官と結婚することになって言葉も出ないほどの喜びに圧倒されていたのか？　公爵はウィーンに戻るなりアンジェロの職権濫用を暴いてみせるほどの権力者だから？　それとも、イザベラの沈黙は男性への不信を告げるものなのか？　兄は、自分の命を救うために処女を捨ててほしいと求めた。アンジェロは、彼女を欲望の対象とした。そして公爵は、兄がまだ生きていることを知らせず、彼女が嘆き悲しむままにした。最後にイザベラが公爵の求婚を受けたのか受けなかったのかは、依然として意見が分かれる。イザベラの沈黙が、多様な解釈を呼ぶのだ。

今日『尺には尺を』は、シェイクスピアの〈問題劇〉のひとつに挙げられることが多い。劇は2人の結婚を暗示して終わるが、最終場や戯曲全体の空気は、気持ちが明るく高揚するというには程遠い。本作は、シェイクスピアが楽しませるというより衝撃を与えるために造形した暗い喜劇なのだ。

嫉妬にお気をつけください閣下、嫉妬というのは緑の眼をした怪物です

『オセロー』(1603–1604)

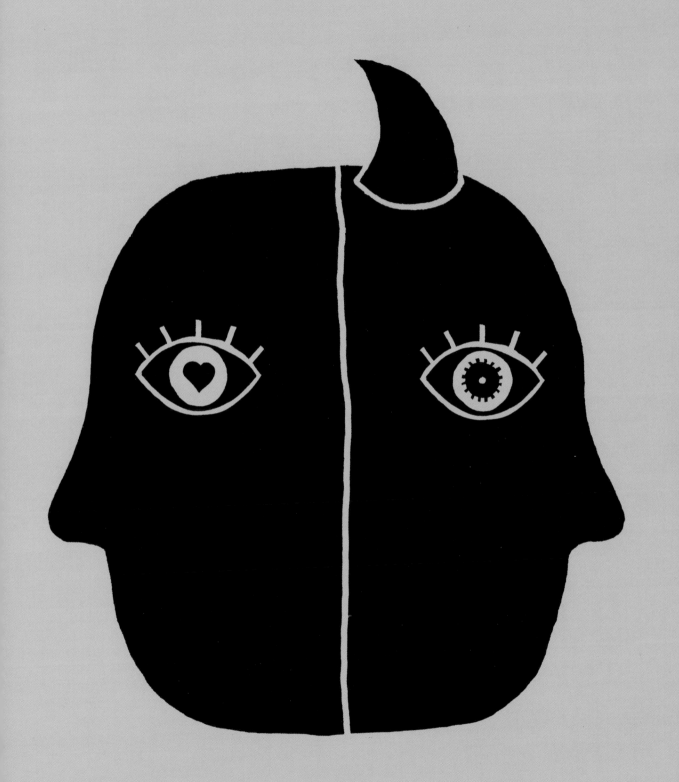

登場人物

オセロー ヴェニス軍の将軍。ムーア人とも呼ばれている。

イアーゴー オセローの旗手。オセローの地位を妬んでいる。

デズデモーナ オセローの花嫁。結婚後、父親ブラバンショーに親子の縁を切られる。デズデモーナという名前には「不運の」という意味がある。

キャシオー 軍の副官。イアーゴーの奸計によって、デズデモーナと姦通しているとオセローに誤解される。

エミリア デズデモーナの唯一の話し相手。夫イアーゴーに顧みられない妻。

ロダリーゴー デズデモーナの求婚者。イアーゴーにそそのかされてオセローに復讐しようとする。

ブラバンショー デズデモーナの父親。かつてはオセローと親しくしていた。

モンターノー キプロス島の前総督。劇の最後でイアーゴーの運命を決める。

ビアンカ キャシオーを慕う娼婦。キャシオーはその愛情に応えない。

ロドヴィーコー キプロス駐在のヴェニス大使。デズデモーナの親類。

グラシアーノー ロドヴィーコーとともにキプロス島に到着するヴェニスの貴族。

道化 キャシオーと路上で議論する。

イアーゴーは、**オセローがデズデモーナと駆け落ちした**ことをブラバンショーに告げる。

オセローが、トルコ艦隊からキプロス島を防衛する**ヴェニス軍の指揮官に選ばれる**。

キャシオーが酒に酔ってロダリーゴーと喧嘩し、オセローによって**解任される**。

第1幕第1場　　　　第1幕第4場　　　　第2幕第3場

第1幕　　　　　　　　　　第2幕

第1幕第3場　　　　第2幕第1場

オセローが、ブラバンショーにヴェニス議会の**裁定にかけられる**。デズデモーナとオセローが互いへの愛情を告白し、ブラバンショー以外の全員に許される。

オセローが敵の**トルコ艦隊を打ち破り**、キプロス島で新妻に迎えられる。

兵士イアーゴーは、恋煩いの紳士ロダリーゴーを利用して、ヴェニス軍のムーア人将軍オセローを陥れる策謀を企てる。イアーゴーは、元老院議員ブラバンショーにその娘のデズデモーナがオセローと駆け落ちしたと告げる。ブラバンショーはヴェニスの議会に裁定を求める。デズデモーナの弁明を聞いたのち、司法はオセローに味方した。オセローは、トルコ軍を迎え撃つためキプロス島に急行しなければならなかった。デズデモーナは、オセローがトルコ軍を打ち破ったらキプロス島でオセローを迎えたいと望む。

イアーゴーは、オセローがデズデモーナとキャシオーの仲を疑うよう仕向ける。イアーゴーはその一方で、デズデモーナに横恋慕するロダリーゴーに、キャシオーに喧嘩を吹っかけろとそそのかす。2人の喧嘩で起こされたオセローは、キャシオーを解任する。キャシオーは、オセローの赦しを得られるようとりなしてほしいとデズデモーナに懇願し、その結果ムーアは妻の不貞を疑う。

イアーゴーは、妻エミリアに命じてオセローがデズデモーナに贈ったハンカチを盗ませる。そして、それをキャシオーの寝室にわざと置き、デズデモーナが愛の証としてハンカチをキャシオーに贈ったとオセローに思い込ませるための筋書

国王一座時代 243

イアーゴが、デズデモーナは明らかに不貞を働いているとオセローに吹き込む。**オセロー**は悲嘆のあまり、てんかんの**発作**を起こす。
↑
第4幕第1場

逆上した**オセロー**が、人前でデズデモーナを打つ。
↑
第4幕第1場

オセローは、自分の命令でキャシオーが殺されたと信じる。
↑
第5幕第1場

悲嘆と罪悪感に打ちひしがれた**オセロー**は、まだ生きていたキャシオーに赦しを乞うて、自殺する。オセローは**デズデモーナの傍ら**で事切れる。
↑
第5幕第2場

| 第3幕 | 第4幕 | 第5幕 |

第3幕第3場
↓

キャシオーが復職をとりなしてほしいとデズデモーナに懇願するが、イアーゴは、2人が密通しているのだとオセローに思い込ませる。**オセローはデズデモーナとキャシオーに死をもって報いると断言する**。

第4幕第1場
↓

イアーゴが、デズデモーナのハンカチをキャシオーの寝室にわざと置く。そして、キャシオーを相手に娼婦ビアンカの話をして、それを聞いたオセローがデズデモーナのことだと信じ込むように仕向ける。

第4幕第2場
↓

オセローがエミリアを脅してキャシオーの訪問について知ろうとする。エミリアはすべての疑いを否定する。

第5幕第2場
↓

オセローは、自らの手で**デズデモーナを殺そう**と決めて枕で窒息させる。エミリアがイアーゴの罪を暴いて夫に殺される。イアーゴはただちに捕縛される。

きを練る。
　イアーゴはさらに嘘の網をオセローの周りに張りめぐらせ、キャシオーがデズデモーナとの不倫を認めたと話す。オセローは嫉妬に身を焦がし、デズデモーナと口を利くことを拒否する。オセローはてんかんの発作を起こし、そのあとでキャシオーとデズデモーナを殺す決意をする。
　デズデモーナの親類ロドヴィーコは、ヴェニス大使として到着した際にオセローがデズデモーナを打つのを目撃する。ロダリーゴは、デズデモーナを口説く試みが一向に進展しないことに苛立ちを募らせる。イアーゴは、そのロダリーゴにキャシオーを殺させるよう仕向ける。キャシオーは、ロダリーゴと争ううちロダリーゴに傷を負わせる。ロダリーゴはイアーゴにとどめをさされるが、自分がイアーゴの策謀に加担したことを手紙に書いており、これがのちに発見される。
　同時に、オセローは眠っていたデズデモーナを起こし、自分がしたことに赦しを乞うて祈るようにと言う。彼女が清い良心をもってあの世に行けるようにしてから彼女を殺すと言うのである。デズデモーナは自分は潔白だと誓うが、オセローは枕で窒息させる。そのときエミリアが入ってきて、オセローを人殺しと責める。デズデモーナが一瞬息を吹き返し、エミリアに自分で自分を殺したと嘘をつく。他の者たちが、ロダリーゴの死をオセローに知らせるため部屋に入ってきて、デズデモーナの死体を発見し、説明を求める。エミリアはハンカチを拾ったことを認める。イアーゴは、それ以上言わせまいと妻を刺し殺すので、オセローはたちまち自分のしたことを悔いる。
　オセローは居合わせたすべての人に赦しを乞い、憤怒のあまり短剣でイアーゴに斬りかかるが、イアーゴは怪我をしたものの殺されはしない。
　オセローは自らを刺し、デズデモーナの隣で事切れる。キャシオーがヴェニスの軍隊を任される。》

背景

テーマ
嫉妬、忠誠、裏切り、愛

舞台
16世紀ヴェニス、キプロス島

材源

1565年 イタリアの作家ジラルディ・チンティオの物語「ムーア人の船長」。シェイクスピアはイタリア語、あるいは1583年のフランス語訳で読んだ可能性がある。

1600年頃 イギリス－モロッコの同盟を推進するため、ムーア人の代表団がエリザベス一世の宮廷に到着する。

1603年 1570年のトルコ軍のキプロス島攻撃が、イギリスの歴史家リチャード・ノールズの『トルコ史』で描写される。

上演史

1604年 ホワイトホール宮殿における『オセロー』最古の上演記録。

1660年 マーガレット・ヒューズがデズデモーナを演じ、イギリスの舞台に初めて合法的に出演した女性となる。

1816年 シェイクスピア作品を下敷きにしたジョアキーノ・ロッシーニの歌劇『オテロ、またはヴェネツィアのムーア人』がナポリで初演される。

1825年 ロンドンでアイラ・オールドリッジが黒人俳優として初めてオセローを演じる。

1887年 ジュゼッペ・ヴェルディの歌劇『オテロ』がミラノで初演される。

1930年 黒人の俳優・歌手ポール・ロブスンがロンドンのサヴォイ劇場でオセローを演じる。

材源となった「ムーア人の船長」ではほとんど触れられていないが、シェイクスピアはオセローに自らの人種を強く意識させている。エリザベス朝の演劇における黒人の役柄は、『タイタス・アンドロニカス』のアーロンのごとく往々にして凶悪で残忍な人間だ。オセローは、エリザベス朝の舞台としては初めての、同情を呼ぶ黒人の登場人物なのである。観衆はオセローの窮地に同情し、デズデモーナは「ムーア」への愛に必死でしがみつく。

ムーア人オセロー

イアーゴーとロダリーゴーは、オセローへの悪意に満ちた人種差別を隠そうとしない。観客は、イアーゴーの粗野で人種差別的、性的な言辞によって、イアーゴーの目を通してオセローを知る。オセローは、ブラバンショーの「白い牝羊(めひつじ)」にのっかる「黒い牡羊(おひつじ)」と表現される(第1幕第1場)。シェイクスピアが本作を書いた当時、黒い肌は、身体の奇形や非キリスト教徒的な伝統と同様、不道徳や野蛮と結びつくものと一般にみなされていた。オセロー自身も、自らの黒人という出自にたびたび触れている。黒人だからすぐ怒り、嫉妬深いというのである。

オセローは黒人のステレオタイプではないのだが、それでもやはり怒りっぽく疑い深い性質なのだ。それゆえに、エミリアが「黒い悪魔」(第5幕第2場)と責めるのだ。

軍の英雄オセロー

誰もがオセローを人種という面から捉えているわけではない。オセローはしばしば軍人としての武勇によって評価される。ブラバンショーがオセローを訴える前、議会はキプロス島沖でトルコ軍と戦う指揮官にオセローを任命することについて討議していた。シェイクスピアは、オセローの勲功がヴェニスの階層のなか

19世紀アイルランドの画家ダニエル・マクリースが、問題の結婚を描いている。オセローは頭を抱えているが、デズデモーナは呪われたハンカチを握ってすがるように夫を見上げている。

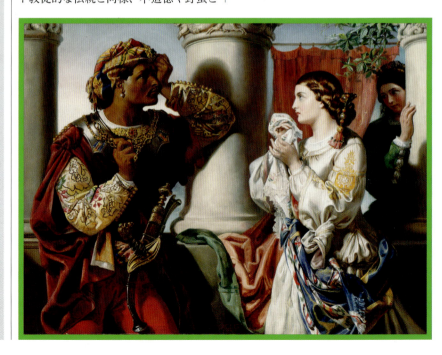

> あのムーア人は裏表のない
> あけっぴろげな性格だ。
> 正直なふりをしているだけでも
> 正直者と思ってくれる。
> だから鼻づらをつかまえて
> 好きなようにひきずりまわせるさ、
> ロバのようにな。
> **イアーゴー**
> 第1幕第3場

で物をいっていることをはっきり描いている。オセローが沈着冷静であることは、デズデモーナをかどわかしたというブラバンショーの訴えに対する自らの弁明で証明されている。

オセローの話しぶりと経験を、デズデモーナの反抗的な話し方やいまだに父親と住んでいたことと比べると、二人のあいだの少なからぬ年齢の隔たりがうかがえる。それでも、オセローは心からデズデモーナを愛しており、その誠実さこそが、イアーゴーの策謀に対する弱みとなる。オセローは強靱な人物として尊敬を集める正統的な立場から引きずりおろされ、嫉妬を抑えきれなかったがために、野蛮で不当かつ悲惨な最期を迎える。ヴェニス市民のオセローに対する敬意と愛情は、最後に彼がデズデモーナの遺体とともに発見されたときに彼らが衝撃を受けたことで明らかになる。この男が、不安と妄執に囚われて殺人を起こすとは誰も想像していなかったのである。

「正直者」のイアーゴー

憎悪と嫉妬に突き動かされた残酷な策略家イアーゴーは、デズデモーナに横恋慕するロダリーゴーを、金づるとしたうえに、オセローを陥れる計略の手先として利用する。ロダリーゴーはデズデモーナと親しくなれるのではという期待のもと、イアーゴーの指示になすすべもなく従う。イアーゴーはまた、独白で自分の計略を観客に漏らすことによって観衆をも操る。イアーゴーは、自分のオセローへの敵意を裏付けのない2つの主張で正当化する。すなわち、オセローは自分の妻エミリアを寝取った、そして自分が副官に昇進すべきところをキャシオーにその職を与えた、というものだ。おもしろいのは、オセローに嫉妬という「緑色の眼をした怪物」に気をつけるよう警告しておきながら、イアーゴー自身が嫉妬に駆られていることだ。オセローもキャシオーも、イアーゴーを「正直者」と呼んで高く買っていたのは残酷な皮肉だ。

オセローに、デズデモーナは嘘をついていると信じ込ませたのはイアーゴーだ。そして「あの女が穢したまさにそのベッドで首をしめなさい」（第4幕第1場）とオセローに勧めたのも、イアーゴーだ。

嫉妬深いイアーゴー

キャシオーに復讐すると誓ったとき、

> ああ、名声を失ってしまった。
> 俺の一番大切なものを
> なくしてしまった。
> 俺はぬけがらだ。畜生だ。
> **キャシオー**
> 第2幕第3場

アイラ・オールドリッジ

1825年、アメリカ人俳優アイラ・オールドリッジが黒人として初めてロンドンの劇場でオセローを演じた。オールドリッジは1807年ニューヨーク生まれ。母国で舞台に立つチャンスをつかむのは難しいと悟ってヨーロッパに渡った。初めてムーアを演じたときは、弱冠18歳だった。好意的な批評が出たが、その称賛は多分に人種差別的な偏見をはらんでいた。ある批評家は、オールドリッジは「最も難しいせりふをある程度正しく言って観客を驚かせた」と書いており、批評家が黒人俳優の演技力に懐疑的で、これほどの偉業を達成するとは思っていなかったことを示唆している。

オールドリッジはその後もヨーロッパの劇場で長いキャリアを積み、『リア王』および『リチャード三世』の主役も演じた。白人が黒塗りをしてオセローを演じた劇壇の慣習とは逆に、「白塗り」のメイキャップで白人役も演じたのである。ついに母国に戻ることはなかったが、オールドリッジはアメリカの黒人俳優のなかでも傑出した存在とみなされていた。1867年、ポーランド巡業中に死去。

現代の軍隊に舞台を移して賞を受けた、2013年、ロンドンのナショナル・シアターの公演。イアーゴー（ロリー・キニア）とオセロー（エイドリアン・レスター）は長年の戦友という設定。

ン・ブースがロンドンのライシアム劇場の公演で、役を交互に演じている。

夫の嫉妬

ヴェニスの議会、社会的階層、軍隊という背景をはぎ取ってみれば、本作の核心となるのは悪意に満ちた詐欺師によって引き裂かれた夫と妻の物語である。冒頭の場面は大がかりな法と戦争の政治的世界なので、作品の焦点が夫婦にあるのは驚くほど不釣り合いに見えるかもしれない。シェイクスピアは筋を追って次第に焦点を絞っていき、最後の場面は寝室が舞台となる。ヴェニスの軍人、政治家、貴族たちがこの部屋になだれ込んでくるので、観客はオセローのような公人の私生活が実に脆弱であることに思いを馳せる。嫉妬がこの悲劇の引き金であるとするなら、人間の信頼関係というものが根本的に不安定であって、実に認めがたいことではあるが愛もまた脆いものだと認めざるを得ない。

この嫉妬はどこから生まれるのか？娘の弁明を聞いたブラバンショーはデズデモーナと縁を切り、自分の父親を騙すような女は夫をも欺くかもしれないとオセローに警告する。すでに第1幕でオセローの心には疑惑の種が蒔かれているのだ。しかし、実際にオセローにデズデモーナを疑うよう仕向け、煽るのはイアーゴーである。イアーゴーの最も強力なせりふは「奥さんに気をつけなさい」（第3幕第3場）という単純なものだ。

嫉妬と羨望が、本作の核心に食い込んでいる。ブラバンショー、キャシオー、ロダリーゴーはいずれもある種の羨望を経験し、中心となるイアーゴーとオセロー

オセローは儀式のような誓いを立てた。オセローは海と天国に関して語り、イアーゴーは星に呼びかけて主人への忠誠を見守るように訴える。このやりとりの特殊性、そしてオセローがそれを「神聖な誓い」（第3幕第3場）と呼んだことで、批評家たちはこれを、観衆が目撃しなかったオセローとデズデモーナの結婚の儀式と不吉にも呼応すると考えた。オセローは、イアーゴーをキャシオー殺しの共犯者にするだけでなく、彼を副官に昇進させる。こうしてイアーゴーは文字どおりキャシオーに取って代わり、オセローの人生において比喩的にデズデモーナに取って代わることとなるのである。

悪役であっても、イアーゴーはオセローと同等の注目を浴びる。歴代、2つの役を演じる役者たちは観客の喝采を競ってきた。オセローのイアーゴーへの依存とその欺瞞に対する弱さと、イアーゴーの曖昧な動機と人を操る手管、その2つが組み合わさって2人はダイナミックかつ不穏なコンビとなり、互いに心理的恐怖の奈落へと引きずりおろし合う。どちらも、自分の嫉妬をコントロールできないからである。18世紀以来、名だたる役者たちがオセローとイアーゴーの2役を交互に演ずるようになった。ヴィクトリア朝の著名な例として、イギリスの役者ヘンリー・アーヴィングとアメリカの役者エドウィ

>
> あの男はきわめて正直で、
> 見識高く、
> 人間のあらゆる特質を知っている。
> オセロー
> 第3幕第3場
>

の嫉妬を反映し、その周りをめぐっている。嫉妬という緑の明るい眼の怪物が生まれ、ゆっくりとふくれあがっていくイメージは不気味で不安をそそる。怪物は宿主を支配し、その生命を乗っ取る悪魔的な存在である。イアーゴーは将軍の心に小さな疑惑を植え付け、オセローが妻の不貞への妄執によって肉体的に動けなくなるまでゆっくりと育てていく。嫉妬は一貫して危険なもの、災厄、呪われたものとして描かれる。

オセローの熱に浮かされた想像は肉欲のイメージによって汚され、それが身体に言及する言葉となって現れる。オセローはデズデモーナの肉体が朽ち果てると語り、別の男が「あいつの甘い肉体を味わっている」(第3幕第3場)と語り、キャシオーが唇を奪ったので彼女が「盗まれた」と語る。オセローはデズデモーナを娼婦だ淫売だと責める。こうした性的なイメージを伴う執着は、オセローが妻の性器を地獄の門に譬える比喩を頂点とする。

シェイクスピアの悲劇の多くは、登場人物の重大かつ修復不可能な弱点を巡って描かれている。本作の場合、悲劇の原因は、オセロー自身の想像のうちに生まれて育まれた緑色の眼をした嫉妬である。つまり、オセローがムーア人の先祖から受け継いだと主張する嫉妬深い「性質」こそが、オセローの悲劇的弱点となるのだ。イアーゴーが蒔いた邪悪な種はオセローの心と体を激しい憎悪で蝕み、最後にはデズデモーナに手を伸ばして破壊する以外に行き場がなくなる。

このようにオセローのかなり特殊な悲劇的欠点は、偉大な悲劇の主題としてはふさわしくないとみなされていた時代もある。20世紀初頭、イギリスのシェイクスピア学者のA・C・ブラッドリーは本作の悲劇的側面が、妻に性的な嫉妬を抱く夫という主題によって損なわれていると非難した。ブラッドリーの観点では、これは根本的にいかがわしく、道徳的に不快なことなのだ。»

アメリカの俳優・歌手ポール・ロブスンは、1930年にロンドンでオセローを演じた。向かい合うデズデモーナ役はペギー・アシュクロフト。当時もなお、黒人俳優がこの役を演じることは稀だった。

オセロー像を描く

オセローの性格に関して批評家たちの意見が一致しないのは有名な話だ。1937年、批評家F・R・リーヴィスは、オセローは本質的に野蛮であり、その野蛮な性質を辛うじて隠しているが最後には本能に負けるのだと主張した。一方、ロマン派的な解釈では、オセローは節操のない野蛮人どころか高貴な男と特徴づけられている。1870〜80年代には、イタリアの俳優トマーゾ・サルヴィーニが、ムーア人を熱血漢で情熱に溢れているが高貴なヒーローと解釈した。サルヴィーニは、オセロー自殺のシーンで喉をかき切って凄まじい苦痛にのたうってみせた。サルヴィーニは、他の俳優が英語のときもイタリア語で演じたので、イタリアのムーアとして知られた。

20世紀末まではオセローは写真のオーソン・ウェルズのように白人の俳優が黒くメイキャップをして演じていたが、現在ではそうした習慣は廃れた。例外は、1997年にワシントンDCで上演された人種を逆にした公演で、パトリック・スチュワートが黒人国家での白人のオセローを演じた。

貞淑な妻たち

エミリアとデズデモーナは、どちらも夫に忠実に従う女性として描かれている。デズデモーナがオセローに忠実なのは、夫の意志に従順であることからはっきりうかがえる。キプロス島まで夫について行き、具合が悪そうに見えれば介抱し、公衆の面前で殴られても自分が軽蔑の対象になったことを謝り、最後には夫が望むままに死ぬ。同様に、エミリアもイアーゴーの言うがままに、夫の命令でデズデモーナのハンカチを盗む。

2人の女の違いが明らかになるのは終盤、デズデモーナが自分を殺した者の名前を言うのを拒否するのに対して、エミリアは夫を糾弾するときである。しかし、結果は同じ――どちらも夫に殺され、2人の貞節は報われないのだ。デズデモーナは夫の非難とイアーゴーの策略に無力だが、それに抵抗するのがエミリアである。女主人への愛情に励まされてオセローに反対し、イアーゴーに短刀を突きつけられても夫の悪行を責める。デズデモーナが父親に見捨てられ、のちには夫に見捨てられたときも、常に彼女のそばにいて慰め、支えとなるのは、エミリアである。エミリアはまた、デズデモーナに妻は夫と同等だと考えるよう促す。エミリアはこう尋ねるのである。「私たち女にだって、男と同じように、楽しみたいという欲望や弱さがあるんじゃありませんか」（第4幕第3場）。夫とオセローの関係とは対照的に、エミリアはデズデモーナに強い忠誠心を抱いていて、いまわの際の言葉も女主人を守るために発せられる。女たち

フランスのテノール歌手ロベルト・アラーニャとアルバニアのソプラノ歌手インヴァ・ムラが、ヴェルディ作曲『オテロ』の2008年の公演でオテロとデズデーモナを演じた。悪役であるイアーゴーはさらに声域の低いバリトンの歌手が歌う。

> あれは死なねばならぬ。
> さもなければ、ほかの男を騙す。
> **オセロー**
> 第5幕第2場

が夫に忠実であることを誇示するのに対し、男たちのほうはもっと見た目にとらわれている。男たちはもっぱら外見で行動するのだ。

キャシオーとオセローはどちらも自分に対する評価に振り回されている。キャシオーの名誉はロダリーゴーとの夜の喧嘩で損なわれ、そのためにオセローの副官としての地位を失う。前半で自らの評判を嘆くキャシオーの姿は、後になってオセローが自分の名誉に対して抱くはるかに邪悪な懸念を先取りしている。

軍人が自らの名誉に対する恐れをふくらますのに対し、女たちは自らの性的な評判に対する攻撃にさらされる。イアーゴーのデズデモーナに対する中傷は、彼女の人となり全体に疑いを抱かせるに十分だ。これは、キャシオーがビアンカに言及したことにも反映している。彼は、ビアンカを「つまらん女」と呼び、道徳的にだらしない女は自分の妻になる資格はないとほのめかすのである。

破滅

破滅させられるとは、どういうことなのか？　そして、何が破滅的な罪にあたるのか？　シェイクスピアは、登場人物たちを一貫してこの疑問と戦わせた。

オセローはデズデモーナを語るときしばしば「地獄落ち」という言葉を用い、その不実ゆえに「二重に地獄落ち」（第4幕第2場）とさえ言っている。破滅は地獄の業火、永遠の罰と結びついており、それは本作のカトリック的な傾向にふさわしい。デズデモーナの不貞なるものの不名誉と罪深さゆえに、オセローは妻を殺すのが自分の義務であり「さもなければ、ほかの男を騙す」（第5幕第2場）と考えるのだ。デズデモーナの不貞を、オセローは妻を殺さねばならぬ「原因（the

策士

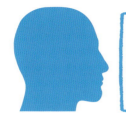

イアーゴー
キャシオーが自分を差し置いて副官に選ばれた。オセローの決定がキャシオーにかたむいたのは、キャシオーがデズデモーナと親しいからではないかとイアーゴーは疑っている。今やイアーゴーには3人全員を破滅させる動機がある。

イアーゴーは、策略を推し進めるためにオセローの嫉妬をかき立てる。復讐はオセローだけでなくデズデモーナとキャシオーにも向けられる。そして、デズデモーナの若さゆえの無邪気さ、オセローとキャシオーの性格の弱点につけ込む。

おもな犠牲者

オセロー
信頼する戦友イアーゴーの言葉なら信じてしまう。
もともとの性格として疑い深く、自信がない。

デズデモーナ
夫に忠実だが、イアーゴーはその若さにつけ込み、オセローを嫉妬に狂わせる。

キャシオー
若くてハンサムで女を見る目がある。イアーゴーがオセローに嫉妬させるために必要な資質をすべて備えている。

― 支配　― 嫉妬　― 無垢　― 好色

---

cause)」と呼ぶ。オセローは妻に祈れと要求する。そうすれば、肉体を殺しても不滅の魂を与えることができるからだ。これは、殺人は、少なくともオセローの心のなかでは、復讐というより名誉のための殺生であることを示唆している。

名誉という言葉が、登場人物たちの世界に忍び込む。殺人者でもあるなら、オセローはいかにして名誉を保つのか？　最後に真相を知ったオセローは、自らの破滅を求め、デズデモーナは「天使のように美しい」が、自身は「呪われた、呪われた下郎」（第5幕第2場）だと言う。最終場で全員が思うのは、イアーゴーのことである。イアーゴーはどうなるのか？

オセローはイアーゴーを「小悪魔」（第5幕第2場）と責め、ロドヴィーコはイアーゴーを「地獄の悪党」（第5幕第2場）

> **悪だくみだ、悪だくみだ、悪だくみだ！**
> **そういえば、おかしいと思ったんだ。**
> **ああ、悪だくみだ！**
> **エミリア**
> 第5幕第2場

と呼ぶ。イアーゴーはこの悲劇を生き延びたかもしれないが、ここから苦しみが始まる。まずは地上での拷問、そして永遠に続く地獄の業火である。生き残ったことが、イアーゴーへの罰なのだろう。

ハンカチ

イチゴの刺繡が施されたハンカチは、オセローの結婚生活の破綻の重要な要素だ。この小さな品物に感情的にとらわれているがゆえに、オセローはイアーゴーの策略に対して無力となり、デズデモーナがこの大切な贈り物を「愛人」に与えたという説をおめおめと受け入れてしまう。デズデモーナがハンカチをなくしたことについて嘘をついたという事実が、夫が抱く不貞の疑念の確証となる。

このささやかな小道具が、オセローとデズデモーナの結婚生活における緊張と不信を象徴するものとなる。このハンカチに極端な重要性が置かれているため、1693年、歴史家のトマス・ライマーは、本作は『ハンカチーフの悲劇』と呼ぶべきだと主張した。■

罪を犯すより犯された男

『リア王』（1605-1606）

252 リア王

登場人物

リア王 ブリテンの王。

ゴネリル リアの長女。オールバニー公爵の妻だが、エドマンドと不倫の関係にある。

オールバニー公爵 ゴネリルの夫。

リーガン リアの次女。コーンウォール公爵の妻。のちに2人目の夫としてエドマンドを追いかける。

コーンウォール公爵 リーガンの夫。

コーディーリア リアの三女。のちにフランス王妃となる。

バーガンディ公爵 コーディーリアの最初の求婚者。

フランス王 コーディーリアの2人目の求婚者。

道化 リアの宮廷の道化師。コーディーリアと非常に親しく、その不在を嘆く。

ケント伯爵 リアに最も忠実な臣下のひとり。のちに変装して召し使いケイアスとして再登場する。

グロスター伯爵 今ひとりのリアの忠実な臣下。エドガー、エドマンドの父親。

エドマンド グロスター伯爵の非嫡出の息子。

エドガー グロスター伯爵の跡継ぎで、嫡出の長男。「裸の狂人トム」などいくつか変装する。

オズワルド ゴネリルの召し使い。

リア王はゴネリルとリーガンに王国を分割。コーディーリアを勘当し、ケント伯爵を追放する。

↑ 第1幕第1場

エドマンドが自分とエドガーが戦ったように見せかけ、父グロスターに、エドガーは父の殺害を企てた末に逃げていると伝える。

↑ 第2幕第1場

リアはケントに対する恥ずべき扱いを知り、娘2人に激怒する。

↑ 第2幕第2場

第1幕 | **第2幕**

第1幕第4場 ↓

リアとゴネリルが諍い、リアはリーガンの家に向かう。

第2幕第2場 ↓

ケントがオズワルドを懲らしめ、足枷をはめられる。エドガーは「裸の狂人トム」に変装することを決心する。

リア王は自ら退位を告げ、王国を3人の娘に分け与える。リアは、誰に最も多くを与えるか決められるよう、それぞれ自分への愛情を述べろと要求する。ゴネリルとリーガンは応ずるが、コーディーリアはお世辞を言うことを拒む。コーディーリアは、ケント伯爵ともども追放される。フランス王がコーディーリアに結婚を申し込み、2人はフランスに発つ。ケントは召し使いケイアスに身をやつす。

コーディーリアがいなくなってまもなく、グロスター伯爵が長男エドガーと仲たがいをする。兄の財産を奪おうともくろむ非嫡出の弟エドマンドの計略により、グロスターは騙されてエドガーが自分を殺して領地を奪おうとしていると信じてしまう。エドマンドは悪党として追われるが、「裸の狂人トム」に変装する。

リアは長女ゴネリルと夫オールバニーのもとに身を寄せるが、ゴネリルは父の不作法な振る舞いを咎める。リアはゴネリルに子どもが授からなければよいと罵ってリーガンのもとに向かうが、リーガンと夫コーンウォールは留守で、ケントが足枷をはめられているのを発見す

国王一座時代

コーンウォールがグロスターを捕らえ、**両目をえぐり出す。**

エドガーはオズワルドを殺し、オールバニーを殺すようエドマンドに説いたゴネリルの手紙を発見する。

戦い。エドガーはグロスターにリアとコーディーリアが負けたと伝え、2人に合流しに向かう。

リアが死んだコーディーリアを腕に抱いて登場し、**悲嘆のあまり死ぬ。**ケントはリアのあとを追うと約束し、王冠をエドガーに譲る。

↑ 第3幕第7場　↑ 第4幕第5場　↑ 第5幕第2場　↑ 第5幕第3場

第3幕　　**第4幕**　　**第5幕**

第3幕第2場　　第4幕第1場　　第5幕第1場　　第5幕第3場

↓ ↓ ↓ ↓

発狂したリアが荒野で怒号する。ケントがリアと道化をなだめすかして小屋に連れて行く。

エドガーは荒野をさまよう盲いた父と出会い、**断崖から飛び降りて自殺で**きるように父をドーヴァーに連れて行くと同意する。

エドガーが農夫の姿に変装して**オールバニーに手紙を渡し、**侵入してきたフランス軍にブリテン軍が勝利した暁には一騎打ちをと願い出る。

リアとコーディーリアは**牢獄に入れられる。**エドガーとエドマンドが決闘して**エドマンドは瀕死の重傷を負う。**リーガンはゴネリルに**毒を盛られたと悟る。**

　る。2人の娘と対決して怒り狂ったリアは、雷雨のなかへ走り出て行く。怒りと悲しみに我を忘れたリアは道化を伴い、トムと親しくなる。
　ゴネリルとリーガンは父を殺そうと企むが、コーディーリアがフランス軍とともに父を救うために戻ってくるのを知ったグロスターが、王を密かにドーヴァーに逃してかくまう。このことが露見して、グロスターはコーンウォールに両目をえぐりとられる（コーンウォール自身も自らの召し使いに致命的な傷を負わされる）。エドガーは盲いた父グロスターを、自殺できるようドーヴァーの断崖に連れていくと騙す。父が平らな土地で飛んで転ぶと、エドガーは、父に崖から落ちたにもかかわらず奇跡的に生き延びたのだと思い込ませる。
　コーディーリアは、リアを保護する。戦いが起こる。リアとコーディーリアは敗北し、捕虜になる。騎士に変装したエドガーは、エドマンドに一騎打ちを挑む。エドマンドが瀕死の傷を負うと、エドガーは自分の正体を顕す。ゴネリルとリーガンのエドマンドをめぐる嫉妬によって、殺人と自殺が起こる——ゴネリルは妹リーガンを毒殺し、自らを短剣で刺す。エドマンドはオールバニーにリアとコーディーリアを助けるよう命じるが、時すでに遅かった。
　リアが、死んだコーディーリアを腕に抱いて登場する。悲嘆のあまり、王は再び正気を失い、ケントがようやく身分を明かしてもわからない。コーディーリアがまだ生きているかもしれないと思った瞬間、リアは死ぬ。オールバニーは王国をケントとエドガーで分けるよう提案するが、ケントは主君のあとを追うと言って、王冠をエドガーに残す。》

リア王

背景

テーマ
愛、裏切り、死別と死

舞台
古代ブリテン

材源

12世紀 ジェフリー・オヴ・モンマス『ブリテン王列伝』。

1587年 ラファエル・ホリンシェッド『イングランド、スコットランド、アイルランド年代記』。

上演史

1681年 ネイハム・テイトの『リア王一代記』。改作であり、コーディーリアが死なずにエドガーと結婚する。

1851年 ハーマン・メルヴィルが、『リア王』に触発されて『白鯨』のエイハブ船長が嵐のなかで怒号するシーンを書く。

1957年 ベンジャミン・ブリテンが、『リア王』の筋を借用したバレエ『パゴダの王子』(振付はジョン・クランコ) を書く。

1985年 黒澤明監督が、『乱』でリアを戦国武将として描く。

1987年 エレーヌ・ファインスタインが、『リア王』の前編にあたる戯曲『リアの娘たち』を書く。

1991年 ジェーン・スマイリーが、小説『大農場』で舞台をアイオワ州に移す。物語はジニー(ゴネリル)の視点で語られる。

『リア王』はシェイクスピアの悲劇の頂点とみなされることが多いが、他の悲劇が依って立つ多くの前提を覆す劇でもある。それは我々の理想をむしばみ、20世紀アイルランドの劇作家サミュエル・ベケットの虚無的な絶望に似ていなくもない風景を生み出す。この点で、『リア王』は古代(舞台は紀元前800年)でありながら、驚くほど現代的なのだ。

冒頭から、シェイクスピアはリアに他の悲劇の主人公とは大きく異なる造形を与える。王の年齢は60代と判断できる資料があるが、シェイクスピアはリアの老耄を強調し、彼は80代で「死へと這い寄っている」(第1幕第1場)と断言する。現代の演出では、ずっと若い役者をキャスティングすることが多い。2014年には53歳のサイモン・ラッセル・ビールが、危険なまでに気まぐれで、娘たちに愛情の試験を課し、のちには逆上して道化を殺してしまう暴君としてリアを演じた。しかし、この演出からも戯曲自体からも、リアの肉体的な強さや言葉の力がいかにして臣下の利益を守ってきたかわからない。それどころか、どうしてかつては王と崇められ、愛されていたのかがうかがえない。ゴネリルとリーガンは、コーディーリアを追放するというリアの判断の誤りは単に「耄碌」のなせる悲劇的な過ちではなく、「今までだって自分のことがよくわかっていない」(第1幕第1場)人格的特徴だと示唆する。リアのかつての偉大さを感じることができないために、リアが狂気へ転落しても、他のシェイクスピアの悲劇ならあったかもしれない壮大さ、喪失感がないのだ。

悲劇の主人公としてのリア

リアが自らを「罪を犯すより犯された

リアが王国を3人の娘たちに分割する。このバート・ヘルスフェルト・フェスティバル(2012年)の演出ではフォルカー・レヒテンブリンクがリアを演じ、クリスティン・ホリックがコーディーリアを演じている。

>
> そのあいだに、この胸に秘めてきた
> 計画を発表しよう。
> その地図をここへ。
> わが王国を三つに分割した。
> **リア王**
> 第1幕第1場

男」（第3幕第2場）と称するのは、本作においてリアが受け身の立場であることをうかがわせる。父親の殺害を企て、リアとコーディーリアに死を命じるエドマンド、愛人に夫を殺させ妹を毒殺するゴネリル、グロスターの目をえぐりとるコーンウォールと比べると、リアが命じた追放は（社会的な死をもたらすものではあるが）むしろ穏便である。ハムレットやマクベスなら狂ったように行動して自らの破滅を招く第3幕・第4幕を通して、リアは陰謀の周縁にとどまり、荒野の果てにいる。精神を混濁させつつ、裸の狂人の振る舞いを自分自身の娘たちの裏切りと重ね合わせ、女の危うさと権力の偽善の違いに思いをめぐらせる。この点において、『リア王』は際だって哲学的な悲劇であり、主人公のリアと出会うたびに筋は止まるのである。冒頭の場面以降、リアの行動は実際には劇の展開に何の影響も与えない。

父の罪

　それでは、冒頭の場面でリアが責められるべき「罪」とは何か？　シェイクスピア時代の観衆にすれば、王座を捨てて「荷を下ろす」行為は大いに疑念を呼んだだろう。引退が考えられない社会において自ら権力を放棄することは、根深く文化に埋め込まれている年齢と男性の権威に対する尊敬の念を損なうものと考えられたかもしれない。また、王権は神から授与されるものだと考えられていた――したがって、王を王冠から切り離そうとするのは冒瀆（ぼうとく）行為なのである。また、王国を分割しようというリアの決心も問題を生む可能性がある。そうした分割によって、血で血を洗う内戦と兄弟殺しに至る壊滅的な結果が生じたという神話はいくらでもある。そして、シェイクスピアは、イングランドとスコットランドという敵対する2つの王国の絆（きずな）を強めようと画策するジェイムズ一世の治世にこの劇を執筆していたのである。

　しかし、結果的には、リアにつまずきをもたらしたのは、コーディーリアを否定したことだった。リアは、父親に実権があるあいだだけ敬意を抱くゴネリルとリーガンとは違い、たとえ権威を失っても揺るがぬ愛情と尊敬を抱く娘を勘当したのである。もし王国が3つに分割されたなら、コーディーリアは野望を抱く2人の姉のあいだの緩衝地帯となったかもしれない。そのうえ、コーディーリアは追放されてフランス王妃となったため、結果として正当なブリテンの統治者を廃

>
> ああ奥方様、
> この老いた心は裂けました。
> 裂けてしまいました。
> **グロスター伯爵**
> 第2幕第1場

ポール・スコフィールド

　2004年にロイヤル・シェイクスピア劇団が行った人気投票で、ポール・スコフィールドのリアが史上最も偉大なシェイクスピア作品の演技として選ばれた。1962年、当時40歳のスコフィールドはピーター・ブルック演出の『リア王』に主演したのだ。批評家のケネス・タイナンは、リアを「怒り狂って怒鳴りちらす独善的な老いた巨人ではなく、いらいらして気まぐれで一緒に暮らすのが難しい年寄り」として描いた点でブルックの演出は革命的だと評した。スコフィールドのリアは簡単に同情できないような王であり、非常に人間くさく表現されていた。

　1971年にはスコフィールドはブルック演出の映画版でもリアを演じ、2002年には齢（よわい）80歳にしてラジオ版に出演して高く評価された。

　リアは、スコフィールドが65年に及ぶ芸歴のなかで数多く演じたシェイクスピア作品の役のひとつだ。スコフィールドは、ハリウッドからのたびたびの誘いにもかかわらず映画に出演することは稀（まれ）で、舞台とラジオで比較的目立たない存在でいることを好んだ。しかし、1966年の『わが命つきるとも』の主役サー・トマス・モアを演じてアカデミー主演男優賞に輝いた。

嵐のなかをさまようリアは道化に付き添われている。スコットランドの画家ウィリアム・ダイス（1806-64）の作品。道化は、リアに真実を語ることが許されたただ1人の登場人物。

位させようとしてフランス軍が侵攻するかたちになってしまった。シェイクスピアは、彼女の動機が野望ではなく「愛、心からの愛のため、そして年を召されたお父様の権利を守るため」（第4幕第3場）であることをはっきりさせているが、リアが自らの王国を弱体化したという事実は残る。冒頭場面でのリアの行動が、破壊への道筋をつけてしまったということははっきり言える。リアが姉娘たちの不誠実な媚びに騙されてコーディーリアの真実の愛情がわからないという状況では、エドマンドのごとき人物も子としての愛情を偽り、兄を中傷することで財産を相続しようとするのも無理はない。

リアの見る目のなさが伝染性であるかのように、グロスターも偽りを見破れず、まちがったほうの息子に致命的な信頼を置いてしまう。しかし、大きな意味では、悲劇は苦しみを、原因と結果という単純な過程の外にあるもの、つまり人間の根源的な部分として見ている。「罪を犯すより犯された男」になることは、ものす

>
> 吹け、風よ、
> おまえの頬が裂けるまで！
> 怒れ、吹け、滝となり、嵐となれ。
> **リア王**
> 第3幕第2場
>

ごく不当な仕打ちではなく、当たり前のことなのである。

卑しい乞食

『ハムレット』は「人間はなんとすばらしい自然の傑作だろう」と考えるふりをしているだけだが、『リア王』はこの問題に関して深い瞑想を加え、その結論はハムレットもかくやとばかりに憂鬱だ。盲いたグロスターが狂ったリアを「自然の作品がだめになってしまった」と言い、その手に口づけしようとすると、王はこう助言する。「待て、まず拭こう、やがて来たる死の臭いがする」（第4幕第5場）。この劇は、人間を情け容赦なく肉体的に痛めつける。リアの狂気は、その身体が極端な寒さと風雨にさらされるのと時を合わせて起こる。小屋に連れ込まれて着替えを与えられ、睡眠をとって初めて正気に戻ったのは、偶然ではない。劇の前半で、リアは、階級と富という外面の飾りをはぎ取ってみれば、どんな人間も肉体的には同じだという問題に少し気づくようだ。娘たちが供の者を減らそうとすると、リアは「ああ、必要を論ずるな。どんなに卑しい乞食でも、そのつまらぬ持ち物のなかに何か余計なものを持っている。自然が必要とするものしか許されぬなら、人間の暮らしは獣の暮らしと変わりない」（第2幕第4場）と反論する。

しかし、この時点でのリアは、「卑しい乞食」の暮らしがいかなるものかはまったくわかっていない。シェイクスピアはサディスティックに懲らしめるかのようにリアを野に放ち、乞食と出会わせる。裸の狂人トムは、リアが想像もしなかった悲惨な状況を象徴している——放浪し、悪魔の声に苛まれ、毛布1枚をまとっただけで、馬の小便の混ざった水たまりで水を飲む。自らの服を脱ぐというリアの反応は、ついに狂気の世界に墜ちたことを表している。リアは今や、家族や社

国王一座時代 **257**

> 飾りをとれば人間など、
> おまえのような哀れな、
> 裸の、二本脚の動物にすぎぬ。
> **リア王**
> 第3幕第4場

ととして狂人トムに対する責任を自覚させるのである。「おお、わしは今までこのことに気づかなかった」(第3幕第4場)。同時代の政治に対する急進的な挑戦として、本作では王と伯爵が富を再配分しようとするのだ。「そうすれば過剰な富もみなに分配され、それぞれに行き渡るだろう」(第4幕第1場)。

悲しいことに

コーディーリアが破壊的に使用する「何もありません」(nothing) という言葉によって予期されるように、本作が最初は人間を本質的要素にまで剝いでみせようとしているとしたら、次には人間性の根本となる「何か」(something) の方に向かって動き始める。この「何か」とは、憐む能力である。作中最も高潔な人物であるエドガーとコーディーリアは、繰り返し他の登場人物の苦しみに感情的に反応してみせる。エドガーは「ああ、胸がはりさけそうだ」(第4幕第5場)、「この胸がつぶれそうだ」(同) とグロスターと

> わしには行くところがないから、
> 目などいらぬ。
> 目が見えていたときは躓いた。
> **グロスター伯爵**
> 第4幕第1場

会におけるアイデンティティを破壊しようとしているのだ。しかし、裸になってみると、もはや「おまえのような哀れな、裸の、二本脚の動物」(第3幕第4場)でしかないという発見には、仲間同士という感覚もある。この点において、『リア王』は社会主義的な劇とみなされることも多い。この劇は王に社会の最底辺と自分は同じだと知らしめ(実際にはエドガーは伯爵の息子とはいえ)、さらに重要なこ

リアを案じる一方、コーディーリアは自分を誤解した父に対する憐れみを繰り返し口に出す。どちらも、憐れみの効能を証明する。エドガーは突き動かされるままに父を絶望から救おうとし、コーディーリアは涙の力で軍隊を動かし、のちには同じ涙の雫でリアを正気に戻す。

対照的に、本作では悪は憐れみの欠如、ひいては憐れみのある行動の欠如として描かれている。ゴネリルとリーガンはリアが雷雨のなか荒野をさまように任せ、憐れみを人間と獣を隔てるものとして定義づける言葉を引き出す。すなわち、コーディーリアがこう言うのだ——「たとえ私の手を嚙んだ敵の犬であっても、あんな夜には暖炉のそばに置いてやったでしょう」(第4幕第6場)。

しかし、この劇それ自体が憐れみに満ち溢れているわけではないということは、ゴネリルとリーガンの扱いに関連して最近の批評家が指摘している。とは言え、おそらく本作に対して最も強く残念に思える点は、償いのために苦しもうと、憐

盲いたグロスター伯爵(右:ジェフリー・フレッシュウォーター)が今や狂ったリア(左:グレッグ・ヒックス)と出会う。グロスターは、目が見えなくなって初めて、かつての自分にはエドマンドが見えていなかったことを悟る。

れみに価値を見い出そうと、そこから何も生まれないことだろう。

『リア王』を見物にきたシェイクスピア時代の観衆は、せいぜい王の娘たちの忘恩の悲しみに耐え、家を失った王の肉体的な喪失に耐えればよいと思っていただろう。グロスターが盲目にされるとは、思いもよらなかったろう。これは、サー・フィリップ・シドニーの散文ロマンス『ペンブルック伯爵夫人のアーケイディア』（1593）に依拠している。しかし、シェイクスピア自身が演じた可能性もある古い劇『リア王とその3人の娘の生と死についての実録年代史劇』（1594年頃）を含むリア王の物語の別バージョンでは、いずれも最後の戦いで善が悪に勝ち、リアが王冠を取り戻す。リアは年老いて死に、コーディーリアが跡を継ぐ。リアとコーディーリアが戦いに負けたばかりでなく、コーディーリアが殺され、悲嘆のあまり父も死んだときには、観衆は「約束された終わりがこれか」（第5幕第3場）というケントの感傷にうなずいていたにちがいない。

問題のある結末？

サミュエル・ジョンソンら後世の批評家たちは、本作の結末に落胆したことを記している。17世紀の桂冠詩人ネイハム・テイトは、コーディーリアが生き残る別の結末を書かずにはいられないと感じた。テイト版では、コーディーリアとエドガーのあいだに恋物語が生まれ、最後に2人は結婚する。150年近くにわたって上演されてきたのは、こちらの版であり、シェイクスピアのオリジナル版は上演されることがなかった。

テイトは『リア王』の構造がかなり喜劇的だという事実に対応したとも言える。主筋と副筋があるのは喜劇の特徴であり、ダブル・プロットにより視点を拡げてさまざまな主題を深めることができる——とは言っても、グロスターの苦境とリアの苦境の類似は、本作をさらに閉所恐怖症にしてしまっているが。年をとった世代と、特に心理的に親の束縛から逃れようとする若い世代の対立もまた、喜劇の要素である。追放された登場人物が

> わめけ、わめけ、わめけ、わめけ！
> ああ、おまえたちは
> 石でできている。
> リア王
> 第5幕第3場

緑の世界に逃げ込み、自然や自分自身の人間性と真実の関係を発見して文明社会に戻るのも、牧歌劇に必須の要素だ。道化でさえ、本来は悲劇ではなく『お気に召すまま』のような喜劇の登場人物のはずだ。

悲嘆の苦しみ

しかし、こうしたロマンティックかつ喜劇的な期待は、粉々に打ち砕かれるのみである。リアが死んだコーディーリア

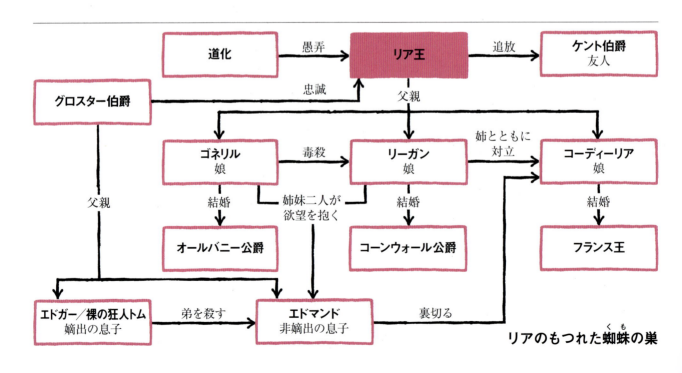

リアのもつれた蜘蛛の巣

2007年ジャン＝フランソワ・シヴァディエの演出。ドスの効いた現代フランス語に訳されている。肉体派の公演で、言葉同様に所作にも妥協がない。

を抱えて登場するとき、この世はどのようなものかということについて多少なりともあった幻想がついに破壊される。単に無益なだけではない——あれほどの苦しみの末に、リアとグロスターは学び取ったことを何も生かせず、子どもたちに償いをする機会も否定される——これは、死別と死という避けられない運命に直面する、何ひとつ慰めのない芝居と言ってよい。

通常、シェイクスピアの悲劇の結末において主人公の死は注意深く配慮され、最後に堂々たる印象とともに去れるよう芸術的に操作されている。しかし、リアは考えている最中に死ぬ——しかも自分自身のことではなくコーディーリアのことを。コーディーリアの死は受け入れるにはあまりにつらい。「なぜ犬も馬もネズミも生きているのに、おまえは息をしていないのだ？ おまえはもう戻ってこない。二度と、二度と、二度と、二度と、二度と」（第5幕第3場）。このときのリアをどんなに憐れんでも誰も十分憐れんだとは感じられないし（「ああ、おまえたちは石でできている」（同））、憐れんだところでリアを悲嘆の苦しみから救うことはできない。シェイクスピアの戯曲で、人間は死なねばならないということの悲劇的な現実をこれほど希望のない形で呈示するものはほかにない。

シェイクスピアの時代の社会にはキリスト教が深く根をおろし、日々の暮らしのなかで宗教的な慣習を行うのが当たり前となっていた。それでも、もう感じなくなれば苦しみから解放されるということでしか、リアを慰めるすべはない。『リア王』がシェイクスピアの作品中、最も衝撃的でありつづけるのは、このためである。■

フェミニスト的解釈

1817年、イギリスの文芸批評家ウィリアム・ハズリットは、「読者の同情の念をかき立て、リアの高慢な心に抑えがたい苦悩を与えるのは、娘たちの唖然とするような無関心、冷たく計算高いわがままだ」と主張した。しかし、20世紀末以降、フェミニストの批評家たちはこの解釈に反論し、少なくとも子どものないゴネリルは父に対してあのような態度に出る十分な動機があると主張した。リアが第1幕第4場でゴネリルに不妊になれと罵ることがどんなにひどいことかを理解すれば、役者たちはゴネリルの性格付けにさらに心理的な深さをもたせることができ、ゴネリルを同情の対象とすることができる。同様に、リアのコーディーリアに対する独占欲を示す冒頭の近親相姦的な激しさは、アメリカの作家ジェーン・スマイリーが小説「大農場」（1991年）で追求したことだ。この小説は、ゴネリルの視点から新たに物語を語っている。ジニー（ゴネリル）はフラッシュバックに悩まされている。妹ローズ（リーガン）ともども父親に性的虐待を受けていたことが脳裏から消えないのだ。

おまえは**人間の**中庸を知らぬ**両極端**しか知らないのだ

『アテネのタイモン』(1606)

アテネのタイモン

登場人物

タイモン 浪費家のアテネの貴族。訪問客に気前良く贈り物を与えるが、借金を抱え込んでみると誰一人助けてくれないことがわかり、街を出てひとり森に引きこもる。

アペマンタス 人間嫌いの哲学者。皮肉の才がある。タイモンの気前の良さに乗ずる気まぐれな取り巻きたちについて、タイモンに警告する。

フレイヴィアス タイモンの忠実な執事。主人の浪費に頭を悩ませ、財政状態の悪化を警告しようとする。

アルキビアデス アテネの軍人。アテネから追放されて復讐を企て、タイモンに森のなかで会う。

フライニアとティマンドラ 2人の娼婦。アルキビアデスが森で暮らすタイモンを訪ねるときに同行する。タイモンは2人に金をやるから性病をうつして回れと持ちかける。

詩人と画家 2人の芸術家。金をもらおうとしてタイモンを訪ねる。タイモンが金貨を発見したと聞いて森にタイモンを訪ねる。

アテネの老人 タイモンの召し使いが娘を誘惑しようとしたと訴えて金をせしめる。

道化 召し使いと軽妙なやりとりをする。

第1幕

第1幕第1場
商人と芸術家がタイモンの家に集まり、**気前の良いアテネの貴族の恩恵に与ろうとする。**

第1幕第2場
アペマンタスが、タイモンには虚栄心があり、「友人たち」の追従が見えていないと怒る。

第2幕

第2幕第2場
召し使いたちがタイモンの「友人たち」のところに金を用立ててほしいと差し向けられる。全員、**何ももらえずに去る。**

第1幕第2場
タイモンが投獄された友人の保釈金を払い、召し使いが結婚できるよう金を出す。

第2幕第2場
債権者たちが支払いを求めてタイモン宅を訪れる。**タイモンは激怒**するが、友人たちが**負債を抱えた自分を助けてくれるだろうと確信している。**

芸術家たちと商人たちがタイモンの家に集まり、贈り物をしてタイモンの援助を求めようとしている。タイモンは、途方もなく気前がいいことで知られていた。集まった人たちのなかで詩人は、タイモンのようなパトロンは幸運から転がりおちて貧困に陥るという寓話を書いていた。タイモンは、詩人の作品を喜んで受け取り、友人の1人を監獄から請け出す金を払うが、いかなる見返りも受けようとしない。

皮肉屋のアペマンタスは、「友人たち」は気前の良いタイモンにたかっているだけだと警告する。執事のフレイヴィアスは、タイモンの財産はすでに使い尽くされており、ますます負債が増えていると主人にこっそり明かす。タイモンは動じない。友人たちが金銭的に援助してくれると信じているのだ。

しかし、3人の「友人たち」は、タイモンから借金を申し込まれると3人とも断り、自分たちの思いやりのなさを正当化するためもっともらしい言い訳をする。

この知らせを聞いたタイモンは激怒し、彼らを宴会に招くことにする。タイモンが再び金持ちになったと信じた友人たちは、

国王一座時代

タイモンが宴会を催し、お客を石と湯でもてなす。

タイモンが街を出て、人間に背を向けて森で一人暮らしをすることを決心する。

忠実な執事フレイヴィアスによって、タイモンは全人類に対する憎悪を考え直す。

タイモンが自分の墓碑銘を書き、ひとり海辺で**死ぬ**。アルキビアデスがアテネに**平和**をもたらす。

↑ 第3幕第6場 | ↑ 第4幕第1場 | ↑ 第4幕第3場 | ↑ 第5幕第4場

| 第3幕 | 第4幕 | 第5幕 |

第3幕第5場 | 第3幕第6場 | 第4幕第3場 | 第5幕第1場

↓ ↓ ↓ ↓

軍人アルキビアデスがアテネから**追放**される。

タイモンがお客を罵り、家から追い立てる。

タイモンが森で草の根を掘ろうとして**金**を発見する。

タイモンが再び**金持ち**になったことを知ったかつての「**友人たち**」が訪れる。

石と湯でもてなされ、背信を責められて、家から追い出されてショックを受ける。

タイモンはアテネの街を出て森に赴き、街の破滅を祈る。同じ頃、復讐心に燃えて街の破壊をもくろむ軍人アルキビアデスも森にやってくる。アルキビアデスは、死刑判決を受けた兵士の命を救ったために追放になっていた。

森に着いたタイモンは草の根を探して土を掘ったところ、金を発見し、タイモンが再び金持ちになったという噂がたちまちアテネに広まる。自分に対して示された忘恩ゆえに人間を憎んでいるタイモンは、自分（と、その金）を探しに森にやってきたかつての友人たちを罵る。

タイモンはアルキビアデスのアテネ攻撃を支援するために金を出し、娼婦たちには市民のあいだに病気を広めろと金を渡す。アペマンタスとフレイヴィアスもタイモンを訪ねてくる。タイモンは、人間を憎悪しているにもかかわらず、フレイヴィアスが善人であることを不承不承認める。

タイモンは自らの墓碑銘を書いて海辺で死ぬ。アルキビアデスはアテネに入るが、街を寛大に扱い、平和を約束する。»

> 何を言っても借金だ。
> 一言一言が借金になる。
> **フレイヴィアス**
> 第1幕第2場

アテネのタイモン

背景

テーマ
愛、うぬぼれ、富、虚栄、憎しみ、復讐、人間嫌い

舞台
アテネおよび街の外の森

材源
西暦100年頃 プルタルコス『ギリシアおよびローマの貴人の生涯』。

1566年 ウィリアム・ペインター『快楽の宮殿』

1602年 作者不明の『タイモン』というタイトルの劇。

上演史
1678年 イギリスの詩人トマス・シャドウェルがシェイクスピアの戯曲を改作して『人間嫌い、アテネのタイモンの物語』を書く。

1844年 カール・マルクスが『資本論』で『アテネのタイモン』を引用する。マルクスは、シェイクスピアの「黄金の奴隷」という表現に注目した。

1963年 デューク・エリントンがカナダ・オンタリオ州のストラットフォードで上演されたマイケル・ラングム演出の本作のためにジャズを作曲する。

1973年 ピーター・ブルックがパリのブッフ・デュ・ノール劇場においてフランス語で上演。

1991年 ロンドンのヤングヴィック劇場で現代服上演。デイヴィッド・スーシェ演じるタイモンは、お客への贈り物として自動車のキーを差し出す。

2004年 オックスフォード大学出版局が、本作はシェイクスピアとトマス・ミドルトンとの共作であると認めた版を出版する。

タイモンは、おそらくシェイクスピアのなかで最も極端な性格付けがなされた登場人物だろう。人類愛に溢れていたのに、一転、すべての人間を憎むようになる。相棒の皮肉屋アペマンタスは、誠に単刀直入にこのアテネ貴族の人生経験を総括してみせる。「おまえは人間の中庸を知らぬ。両極端しか知らないのだ」（第4幕第3場）。アペマンタスは、タイモンの慈善家から人間嫌いへの変貌を目撃し、その変貌を皮肉っぽく指摘している。はじめは、タイモンが自宅を訪れた人々に気前よく贈り物をし、宴会を開く様子を眺めていたアペマンタスは、次にはタイモンがかつては大切にしていた人々に石や金を投げつけるのを目にするのだ。

プラトン、アリストファネス、ルキアノス、プルタルコスの著作で触れられていた人物の生涯を脚色するにあたり、シェイクスピアは、「黄色く光る、貴重な黄金」（第4幕第3場）と人間の関わりに焦点を当てた劇を創造した。気前よく贈り物をするタイモンは、決して「友人たち」に事欠くことがない――「友だちみんなに王国を与えても満足できぬ」（第1幕第2場）。しかし、ひとたびタイモンの負債が

> "情のない獣のほうが人間よりも情がある。"
> **タイモン**
> 第4幕第1場

明らかになると、友人たちの誰一人、同じ気前の良さを示すことはなかった。

盲目と虚栄
タイモンの物語は、単なる富める者と貧しい者の話ではない。本作の構造が図式的で、2つの対照的な部分に分かれていると言えるのは事実だが、シェイクスピアのタイモン自身の見せ方は到底単純とは言えない。忠実な執事フレイヴィアスは、本作の前半でタイモンの金庫はすでに空っぽであり、自分が口にするすべての言葉が「借金」（第1幕第2場）となっていると明らかにしている。タイモンの度はずれた気前の良さは、不可解だ。一方

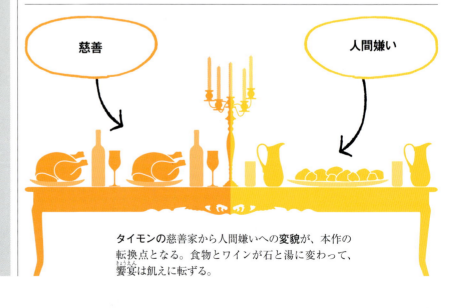

タイモンの慈善家から人間嫌いへの**変貌**が、本作の転換点となる。食物とワインが石と湯に変わって、饗宴は飢えに転ずる。

では気遣いを口にして「弱き者を助けるだけでは不十分でそのあとまでめんどうを見なければいけない」（第１幕第１場）と主張する。しかし、それと同時に「返されたら差し上げたとは言えなくなる」（第１幕第２場）と言明している。タイモンの客たちは、主人がそうさせないのにどうやって恩に報いることができるのか？

フレイヴィアスは、タイモンの「最悪の罪は、あまりにも善行をつみすぎること」（第４幕第２場）だと示唆しているが、アペマンタスのほうは、ハゲワシのようにタイモンを取り囲む厚顔な追従者たちを強く意識しており、タイモンがそれを見抜けないこと（そしてうぬぼれていること）にいら立っている。「これほど大勢の連中がひとりの男の血に肉をひたして食っているのを見るのは胸が痛む。しかも、とんでもないのは、当の本人がみんなをけしかけていることだ」（第１幕第２場）。

人間からの逃避

自分の「友がいても自分の運は沈む」（第２幕第２場）のだと悟ると、タイモンは社会に背を向けて森に向かい、そこで自分は「人間よりも情のある獣」（第４幕第１場）に出会うだろうと結論を下す。リア王のごとくタイモンは自らの服を捨て、偽の友情と甘い言葉のへつらいという「病気」から自由になろうとする。いったんアテネ市街を囲む壁を出ると、タイモンはこの大嫌いな街からは裸身しか持ち出さないと宣言する。罵り散らす人間嫌いのタイモンは文学的才能を育み、人を断罪する韻文を吐き捨てるように唱える。「この黄金の奴隷のせいで、宗教も団結したり分裂したりし、呪われし者を祝福し、癩病患者を尊敬させ、泥棒に元老院議員なみの称号と威厳と栄誉を与えるのだ。これのおかげさ、しわくちゃの後家さんが再婚できるのも、膿みただれ

た病院患者でさえ一目見て吐き気がしそうな女でも、金の薬で４月の若さに戻るのさ」（第４幕第３場）。

人間性の一方の極に固く凝り固まったタイモンの言葉は、かつてはばか正直ながら善意があったのと対照的に、野卑で不愉快だ。その憎悪の賛歌には、不思議な音楽性があり、聴く者を麻痺させ、半ば圧倒する。神々と傭兵アルキビアデスがアテネの街に復讐することに期待を寄せたタイモンは、自らの死だけを待ち望む。「長く患ってきた人生もようやくけりがつきそうだ。無がすべてをもたらしてくれる」（第５幕第１場）。タイモンは、「友情の夢」にしがみつくよりは病に罹って罵ることを選んだ。タイモンは自らについては満足して死ぬが、最後まで人間と戦いつづけるのだ。

シェイクスピア劇の登場人物のなかで、タイモンほど虚無的なものの見方をする者は少ない。これは、シェイクスピア劇でも最も長い時間がかかる役のひとつであり、役者にとっても難しい――「人間性の中庸」を見せずに「両極端」を捉えることに集中しつつ、しかも観衆には心理学的なリアリティを感じさせねばならないのだ。■

ここにタイモン眠る。
生存中は生きている人間を憎む。
通り過ぎて呪え。
歩みをとどめず立ち去るべし。
タイモンの墓碑銘
第５幕第４場

銀行家タイモン

ロンドンのナショナル・シアターで2012年に上演された『アテネのタイモン』は、金融危機の最中の金融街に舞台を設定した。物語は金融エリートのあいだの株価暴落と想定され、反資本主義者の抗議行動を背景にしていた。タイモンの負債は「流動性リスク」（訳注：市場の取引高が少ないために株式や債券がすぐに売れなかったり希望した価格で売れなかったりするリスク）である。

イギリスの俳優サイモン・ラッセル・ビールが演じたタイモンは虚栄心の強い慈善家で、株価が高いあいだは人々の追従を浴びていた。タイモンは、友情も金銭価値がつく商品である世界での強者である。この演出は、カール・マルクスが本作を金銭の力を描くものと位置づけたことを体現している。タイモンの冷笑は現代のエリートに向けられているのだ。「おまえらの偉そうな主人は大掛かりな泥棒で、法律を使って盗みを働いている」（第４幕第１場）。

シェイクスピアが本作を書いたときイングランドは政治的危機の最中にあり、ガイ・フォークスが火薬陰謀事件で処刑されて間もなかった。ニコラス・ハイトナーの演出では、反対派はインターネット上のハッカー集団「アノニマス」で有名になったガイ・フォークスの仮面をつけており、舞台はいつもながら今日的な意味合いを帯びていた。

血は血を呼ぶ

『マクベス』（1606）

マクベス

登場人物

ダンカン スコットランド国王。マクベスの城に招かれ、眠っているあいだに殺される。

マルカム ダンカンの息子。父が殺されて身の危険を感じ、イングランドに逃亡するが、マクベス打倒を期して帰国し、王位につく。

マクベス 貴族の軍人にしてグラームズの領主。ダンカン王を殺して恐怖政治を開始する。魔女たちの予言どおりマクダフに殺される。

マクベス夫人 マクベスの妻。夫を励ましてダンカン王を殺させるが、のちに自分が殺人に関わったことに苦悩する。

バンクォー マクベスの親しい仲間。マクベスの命令で暗殺されるが、亡霊となってマクベスを脅かす。

フリーアンス バンクォーの息子。刺客たちから逃れる。

マクダフ ファイフの領主にして、ダンカン王の忠実な臣下。王の死体を発見し、マクベスに対する決起を煽動する。

マクダフ夫人 マクダフの妻。マクベスの命令で子どもたちとともに殺される。

3人の魔女 髭を生やした鬼ばばあ。マクベスが王になると予言する。また、マクベスに王位と命を奪われる条件を告げる。

門番 城門の門番。酔いどれで機知に富み、皮肉っぽい。

ダンカン王が、**マクベスの英雄的行為によって戦いに勝利がもたらされた**ことを知る。3人の魔女がマクベスに予言をする。

ダンカン王がマクベスの城に**到着**。

ダンカンの息子マルカムとドナルベインが**イングランドに逃亡**する。

↑ 第1幕第2〜3場　　↑ 第1幕第6場　　↑ 第2幕第3場

第1幕　　　　　　　　　　　　　　　**第2幕**

第1幕第5場　　　　　　　　第2幕第2場

↓　　　　　　　　　　　　　　↓

マクベス夫人がマクベスからの手紙で予言のことを知り、**ダンカンを殺そうと決心する**。

マクベスが眠っている王を殺す。

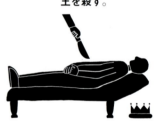

3人の魔女がマクベスを迎えるため荒野に集まる。凱旋途中のスコットランドの武将マクベスとバンクォーはこの魔女たちに出会う。3人の魔女たちはそれぞれ「万歳、マクベス、グラームズの領主」、「万歳、マクベス、コーダーの領主」、「万歳、マクベス、やがて王となるお方」と挨拶し、マクベスがやがて王となり、バンクォーの子孫がその跡を継ぐと予言する。その直後、マクベスは本当にコーダーの領主（氏族長）に任ぜられたため、マクベスは魔女の予言を信じる気になる。マクベスが妻にこのことを伝えると、妻はダンカン王を殺してマクベスを王にすることを画策し始める。

ダンカンがマクベスの城を訪れるという知らせがあり、マクベス夫人はその晩に王を殺すようマクベスをそそのかす。夫人は、マクベスが王の寝室に忍び込めるよう、王の護衛が酔いつぶれるように仕向ける。王の寝室へ向かうマクベスは、中空に浮かぶ短剣の幻影を見る。それはマクベスに、取るべき道を示していた。

王を殺したマクベスは、血まみれの短剣を手にしたまま妻のもとに戻る。他の人々が殺人の物音で目を覚ますのではと恐れてパニックに陥ったマクベスを、妻が鎮める。夫婦が手についた王の血を洗い落としに行こうとしたとき、門を叩く

国王一座時代　269

マクベスがバンクォーを暗殺させる。

マクベスが、マクベスの後はバンクォーの子孫が王になるという予言も含め、魔女たちからさらに予言を聞く。

マクダフが**マクベス打倒の挙兵**を王子マルカムに促す。

マクダフがマクベスを殺す——予言が成就された。**マルカムが王になる。**

↑　　　　　↑　　　　　↑　　　　　↑
第3幕第3場　第4幕第1場　第4幕第3場　第5幕第7場

| 第3幕 | | 第4幕 | 第5幕 |

第3幕第1場　　第3幕第4場　　第4幕第2場　　第5幕第5場
↓　　　　　↓　　　　　↓　　　　　↓

マクベスが王位につく。

マクベスの宴会にバンクォーの亡霊が現れる。

マクベスが**マクダフの妻子の暗殺**を命じる。

マクベス夫人が死ぬ。マクベスは、**バーナムの森が城に向かって動いている**ようだと聞く。

　音がする。
　門番がマクダフを導き入れ、マクダフは王の死体を発見して屋敷じゅうを叩き起こす。マクベスは、護衛が目を覚まさないよう殺す。父親が殺されたと聞いた王の息子マルカムとドナルベインは、イングランドに逃亡する。
　マクベスは王となるが、バンクォーはマクベスがダンカン王を殺したのではという密かな恐怖を抱いている。その疑惑を恐れたマクベスはバンクォーの暗殺を手配するものの、バンクォーの息子フリーアンスは刺客の手を逃れる。
　その晩マクベスが催した宴会にバンクォーの亡霊が現れ、マクベスは恐怖にとらわれる。マクベス夫人は、夫の奇妙な振る舞い、特に空っぽの椅子に向かって話しかける様子から客人たちの注意をそらそうとする。
　マクベスは魔女たちを探しに戻り、マクベスの王座はバーナムの森がダンシネーンの丘に向かって来るまでは安泰だと言われる。そして、女から生まれた者にはマクベスは倒されないと言われてさらなる安堵を覚える。
　王子マルカムにマクベス打倒の決起軍を組織するよう促すためにマクダフがイングランドに赴いたと聞いたマクベスは、ただちにマクダフの妻子の殺害を命じる。この恐ろしい知らせがイングランドのマクダフのもとにもたらされ、マクダフは復讐の決意を強固にする。
　夢遊病となったマクベス夫人が、寝たまま歩くあいだに自分たちが犯した殺人のことを口にしたため、夫人がダンカン殺しの罪悪感に苦しんでいることが他の者にばれてしまう。
　マクベスは、森が確かに城に向かってやってくるのが見えると確信する。そのとき、妻の死を知らされる。動く森は、実は木の枝を掲げた軍隊だった。その後展開される戦いで、マクダフは自分は生まれる前に母の腹から引きずり出されたとマクベスに明かす。予言のとおりとなって、マクベスは殺される。》

背景

テーマ
野心、王位、運命、超自然、裏切り

舞台
スコットランドおよびイングランド

材源
1587年 ラファエル・ホリンシェッド『年代記』にダンカン王とマクベスの治世について記述があり、3人の魔女を描いた木版の挿し絵も掲載された。

上演史
1664年 ウィリアム・ダヴェナントによる、空飛ぶ魔女を含む改作。

1812年 ウェールズ生まれの名高い女優セアラ・シドンズが最後に『マクベス』に出演。

1847年 ジュゼッペ・ヴェルディの歌劇『マクベス』初演。

1913年 アーサー・バウチャーがドイツの無声映画版を監督・主演する。

1957年 『マクベス』を日本の戦国時代に置き換えた黒澤明監督の映画『蜘蛛巣城』公開。

1967年 SFテレビドラマシリーズ『スタートレック』のうち2回で、『マクベス』が素材として使われる。

1976年 イアン・マッケランとジュディ・デンチが、ストラットフォード・アポン・エイヴォンで『マクベス』に出演。

2003年 ヴィシャール・バラドワージ監督が『マクベス』をムンバイの暗黒街に置き換えたインド映画『マクブール』を制作。

2004年 映画『ハリー・ポッターとアズカバンの囚人』に、3人の魔女のまじないによる合唱が登場する。

クベス夫妻は、スコットランドの王と王妃となるために何もかも擲つ。ダンカン王を殺すことで、2人は国王殺しという最も重い罪を犯す。夫婦は、王冠への欲望は犯罪かつ悪魔的であると十分に承知しているが、それでも夫婦どちらにも災厄をもたらすことになる一連の行動に踏み切る決心をするのだ。リチャード三世同様マクベス夫妻も、王冠を得ても満たされるものではないことを悟って絶望する。マクベスは、自分の権力が安泰であると知って初めて安心できると確信している。「こうしていても何にもならぬ。安心してこうしているのでなければ」（第3幕第1場）。「安心してこうして」いるとはつまり、王冠をめぐる競争相手が1人もいなくなることを意味しているのだろう。マクベス夫妻は自分たちが暴力の連鎖に追い込まれたことを悟り、「血は血を呼ぶ」ことにつながる「恐ろしい想像」（第1幕第3場）に取り憑かれる。殺人は、続行するしかない。

マクベスは、文字どおりの意味でも象徴的にも暗い芝居である。全体の3分の2が夜に設定され、劇に不気味な迫力をもたらす。亡霊は夜歩く。死をもたらす行為は、暗闇に紛れて行われる。そして、夜は罪悪感に苛まれる者に悪夢をもたら

> これほど汚くてきれいな日は見たことがない。
> **マクベス**
> 第1幕第3場

> やってしまって、それで終わりになるなら、さっさとやってしまったほうがいい。
> **マクベス**
> 第1幕第7場

す。観客とマクベスとの関係もまた、マクベスが人望厚い軍人からマキアヴェリ的な殺人者へと転落するにつれ、場面ごとに暗くなっていく。

劇が進むにつれ、人間性の痕跡は次第に消されていく。マクベス夫人は自分を「女でなく」して「おぞましい残忍さ」で満たしておくれと「殺意につきそう悪霊たち」に呼びかける（第1幕第5場）。殺意を実行に移すためには、事実上自らを無慈悲な怪物に変容させるしかないのだ。シェイクスピアはマクベス夫人の女性らしさに注意をひきつけたうえで、夫人が自らの女性性を拒絶する強さを強調する。夫マクベスが「人情というお乳にあふれすぎて」（第1幕第5場）いるのではないかと恐れたマクベス夫人は、夫が心を頑なにし、他者への思いやりより野心を優先するように促す。「私はお乳で子供を育てましたから、乳を吸う赤ん坊がどんなにかわいいか知っています。その子が私の顔ににこにこ笑いかけているときに、柔らかい歯茎から乳首をもぎとり、その脳みそを叩き出してみせます。あなたがしたように、一旦やると誓ったならば」（第1幕第7場）。

夫婦が殺人の計画を進めるにつれ、2人はお互いへの依存を強めていくが、だ

ローレンス・オリヴィエが1995年に演じたマクベスは、その「目もくらむ暗さ」で称賛を浴びた。オリヴィエ夫人ヴィヴィアン・リーが夫を駆り立てるマクベス夫人を演じる、華やかな公演だった。

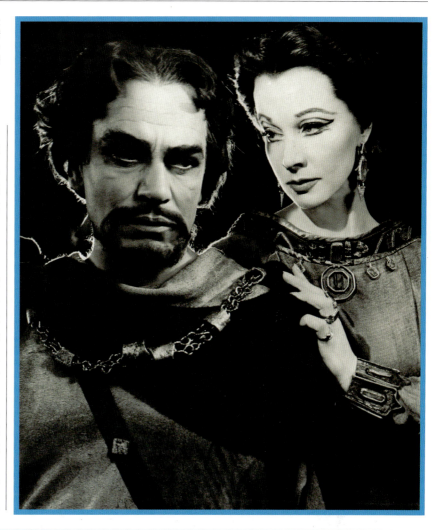

からこそ、そこから逃れられないという閉所恐怖的な感覚も強まる。2人は、単純に人には言えない殺人の秘密を共有している。秘密は、結局は2人を破滅に追いやり、2人のあいだを引き離すことになるのである。

挑発されて殺人へ

マクベスは、やみくもにダンカンの殺害に踏み込んだわけではく、これはやってはいけないことなのだという気持ちは見せている。シェイクスピアは、マクベスが罪を犯すのは不本意だと口にすることによって、我々のマクベスとの関係を複雑なものにする。魔女の「やがて王となるお方」(第1幕第3場)という予言に対する妻の反応を聞いたときも、マクベスは「このことは、もう終わりにしよう」(第1幕第7場)と、きっぱり言う。一瞬、マクベスは誘惑に逆らい、自らの「飛び跳ねようとする野心」(第1幕第7場)に

ジェイムズ一世

マクベスはジェイムズ一世の時代に書かれた。ジェイムズは1603年に即位するとシェイクスピアの一座のパトロンとなり、それまで宮内大臣と名乗っていた劇団に「国王一座」と名乗る名誉を与えた。シェイクスピアはロンドンの芝居小屋に集う観客のためだけでなく、国王陛下を楽しませるためにも戯曲を書いていたわけである。『マクベス』の物語は、君主の好みに合わせて書かれている。ジェイムズ一世はイングランドの王位につく前はスコットランド王ジェイムズ六世だったから、舞台をスコットランドに置いたのは王への追従だった。またジェイムズは、自身をバンクォー直系の子孫と信じており、シェイクスピアはバンクォーを非常に高潔な人物として描いてみせたのもそれゆえである。さらに、王が大いに関心を寄せていた魔術を題材にすることによって、王の歓心を買おうとしたかもしれない。王が1597年に魔術に関する論文『悪魔論』をものしたことを、シェイクスピアが知らなかったはずがない。『マクベス』の演劇的要素は王を喜ばせたが、もちろん幅広い大衆にも同じように人気を博した。

打ち克つかに見える。しかし、妻に辛辣に挑発されて考え直す。マクベス夫人は、狙いすました感情的暴力をふるい、夫を怒らせ、屈辱を覚えさせ、愕然とさせる。「さっきまで身に着けていらした希望は？ 酔っぱらっていたの？ そのあと眠ってしまったの？ それが今目覚めてみると、青ざめて、自分の大胆な振る舞いにおじけづくの？ これからはあなたの愛もそんなものと思いましょう。勇敢な行為をする自分、こうありたいと願う自分になるのが怖いのね。人生の華と思い定めたものがありながら、自分を臆病者と思って生きるのですか。やるぞと言いながら、できぬと言う。まるで諺の猫ね」（第1幕第7場）。

長さにしてわずか10行で、マクベス夫人は夫の男らしさ、名誉、野心、勇気、そして自分への愛を疑問に付す。マクベスの男としてのプライドが疑念を凌駕し、弁解じみた返事をさせることになる。「男にふさわしいことなら何だってやってやる」（第1幕第7場）。マクベスは実際どれほど自分のために王冠が欲しかったのか？ そして殺人を犯したのは、どれほど自分は男だという感覚を取り戻して確信したいためだったのか？ いつもながら、シェイクスピアは直接的な答えは出していない。観衆のマクベスの行動に対する反応は、本作を通じて魔女たちが演ずる役割によってさらに複雑になる。マクベスには選択の余地があったのか？ いずれにせよダンカンを殺して自らが王になる運命だったのか？ マクベスの「熱に浮かされた脳」（第2幕第1場）が、魔女の予言と同じくらい彼を脅かし、その想像は絶えざる拷問となる。ダンカンを殺す準備をしながら、マクベスは宙に浮かぶ短剣が王の寝室を指しているのを見るのだ。

この短剣は魔女の呪いで出現したものなのか？ あるいはマクベスが疑ったように、恐怖と野心に駆られて行動することをためらう気持ちから生じた「心の短剣」にすぎないのか？ マクベスの想像は止めようがないだろう。王を殺したマクベスは、自分は二度と眠ることができないだろうと想像する。「声が聞こえた気がする。『もう眠るな！ マクベスは眠りを殺した。罪を知らぬ眠りを。ほつれた心配の糸を編み直してくれる眠り。日々の人生の死、労働の疲れを癒す入浴、傷

イギリスの女優エレン・テリーは1888年にロンドンでマクベス夫人を演じた。社交界人士の肖像画家ジョン・シンガー・サージェントが客席におり、玉虫色の甲虫の羽根で作られた衣装に身を包んだ姿のテリーを描いた。

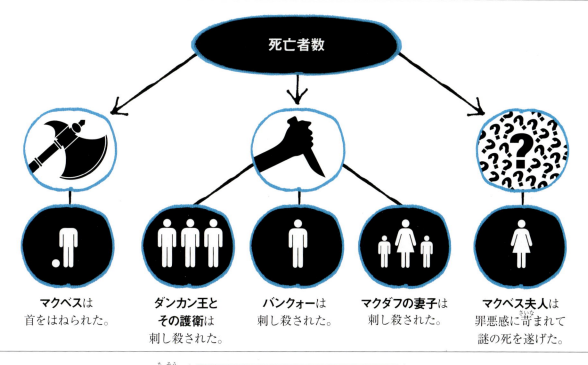

病んだ２つの心

誰かに話すことで自らの心の重荷をおろしたいという欲望を抱くのは、人間なら当たり前のことである。シェイクスピアは重圧によって結婚が破綻していくさまを巧みに描く。マクベス夫人が精神的に脆くなるのは、結婚生活が破綻したためなのだ。夫に気にかけてもらえなくなった夫人は、寝ているあいだに語ることで無理に自分の苦悩を取り除こうとする。「消えろ、忌まわしい染み。消えろったら。一つ。二つ。もう時間だわ、やらなくちゃ。地獄って陰気ねえ。何です、あなた、何です、軍人のくせに怖いの？ 何を怖がることがあるの？ 誰にわかるというの、権力に向かって罪を責める者などいません。でもあの老人にあんなに血があるとは思わなかった」（第５幕第１場）。

医者の診断どおり「病める心は耳なき

> これは短剣か、
> 目の前に見えるのは？
> 俺の手のほうに柄を向けて？
> よし、とってやる。
> **マクベス**
> 第３幕第１場

枕に己が秘密を打ち明ける」（第５幕第１場）のだ。マクベス夫人の告白は、自身と夫の命を危険にさらす。シェイクスピアは、冒頭の場面でのマクベス夫人の姿と最後の場面を鮮やかなコントラストをもって描く。強く、支配的だった彼女が、かつての自分の哀れな影となり果てる。致命的な秘密によって命が尽き、死に執着するのみとなる。やがて彼女自身の意志によって命が絶たれることになる。

絶体絶命の場面や人が殺される場面で、シェイクスピアは人生そのものの本質について、シェイクスピア作品のなかでも最も詩的な内省をマクベスの声で語らせている。ダンカン殺しのときは、その死を契機に、眠りがもつ癒やしの性質に思いを馳せたけれども、マクベス夫人の死は命のはかなさに関する瞑想を呼ぶ。「消えろ、消えろ、束の間の灯火！ 人生は歩く影法師、哀れな役者だ、出番のあいだは大見得切って騒ぎ立てるが、そのあとは、ぱったり沙汰止み、音もない。白痴の語る物語。何やら喚きたててはいるが、何の意味もありはしない」（第５幕第５場）。

バンクォーの亡霊

王を殺したマクベスは「休まらぬ狂気」という未来に直面する。彼の心は「蠍でいっぱい」となり、自分は「蛇に傷を負わせたが、殺してはいない」という事実に取り憑かれる（第３幕第２場）。バンクォーが生きているあいだ、マクベスは

ジュゼッペ・ヴェルディの歌劇『マクベス』では魔女たちは大勢登場して合唱する。この2007年のサンフランシスコ歌劇場の公演は、現代服で演じられている。

露見を恐れた。また、バンクォーの息子たちが自分のあとの王になるという魔女の予言に腹を立てている。実際、バンクォーはマクベスの悪事を疑っている。「とうとう手に入れたな、王、コーダー、グラームズ、どれもあの魔女たちが約束したとおりだ。そのために、かなり汚い手を使ったのではないか」(第3幕第1場)。マクベスは、友を暗殺しようと1人で決心する。(夫人は)「知らずともよい」(第3幕第2場)と強く思っているのだ。バンクォーの暗殺によって夫と妻のあいだに亀裂が生じ、その結果、全編を通して最もゾッとする瞬間を作り出す。バンクォーの亡霊の出現である。

血まみれの幻影

客とともに宴会のテーブルに着こうとしたマクベスには、自分のための椅子が見えない。客人たちは空いた席におすわりくださいと促すが、王は恐怖に飛び退き、自分だけに見えるバンクォーの亡霊に向かって話しかける。「血まみれの髪を俺に向かって振り乱すな!」(第3幕第4場)。王の振る舞いはかなり奇怪で、妻は咄嗟に、わけがわからず当惑した客たちを鎮めようとする。「発作は一時的なもの。すぐにまたよくなります。あまりじろじろ見ると、気が立って、発作が長引きます。召し上がって、お気になさらず」(第3幕第4場)。

舞台ではこの部分はブラックユーモアを強調して演ずることもできる。もし王の「発作」が特に劇的であれば、客たちが「お気になさら」ないのは不可能なことがわかる。王の亡霊に対する反応が極端になるほど、マクベス夫人がその場をとりつくろう必要性は切実になる。彼女は夫を脇に連れていって説得しようとする。マクベスの心は血という考えに取り憑かれている。「これまでだって血は流れてきた。人間が法律で平和な国を作るよりずっと前の大昔から。そう、それ以来、聞くもおぞましき殺人が犯されてきたものだ。かつては脳みそが叩き出されると、人は死んで、それっきりだったのだが、今では甦ってくる。致命傷を二十も頭に受けながら、人を椅子から押しのける。こいつは殺人よりも奇妙なことだ」(第3幕第4場)。

ここでシェイクスピアは、ダンカン暗殺の直後に生まれたマクベス夫妻のあいだの力関係を再びなぞっている。王を殺したマクベスは、血まみれの短剣を手に凍りつき、心は不安の波に押し流されていた。幸いなことに、夫妻は2人きりだったので、マクベス夫人は夫の恐怖を振り払うことができた。宴席でのマクベスの

> あれは血を求めているのだ。
> 血は血を呼ぶ。
> **マクベス**
> 第3幕第4場

奇怪な振る舞いは、当惑した客人たちの目前で演じられる。亡霊が二度目に現れると、マクベスは恐怖を封じ込めることができない。「あれは血を求めているのだ。血は血を呼ぶ。石ころが動き、木々が話したためしもある。占いによって、鵲、紅嘴烏、深山烏の動きの意味を読み解き、隠れた人殺しを暴きだしたこともあるという」（第3幕第4場）。

大量殺戮の終わり

大詰めで、マクベスの世界は崩れおち、マクベスは人生に喜びがわずかしか残されていないことを悟る。「俺も十分長いこと生きていた」（第5幕第3場）。魔女たちのあり得ない予言がことごとく実現し、マクベスは勝つ見込みがないにもかかわらず戦いながら退場する。「バーナムの森がダンシネーンに来ようとも、女から生まれたわけではない貴様が相手であろうとも、それでも最後までやりぬくぞ」（第5幕第7場）。

この「人殺しと鬼のようなその妃」（第5幕第7場）の死によってのみ、殺戮を終わらせることができる。「自由な時代が来たのだ」とマクダフは言い、暴政から脱してスコットランドの未来を築くことができる新王マルカムに歓呼する。■

魔女たち

シェイクスピアの時代、魔術は重大な問題だった。ジェイムズ一世自身、1590～92年にかけてノース・バーウィックで魔女裁判の裁判官を務めている。この裁判では70名が裁かれ、多くが火刑に処せられた。イングランドおよびスコットランドでは、18世紀まで魔女裁判が行われていたのである。

シェイクスピアの観衆は、こうした出来事を承知していただろう。『マクベス』に魔女が登場するのは不安感を煽るためであり、魔女たちの姿も、バンクォーが描写したごとく、この世の者とも思われぬものだった。「何だ、これは、しわくちゃで、ひどい恰好をして、この世の者とも思われぬ。が、現にここにいる」（第1幕第3場）。

シェイクスピアは、観衆が想像力を駆使することで目前に実際に見えているもの以上の、超自然の、おぞましいものが見えるように描写している。また、シェイクスピアがつくり出すイメージは、マクベスのみならず観衆の心もかき乱す。現代の観衆は、魔女の呪いよりマクベスの心理状態のほうを芝居の推進力と見る傾向がある。

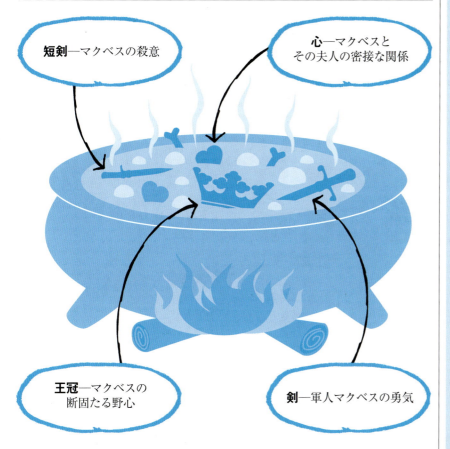

シェイクスピアは、剣をふりかざす軍人の勇気、王冠を切望する「飛び跳ねようとする野心」、マクベス夫人との心の絆、短剣の形をとった邪悪な意図、そしてマクベスを何度も殺人に至らしめた予言の力を**劇的**に組み合わせている。

歳月で彼女は
やつれる
ことなく、
その際限ない多様性は
飽きることがない

『アントニーとクレオパトラ』（1606）

アントニーとクレオパトラ

登場人物

アントニー ローマの将軍。エジプトの女王クレオパトラとの熱烈な情事を楽しんでいる。ローマへの義務とクレオパトラへの愛欲の板挟みになっている。

クレオパトラ エジプトの女王にして、かつてのジュリアス・シーザーの愛人。アントニーへの情熱は嫉妬、怒り、同情を招く。

イノバーバス アントニーに最も忠実な信頼のおける軍人。エジプトでの生活を楽しみ、アントニーのクレオパトラへの愛情を理解している。

オクテイヴィアス・シーザー ジュリアス・シーザーの養子。アントニー、レピダスとともにローマを統治している。アントニーのエジプトでの生活を嫌悪している。

オクテイヴィア シーザーの姉。アントニーと結婚する。

セクスタス・ポンピー ローマの執政官に対する反乱を企てる軍人。だが和議を結ぶよう説得される。

チャーミアン、アイアラス クレオパトラの侍女たち。アイアラスはクレオパトラ自身の自殺を見るに忍びず、毒をあおる。

レピダス アントニー、シーザーとともにローマを統治する。

アグリッパ シーザーの仲間。アントニーとオクテイヴィアの政略結婚を提案する。

ドラベラ シーザーの部下。シーザーはローマであなたを見世物にするつもりだとクレオパトラに警告する。

占い師 シーザーがアントニーを打ち倒すと予言する。

アントニーの正妻ファルヴィアが死んだという知らせがエジプトに届く。

アントニーが、シーザーの姉オクテイヴィアとの結婚に同意する。

クレオパトラが、アントニーの結婚を知らせた使者を殴り、短剣を突きつける。

第1幕第2場　　第2幕第2場　　第2幕第5場

第1幕　　　　　　　　　　　　　　**第2幕**

第1幕第3場　　第2幕第3場

クレオパトラが、ローマに帰国するアントニーに自分をどれほど愛しているかと問う。

占い師が、最後にはシーザーがアントニーに勝利すると予言する。

ローマの兵士たちは、エジプトの女王クレオパトラの色香にはまった将軍マーク・アントニーに嫌気がさしていた。皆、この情事が世界で最も強大な権力をもつ男の1人を不面目な愚か者に変貌させてしまったのではないかと恐れていた。

アントニーは、正妻ファルヴィアが死んだという知らせを受けると同時に、シーザーを助けてセクスタス・ポンピーを打ち破るためにローマに帰国しなければならないことを悟る。クレオパトラは、アントニーは自分を愛してくれていないとなじる。別の女に嫉妬するのみならず、アントニーのローマでの任務にも嫉妬していたのだ。

アントニーは、クレオパトラが取り巻きに慰めを求めているあいだにローマに戻る。帰国すると、立腹したシーザーに迎えられる。アントニーは、リーダーとしての責任を顧みないことで批判され、ローマとの結びつきの証としてシーザーの姉オクテイヴィアと結婚するよう勧められる。アントニーは、政略結婚に同意する。アントニーの結婚を聞いたクレオパトラは激怒する。

シーザーとアントニーは、内乱を避けるため、反乱を起こしたセクスタス・ポ

国王一座時代

第3幕第3場 クレオパトラがアントニーの新妻は自分より背が低いという知らせに喜ぶが、**彼女のほうが若い**という報告に怒る。	第3幕第10場 **アントニー**は、自分の的確な判断に従わず、クレオパトラの助言を容れて**シーザーとの海戦**に臨む。	第4幕第15場 戦いに負けた**アントニー**は**クレオパトラ**を嘲り、クレオパトラは自分が自殺したと伝言を送る。	第5幕第2場 **クレオパトラは毒蛇に胸を噛ませて自殺する**。シーザーが到着して、クレオパトラと侍女たちが全員死んでいるのを発見する。

 第3幕  第4幕　第5幕

第2幕第6場 ローマとセクスタス・ポンピーのあいだに和議が結ばれ、ポンピーの船で**祝宴**が張られる。	第3幕第6場 オクテイヴィアが付き添いなしでローマに帰国、怒ったシーザーはアントニーに宣戦布告する。	第3幕第13場 シーザーの使者が、アントニーを捨てるようクレオパトラを説得する。アントニーは使者を鞭打たせる。	第4幕第16場 **アントニーがクレオパトラの腕のなかで死ぬ**。クレオパトラが死んだものと信じて自らを刺したのである。

ンピーとポンピーのガレー船上で会談する。和議が結ばれる。ポンピーの部下の1人がシーザーとアントニーの暗殺を示唆する。ポンピーはそれには取り合わず、その晩は旧敵と酒を酌み交わして過ごす。イノバーバスが、シーザーとの政治的結びつきが再び強まってもアントニーのクレオパトラへの忠誠は揺るがないだろうと語る。

アントニーは新妻を連れずにエジプトに戻る。シーザーはアントニーがオクテイヴィアを顧みないことに怒り、宣戦布告する。

アントニーの部下の兵士たちは、シーザーと陸上で戦うべきだと主張する。ところがクレオパトラが海戦をしようと説得する。

クレオパトラは戦場から逃げ、そのすぐあとにアントニーが従う。アントニーは部下の名誉も自分の名声も傷つけてしまう。アントニーの部下たちの忠誠が揺らぎ始め、忠実な仲間イノバーバスがシーザー側に寝返る。

アントニーは再び敗北し、クレオパトラのせいだと責める。身の危険を感じたクレオパトラは、自分は死んだという知らせを伝えさせるが、まさかアントニーがそれを聞いて自殺をするとは思ってもみなかった。アントニーは自殺に失敗し、部下イアロスは上官を殺すに忍びず、自害する。

クレオパトラは死んだふりをしていただけで、今は廟堂にひきこもっているとの知らせが来る。アントニーはクレオパトラのもとに自分を運ばせ、シーザーに用心しろと言って死ぬ。

クレオパトラは、シーザーが自分をローマで見せ物にするつもりだと知る。自殺を決意したクレオパトラは、毒蛇を届けるように命じる。

堂々たる装束をまとったクレオパトラは、蛇に胸を噛ませ、侍女たちを道連れに死ぬ。シーザーが到着してクレオパトラの死を知り、アントニーとともに葬るよう命ずる。»

アントニーとクレオパトラ

背景

テーマ
愛、権力、義務、名誉、嫉妬、裏切り、死、欲望

舞台
ローマ、アレクサンドリア、アテネ

材源
1579年 サー・トマス・ノース訳のプルタルコス『英雄伝(対比列伝)』。本作は、10年間に起こった出来事を圧縮している。イノバーバスのせりふは、材源にある御座舟に乗ったクレオパトラの描写から直接とられた。

上演史
1765年 批評家サミュエル・ジョンソンが、本作の出来事は「いかなるつながりも配列もなく創作された」と書く。

1890年 女優リリー・ラントリーがロンドンのプリンセス劇場でクレオパトラを演ずる。

1922年 詩人T・S・エリオットがシェイクスピアの『クレオパトラ』の描写を「荒地」に取り入れる。

1934年 ソ連の演出家アレクサンドル・タイーロフが『エジプトの夜』の台本でシェイクスピアを大幅に引用する。

1966年 アメリカの作曲家サミュエル・バーバーのオペラ版がニューヨークで開幕。

1972年 アメリカのスター、チャールトン・ヘストンが、大きく改作された映画版でアントニーを演じる。

1999年 マーク・ライランスがロンドンのグローブ座でクレオパトラを演じる。

アントニーとクレオパトラは、ロミオとジュリエットのような薄幸の若い恋人たちではない。どちらも「サラダ菜のような若き日々」(第1幕第5場)を過ぎた、成熟した大人同士である。アントニーはファルヴィアという妻がありながら、「わがよろこびは東にある」(第2幕第3場)と、ローマの妻のもとを離れて「エジプトのごちそう」(第2幕第6場)と過ごしている。クレオパトラは結婚こそしていないが、過去に愛した男はいた。「偉大なシーザーをして

本作ではエジプトの宮廷は豪奢で異国的なものとして描かれ、アントニーをいやおうなく惹きつける。イタリアの画家フランチェスコ・トレヴィザーニが想像で描いた宮廷

その抜き身の剣をベッドに持ち込ませた女だ。シーザーは耕し、女王は実った」(第2幕第2場)。アントニーとクレオパトラの互いへの情熱の激しさは、圧倒的だ。シェイクスピアは、2人の渇望、欲望、互いへの依存を、シェイクスピア作品群のなかでも最も美しい高みに達した言葉で表現している。2人のどちらも「歳月でやつれることはない」、互いの目には神と映っている。死んだ後も、アントニーはクレオパトラにとっては軍神マルスのようなものでありつづける。アントニーが自殺したあと、クレオパトラは「もはや月がのぼっても、この世に立派なものは残っていない」(第4幕第16場)と言い切る。しかし、2人の関係は理想とは程遠い。ペアとして見れば、2人は英雄

> 音楽をお願い
> ——音楽、恋を商う私たちの
> 物憂い食べ物を。
> クレオパトラ
> 第2幕第5場

的で、堂々として、常人を超えている。しかし、2人はまた意地が悪く、醜悪で、臆病で、飲んだくれだ。シェイクスピアは、こうした人物を、1人ずつでもペアにしても、豊かな、記憶に残る手法で呈示する——観客は、良くて、悪くて、醜いものを見せられるのだ。

妖婦クレオパトラ

クレオパトラは、シェイクスピアの創造のなかでもとりわけドラマティックである。また、ある種の人々にとっては、付き合いきれない、いら立ちを覚える性格である。シェイクスピアは、クレオパトラの魅力と活力を観客に印象付けるためにあらゆる手を使う。私たちは、男たちがいかに彼女の魅力の虜(とりこ)になったか全編を通じて聞かされる。堅苦しいローマ人オクテイヴィアス・シーザーですら、クレオパトラは死してなお「別のアントニーをつかまえようとするかのよう」（第5幕第2場）だと気づく。男たちは、クレオパトラを強烈な妖婦、彼らに呪文をかける魔女とさえ見ているのである。冒頭、クレオパトラは侮蔑的な言葉で描写される。彼女は、アントニーの2人の部下によれば「淫乱」な「ジプシー女」だ。自分たちの将軍が家庭第一になってしまったことに怒る部下たちは、あの女はかつての「世界の大

夫と妻 ローレンス・オリヴィエとヴィヴィアン・リーは1951年の公演で主役を演じた。オリヴィエのアントニーは大胆で、リーは官能的だが王者らしく超然とした女王を演じた。

黒柱」を「淫売の道化」に変えてしまうことができると語る（第1幕第1場）。彼らにとって、クレオパトラの魅力は人を酔わせる危険なもの、アントニーの義務感とローマとの結びつきを壊すものなのだ。他方、イノバーバスのような歴戦の軍人たちもまた、美しく詩的な表現でクレオパトラに会ったことのない者たちに彼女の魅力を伝えようとする。「年をとっても衰えることなく、なじみになってもその無限の変化に興味がつきない。ほかの女は満足したら飽きられる。ところが女王が欲望を満たすと男はさらに欲望をかきたてられる。女王のどんな卑しいこともすてきに思えるから、神聖な坊さんは女王がみだらなことをするとき祝福を与えるほどだ」（第2幕第2場）。

イノバーバスの言葉は、ある点でこの「比類なき女」（第5幕第2場）に対するアントニーの執着を正当化するものとなる。気分と振る舞いがこれほど無限に移り変わる女に、興味をそそられずにいることができるか？ 聖職者から世界の指導者に至るまでの誰もが、クレオパトラには何かしら特別なものを見い出すの

> 俺は名誉を汚したのだ。
> まったく嘆かわしいあやまちだ。
> アントニー
> 第3幕第11場

だ。クレオパトラは、その場にいる必要も、舞台にいる必要さえもなしに、消えることのない印象を作り出す。イノバーバスは、クレオパトラの威厳に満ちた姿を思い浮かべ、本作中最も豊かで詩的な表現を繰り広げる。「女王のすわる舟(みなも)は、飾り立てた王座のように、水面に燃えていた。船尾の楼は黄金で、帆は深紅、風が恋に落ちるほどの香が焚きしめられていた。櫂(かい)は銀で、笛の音に合わせて水をやさしくかくと、打たれた水はその愛撫に惚れたかのように急いであとを追ってくる。その人本人はどうかと言えば、とても筆舌につくしがたい。透き通る金の布がかかるテントのなかに横たわり、想像力が自然を超えて描くヴィーナスの絵もかくやと思われる美しさ。両側に微笑むキューピッドさながら笑窪(えくぼ)を浮かべた美少年たちが、色どり豊かな扇で風を送るのだが、煽(あお)いで冷えたその繊細な頬(ほほ)はほてってしまい、涼むどころか熱くなる」（第2幕第2場）。»

アントニーとクレオパトラ

イノバーバスの演説は、クレオパトラへの賛歌となっている。そのクレオパトラ像は、シェイクスピア自身をも眩惑したにちがいない。この演説は、ほとんどがシェイクスピアの材源、ノースが1597年に訳したプルタルコスの『英雄伝（対比列伝）』に拠っているからだ。トマス・ノースはとりわけ「深紅の帆」、「透き通る金の布がかかるテント」そして「微笑むキューピッドさながら笑窪を浮かべた美少年たちが、色どり豊かな扇で風を送る」という部分を描写している。シェイクスピアは材源を脚色することによって、紀元前30年に死んで以降、文字や絵でさまざまに描写されてきたクレオパトラ像に新たなものをつけ加えたのだ。

アントニーの目には、クレオパトラは「何もかも似合う」（第1幕第1場）女であり、癇癪を起こそうが、笑おうが泣こうが、その華麗さは輝くのだ。アントニーにとって、クレオパトラは彼女が統治する国の象徴だ。彼女は「エジプトのごちそう」（第2幕第6場）であり、「ナイル川の蛇」（第1幕第5場）なのだ。しかしまた、彼女は「口論が好きな女王」（第1幕第1場）、「三度男を変えた淫売」（第4幕第12場）そして「裏切りのエジプト女」

> ああ、俺をどこへ連れて行こうというのだ、エジプトよ。
> **アントニー**
> 第3幕第11場

（第4幕第12場）という烙印を捺されている。その気性は流れゆくナイル河のようにとどまることを知らない。「あの人がまじめだったら、私は踊っていると言って。陽気だったら、急に病気になったと言って」（第1幕第3場）。ある瞬間は街じゅうをはね回りたいと願ったかと思えば、次の瞬間、使者に血を流させたいと願う。クレオパトラは、あまりにも移り気で予測がつかない。予測がつくのは、すぐに気が変わることだけだ。

愛か義務か

最初に登場する場面で、クレオパトラは自分をどれくらい愛しているのかとアントニーをしつこく問い詰める。アントニーは、大げさ好みのクレオパトラに合わせて答える。「ローマなどテヴェレ河に溶けてしまえ。広大な帝国を覆う遥かなる天空も落ちるがいい。俺の居場所はここだ。王国など土くれだ。この汚らわしい大地では人間も獣も同じように肥え太る。人生の尊さとは、こうすることだ。このように愛し合う二人が、このような男女が、抱きしめあうこと——そのときこそ二人に並ぶ者なしとどうあっても世間に認めさせてやる」（第1幕第1場）。

アントニーの言葉は、彼がいかにエジプト人の生き方にならおうとしているかを示している。ローマ人のアントニーは帝国の建国者であり、拡大と成長は重要な目標となり動機づけとなるはずだ。しかし、この最初の場面でアントニーの心情を確定するせりふでは、拡大というより縮小、減少に焦点が置かれている。勝利を求める野望は、「俺の居場所はここだ」（第1幕第1場）と口にするまでに狭められている——こことは、エジプト、クレオパトラの傍ら、その腕のなかである。エジプトとその女王は、ローマ人たるアントニーの名誉と高潔の概念を変容させ、彼を征服する軍人から、自分の望

英雄伝

シェイクスピアの古代に関する知識の主要な源は、プルタルコス『英雄伝』（『対比列伝』としても知られる）の英訳だった。紀元1世紀に書かれたこの本は、ギリシャとローマの人物の伝記を集め、ペアにして並べたもの。それぞれのペアで、比較的近い時代のローマ人と、遠い過去のギリシャ人が対比される。プルタルコスは、紀元前294〜288年にマケドニアを統治した軍人デメトリオスとアントニーを組み合わせた。デメトリオスは、アントニーが生まれるちょうど200年前に死んでいる。プルタルコスは、デメトリオスとアントニーはどちらも「贅沢と快楽にふけっていた」と言う。しかし、プルタルコスはアントニーの方により厳しい。戦争の準備をしようというとき、デメトリオスの「槍の先に蔦が巻きついていたり、兜にミルラの香りがしたりすることはない」。対照的に、アントニーは「クレオパトラに武器を取り上げられ、その魔法にとらわれ、重大な仕事や必要な軍事行動を放棄するように仕向けられ、クレオパトラとカノープスやタップ・オシリスの海辺をぶらついて戯れているだけだ」。

> あの汚いエジプト女が俺を裏切った。わが艦隊は敵に降伏し、向こうで一緒に帽子を投げ上げ、まるで長く生き別れていた友のように祝杯をあげている。三度男を変えた淫売め！
>
> **アントニー**
> 第4幕第12場

みは「このように愛し合う二人」（第1幕第1場）の一部になることだという男に変えてしまった。これほどロマンティックな、あるいは視点を変えれば自己中心的なことはない。

遊蕩生活にひたるアントニーを正しく理解するために、シェイクスピアはその対立項として、オクテイヴィアス・シーザーとそのローマでの生活を描写する。そうすることで、劇に対照性をもたせ、ドラマに多様な声と視点を盛り込むのである。シーザーの言辞は、冷静で客観的だ。彼は政治的な言葉で語る。エジプト人のように詩にふける趣味などないシーザーの言葉は、純粋に機能的で、短く、表現も簡潔になる傾向がある。シーザーの厳格な規律からすれば、アントニーのエジプトでの振る舞いは恥ずべきものとみなされることになる。シーザーの判断では、アントニーはひたすら「魚釣りをし、酒を飲み、らんちき騒ぎに夜を費やし、男気を失ってしまい、クレオパトラのほうがまだまし」（第1幕第4場）なのだ。イノバーバスも、三頭政治をともに担う執政官に対してあまりに早い判断を下す。「死にかけたライオンよりライオンの子を相手にし

たほうがましだ」（第3幕第13場）。クレオパトラと同じく、アントニーは安易な分類にはそぐわない。シェイクスピアはアントニーをさまざまな角度から描くことで、観客に「甲冑に身を固めた軍神マルス」（第1幕第1場）と「淫売の道化」（第1幕第1場）双方の横顔を見せている。

エロティックなエジプト

エジプトは、極端に食べる土地として描かれている。そこでは野生の猪のロースト8頭分を12人で朝食に食べるのだ。そうした浪費に、シーザーの胃はむかつく。「1日でそんなに飲むより、4日断食したほうがまし」（第2幕第7場）なのである。エジプト人の性愛の悦びに対する嗜好もまた貪欲だが、ローマにおいては貪欲と淫蕩の代わりに結婚がある。アントニーが妻としたことによって、シーザー

ローマにあるオクテイヴィアスの彫像。本作ではローマの軍人としての価値観を代表する。史実では、オクテイヴィアスはアントニーを打ち破ったのちローマ皇帝となる。

の姉オクテイヴィアは政治ゲームの駒のように機能する。結婚はアントニーとローマの絆の再確認の象徴だが、多くは「どうせエジプトのごちそうに戻る」（第2幕第6場）だろうと推測する。

シェイクスピアは、観客をアントニーの味方につけたいのか？ 愛は義務よりも大切なのか？ 例によってシェイクスピアはさまざまな質問を示すが、答えはほとんど与えない。役者と観客が解釈して決めるための質問なのだ。エジプトでの生活で、アントニーは浮かれ騒ぎ、食欲を満たすが、最終的には本来の「ローマ的な」本能に反して行動しようという決心は、重大な個人的損失につながる。

アントニーとクレオパトラ

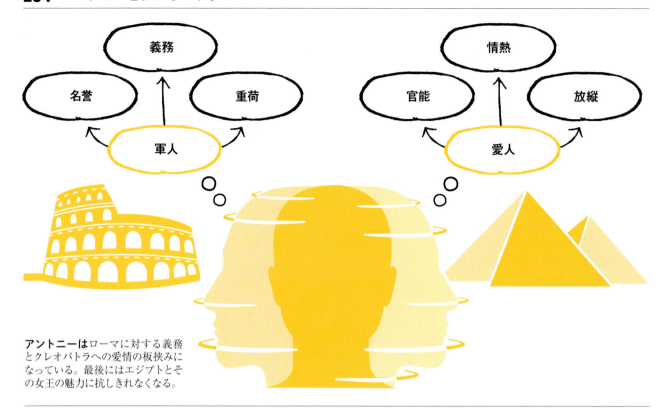

アントニーはローマに対する義務とクレオパトラへの愛情の板挟みになっている。最後にはエジプトとその女王の魅力に抗しきれなくなる。

クレオパトラへの献身的な愛情によって戦いに負けたアントニーは、「近頃俺の権威は失せたようだ。『おい！』と叫べば、取り合いをする子どものように国王どもが飛び出してきて『ご用は？』と叫んだものだ」（第3幕第13場）と不平を漏らす。

私のローブを。
王冠を載せて。
私には永遠を求める心がある。
クレオパトラ
第5幕第2場

義務の重荷

リア王と同様、アントニーも義務から逃れたいと願いつつ、そうした力がもたらす権力と称賛には未練がある。アントニーは良心と戦い、クレオパトラを追って戦場をあとにしたときは自分自身の弱さをクレオパトラのせいにする。「エジプト女王よ、わかっていたはずだ。俺の心がおまえの舵にしっかり結びつけられていたことを。おまえは俺を引きずっていくことになるということを。俺の魂はおまえのいいなりだとわかっていたはずだ。おまえが呼べば、たとえ神にそむくことになっても、俺はおまえのもとへ行くと」（第3幕第11場）。

クレオパトラは実際大いにアントニーを危地に陥れたが、アントニーは最後の最後まで愛情を捧げる。クレオパトラの無限に変化する気分を最大限に味わったアントニーは、迫り来る死をこらえて、「何千ものキス」の「哀れな最後」（第4幕第16場）をクレオパトラの口にする。

アントニーへの賛辞

クレオパトラは、シェイクスピア作品のなかでも際だって自己陶酔的な利己主義の人物である。だから、彼女が自分以外の誰かについて熱狂的に語るのを聞くのは一種の驚きである。アントニーが自殺に失敗したあとの心情溢れるアントニーへの賛辞は、彼の名声を高め、アントニーを個人的というよりむしろ政治的に高く評価するものとなっている。

シェイクスピアは、クレオパトラを通して我々が最後にはアントニーを淫売の道化ではなく、ヘラクレス的な神として記憶するように仕向ける。「あの方は海を股にかけた巨人、掲げた腕は天に届き、声は天上の音楽のように響きわたる、仲間には。けれど大地を揺るがす気になれば、雷のような大音声。気前のよさは冬知らず、収穫によってさらに豊かになる

> ベッドを担ぎあげ、
> 侍女らを霊屋(たまや)から運び出せ。
> アントニーのそばに葬ってやろう。
> これほど名高い二人を収める墓は、
> この世にあるまい。
> シーザー
> 第5幕第2場

秋のよう。よろこびはイルカのように、苦しい水に暮らしながらも背中を外に見せていた。国王も貴族もあの方のお仕着せを着て、領地や島々はあの方のポケットから転げ落ちていた」（第5幕第2場）。

「世界の王冠が溶けてしまう」（第4幕第15場）というクレオパトラの見事な、空想的ともいえる賛辞には、人々の心からそれまでのアントニーの記憶をすべてぬぐい去る効果がある。

一芝居打つ

エジプトの女王は、完璧な役者だ。ベテラン女優のように易々(やすやす)と気持ちを切り換えていく。芝居の進行につれてさまざまな顔を装い、幅広い感情を表現する——愛、憎しみ、恐れ、嫉妬、疑い、そして自尊心。アントニーとの会話の多くは、実際に観客の目の前で交わされる。きわめて私的な会話も人前にさらされる。

シェイクスピアの時代には、クレオパトラは少年俳優が演じていた。ロンドンのグローブ座の歴史に忠実な演出では、マーク・ライランスがクレオパトラを演じた。

アントニーが彼女への不滅の愛情を言明したとき、クレオパトラは、周りの人々の方を向いて尋ねる。「どうしてこの人はファルヴィアと結婚しながら、奥さんを愛さないの？」（第1幕第1場）。アントニーがあえて「今宵(こよい)はふたりで街に繰り出して、人々の暮らしぶりを見るぞ」（第1幕第1場）と言うとき、おそらくシェイクスピアは、アントニーが人の注目を浴びたがるクレオパトラの振る舞いを嫌っているとほのめかしているのだろう。

ここにはアントニーがクレオパトラと2人きりになりたがっていると思わせる部分はほとんどない。人前でのクレオパトラは絶えず何かしら演じてばかりなのだ。また、このせりふによって非凡な2人は親しみやすく見える。アントニーとクレオパトラは富と贅沢(ぜいたく)に囲まれた強大な権力者ではあるが、金持ちも貧乏人も恋人たちならひとしなみに楽しむささやかな愛の喜びも大切にしているのだ。■

クレオパトラの死

シェイクスピアは、クレオパトラ最大の見せ場を最後までとっておいた。クレオパトラは、芝居がかった、祭祀(さい)的な、儀式的な死の場を演出する。クレオパトラが死ぬ準備を整える終幕は、本作の上演にあたって最も迫力のある場面になることもしばしばだ。シェイクスピアは劇の照準を狭めている。観客はもはや大陸をまたにかけた移動を想像するのではなく、クレオパトラの悲嘆と孤独に集中することになる。

クレオパトラは、死ぬために装う最上の晴れ着を持ってくるようチャーミアンとアイアラスに命じる。シェイクスピアは、観客が最後に見るクレオパトラの姿が女王として最大の威厳をたたえたものとなるようにする。クレオパトラの言葉には性的な意味がこめられ、最後の瞬間には死そのものもエクスタシーとなる。クレオパトラは「永遠を求める心」について語り、「死の一撃」は「恋人がつねるように、痛いけれども望ましい」と思い描く（第5幕第2場）。アントニーの失敗した自殺はぶざまで見苦しいが、クレオパトラは最後まで自分の見せ方を操り、生きているときと同じく死に際しても名声を保つのである。

人生は
糾（あざな）える糸のごとし
善と
悪とが綯（な）い交（ま）ぜになっている

『終わりよければすべてよし』
（1606-1607）

登場人物

ヘレナ 親をなくし、ロシリオン伯爵夫人に育てられた。伯爵夫人の息子バートラムに恋している。

ロシリオン伯爵バートラム 野心のある若者。フランス王の被後見人。

ロシリオン伯爵夫人 バートラムの母で、寡婦。

フランス王 この人物の不治の病が、本作の発端となる。

ラフュー 老貴族。若い世代を理解しようと苦労している。

パローレス バートラムの友人。軍人として名をあげている。実は臆病で嘘つきで、拷問を逃れるためならいつでも誰でも裏切ることが明らかになる。

ラヴァッチ 暗い、不機嫌な道化。ロシリオン伯爵夫人お抱え。

フィレンツェ公爵 弟のシエナ公爵と戦争状態にある。

ダイアナ フィレンツェの乙女。バートラムに求愛される。

寡婦 ダイアナの母。ヘレナを熱心に助ける。

リナルドー 伯爵夫人の執事。伯爵夫人からパリにいる息子への手紙を認める。

デュメーン兄弟 フランスの貴族。パローレスを待ち伏せして、敵に捕らわれたと思い込ませて取り調べる。

バートラムは、フランス王に仕えるため、父に死に別れた母（伯爵夫人）のもとを去る。

貴族たちが戦争に赴くのに、バートラムはあとに残されて怒る。ヘレナが王の前に現れ、治療を申し出る。

フィレンツェ公爵は、戦いに馳せ参じたフランスの貴族たちを歓迎する。

↑ 第1幕第1場　　↑ 第2幕第1場　　↑ 第3幕第1場

第1幕　　**第2幕**

↓ 第1幕第3場　　↓ 第2幕第3場

伯爵夫人は、ヘレナがバートラムに恋していることを知る。ヘレナは、父の薬の1つを使って**王を治療する計画**を打ち明ける。

王の病気が治癒する。ヘレナはバートラムを夫に選ぶが、バートラムはひどくいやがり、フィレンツェの戦場に逃げる決心をする。

父が死んで、伯爵家の御曹司バートラムは宮廷に向かわねばならなくなる。母の伯爵夫人とラフューが王の病気について話し合い、医師ジェラード・デ・ナーボンが生きていて治療してくれたらと願う。ナーボンの娘ヘレナは涙を流している——ただしバートラムの出発を悲しんでいるのであって、父の死のためではない。伯爵夫人は、ヘレナが息子バートラムに情熱を寄せていることを知る。

フィレンツェ、シエナ両公爵のあいだで戦争が始まっていた。フランス王は軍隊を送ることを拒むが、若い貴族たちがどちらかの側について戦うことは許した。ラフューは、ヘレナを宮廷にお目見えさせる。ヘレナは、もし王の治療に失敗したら甘んじて死刑となるが、成功したら王はヘレナが選ぶ夫を授けて下さらねばならないという約束をとりつける。

王は健康を取り戻し、ヘレナの夫の候補者として4人の貴族を紹介する。ヘレナはバートラムを選ぶが、バートラムは医者の娘と結婚することをいやがる。

バートラムはしぶしぶ結婚を承諾するが、結婚の床入りを拒む。そしてパローレスとともに逃げてフィレンツェの戦争に行ってしまう。バートラムは、母とヘレナに宛てた手紙に、決してはずすことのない自分の指輪をヘレナが手に入れ、

国王一座時代

巡礼に身をやつしたヘレナは、フィレンツェに到着し、ある寡婦のもとに滞在する。ヘレナは、バートラムがその人の娘ダイアナを誘惑しようとしていることを知る。

パローレスは偽の敵兵に捕らえられ、目隠しされると、たちまちフィレンツェ側を裏切ると**申し出る**。

戦争が終わり、ヘレナが死んだと伝えられたバートラムはフランスに戻ろうと考える。

バートラムはラフューの娘との結婚に同意するが、彼がヘレナの指輪を持っていることに気づいた**王は、バートラムを殺人の罪で**責める。ヘレナが帰ってきて、自分はバートラムが出した条件を満たしていると言う。バートラムは**赦しを乞う**。

↑ 第3幕第5場　　↑ 第4幕第1場　　↑ 第4幕第3場　　↑ 第5幕第3場

第3幕　　　　　　　　　　　　　　**第4幕**　　　　　　　　　　　　　**第5幕**

第3幕第2場　　　第3幕第7場　　　第4幕第2場　　　第4幕第5場

↓ 　↓ 　↓ 　↓

伯爵夫人は、バートラムの手紙を読み、息子が逃げ出したことを知る。ヘレナに宛てられた**手紙には、2人が夫婦となる実現不能な条件が記されていた**。

ヘレナは、バートラムの妻であることを寡婦とその娘ダイアナに**明かす**。ヘレナは女たちを説得してバートラムと性交渉をもつ場を設定して、そこで密かに自分が**ダイアナと入れ替わる**と言う。

バートラムはダイアナに愛を告白する。ダイアナは伯爵家に何代も受け継がれてきた**指輪をねだり**、密会を手配する。

伯爵夫人はヘレナの死を嘆き悲しむが、バートラムを自分の娘と結婚させたいというラフューの計画を後押しする。

自分の子どもを宿せばヘレナを妻として認めると書く。

　ヘレナはフィレンツェに向かい、ある寡婦の家に滞在する。ヘレナはバートラムが勇敢に戦って手柄を立てたこと、寡婦の美しい娘ダイアナを誘惑しようとしていることを知る。

　フィレンツェ軍のほかの貴族たちが、敵のふりをしてパローレスを捕まえ、目隠しをする。パローレスは自分が戦友に関して知っていることを洗いざらいしゃべる。目隠しがはずされて、パローレスの評判は地に落ちる。

　ヘレナは寡婦に自分の正体を明かし、バートラムの手紙にあった条件を満たす手伝いをしてほしいと、お金を渡す。

　ダイアナはバートラムと性的関係をもつ手はずを調えるが、ヘレナがダイアナの代わりになる。バートラムは再びダイアナを口説こうとする。バートラムは伯爵家に先祖代々伝わる指輪を彼女（実はヘレナ）に与え、その秘密の逢い引きのあと、彼女（ヘレナ）はお返しに別の指輪を与える。

　バートラムは、ヘレナが死んだと知らされ、王と和解するためにフランスへ帰国の途につく。

　フランス王はバートラムを赦し、ラフューの娘との再婚を後押しする。しかし、バートラムが婚約の贈り物としてダイアナが与えた指輪を差し出すと、王はヘレナのものだと見破る。バートラムは、妻を殺した疑いで逮捕される。

　ダイアナが到着し、バートラムが自分との結婚の約束を破ったと責める。ダイアナはバートラムが与えた指輪を取り出し、伯爵夫人はそれが伯爵家に先祖代々伝わるものと認める。ダイアナは自分がどのようにその指輪を手に入れたか説明することを拒み、逮捕される。ダイアナは証人を迎えにやり、ヘレナが登場する。ヘレナは、バートラムが突きつけた条件が満たされたと宣言する。バートラムはヘレナに赦しを乞い、これからは妻を愛すると約束する。》

290 終わりよければすべてよし

背景

テーマ
愛、裏切り、死別と死

舞台
フランスのロシリオンとパリ、イタリアのフィレンツェ

材源
1353年 イタリアの詩人ジョヴァンニ・ボッカチオの『デカメロン』が本作の主要な材源となった。

1566-67年 シェイクスピアはボッカチオの物語をウィリアム・ペインターの英訳『快楽の宮殿』で読んだと思われる。

上演史
1741年 最初の上演記録となる公演がロンドンのドルーリー・レイン劇場で開幕、ペグ・ウォフィントンがヘレナを演じる。

1981年 アメリカの劇作家ドン・ニグロがシェイクスピアの生涯を描いた戯曲『恋の骨折り甲斐』を書く。アン・ハサウェイがヘレナのように描かれ、父ジョンを治療してシェイクスピアとの結婚を勝ち取る。

2000年 アメリカの児童文学作家ゲアリー・ブラックウッドの小説『シェイクスピアを代筆せよ!』で、シェイクスピアが『終わりよければすべてよし』を書くのを徒弟ウィッジが手助けする。

2002年 グジャラート語に翻訳された『終わりよければすべてよし』が、ムンバイを本拠地とするアルパナ劇団によってロンドンのグローブ座で上演された。舞台は1900年代のインド北西部に移されている。

ェイクスピア喜劇の「終わりよければすべてよし」という題名はクエスチョン・マークで終わってもいいかもしれない。アメリカの作家ジョン・ジェイ・チャップマンが1915年に書いたとおり、「題名そのものに憂鬱が腐ったような響きがある。そのため我々は、すべてよくない、これまでもよくなかったし、これからよくなるはずもない、と感じる」のだ。

本作が「糾える糸」(第4幕第3場)であることが、曖昧な反応を呼ぶ理由のひとつだ。一連の不可能な課題を科される主人公、ベッドトリック(夫を確保するために1人の女がもう1人と入れ替わる)といった御伽噺や民話の手法がいくつも使われているが、登場人物を描く心理的洞察力やリアルな設定が、こうした要素をきわめて問題のあるものとしている。実際『終わりよければすべてよし』は、

ヘレナ(左: エリー・ピアシー)が息子に抱く熱い思いを知った伯爵夫人(右: ジェニー・ディー)は、王を治療して自分の価値を証明したいというヘレナの計画を助ける。2011年グローブ座。

まるで明るく輝く星に恋い焦がれ、結婚したいと思うようなものそれほど手の届かない人。
ヘレナ
第1幕第1場

シェイクスピアの「問題劇」のひとつとされることが多い。他には、『尺には尺を』、『トロイラスとクレシダ』、時に『ハムレット』が含まれることもある。「問題劇」は、19世紀ノルウェーの劇作家ヘンリック・イプセンの作品を論ずるために発明された用語だからシェイクスピアに言わせれば「なんのこと?」となるかもしれないが、『終わりよければすべてよし』について考察するには便利だ。問題劇というものには、空想的な筋とリアルな登場人物が混

ヘレナ（ジョアンナ・ホートン）が父の薬を使って王（グレッグ・ヒックス）を治療する。褒美としてヘレナは夫を自由に選ぶ権利を与えられ、バートラムを選ぶ。2013年ロイヤル・シェイクスピア劇団の公演。

在し、倫理的な板挟みから抜け出そうともがいて、悲しみなどの感情を経験することになる。『終わりよければすべてよし』は、こうした基準のすべてに当てはまる。この劇が悲劇と喜劇がないまぜになったものであることは、死んだはずのヘレナが舞台にquickで——この語は「生きている」と「妊娠して」の両方を意味している——再登場するとき最も見事に現れている。しかし、この喜ばしい結末にさえ、本作の暗い底流が影を投げかけているように感じられる。

曖昧な美徳

　まず問題なのは、バートラムだ。彼と結婚したいというヘレナの望みが叶ったことを喜ぶには、バートラムにその価値があると信じられなければならない——観客にとっては悩ましいところだ。本作では、全体的に人間をきわめて相反する価値をもつものと見ている。「我々の美点は欠点に鞭打たれなければ自惚れるだろうし、我々の罪悪は美徳が慰めてくれなければ絶望するしかない」（第4幕第3場）。バートラムは兵士としては勇気も忠誠も備えているが、同時に年若い処女を偽りの約束で誘惑しようとする。終幕では、ヘレナを喪ったことに悔恨を見せ、彼女を愛していると断言さえするが、それと同時に、同じようにして愛を告白したダイアナを中傷して嘘つきの本性を現している。

　バートラムを、シェイクスピアの各所に見られる男らしさの危機という観点から擁護できるかもしれない。シェイクスピアの長編詩『ヴィーナスとアドーニス』のアドーニスは、ヴィーナスの誘惑より猪を狩ることを好む。同じようにバート

ラムはまだ若く、一人前の男になりきっていないのだ。ヘレナのような女の願望は、やっと脱け出せたばかりの女性的な家庭空間に彼を閉じこめてしまうのではないかと彼には思えてしまう。バートラムはまた、被後見人という制度をも蔑ろにしている。これはシェイクスピアの時代に大変評判が悪かった制度で、年長の後見人が若い男の結婚を、通常は後見人自身に有利になるように取り決めるものだ。『終わりよければすべてよし』では、王の債務を支払うために、しかもこの女は愛せないと言明しているその女と結婚せよというのはバートラムに対して公平ではないと言えよう。さらに気になるのは、このプロセスに組み込まれている男性性の排除である。王の被後見人たちは、彼女が「目をやって」（第2幕第3場）1人を選べるようにと、彼女の前に並べられる。この方法によって、ヘレナは伝統的な男性の求婚者の役を務め、一方バートラムは受動的な女性の役に置かれる。王が怒りのあまりバートラムを追放すると脅すところなど、『ロミオとジュリエット』のキャピュレットをさえ思わせる。そ

の場合、バートラムはジュリエットの立場にいることになる。

　こうしたことはどれも、バートラムとヘレナの結婚が彼にとっても彼女にとっても良いことだと信じられさえすれば、それほど問題ではない。しかし台本は、強引で物事の操作に長けたヘレナを、つつましく従順な当時の理想的女性像に合わせようと苦闘する。ヘレナは、自分がバートラムを選ばねばならない状況にあ

私の思っているのは父ではない。こんなに涙を流したりして、まるで父を悲しんでいるみたいだけれど。どんなお顔だったかしら？
忘れてしまったわ。
　　　　　　ヘレナ
　　　　　第1幕第1場

ること自体がいかにあり得ないことかを印象付ける。「あなたをもらうとは言いません。そうではなく、私はあなたの導きの力に生きるあいだ、この身を捧げ、お仕え申します」(第2幕第3場)。

バートラムがそれまでにヘレナに惚れていなかったのなら、今さら惚れることはないだろう。彼が強く求めている女性ダイアナが、純潔の女神に因んで名づけられているのは偶然ではない。ダイアナは、彼女自身が愛を受けつけぬ高みにあるように見えるがために、バートラムの欲望をかき立てるのだ。しかも、ヘレナとパローレスにはあまり好ましくない類似点があることがほのめかされる。どちらも野心をもった身分の低い登場人物であり、2人ともバートラムを利用して社会的に有利に立ち回る。さらに言えば、ヘレナがベッドトリックを使うのは道徳的に問題だ。それによってバートラムを意に反した女性と交わらせ、自らの願望のためにダイアナを公の生贄としてさらすことになる。

社会的流動性

さらに、階級差の意味と重要性にまつわる倫理的な問題がある。バートラムは、階級が下のヘレナと結びつくことは彼の恥であり、貴族の血統が堕落すると主張する。王は、どの爵位もかつて有用な貢献に対して与えられたのだから、自分もヘレナの善行に報いてヘレナをバートラムと社会的に同等にすることができると反論する。

これは非常に進歩的に聞こえるが、この劇のほかの個所の考え方や時代背景としてある考え方とは一致しない。被後見人制度の指針では、被後見人は自分より身分が下の者とは結婚しないものとしている。さらに、王は誰の血統もつまるところ1つだと主張するかもしれないが、それなら王自身が王族の特権を享受する位置にいないだろう。本作が終幕に向けてしようとしていることは、ヘレナはバートラムの階級的立場を危険にさらすこと

戦友たちに高く掲げられて戦場での勇気を讃えられるバートラム（アレックス・ウォルドマン）。対照的に、パローレスが臆病であることが戦争によって暴露される。2013年ロイヤル・シェイクスピア劇団の公演。

がなく、むしろそれを守ると主張することだ。バートラムはうかつにも先祖伝来の指輪を手元から放してしまうが、ヘレナがそれを自分で保管する。同様に、バートラムは自分の高貴な子種を不義の交わりで無駄にしたと考えているが、ヘレナはこれもまた自分のものとし、彼を称えるための跡継ぎとして育む。

問題のある和解？

最後の和解の場面は何通りにも読まれ、

> 戦のほうが息がつける。
> 暗い家とつまらぬ妻には
> 心が拗ける。
> **バートラム**
> 第2幕第3場

法螺吹き兵士

シェイクスピアの観客ならすぐにパローレスは滑稽な人物だとわかっただろう。大げさに吹聴されていた戦場での勇気が口先だけだったとばれる法螺吹き兵士は、古典的な喜劇で人気があり、『ヘンリー四世・第二部』のピストル、『ヘンリー四世』、『ヘンリー五世』のフォールスタッフなど、シェイクスピア作品のあちこちに登場する。

17世紀当時パローレスは人気者で、チャールズ一世も蔵書の『終わりよければすべてよし』の題名の隣に「ムッシュー・パローレス」と書き込んでおり、その後パローレスの役をふくらませた翻案も書かれるようになった。

友人バートラムや戦友を裏切るというとんでもないことをするやつではあるが、「俺はただ俺として生きていく」（第4幕第3場）と偽りの姿を捨てて明らかにほっとしたパローレスは、ある程度の同情を勝ち得る。2013年のロイヤル・シェイクスピア劇団の公演では、ジョナサン・スリンガー演ずるパローレスが、それまで見せかけで使っていたサンドハースト王立陸軍士官学校風の物の言い方をやめて、最後には自分のホモセクシュアリティを認める。

> そなたがこの娘を嫌うのは肩書きがないせいだ。そんなものはわしが与えよう。奇妙ではないか、我々の血は色も重さも熱も、混ぜてしまえば区別がつかないのに、それほど違いがあると思うとは。
> **フランス王**
> 第2幕第3場

演じられる。バートラムは死んだヘレナが戻ったことで変貌したのかもしれない。ヘレナが、報復の天使ないしは聖母マリアのような白いドレスをまとうこともある。バートラムは、殺人で逮捕された彼をヘレナが解放し、ダイアナに対するいかなる罪の容疑も晴らしてくれたことで、感謝でいっぱいになったのかもしれない。

バートラムはパローレスから自由になり、パローレスの過剰にマッチョな気風の影響からも解放されて、それまでずっと密かに感じていたヘレナの魅力に負けたのかもしれない。同様に、ヘレナのバートラムに対する反応もさまざまな色合いを帯びている。1992年にロイヤル・シェイクスピア劇団がサー・ピーター・ホールの演出で上演した公演の劇評は、ヘレナが「威厳を保って（鋭い見事な間をとって）つらそうに口にした『エトセトラ（などなど）』という言葉によって、お互いのために最後まで手紙を読み上げることを避けた。そして、決然と紙を二つに引き裂く」と描写している。この行動は、2人にとっての新たなスタート、あるいは長らく抑えていたヘレナの夫への怒りの表現かもしれない。

つまるところ、人生とは「善と悪を撚り合わせた糸」という理解は、年長の世代のためのものだ。ヘレナの愛を発見した伯爵夫人は、自分の若い頃の恋煩いを思い起こし、恋は青春には不可欠なのだと結論づける。「この棘は青春というバラにはつきもの」（第1幕第3場）。また、若い愛の価値を問う。「私たちだってそんな過ちを犯したものだ。そうとは気づかずに」（第1幕第3場）。

しかしそれでも、ヘレナの偶像崇拝のようなバートラムへの熱情や、バートラムのダイアナへの「病んだ欲望」が結婚によって落ち着くかどうか、そして2人がこうした出来事を忘れることができるかどうかは、この時点ではわからない。数年後、かつてバートラムは妻を嫌うあまり殺したと告発されたのだと、二人がお互いをからかい合っているところを想像できるだろうか？　あるいは、バートラムはとうとう「心から愛する、ずっとずっと大切に」（第5幕第3場）という約束を守らずヘレナを悲しませるというのが、撚り合わせた糸の一部としてありそうなことだろうか？　終幕にほろ苦さ以外の何かを感じようとするには、克服しなければならない困難はあまりに大きいかもしれない。■

> 若い身空で結婚なんて男の恥だぜ。
> **パローレス**
> 第2幕第3場

この世は私には
終わりのない
嵐のよう
私の味方
をしてくれる人を
吹き飛ばしてしまう

『ペリクリーズ』（1607）

ペリクリーズ

登場人物

ジョン・ガワー 語り手。エピローグの口上も述べる。

ティルスの領主、ペリクリーズ タイーサの夫、マリーナの父。

タイーサ サイモニディーズ王の娘。ペリクリーズの妻、マリーナの母。

アンタイオカス アンタキア王。娘と近親相姦の関係にあることを知ったペリクリーズを殺そうとする。

サリアード アンタイオカスがペリクリーズを殺すために雇った悪党。

ヘリケイナス ペリクリーズの忠実な顧問官。

サイモニディーズ ペンタポリスの王。タイーサの父。ペリクリーズとタイーサの結婚を許す。

マリーナ ペリクリーズとタイーサの娘。海上で生まれる。不運につきまとわれるが、その美徳と純潔で身を守る。

クレオン タルススの総督。ペリクリーズに恩義があり、マリーナを守り育てると誓う。

ダイオナイザ クレオンの妻。マリーナに嫉妬して、殺そうと企む。

セラモン卿 エフェソスの医者。海岸に流れ着いたタイーサの蘇生を助ける。

ライシマカス ミティレネの総督。

ダイアナ 貞節の女神。

ガワーがペリクリーズの物語を語る。近親相姦にふけるアンタイオカス王のことから始める。ペリクリーズは王の謎を解くが、**王は密かにペリクリーズの命を狙う**。

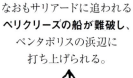

なおもサリアードに追われる**ペリクリーズの船が難破し**、ペンタポリスの浜辺に打ち上げられる。

ティルスへの帰途、出産した**タイーサは死んだ**と思われる。迷信を信じる水夫たちは、死体は海に投げ捨てるべきだと主張する。

↑ 第1場　　↑ 第5場　　↑ 第11場

第1～5場　　　　　　**第7～11場**

第3場　　　　　　　　　第7・9場

↓　　　　　　　　　　　↓

雇われた悪党サリアードがペリクリーズを毒殺するため、ティルスにやってくる。ペリクリーズはかろうじて**タルススに逃れる**。

身の危険を防ぐため変装したペリクリーズが、サイモニディーズ王の娘の求婚者たちのための槍試合に臨む。槍試合に**優勝したペリクリーズはタイーサをめとる**。

中世の詩人ガワーが、ティルスの領主ペリクリーズの物語の語り手を務める。物語は、アンタイオカス王から始まる。アンタイオカス王の娘の求婚者たちは、結婚の承諾を得るために謎かけに答えなければならない。ペリクリーズはその謎を解くが、それによってアンタイオカスと娘の近親相姦が露見し、ペリクリーズは身の安全のためティルスに逃げ帰るはめになる。

アンタイオカス王はペリクリーズを殺すため、悪党サリアードを差し向ける。サリアードの殺人計画を聞いたペリクリーズは、忠臣ヘリケイナスにティルスの統治を任せて、船でタルススへ逃れる。タルススに着いたペリクリーズは飢饉に苦しんでいたタルススに穀物を運んで助け、タルスス総督クレオンと妻ダイオナイザに感謝される。

再び嵐のなかに乗り出したペリクリーズは難破し、甲冑以外のすべてを失ってペンタポリスに漂着する。ペリクリーズは漁師たちに助けられ、身分を隠したままサイモニディーズ王の宮廷に連れて行かれる。王は娘タイーサの誕生日を祝って槍試合を催しているところだった。ペリクリーズは一騎打ちの試合に参加して勝利を収め、王はタイーサ王女との結婚

国王一座時代

タイーサの身体がエフェソスの浜辺に**打ち上げられ**、医師がタイーサを死のような眠りから**蘇生させ**、ダイアナの神殿に連れて行く。タイーサは神殿の巫女として奉仕する。

マリーナが海賊に誘拐され、ミティレネの売春宿に**売り飛ばされたため**、ダイオナイザのマリーナ殺しの**計画は果たされずにすむ**。

ミティレネの総督**ライシマカス**が、**マリーナを売春宿から解放する**。マリーナの歌を聞かされて、**領主ペリクリーズ**はついに**彼女が自分の娘だと気づく**。ペリクリーズは、マリーナとライシマカスとの婚約に同意する。

ガワーが、**悪者はいかに罰を受け、美徳は報われるか**を説明し、良い例として立派なペリクリーズとその家族を指し示す。

↑ 第12場　　↑ 第15・16場　　↑ 第19・21場　　↑ 第22場

第12〜16場　　　　　　　　　　**第19〜22場**

第11場　　第15場　　第18場　　第21場
↓　　　　↓　　　　↓　　　　↓

ペリクリーズは、**生まれたばかりのマリーナをタルススに連れて行って**総督クレオンとその妻に育ててもらおうと決心する。

ガワーがマリーナの子どもの頃の出来事を語る。今やマリーナは若い娘となり、クレオンの嫉妬深い妻**ダイオナイザがマリーナ殺しを手配する**。

ペリクリーズは、**マリーナは死んだと**言われ、悲しみに打ちのめされ、「二度と口をきかず、これから一生船上で喪に服して過ごす」と誓いを立てる。

ペリクリーズが、女神ダイアナからエフェソスへ行けと告げられる幻を見て、そこで**タイーサと再会する**。

を許す。
　そうこうするうちにアンタイオカス王が死んだため、ペリクリーズは晴れてティルスの領主という身分を明かすことができ、身重の妻を連れて祖国に向かう。その途上で嵐に遭遇、そのなかで娘を出産したタイーサが死んだように見え、水夫たちの強硬な主張で海に葬られる。
　ペリクリーズはタルススに向かい、彼に恩義のあるクレオンとダイオナイザにマリーナと名づけた娘を預ける。
　タイーサの柩はエフェソスの浜辺に打ち上げられ、医者がタイーサを蘇生させて、女神ダイアナの神殿に送って巫女とする。
　ガワーは14年間の出来事を振り返る。そのあいだにマリーナは徳高い娘となり、嫉妬したダイオナイザはマリーナを殺そうと企てる。マリーナは逃げるが、海賊にさらわれ、ミティレネの売春宿に売られてしまう。
　マリーナに会うためタルススに戻ったペリクリーズは、娘は死んだと偽りを聞かされ、これからは一生口をきかずに船上で喪に服すと誓う。
　マリーナは断固として純潔を守って売春宿の女将をいら立たせるが、そこにいるあいだに、変装して売春宿を訪れた総督ライシマカスを説得して、力になってもらう。
　ペリクリーズの船が偶然ミティレネに立ち寄り、ライシマカスは、悲嘆にくれているペリクリーズのもとにマリーナを差し向けて歌を聞かせようとする。
　マリーナの来し方行く末の物語を聞いたペリクリーズは、この娘こそが自分の娘だと悟って歓喜する。
　女神ダイアナがペリクリーズの夢に現れ、エフェソスの自分の神殿を訪れるよう告げる。ペリクリーズはマリーナを伴って旅立ち、そこで奇跡的に妻タイーサと再会する。》

背景

テーマ
人生の旅路、愛、運命、家族、忍耐、再会

舞台
アンタキア、ティルス、タルスス、ペンタポリス、エフェソス、ミティレネ（地中海）

材源
1390年代 シェイクスピアは、この頃完成したジョン・ガワーの『恋する男の告解』に収められた「ティルスのアポロニウス」を使った。ガワーは、有名なギリシャの物語を詳述している。

1576年 シェイクスピアは、さらにロレンス・トワインの小説『苦難の冒険の典型』から細部をいくつか取り入れた。

上演史
1623年 『ペリクリーズ』はファースト・フォリオには収録されず、本作の作者をめぐる根強い疑惑のもととなる。

1660年 チャールズ二世による劇場再開後、最初に上演された作品のひとつとなる。

1738年 ジョージ・リローが『マリーナ』と題した改作をコヴェント・ガーデンで上演。

1983年 BBCがマイク・グウィリムのペリクリーズ、ジュリエット・スティーヴンソンのタイーサで映像化。

2003年 蜷川幸雄の日本語による公演で、物語の世界が文楽の人形を使って創出される。ロンドンのナショナル・シアターで上演。

2012年 ロンドン五輪に合わせて開催されたシェイクスピア・ワールド・フェスティバルで、ギリシャ国立劇場が本作をプロデュース。

シェイクスピアは、観客の期待に応えるべく自分の芝居を作っている。悲劇の観客は、幕切れに死の場面を見ることを待ち望む。ロマンス劇や喜劇の観客は、結婚や再会を楽しみにしている。ロマンス劇『ペリクリーズ』も例外ではない。シェイクスピアは、幕切れで再会させるために主人公を妻と娘から引き離す。ペリクリーズは地中海の岸から岸へと翻弄され、人生の「終わりのない嵐」（第15場）に耐えた末、物語の最後で完全な和解の喜びを享受するのだ。

妻と娘が死んだと思い込んだペリクリーズは、半ば昏睡状態に陥る。シェイクスピアは、劇が20場終わったところで観客に、ペリクリーズは「この3か月、口を聞いていない」（第21場）と想像させる。主人公は精神的に打ちのめされている。悲嘆のため変貌して船に乗っているのだ。ヘリケイナスが幕を引いて髭ぼ

うぼうのペリクリーズの姿を見せるときにほのめかしたように、「こちらは、ある恐ろしい夜ひどいめにあってこのようになるまでは立派な人でした」（第21場）。妻と娘から引き離されたペリクリーズは、社会から引きこもっているのである。

感動的再会

ペリクリーズの娘マリーナとの再会シーンは、感動の瞬間だ。2人は、100行ほどかけて少しずつ自分たちが父娘だとわかってくる。まずマリーナがペリクリーズに、自分は「悲しみに耐えてきた」（第21場）と言い、それはペリクリーズ自身の悲しみに劣らないかもしれないと語る。この時点で観客は、この2人にどんな不幸がふりかかったのか、はっきりわかるだろう。また、ペリクリーズが娘は死んだと信じていることにも気づくだろう。マリーナの最初のひと言を聞いたペリクリーズも、演劇的な皮肉に満ちた傍白で内心の思いを観客に吐露する。「悲しみに打ちひしがれ、涙ながらに語ろう。

> そりゃ、陸（おか）の人間と同じさ――大物が小物を食い物にするんだ。
> **漁師の親方**
> 第5場

ジョン・ガワー 14世紀の写本の挿し絵より。詩人・物語作家として人気があった。シェイクスピアは、ガワーが集大成したギリシャの物語を利用し、ガワーを語り手として登場させた。

オニー・ウヒアリア演ずるマリーナが、リンダ・バセット演ずる売春宿の女将から身を守る。2006年、ストラットフォード・アポン・エイヴォンでの公演。

いえ、私は王ペリクリーズの娘です」（第21場）。

ペリクリーズはマリーナの話を聞きながら涙を流し始めるが、マリーナはまだ自分の話の重要性に気づいていない。マリーナが母の名はタイーサだと裏付けると、父ペリクリーズは自らの確信を口にする。「今こそおまえに祝福あれ。立つがいい、おまえはわが子だ」（第21場）。これについてのマリーナの思いは口にされないが、その沈黙には感動的な真実がこもっている。

幕切れ

『ペリクリーズ』と『冬物語』には類似点がある。シェイクスピアは、あえてレオンティーズ王と娘パーディタの再会を舞台で見せず、伝聞のせりふとして伝える。どちらの劇ももう一つの発覚と再会で終わる。『冬物語』では、レオンティーズが生きているような妻の彫像を見つめると、父娘が驚愕(きょうがく)するうちに彫像は動き出す。『ペリクリーズ』にも同様の効果がある。ペリクリーズが、思ってもみなかったことに、エフェソスの神殿で目の前にいるのは妻タイーサだと悟る場面である。タイーサはペリクリーズが語るのを聴く。「私はここに自らをティルスの王と告白しよう。祖国よりのがれて、ペンタポリスにて美しいタイーサと結婚した。妻は海で産褥(さんじょく)で死んだが、マリーナという女の子を産んだ。その子は、ああ女神よ、あなたの処女の衣をまとってここにいる」（第22場）。

ペリクリーズが母子に再会したとき、希望が絶望に取って代わり、不幸の「終わりのない嵐」（第15場）は鎮まる。■

わが最愛の妻はこの乙女に似ており、娘は生きていればこんな感じだった。わが妃の広い額(ひたい)、すらりとした背丈、鈴のような声、宝石のような目、それを収めた美しい宝石箱。その声を聞いた耳は、またその声を聞きたくてたまらなくなるのだ」（第21場）。

高まる緊張

娘に再会したいというペリクリーズの切望は明白だが、シェイクスピアは事実の発覚を先延ばしにすることで、その瞬間を見たいという観客の願望をふくらませる。2人は、ひと言ずつじわじわとお互いの理解に近づく。ペリクリーズは、マリーナの名を知ったときには、神々が自分を欺いているのではないかと恐れる。マリーナの母が出産と同時に海で死んだとわかったときは、自分は「ありえない夢」（第21場）を見ているのだと思い込む。ようやくそのときが来て明らかになる事実は、観客にとっては筋書きのおさらいにもなる。

「わが父であった王は、私をタルススに残し、残酷なクレオンはその邪(よこしま)な妻とともに私を殺そうと、悪党を差し向けました。その男が手を下そうとしたそのとき、海賊どもが来て私は助かりました。でも、私をどうなさりたいのです？ 私が偽りを申しているとお思いですか。い

さあ、おいで、もう一度
埋もれるがいい、この腕に。
ペリクリーズ
第22場

民衆あっての
ローマ
ではないか?

『コリオレイナス』(1608)

登場人物

ケイアス・マーシャス 恐ろしいローマの将軍にして誇り高き貴族。戦いで武勲を立てて「コリオレイナス」という称号を与えられる栄誉に浴している。

メニーニアス・アグリッパ ローマ貴族。コリオレイナスに助言を与える。また暴動を起こしたローマ市民を鎮めようとする。

ヴォラムニア コリオレイナスの母。息子を戦士に育て上げ、戦場での武勇を喜んでいる。

ヴァージリア コリオレイナスの妻。コリオレイナスがローマを滅ぼすと脅した際、息子を連れてヴォラムニアとともに赦しを乞いに行く。

コミニアス ローマの将軍にして執政官。ケイアス・マーシャスに「コリオレイナス」という称号を与えようと提案する。

タイタス・ラーティアス ローマ貴族。将軍に任ぜられたコリオレイナスに心酔している。

シシニアスとブルータス 護民官。コリオレイナスの平民のあいだでの不人気を煽り、ローマからの追放を陰で操る。

タラス・オーフィディアス ウォルスキ軍の将軍。コリオレイナスの仇敵にして好敵手。戦場でコリオレイナスの敬意を得るが、最後には殺す。

ローマの平民たち 貴族の失政に怒って暴動を起こす。

貴族に反発する**平民の群れ**が暴動を起こし、ケイアス・マーシャスの死を求めて叫ぶ。
↑
第1幕第1場

ケイアス・マーシャスが凱旋、栄誉を与えられる。
↑
第1幕第3場

ヴォラムニアが、平民の前に出て投票を求めるよう息子を説得する。
↑
第2幕第1場

第1幕 | **第2幕**

第1幕第2場
↓

将軍オーフィディアス率いる**ウォルスキ族の軍隊**が、ローマ攻撃に備える。

第2幕第1場
↓

コリオレイナスが執政官となる。

ローマで、平民の一群が集まって貴族への不平を語り合っている。皆、貴族は飢饉のあいだに穀物をため込んでいたと信じている。なかでも尊大かつ傲慢ゆえに最悪だと考えられているケイアス・マーシャスを殺そうと決議したところで、平民たちはメニーニアスになだめられて考え直す。

ケイアス・マーシャスがウォルスキ軍との戦いから血みどろになって帰還、母ヴォラムニアは息子の栄誉と勇気を大いに喜ぶ。ケイアスは「コリオレイナス」という称号で報いられる。2人の護民官シシニアスとブルータスは、ケイアスが政治的な力をふるう地位にのし上がるのではないかと恐れる。

護民官たちが恐れたとおり、元老院はコリオレイナスを執政官とすることを決定する。しかし、その役職に就任するにあたっては、まず平民の票を得なくてはならない。コリオレイナスはしぶしぶながら市民たちに迎合し、望みどおりに傷を見せたが、それは母親に説得されてのことだった。市民たちはコリオレイナスの支持を表明したが、護民官シシニアスとブルータスが撤回するよう煽る。

国王一座時代

護民官シシニアスとブルータスが、**民衆のコリオレイナスへの反感を煽る**。	コリオレイナスがウォルスキ軍に加わり、オーフィディアスとともに**ローマ殲滅を企てる**。	コリオレイナスの母、妻、息子が赴いて、彼の慈悲を乞う。	コリオレイナスがウォルスキ族の人々に殺されるが、軍人として葬られる。

第3幕第1場 　　　第4幕第4場　　　第5幕第3場　　　第5幕第6場

第3幕　　　　第4幕　　　　第5幕

第2幕第3場　　　第3幕第3場　　　第4幕第5場　　　第5幕第4場

コリオレイナスがいやいやながら**民衆に傷を見せ**、票を勝ち取る。	コリオレイナスが平民を愚弄し、**ローマから追放される**。	ウォルスキ軍がコリオレイナスとともに**ローマ攻撃の準備**をしている。	コリオレイナスが**攻撃を中止する**。知らせを聞いてローマの人々は歓喜する。

人々の前にもう一度出なければいけないことに激怒したコリオレイナスは、侮蔑の念を隠すことができない。コリオレイナスは躊躇なく忘恩のローマを出て、敵方のウォルスキ軍に加わる。コリオレイナスは仇敵オーフィディアスとともにローマを崩壊させる計画を立てる。オーフィディアスは、密かにコリオレイナスの失脚をもくろんでいる。

コリオレイナスがローマを焼き尽くすと聞いたローマ市民はメニーニアスを差し向けて翻意させようとしたが、コリオレイナスの心は決まっていた。最後の頼みの綱として、ヴォラムニアとコリオレイナスの妻と息子がウォルスキ軍の陣営を訪れ、彼らとローマを救うようコリオレイナスに懇願する。コリオレイナスは最初のうち頑なだったが、母が息子の前にひざまずいて懇願すると決心が揺らぐ。コリオレイナスは、ローマを護るために自らの命を犠牲にし、ウォルスキ軍を裏切る。ローマ市民は歓喜したが、母は息子の犠牲を承知していた。コリオレイナスはウォルスキ軍にむごたらしく殺されたが、オーフィディアスは、彼は軍人として葬られるべきだと述べる。》

> 勇気は
> 最も重要な美徳であり、
> 勇者は
> たたえられる。
> **コミニアス**
> 第2幕第2場

コリオレイナス

背景

テーマ
階級闘争、アイデンティティ、自負、名誉、男らしさ、力、政治、家族

舞台
古代ローマ

材源
1579年 トマス・ノースの英訳によるプルタルコス『英雄伝（対比列伝）』。

上演史

1681年 ネイハム・テイトがシェイクスピアの『コリオレイナス』を改作して『国家の忘恩』という王党派のプロパガンダ作品を創作する。

1941年 『コリオレイナス』がドイツで支持され、学校でも教えられる。カリスマ的指導者の手本として、主人公はアドルフ・ヒトラーと同一視される。

1959年 ストラットフォード・アポン・エイヴォンで、ローレンス・オリヴィエがコリオレイナスを甘やかされた、手に負えない子どもとして演じる。

1964年 ベルリナー・アンサンブルが、平民の階級闘争を強調したベルトルト・ブレヒトの改作を上演。

1990年 マイケル・ボグダノフによるイングリッシュ・シェイクスピア・カンパニー公演で、舞台を1980年代の政情不安な東欧に置く。

2011年 レイフ・ファインズが、舞台を現代ローマに置いたイギリス映画『コリオレイナス』（邦題『英雄の証明』）を監督・主演。

『コリオレイナス』は、権力、政治、人格、そしてローマの貴族と誇り高き平民のあいだの緊張した関係についての劇である。不平がふくらむ暴動の場面で、この劇は始まる。市民たちは、飢饉のあいだに支配階級が公共の福祉にほとんど関心を見せなかったことにショックを受けている。始まってから10行で、ある貴族を殺せという最初の鬨の声が聞こえる。「殺せ」（第1幕第1場）。平民たちはローマの支配階級全体の強欲と浪費を憎んでいるが、ケイアス・マーシャスが「人民の第一の敵」（第1幕第1場）として標的にされる。貴族は人民よりも自分たちの欲求をまず満たすものではあるけれども、ケイアス・マーシャス（のちのコリオレイナス）は最も卑劣だというのだ。「やつは、民衆を食らう犬だ」（第1幕第1場）。

平民のなかには、コリオレイナスはローマと住民を護る戦いで勇敢に戦ったと考えている者もいるが、ほとんどが彼の軽蔑で自己中心的な「本性」に腹を立てていた。コリオレイナスにとっては、ローマの市民は臭くて臆病で、軽蔑にのみ値する暴徒——「癇癪と疫病の群れ」（第1幕第5場）なのだ。

南国のすべての汚れが、
きさまらに降りかかるがいい。
このローマの恥め！
癇癪と疫病の群れめ。
ケイアス・マーシャス
第1幕第5場

ローマの支配が『コリオレイナス』の中心をなす命題である。ローマは民衆のものなのか、それとも貴族たちに統治する権利（あるいは義務）があるのか？

値しない人々

この劇は、個人を社会に立ち向かわせる。コリオレイナスにとって最大の戦いは、侵略してくる軍隊ではなく、平等を求め不正をなくそうと戦うローマ市民である。市民は、自分たちこそローマをめぐる血液そのものだと認識しているが、コリオレイナスは彼らをせいぜい風景の染みとしか見ていない。彼に言わせれば、市民たちは「貴族の思いどおりにさせまい」（第3幕第1場）として暴れているのであり、市民に任命された護民官が言うように自由と人権のために戦っているのではない。貴族メニーニアスは、支配階級とは情け深い父親のようなものだと位置づける。「最も慈悲深い救済の手を貴族はさしのべている」（第1幕第1場）。彼は、飢饉については神々を恨むべきだと主張して、貴族が穀物をため込んでいるという非難をそらす。しかし、コリオレイナスには政治的な情報工作をする才

能も意欲もなかった。メニーニアスが指摘するとおり、「あいつは思ったことを口にする」（第3幕第1場）のだ。コリオレイナスの目には、平民たちは「ただで穀物をもらう資格がない」（第3幕第1場）のであり、その理由は戦場で役に立たないからだ。「戦争へ行っても、勇ましいのは文句を言い反乱を起こすときだけで、何の役にも立たん」（第3幕第1場）。

別の言い方をすれば、「大衆の舌」（第3幕第1場）が民主主義を支持する一方で、コリオレイナスは貴族にしか許されないエリート主義と現状維持をよしとするというわけである。

相反する視点

『コリオレイナス』は、議論とディベートを中心に構築されている。シェイクスピアは冒頭から、対立する観点を呈示している。武勇ゆえにコリオレイナスを尊敬する市民もいれば、母親を喜ばせるためにだけ戦うマザコン坊やだと揶揄する者もいる。シェイクスピアの暴徒によって語られる異なる意見は、観る側を混乱させる。暴力的な行動を企てるこの暴徒たちに同情すべきなのか？ 暴徒の殺意は正当化され得るもので、正確な情報に基づいているのか？

何世紀にもわたって、読者や観客もまた本作についてはさまざまに解釈する傾向があり、一連の相反する、しばしば政治的立場を異にする演出を生み出してきた。コリオレイナスは英雄とも劇の悪役とも解釈され、平民たちは危険なほど移り気だとも、その行動は道徳的に正当化されるとも解釈されてきた。暴徒は危険な力となって、最後には自分たちの怒りを味方であるはずの護民官に向けようと

> その剣は死の刻印。
> ふりおろせば死が刻まれる。
> 全身血塗れ（ちまみ）のあの男が
> 動くたびに
> 断末魔の叫びが轟（とどろ）く。
> **コミニアス**
> 第2幕第2場

18世紀の版画に描かれたコリオレイナスと母ヴォラムニア。母は、まず元老院に立候補するよう勧め、後にはローマを攻撃する計画をあきらめるよう息子を説得するなど、重要な影響力をもつ。

コリオレイナス

する。

悪い政治家

コリオレイナスは、外交術で知られているわけではない。たやすく敵を作る人物であり、それまで暗殺を免れてきたことに驚くべきかもしれない。シェイクスピア中最も魅力がないと同時に、最も人を惹きつける強力な人物像となっている。勇気溢れる貴族の軍人であり、戦場では畏怖を感じさせる。しかし、市民の承認が要求される政治の世界ではほとんど成功しない。

コリオレイナスは、超人的な殺人マシンだ。公人としての生活には合わないことが常に証明される。外交官としての役割を演じて市民の投票を受けるようにと説得する母に、彼はこう宣言する――「むしろ、私らしく振る舞っていると言ってください」(第3幕第2場)。コリオレイナスは偽ることができない。感じたままを口に出すだけだ。抑えのきかない辛辣な舌と、権力欲の強い護民官の大衆操作とがあいまって、最終的にはローマから追放されることになる。市民たちはこれを勝利と見たが、もはや彼らの安全は保証されなくなった。傲慢な侮蔑を典型的に示す行動として、コリオレイナスはローマ「を」追放し、人々の忘恩に対する復讐を目指すのだ。

断固たる声

本作には耳を傾けるべき市民の声が多数あるが、観客の耳に残るのはコリオレイナス独特の声だ。コリオレイナスは、有名人のカリスマ性と神話の怪物のような恐怖を煽る力を併せもっている。怒ってローマの暴徒を捨てるせりふは、きびきびして切れ味がいい。「この犬畜生どもめ。腐った沼地の悪臭のようなおぞましい息を吐くやつらめ。きさまらの愛など、野ざらしの死体のように俺の空気を汚すだけだ。俺がきさまらを追放する」(第3幕第3場)。コリオレイナスの演説は決

> 俺も戦争がいいな。平和よりましだよ、夜より昼がいいように。元気いっぱいで、にぎやかで、覇気がある。平和なんてぼけた卒中病みだ。戦争で人が死ぬ以上に、平和は私生児を生み出しちまう。
>
> **召し使い1**
> 第4幕第5場

然と力強く、往々にして単音節だ。一語ごとに市民から遠ざかり、ついには市民の上にそびえ立たんばかりになり、稲妻のように糾弾の言葉を降らせる。「きさま

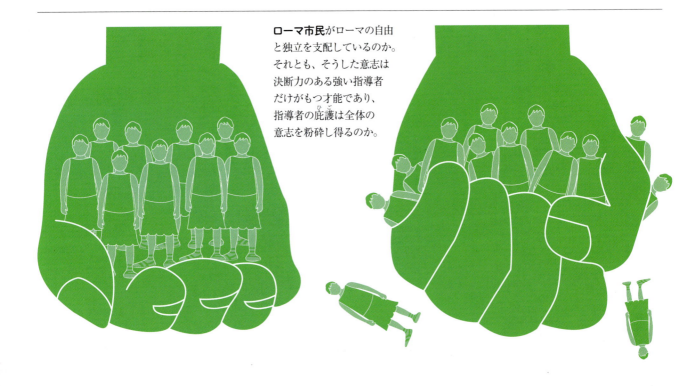

ローマ市民がローマの自由と独立を支配しているのか。それとも、そうした意志は決断力のある強い指導者だけがもつ才能であり、指導者の庇護は全体の意志を粉砕し得るのか。

1995年ロイヤル・シェイクスピア劇団の公演でトビー・スティーヴンスが演じたコリオレイナス。コリオライの戦いの後で血みどろになっている。コリオレイナスは行動の人であり、言葉の人ではない。

らのせいで、俺はローマを軽蔑し、こうして背を向ける。ほかにも世界はある」（第3幕第3場）。

コリオレイナスの言葉がいかに不愉快であろうと、磁石のように人を惹きつける力は否定できない。追放されてローマを去るにあたり、コリオレイナスは「俺はいなくなれば愛される」（第4幕第1場）と母に言う。確かに、この劇を観て大抵の人が感じるのは、不在となるコリオレイナスの重要さだろう。コリオレイナスが退場するたびに、舞台はいくぶん興趣を失うのである。ローマ市民は自分たちがローマの核だと信じているが、コリオレイナスは個人の力を主張する。そして本作を支配するのは彼の個性であり、ローマの人々によって演じられる役柄を矮小化する。コリオレイナスは危険なま

でに自信に満ちて自立しており、永遠に「ひとり」（第5幕第6場）で行動するのだ。

世々に通じる劇

トマス・ノースのプルタルコス『英雄伝（対比列伝）』の翻訳に沿って、シェイクスピアはローマ史のなかでも政治的に不安定な難しい時期を描いた。近年、歴史家たちはコリオレイナスが実在しなかったのではないかと疑問視しているが、プルタルコスが彼をローマ初期の王たちにまで血筋をたどれる歴史上の人物として捉えているのは確かだ。

シェイクスピアとその同時代人は、同じように社会的・政治的に不安定な時期を生きており、謀反と穀物をめぐる暴動が現実の世界でも起こっていた。例によってシェイクスピアの主題の選択は、商業的な関心だけでなく、論議に満ち、観客と同時代との関連性がある。

本作は、ベン・ジョンソンが1623年のファースト・フォリオの序言で述べた、シェイクスピアの作品は「ひとつの時代ではなく、万世のもの」であることを実証している。■

ああ、母上、母上！
何をなさったのです。
ごらんなさい、天が拓き、
神々が見下ろし、この不自然な
場面を笑っておられる。
コリオレイナス
第5幕第3場

ドイツの英雄？

シェイクスピアのコリオレイナスは、相反する面をもった英雄であり、観客は最後までどちらの味方をするべきか全面的な確信はもてない。この両面性が、何世紀にもわたって『コリオレイナス』が右派・左派どちらのイデオロギーにも好まれる余地を残すことになった。それが顕著だったのがシェイクスピアが最も上演された20世紀のドイツである。どちらの側もシェイクスピアは自分たちのものだと主張した。

1930～40年代のナチス政権下では、機能不全の民主主義と戦う強力なリーダーとしてのコリオレイナスという位置づけが強調された。

ドイツ人たちはヒトラーを同様の存在と見るように促された――そこには、本作のような悲劇を避けるためには大衆の揺るぎない支持が必要だという言外の意味があった。

1950年代には、ベルトルト・ブレヒトの改作『コリオラン』で階級闘争が強調された。そこでは、腐敗したローマの指導者層に対する人々の攻撃に焦点が当てられていた。ブレヒトは共産主義体制の東ドイツで活動しており、『コリオラン』はドイツのプロレタリアートに献じられている。

おまえは**死んでいく**ものに出会ったが俺が出会ったのは**生まれたての**ものだ

『冬物語』(1609–1610)

冬物語

登場人物

レオンティーズ　シチリア王。ポリクシニーズの少年時代からの親友。

ハーマイオニ　レオンティーズの妻。不義の濡れ衣を着せられる。

マミリアス　レオンティーズとハーマイオニの幼い息子。

パーディタ　レオンティーズとハーマイオニの娘。赤ん坊のときに捨てられ、羊飼いに育てられる。名前は「失われたもの」という意味。

カミロー　レオンティーズの忠臣。ポリクシニーズとともにボヘミアに逃れる。

アンティゴナス　シチリアの貴族。ポーリーナの夫。

クリオミニーズとダイオン　シチリアの貴族。神託を聞くためデルフォイに送られる。

ポーリーナ　アンティゴナスの妻。ハーマイオニに何でも言える親友。

エミリア　ハーマイオニの侍女。

ポリクシニーズ　ボヘミア王。レオンティーズの少年時代からの親友。

フロリゼル　ポリクシニーズの息子。農夫ドリクレスの姿に身をやつしてパーディタと恋に落ちる。

アーキデーマス　ボヘミアの貴族。

オートリカス　陽気な泥棒。かつてはフロリゼルに仕えていた。

羊飼い　パーディタを見つけて育てる。

田舎者　羊飼いの息子。

モプサとドーカス　羊飼いの娘たち。毛刈り祭で歌う。

時　コロス

レオンティーズ王が、妻ハーマイオニを親友ポリクシニーズと密通していると責める。

第1幕第2場

レオンティーズが息子をハーマイオニから引き離し、生まれてくる子どもの父はポリクシニーズだと言い張る。

第2幕第1場

レオンティーズが、赤子を「どこか遠く寂しい場所」に捨てるようにアンティゴナスに命ずる。

第2幕第3場

第1幕　　　　　**第2幕**

第1幕第2場

ポリクシニーズを殺すよう命じられたカミローが、殺す代わりにポリクシニーズに警告し、2人はシチリアに逃れる。

第2幕第2場

ハーマイオニが牢獄に送られ、そこで女の子を出産する。

　ボヘミア王ポリクシニーズは、少年時代からの親友であるシチリア王レオンティーズのもとに滞在していた。レオンティーズの身重の妻ハーマイオニが滞在を延ばすようポリクシニーズに強く勧めたとき、レオンティーズは嫉妬に駆られ、ポリクシニーズと妻が惹かれ合っていると確信する。レオンティーズは忠臣カミローにポリクシニーズを殺せと命ずる。ハーマイオニの潔白を確信するカミローはポリクシニーズに警告し、カミローとポリクシニーズはシチリアを脱出する。

　レオンティーズの息子マミリアスが母親に御伽噺を語ろうとしていたとき、ポリクシニーズの逃亡は妃ハーマイオニに罪がある証拠と考えたレオンティーズが、マミリアスに母に近づくなと命令する。レオンティーズは、生まれてくる子はポリクシニーズの子だと言い張り、妃を牢獄に入れる。妃の罪を裏付ける神託を受けるため、デルフォイのアポロ神殿に使者たちが送られる。妃は牢獄で女の子を出産し、友人ポーリーナが赤子を王のもとへ連れて行き、王の心を和らげようとする。王は、それどころかポーリーナを責める。ポーリーナが王を強く非難すると、王はアンティゴナスが妻のポーリーナをけしかけたのだろうとアンティゴナスを責め、アンティゴナスに赤子を遠くに連れて行って捨てろと命ずる。使者た

国王一座時代 311

ハーマイオニの息子マミリアスが死に、ハーマイオニも後を追う。

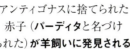
アンティゴナスに捨てられた赤子(パーディタと名づけられた)が羊飼いに発見される。

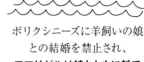
ポリクシニーズに羊飼いの娘との結婚を禁止され、フロリゼルは娘とともに船でシチリアに向かう。

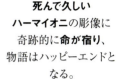
死んで久しいハーマイオニの彫像に奇跡的に命が宿り、物語はハッピーエンドとなる。

↑ 第3幕第2場 ↑ 第3幕第3場 ↑ 第4幕第4場 ↑ 第5幕第3場

第3幕 | **第4幕** | **第5幕**

↓ 第3幕第2場 ↓ 第3幕第2場 ↓ 第4幕第4場 ↓ 第5幕第2場

ハーマイオニが法廷に引き出され、無実だという神託が下る。

レオンティーズが深く悔い、残る生涯をかけて罪を贖うと約束する。

16年後、ポリクシニーズの息子フロリゼルが羊飼いの「娘」パーディタに求婚する。

パーディタの素性がレオンティーズに明かされ、レオンティーズとポリクシニーズは和解する。

ちがデルフォイから戻る。王は妃を法廷に引き出す。神託は妃は無実だと告げたが、王は神託は嘘だと言い放つ。そのとき、母を案じてマミリアスが死んだという知らせが届く。妃は気を失って運び出される。妃もまた子どもを2人とも失ったショックで死んでしまったと、ポーリーナが厳しい口調で王に告げる。後悔した王は、これを神々の怒りと見る。その頃、アンティゴナスは赤子（彼がパーディタと名づけた）をボヘミアの海岸に捨て、赤子は羊飼いに発見される。アンティゴナスは熊に殺される。

16年後、ポリクシニーズはカミローに、息子フロリゼルが羊飼いの娘に恋をしていると話す。2人は身分を隠して祭りに出かける。田舎の道で、道化オートリカスが自分の生き方について歌っている。パーディタと王子フロリゼル（パーディタはドリクレスという名で知っている）が、祭りの衣装をつけて現れる。祭りで、ポリクシニーズ（変装している）は、パーディタに魅せられる。しかし、「ドリクレス」がパーディタと結婚すると言うと、ポリクシニーズは息子を廃嫡すると脅す。王子は船に乗ることを決意し、カミローは、王子にシチリアに行ってレオンティーズと和解するように言う。

今もハーマイオニの喪に服しているレオンティーズは、二度と結婚しないと誓っている。フロリゼルとパーディタが、ポリクニシーズの謝罪の伝言を携えて到着する。レオンティーズは感動するが、そのときポリクシニーズがシチリアに到着したという知らせが入る。オートリカスが、レオンティーズが遠い昔に亡くした娘を見つけた様子を明らかにする。一同揃ってポーリーナの家にある礼拝堂へ、生きているようなハーマイオニの彫像を見に行く。ポーリーナが彫像に降りるように命じると、彫像に奇跡的に命が宿る。ハーマイオニはレオンティーズを抱擁し、パーディタが生きていることを知る。すべてが赦され、ポーリーナとカミローは結婚するよう言われる。»

冬物語

背景

テーマ
嫉妬、苦難、希望、愛、贖罪

舞台
シチリア島の冬、16年後のボヘミアとシチリア島の夏

材源
1588年 ロバート・グリーンの散文物語『パンドスト』。

上演史
1611年 5月にグローブ座で初演。

1754年 マクナマラ・モーガンの改作『羊の毛刈り祭、あるいはフロリゼルとパーディタ』がコヴェント・ガーデン劇場で上演される。

1802〜11年 俳優ジョン・フィリップ・ケンブルが規模の大きな一連の公演をロンドンで打つ。

1881年 ザクセン＝マイニンゲン公が創設した名高いマイニンゲン宮廷劇場が、評判の公演をもって欧州巡業を行う。

1912年 ハーレー・グランヴィル＝バーカーによる心理的リアリズムを追求した公演がサヴォイ劇場で開幕する。

1958年 カナダの公演で、クリストファー・プラマーがレオンティーズを犠牲者として演じる。

2001年 ナショナル・シアターにおけるニコラス・ハイトナーの演出で、羊の毛刈り祭をロック・フェスティバルに置き換える。

2009年 サム・メンデスは自ら企画した「ブリッジ・プロジェクト」（英米の劇場提携）を『冬物語』で開幕。レオンティーズはサイモン・ラッセル・ビール、オートリカスはイーサン・ホーク。

『冬物語』は、『お気に召すまま』の牧歌劇的なユーモアとロマンス、それに『オセロー』の暗い力を併せもっている。しかし、本作はちょっとした謎である。シェイクスピアの時代、冬の夜語りは年取った主婦たちが炉辺で語るものだった。非現実的な物語で、何か1つ有益な知恵が込められている。レオンティーズの息子マミリアスが母親にお話をしてあげると言うとき、「悲しいお話が冬にはいちばん」（第2幕第1場）と言っている。そして、『冬物語』はあらゆる意味でそのとおりだ。悲しい物語がハッピーエンドに終わる、喪失と贖罪の物語である。

冬と悲劇

前半3幕には、御伽噺らしいところはまったくない。古典悲劇のように暗い感情的な劇だ。レオンティーズ王は、妻ハーマイオニが自分の親友ポリクシニーズに滞在を延ばすよう勧めてたいへんうまくいくのを見て、2人の密通を疑う。彼の心は嫉妬に食い尽くされ、ほとんど意味をなさないほどの性的な当てこすりに満ちた言葉で表現される。「もういってしまったのか！　まちがいない、膝までどっぷり——頭も耳も——角が生えた」（第1幕第2場）。彼は「角が生えた」——

> 熱すぎる、熱すぎる
> 友情も交わりすぎれば、
> 血が交わることになる。
> **レオンティーズ**
> 第1幕第2場

> 脅しは御無用です。
> 怖がらせようとして今おっしゃったことを私はむしろ望みます。
> **ハーマイオニ**
> 第3幕第2場

つまり「寝取られ男の角」という言葉でもって、不倫の深みに溺れることを語っている。しかし、その比喩は男根崇拝的で猥褻だ。

思い込みが激しくなるにつれ、レオンティーズの振る舞いはオセローのように常軌を逸してくるが、この場合、疑惑を煽るイアーゴーは必要ない。疑惑は、すべて熱に浮かされた妄想のなかにあるのだ。それは、レオンティーズの印象的な言葉にある杯のなかの毒蜘蛛のようなものだ——知らなければ平気で呑み込むかもしれないが、目にしたら嘔吐する。

レオンティーズの憤怒は募り、最も身近な人々を破滅させていく。母と引き離されたマミリアスは死に、息子の死の衝撃はハーマイオニを殺した。家族全員を喪って初めてレオンティーズは我に返り、自らが作り出した恐怖に気づく。

前半は、ほぼ悲劇全開である。しかも、すべては慣習的な5幕ではなく短い3幕のうちに展開する。レオンティーズの嫉妬は何の脈絡もなく噴出し、数百行で取り返しのつかない爆発に至る。観客のなかには、唐突で極端なレオンティーズの反応を受け入れがたいと思う者もいるだろう。上演時間にして1時間足らずで、悲劇はすっかり演じ終わる。しかし、このミニ悲劇の終わりは、他の悲劇とは多

ドイツのワイマール国民劇場で2012年に上演された『冬物語』。シチリアの宮廷を過去の反動的な時代のドイツを思わせる苛酷な場所に設定した。

少異なる。もっと長い悲劇では、主人公が自己発見の過程で受ける苦しみが激しい場合、死以外の逃げ道はない。『冬物語』では、レオンティーズは完全な錯乱状態に陥る──それでも彼は生きており、自らの過ちを知りつつさらに16年間生きる。

レオンティーズは舞台から退場して続く1時間ほどは登場しないが、その際に毎日罪の償いをすると誓う。「涙を流すのが……私の気晴らしだ」(第3幕第2場)と彼は言う。レオンティーズには何の喜びもないだろう。しかし「気晴らし(recreation)」という言葉には別の意味がある。つまり、涙は彼の re-creation、すなわち再生、再建、贖罪となるのだ。

悲劇は、レオンティーズの悲嘆では終わらない。第3幕最後の短い場面では、アンティゴナスがレオンティーズの赤子をボヘミアの浜辺に横たえ、失われたものという意味をもつパーディタという名をつける。それは、レオンティーズの愚行によって引き起こされた最後の不幸だ──とはいえ、捨てられたお姫様の御伽

噺の始まりのようにも見える。御伽噺の約束事どおり、捨てられた赤ん坊は羊飼いに発見される──ただしその前にアンティゴナスは、古今の芝居のなかでも最も名高いト書きのひとつ「熊に追われて退場」をもって死ぬ。(第3幕第3場)。(初演では本物の熊が使われたかもしれない──劇場の近くに有名な熊いじめ場があった。現在では、熊をどんな形で登場させるにせよ、演出家は笑いをとる場として演じさせることがほとんどだ)。

羊飼いとその息子の登場、その温かく純朴な言動によって、舞台は突然、暗黒の悲劇からロマンティック・コメディへと転換する。

牧歌的田園詩

第4幕で劇が再開すると、そこは違う世界だ。16年の時が過ぎている。場面は、ボヘミアの田舎の初夏。今や16歳の羊飼いの娘となったパーディタが、羊の毛刈り祭りでポリクニーズの息子フロリ

地理と演劇

『冬物語』がシチリアからボヘミアの海岸(実際には海のない中欧)へと展開されると、現代の読者はシェイクスピアの地理的な設定が曖昧であることに疑問をもつかもしれない。シェイクスピアが一度でもイギリスから出たという記録はない。場所についてはさまざまな情報源に頼っていた。ほとんどが地中海周辺で、40の戯曲のうち31が地中海を舞台としている。『ジュリアス・シーザー』と『アントニーとクレオパトラ』におけるローマとエジプトは、プルタルコスから収集された。『オセロー』と『ヴェニスの商人』は、おそらく旅行本や1594年に出版されたトマス・ナッシュの『悲運の旅人』のような小説から引き出されたのだろう。『トロイラスとクレシダ』のトロイの描写は、ホメロスの『イーリアス』から取られた。

しかし、劇中に登場する場所がすべて、文字どおりに受け取られるよう書かれているわけではない。『冬物語』のボヘミアは、『夏の夜の夢』のアテネや『お気に召すまま』のアーデン同様、シェイクスピアの観客にとっては異国的な田園詩、白日夢の世界なのだ。

ゼルに求愛される。その雰囲気は全面的に喜劇で、ロマンティックだ。

こうしたジャンルで、ここまで劇的に転換する作品はほとんどない。実際、転換があまりに突然なので、『冬物語』に「問題劇」とレッテルを貼る批評家もいる。ジョン・マーストンなどの劇作家が盛んに書いた悲喜劇の流行が多少は反映されているが、『冬物語』ほどに途中ですっぱり変わるものは当時の悲喜劇にはない。

本作を『テンペスト』、『ペリクリーズ』、『シンベリン』とひとくくりにして「後期劇作品」とすることが多い。「ロマンス劇」と称されることもある。幻想的な設定で宮廷愛の物語（ロマンス）をうたった中世の詩と類似したものがあるからだ。

『冬物語』における中間での際だった転換は、類例を見ない。とはいえ、本作は『お気に召すまま』、『夏の夜の夢』といったシェイクスピアの作品の多くと同じくシンプルな三部構成をとっている。これらの作品は、秩序ある「現実」の宮廷で起こる問題から始まる。そして幻想的な自然界に移って問題はそこで解明され、宮廷に戻るとすべてが解決している。『冬物語』も同様の仕組みでできている。重要な相違点は、現実の世界であるレオンティーズの宮廷での問題が目いっぱいふくらみ、完全な悲劇に発展してから、自然界への癒やしの旅が始まるというところである。実際、問題はあまりに根深いので、レオンティーズにもポリクシニーズにも解決はできない。2人の子どもたちだけが解決できるのだ。

シチリアからボヘミアへの転換は、ある意味ではregeneration（再生、世代の更新）であり、自然はそれ自体の新生を繰り返しているという事実を反映している。厳しい冬の後、春は新たな生命を生み出し、自然は死と再生を永遠に繰り返す。捨てられた赤子パーディタを見つけた羊飼いは、この再生をこのように総括する。「おまえは死んでいくものに出会ったが、俺が出会ったのは生まれたてのものだ」（第3幕第3場）。

夏と再生

つまり、『冬物語』のボヘミアの部分は、再生を象徴しているのだ。本作は、意図されたにせよされないにせよ、ヨーロッパ再生の物語、ルネサンス（renaissance、再生）を反映している。レオンティーズの物語は暗いギリシャ風悲劇で、舞台は古典的な地中海に置かれている。パーディタとフロリゼルの物語は、ヨーロッ

オーガスタス・レオポルド・エッグによるロマン主義の絵画（1845年）。第4幕第4場で歌うふざけた行商人オートリカスを描いている。その年のイギリスでの公演では、「下品」なところが一部省かれた。

国王一座時代

冬・死
レオンティーズの
ポリクシニーズに対する嫉妬が、
一連の不幸を招く。
マミリアスとハーマイオニが死ぬ。
しかし、悲劇は解決への種を
残す——いなくなった女の
赤子の形で。

夏・新生
娘パーディタは、お祭り騒ぎが
ある楽しい国で幸せに育つ。
そして、ポリクシニーズの息子
フロリゼルと恋に落ちる。
2人は、古い罪とは関わりが
ない新しい世代の人間だ。

再生・人生は続く
パーディタとフロリゼルが
シチリアに戻ってきて不幸は
癒やされる。あたかも若さと
愛の力に拠ったかのように、
ハーマイオニの影像に命が
宿る。レオンティーズは
赦され、調和が
取り戻される。

はっきりと分かれた各部は、死－新生－再生という自然のサイクルに従っている。冬の悲劇は夏の新生に置き換わられ、問題は解決し、人生は続く。

— シチリア　— ボヘミア

パで発展した種類のロマンスであり、舞台はボヘミアである。ひょっとするとシェイクスピアは古典的な枠組みがヨーロッパの新世代によっていかに更新されたかを見せているのかもしれない。

『夏の夜の夢』では、不運な恋人たちが自分たちの恋を成就するために森に逃れる。しかし『冬物語』では、ポリクシニーズが明らかに階級が低い羊飼いの娘と王子フロリゼルとの結婚を禁止すると、恋人たちはボヘミアの夏の幻想世界からシチリアの宮廷へと逃れる。2人を贖罪の運び手、冷え冷えしたレオンティーズのシチリアに暖かさをもたらす存在たらしめるのは、この反転である。事実、2人の帰還は文字どおり命を回復させる。とてつもないクライマックスで、ハーマイオニの影像が生きて動き出すからである。

限界の彫像

彫像は、さまざまな論議の的となってきた。彫像に奇跡的に命が吹き込まれたのか、それともハーマイオニが16年間そこに隠れてこの瞬間を待っていたのか？ ハーマイオニが死んで以来ポーリーナが隠れ家を訪れていたと明かされることで、ずっと隠れていたことがほのめかされる。しかし、この瞬間全体のあり得なさというのは、私たち観客が予測していなかったところにあるのだ。シェイクスピア作品の多くが、ドラマティック・アイロニー（劇的皮肉）の手法を取り入れている。観客は劇中の登場人物が知らないことを知っており、劇の最後でその人物はようやく真実を発見する。たとえば『オセロー』では、観客はオセローがイアーゴーに騙されているのを知っており、自分たちがす

> 水仙、
> ツバメも来ぬうちから咲いて、
> 美しさで3月の風を魅了するお花。
> パーディタ
> 第4幕第4場

でに知っていることをオセローが悟る瞬間までじっと待つ。しかし、ハーマイオニの復活は、まったく唐突な、意表を突く展開である。第3幕の幕切れで、ポーリーナはハーマイオニが死んだと観客に告げるが、ポーリーナの率直さゆえに、私たちにはその言葉を疑う理由がないのだ。

この展開はあまりにあり得ないので、せっかくの劇をだめにしているとする批評家もいる。しかし、生ける彫像の驚きは、シェイクスピアが意図したものだ。シェイクスピアは、ポーリーナを通じて、復活はとても信じられないことだと認めている。「お妃様が生きておられると、ただそう申しても、冬の夜語りのように笑い飛ばされただけでしょう」（第5幕第3場）。答えは、ここにある。我々はそれを「笑い飛ばし」、笑う気分になることによって、暗い気分ではなくすばらしい不合理をくすくす笑いながら劇場をあとにするのではないか？ それならおそらく、ポーリーナの「勝利を収められた皆様方」（第5幕第3場）という言葉は、観客に向けられているのだろう。シェイクスピアは、最低最悪の過ちでさえ償うことができるという希望を我々に与えてくれたのだ。■

そこに
果実
のようにくっついていてくれ
わが魂よ
木が倒れるまで

『シンベリン』(1610–1611)

シンベリン

登場人物

シンベリン イエスが生まれた頃のブリテン王。

イノジェン シンベリンの一人娘で、ポステュマスの妻。のちに若者に変装してフィディーリと名乗る。

グウィディーリアス ポリドーの名で知られる。シンベリンの行方知れずの王子の1人。

アーヴィラガス キャドウォールの名で知られる。もう1人のシンベリンの行方知れずの王子。

妃 シンベリンの二番目の妻。イノジェンの継母。邪悪な女。

クロートン 妃の連れ子の息子。うすのろ。

ベレーリアス 追放されたブリテンの貴族。モーガンと自称してウェールズで暮らしている。

コーニーリアス 親切な医師。

ポステュマス・リーオネータス シンベリンに養子として育てられた孤児。イノジェンの夫。

ピザーニオ ポステュマスの従者。

フィラーリオ ポステュマスの友人。

ヤーキモー フィラーリオのイタリア人の友人。狡猾で自信過剰。

カイウス・ルキウス ローマ大使。後にローマ軍将軍。

ヘレン イノジェンの侍女。

フランス人、オランダ人、スペイン人 フィラーリオの友人たち。

王シンベリンが、王女イノジェンと密かに結婚した**ポステュマスを追放する**。

ヤーキモーが、イノジェンの部屋に忍び込んで**胸元がはだけた姿で寝ているイノジェンの姿を見**、ポステュマスが愛の印に与えた腕輪を盗む。

妃が、ローマに反抗するようシンベリンを説得する。

↑ 第1幕第1場   ↑ 第2幕第2場   ↑ 第3幕第1場

第1幕   **第2幕**

↓ 第1幕第4場   ↓ 第2幕第4場

ローマで、**ポステュマスが**ヤーキモーと、イノジェンはどんな誘惑にも屈しないという**賭けをする**。

ヤーキモーがイノジェンと同衾したと信じた**ポステュマスは、ピザーニオに手紙を送って妻を殺せと命じる**。

　ブリテン王シンベリンは、王女イノジェンと結婚したポステュマスを追放する。王の妃は、うすのろの息子クロートンを王女と結婚させたかった。ポステュマスはローマに逃れ、そこでヤーキモーが王女を誘惑してみせると言い、彼と賭けをする。しかし、ヤーキモーがブリテンに着いてみると、王女はヤーキモーなどはねつけ、相手にしない。邪悪な妃は医師コーニーリアスに毒薬を求めるが、医師は眠り薬を渡す。

　ヤーキモーは、トランクに入って王女の寝室に忍び込む。胸元がはだけた王女の寝姿を目に焼き付けたヤーキモーは、ポステュマスが王女に与えた腕輪を盗む。ヤーキモーはローマに戻ってポステュマスに腕輪を見せ、王女と同衾したことを証明しようと、その身体を描写する。ポステュマスはヤーキモーに王女の指輪を与え、王女に復讐すると誓う。

　シンベリンがローマより課せられた貢ぎ物を拒否したため、ローマ大使ルキウスはブリテンに戦争を布告する。ウェールズでは、追放されたベレーリアスが、さらってきたシンベリンの2人の王子グウィディーリアスとアーヴィラガスに昔のことを話して聞かせる。召し使いピザーニオは王女を殺すよう指示した主人ポステュマスの手紙を受け取るが、王女とともにミルフォード・ヘイヴンに逃れる。

国王一座時代

イノジェンとともに宮廷から逃げたピザーニオが、彼女に**ポステュマスの手紙を見せる**。

ポステュマスに似せて変装した**クロートン**が、ベレーリアスの息子グウィディーリアスとの喧嘩で**首を切り落とされる**。

意識が戻って死体をポステュマスだと思い込んだ**イノジェン**が、侵攻してきた**ローマ軍に亡骸を埋葬する**のを助けてくれるよう頼む。

ローマ軍が打ち破られ、ヤーキモーが告白する。**イノジェンはポステュマスと再会し、シンベリンは行方知れずだった王子たちを発見する**。

↑ 第3幕第4場　　↑ 第4幕第2場　　↑ 第4幕第2場　　↑ 第5幕第6場

第3幕　　　　　　　　　　　　**第4幕**　　　　　　　　　　**第5幕**

第3幕第3場　　第3幕第6場　　第4幕第2場　　第5幕第1場
↓　　　　　　↓　　　　　　　↓　　　　　　　↓

人里離れた洞窟で、追放されたベレーリアスが**自分の2人の息子は実はシンベリンの行方知れずの王子たちだと明かす**。

ピザーニオに説得されて少年の姿に身をやつした**イノジェンが、ベレーリアスと息子たちに迎えられる**。

イノジェンが毒のせいで死んだように見え、クロートンの首無し死体の傍らに横たえられる。

ローマ軍とともにブリテンに到着したポステュマスは、**自暴自棄となってブリテン軍の捕虜となる**。

王女はそこでローマ軍に加わっているポステュマスに会えると思っていた。妃はピザーニオに、ポステュマスに飲ませるための「毒」を渡す。ウェールズで、ピザーニオは王女に主人の手紙を見せる。王女はピザーニオに殺してほしいと懇願するが、変装してローマ軍について行くよう説得される。ポステュマスの服を着たクロートンが王女を追う。王女は若者フィディーリに変装し、疲れ切ったところを王子たちにかくまわれる。

王女は、ピザーニオが毒と知らずに与えた「薬」を飲む。クロートンがグウィディーリアスに挑みかかる。グウィディーリアスは、クロートンの首を持って戻る。アーヴィラガスが戻ってくると、洞窟のなかのフィデーリは死んでいるように見えた。ベレーリアスは彼女をクロートンの首無し死体の隣に横たえる。彼女は目覚めて死体を見て、死体はポステュマスであり、自分はピザーニオとクロートンに裏切られたのだと考える。

ローマ軍の将軍となったルキウスが、フィデーリを従者にする。ポステュマスは、ピザーニオに妻を殺せと命じたことを後悔して、貧しい兵士に身をやつしてブリテン軍に加わる。ベレーリアスと王子たちの活躍で、ブリテン軍はローマ軍を破る。ポステュマスはローマ人の服を着て、進んで捕虜になる。ポステュマスの夢に、死んだ家族とともに神ユピテル（ジュピター）が現れ、正義が行われると言う。ベレーリアスと息子たちは褒美を受ける。妃は死に、その邪悪が暴露される。ローマ軍の捕虜が王の前に引き出される。変装したままの王女は、ヤーキモーが夫の指輪をしているのを見る。ヤーキモーはポステュマスに嘘をついたことを認める。ポステュマスは、王女の「死」は自分のせいだと告白する。王女は自分が生きていると示すが、ポステュマスは妻とわからない。ピザーニオが事情を説明し、王女とポステュマスは仲直りする。ベレーリアスは2人の息子が行方知れずだった王子たちであることを明かす。》

シンベリン

背景

テーマ
嫉妬、策謀、苦難、希望、愛、贖罪（しょくざい）

舞台
古代ブリテンのシンベリンの宮廷、ローマ、洞窟、後にウェールズのミルフォード・ヘイヴン

材源
1353年 ボッカチオ『デカメロン』に本作の賭けの話がある。

1587年 基本的な歴史的背景は、ホリンシェッドの『イングランド、スコットランド、アイルランドの年代記』から取られた。

上演史
1610年 ロンドンの室内劇場ブラックフライヤーズで初演された可能性がある。

1611年 最初の上演記録のある公演が行われる。

1634年 1月1日にチャールズ一世のためにホワイトホール宮殿で上演される。

1770年 アメリカの女優ナンシー・ハラムがイノジェンを演じて評判をとる。

1837〜67年 人気女優ヘレン・フォーシットが冷静沈着の美徳の権化としてのイノジェンを演じる。

1896年 エレン・テリーのイノジェンの描写は、より率直な女性。

1988年 ナショナル・シアターでのピーター・ホール演出をはじめ重要な公演が3つあり、『シンベリン』は優れた作品であるという評価が定着する。

『シンベリン』は、シェイクスピアの最も奇妙な作品のひとつだ。古代ブリテンの王シンベリンが誤って2人の息子と優れた娘イノジェンを失い、最後にはすべてもとどおりになる。プロットがあまりに込み入っているため、ごちゃごちゃだと嘲る批評もあったが、現代では舞台にかけると魅惑的な傑作だとほとんどの批評家が認めている。

本作は部分的に、イエスが生まれた頃にイングランド南部を治めていた実在のブリテン王クノベリヌスをモデルにしている。シェイクスピアはクノベリヌスの物語を、ホリンシェッドの名高い『年代記』で見つけた。同書では、クノベリヌスはキンベリンという名前になっている。しかし、シェイクスピアが本作に織り込んだ物語は、ほぼ完全に歴史的事実とは無関係だ。実際シェイクスピアは、いかなる歴史的整合性についてもまったく気にしていなかったようだ。たとえば古代ブリテンから追放された主人公ポステュマ

> もう恐れるな、熱い日差しも
> 荒れ狂う冬の嵐も。
> この世の務めはもう終わり、
> 給金（こがね）もらってうちにお帰り、
> 黄金の童もみな還（かえ）る。
> 煙突掃除夫もろとも塵（ちり）に還る。
> **グウィディーリアス**
> 第4幕第2場

> すべてを赦（ゆる）そう。
> **シンベリン**
> 第5幕第5場

スがたどり着く先はルネサンス時代のローマだ。そこでは、フィラーリオとかヤーキモーといったイタリア風の名前を持つポステュマスの仲間が、時代錯誤的なフランスやイングランドの話をする。そして、ローマの将軍ルキウスがブリテンに進軍するときはミルフォード・ヘイヴンに上陸するが、これは1485年にヘンリー・テューダーが上陸してイングランド王ヘンリー七世を名乗った西ウェールズの港だ。また、ブリテン宮廷の医者のコーニーリアスという名前は、15世紀ドイツの魔術師ハインリヒ・コルネリウス・アグリッパを思わせる。一方、ポステュマスというラテン語名は、古代ブリテンであろうがどこであろうが、奇妙な名前だ。

影響のパッチワーク

この明らかなごちゃ混ぜ状態は、シェイクスピアが不注意だったからではまったくなく、同時代との関連と神話的な力を兼ね備えた演劇を創り出すために熟考された上のことである。物語のある部分は、邪悪な継母、洞窟で暮らす行方知れずの王子様、そして眠れる美女という御伽噺（とぎばなし）であり、ある部分は悲劇だ。

シェイクスピアは初期の作品からさまざまな要素をもち込んでいる。ヤーキモーの嘘（うそ）に騙（だま）されたポステュマスがイノジェンに破滅的な嫉妬を抱くところは、イアーゴーに焚（た）きつけられたオセローのデズデ

321　国王一座時代

2007年、ロンドンを本拠地とする劇団チーク・バイ・ジャウルの感情溢れる公演。トム・ヒドルストンがポステュマスとクロートンの2役を演じた。イノジェンはジョディ・マクニー。

ザーニオにイノジェンを殺せと命じるもの。幸いなことに、本作の真の英雄とも言えるピザーニオはこの命令を拒否し、事態を収拾するためにイノジェンを変装させて逃がす。比類なきイノジェンの夫には値しないと、多くの批評家がポステュマスへの嘲笑を積み上げてきたのも当然である。フェミニストの批評家は、女を処女か娼婦のどちらかに分類してしまうのは典型的な男性的見方であり、賭けはイノジェンがそのどちらであるかを試そうとするものだと指摘する。しかし、おそらくここには別のテーマもあるだろう。

中間地点

ブリテンの宮廷は、ローマの退廃的な腐敗と偽りの名誉、粗野なウェールズの粗削りな無垢とのあいだで引き裂かれている。ウェールズは、シンベリンの行方知れずの王子グウィディーリアスとアーヴィラガスが洞窟でベレーリアスに育て上げられた土地だ。英雄ポステュマスの道徳の羅針盤でさえ、ローマの競争の激しい世界でぐるぐる回っている。そこでは、男たちはたとえば誰の国の女が一番純粋かというような空疎な名誉の概念を言葉で競い合っている。グウィディーリアスとアーヴィラガスは、自然児として、腐敗の影響から逃れてまっとうに正直に育つ。「どんな立派な人でも、この洞穴ほどの宮廷しかなければ、……この2人には及ばない」（第3幕第6場）と、初めて二人に会ったイノジェンは叫ぶ。イノジェンはもちろん、2人が行方不明の兄たちとは夢にも思っていない。

宮廷と田舎の対置は、シェイクスピア劇ではよくあるテーマだ。『夏の夜の夢』、『お気に召すまま』、『冬物語』では、登

モーナへの殺意をはらんだ嫉妬を想起させる。そして、イノジェンが仮死状態の眠りから覚めて夫のように見える死体を発見する部分は、目が覚めて死んだロミオを発見するジュリエットと呼応する。

複雑なプロットについて行くのは難しいが、3つの主要な筋——イノジェンとポステュマスの物語、2人の息子を失うシンベリン、ブリテンとローマの戦い——は、どれもシェイクスピアの初期の作品の繰り返しで、この作品では進行の速い筋によって1つにまとめられている。

比類なきヒロイン

イノジェンとポステュマスの物語は、本作の感情的な柱だ。シェイクスピアは、イノジェンを際だってあっぱれなヒロインとして創造した——確固とした信念をもち、忠実で、勇敢で、機知に富む。冒頭では、ポステュマスは立派な英雄、これ以上なくイノジェンにふさわしい伴侶として描写されている。しかし、彼女と離れてローマに赴くや、その気高さは剝がれ落ち、至ってたやすく愚かしい「男らしさの誇示」の餌食となってしまう。ポステュマスはイノジェンを誘惑してみせるというヤーキモーの賭けに乗るばかりでなく、ヤーキモーが成功したと簡単に信じてしまう。そして、胃が痛くなるような二枚舌と残酷さをもって、ポステュマスは2通の手紙を送る。1通はイノジェンに不滅の愛を語るもの、もう1通はピ

場人物が自然のなかに旅をしてすべてを新鮮な目で見直し、感覚も新たに宮廷に戻ることができる。『シンベリン』の場合に異なるのは、文明の地ローマと粗野なウェールズのあいだに3つ目の場所があることだ――ブリテン宮廷である。あたかも、シンベリンあるいはブリテンが2つのどちらかを選択しなければならないかのように。

　最終的には、シンベリンには選択の必要がなくなる。王はローマと和解し、ウェールズで育った息子らが戻るのを歓迎する。ローマに反抗するようけしかけ、息子クロートンを行方不明の王子らの代わりに据えようとして不和を煽った妃は、死んだ。おそらく、和解が本作の眼目なのだ。王が「ローマとブリテンの旗をなかよく掲げよ。……速やかな和睦により、血まみれの手を洗う暇もない。かくもめでたき和平にて終わった戦はかつてない」（第5幕第5場）と言うとき、観客は自分たちの問題として理解しただろう。

同時代の反映

　歴史的に見れば、本作の意味がより明確になる。ブリテンの魂を守るための戦いは依然として熾烈だった。プロテスタントが優勢ではあったが、カトリックもまだ大きな存在で、1605年の火薬陰謀事件（ガンパウダー・プロット）が示すようにカトリック勢力が盛り返す恐れも現実的にあった。ローマで、ポステュマスは、フランス人、スペイン人、そしてイタリア人（ヤーキモー）にもてあそばれる――すなわち、主要なカトリック国それぞれから1人ずつである。当時カトリックのスペインからの独立戦争中だったプロテスタントのオランダ人は沈黙している。

　『シンベリン』がイングランドのジェイムズ一世（スコットランドのジェイムズ六世）の御前で演じられた可能性は大いにあり、王がこうした意味合いを見過ごすことはまずなかっただろう。作中のシンベリン同様、ジェイムズはブリテン全土の王であり、イングランド、スコットランド、ウェールズ、アイルランドを1人の

> 私に跪かないでくれ。
> 君に及ぼせる私の力は
> 君を赦すことだ。
> 君への恨みは赦しとする。生きよ。
> 人のためになるよう生きるのだ。
> **ポステュマス**
> 第5幕第5場

君主のもとに初めて統一した。さらにシンベリンと同じく、息子が2人と娘が1人いた。そして、終幕のシンベリンと同じく、ジェイムズはまさにその当時、ローマとの和解の道を探っていたのである。

　同時代の観客は、『シンベリン』において決定的な介入がウェールズから来る

シンベリンの宮廷

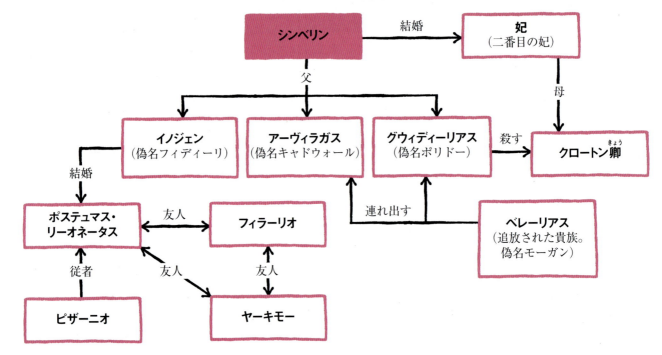

2012年、ロンドンのバービカン劇場での蜷川幸雄演出による日本語上演。吉田鋼太郎(中央)は、シンベリン役を叙事詩的な気高さで演じた。大胆に、ストレートに物語を語るスケールの大きな演出。

というポイントを見逃したはずはない。ウェールズは、ジェイムズが1603年にエリザベス一世の跡を継ぐまでイングランドを統治していたテューダー朝の父祖の地である。展開の焦点は、西ウェールズのミルフォード・ヘイヴンだ。この町は、古代ローマとも古代ブリテンの歴史とも何も関係がないが、ヘンリー・テューダーがようやく薔薇戦争に決着をつけてテューダー朝を開くために上陸した場所である。シェイクスピアの時代のイングランドで、なお轟いている地名であった。

歴史と神話

もちろん、ローマとは、ポステュマスにとって同時代の町であるばかりでなく、古代ローマ、皇帝アウグストゥスのローマでもあって、ブリテンを含むヨーロッパの大半がまとめられて比較的平和だったローマ帝国のパックス・ロマーナの時代を象徴している。それはまた、古典的な神々の時代でもある——しかも、ポステュマスの夢に現れて正義とイノジェンの復活を約束するのは、ローマの神ユピテル(ジュピター)だ。事実、イノジェンの解放は、ケルト神話が深く浸透したウェールズからやってくる。劇の終わりで、シンベリンはルッドの町からユピテルの神殿まで行進しようと約束している。ルッドの町とは、ケルト時代のブリテン王であり神話の神ルッドに因んで命名されたロンドンの町のことだ。

プロットのこんぐらかった結び目がすべてほどける最終場もまた、かつては荒唐無稽と批判されてきた。しかし、現代では批評家たちはそれが舞台上では目もくらむほど効果的だと口をそろえる。ヤーキモーの告白や、イノジェンに走り寄るポステュマスの苦悶の叫びに感動しないのはほとんど不可能だ——その後、すべてが明るみに出て、恋人たちが再び結ばれ、王は行方不明の息子を発見し、全員が和解し、しかし邪悪な妃は都合よく死ぬ。そこに込められたメッセージは、いかにあり得なさそうでも望みさえすれば平安と赦しがあり得るということのようだ。■

ヤーキモーとイノジェン

イノジェンの寝室に忍び込むときのヤーキモーの独白には、耳を欺く優しさがある——そして、一部の批評家が主張するとおり、観客を犯行に加担させる。

イノジェンの部屋に置かれたトランクのなかから出てきたヤーキモーは、眠っているイノジェンを印象的な繊細かつ詩的な言葉で形容する。「この部屋をこんなに芳しくしているのは、この人の息だ。蠟燭の炎がこの人に頭を垂れ、瞼の下を覗き込み、その奥の光を見ようとしている。青空のごとき白き空色の窓の向こうから差し込まんとする光を」(第2幕第2場)。イノジェンの胸元の特徴的な印、誘惑に成功したという主張の証拠「九輪桜の花びらの奥にある深紅の点」は、まことに自然で純粋な表現なので、ヤーキモーが部屋に忍び込んでいることをつい忘れてしまう。

ヤーキモーはその誘惑的な言葉によって、レイプさえも何か美しいものにねじ曲げようとする。彼は、自分の行為を古代ローマの王タークィンが貴族の婦人ルークリースを残忍に凌辱したことになぞらえ、それがまるで優しい行為のように語る。この詩的ポルノグラフィは、深く心乱れる語りとなる。

私たちは夢を織り成す糸のようなものだ

『テンペスト』（1610−1611）

登場人物

プロスペロー 国を追われたミラノ大公。弟アントーニオに海に流され、娘ミランダとともに漂着した魔法の島に住んでいる。

ミランダ プロスペローの娘、14歳。父とともに国を追われた。

アントーニオ プロスペローの弟。ミラノ大公位を簒奪した。

アロンゾー ナポリ王。

セバスチャン アロンゾーの狡猾な弟。

ファーディナンド アロンゾーの息子。ミランダと恋に落ちる。

ゴンザーロー 高潔なナポリの顧問官。プロスペローが流されるとき、書物を持っていくことを許した。

エイドリアンとフランシスコ ナポリの貴族。

トリンキュロー アロンゾーの道化。

ステファノー アロンゾーに仕える酔いどれの賄い方。

船長と水夫長 嵐で難破した船の船員。

エアリエル 空気の妖精。死んだ魔女シコラクスに閉じこめられていたが、プロスペローに助けられ、彼に仕えている。

キャリバン 魔女シコラクスの息子である化け物。プロスペローの奴隷。ステファノーを新しい主人と見込む。

アイリス、シーリーズ、ジューノー 仮面劇にニンフに扮して登場する妖精。

アントーニオ、アロンゾーとその息子ファーディナンドが無人島と思われる島に漂着する。

プロスペローは、妖精エアリエルと野蛮人キャリバンが自分に仕えるようになった経緯を語る。

アントーニオとセバスチャンが眠っているアロンゾーを殺そうと謀るが、エアリエルがアロンゾーを起こす。

↑ 第1幕第1場 　　　↑ 第1幕第2場 　　　↑ 第2幕第1場

第1幕 ｜ **第2幕**

第1幕第2場 ↓ 　　　第1幕第2場 ↓

プロスペローは娘ミランダに、権力に目のくらんだ弟アントーニオが2人を**追放した顛末を語る**。

プロスペローの魔法によって他の者たちと引き離された**ファーディナンド**は、ミランダと出会い、2人は恋に落ちる。

　アロンゾーとアントーニオを乗せた船が、嵐で難破して不思議な島に漂着する。岸辺で見守る魔法使いプロスペローは、心配する娘ミランダに向かって、嵐は自分が魔術で起こしたもので乗組員はみな無事だと請け合う。そしてプロスペローは、自分が元ミラノ大公であり、弟アントーニオに公爵位を奪われてまだミランダが幼かった12年前、嵐の海に流されたことを話す。島に流れ着いたプロスペローは、魔術の知識を使って島の妖精エアリエルと化け物キャリバンを召し使いとした。キャリバンは魔女シコラクスの息子で、ミランダを襲おうとしたために罰を受けていた。

アロンゾーの息子ファーディナンドがミランダと出会い、プロスペローが不賛成を装ったにもかかわらず2人は恋に落ちる。ファーディナンドが溺れてしまったのではないかと案じるアロンゾー一行のうち数人は、エアリエルの魔法で眠り込んでしまう。アントーニオとセバスチャンは、アロンゾーと、誰もが幸せに暮らす国を夢に見ている忠実な顧問官ゴンザーローを殺害しようと謀る。が、アントーニオとセバスチャンが悪事を実行に移す前にエアリエルが一同を起こす。別の場所で、キャリバンが酔っぱらったステファノーとトリンキュローに出くわし、2人を神と信じ込む。

国王一座時代

ファーディナンドはミランダへの愛ゆえに進んでプロスペローの奴隷になる。

魔法の宴会。エアリエルは、プロスペローから公爵位を奪ったアントーニオを責める。

エアリエルは、ステファノーとトリンキュローを惑わし、怖がらせる。

プロスペローは、すべてを赦し、魔術を捨てる。エアリエルとキャリバンは自由になる。

第3幕第1場　第3幕第3場　第4幕第1場　第5幕第1場

第3幕　**第4幕**　**第5幕**

第2幕第2場　第3幕第2場　第4幕第1場　第5幕第1場

別の場所でキャリバンがステファノーとトリンキューローに出くわし、プロスペローの支配から逃れるために2人に仕えると申し出る。

キャリバンが、ステファノー、トリンキューローと一緒にプロスペローを殺してミランダをステファノーのものにしようと策謀する。

プロスペローは、ファーディナンドに試練を課したのは単に彼の愛を試すためだったと明かし、ミランダとの結婚を祝福する。

プロスペローが自らの正体を明かし、愛し合うファーディナンドとミランダのカップルを一同に見せる。

　プロスペローはファーディナンドを奴隷として、丸太を運ばせている。ファーディナンドは、ミランダへの愛ゆえに喜んで従っている。ファーディナンドとミランダは結婚を誓う。キャリバンが、ステファノーとトリンキューローに自分がプロスペローの奴隷となった次第を語り、2人を主人としたい、プロスペローを殺してくれれば、ステファノーはミランダを自分のものにできるかもしれないと言う。エアリエルは、この3人それぞれになりすまして、互いに喧嘩をするよう仕向ける。エアリエルは、アロンゾーとその一党のためには魔法で豪華な食事を出してみせ、音楽を奏でるが、彼らが食べ

ようとすると、兄から公爵位を奪ったことでアントーニオを責める。

　プロスペローは、ファーディナンドを試しただけだと認め、結婚の祝福を与える。そして、結婚祝いとしてニンフたちが歌い踊る魔法の仮面劇を見せる。その途中で突然ステファノーとトリンキューローとキャリバンが自分を殺そうとしているのを思い出すと、プロスペローは仮面劇を中断し、ファーディナンドとミランダに隠れるよう命令する。プロスペローの魔法の衣装におびき出されたステファノーとトリンキューローは、猟犬に化けた妖精たちをけしかけられて這々の体で逃げる。プロスペローが魔法の衣装を身に

つけると、エアリエルが、アロンゾーとその廷臣が心から悔いていると告げる。エアリエルの優しさに心を打たれたプロスペローは、アロンゾーたちを赦す決心をする。プロスペローは彼らを魔法の輪のなかに閉じこめておいて自らの真の身分を明かし、ミランダとファーディナンドがチェスに興ずる姿を見せて一同を驚かせる。ステファノー、トリンキューロー、キャリバンも赦される。

　全員で結婚式のためナポリに向かう船に乗り込むにあたって、プロスペローはエアリエルを自由にし、魔法を捨てる。そして観客に向かって、拍手で自分を自由にしてくれるように頼む。»

テンペスト

背景

テーマ
忠誠、服従、自由、愛、魔法

場面
地中海にあると思われる魔法の島。

材源
8世紀 作品自体はオリジナルだが、オウィディウスの『変身物語』に着想を得ている。

1603年 ミシェル・ド・モンテーニュの『エセー』より「未開人について」。

1610年 シー・ヴェンチャー号難破のニュース。

上演史
1610年 ロンドンのブラックフライヤーズ劇場で初演された可能性。

1611年 ホワイトホール宮殿においてジェイムズ一世の御前で上演。

1667年 ジョン・ドライデンとウィリアム・ダヴナントが『あらし、あるいは魔法の島』と題したスペクタクルを上演。

1857年 チャールズ・キーンによるロンドンのプリンセス劇場での舞台における嵐の場面に、ハンス・クリスチャン・アンデルセンがたまげる。

1930年 ジョン・ギールグッドがロンドンのオールド・ヴィック劇場でキャリバンを演じる。ギールグッドはその後プロスペロー役でも高い評価を得た。

1945年 ニューヨークでカナダ・リーが黒人として初めてキャリバンを演じる。観衆は黒人奴隷の歴史との類似を見るようになっていた。

2004年 イギリスの作曲家トーマス・アデスによる3幕ものオペラがロンドンで初演される。

魔法使いのようなプロスペローが支配する魔法の島を舞台にした『テンペスト』は、魔法と奇跡、美と詩、そして幻想的な世界を描く。冒頭はシェイクスピア劇のなかでもひときわ派手で、題名そのままの嵐が吹き荒れる。しかしまた、この作品は際だって難解な劇であり、何時間でも論争できる謎をはらみ、そこから過激なまでに多彩な演出が生まれる。この謎こそが、本作の力の鍵と言えるだろう。

『テンペスト』は、シェイクスピアが単独で書いたものとしては最後の作品とされ、その点に着目した演出もある。1世紀前から、シェイクスピアの仕事の頂点、演劇に捧げる白鳥の歌として「晩年の」作と呼ばれるようになった。プロスペローはシェイクスピア自身の肖像と考えられたのだ。何もないところから嵐や島で起こる魔法を創りだすのは、まさに劇作家が舞台で魔法を使うのと同じだ、と。プロスペローが結婚を祝う魔法の仮面劇を締めくくる壮大なせりふは、シェイクスピア自身の哀切な告別とも読める。「余興はもうおしまいだ。今の役者たちは、前に言ったように、みな精霊だ。空気に、淡い空気のなかに、溶けていった。そして、空中楼閣の如き今の幻同様、雲を衝く塔も、豪奢な宮殿も、厳かな寺院も、巨大な地球そのものも、そう、この大地にあるものはすべて、消え去るのだ。そして今の実体のない見せ物が消えたように、あとは雲ひとつ残らない」(第4幕第1場)。

確かに偉大な劇場の魔術師による詩的な惜別の辞のように聞こえる。しかし、これは実際の幕切れではない。このプロスペローの言葉は、ファーディナンドとミランダを眠りに誘う呪文となる。2人を眠らせておいて、プロスペローは自分に対して企まれている別の策謀に立ち向かうのだ。プロスペローもシェイクスピアも、まだ終わっていない。そして、プロスペローが本当にシェイクスピアなら、作家はあまり自分をよく描いていない。最後に妖精エアリエルによって寛大であることの意味を悟るまで、プロスペローには赦すという知恵がない。そのときまでは、誇り高い、復讐心に満ちた、一種

19世紀のロバート・ダドリーのエッチング。妖精の宴会に遭遇したアロンゾー、アントーニオ、セバスチャン、ゴンザーローが怪しんでいる。3人には姿の見えないプロスペローが見守っている。

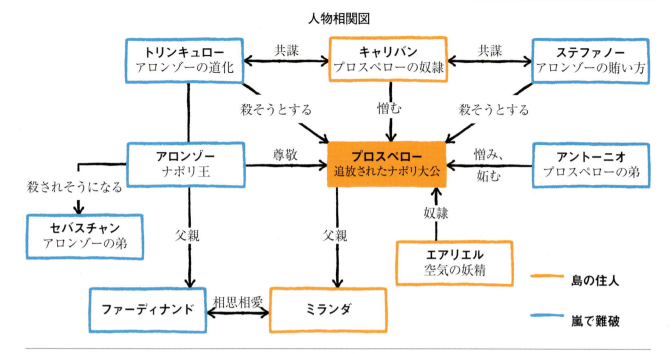

の暴君なのだ。アロンゾーとアントーニオを島におびき寄せるために嵐を起こしたとき、プロスペローが決意していたのは復讐であって、和解ではなかった。そして、エアリエルとキャリバンを奴隷にするために魔法を使ったのであって、自由にするためではなかった。

アートか自然か？

現代の評論家には、プロスペローはシェイクスピアの分身であるとか、『テンペスト』は自伝的作品だなどと主張する者は少ない。ただし、プロスペローの役柄と劇作家の仕事には似たところがある。キーワードは〈アート〉だ。エアリエルとキャリバンを魔術でコントロールし、自らに悪事を働いた者たちを島までおびき寄せるのがプロスペローの〈アート〉なら、劇作家の〈アート〉は何もない木の舞台に魔法の島を現出させることだ。

この作品は、人間であるとはどういうことかを問いかけており、同時代の人文主義の哲学者によれば、アートとは人間性を最高に表現するものだ。アートは、人間を劣った自然より高める、すなわちプロスペローと下品で粗野な化け物キャリバンの間に一線を画するものなのだ。

シェイクスピアは、〈アート〉という言葉の2つの意味を重ね合わせて用いている——技芸を意味する名詞のアートと、be動詞の古い二人称単数現在形のアートである。「自分が何者か（what thou art）わかっておらぬおまえにはな」とプロスペローはミランダに言う。そして数行後、ミランダに手伝わせて脱いだ自分の魔法の衣に向かってこう言う、「魔法（art）よ、そこに休んでおれ」（第1幕第2場）。どちらが——プロスペローのような偉大な学者の魔法のアートと、シンプルに「いること」としてのアートのどちらが——人間の本質を形作るのかという疑問が、この作品の中心をなしている。

リベラル・アーツとオカルト・アーツ

古典時代より、人はリベラル・アーツ——市民生活で積極的役割を演じるために必要な学芸——を学び、追放される前のミラノ大公としてのプロスペローは「学芸においても、並ぶものはなかった」。しかし、プロスペローは学問に没頭するあまり、深い学芸に我を忘れ、現実の世界を放擲してしまう。これは、ある点で1590年代にクリストファー・マーロウが書いた有名な劇『ファウスト博士』の主人公を思わせる。ファウスト（その

海に眠るは父御の御霊、
骨は珊瑚と成り変わり、
目玉は輝く真珠の珠、
消えはせぬのさ、命は終わり、
海はすべてを変えるもの、
父御も海の宝物。
エアリエル
第1幕第2場

ケープタウンのバクスター・シアターセンターにおける2009年の公演。プロスペローはアントニー・シャー、エアリエルはアタンドワ・カニ。民族問題と愉快なアフリカ神話をかけ合わせた演出。

名はプロスペローと同じく〈幸運な人〉を意味する)は優れた学者で、リベラル・アーツに飽いて神秘の秘術に耽溺し、ついには無限の知識と力と引き換えに悪魔に魂を売る。

当時最も正統な哲学者でも、自然の向こう側には別の領域、霊が支配する超自然の領域があり、その発見が哲学のゴールであると信じていた。「魔法」という言葉はこの秘密の世界を思いどおりにする知識を意味していた。シェイクスピアの同時代人であるフランシス・ベーコンは物証に基づく近代科学の偉大な先駆者だが、そのベーコンでさえ、魔法は〈高尚な知識〉だと考えていた。もう1人、プロスペローという人物を作るヒントになったであろう16世紀の数学者で錬金術師のジョン・ディーは、その生涯の大半を天使との交感を試みることに費やした。

人間的感覚の喪失

プロスペローがこうした異世界に没頭することの問題点は、冒頭から明らかだ。プロスペローが起こした嵐によって船が沈没し、水夫たちが恐怖の叫びをあげるとき、それに同情する人間性をもつのはミランダだけだ。「苦しむ人たちを見ていると私まで苦しくなってしまう」(第1幕第2場)。プロスペローが「だいじょうぶだ」(第1幕第2場)と上機嫌で安心させても、それほどの苦悶には焼け石に水であり、ミランダのあまりに人間的な反応を呼ぶ。「ああ、悲しい!」(第1幕第2場)。プロスペローは、最後にようやく、人間ならぬエアリエルのおかげで人間的な感覚と同情に目覚めて衝撃を受ける。「空気にすぎぬおまえが連中の苦しみに心痛めるというのに、連中と同じ人間であり、同じように情を鋭く感じるこの私が、おまえより心動かされぬということがあろうか」(第5幕第1場)。

プロスペローのエアリエルとキャリバンの扱いには、さらに首を傾げさせられる。プロスペローは、魔女シコラクスによって木に閉じこめられていたエアリエルを自分が自由にした顛末を語るが、そのまま彼を隷属状態におく。キャリバンの扱いはもっとひどい。母シコラクスが悪魔と過ごした夜の産物であるキャリバンは、プロスペローの奴隷となり、島の外からやってきたプロスペローらに進んで島のあれこれを教えようとする自然で無垢な子だったのに、怒りに満ちた獣となり果てる。キャリバンがプロスペローに言い返したとおり、学問などキャリバンには何の役にも立たなかったのだ。「あんたは言葉を教えてくれた。おかげで、ののしり方は覚えたぜ」(第1幕第2場)。

『テンペスト』の材源のひとつに、ミシェル・ド・モンテーニュの『エセー』所収の「未開人について」がある。ゴンザーローが人間性に根ざした国家を希求するせりふに、ほぼ一字一句たがえずに引用

私たちは、夢を織り成す糸のようなものだ。そのささやかな人生は、眠りによって締めくくられる。
プロスペロー
第4幕第1場

されている。モンテーニュは、旧世界の堕落にまみれていない新世界の「高貴な野蛮人」について書いている。まさしく、キャリバンはかつてそうした存在だったのだ。キャリバンは、島の自然の精霊に対する感受性をまだ失っておらず、プロスペローよりよほど詩的に表現する。キャリバンを「汚らしいやつ」に変えてしまったのは、プロスペローなのだ。

ひとかどの知識人であるにもかかわらず、プロスペローは支配しか学ばなかった。そうした点では、王位を簒奪したアントーニオとも、アントーニオとともにアロンゾーを殺そうと謀るセバスチャンとも、大差ない。さらに有り体に言えば、支配こそプロスペローがキャリバンに教えたことであり、それによってキャリバンはプロスペローを殺そうと企むのだ。

植民者プロスペロー

ここ半世紀ほど、より多くの批評家たちがプロスペローはヨーロッパの植民者の先駆であるという点に焦点をしぼり、島の先住民であるエアリエルとキャリバンを奴隷にするやり方に、ヨーロッパ人の勝者による先住民への搾取を重ね合わせている。この共鳴は、偶然ではない。探検家ウォルター・ローリー卿がヴァージニアに植民地を打ち立てようとしたのは1590年代のことで、シェイクスピアは1607年にジェイムズタウンに英国の植民地を初めて作り上げたヴァージニア会社と結びつきがあった。

ありのままに

しかし、最後にはプロスペローはすべてをコントロールしようという自分の意図の愚かさを悟る。魔法の力を終わらせるために自分の杖を折り、書物を「海の底深く沈め」、敵を赦し、最後にキャリバンとエアリエルを自由にする。

すべての魔法を失ったプロスペローは、エピローグで自ら認めるとおり、己の生身の人間としての強さしか頼るものはなくなる。しかし、劇作家シェイクスピアと同様プロスペローも、真の力は自分にあるのではなく、観客にあることを知っていた。芝居を評価するもしないも自由の観客の拍手喝采が、期待という呪縛からプロスペローを解き放つのだ。■

2012年制作のアメリカのファンタジー映画『テンペスト』。シェイクスピア劇を下敷きに、ヘレン・ミレンが〈プロスペラ〉、ジャイモン・フンスーが力強い肉体派のキャリバンを演じている。

アメリカの芝居？

1610年9月、世間を驚かすニュースがロンドンに届いた。新大陸アメリカのヴァージニア州ジェイムズタウンへの入植者を乗せた〈シー・ヴェンチャー〉号を襲った嵐の物語である。乗客乗員150人は全員バミューダ沖で遭難し、そこに魅惑の島があり、海には魚が満ち、空には色鮮やかな鳥が飛び交っていることを発見したのだ。生存者たちは現地人に助けられて島で暮らし、新しい船を建造した。シェイクスピアが大なり小なりこの物語に刺激を受けたのは確かで、プロスペローの島は地中海にあるとはいえ、『テンペスト』は〈アメリカの〉芝居と呼ばれてきた。

当時の中南米と北米の一部には、スペイン帝国が君臨していた。スペインは、15世紀に神と見まがう科学技術の力をもって先住民を奴隷化したのである。シェイクスピアが意図したか否かにかかわらず『テンペスト』には植民地主義の時代の空気が反映されており、今日に至るまで多様な解釈の重要な鍵となってきた。その焦点となるのは、プロスペローではなくキャリバンであることが多い。ヨーロッパ諸国が植民地の先住民を奴隷化したことを強調するために、黒人の俳優がキャリバンを演じてきた。

さらば、わが偉大さのすべてよ 永遠にさらば！

『ヘンリー八世』(1613)

ヘンリー八世

登場人物

ヘンリー八世　イングランド国王。

キャサリン・オヴ・アラゴン　イングランド王妃。のちに離婚させられる。

枢機卿ウルジー　ヨーク大司教にして大法官。

トーマス・クロムウェル　ウルジーの秘書。

バッキンガム公爵　貴族。ウルジーと激しく対立。

ノーフォーク公爵　貴族。バッキンガム公爵ほどではないがウルジーと対立。

サフォーク公爵、サンズ卿、サー・トーマス・ラヴェル、サー・アントニー・デニー、サー・ヘンリー・ギルドフォード、サー・ニコラス・ヴォークス、宮内大臣、大法官　宮廷の貴族、役人、ジェントルマン。

枢機卿キャンピーアス　教皇の大使。

トーマス・クランマー　プロテスタントの聖職者。のちにカンタベリー大主教。

リンカン主教　クランマーの同僚。

スティーヴン・ガードナー　王の新しい秘書。のちのウィンチェスター主教。

アン・ブーリン　妃キャサリンの女官。のちにヘンリーの妃。

グリフィス　キャサリンの侍従。

老婦人　アンの友人。

| 第1幕第1場 | 第1幕第4場 | 第2幕第3場 |

ウルジー枢機卿の野心を腹立たしく思うバッキンガムが王ヘンリーに訴え出ようとするが、枢機卿が先手を打ってバッキンガムを**失脚させる**。

王がウルジーの宴会で**アン・ブーリン**と踊り、キスする。王は魅了される。

アンがキャサリンに同情し、自分はいかなる野心もないと否定するが、まもなくペンブルック侯爵夫人となる。

第1幕　　　　　　　　　　　　　第2幕

| 第1幕第2場 | 第2幕第1場 |

妃キャサリンは、ウルジーによって課された**重税を取り消すよう**王に頼む。

バッキンガムが刑場に引かれていく。王が妃キャサリンと離婚しようとしているという噂が流れ、ウルジーのせいにされる。

　バッキンガム公爵は、フランスとの空疎な和平条約を記念する派手な祝典で枢機卿ウルジーが見せつけた虚栄と野心に怒りを爆発させる。しかし、バッキンガム公爵が枢機卿ウルジーの件を国王に訴える前に、ウルジーがバッキンガムに対する虚偽の告発をする。公爵は逮捕される。

　観客は同時に、妃キャサリンが地位を失いそうだと聞く。ただし、妃は、数場面前では、ウルジーが密かに課していた重税を取り消すよう国王に訴えて国王に聞き届けてもらっていた。狡猾な枢機卿は、重税の取り消しは自分のおかげだと言いふらす。

　王ヘンリーはアン・ブーリンと恋に落ち、妃キャサリンは立場を失う。妃は法廷に召喚され、その裁判官、特にウルジーには偏見があると責めて結婚の正当性を主張する。

　妃キャサリンは、ウルジーと私的に会った際も引きつづき立場を強く主張するが、ついに敗北を受け入れる。キャサリンのウルジーに対する敵意は、ウルジーがキンボールトンに追放されて亡くなる最後の日々まで消えることはなかった。枢機卿ウルジーが死んだと聞かされたキャサリンはウルジーの人柄に痛烈な見解を述

国王一座時代

 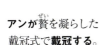  

 ウルジーの王に対する不忠が明らかになり、**逮捕される**。王は**密かにアンと結婚**する。

 アンが贅を凝らした戴冠式で**戴冠**する。

 アンが女の子を**出産**する。

 赤ん坊のエリザベスが**洗礼**を受ける。

↑ 第3幕第2場　↑ 第4幕第1場　↑ 第5幕第1場　↑ 第5幕第4場

第3幕　**第4幕**　**第5幕**

第2幕第4場　第3幕第2場　第4幕第2場　第5幕第2場
↓　↓　↓　↓

強硬に結婚を護ろうとする**キャサリンは法廷の権威を否定する**。王は離婚を求める理由を述べる。

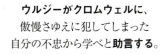 ウルジーがクロムウェルに、傲慢さゆえに犯してしまった自分の不忠から学べと**助言**する。

 キャサリンが**ウルジーの死を知り**、自らも死が迫っていることを予測する。

 ガードナーが王の離婚を支持した**クランマーを召喚**するが、王が介入して無理やり和解させる。

べるが、侍従にその美徳を数え挙げることは許す。

　キャサリンが勢力を失う一方、アンはのし上がる。ウルジーの宴会で国王に会ってすぐ、アンはペンブルック侯爵夫人の肩書を与えられる。しかし、アンのルター派の信仰を恐れたウルジーは、国王とフランス王の妹の結婚を望んだ。ウルジーは、国王の機嫌を損ねないよう表向きは離婚を進めるふりをし、その一方で密かに、手続きをできるだけ遅らせるよう教皇に頼んだ。この裏工作がヘンリーの知るところとなり、ウルジーは権勢を失い、直後に死ぬ。

　不当な税の件ではキャサリンを支持したノーフォーク公爵とサフォーク公爵は新たな勢力図にすばやく適応して王ヘンリーとアンの秘密結婚を支持し、それにつづくアンの戴冠式でそれぞれ式部長官、王室執事長に取り立てられる。

　王ヘンリーは、枢機卿ウルジーの失墜によって権力をすべて掌握し、枢機卿の部下を自ら選んだ顧問官とすげ替える。劇はヘンリーとアンの娘エリザベスの洗礼式で締めくくられる。大主教が、ヘンリー王家の問題ある所行をエリザベスの黄金の治世が正当化してくれるだろうと予言する。»

> だが私は、忠誠の何たるかを知らぬ告発者よりも豊かだ。
> **バッキンガム**
> 第2幕第1場

ヘンリー八世

背景

テーマ
清廉潔白、王族の結婚、政治的野心

舞台
ヘンリー八世の王宮、枢機卿ウルジーのロンドンの邸宅ヨーク・プレース、ウェストミンスター寺院、キンボールトン城

材源
1548年 エドワード・ホール『ランカスター、ヨーク両名家の和合』。

1563年 ジョン・フォックス『殉教者の書』。

1587年 ホリンシェッド『イングランド、スコットランド、アイルランドの年代記』。

上演史
1613年 6月29日『ヘンリー八世』上演中に舞台効果のために撃った大砲の火の粉が藁ぶき屋根に燃え移り、グローブ座全焼。

1742～68年 デイヴィッド・ギャリックの演出は、アンの戴冠の場面で舞台に140人の役者が登場するなどパジェントとして熱狂的に受け入れられた。

18～19世紀 ウルジーが退場したところで劇を終わらせ、その分スペクタクルを増やせるよう台本がカットされる。

1969年 トレヴァー・ナン演出のロイヤル・シェイクスピア劇団公演では、ヘンリーの父親として男性としての成熟に焦点を合わせる。

1983年 同じくロイヤル・シェイクスピア劇団で、ハワード・デイヴィスがウルジーの権力の増大を探求。

2010年 ロンドンのグローブ座の再演では、1613年の公演で発射されたように大砲が儀式的に撃たれた。

シェイクスピアがジョン・フレッチャーと共同執筆した『ヘンリー八世またはすべて真実』は、ヘンリー八世の名高い長い治世における決定的な時期を題材としている。すなわち、キャサリン・オヴ・アラゴンとの離婚と、アン・ブーリンとの結婚、そして未来のエリザベス一世の誕生である。式典とスペクタクルという背景に反して、筋立てはヘンリーの腹心の廷臣たちの隆盛と没落を描き、副題が示すとおり関係者すべての動機に皮肉な光を当てている。

ウルジーの権力

ヘンリーは偉大さの源として登場する。その王者の光は、寵臣に地位と権力を保障することによって太陽のごとく人生を金色に輝かせる。いかなる理由であれこの光が当たらなくなると、その人物の力は弱まり、落ちぶれる。劇の前半では、王の寵愛を強く左右するのはウルジーだ。王への接触を慎重に制限することでウルジーは王が見聞きするものの仲立ちとなり、それによって国王が真実と信じるものを思いのままに形作る。それは特権的な地位であり、ウルジーは信用のならない廷臣を意のままになる者とすげ替えることができる。さらに、王の知らないところで王に代わって行動することさ

> あの尊大な男は
> 我々皆を貴族から
> 小姓へ変えてしまう。
> **ノーフォーク公爵**
> 第2幕第2場

えあった。キャサリンが反対した重税も、その一例である。国璽（王権を表す印）を保管しているウルジーは、自分が王を意のままにできると考えていた。こうした王の前に立ちはだかる力によって、宮内大臣が指摘したようにウルジーは危険な敵となる。「やつと国王とのあいだを裂けないなら、やつに手出しをしないほうがいい」（第3幕第2場）。

寵臣からの転落

まず不興を買うのは、バッキンガムである。ウルジーの権力濫用に怒ったバッキンガムは、王に訴え出ようとする。しかしウルジーはバッキンガムの行動を嘘で封じ込め、公爵の監督官が虚偽の証言をするよう手を回し、バッキンガムは声をあげる前に大逆罪で逮捕され、処刑される。キャサリンに対する王の寵愛は安泰に見えた。ウルジーの税に反対してひ

ハーバート・ビアボーム・トゥリーは、1910年にロンドンで上演された膨大な出演者を誇る豪華な公演でウルジーを演じた。同公演はブロードウェイでも成功を収め、ロングランとなった。

ざまずいて嘆願すると、王は彼女を立たせて脇にすわらせ、法律を取り消す。離婚訴訟の聴聞の前には、王はこの動作を繰り返さず、彼女をひざまずいたままにさせておく。ウルジーが慎重に種を蒔いた2人の結婚の合法性への疑惑が、国王の良心をうずかせているように見える。

ウルジーはつつましい肉屋の息子から身を起こして、英国の大法官にまでのぼりつめた。そして偉大な地位からの転落も、そのときがきてみると、やはり大きなものだった。尊大で傲慢なウルジーは、その裏工作を知る者たちの憎悪を買っている。しかし、彼が王の耳となっている限り、その地位は安泰だ。ウルジーが王を裏切っていることをウルジー自身がばらしてしまうことになるのは、皮肉であり自業自得だ。法王に離婚をできるだけ遅らせるよう頼んだことを明らかにする手紙と彼個人の財産一覧が、枢機卿から王に送られた書類と混ざってしまう。ウルジー自身の手が、自らを破滅させるのだ。

アンが王の寵愛を受けてのぼりつめていく一方、ウルジーは彼女のルター派の信仰が、法王になりたいという自らの野望の妨げになると恐れていた。ウルジーには、王にアンをあきらめてフランスとの結婚を考えてもらうよう説得するための時間が必要だった。このように真実を隠し物事を操る人間がたった一瞬操作に失敗してどん底に落ちるのは、痛快な展開だ。栄光が去って初めて、ウルジーは王が自分より上手だったことを悟る。「国王のほうが上手だった」(第3幕第2場)。これは劇の転換点であり、この後のウルジーの転落によって王ははるかに大きな権力をふるうようになる。

変わりやすい真実

本作は歴史的真実を相対的な、複数の視点を通して描く。これは、観客に劇中の国家行事を読み取らせる手法ではっきりわかる。どの行事も、部分的にしか事実に即していないというメッセージを発

> 自分を愛すな。
> 自分を憎む心を大切にせよ。
> 腐敗の道は正直ほどうまく進まぬ。
> ウルジー
> 第3幕第2場

しているのは明らかだからだ。ウルジーの「金襴の陣」(カレー近郊で開かれた贅を尽くした会見)での条約が短期間しかつづかなかったことを、観客は知っている。キャサリンの裁判は、その儀式が約束する「公正な裁き」を与えることはできない。法廷の前にひざまずいたキャサリンの姿勢からも明らかなように、王のなかで結論は決まっているからだ。そして、キャサリンが茶番を続けることを拒んだので、事態はいっそう単純になった。エリザベスの洗礼を祝う幕切れの見事な儀礼においてさえ、不吉にも新しい妃アンが不在であることに気づかされる。

シェイクスピアとフレッチャーは、出世する者あれば落ちる者ありという道徳的な型を作り出すために歴史の順番を変え、その一方でそうした栄枯盛衰をよそに華やかな見せ物にことよせた政治的計略が着々と進むさまを描くことで、移り変わる視点を伝えようとしている。かくして、プロローグが認めるとおり、彼らの劇は、この劇が描く歴史同様に、「選ばれた真実」(プロローグ)となるのだ。■

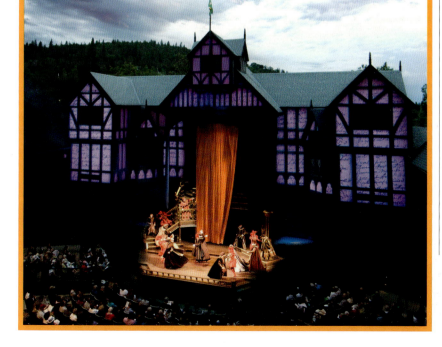

オレゴン州アッシュランドでの2009年の公演。観客受けする凝った儀式と行列を入れ、オリジナルのト書きに忠実に上演された。

俺たちほど愛し合った

二人の人間の記録が
あるだろうか、アーサイト？

『二人の貴公子』(1613)

二人の貴公子

登場人物

パラモン アーサイトの親友にして従兄弟、クレオン王の甥。従兄弟との友情は、2人がともにエミーリアに恋したとき憎しみに変わる。

アーサイト パラモンの親友にして従兄弟、クレオン王の甥。アテネで競技に出て勝ち、主馬頭となる。

テーセウス アテネ公爵。パラモンとアーサイトの決闘を設定し、勝者はエミーリアと結婚し、敗者は処刑されるものとする。

ヒポリュテ アマゾン女王。テーセウスの妻。テーベ王クレオンを倒すまで婚礼を延期するようテーセウスに勧める。

エミーリア ヒポリュテの妹。パラモンとアーサイト双方の熱望の対象。最終的にパラモンが勝利を収め、アーサイトの死後エミーリアと結婚することになる。

牢番 テーセウス公爵の牢番。

牢番の娘 パラモンへの報われぬ愛ゆえに正気を失う。

3人の妃 テーベの攻撃で夫を殺された妻たち。

求愛者 牢番の娘を愛している。

医者 牢番の娘を治療するために呼ばれる。

テーセウス王とヒポリュテの婚礼が、敵方のテーベ王クレオンに夫を埋葬する権利を拒まれて嘆き悲しむ妃たちに**中断される**。

クレオンはテーセウスに敗北し、**パラモンとアーサイトは捕虜となって**アテネの牢獄に入れられる。

アーサイトは牢獄を出て、**エミーリアの近くにいられるように変装する**。

↑ 第1幕第1場　　↑ 第1幕第4場　　↑ 第2幕第3場

第1幕 ――――――――― **第2幕**

↓ 第1幕第2場　　↓ 第2幕第2場

テーベを去るかどうか話し合っていた**二人の従兄弟（アーサイトとパラモン）が、テーセウスが街を攻撃してきたので戦うために残る**。

パラモンとアーサイトが牢獄の窓から花を摘むエミーリアを覗き見て、たちまちどちらが最初に**彼女を見たかで言い争う**。

アテネ公爵テーセウスとアマゾン女王ヒポリュテの婚礼が、3人の嘆き悲しむ妃たちに中断される。3人はテーセウスに、テーベとその邪悪な統治者クレオンを征伐するように嘆願する。クレオンは3人の夫を戦いで殺し、埋葬も許さないのだ。

テーベの町では、従兄弟同士のパラモンとアーサイトが、堕落した叔父クレオンを嫌悪し、町を出ようかと考えていた。そこへ、アテネ公爵テーセウスの攻撃が迫っているという知らせが入る。二人は不安に思いながらも町に居残って戦うが、捕虜になってアテネに連れて行かれ、投獄される。

獄中、パラモンとアーサイトは篤い友情で互いに慰め合うので、2人を投獄した者たちは驚く。しかし、パラモンが獄の窓の外を眺めてアマゾンの姫エミーリアが花を摘んでいるのを見かけたとき、2人の関係が試されることになる。パラモンはエミーリアに一目惚れしたと宣言し、アーサイトも同じことを言う。そして2人の親友は知りもしない、獲得する望みもなさそうな1人の女をめぐって言い争う。

アーサイトは突然釈放されてテーベへ

国王一座時代

パラモンとアーサイトが
アテネの森で**遭遇**し、
エミーリアをめぐって
決闘することに合意する。

テーセウスが2人の
従兄弟の貴公子たちに
森で**決闘した**かどで
死刑を宣告する。

エミーリアとの結婚を
賭けて戦う前に、
パラモンは愛の女神
ヴィーナスに愛の成就を
祈り、アーサイトは
軍神**マルス**に勝利を**祈る**。

アーサイトが落馬する。
息を引き取る間際に、
死刑を免れたパラモンに
エミーリアを託す。

第3幕第1場 　　　第3幕第6場　　　第5幕第1場　　　第5幕第4場

第3幕　　**第4幕**　　**第5幕**

第2幕第4場　　　第3幕第2場　　　第4幕第3場　　　第5幕第3場

パラモンに恋い焦がれる
牢番の娘が、密かにパラモンの
脱獄を手配する。

パラモンを探して
アテネの森に入った
牢番の娘が正気を失う。

医者が、牢番の娘の
狂気を「**癒やす**」ため、
元の**求愛者**がパラモンの
ふりをするよう指示する。

**アーサイトがエミーリアを
勝ち得て**、パラモンが
処刑に備えているという
知らせが届く。

追放になるが、エミーリアに近づく決心をして変装する。パラモンは牢番の娘に好意をもたれ、娘は愛されたい一心でパラモンを獄から逃がす。アーサイトはテーセウスが主催する競技に出場してレスリングの試合に勝ち、褒美にエミーリアの従者にして「主馬頭」に取り立てられる。

5月のとある1日、アテネの森に出かけたアーサイトはパラモンと出くわす。2人の従兄弟はエミーリアをめぐって口論になり、決闘することにする。

その決闘にテーセウスが割って入り、二人に死刑を宣告する。死刑ではなくせめて追放をと懇願したエミーリアは、テーセウスにパラモンとアーサイトのどちらかを求婚者として選ぶよう強いられる。

エミーリアが選べないとわかると、テーセウスは2人に最後の決闘をさせることに同意する――勝者がエミーリアと結婚し、敗者は処刑されるのだ。

一方、牢番の娘は森のなかでパラモンを探すうちに正気を失い、医者が娘を診ることになる。医者の治療法は、娘の求愛者がパラモンのふりをして娘と床入りすることだった。

エミーリアはパラモンとアーサイトの決闘に立ち会うにしのびず、決闘の進行は人づてに伝えられる。エミーリアは、どちらであれ自分を一番愛しているほうが勝つようにと女神ダイアナに祈る。

アーサイトが勝者となり、エミーリアは自分のものだと言うが、友人が死なねばならないことを悔いる。

まさにパラモンが処刑されようとしたときに知らせが届く。アーサイトが馬から落ち、瀕死の重傷を負ったというのである。2人の従兄弟の貴公子たちは束の間友情を取り戻し、アーサイトは臨終の間際にエミーリアをパラモンに託す。»

342　二人の貴公子

背景

テーマ
愛、喪失、友情、狂気、戦争、死、正体

舞台
アテネとテーベ

材源
14世紀　ジェフリー・チョーサー『カンタベリー物語』の「騎士の話」が本作の主要な材源。

1340年頃　シェイクスピアとフレッチャーが、チョーサーが下敷きにしたボッカチオの『テセイダ』をよく知っていた可能性がある。牢番の娘はこの材源には登場せず、おそらく作者2人の創作と思われる。

上演史
1634年　本作が初めて出版される。

1664年　ウィリアム・ダヴェナントが『恋敵』と題する改作を書く。

1795年　フランシス・ゴドルフィン・ウォルドロンが、その音楽劇版を『愛と狂気あるいは二人の貴公子』という題にする。

1986年　ストラットフォード・アポン・エイヴォンのロイヤル・シェイクスピア劇団のスワン劇場のこけら落としで、バリー・カイル演出の『二人の貴公子』が上演される。

2000年　『二人の貴公子』がロンドンのグローブ座でティム・キャロルの演出で上演される。ジャスパー・ブリットンが演じたパラモンは短気で、ウィル・キーンが演じたアーサイトのほうはもっと世慣れていた。

『二人の貴公子』は、シェイクスピアがジョン・フレッチャーと一緒に書いた作品である。フレッチャーとは『ヘンリー八世』と『カルデニオ』（現存しない）でも共作している。シェイクスピアは第1幕、第2幕第1場、第3幕第1場─第2場、第5幕第1場、第3場─第4場を書いたとされているが、これらの場面に関しても、シェイクスピアがすべて責任をもって書いたわけではないかもしれない。オフィーリアを思わせる牢番の娘の性格設定については、全面的にフレッチャーに負っていると考えられている。本作は1623年のファースト・フォリオには含まれておらず、初版は1634年だ。劇的効果とスペクタクルが特徴的だが、これはブラックフライヤーズのような室内劇場のために書かれた劇では一般的だった。

因習にとらわれないチェラブ・カンパニーによる、オールメールの肉体派公演。1979年、ロンドンのヤング・ヴィック劇場。

試される友情

友情の試練は、シェイクスピアの作品全体の特色である。友情が崩壊するさまを描くことで、シェイクスピアは恨み、失望、落胆、そして怒りといった豊かな感情のやりとりを劇にする。演劇的な視点からは、友人同士の確執を描くほうが、満足している友人たちよりはるかに興味深い（そしておもしろい）。友人同士の不和が解消されることになるなら、大きな障害は克服されなければならない。であれば、シェイクスピアの創作歴が、友人たちが一瞬にして恋敵に変わる物語で始まり、終わったのも驚くにはあたらない。

『ヴェローナの二紳士』から『二人の貴公子』を書くまでには20年以上が経過しているが、友情の試練は劇にはぴったりだというシェイクスピアの信念は揺らいでいない。作者たちは、パラモンとアーサイトの友情の絆を強調することにかなりの紙幅を費やしている。エミーリアが2人の人生に登場すると壊れてしまう絆である。投獄されたとき、2人は、一緒に閉じこめられ、世界から隔離され、「君

チョーサーの「騎士の話」ではアルシータとパラムンは騎士らしくエメリーをめぐって馬上槍試合を行う。アルシータが勝つが、その後致命的な怪我をする。アルシータは死ぬ前にエメリーにパラムンと結婚するよう告げる。

と悲しみをともにする楽しみ」（第２幕第２場）に慰めを得る。捕虜になったことに抗わず、お互いとともにいるのを楽しむ機会を受け入れる。牢番の娘は、２人が「よく召し上がって、陽気にいろんなことをお話しになるけど、摑まってつらいなんて一言もおっしゃらない」（第２幕第１場）のを見て驚く。騎士道精神溢れる男たちは、牢獄を世界の悪徳と腐敗から護ってくれる「聖域」（第２幕第２場）とみなす。「俺たちは若いが、名誉ある生き方を求めている。ところが自由とか人付き合いというものは女と同様に、純な心を毒するもので名誉の道を踏みはずさせる」（第２幕第２場）。

友情の破綻

アーサイトとの間柄について、パラモンは感極まって語る。「俺たちの友情がなくなってしまうようなことがあるとは思えない」（第２幕第２場）。パラモンの自信に満ちた断定は、劇的皮肉に満ちている。献身的友情に高ぶった言葉は、たちまち軽蔑の叫びに変わるからだ。「なぜ親友が裏切る？ あいつが裏切りによって、あれほど高貴であれほど美しい妻を手に入れるなら、正直者は、もはや恋などできぬ。」（第２幕第２場）。２人の絆を確実にしておいて、劇作家たちは数行で洗練された育ちの良さをひっくり返す。

「**パラモン**：では、恋をした？
アーサイト：当然だ。
パラモン：で、自分のものにしたいと？
アーサイト：この身の自由よりも。
パラモン：俺が最初に見たのだ」（第２幕第２場）。

パラモンの最後のせりふ「俺が最初に見たのだ」は、上演ではおかしさを感じさせることもできるが、２人の男のあいだの不和の始まりを画す。別れる前に、アーサイトは「そんなに狡猾に、よそよそしく、気高い従兄弟ではないかのように」振る舞うなと、従兄弟を非難する。エミーリアの愛情をめぐるライバル同士となっても、男２人は互いへの敬意を失わない。２人の争いは一貫して宮廷風のやり方で行われ、舞台では大きな喜劇性をかもし出すこともあり得よう。決闘のために互いに武具をつけ合う２人の会話から、高潔な育ちの良さがうかがえる。
「**アーサイト**：手足に何もつけずに戦うのか。
パラモン：身軽でやろう。
アーサイト：籠手ぐらいはつけろ。一番小さいやつだ。どうか、俺のを取ってくれ」（第３幕第６場）。

アーサイトの臨終の言葉はパラモンへの愛情を表現している。「エミーリアをとれ。そして、世界じゅうの喜びを手に入れるのだ」（第５幕第４場）。

乙女たちの絆

パラモンとアーサイトは「俺たちほど愛し合った二人」の記録があるだろうかと疑うが、観客はそうは思わないかもしれない。エミーリアが幼なじみフラヴィーナに注ぐ愛情は、二人の貴公子の親密さに匹敵する。亡くなった友人を思い出しながら、エミーリアは、パラモンとアーサイトへの思いを表現するときには使えなかった情熱と優しさをこめて語る。「乙女と乙女の誠の愛は、男女の恋より強いはず。」（第１幕第３場）。

劇の最後に、エミーリアもパラモンも、「かけがえのない愛を手に入れられ」（第５幕第４場）ずに苦しんだ点で結ばれる。２人さっさとカップルにされ、ひとりテーセウスがあとに残ってこの驚くべき事態の展開に思いをめぐらす。「ああ、不思議な魔法を使う神々よ、人間をどうなさろうというのです！」（第５幕第４場）。■

> なあ、血縁よりも
> 友情の厚いパラモンよ。
> **アーサイト**
> 第１幕第２場

> これが勝利ですか？
> ああ、天の神々よ、
> お慈悲はどこに？
> **エミーリア**
> 第５幕第３場

索引

太数字(ゴシック体)は見出し項目の掲載ページ。

あ行

アーヴィラガス(キャドウォール) 318-19, 321-23
アーヴィング、ジョージ 176
アーヴィング、ヘンリー 246
アーサー、ブルターニュ公 120-23
アーサイト 340-43
アーシュラ 156-57, 159, 160
アーデン、メアリ 12, 184
アーデンの森 115, 182, 183, 184, 185, 313
アーマード、ドン・エードリアーノー・デ 88-91
アーロン 50-51, **53**, 244
アイアス(エイジャックス) 208-10, 212
アイアンズ、ジェレミー 128
アウグストゥス →オクテイヴィアス・シーザー
アガメムノン 208-09, 212
アキレウス(アキリーズ) 208-13
アグリッパ、ハインリヒ・コルネリウス 320
アクロイド、ピーター 225
アシュクロフト、ペギー 39, 247
アジンコートの戦い 18, 149, 153, 166, **167**, 168, 169
アダム 180, 187
アデス、トーマス 328
アテネ →古代ギリシャ
『アテネのタイモン』 17, 230, 231, **260-65**
アドーニス 74-77
アバーグ、マリア 182
アペマンタス 262-65
アミアンズ 180, 184
アミン、イディ 175
『アメリカン・ピーチパイ』(映画) 205
アラーニャ、ロベルト 248
アラウィンド、ラメーシュ 72
アラゴン大公 126-27
『アラビアン・ナイト』 34
アラム、ロジャー 138
アリオスト、ルドヴィーゴ(『狂乱のオルランド』) 158
アリストファネス 264
アルキビアデス 262, 263, 265
アルデンヌの森(アーデンの森) 182, 184, 185
アルトワ伯ロベール 64
アルマニャック伯 45
アレキサンダー、ビル 144
アロンゾー、ナポリ王 326-29, 331

アン 56-57, 59-61
アン・オヴ・デンマーク、イングランド王妃 22
アンジェロ 234-39
アンタイオカス、アンタキア王 296-97
アンタキア 296-99
アンティゴナス 310-11, 313
アンティフォラス、エフェソス 70-73
アンティフォラス、シラクーザ 70-73
アンテーノール(アンティーナー) 209, 212
アンデルセン、ハンス・クリスチャン 328
アントーニオ【ヴェニスの商人】 126-31
アントーニオ【から騒ぎ】 156, 161
アントーニオ【十二夜】 200-01, 205
アントーニオ【テンペスト】 326-29, 331
アントニー、マーク【アントニーとクレオパトラ】 278-85
アントニー、マーク【ジュリアス・シーザー】 18, 172-77
『アントニーとクレオパトラ』 17, 230, **276-85**, 313
アンドロマケ 208, 212
アンブロワーズ、トマ 194
アンリ三世、フランス国王 22
アンリ四世、フランス国王 22, 23
イアーゴー 53, 123, **242-49**, 320
イウジ、チュク 39
イェランド、デイヴィッド 153
イザベラ 234-39
イザベラ、王妃 94, 96, 98
イジーアス 112, 115, 117
イジーオン 70-73
イスラエル、マナセ・ベン 131
『為政者の鑑(鏡)』 99
イノジェン 318-23
イノバーバス 278-79, 280, 281-83
イプセン、ヘンリック 290
イリリア 200-05
イングランド高等法院長 148-49, 152
ヴァージニア会社 331
ヴァイオラ 130, **200-05**
ヴァイス(悪徳) 58, 60
ヴァトー 90
ヴァレンタイン【ヴェローナの二紳士】 26-29
ヴァレンタイン【十二夜】 200, 203
ヴァロワのジャン二世、フランス王 64-65, 67
『ヴィーナスとアドーニス』 14, 19, 23, **74-77**, 80, 81, 84, 218, 222, 291
ウィーン 234-39
ヴィッカーズ、ブライアン 224

ウィリアム【ウィンザーの陽気な女房たち】 13
ウィリアム【お気に召すまま】 180-81
ヴィリエ 64-65, 67
ウィルキンズ、ジョージ 17, 231
ウィルソン、ロバート 221
ウィロビー 94, 98
ウィンザー 142-45
『ウィンザーの陽気な女房たち』 13, 17, 84, **140-45**, 217
ヴィンセンシオ 32-33
ヴィンセンシオ公爵 234-39
ウィンチェスター司教 334-37
ウェイクフィールドの戦い 40, 43
ヴェイル、マイケル 175
ウェインライト、ルーファス 216, 221, 223
『ウエスト・サイド物語』(ミュージカル) 104, 109
ウエスト、サミュエル 150
ウエスト、ティモシー 150
ウェットストーン、ジョージ 236
ヴェニス 126-31, 242-49, 313
ヴェニスの公爵 126, 127, 131
『ヴェニスの商人』 17, 18, 19, 84, **124-31**, 313
ウェルギリウス(『牧歌』) 184
ウェルズ、オーソン 136, 150, 174, 247
ヴェルディ、ジュゼッペ 144, 244, 248, 270, 274
ヴェローナ 26-29, 102-09, 116
『ヴェローナの二紳士』 16, 18, 22, **24-29**, 84, 342
ウォーナー、デボラ 52, 96
ウォフィントン、ペグ 182, 290
ヴォラムニア 302-03, 305
ウォリック伯【エドワード三世】 64
ウォリック伯【ヘンリー四世・第二部】 148
ウォリック伯【ヘンリー六世・第一部/第二部/第三部】 36-37, 40-43, 44
ウォルドマン、アレックス 292
ウォルドロン、フランシス・ゴドルフィン 342
ウスター伯 134, 136
『歌とソネット集』 217
乳母、ジュリエットの 18, 102, 106, 107
ウヒアリア、オニー 299
ウリッセス(ユリシーズ) 208-10, 212-13
ウルジー、枢機卿 334-37
『ウルタ・パルタ』(映画) 72
ウルバヌス七世 22
噂(口上役) 148, 152

索引

エア、リチャード　58
エアリエル　326-31
エイギュチーク、サー・アンドルー　200-01, 203-04
エイドリアーナ　70-73
エイブラハム、F・マーリー　130
エヴァンズ、エディス　187
エヴァンズ、サー・ヒュー　142-43, 145
エカテリーナ二世　144
エクストン、サー・ピアース　94-95, 98, 99
エグラモー　26-27
エザード、クリスティン　187
エジプト　278-85, 313
エスカラス、ヴェローナ大公　102-03, 109
エスカラス、公爵の補佐役　234, 236
エセックス伯　23, 85, 96, 98, 225
エッグ、オーガスタス・レオポルド　314
エドガー　252-53, 257, 258
エドマンド　18, 123, 252-53, 255-58
エドワーズ、リチャード　28
エドワード、黒太子　64-67
エドワード、皇太子　40-41, 43
エドワード皇太子　→エドワード五世
エドワード五世　41, 43, 56-57, 60
エドワード三世　64-67
『エドワード三世』　19, 23, **62-67**
エドワード七世　144
エドワード四世　40-43, 56-58, 60
エネアス　212
エフェソス　70-73, 296-99
エミーリア【二人の貴公子】　340-43
エミリア【オセロー】　242-45, 248, 249
エミリア【まちがいの喜劇】　70-71, 73
エメルワ、ラディ　195
エリオット、T・S　192, 280
エリオット、サー・トマス(『為政者論』)　28
エリオット、マイケル　182
エリザベス　158, 231
エリザベス、王妃　56-61
エリザベス一世、女王　14, 17, 23, 42, 84, 85, 90, 96-97, 98, 105, 114, 144, 174, 225, 226, 230, 335
エリナー、皇太后　120, 123
エリントン、デューク　264
エルシノア城　190-97
オウィディウス(『恋の歌』)　76
オウィディウス(『変身物語』)　51, 52, 74, 76-77, 105, 114, 328
オウィディウス(『祭暦』)　78, 81
オーヴェルニュ伯爵夫人　47
オーシーノー、イリリアの公爵　200-05
オーストリア公爵　120
『オーソン・ウェルズのフォルスタッフ(真夜中の鐘)』(映画)　136, 150
オーデン、W・H　219, 223
オードリー　180, 186
オートリカス　310-12, 314
オーフィディアス　302-03
オベロン　18, 112-13, 115, 117

オーマール公　94-95, 98
オーランドー　180-87
オールドカースル、サー・ジョン　137
オールドリッジ、アイラ　52, 244, **245**
オールバニー公爵　252-53, 258
『お気に召すまま』　12, 17, 91, **178-87**, 258, 312, 314, 321
オクテイヴィア　278-79, 283
オクテイヴィア・シーザー【アントニーとクレオパトラ】　278-81, 283, 285
オクテイヴィアス・シーザー【ジュリアス・シーザー】　172-74, 177
オサリヴァン、カミーユ　79
『オセロー』　17, 53, 129, 137, 230, **240-49**, 312, 313, 315
オセロー　**242-49**, 312, 315, 320
オックスフォード版シェイクスピア全戯曲集　19
オトウェイ、トマス　104
オドンネル、ヒュー　23
オニール、ヒュー　23
オフィーリア　**190-97**, 342
オベイ、アンドレ(『ルクリーシアの凌辱』)　78, 81
オリヴァー　180-81, 186
オリヴィア、女伯爵　200-01, 203, 204, 205
オリヴィエ、ローレンス　58, 59, 104, 128, 150, 166, 192, 202, 271, 281, 304
『終わりよければすべてよし』　17, 19, 230, **286-93**

か行

ガーター亭の主人　142-43
『カーディーニオ』　17, 231, 342
カーテン座　22, 85
ガードナー、スティーヴン　334-35
ガートルード、デンマーク王妃　16, 190-92, 194-96
カーモード、フランク　183
カーライル司教　94-95, 98
海軍大臣一座　22
カイル、バリー　342
カイロン　50-53
カサンドラ　208, 212
ガスリー、タイロン　128
カトリック　22, 23, 85, 105, 223, 225, 226, 231, 322
カニ、アタンドワ　330
カミロー　310-11
火薬陰謀事件　230-31, 265, 322
ガライ、ロモーラ　187
『から騒ぎ』　16, 17, 19, 53, 85, **154-61**
カルカス　208-09, 212
カルパーニア　16, 172, 176
ガワー、ジョン　72, 296-97, 298
キーズ、医師　142-43
キーツ、ジョン　216, 222-23
ギールグッド、ジョン　96, 104, 175, 202, 328

キーン、ウィル　342
キーン、エドマンド　96
キーン、チャールズ　328
妃(シンベリンの妻)　318-19, 322
『キス・ミー・ケイト』(ミュージカル)　34
キッスーン、ジェフリー　175
キッド、トマス　15, 196
キニア、ロリー　246
キプロス島　242-49
キャサリン・オヴ・アラゴン　226, 334-37
キャサリン、フランス国王の娘　164-65, 169
キャサリン【恋の骨折り損】　88-89
キャシアス、ケイアス　172-77
キャシオー　242-43, 245-49
キャスカ　172-73, 177
ギャスコイン、ジョージ　34
キャタリーナ　32-35
ギャニミード　180-81, 185-86
キャピュレット家　**102-09**, 116
ギャリック、デイヴィッド　104, 192, 336
キャリバン　326-31
キャロル、ティム　342
キャンターナ、エイドリアン　109
宮廷祝宴局長　85, 226
キューリオ　200, 203
ギルデンスターン　190-91, 195, 196
金襴の陣　337
クィックリー、ネル【ヘンリー五世】　164-65, 169
クィックリー夫人【ヘンリー四世・第一部/第二部】　134, 148-49
クィックリー夫人【ウィンザーの陽気な女房たち】　142-45
クィンタス　50-51, 52
グウィディーリアス　318-23
グウィリム、マイク　298
グエア、ジョン　28
クセノフォン、エフェサスの　105
クック、ナイジェル　226
クッシュマン、シャーロットとスーザン　104
宮内大臣一座　14, 17, 84, 85, 98
グノー(『ロミオとジュリエット』)　109
クノベリヌス、ブリテン王　320
『蜘蛛巣城』(映画)　270
クラウン、ジョン　42
グラシアーノ　126-27
グラマティクス、サクソ(『アムレート』)　192
クラレンス公ジョージ　40-41, 43, 56-58, 60
クラレンス公トマス　148
グランヴィル＝バーカー、ハーレー　114, 202, 312
クランコ、ジョン　254
クランマー、トマス　334-35
グリーン、ロバート　15, 22, 42, 52, 312
クリフォード卿　36-37, 40-41, 43
グレイ卿　56, 58

グレイ夫人　40-41
クレオパトラ　19, **278-85**
クレオン　296-97, 299
クレオン、テーベ王　340
クレシーの戦い　64-66
クレシダ　208-13
グレミオ　32-34
グレンダワー、オーウェン　134-35, 137
クローディアス　190-97
クローディオ【から騒ぎ】　156-61
クローディオ【尺には尺を】　234-35, 237-39
クロートン　318-19, 322
グローブ座　15, 17, 18, 85, 98, 231, 336
グロサート、A・B　225
黒澤明　254, 270
グロス、ジョン　128
グロスター公爵夫人、エレノア・コバム　36-37, 39
グロスター公ハンフリー【ヘンリー六世・第一部／第二部／第三部】　36-37, 39, 44-47
グロスター公ハンフリー【ヘンリー四世・第二部】　148
グロスター公リチャード　→リチャード三世
グロスター伯爵　252-53, 255-59
クロムウェル、オリバー　131
クロムウェル、トマス　334-35
ケイアス・マーシャス（コリオレイナス）　19, **302-07**
ケイツビー、ロバート　230
ケイド、ジャック　36-39
『ゲスタ・ロマノールム』（作者不詳）　52
ゲッツ、ヘルマン　34
ゲットー（ヴェニス）　128
ケネディ、ジョン・F　39
ケリガン、ジョン（『悲哀の動機』）　224
検閲　85, 137, 216, 226-27
ケント伯爵　252-53, 258
ケンプ、ウィリアム（ウィル）　14, 84
ケンブル、ジョン・フィリップ　312
『恋のからさわぎ』（映画）　34
『恋の骨折り損』　17, 84, **86-91**, 218
「恋人の嘆き」　19, 218, **224**
口上役【ヘンリー五世】　15, 164, 167, 169
『幸福なる種族』（映画）　97
高利貸し　128-29, 131
コージンツェフ、グレゴリー　192
コーディーリア　18, 252-59
コーニーリアス（医師）　318-20
コーラー、イステル　236
ゴールディング、アーサー　74, 77
コールリッジ、サミュエル・テイラー（『文学的自伝』）　46, 74, 77, 78, 81, 236
コーンウォール公爵　252-53, 255, 258
『誤解』（オペラ）　72
国王一座　17, 230, 231, 271
コスタード　88-89, 91
古代ギリシャ【アテネのタイモン】　262-65

古代ギリシャ【ヴィーナスとアドーニス】　74-77
古代ギリシャ【トロイラスとクレシダ】　208-13
古代ギリシャ【夏の夜の夢】　112-17, 313
古代ギリシャ【二人の貴公子】　340-43
古代ギリシャ【ペリクリーズ】　296-99
コックス、ブライアン　52
コットレル、リチャード　96
コップ家所蔵の肖像画　222
ゴネリル　252-59
『このイングランド』（映画）　97
コミッサルジェフスキー、シオドア　72
コラタイン（コラティヌス）　78-80
『コリオレイナス』　17, 19, 231, **300-07**
コリン　180-81, 184
コリンズ、リン　128
ゴンザーロー　326, 328, 330
コンスタンス、レイディ　120-21, 123
コンデル、ヘンリー　18
コンラッド　156, 160-61

さ行

『サー・トマス・モア』　19, 85, **226-27**
サージェント、ジョン・シンガー　272
サイモニディーズ、ペンタポリスの王　296
サイレンス　148-49
サウサンプトン伯、ヘンリー・リズリー　76, 80, 219, 220, 222
ザクセン＝マイニンゲン公　312
サターナイナス、ローマ皇帝　50-51
サフォーク公爵　334-35
サフォーク伯（サフォーク公ウィリアム・ド・ラ・ポール）　36-37, 39, 44-45, 47
サプル、ティム　114
サマセット公　36-37, 44-46
サリアード　296
サリー伯　217, 227
サリエリ、アントニオ　144
サルヴィーニ、トマーゾ　247
シアター座　14, 22, 85
シーザー、ジュリアス　172-77
シーリア　180-81, 183-85, 187
シヴァディエ、ジャン＝フランソワ　259
ジェイクィズ　12, 180, 183-87
シェイクスピア・ワールド・フェスティバル　298
シェイクスピア、エドマンド　12-13
シェイクスピア、ジューディス　13, 14, 22
シェイクスピア、ジョン　12, 13
シェイクスピア、スザンナ　13, 14
シェイクスピア、ハムネット　13
シェイクスピア、メアリ　→アーデン、メアリ
シェイクスピアのグローブ座　→グローブ座
『シェイクスピアのソネット』　→『ソネット集』
ジェイムズ一世　85, 128, 158, 182, 230, 255, **271**, 275, 322, 328

ジェイムズタウン（ヴァージニア州）　331
ジェシカ　126-27, 129-31
ジェフリー　123
ジェフリー・オヴ・モンマス　254
シェルトン、トマス　231
シコラクス　326, 330
シシニアス　302-03
シチリア島　156-61, 310-15
シセロ　177
シドニー、サー・フィリップ　217, 184, 258
シドンズ、セアラ　270
シナ　172-73, 175, 177
シバー、コリー　58
シャー、アントニー　58, 137, 330
シャイロック　18, 126-31
『尺には尺を』　17, 158, 230, **232-39**, 290
ジャケネッタ　88-89
『じゃじゃ馬馴らし』　16, 22, **30-35**, 161
ジャズ　216, 223, 264
弱強五歩格　77, 81, 216
ジャック・ケイドの乱　37, 38-39
シャドウェル、トマス　264
シャピロ、メル　28
シャルル、フランス皇太子　44-45
シャルル六世、フランス国王　164-65
シャロー、ロバート（判事）【ウィンザーの陽気な女房たち】　142
シャロー、ロバート（判事）【ヘンリー四世・第二部】　148-49
ジャンヌ・ダルク（乙女ジャンヌ）　44-47
宗教改革　22, 23, 42, 105, 223, 226, 322, 335, 337
『十二夜』　12, 17, 84, 85, 130, **198-205**
ジューリア　26-29
シューリオ　26-27
シュールズベリー伯　227
シュタイン、ペーター　182, 211
ジュピター　319, 323
『ジュリアス・シーザー』　16, 17, 18, 19, 85, **170-77**, 313
ジュリエット　**102-09**, 116, 218, 280, 321
シュルーズベリーの戦い　135, 137, 139, 148
ショウ、フィオナ　96, 99, 187
『情熱の巡礼者』　218
ショー、ジョージ・バーナード　182, 213
ジョージ四世　150
ジョーゼフ、パターソン　175
ジョン・オヴ・ゴーント　94, **97**, 98
ジョン王　120-23
『ジョン王』　17, 84, **118-23**
『ジョン王の乱世』　122
ジョンソン、サミュエル　222, 258, 280
ジョンソン、チャールズ（『森での恋』）　182
ジョンソン、ベン　17, 47, 144, 231, 307
ジョンソン、ベン（『犬の島』）　84
ジョンソン、ベン（『ヴォルポーネ』）　230

索引 347

ジョンソン、ベン(『気質くらべ』) 85
シラクーザ 70-73
シルヴィア 26-29
シルヴィアス 180-81, 186
シンデン、ドナルド 39
シンベリン、ブリテン王 318-23
『シンベリン』 17, 77, 231, 314, **316–23**
スーシェ、デイヴィッド 264
スクィール、ウィル 152
スクループ、ヨーク大司教 148, 150
スコフィールド、ポール 255
『スタートレック』(テレビドラマシリーズ) 270
スタッブス、イモジェン 202
スタフォード、サー・ハンフリー 36-37
スタンリー卿 56, 58
スチュワート、パトリック 193, 247
スティーヴンス、ケイティ 46
スティーヴンス、トビー 307
スティーヴンソン、ジュリエット 298
ステファノー 326-27, 329
ストラットフォード・アポン・エイヴォン 12-13, 84, 230
ストレンジ卿 225
スナウト、トム 112, 117
スピード 26, 28
スペイシー、ケヴィン 61
『すべて真実』→『ヘンリー八世』
スペンサー、エドマンド 85, 114, 184, 224
スマイリー、ジェーン 254, 259
スミス、マギー 187
スミッソン、ハリエット 192
スライ、クリストファー 32, 34
スリンガー、ジョナサン 293
スレンダー、エイブラハム 142-43, 217
スロイスの海戦 64-67
聖オールバンズの戦い 39, 40
性の概念 205
セシル、ロバート 105
セネカ 52, 58
セバスチャン【十二夜】 200-21, 203, 205
セバスチャン【テンペスト】 326-29, 331
ゼフィレッリ、フランコ 34, 105, 109
セルヴァンテス(『ドン・キホーテ』) 231
前公爵 180-81
ソープ、トマス 218, 219, 231
ソールズベリー伯【エドワード三世】 64-67
ソールズベリー伯【ジョン王】 120-21, 123
ソールズベリー伯【ヘンリー六世・第一部】 44
ソールズベリー伯【ヘンリー六世・第二部】 36-37, 39
ソールズベリー伯【リチャード二世】 94, 96, 98
ソールズベリー伯爵夫人 64-67
ソネット 107-08
『ソネット集』 12, 19, **214–23**, 231

ソライナス、エフェソス公爵 70
ソンドハイム、スティーヴン 104, 109

た行

ダ・ポルト、ルイジ(『ロミオとジュリエッタ』) 105
ダーク・レイディ・ソネット 220
タークィン 78-81, 323
ダービー伯 115
ダイアナ【終わりよければすべてよし】 288-89, 291-93
ダイアナ【ペリクリーズ】 296-97
『タイアのアポロニアス』(ガワー) 72
タイーサ 296-99
タイーロフ、アレクサンドル 280
ダイオナイザ 296-97
ダイス、ウィリアム 256
『タイタス・アンドロニカス』 14, 15, 16, 22, 23, **48–53**, 76, 84
タイナン、ケネス 255
第二次世界大戦 97, 166
タイラー、ワット 39
タウトンの戦い 41, 42, 43
ダヴナント、ウィリアム 158, 270, 328, 342
タッチストーン 180-81, 186-87
ダドリー、ロバート 328
ダニエル、サミュエル 96, 136, 150
W・H氏 218-20
タモーラ、ゴート族の女王 50-53
ダル 88-90
タルスス 296-99
ダン、ジョン 217
ダンカン、スコットランド王 81, 268-75
ダンクワース、ジョニー 216, 223
ダンテ(『神曲』煉獄篇) 105
チェスター、ロバート(『恋の殉教者——あるいはロザリンドの嘆き』) 225
チェトル、ヘンリー 226
チャーチル、ウィンストン 166
チャールズ(レスリング選手) 180
チャールズ一世 293, 320
チャールズ二世 298
チャップマン、ジョージ 210
チャップマン、ジョン・ジェイ 290
チョーサー、ジェフリー(「騎士の話」) 342, 343
チョーサー、ジェフリー(『トロイラスとクリセイデ』) 210
チンティオ、ジラルディ 244, 236
テアシート、ドル 148-49, 152
ディー、ジェニー 290
ディー、ジョン 330
ディーシアス・ブルータス 172-73
ディーフォーバス 212
デイヴィーズ、ジョン 224
デイヴィス、ハワード 336
ディオメデス(ダイオミディーズ) 208-10, 212-13
ディカプリオ、レオナルド 109
ティターニア 18, 112-14, 115, 116, 117

テイト、ネイハム 254, 258, 304
ティボルト 102-03, 106
ディミートリアス【タイタス・アンドロニカス】 50-53
ディミートリアス【夏の夜の夢】 112-13, 117
テイモア、ジュリー 52
テイラー、エリザベス 34
テイラー、ゲイリー 19
テイラー、サム 34
ティルス 296-99
ティルニー、エドマンド 226
ティレル 56-57, 59
デヴァレル、ウォルター・ハウエル 202
デヴィッド二世、スコットランド王 64, 66, 67
テーセウス、アテネ公爵【夏の夜の夢】 112-13, 115-17
テーセウス、アテネ公爵【二人の貴公子】 340-41
デーンズ、クレア 109
デズデモーナ **242–49**, 320
『テセイダ』 342
デッカー、トマス 226
テナント、デイヴィッド 193
デメトリオス(マケドニアを統治した軍人) 282
テュークスベリーの戦い 43
テューダー朝 61, 67, 136, 323
デュマ、アレクサンドル 194
デュメイン 88-89, 91
テリー、エレン 272, 320
テルシテス(サーサイティーズ) 208-11, 212, 213
デンチ、ジュディ 270
『テンペスト』 17, 18, 19, 231, 314, **324–31**
ドイト、ジョン 152
ドゥ・ヴィア、エリザベス 115
ドゥーガル、ジョン 195
道化【リア王】 252-53, 254, 256, 258
道徳劇 58, 60
トゥリー、ハーバード・ビアボーム 122, 174, 336
ドーセット侯爵 56, 58
トーマス、ラスタ 109
ドーラン、グレゴリー 175
トールボット卿 44-47
ドグベリー 156-57, 161
『トトル詩選集』 217
ドルベイン 268-69
トムソン、ヒュー 183
トラーニオ 32-33
ドライデン、ジョン 210, 222, 328
トリンキュロー 326-27, 329
ドレイク、サー・フランシス 84
トレヴィザーニ、フランチェスコ 280
トレズニヤック、ダルコ 130
トレボーニアス 172
トロイ 194, 208-13, 313

トロイラス 208-13
『トロイラスとクレシダ』 17, 85, **206-13**, 290, 313
ドローミオ、エフェソス 70-73
ドローミオ、シラクーザ 70-73
トワイン、ロレンス 298
ドン・ジョン 53, 123, 156-61
ドン・ペドロ 156-61
トンプソン、エマ 159

な行

ナイウッド・ハウス(東サセックス州) 91
ナイト、ウィルソン・G 194
ナヴァラ国 88-91
ナサニエル、サー 88-89, 91
ナチスドイツ 129, 304, 307
ナッシュ、トマス 46, 84, 313
『夏の夜の夢』 12, 17, 18, 19, 84, 105, **110-17**, 313, 314, 315, 321
ナトール、A・D 210
ナン、トレヴァー 72, 136, 202, 336
ニグロ、ドン 290
蜷川幸雄 298, 323
ニム【ウィンザーの陽気な女房たち】 142-43
ニム【ヘンリー五世】 164, 168
ニュー・プレイス(ストラットフォード) 84
ニューアーク城(ノッティンガムシャー) 122
人間の7つの時代 186
ネストル(ネスター) 208, 212
ネリッサ 126-27, 130-31
能 73
農民一揆(1381年) 39
ノーサンバランド伯パーシー【ヘンリー四世・第一部／第二部】 134, 136-37, 148
ノーサンバランド伯パーシー【リチャード二世】 94, 98
ノース、サー・トマス 174, 280, 282, 304, 307
ノーフォーク公爵【ヘンリー八世】 334-36
ノーフォーク公トマス・モウブレー【リチャード二世】 94, 96, 98
ノールズ、リチャード 244

は行

ハーヴィ、ゲイブリエル 77
パーカー、ジェイミー 138
バーガンディ公 44-45
パークス、クレメント(ヒル在住) 152
パーシー、ケイト 148
パーシー、ヘンリー(ホットスパー)【ヘンリー四世・第二部】 148, 152
パーシー、ヘンリー(ホットスパー)【ヘンリー四世・第一部】 134-39
パーシー、ヘンリー(ホットスパー)【リチャード二世】 94, 98
パーセル、ヘンリー 114, 116
パーディタ 299, 310-15
ハート、ロレンツ 72

バートラム、ロシリオン伯爵 288-93
バードルフ【ウィンザーの陽気な女房たち】 142
バードルフ【ヘンリー五世】 164-66, 168
バードルフ【ヘンリー四世・第二部】 148, 152
バートレット、キース 46
バートン、ジョン 38, 39, 58, 236
バートン、リチャード 34, 122, 136, 137
バーネットの戦い 43
バーバー、サミュエル 280
ハーブスフィールド、ニコラス 226
バーベッジ、ジェイムズ 22
バーベッジ、リチャード 14, 18, 84, 230
ハーマイオニ 310-12, 315
ハーミア 112-13, 115, 116-17
バーンスタイン、レナード 104, 109
ハイトナー、ニコラス 166, 265, 312
パイパー、ローラ 210
ハウエル、アンソニー 176
ハウエル、ジェーン 39
バウチャー、アーサー 270
バウドラー、トマス 137
パウロ 73
パエトーン 96, 97, 98
『パゴダの王子』(バレエ) 254
バゴット 94-96
バサーニオ 126-27, 130-31
ハサウェイ、アン 290
ハサウェイ、アン(妻) 13, 219
バシエーナス 32-35
ハズリット、ウィリアム 90, 259
バセット、リンダ 299
パチーノ、アル 128
バッキンガム公爵【ヘンリー八世】 334, 336-37
バッキンガム公【リチャード三世】 56-57, 59, 60
パック 112-13, 116, 117
ハッセー、オリヴィア 105, 109
パデュア 32-35
パトロクラス 208, 212
バプティスタ・ミノーラ 32
ハムレット、デンマーク王子 19, 99, **190-97**, 255, 256
『ハムレット』 12, 16, 17, 18, 77, 84, 85, 177, **188-97**, 290
『薔薇戦争』 38, 39
薔薇戦争 23, 38, 39, 42, 44-47, 99, 323
バラドワージ、ヴィシャール 270
ハラム、ナンシー 320
パラモン 340-43
『ハリー・ポッターとアズカバンの囚人』(映画) 270
バリー、スプランガー 104
パリ攻撃(1429年) 47
パリス【トロイラスとクレシダ】 208-13
パリス【ロミオとジュリエット】 102-03
ハル王子(皇太子ハリー) →ヘンリー五世

バルサザー 126-27
パルマ、イル・ジョーヴァネ 80
パローレス 19, 288-89, 292, **293**
バンクォー 268-69, 271, 273-75
ハンズドン卿 14, 84
パンダルフ、枢機卿 120-22
パンダロス(パンダラス) 208-09, 212
バンデッロ、マテオ(『短篇集』) 158
ハントリー侯爵 23
ピアシー、エリー 290
ビアトリス 19, **156-61**
ヒアロー 156-61
ビアンカ【オセロー】 242-43, 248
ビアンカ【じゃじゃ馬馴らし】 32-35
ピープス、サミュエル 114
ビール、サイモン・ラッセル 150, 161, 254, 265, 312
ピール、ジョージ 14, 52
ビエイト、カリスト 43
ピゴット卿 121, 123
ピザーニオ 318-19, 321-22
ピストル【ウィンザーの陽気な女房たち】 142-44
ピストル【ヘンリー五世】 164-65, 168-69
ピストル【ヘンリー四世・第二部】 148-50, 152, 293
ヒックス、グレッグ 257, 291
ピックフォード、メアリー 34
ヒトラー、アドルフ 304, 307
ヒドルストン、トム 321
ヒポリュテ、アマゾン国女王【夏の夜の夢】 112-15, 117
ヒポリュテ、アマゾン女王【二人の貴公子】 340-41
ヒューズ、ウィリー 216
ヒューズ、マーガレット 244
ヒューバート 120-22
ピューリタン革命 136, 137, 203, 205
ビローン 88-91
ファースト・フォリオ(第一・二つ折本) 14, 38, 66, 144, 219, 298, 342
ファーディナンド 326-29
ファーディナンド、ナヴァラ国王 88-91
ファインズ、レイフ 304
ファインスタイン、エレーヌ(『リア王の娘たち』) 254
フィアロン、レイ 175
フィービー 180-81, 185-86
フィーブル 152
フィールド、リチャード 76, 80
フィオレンティーノ、ジョヴァンニ(『イル・ペコローネ』) 128
フィッツウォーター 94, 98
フィラーリオ 318, 320, 322
フィリッパ、王妃 64-65
フィリップ、私生児 120-22, **123**
フィリップ二世、フランス王 120, 122
フィリップ六世 67
フィレンツェ 288-89

索引

諷刺詩禁止令 85
ブース、エドウィン 246
ブーリン、アン 226-27, 334-37
卜萬蒼 28
フェアバンクス、ダグラス 34
フェイビアン、ロバート 46
フェステ 200, 202-04
フェリペ二世、スペイン国王 23
フェントン 142-43, 145
フォークス、ギド(ガイ) 231, 265
フォークンブリッジ、ロバート 120
フォーシット、ヘレン 320
フォーティンブラス 190-91, 192, 197
フォード、アリス 142-43, 145
フォード、フランク 142-43
フォールスタッフ、サー・ジョン 17, 19, 84, 293
フォールスタッフ、サー・ジョン【ウィンザーの陽気な女房たち】 **142-45**
フォールスタッフ、サー・ジョン【ヘンリー五世】 164, 169
フォールスタッフ、サー・ジョン【ヘンリー四世・第一部／第二部】 **134-39, 148-53**
「不死鳥と雉鳩」 19, **225**
二つ折本 →ファースト・フォリオ
『二人の貴公子』 17, 231, **338-43**
ブッシー 94-96
『冬物語』 17, 18, 231, 299, **308-15**, 321
フライ、スティーヴン 204
プラウトゥス 72
ブラウニング、ロバート 223
ブラックウッド、ゲアリー 290
ブラックフライヤーズ劇場 231, 342
プラッター、トマス 174
ブラッドリー、A・C 247
プラトン 264
ブラナー、ケネス 90, 158, 159, 166, 168, 182, 187, 192
ブラバンショー 242, 244, 245, 246
プラマー、クリストファー 312
プラリベ(劇団) 104
ブランシェット、ケイト 96, 99
フランシス神父 156-57
フランス王 288-89, 291-93
フランス王女 88-91
プランタジネット、ジョージ →クラレンス公
プランタジネット、リチャード →フィリップ、私生児／リチャード三世／ヨーク公リチャード
ブランチ、スペイン王女 120
ブランド、マーロン 175
プリアモス(プライアム)、トロイ王 208-13
フリーアンス 268-69
フリードリヒ五世、プファルツ選帝侯 231
プリチャード、ハンナ 187, 202
ブリットン、ジャスパー 342
ブリテン、ベンジャミン 78, 81, 114, 116, 216, 223, 254

プリモデ、ピエール・ド・ラ 90
フルーエリン 164-65, 169
ブルータス 302-03
ブルータス、マーカス 172-77
プルタルコス 174, 264, 280, **282**, 304, 307, 313
ブルック、アーサー(『ロミウスとジュリエットの悲劇の物語』) 104, 105-06
ブルック、ピーター 90, 114, 116, 192, 236, 255, 263
フレイヴィアス 262-65
無礼講の王 202
プレスギュルヴィック、ジェラール 109
フレッシュウォーター、ジェフリー 257
フレッチャー、ジョン 17, 34, 144, 231, 336, 337, 342
フレデリック、ナオミ 239
フレデリック公爵 180-83, 187
ブレヒト、ベルトルト 304, 307
プローテュース 26-29
プロコフィエフ、セルゲイ 104, 109
プロスペロー 18, **326-31**
プロテスタント 22, 23, 105, 223, 226, 230, 322, 335, 337
フロリゼル 310-11, 314-15
フロワサール、ジャン 66
フンスー、ジャイモン 331
ヘイウッド、トマス 226
ペイジ、アン 142-43, 145, 217
ペイジ、ウィリアム 142, 145
ペイジ、ジョージ 142-43
ペイジ、マーガレット 142-43, 145
ヘイスティングズ卿 56-58, 60
ヘイドン、ベンジャミン・ロバート 222
ペインター、ウィリアム 66, 264, 290
ベーコン、フランシス 330
ヘーシオドス 184
ヘクトル(ヘクター) 208-13
ベケット、サミュエル 254
ヘストン、チャールトン 280
ベタートン、トマス 114, 150
ベッキンセイル、ケイト 159
ベッドフォード公 44
ヘップバーン、キャサリン 182, 187
ペトラルカ、フランチェスコ 108, 216, 217
ペトルーキオ 32-35
ベネディック 16, 19, **156-61**
ヘミングズ、ジョン 18
ペリクリーズ 296-99
『ペリクリーズ』 17, 230, 231, **294-99**, 314
ヘリケイナス 296, 298
ヘリナス 212
ベルクナー、エリザベート 187
ベルチ、サー・トービー 200-01, 203-05
ベルフォレ、フランソワ・ド(『悲劇物語集』) 192
ベルリオーズ、エクトル 158
ベルリンの壁 39
ベレーリアス 318-19, 321, 322

ヘレナ【終わりよければすべてよし】 288-93
ヘレナ【夏の夜の夢】 112-13, 116, 117
ヘレネ(ヘレン)【トロイラスとクレシダ】 208, 210-13
ベンヴォーリオ 102, 106
ベンジャミン、クリストファー 145
ヘンズロウ、フィリップ 22
ベンソン、ジョン 222
ベンソン、フランク 46, 166
ペンブルック伯 120-21, 123
ペンブルック伯ウィリアム・ハーバート 219
ヘンリー三世 120-21, 123
ヘンリー五世 18, 19, 44, 45, 46, 66, 67, **134-39, 148-53, 164-69**
『ヘンリー五世』 15, 17, 18, 84, 85, **162-69**, 293
『ヘンリー五世の有名な勝利』 136, 150
ヘンリー七世 42, 56-57, 60-61, 320, 323
ヘンリー八世 23, 42, 85, 105, 226-27, **334-37**
『ヘンリー八世』 17, 231, **332-37**, 342
ヘンリー四世 45, 122
『ヘンリー四世・第一部』 17, 19, 84, **132-39**, 150, 169, 293
『ヘンリー四世・第二部』 17, 19, 84, 144, **146-53**, 169, 293
ヘンリー四世【ヘンリー四世・第一部】 134-39
ヘンリー四世【ヘンリー四世・第二部】 148-53
ヘンリー四世【リチャード二世】 94-99
ヘンリー六世 16, **36-47**, 58, 61, 165
『ヘンリー六世・第一部』 22, 23, 38, **44-47**, 66, 99, 169
『ヘンリー六世・第二部』 22, 23, **36-39**, 66, 99, 169
『ヘンリー六世・第三部』 22, 23, 40-43, 66, 99, 169
ヘンリソン、ロバート 210
ボアズ、フレデリック 213
ボイエット、貴族 88-89
ボイド、マイケル 158
ポインズ、ネッド【ヘンリー四世・第一部】 134
ポインズ、ネッド【ヘンリー四世・第二部】 148, 151
ポウル、ウィリアム 202
『ボーイズ・フロム・シラキュース』(ミュージカル) 72
ホーク、イーサン 192, 312
ポーシャ【ヴェニスの商人】 126-31
ポーシャ【ジュリアス・シーザー】 16, 172-73, 176-77
ポーター、コール 34
ホーテンシオ 32-34
ホートン、ジョアンナ 291
ボーナ姫 40-41
ポープ、アレキサンダー 222

ボーフォート、枢機卿　36-37
ポーリーナ　310-11, 315
ホール、エドワード　38, 42, 46, 166, 336
ホール、エリザベス　14
ホール、ジョン　14
ホール、ピーター　38, 39, 58, 129, 153, 293, 320
ボカサ、ジャン＝ベデル　175
ボグダノフ、マイケル　38, 46, 166, 304
ポステュマス・リーオネータス　318-23
ボズワースの戦い　57, 60
ボッカチオ（『デカメロン』）　28, 290, 320
ボッカチオ（『テセイダ』）　342
ボッカチオ（『名士列伝』）　98-99
ホッジ、ダグラス　52
ホットスパー　→パーシー、ヘンリー
ボトム　18, 19, 112-13, 114, 116, 117
ホプキンス、アンソニー　52
ホフマン、ダスティン　129
ホフマン、マイケル　116
ボヘミア　310-15
ホメロス（『イーリアス』）　210, 313
ボラキオ　156-60
ポリクシニーズ　310-15
ホリック、クリスティン　254
ボリングブルック、ヘンリー　→ヘンリー四世【リチャード二世】
ホリンシェッド、ラファエル　38, 42, 46, 66, 96, 122, 136, 138, 150, 166, 226, 254, 270, 320, 336
ホルバイン、ハンス　227
ホルム、イアン　58
ホレイシオ　190-91, 192, 193, 197
『ザ・ホロウ・クラウン』（TVシリーズ）　150
ポローニアス　190-91, 195, 196, 197
ホロファニーズ　88-91
ポワチエの戦い　66
ポンピー、セクスタス　278-79

ま行

マーカス・アンドロニカス　50-51
マーガレット　156-57, 159, 160
マーガレット、王妃（マーガレット・オヴ・アンジュー）　36-47, 56-60
マーシャス　50-51, 52
マーストン、ジョン　314
マーリング、ローラ　182
マーロウ、クリストファー　23, 107
マーロウ、クリストファー（『エドワード二世』）　15, 96, 97
マーロウ、クリストファー（『恋する羊飼いの歌』）　184
マーロウ、クリストファー（『タンバレイン大王』）　15, 22
マーロウ、クリストファー（『ファウスト博士』）　15, 329
マーロウ、クリストファー（『マルタ島のユダヤ人』）　15, 22, 128, 129, 131
マウントジョイ、クリストファー　230
マオリの部族間の戦い　213
マキューシオ　102-03, 106-08, 217
マクダフ　268-69, 273, 275
マクドナルド、デヴィッド　97
マグナカルタ　122
マクニー、ジョディ　321
マクバーニー、サイモン　239
『マクブール』（映画）　270
マクベス　16, 19, 81, 186, 255, **268-75**
『マクベス』　12, 16, 17, 18, 19, 81, 177, 186, 230, **266-75**
マクベス夫人　19, **268-75**
マクリース、ダニエル　244
マクリン、チャールズ　187
マコーワン、マイケル　210
魔術　271, 275
魔女【テンペスト】　326, 330
魔女【ヘンリー六世・第二部】　36
魔女【マクベス】　268-75
『まちがいの喜劇』　16, **68-73**, 84
『まちがいの狂言』　72, **73**
マッカーシー、リラー　202
マッケーレン、イアン　58, 96, 226, 270
マミリアス　310-12, 315
マライア【恋の骨折り損】　88-89
マライア【十二夜】　200-01, 203, 205
マリアーナ　234-36, 238
マリーナ　296-99
マルヴォーリオ　130, 200-04, **205**
マルカム　268-69, 275
マルクス、カール　264, 265
マレー、ジョン　226
マローン、エドマンド　224
マンキーウィッツ、ジョーゼフ　175
マンデイ、アンソニー　226
マンデラ、ネルソン　174
ミアズ、フランシス　84, 218
ミケランジェロ　97
ミドルトン、トマス　17, 231, 264
『みな惑わされて』（イタリアの喜劇）　202
ミューシャス　50, 53
ミラノ公爵　26-27
ミランダ　18, **326-31**
ミルフォード・ヘイヴン　319, 320, 323
ミレイ、ジョン・エヴァレット　197
ミレン、ヘレン　42, 331
ムガベ、ロバート　175
無敵艦隊　23
ムラ、インヴァ　248
メアリ、スコットランド女王　23, 230
メアリ一世　23
メイリック、サー・ゲリー　85
メスキン、アーロン　175
メニーニアス・アグリッパ　302-05
メネラオス（メネレイアス）、ギリシャ王　208, 210-12
メルヴィル、ハーマン　254
メンデス、サム　61, 312
メンデルスゾーン、フェリックス　116
モア、トマス（『リチャード三世の生涯』）　42, 58, 61

モア、トマス【サー・トマス・モア】　**226-27**
モウブレー、トマス（ノーフォーク公）　94, 96, 98
モウブレー卿　148
モーガン、マクナマラ　312
モーティマー、ロード・エドマンド　134-35
モーリス、クレマン　109
モス　88, 91
モディ、ソラブ　122
モロッコ大公　126-27
モンタギュー家　**102-09**, 116
モンテヴェルディ（オペラ『オルフェオ』）　230
モンテーニュ、ミシェル・ド　328, 330-31
モンテマヨール、ホルヘ・デ（『魅せられたディアナ』）　28

や行

ヤーキモー　318-22, 323
『ユア・オウン・シング』（ミュージカル）　202
ユグノー　230
ヨーク公【リチャード二世】　94-95, 98
ヨーク公爵夫人【リチャード三世】　56, 59, 60
ヨーク公爵夫人【リチャード二世】　94-95, 98
ヨーク公リチャード【ヘンリー六世・第一部／第二部／第三部】　36-47
ヨーク公リチャード【リチャード三世】　56-57, 60
『欲望の餌食』（映画）　122
吉田鋼太郎　323
ヨリック　191, 194, 197
4行連　216

ら行

ラーマン、バズ　109
ランース　18, 26
ライサンダー　112-13, 116-17
ライシマカス　296-97
ライマー、トマス　249
ライランス、マーク　204, 280, 285
ラインハルト、マックス　114, 116
ラヴィニア　50-51, 52
ラットランド伯　40-43
ラドフォード、マイケル　128
ラフュー　288-89
『乱』（映画）　254
ランカスター公ジョン　148-49, 152-53
ランガム、マイケル　264
ラントリー、リリー　280
ランバード、ウィリアム　96
『リア王』　12, 17, 18, 19, 177, 230, 245, **250-59**
リア王　18, 19, **252-59**, 265, 284
リアルト橋（ヴェニス）　23
リー、ヴィヴィアン　202, 271, 281
リー、カナダ　328

リーヴィス、F・R　247
リーガン　252-54, 257-58
リーン、デヴィッド　97
リヴァーズ伯　56, 58
リウィウス（『ローマ史』）　78, 81
リズリー、ヘンリー　→サウサンプトン伯
リチャード一世　120, 123
リチャード三世　16, 40-43, **56-61**, 270
『リチャード三世』　23, 38, 39, 43, **54-61**, 84, 99, 169, 245
リチャード二世　45, **94-99**, 122, 134, 136, 139, 152, 153
『リチャード二世』　17, 84, 85, **92-99**, 122, 169
リッチ、バーナビー　202
リッチモンド、ヘンリー　→ヘンリー七世
リリー、ジョン　**14**
リロー、ジョージ　298
ルイ、フランス皇太子　120-21, 164
ルイ、フランス国王　40-41
ルークリース　78-81, 323
『ルークリースの凌辱』　14, 19, 23, 76, 77, **78-81**, 218, 222, 224
ルーシオ　234-35, 237-38
ルーシャス　50-51
ルーセッタ　26
ルーセンシオ　32-34
ルキアノス　264
ルキウス、カイウス　318-19

ルシアーナ　70-73
ルター、マルティン　223
ルッド　323
ルネサンス　136, 139, 314
レアティーズ　190-94, 196, 197
レーン、クレオ　216
レオナート、メッシーナ知事　156-61
レオンティーズ、シシリア王　18, 299, 310-15
レスター、エイドリアン　187, 246
レスター伯　96
レッドグレイヴ、ヴァネッサ　182, 187
レピダス　172-73
レヒテンブリンク、フォルカー　254
ロイド、フィリダ　174
牢番の娘　340-43
ローズ座　22, 46
ローゼンクランツ　190-91, 195, 196
ローマ【アントニーとクレオパトラ】278-85
ローマ【コリオレイナス】　302-07
ローマ【ジュリアス・シーザー】　172-77, 313
ローマ【シンベリン】　318-23
ローマ【タイタス・アンドロニカス】　50-53
ローマ【ルークリースの凌辱】　78-81
ローリー卿、ウォルター　331
ロザライン　88-89, 91
ロザリンド　180-87

ロジャーズ、リチャード　72
ロシリオン伯爵夫人　288-90
ロス　94, 98
ロダリーゴー　242-46
ロックスバラ城　64, 66
ロッジ、トマス　52, 182, 184
ロッシーニ、ジョアキーノ　244
ロドヴィーコー　242, 249
ロドウィック　64, 66
ロブスン、ポール　244, 247
ロブソン、フローラ　236
ロペス、ロドリゴ　131
ロミオ　17, **102-09**, 116, 195, 217, 218, 280, 321
『ロミオとジュリエット』　17, 18, 77, 84, 91, **100-09**, 217, 218, 291
ロレーヌ公爵　64
ロレンス修道士　102-03, 106, 107
ロレンゾー　126-27, 131
ロンガヴィル　88-89, 91
ロングワース、クララ　225

わ行

ワーグナー、リヒャルト　236
ワーズワース、ウィリアム　216, 222, 223
ワイアット、サー・トマス　217
ワイルド、オスカー　216
ワッツ、ジェイムズ・トマス　187
ワナメイカー、ゾーイ　161

監訳者あとがき

　本書の翻訳は翻訳チームの訳業を監修するかたちでなされており、監訳者が単独で翻訳したのは「はじめに」とシェイクスピアからの引用すべてである。

　原書が参照しているオックスフォード版シェイクスピア全戯曲集の幕場割りは、これまでの邦訳の幕場割りと違うところがあるため、日本語版では日本の読者の便宜を考えて、邦訳で用いられてきた幕場割りに直した。また、原書には引用箇所の行数の記載もあるが、版が違うと行数表示に意味がなくなるため、行数表示は割愛した。合わせてご了承頂きたい。

　日本語版は原書の初版に基づいている。初版の誤りについては適宜修正を施したが、誤りとは言い切れない部分や異なる解釈がある部分については、原文を尊重して斜字体（イタリック）とするにとどめた。たとえば、84ページで「フォールスタッフをコミカルに演じて大人気を博した道化役者のウィリアム・ケンプ」とあるが、初代フォールスタッフ役者はトマス・ポープという説を監訳者は『ハムレットは太っていた！』で示している。このように解釈上注意が必要な箇所は斜字体とした。

　本書112ページではハーミアが「黒い髪」でヘレナが「金髪」としている。これはdarkとfairの意味を取り違えていると思えるのだが、斜字体にしてそのまま訳出してある。『夏の夜の夢』のヘレナが背が高く色白で、ハーミアが背が低く色黒である理由については、『ハムレットは太っていた！』を参照されたい。

　また、85ページで『十二夜』の執筆年が1601年となっているが、監訳者は1599～1600年説を採る。さらに、243ページでオセローがデズデモーナを「枕で窒息させる」となっているが、原文に枕の指定はなく、枕を使わない公演も多い。こうした個所も、原文を尊重して、斜字体とした。22ページで、ロバート・グリーンがシェイクスピアへの言及をしたという個所も斜字体としたが、これは監訳者の見解では、「成り上がり者のカラス」として揶揄された人物はシェイクスピアではなく、『ヘンリー六世・第三部』でヨークを演じて「女の皮をかぶった虎の心」のせりふを言った名優エドワード・アレンだからである。アレンは「この国で舞台を揺り動かせるのは自分ひとりなのだ、とうぬぼれ」てもおかしくないほどの大人気の役者であり、グリーンらの書いた戯曲を演じて――グリーンらの羽根で美しく身を飾って――成功を得たのだった（詳しくは近刊予定の新潮文庫『シェイクスピアの正体』を参照されたい）。

　73ページの『まちがいの狂言』の写真が原書では誤っていたので、万作の会の協力を経て、正しい写真に差し替えた。この場を借りて万作の会に感謝したい。

2016年2月

河合 祥一郎

出典一覧

Dorling Kindersley and Tall Tree would like to thank Helen Peters for the index. Special thanks also to Dr Romana Beyenburg-Restori for her help with the text.

PICTURE CREDITS

The publisher would like to thank the following for their kind permission to reproduce their photographs:

(Key: a-above; b-below/bottom; c-centre; f-far; l-left; r-right; t-top)

29 Alamy Images: epa european pressphoto agency b.v. (bl). **34 Alamy Images:** AF archive (br). **35 Getty Images:** Universal History Archive / UIG via Getty Images (tr). **38 Alamy Images:** ark 2013 (tr). **39 Getty Images** (tr). **43 Alamy Images:** Geraint Lewis (tl). **Getty Images:** E+ (bl). **46 Alamy Images:** Lebrecht Music and Arts Photo Library (tr). **47 Corbis:** Leemage (br). **52 Alamy Images:** Lebrecht Music and Arts Photo Library (br). **53 Corbis:** Bettmann (tr). **59 Alamy Images:** AF archive (t). **61 Alamy Images:** Geraint Lewis (tr). **Dreamstime.com:** Georgios Kollidas (bl). **66 Corbis:** Angelo Hornak (bc). **67 Getty Images:** UniversalImagesGroup (tr). **73 Photostage** (tr). **75 Corbis** (t). **76 Corbis:** Ken Welsh / Design Pics (tc). **77 Alamy Images:** Peter Coombs (br). **79 Corbis:** Robbie Jack (t). **80 Alamy Images:** Heritage Image Partnership Ltd (b). **81 Getty Images:** Alinari Archives, Florence (tr). **90 Alamy Images:** AF archive (bc). **91 Corbis:** Clive Nichols / Arcaid (tr). **97 Getty Images:** Time Life Pictures / Mansell / The LIFE Picture Collection (bl). **99 Corbis:** Historical Picture Archive (br). **105 Corbis:** Hulton-Deutsch Collection (tr); Leemage (bl). **107 Alamy Images:** Mary Evans Picture Library (br). **108 Dreamstime.com:** Raffaele Orefice (tl). **109 Alamy Images:** AF archive (tr). **Corbis:** Reynaldo Paganelli / NurPhoto (bl). **114 Alamy Images** (br). **115 Dreamstime.com:** Honourableandbold (tr). **116 Alamy Images:** United Archives GmbH (bl). **122 Dreamstime.com:** Barnschop (br). **123 Corbis:** Robbie Jack (tr). **128 Alamy Images:** Lebrecht Music and Arts Photo Library (br). **129 Alamy Images:** Alastair Muir (tr). **130 Alamy Images** (bl). **131 Alamy Images:** The Print Collector (bl). **137 Corbis:** Hulton-Deutsch Collection (bl); Robbie Jack (tr). **138 Corbis:** Robbie Jack (tr). **145 Alamy Images:** Geraint Lewis (t). **150 Corbis:** Robbie Jack (bc). **152 Dreamstime.com:** Jorge Salcedo (bl). **153 Alamy Images:** Geraint Lewis (tl). **159 Alamy Images:** AF archive (bl). **161 Alamy Images:** Geraint Lewis (tr). **166 Corbis:** Michael Nicholson (br). **167 Corbis:** Lebrecht Music & Arts (tr). **168 Alamy Images:** Moviestore collection Ltd (br). **175 Corbis:** Metro-Goldwyn-Mayer Pictures / Sunset Boulevard (br); Sharifulin Valery / ITAR-TASS Photo (bl). **176 Alamy Images:** Geraint Lewis (bl). **182 Corbis** (bc). **183 Alamy Images:** Lebrecht Music and Arts Photo Library (tr). **184 Getty Images:** Daniel Zuchnik / FilmMagic (tl); Leemage / UIG (bl). **185 Dreamstime.com:** Dirk De Keyser (br). **187 Corbis:** Fine Art Photographic Library (bl); Hulton-Deutsch Collection (tr). **192 Alamy Images** (bc). **193 Corbis:** Robbie Jack (tr). **Dreamstime.com:** Zaretskaya (tl). **194 Corbis:** Bettmann (bl); Swim Ink 2, LLC (tc). **195 Corbis:** Facundo Arrizabalaga / epa (br). **197 Getty Images:** Leemage (t). **202 Corbis:** Christie's Images (br). **204 Corbis:** Christie's Images (tl). **205 Alamy Images:** AF archive (bc). **Corbis:** Historical Picture Archive (tr). **210 Corbis:** Robbie Jack (tr). **211 Alamy Images:** Geraint Lewis (br). **213 Corbis:** epa / Facundo Arrizabalaga (t). **217 Corbis:** Michael Nicholson (tr). **219 Corbis:** Neil Farrin / Robert Harding World Imagery (t). **220 Alamy Images:** Paul Springett 02 (tl). **221 Corbis:** Tim Brakemeier / epa (b). **222 Corbis** (bl). **223 Dreamstime.com:** Georgios Kollidas (br). **227 Corbis** (tr). **236 Corbis:** Hulton-Deutsch Collection (tr). **237 Alamy Images:** Prisma Archivo (b). **238 Getty Images:** Hulton Archive / Culture Club (tl). **239 Alamy Images:** Geraint Lewis (tr, bl). **244 Corbis:** Christie's Images (br). **245 Corbis:** Smithsonian Institution (tr). **246 Corbis:** Robbie Jack (tl). **247 Corbis:** Hulton-Deutsch Collection (tr); John Springer Collection (bl). **248 Getty Images:** AFP / Boris Horvat (br). **254 Corbis:** dpa / Uwe Zucchi (br). **255 Alamy Images:** Moviestore collection Ltd (tr). **256 Getty Images:** National Galleries Of Scotland (tl). **257 Corbis:** Robbie Jack (bl). **259 Corbis:** Reuters / Heinz-Peter Bader (bl). **Getty Images:** AFP / Anne-Christine Poujoulat (tr). **265 Alamy Images:** Geraint Lewis (tr). **271 Corbis:** Bettmann (tr); Leemage (bl). **272 Corbis:** The Print Collector (bl). **274 Corbis:** San Francisco Chronicle / Katy Raddatz (t). **275 Getty Images:** he LIFE Picture Collection / William Sumits (tr). **280 Corbis:** Summerfield Press (br). **281 Corbis:** Bettmann (tr). **282 Corbis:** Bettmann (bl). **283 Dreamstime.com:** Csaba Peterdi (tr). **285 Corbis:** Christie's Images (tr); Robbie Jack (bc). **290 Alamy Images:** Geraint Lewis (br). **291 Alamy Images:** Geraint Lewis (br). **292 Alamy Images:** Geraint Lewis (br). **293 Getty Images:** Universal History Archive / UIG via Getty Images (tr). **298 Alamy Images:** The Art Archive (bc). **299 Alamy Images:** Geraint Lewis (tl). **304 Dreamstime.com:** Dennis Dolkens (tr). **305 Corbis:** Stapleton Collection (b). **307 Alamy Images:** INTERFOTO (tr). **Corbis:** Robbie Jack (tl). **313 Alamy Images:** dpa picture alliance archive (tr). **Getty Images:** DEA / M. SEEMULLER (bl). **314 Getty Images:** Heritage Images (b). **321 Alamy Images:** RIA Novosti (tl). **323 Corbis:** Robbie Jack (tr). **Getty Images:** Universal History Archive / UIG via Getty Images (bl). **328 Getty Images:** Universal History Archive / UIG via Getty Images (br). **330 Alamy Images:** Geraint Lewis (tl). **331 Alamy Images:** AF archive (bl). **Dreamstime.com:** Yakov Stavchansky (tr). **336 Corbis:** Lebrecht Music & Arts (tr). **337 Corbis:** Nik Wheeler (bl). **342 Corbis** (br). **343 Alamy Images:** Mary Evans Picture Library (tc)

All other images © Dorling Kindersley. For more information see: **www.dkimages.com**